Erzählungen
des russischen Realismus

Erzählungen des russischen Realismus

Von Aksakow bis Tschechow

Herausgegeben von
Martin Schneider

Philipp Reclam jun. Stuttgart

Universal-Bibliothek Nr. 8699[5]

Umschlagabbildung der kartonierten Ausgabe:
Turgenjews Landhaus in Spasskoje-Lutowinowo, Vorbild für das Gutshaus in der Erzählung *Faust*. Zeitgenössischer Stich
Gesamtherstellung: Reclam, Ditzingen. Printed in Germany 1991

ISBN 3-15-008699-X (kart.) ISBN 3-15-028699-9 (geb.)

Inhalt

Sergej Aksakow

Ein guter Tag des Stepan Michailowitsch

Einst herrschte Ende Juni große Hitze. Nach einer schwülen, stickigen Nacht wehte ein erfrischender Morgenwind von Osten her, wie meist, wenn die Luft sich mit der steigenden Sonne zu erwärmen beginnt. Großvater erwachte bei Sonnenaufgang. Unerträglich heiß war es, in der engen Kammer hinter dem Vorhang aus Hausleinen zu schlafen, trotz der bis oben geöffneten Fenster. Dieser Leinenvorhang war unentbehrlich: ohne ihn hätten die Mücken Stepan Michailowitsch schier aufgefressen, er hätte bestimmt kein Auge zugetan. Sie kamen in Schwärmen, versuchten mit ihren Stacheln das schützende Leinen zu durchbohren und sangen und summten die ganze Nacht hindurch. Lächerlich, es zu sagen, und dennoch will ich es nicht verschweigen: Ich für meine Person liebe das durchdringende Gesumme, ja sogar die Stiche der Mücken. Sie erinnern mich an köstliche, heiße Sommernächte, an das dichte Ufergebüsch des Buguruslan, aus dem der Gesang unzähliger Nachtigallen tönt; sie erinnern mich auch an das heftige Klopfen meines einst heißen, jugendlichen Herzens, an eine süße, unbestimmte Wehmut, für deren Erleben ich mit Freuden den Rest meines verlöschenden Lebens hingeben würde ...

Großvater erwachte, wischte sich mit der Hand den Schweiß von der hohen, gewölbten Stirne, schob den Kopf hinterm Vorhang hervor und lachte: Wanka Masan und Nikanorka Tanaitschenok, seine beiden Diener, lagen in grotesk-malerischen Stellungen auf dem Fußboden und schnarchten um die Wette. »Schnarchen können sie – diese Hundesöhne!« sagte Großvater schmunzelnd. Er war ein seltsamer Mensch: Nach seinen ersten Worten hätte man erwartet, daß er den zwei Schläfern entweder einen Fußtritt versetzt oder sich sogar eines Stuhles oder vielleicht der Rute aus dem Holz eines

Schneeballstrauches bedient hätte (diese stand immer neben seinem Bett), um die beiden energisch in die Wirklichkeit zurückzurufen. Doch an diesem Morgen hatte Großvater gleich im ersten Augenblick gelacht und war, wie man so sagt, auf ein gutes Gleis geraten. Er stand leise auf, bekreuzigte sich mehrmals, schlüpfte in die alten, abgetragenen Lederpantoffeln und ging so auf die Freitreppe hinaus, wo ihm der frische Morgenwind entgegenwehte; er trug nichts am Leib als sein Hemd aus grobem Bauernleinen – feineres Leinen für Hemden gab es bei meiner Großmutter nicht. Nun werden meine Leser sich wundern, denn ein solches Verhalten widerspricht eigentlich dem Charakter meiner Großmutter; es paßt nur schlecht zu dem Bild, das man von dem Verhältnis der beiden Gatten hat. Dennoch war es so – der Leser möge mir nicht zürnen –, auch hier triumphierte zu guter Letzt der Wille der Frau über den des Mannes! Wie gewöhnlich! Obwohl sie wiederholt Schläge dafür bekommen hatte, daß sie ihrem Mann nur Hemden aus grobem Bauernleinen gab, bestand Arina Wassiljewna darauf, ihrem Mann solche zu nähen, und blieb dabei, bis er sich schließlich daran gewöhnt hatte. Einmal hatte mein Großvater zu ganz krassen, verzweifelten Mitteln gegriffen: Er fing an, auf der Schwelle seiner Kammer mit einem Beil sämtliche Wäschestücke aus Bauernleinen zu zerhacken, ohne auf das Gejammer seiner Frau zu achten, die ihn anflehte, lieber möge er sie verprügeln, als sein ›Hab und Gut‹ zu vernichten. Dieses Mittel versagte jedoch ebenfalls: Auch die neue Wäsche war wieder aus Bauernleinen, und der Alte ergab sich in sein Schicksal. Doch ich bitte, mir zu verzeihen – um mögliche Einwände meiner Leser zu widerlegen, bin ich vom Thema abgekommen, ich wollte von Großvaters ›gutem Tag‹ erzählen. Ohne jemanden zu stören, holte er sich selbst eine alte Filzdecke, die dort immer bereitlag, aus der Kammer, deckte sie auf die Treppenstufen und setzte sich darauf, um, wie er immer tat, die aufgehende Sonne zu erwarten. Kurz vor Sonnenaufgang ist jeder Mensch unbewußt heiter gestimmt; bei Großvater aber kam dazu, daß es ihn fröhlich stimmte, seinen schon damals wohlausgestatteten Hof mit all seinen Wirtschaftsgebäuden zu betrachten. Allerdings war sein Hof noch nicht eingezäunt, so daß das Vieh aus den Bauernhöfen, das sich versammelte, um auf die Weide getrieben zu werden, ihm im Vorbeigehen einen Besuch abstattete; das geschah regelmäßig, auch abends, und so auch an diesem Morgen. Ein paar dreckige Schweine rieben ihren Rücken und schrubbten sich an den gleichen Treppenstufen, auf denen Stepan Michailowitsch saß, um dann grunzend und mit Genuß Krebsschalen und andere Speisereste zu fressen, die man abends einfach vor die Treppe zu werfen pflegte; auch einige Kühe und Schafe kamen vorbei, ihr Besuch hinterließ begreiflicherweise einige unappetitliche Spuren. Doch das störte meinen Großvater nicht im geringsten – im Gegenteil, er freute sich über den Anblick des gesunden und kräftigen Viehs, war es doch der beste Beweis für die Zufriedenheit und den Wohlstand seiner Bauern. Bald aber wurden die frühen Besucher durch das laute Knallen der langen Hirtenpeitsche vertrieben. Allmählich erwachte das Hofgesinde. Spiridon, der kräftige Stallknecht – bis in sein hohes Alter ›Spirka‹ genannt –, führte der Reihe nach erst zwei rotbraun gescheckte Stuten, dann einen schwarzen Hengst hinaus, band sie an einen Pfahl und striegelte sie gründlich. Dann ließ er sie an einer langen Leine laufen; Großvater aber freute sich am Anblick der edlen Tiere und sah im Geiste schon die prächtige Rasse vor sich, die er aus diesen Tieren züchten wollte – was ihm auch hervorragend gelang. Nun erwachte auch die alte Beschließerin, die im Keller zu schlafen pflegte – stöhnend und ächzend, wie immer, kam sie aus ihrem Kellerloch hervor und ging zum Buguruslan, um sich zu waschen; der aufgehenden Sonne zugewandt, verrichtete sie ihr Morgengebet, dann begann sie das Geschirr und die Kochtöpfe vom Vorabend zu spülen und zu schrubben. Zwitschernd schwirrten die Schwalben hin und her, die Wachteln schlugen, und die Lerchen stiegen singend in die Lüfte. Im Gebüsch kreischten heiser die Wachtelkönige, aus den nahen

Sümpfen tönten das Pfeifen der Wasserhühner und die Schreie der Bekassinen. Spottdrosseln ahmten den Gesang der Nachtigallen nach. Und wie ein roter Feuerball rollte nun die aufgehende Sonne hinter den Bergen hervor. Aus den Schornsteinen der Bauernhütten stiegen Rauchsäulen auf, die sich wie Flaggen einer kleinen Schiffsflotte mit dem Winde neigten. Die Bauern begannen truppweise aufs Feld hinauszugehen ...

Großvater verspürte Lust, sich mit frischem Wasser zu waschen und dann Tee zu trinken. Nun weckte er die immer noch faul herumliegenden Diener. Zu Tode erschrocken, sprangen die beiden auf, aber Großvaters fröhliche Stimme beruhigte sie: »Masan, hol das Waschwasser! Tanaitschenok – los – Axjutka und die Herrin wecken! Und den Tee!« Es bedurfte keiner Wiederholung des Befehls: Schon sauste der für gewöhnlich schwerfällige Masan, so schnell seine Beine ihn trugen, mit der kupfernen Waschschüssel zum Brunnen. Der behende Tanaitschenok aber weckte rasch die häßliche Magd Axjutka; diese schob hastig ihr verrutschtes Kopftuch zurecht und beeilte sich, ihre alte, dickliche Herrin aus dem Schlaf zu rütteln. In wenigen Minuten war das ganze Haus auf den Beinen, und schon wußten alle: Der alte Herr war heute bei guter Laune. Eine Viertelstunde später stand schon der Frühstückstisch auf der Freitreppe, bedeckt mit einer weißen, selbstgewebten Leinendecke, der mächtige Samowar kochte, und Axjutka war emsig um ihn beschäftigt. An diesem Morgen begrüßte Arina Wassiljewna, die alte Hausfrau, ihren Mann nicht mit Seufzern und Stöhnen – was zuweilen das günstigste war –, sondern sie erkundigte sich laut und fröhlich nach seinem Befinden: Wie er geschlafen und was er geträumt habe? Großvater begrüßte seine Ehehälfte zärtlich und nannte sie Arischa; er küßte ihr die Hand, hielt ihr jedoch öfter seine eigenen Hände zum Kusse hin, ein Zeichen besonderer Gnade! Arina Wassiljewna aber blühte auf und schien verjüngt! Wo waren ihre Schüchternheit und Unbeholfenheit geblieben? Geschwind holte sie sich ein Fußbänkchen und setzte sich neben Großvater auf die Freitreppe, was sie niemals gewagt hätte, wäre seine Begrüßung nicht so freundlich gewesen. »Laß uns tüchtig Tee zusammen trinken, ehe es heiß wird, Arischa«, sagte Stepan Michailowitsch, »trotz der furchtbaren Schwüle habe ich so fest geschlafen, daß ich das Träumen versäumt habe! Und du – wie ging es dir?« Eine solche Frage war eine ganz seltene Aufmerksamkeit, und Großmutter beeilte sich zu erwidern, daß sie stets vorzüglich schlafe, wenn der Großvater es täte. Dagegen habe Tanjuscha eine sehr unruhige Nacht verbracht! Tanjuscha war die jüngste Tochter, und wie das häufig vorkommt, hatte der alte Herr sie am liebsten. Er war sehr besorgt und befahl, daß niemand das Mädchen wecken dürfe, sie solle ausschlafen. Doch man hatte Tatjana Stepanowna schon mit den andern Schwestern geweckt, und sie war bereits angezogen; es wagte aber keiner, das zu sagen. Rasch zog sich Tanjuscha wieder aus, schlüpfte ins Bett, ließ die Läden ihrer Kammer schließen und lag so zwei Stunden im Dunkeln, ohne freilich wieder einschlafen zu können. Der Großvater aber war zufrieden in der Gewißheit, seine Tanjuscha könne sich ausruhen. Seinen einzigen Sohn, der damals neun Jahre alt war, ließ er niemals früh wecken. Die älteren Schwestern dagegen beeilten sich zu kommen. Stepan Michailowitsch reichte ihnen freundlich die Hand zum Kusse und redete die eine mit Lisanka, die andere mit Lexanja an. Die beiden waren nicht dumm, Alexandra vereinte Schläue mit der väterlichen Lebhaftigkeit und dem Jähzorn, doch fehlten ihr seine liebenswerten Eigenschaften. Die Großmutter war eine ganz einfache Frau und stand völlig unter dem Kommando ihrer Töchter; wenn sie es ab und zu einmal riskierte, Stepan Michailowitsch zu beschwindeln, so stets nur auf Veranlassung der beiden; und da sie überhaupt keinerlei Geschick zum Lügen besaß, gingen solche Versuche auch meistens schief; der Alte durchschaute sie sofort. Er wußte auch, daß seine Töchter ihn bei jeder Gelegenheit betrogen. Wenn er guter Laune war, ließ er sie oft aus Bequemlichkeit oder um des lieben Friedens willen in dem Glauben, er wüßte nicht genau, was gespielt würde. Doch beim nächsten Wutanfall schrie er ihnen dann alles ins Gesicht, in den kräftigsten Ausdrücken, ja, zuweilen prügelte er sie sogar; doch die Mädchen – als echte Evastöchter – ließen sich nicht einschüchtern: Das Unwetter ging vorüber, das Gesicht des Vaters hellte sich wieder auf, und schon machten sie neue Pläne, um ihn zu überlisten. Öfters gelang es ihnen auch.

Nach dem Frühstück, wenn das Plauderstündchen mit der Familie beendet war, fuhr Großvater hinaus aufs Feld. Schon vorher hatte er Masan den Befehl gegeben, anspannen zu lassen, und der alte braune Wallach wartete angeschirrt vor der Auffahrt. Der lange, schmale Bauernwagen war ein recht gemütliches Fahrzeug, seine Seitenwände bestanden aus geflochtenen Stricken, und in der Mitte lag eine dicke Filzdecke. Spiridon, der Stallknecht, saß vorn als Kutscher; er war barfuß und trug nichts als einen groben Kittel, der mit einer roten Wollkordel umgürtet war, an der ein Schlüssel und ein Metallkamm hingen. Einmal war er sogar ohne Kopfbedeckung losgefahren, doch nachdem mein Großvater ihn deswegen ausgescholten hatte, trug er nun stets eine aus Lindenbast geflochtene Kappe auf dem Kopf. Stepan Michailowitsch machte sich über dieses seltsame Gebilde gern lustig. Er selbst zog nun seinen ›Feldrock‹ aus ungebleichtem, hausgemachtem Leinen an, setzte seine Mütze auf und legte sogar noch für den Fall, daß es Regen geben würde, einen Umhang auf den Wagen, dann stieg auch er ein. Spiridon saß auf einem dreifach zusammengelegten, alten Rock aus gewöhnlichem Bauerntuch, welcher jedoch mit Krapp feuerrot gefärbt war, der überall auf den Feldern wuchs. Diese rote Farbe war so reichlich in Gebrauch bei den Leuten meines Großvaters, daß die Nachbarn ihnen den Spitznamen ›die Krapproten‹ gegeben hatten. Ich selbst habe diesen Namen noch gehört – fünfzehn Jahre nach Großvaters Tode. – Mit dem Zustand seiner Äcker war der Großvater sehr zufrieden. Er betrachtete den verblühenden Roggen, der mannshoch wie eine feste Mauer stand; ein leichter Wind ging darüber, und nun wogte das Korn in langen, bläulich und lila schimmernden Wellen mal heller, dann wieder dunkler im Licht- und Schattenspiel der Sonne. Schön war es für den Gutsherrn, solch ein Ährenfeld zu betrachten! Großvater besuchte auch den jungen Hafer, die Hirse und die anderen Sommersaaten; dann ging es weiter zu den Brachfeldern: Hier ließ er sich in den Ackerfurchen hin und her fahren, das war seine Methode, zu prüfen, ob man gut gepflügt hatte oder nicht. Jede nicht gelockerte Erdscholle, jede Stelle, die der Pflug nicht berührt hatte, genügte, um dem leichten Wagen einen heftigen Stoß zu geben. Wenn Großvater schlechter Laune war, dann steckte er in das zu bemängelnde Stück einen Stock oder eine Gerte, schickte – falls er ihn nicht dabei hatte – sofort nach dem Verwalter und hielt Gericht! An diesem Morgen aber verlief alles günstig; vielleicht gab es auch dieses Mal hie und da schlecht gepflügte Erdklumpen, jedenfalls bemerkte der Großvater sie nicht oder wollte sie nicht bemerken. Er besuchte anschließend noch seine Steppenwiesen und freute sich an dem dichten, hohen Gras, das in den nächsten Tagen gemäht werden sollte. Zuletzt fuhr er dann noch zu den Äckern seiner Bauern, um sich selbst davon zu überzeugen, bei wem das Korn gut stand und bei wem nicht; sogar die Brachfelder sah er sich an – er merkte sich alles und vergaß nichts. Auf der Fahrt über ein Stück Brachland erspähte Großvater eine Fülle reifer Walderdbeeren. Er ließ halten und pflückte mit Masans Hilfe einen großen Strauß mit herrlichen, überreifen Beeren, die er seiner ›Arischa‹ nach Hause brachte. Trotz der glühenden Hitze war er fast bis zum Mittag unterwegs. Kaum aber erblickten die Daheimgebliebenen Großvaters Wagen, der den Hügel heruntergefahren kam, so war auch schon das Essen auf dem Tisch, und die ganze Familie stand in Erwartung des Heimkehrenden auf dem Vorplatz.

»Nun, Arischa«, rief Großvater fröhlich, »was für eine Ernte schenkt uns der liebe Herrgott! Groß ist die Gnade des Allmächtigen! Und hier hast du auch ein paar Erdbeerlein!«

Großmutter strahlte vor Glück. »Zur Hälfte sind die Beeren schon reif«, fuhr er fort, »von morgen an sollen die Leute zum Beerenpflücken gehn!« Mit diesen Worten betrat er die Diele. Aus dem Speisesaal drang ihm der Geruch der heißen Kohlsuppe entgegen. »Ah – schon fertig!« rief er vergnügt. »Schönen Dank!« Und ohne erst sein Zimmer aufzusuchen, begab er sich sofort in den Speisesaal und setzte sich zu Tisch. – Hier muß ich einfügen, daß bei meinem Großvater folgendes üblich war: Wann auch immer er von den Äckern zurückkam, ob früher oder später, stets erwartete er, daß das Essen auf dem Tisch stand; Gott behüte! Wenn es mal verbummelt worden wäre, seine Heimkehr zu bemerken, und noch nicht alles für ihn bereitgestanden hätte . . . es gab zahlreiche Beispiele dafür, daß so etwas sehr häßliche Folgen haben konnte. – Doch an diesem gesegneten Tag, von dem ich berichte, ging alles wie am Schnürchen, alles glückte großartig! Nikolka Rusan, ein kräftiger, gesunder Bauernbursche, stand hinter Großvaters Stuhl und vertrieb mit einem großen Birkenzweig die lästigen Fliegen. Großvater aß die heiße Kohlsuppe mit einem Holzlöffel – ein Silberlöffel hätte ihm den Mund verbrannt; nach der Suppe kam eine eisgekühlte Botwinja mit einem wachsgelben Stör und geschälten Krebsen – und noch andere leichtere Gerichte. Man trank dazu selbstgebrautes Bier und Kwas, alles auch eisgekühlt. Es war ein lustiges Mittagessen, alle redeten laut durcheinander, scherzten und lachten. Doch es hatte auch andere Mittagsmahlzeiten gegeben, die in unheimlicher Stille verliefen, in stummer Erwartung eines drohenden Gewitters. – Die Bauernbuben und -mädchen hatten gehört, daß der Hausherr heute gut gelaunt sei, und nun drängten sie sich in den Speisesaal, um einen Happen vom Tisch der Herrschaft zu erhaschen. Großzügig verteilte der Großvater Leckerbissen unter die Kinder, denn es war fünfmal mehr gekocht worden, als die Familie verzehren konnte.

Gleich nach dem Essen legte Großvater sich schlafen. Die Fliegen wurden aus der Bettnische verjagt, die schützenden

Vorhänge geschlossen, ja, man stopfte den unteren Rand sogar unter die Matratze, damit keine Fliege mehr eindringen konnte; schon sehr bald kündigte ein kräftiges Schnarchen an, daß der Herr des Hauses den Schlaf des Gerechten schlief. Nun gingen auch die andern auseinander, und jeder suchte sich ein Plätzchen zum Ausruhen. Nachdem Masan und Tanaitschenok mit ihrer Mittagsmahlzeit fertig waren, bei der sie sich bis zum Halse mit den Resten des Herrschaftsessens vollgestopft hatten, streckten auch sie sich aus, und zwar auf dem Dielenfußboden unmittelbar vor der Türe zur Schlafkammer ihres Herrn. Zwar hatten sie bereits vor dem Essen ein wenig geschlummert, doch das hinderte sie nicht, sofort wieder einzuschlafen. Schließlich wurden sie aber doch durch die unerträgliche Schwüle und die stechenden Strahlen der Mittagssonne, die durch das Fenster hereindrang, wieder wach. Ihre Kehlen waren von Schlaf und Hitze ausgedörrt, nun verspürten sie ein heftiges Verlangen nach einem Schluck des köstlichen, eisgekühlten, herrschaftlichen Bieres, und schon beschlossen die zwei Faulpelze, das Folgende zu unternehmen: Vorsichtig holten sie sich durch die nur angelehnte Kammertüre Großvaters Schlafrock und seine Nachtmütze; beides lag bequem erreichbar auf einem Stuhl dicht neben der Türe. Tanaitschenok zog die Sachen des Hausherrn an und setzte sich auf die Freitreppe. Masan aber lief mit einem Krug in den Keller, weckte die Wirtschafterin, die, wie alle im Hause, in tiefem Schlafe lag, und verlangte schleunigst für seinen bereits erwachten Herrn eisgekühltes Bier; als die Wirtschafterin mißtrauisch schien und nicht glauben wollte, daß der Herr schon wach sei, zeigte Masan ihr die Gestalt in Schlafrock und Nachtmütze, die auf der Freitreppe saß. Das Bier wurde eingefüllt, Eis in den Krug gelegt, und Masan eilte mit seiner Beute davon. Nun wurde das Bier brüderlich geteilt, Schlafrock und Mütze leise wieder zurückgelegt, und danach verging noch eine volle Stunde, bis der alte Herr erwachte. Er war noch besserer Laune als am Morgen, und sein erstes Wort war: »Eisgekühltes Bier!« Die Diener bekamen es mit der Angst; was blieb Tanaitschenok übrig – er lief wieder zur Wirtschafterin, und diese erriet sofort, wer den ersten Krug Bier geleert hatte. Sie füllte den Krug erneut, folgte aber dem Boten zur Freitreppe, wo nunmehr der richtige Hausherr im Schlafrock saß. Schon nach den ersten Worten war der Betrug entdeckt, und schlotternd vor Angst warfen sich Masan und Tanaitschenok ihrem Herrn zu Füßen; und was, glaubt ihr, tat der Großvater? Er lachte schallend, ließ Arischa und seine Töchter holen und erzählte ihnen unter dauerndem Gelächter den Streich seiner Diener. Die zwei armen Teufel atmeten auf, einer von ihnen wagte sogar zu lächeln. Stepan Michailowitsch sah es und wäre fast in Wut geraten. Seine Stirn legte sich in Falten, aber in seinem Herzen herrschte ein solcher Friede durch den ganzen glücklichen Tag, daß sein Zorn verrauchte, seine Züge sich aufhellten und er mit gewollt grimmiger Miene nur sagte: »Nun – für dieses Mal möge es euch Gott verzeihen, aber wehe euch, wenn ihr jemals wieder ...«, es war nicht nötig, diesen Satz zu Ende zu sprechen.

Man muß sich wundern, daß es die Diener eines so jähzornigen und in diesem Zorn oft so grausamen Herrn wagten, solche Dummheiten zu machen. Doch habe ich in meinem Leben oft beobachtet, daß gerade bei besonders strengen Herrschaften die Diener sich oft die verzweifeltsten Streiche leisten. Bei meinem Großvater war diese Geschichte auch nicht der einzige Fall. So war einmal derselbe Wanka Masan, als er die Kammer des alten Herrn fegte und das Bett zudeckte, in solches Entzücken über das herrliche, weiche Federbett und die ebenso köstlichen Kopfkissen geraten, daß er der Versuchung nicht widerstehen konnte, sich einmal in das herrschaftliche Bett zu legen und das so richtig zu genießen; er tat es und schlief prompt ein. In dieser Lage fand ihn, den fest Schlafenden, der Großvater selbst – und lachte! Freilich zog er ihm mit seinem Stöckchen eins über, doch nur aus Spaß, um sich an Masans Schrecken zu weiden! – Übrigens erlebte Stepan Michailowitsch nicht nur solch harmlose Streiche. Weit schlimmere Dinge wurden hinter seinem Rücken eingefädelt! So lebte in seinem Hause ein junges Mädchen, eine Kusine von ihm, Praskowja Iwanowna Bagrowa, eine sehr reiche Vollwaise, die bei ihm erzogen wurde und an der er sehr hing. Dieses vierzehnjährige Kind wurde in seiner Abwesenheit mit einem ganz abscheulichen, lasterhaften Kerl verheiratet, den er nicht ausstehen konnte. Arrangiert worden war das Ganze natürlich von den Verwandten mütterlicherseits, aber doch mit der Zustimmung von Arina Wassiljewna und unter Mitwirkung der Töchter. Doch davon will ich lieber später berichten, jetzt kehre ich erst einmal zu Großvaters glücklichem Tage zurück.

Stepan Michailowitsch war gegen fünf Uhr erwacht, und nach dem eisgekühlten Bier verspürte er bald Lust, ausgiebig Tee zu trinken, denn er war der Meinung, daß ein möglichst heißes Getränk die Hitze erträglicher mache. Er ging nur vorher noch rasch hinaus, um ein Bad in dem kühlen Buguruslan zu nehmen, der dicht vor den Fenstern des Hauses dahinströmte. Als er zurückkam, war die ganze Familie bereits um den Teetisch versammelt, den man an einen schattigen Platz gestellt hatte; der Samowar summte, und wie immer saß Axjutka daneben und bediente ihn. Nachdem er tüchtig von seinem schweißtreibenden Lieblingsgetränk, dem er reichliche Mengen fetter Sahne zusetzte, genossen hatte, schlug Großvater der Familie eine Spazierfahrt zur Mühle vor. Selbstverständlich waren alle begeistert, und meine beiden Tanten Alexandra und Tatjana Stepanowna, die eifrige Anglerinnen waren, nahmen ihr Angelgerät mit. Rasch wurden zwei Wagen angespannt; im ersten saßen Großvater und Großmutter, zwischen sich ihren einzigen männlichen Erben, den kostbaren Vertreter ihres altadeligen Geschlechts. Im zweiten Wagen saßen meine beiden Tanten und Nikolka Rusan, der Bauernbursche, den man eigens mitnahm, damit er Regenwürmer suchen und sie den beiden Fräulein an den Angelhaken stekken sollte.

Aus der Mühle brachte man für die Großmutter eine Bank, und sie setzte sich in den Schatten des Mehlspeichers dicht an den Mühlbach, wo – ein Stück unterhalb – ihre beiden jüngeren Töchter angelten. Jelisaweta Stepanowna, die älteste, ging teils dem Vater zuliebe, teils aus wirklichem Interesse an der Wirtschaft mit Stepan Michailowitsch in die Mühle, um das Mahl- und Stampfwerk zu besichtigen. Das kleine Söhnchen aber vergnügte sich damit, den Tanten beim Fischen zuzusehen – ihm selbst erlaubte man das Angeln im tiefen Wasser noch nicht –, oder er spielte in der Nähe seiner Mutter, die ihn nicht aus den Augen ließ, aus Angst, er könne in den Bach fallen. Beide Mühlsteine waren in Betrieb, der eine schälte Weizen für die Herrschaft, der andere hatte Roggen zu mahlen. In der Stampfmühle wurde Hirse gestampft.

Der Großvater kannte sich in allen Gebieten der Wirtschaft aus. Er kannte den Mechanismus der Mühle genau und erklärte ihn nun seiner klugen und interessierten Tochter bis ins kleinste. Er bemerkte auch sofort alles, was nicht gut funktionierte, ließ sogar den Müller Boltunjonok rufen, der das Wasser abstellen mußte, denn Stepan Michailowitsch hatte am Geräusch der Mühle gehört, daß ein Rad nicht in Ordnung war. Der Müller untersuchte das Rad und sagte: »Du hast recht, Väterchen Stepan Michailowitsch, eine Speiche hat sich ein wenig gelockert.« – »Ein wenig!« gab Großvater zurück, ohne jedoch böse zu werden, »wenn ich nicht zufällig heute gekommen wäre, so wäre das Rad heute nacht gebrochen!« – »Ich bitte um Vergebung – es ist mir tatsächlich entgangen!« – »Na, in Gottes Namen – aber schaff sofort ein anderes Rad her, und dieses hier muß repariert werden!« Schleunigst wurde das schadhafte Rad ausgewechselt und das neue tüchtig geteert. Dann wurde das Wasser, auch nach Großvaters Anordnung, nicht plötzlich, sondern ganz langsam wieder in Fluß gebracht, und die Steine begannen gleichmäßig und ohne falsche Geräusche, ohne Geklapper zu mahlen. Großvater aber ging nun mit seiner Tochter weiter ins Stampfwerk, wo er eine Handvoll Hirse nahm und darauf

blies, daß der feine Staub davonflog. Er prüfte sie und sagte zu dem Mordwinen, der ihn in die Mühle geführt hatte: »Was guckst du, Nachbar Wassjucha? Es ist kein ungestampftes Körnchen mehr dabei! Wenn du jetzt nicht aufhörst, wirst du weniger Hirse behalten!« Wassjucha mußte feststellen, daß der Großvater auch hier recht hatte. Er bedankte sich, verbeugte sich, nickte mehrmals mit dem Kopf und eilte davon, um das Wasser abzustellen. Nun ging der Großvater mit seiner Schülerin noch auf den Geflügelhof, wo er alles in bester Ordnung vorfand. Hier wimmelte es von Gänsen, Enten, Hühnern und Truthühnern, und sie alle wurden von einem alten Weiblein und deren Enkelin gehütet. Zum Zeichen besonderer Gnade ließ sich der Großvater von den beiden die Hand küssen, dann ordnete er an, daß sie monatlich neben der üblichen Mehlration noch weitere zwanzig Pfund Weizenmehl für Kuchen erhalten sollten. Vergnügt kehrte Stepan Michailowitsch zu Arina Wassiljewna zurück, er war mit allem sehr zufrieden: mit seiner verständigen Tochter, mit der gut mahlenden Mühle und mit der braven Hühnertante Tatjana Goroschana, die das Geflügel so gut pflegte.
Die Hitze hatte nachgelassen, zumal vom Wasser her Kühlung aufstieg und die Frische des Abends noch erhöhte. Eine lange Staubwolke näherte sich dem Dorf. Immer deutlicher hörte man das Blöken und Brüllen der heimkehrenden Herde; hinter dem steilen Berghang sank die Sonne. Auf dem Deich stehend, genoß Stepan Michailowitsch den Blick auf den großen Mühlteich, der sich wie ein blanker Spiegel zwischen seinen flachen Ufern dehnte. Man sah die unzähligen Fische, die unter der klaren Oberfläche hin und her flitzten oder nach den tanzenden Mücken sprangen; doch Großvater war kein leidenschaftlicher Fischer. »Zeit wird's, heimzufahren, Arischa«, rief er, »der Verwalter wartet bestimmt schon auf mich!« Die beiden jüngeren Töchter, die genau gemerkt hatten, daß der alte Herr gut gelaunt war, fingen nun an, ihn zu bitten, er möge ihnen erlauben, noch ein wenig am Wasser zu bleiben; sie erinnerten daran, daß die Fische nach Sonnen-

untergang am besten beißen, und versprachen, sehr bald zu Fuß heimzukehren. Der Großvater willigte ein und stieg mit der Großmutter in seinen Wagen, Jelisaweta Stepanowna und das kleine Brüderchen folgten im zweiten. Stepan Michailowitsch hatte sich nicht geirrt: an der Freitreppe wartete bereits der Verwalter, und nicht nur er allein, es waren auch noch ein paar Bauern mit ihren Weibern dabei. Der Verwalter, der den Herrn schon am Morgen gesehen hatte, wußte, daß dieser bei guter Laune war und hatte es hie und da herumerzählt. Nun kamen einige, die irgendwelche Sonderwünsche hatten, in der Hoffnung, bei dieser günstigen Gelegenheit die Erfüllung dieser Wünsche beim Gutsherrn zu erreichen. Der Großvater war an diesem Tage sehr großzügig, und alle Bittgänger wurden zufriedengestellt. Einem Bauern, der noch alte Schulden hatte und sehr wohl in der Lage gewesen wäre, diese zu bezahlen, ließ er Korn geben. Einem andern gestattete er, seinen Sohn schon vor dem Herbst zu verheiraten – sonst war der Herbst die übliche Zeit für Bauernhochzeiten –, und noch dazu mit einem ganz anderen Mädchen, als der, die er selbst bestimmt hatte. Einer nichtsnutzigen Soldatenwitwe, die wegen ihres schlechten Lebenswandels aus dem Dorf gejagt werden sollte, gab er die Erlaubnis, weiterhin bei Vater und Mutter zu wohnen – usw. Und nicht genug: Er ließ auch noch jedem einen großen, silbernen Becher selbstgekelterten Weines vorsetzen. Dann gab Stepan Michailowitsch noch dem Verwalter einige kurze, klare Anweisungen, welche die Wirtschaft betrafen, und eilte anschließend zum Abendessen, das schon auf ihn wartete. Die Abendtafel war nicht sehr verschieden vom Mittagstisch, es wurde wohl nur mehr gegessen, weil die Hitze nachgelassen hatte. Nach dem Essen pflegte der Großvater noch einige Zeit im Hemd auf der Freitreppe zu sitzen und sich abzukühlen, während die Familie sich schon zur Ruhe begab. An diesem Abend scherzte und lachte er etwas länger als sonst mit seinen Dienstleuten, ja, er forderte sogar Masan und Tanaitschenok zu einem Ringkampf auf; er hetzte und neckte sie so lange, bis

sie in wirkliche Wut gerieten und aufeinander losschlugen, sich am Schluß sogar an den Haaren zerrten. Doch der Großvater hatte nun genug über sie gelacht und brachte sie mit einem kurzen, aber energischen Wort zur Vernunft.
Die kurze, zauberhafte Sommernacht umschloß nun die ganze Natur. Noch glühte der Westen rot von der untergegangenen Sonne, und ehe diese Röte völlig verglommen war, würde schon der neue Tag im Osten aufdämmern. Immer tiefer und tiefer wurde das nächtliche Blau des Himmels, immer heller glitzerten die Sterne; auch die Stimmen und Schreie der Nachtvögel wurden lauter, als kämen sie den menschlichen Wohnungen näher. Und das Stampfen der Mühle schien sich im Steigen der abendlichen Nebel zu nähern.
Der Großvater erhob sich, bekreuzigte sich mehrmals unter dem nächtlichen Sternhimmel und begab sich zur Ruhe, ungeachtet der Schwüle in seiner Kammer und des schweren Federbettes, und er befahl, die Vorhänge herabzulassen.

Alexander Herzen

Die diebische Elster

Michail Semjonowitsch Schtschepkin gewidmet

Dein überreich geschmücktes Haus
die Zahl der Gäste kaum erfaßt.
Dort geht Erato ein und aus,
Terpsichore, Thalia weiln zu Gast.
Der Hausherr neigt zum Gruß den Blick
und heißt sie freundlich mild willkommen.

»Der Ukrainische Bote«,
Jahrgang 1816

»Ist Ihnen schon aufgefallen«, setzte der junge Mann mit dem kurzgeschnittenen Haar das Gespräch über das Theater fort, »ist Ihnen schon aufgefallen, daß es bei uns zwar wenige, doch immerhin ein paar gute Schauspieler gibt, aber fast überhaupt keine guten Schauspielerinnen? Und der Name der Semjonowa ist nur in der Überlieferung erhalten geblieben. Das muß doch seinen Grund haben?!«

»Den Grund braucht man nicht lange zu suchen. Sie verstehen ihn nur deshalb nicht«, entgegnete ein anderer, dessen Haar nach allen Seiten gleichmäßig lang geschnitten war, »weil Sie alles durch die westliche Brille sehen. Die slawische Frau wird sich nie daran gewöhnen, auf die Bretter der Bühne zu treten, sich den Augen der Masse hinzugeben und in ihr jene Gefühle zu wecken, die sie als Geschenk allein ihrem Gatten darbringt; ihr Platz ist zu Hause und nicht auf der Schaubühne. Unverheiratet ist sie die Tochter, die unterwürfige gefügsame Tochter, verheiratet ist sie die unterwürfige Gattin. Diese natürliche Stellung der Frau in der Familie beraubt uns zwar guter Schauspielerinnen, dafür bewahrt sie aber sehr schön die Reinheit der Sitten.«

»Wie kommt es dann aber«, bemerkte ein dritter, dessen Haar überhaupt nicht geschnitten war, »daß sich bei den Deutschen das Familienleben, wie ich glaube, nicht schlechter erhalten hat als bei uns und daß dies in keiner Weise das Vorhandensein guter Schauspielerinnen beeinträchtigt? Und dann bin ich auch im wichtigsten Punkt nicht mit Ihnen einverstanden: Ich weiß zwar nicht, wie es bei den Westslawen um den häuslichen Herd bestellt ist, aber wir Russen hören auf jeden Fall auf, solche Patriarchen zu sein, als die Sie uns darstellen.«

»Gestatten Sie mir eine Frage: Wo haben Sie die slawische Familie beobachtet und studiert? In den höheren Schichten, die ein besonderes Leben führen, in den Städten, die das Landleben, das einzig und allein wirklich volkstümlich ist, aufgegeben haben, an den großen Verbindungsstraßen, wo der Bauer zum Krämer geworden ist, wo Ihre Industrie ihn durch Wohlstand verdorben und in ihm künstliche Bedürfnisse gezüchtet hat? Nicht da hat sich die Familie erhalten, wenn Sie sie sehen wollen, dann machen Sie sich auf in die kleinen bescheidenen Dörfer, die an den Landstraßen liegen.«

»Indes ist es eigenartig, daß die großen Verbindungswege, die Städte und all das, was die anderen Völker vorwärtsbringt, für die Slawen, wie Sie belieben diese darzustellen, schädlich sein soll. Ihrer Meinung nach dürfte es also, um die Reinheit der Sitten zu erhalten, keine Verkehrswege, keinen Handel und schließlich auch keinen Wohlstand geben, der doch die erste Voraussetzung für die weitere Entwicklung des Lebens ist. Selbstverständlich war auch Robinson, als er allein auf seiner Insel lebte, ein vorbildlicher Mensch, er spielte nie Karten und trieb sich nicht in Kneipen herum.«

»Man kann natürlich *alles* ins Lächerliche ziehen. Ein Witz kann einen mitunter zum Lachen bringen, aber einen Gegenbeweis können Sie mit ihm niemals führen. Es gibt Dinge, die Sie bei aller Gewandtheit des westlichen Denkens nicht verstehen werden, so wie ein Mensch, der des Gehörs beraubt ist, die Musik nicht versteht, was ihn aber keineswegs hindert, ein Maler oder irgend etwas anderes zu sein. Sie werden niemals verstehen, daß die friedfertige, fleißige Armut höhersteht als der selbstzufrieden machende Reichtum. Sie werden weder unsere patriarchalische Familienordnung in der Hütte verstehen, wo der Vater das Oberhaupt ist, noch die Ordnung im Dorf, wo das Haupt der Gemeinschaft wiederum ein Vater, der geistliche Vater, ist. Sie haben sich an die strenge Abgrenzung der Rechte und Freiheiten gewöhnt, an einen Rahmen für Menschen und Stände, an gegenseitige Bevormundung und an das Mißtrauen – all das ist im Westen unbedingt erforderlich: Dort ist alles auf Feindseligkeit gegründet, und die erste Bürgerpflicht besteht dort, wie Ihr Dichter sagt, in einem wendigen Kampf:

> Hier ist entflammtes Drängen, dort nur grimme Abwehr –
> als kühne Triebkraft eines neuen Staatsbewußtseins.«

»Ich glaube nicht, daß wir auf diesem Wege bald zur Lösung der Frage, warum es bei uns so wenige Schauspielerinnen gibt, gelangen«, sagte jener, der das Gespräch begonnen hatte. »Wenn Sie der Vollständigkeit halber chemin faisant alle historischen und politischen Fragen lösen wollen, so werden Sie dem wohl vierzig Jahre Ihres Lebens widmen müssen, und selbst dann wäre der Erfolg noch zweifelhaft. Sie, verehrter Slawe, wollen, soweit ich es verstehe, sagen, daß es bei uns deshalb keine Schauspielerinnen gibt, weil die Frau nicht als Individuum lebt, sondern als Glied der Familie, in der sie ganz und gar aufgeht: Daran ist viel Wahres. Sie setzen jedoch voraus, daß die Familie nur in den kleinen Dörfern existiert. Schauspielerinnen aber kommen nicht aus eben jenen kleinen Dörfchen, die keinerlei Verbindung zur Außenwelt haben.«

»Gestatten Sie mir, Ihnen gleich zu antworten«, warf der Europäer ein (so wollen wir jenen nennen, dessen Haar nicht geschnitten war): »Bei uns hat die Frau im allgemeinen weder an den großen Überlandstraßen noch an den Dorfstraßen jenes freie Recht erhalten, an allem teilzuhaben wie beispielsweise in Frankreich. Es gibt Ausnahmen, aber diese sind immer untrennbar mit irgendeiner Prahlerei verbunden, was der beste Beweis dafür ist, daß es sich um Ausnahmen handelt. Eine Frau, der es in den Sinn käme, sich bei uns genauso zu verhalten wie ein gebildeter Mann, würde ihre Rechte gar nicht nutzen, sondern sie würde ihre errungene Freiheit zur Schau stellen wollen.«

»Eine solche Frau wäre natürlich eine Mißgeburt; und glücklicherweise«, entgegnete der Slawe, »braucht man bei uns la femme émancipée auch nicht zu suchen, und ich weiß nicht, ob es sich überhaupt lohnt, sie irgendwo zu suchen. Und was die Menschenrechte anbelangt, so vergessen Sie bitte nicht, daß die Frau bei uns seit ältester Zeiten ihrer mehr genoß als in Europa, ihr Eigentum verschmolz nicht mit dem Eigentum des Mannes, sie hat eine Stimme bei den Wahlen und das Recht, Bauern zu besitzen.«

»Natürlich genießt die europäische Frau nicht alle jene Rechte, deren sich die Damen bei uns erfreuen. Aber, verzeihen Sie, es geht hier nicht um die geschriebenen Rechte, sondern eben gerade um die ungeschriebenen, um die öffentliche Meinung. Was würden wir selbst denn sagen, wenn jetzt plötzlich in unsere stille Unterhaltung, die nichts Unanständiges an sich hat, eine der uns bekannten Damen hereinplatzen würde? Ich bin überzeugt, daß es sowohl für uns wie auch für sie unangenehm wäre. Wir geben uns in Damengesellschaft ganz anders, und darin liegt ein Mangel an Achtung vor der Frau.«

»Wie fleißig Sie George Sand gelesen haben! Der Mann soll Frauen gegenüber nicht zu freimütig sein. Und weshalb auch soll die Frau seine Unterhaltung teilen? Mir gefällt so eine Männerrunde, in die sich keine Damen einmischen, furchtbar gut, es liegt so etwas Strenges, Ungekünsteltes darin.«

»Und etwas überaus Humanes hinsichtlich der Frauen, die zu Hause gelassen werden. Sie hätten, glaube ich, einen guten Saporoshe-Kosaken abgegeben, wenn Sie früher zur Welt gekommen wären.«

»Ihr Gedanke ist in solch starkem Maße fremdländisch, daß Sie nicht einmal das rechte russische Wort finden, um ihn auszudrücken. Als ob die Frau im bescheidenen Kreis des häuslichen Lebens wenig zu tun hätte, gar nicht zu reden von der Mutter, deren Pflichten ebenso heilig wie umfangreich sind.«

»Ach, dieser bescheidene Kreis! Kaiser Augustus, der Ihre slawischen Theorien teilte, hielt seine Tochter zu Hause und sagte denen, die nach ihr fragten, mit einem Lächeln: ›Sie sitzt zu Hause und spinnt Wolle.‹ Nun ja, wissen Sie, man kann nicht sagen, daß sie ihre reinen Sitten völlig bewahrte. Ich glaube, wenn die Frau zur Hälfte von unseren Interessen, unserer Tätigkeit und unseren Vergnügungen ausgeschlossen ist, dann ist sie auch nur zur Hälfte entwickelt und – schimpfen Sie auf mich, sosehr Sie wollen – nur zur Hälfte sittlich. Wahre Sittlichkeit ist untrennbar mit dem Bewußtsein verbunden.«

»Jetzt ist es an mir, Ihnen darauf zu erwidern«, sagte derjenige, der das Gespräch begonnen hatte. »Jeder kann mit eigenen Augen sehen, daß bei uns in den gebildeten Schichten die Frauen unvergleichlich höher stehen als ihre Männer. Nun zwängen Sie mal angesichts dessen das Leben in allgemeine Formeln. Die ganze Sache ist leicht zu verstehen. Der Mann ist bei uns nicht einfach ein Mann, sondern er ist Militär oder Beamter. Von zwanzig Jahren an gehört er nicht mehr sich selbst, sondern einer Sache: Als Militär dem Exerzierdienst, als Beamter den Protokollen und Papieren. Die Frauen jedoch lesen während dieser Zeit, sofern sie nicht ausschließlich in der Herstellung von Marmelade und Eingemachtem aufgehen, französische Romane.«

»Wozu man ihnen nur gratulieren kann. Das muß eine vortreffliche Bildung sein«, warf der Slawe ein, »die man aus den Werken von Balzac, Sue und Dumas schöpfen kann, aus dem Gefasel eines Greises, der zu moralisieren beginnt, weil ihn seine Körperkräfte verlassen.«

»Ich bin annähernd mit Ihnen einverstanden, obgleich ich

nicht sagte, daß die Damen gerade jene Romane lesen, von denen Sie sprechen. Hier tritt etwas ganz Erstaunliches zutage: Selbst die allerplattesten französischen Romane tragen zur Entwicklung der Frauen mehr bei als die äußerst wichtigen Dienstangelegenheiten zu der ihrer Männer, und das rührt zum Teil daher, daß der Franzose von Natur aus so veranlagt ist, bei allem, was immer er auch tun mag, zu dozieren. Er schreibt einen kitschigen Roman mit unwahrscheinlichen Leidenschaften, mit tugendhaften Lastern und verwerflichen Tugenden, und nebenbei berührt er, was ganz und gar abwegig scheint, Fragen, die uns den Atem stocken lassen, die uns Furcht einjagen; und um die Furcht zu vertreiben, beginnt man zu denken. Nehmen wir an, daß man nicht einmal zu einer Lösung der Fragen gelangt, so ist doch allein schon die Anregung zum Denken eine Art Bildung. Sehen Sie, und vergleicht man die Bildung unserer Frauen mit jener der Männer, so muß ich mich einfach wundern, warum es keine Schauspielerinnen gibt.«

»Ja, was wollen Sie denn noch«, erwiderte der Slawe aufbrausend, »es gibt bei uns keine Schauspielerinnen, weil dieser Beruf unvereinbar ist mit der keuschen Schüchternheit der slawischen Frau; sie liebt es zu schweigen.«

»Das hätten wir schon früher wissen müssen«, bemerkte der Europäer, »Sie haben mehr gesagt, als Sie eigentlich wollten. Jetzt ist also klar, warum es bei uns keine Schauspielerinnen, aber sehr viele Tänzerinnen gibt. Aber Spaß beiseite. Ich glaube, daß es bei uns deshalb keine Schauspielerinnen gibt, weil man sie zwingt, Leidenschaften darzustellen, von denen sie sich nie etwas haben träumen lassen, keineswegs aber aus Mangel an Talenten. Jedes Gefühl, das ein Künstler wiedergeben will, muß er tief durchlebt haben, um es nicht zur Karikatur werden zu lassen. Den Chinesen in ›Opium et champagne‹ darzustellen, bedeutet nicht viel, aber ich wäre wohl kaum in der Lage, einen indischen Brahmanen gut zu spielen, der sich in tiefster Verzweiflung befindet, weil er unerwartet mit einem Paria zusammengestoßen ist, oder einen Bojaren des siebzehnten Jahrhunderts, der sich in einem Anfall von aristokratischem Standesdünkel, von point d'honneur, vor dem Thron wälzt und den man an den Beinen wegzieht. Wenn die Frau bei uns wirklich nicht als Einzelpersönlichkeit existieren würde, sondern sich völlig in der Familie verlöre, dann wäre natürlich nicht an Schauspielerinnen zu denken. Im idyllischen Landleben kann es, wie überall, Leidenschaften geben, aber nicht solche, wie sie im Drama möglich sind. Blinde Unterwürfigkeit, hinterhältige Verschlossenheit und Doppelzüngigkeit passen so wenig in ein echtes Drama wie gemeiner Mord und Sinnlichkeit. Die ungebildete Familie ist zu unentwickelt, sie ist eine Familie, das Drama aber braucht Persönlichkeiten. Glücklicherweise gibt es eine solche Familie nur in der Überlieferung und in in den Träumen der Slawen. Aber wenn wir auch die engen Grenzen der patriarchalischen Lebensweise überschritten haben, so sind wir doch noch lange nicht zu jener Vielseitigkeit gelangt, die es uns ermöglichen würde, das von anderen Erlebte und Erlittene nachzuempfinden. Ich frage Sie zum Beispiel, wie würde eine russische Schauspielerin die Jungfrau von Orleans spielen? Das liegt ihr gar nicht. Oder, wie wird ein russischer Schauspieler die erhabenen und düsteren, stolzen und eigenwüchsigen Shakespeareschen Gestalten darstellen, die dessen Johann, dessen Richard und Heinrich umgeben, Gestalten, die so durch und durch englisch sind? Sie sind für ihn ebenso eigenartig wie ein Mensch, der mit den Augen niest oder mit den Ohren singt. Den Falstaff kann er noch am ehesten spielen, da Falstaff gewisse Züge in sich trägt, die wir in jedem Haus, in jeder Kreisstadt finden können ...«

»Aber gibt es nicht auch allgemein menschliche Leidenschaften?«

»Ja und nein. Othello war auf afrikanische Art eifersüchtig und erwürgte die unschuldige Desdemona, dann schimpfte er sich einen ›Hund‹ und brachte sich selbst um. Sehen Sie, ich hatte einen Freund, er war mein Gutsnachbar; auch er war furchtbar eifersüchtig. Eines Tages erwischte er einen für seine Frau bestimmten Brief, der zudem sehr unzweideutig war; in einem Wutanfall machte er von einem väterlichen Erziehungsmittel Gebrauch, ließ dabei das ganze weibliche Gesinde teilnehmen, gab den Diener unter die Soldaten und schloß dann mit seiner Frau wieder Frieden. Die Eifersucht ist zwar ein und dieselbe Leidenschaft, aber ist die des rasenden Mohren gleichzusetzen mit der meines sittenlehrenden Freundes? Bis zu einem gewissen Grade kann man sich in eine fremde Situation, eine fremde Leidenschaft hineinversetzen, doch für das Spiel des Künstlers ist das zuwenig. Glauben Sie mir, der Dichter legt in jedes Werk seine eigene Persönlichkeit, und je mehr er sich selbst treu ist, je offener das geschieht, um so wertvoller ist seine Dichtung, um so stärker spricht er das Herz des Lesers an. Genauso ist es mit dem Schauspieler: Was er nicht erfühlt, das kann er nicht ausdrükken, oder er drückt es gekünstelt und kalt aus. Vergessen Sie nicht, daß er eine Gestalt verkörpert, die der Dichter geschaffen hat.«

»Was ist denn das für eine Weisheit, die Sie so eifrig predigen?« fragte ein bekannter Künstler, der in diesem Moment das Zimmer betrat.

»Sie kommen uns sehr gelegen. Entscheiden Sie eine Frage, die uns sehr beschäftigt, wir wählen Sie einstimmig zum unfehlbaren Richter.«

»Es ist mir eine große Ehre. Worum geht es?«

»Zuerst sagen Sie uns, haben Sie schon einmal eine russische Schauspielerin gesehen, die alle Ihre Forderungen an die Kunst voll befriedigt hätte?«

»Die nicht schlechter war als die Mars oder die Rachel?«

»Oder wenigstens nicht schlechter als die Allan oder die Plessis.«

»Ja«, antwortete der Künstler, »ich habe eine große russische Schauspielerin gesehen. Aber ich urteile ohne jeden Vergleich – alle die von Ihnen genannten Schauspielerinnen sind, jede auf ihre Art, großartig und gut, doch wie sich ihr Können zu dem jener Schauspielerin verhält, die ich sah, weiß ich nicht. Ich weiß nur, daß ich eine große Schauspielerin gesehen habe und daß sie Russin war.«

»In Moskau oder in Petersburg?«

»Das ist eine Aufgabe für unseren Slawen«, mischte sich einer aus der Runde in das Gespräch ein, »was meinen Sie, das Theater gehört doch mehr der Petersburger Epoche an als der Moskauer. Wo war sie denn nun?«

»Es muß bestimmt in Moskau gewesen sein«, entgegnete der Slawe sicher.

»Beruhigen Sie sich. Ich habe sie weder da noch dort gesehen, sondern in einer kleinen Gouvernementsstadt.«

»Das sagen Sie sicherlich nur der Originalität halber, aus Effekthascherei.«

»Vielleicht. Sie haben mich als unfehlbaren Richter anerkannt, an Ihnen ist es, mir zu glauben. Wie soll ich Ihnen denn jetzt noch beweisen, daß ich vor zwanzig Jahren eine große Schauspielerin sah, daß ›Die diebische Elster‹ mich damals zu Tränen rührte und daß all dies in einem kleinen Städtchen geschah?«

»Sehr einfach. Erzählen Sie uns etwas ausführlicher über diese Schauspielerin. Sie kann doch nicht vom Himmel gefallen sein, direkt in die ›Diebische Elster‹ hinein, und ist sicher auch nicht zusammen mit diesem wenig ehrbaren Vogel wieder weggeflogen.«

»Vermutlich nicht, nur sind diese Erinnerungen für mich nicht gerade erfreulich und leicht. Lassen Sie mich ein wenig nachdenken, ich werde Ihnen alles erzählen. Geben Sie mir eine Zigarre.«

»Hier, nehmen Sie casadores cubrey«, sagte der Europäer und entnahm seinem Etui eine lange schlanke Zigarre, deren Äußeres bewies, daß sie zur höchsten Aristokratie des Tabakblattes gehörte.

»Sie kennen die menschliche Schwäche, daß man, woran man sich auch immer erinnern mag, mit dem beginnt, was man selbst erlebt hat, so bitte auch ich sündiger Mensch Sie um Ihr

Einverständnis, meine Erzählung über mich selbst beginnen zu dürfen.«
»Natürlich, wir gestatten es von ganzem Herzen.«
»Ich weiß nicht, ob die Einzelheiten über die Schauspielerin interessant werden, aber wenn Sie von sich erzählen, dann darf man dessen sicher sein:

> Parlez-nous de vous, notre grand-père,
> parlez-nous de vous!«

begann der Europäer zu singen.
Alle beruhigten sich allmählich und rückten ein wenig näher zusammen, wie man es gewöhnlich zu tun pflegt, wenn man sich anschickt, einer Erzählung zu lauschen. So gut ich es vermag, gebe ich die Erzählung des Künstlers wieder, natürlich verliert sie in schriftlicher Form viel, schon deshalb, weil es schwer ist, die Rede in ihrer ganzen Lebendigkeit wiederzugeben, aber auch deshalb, weil ich nicht alles niederschrieb, da ich fürchtete, die Schilderung könnte sonst überladen werden.
Doch hören wir seine Erzählung.

»Sie wissen, daß ich meine Künstlerlaufbahn an einem bescheidenen Provinztheater begann. Es stand schlecht mit unserem Theater. Ich war schon verheiratet und mußte an die Zukunft denken. Gerade in dieser Zeit verbreiteten sich mehr und mehr die fast märchenhaft anmutenden Nachrichten über das Theater des Fürsten Skalinskij in irgendeiner weitentfernten Stadt. Die Neugier, ein gut eingerichtetes Theater zu sehen, die Hoffnung und vielleicht auch ein wenig Eigenliebe zogen mich mit aller Kraft dorthin. Es bedurfte keiner langen Überlegungen, ich schlug einem meiner Kollegen, der nicht die mindeste Absicht dazu gehabt hatte, vor, mit mir nach N. zu fahren, und eine Woche später waren wir dort. Der Fürst war sehr reich und gab sein ganzes Geld für das Theater aus. Sie können daraus schließen, daß sein Theater nicht ganz übel war. Der Fürst war von echt russischer groß-

zügiger und freigebiger Natur, ein leidenschaftlicher Kunstliebhaber, ein Mensch mit außerordentlichem Geschmack und dem Hang zum Luxus; dabei war er, wie das in solchen Fällen üblich ist, zügellos und in höchstem Grade verschwenderisch. Für letzteres wollen wir ihn nicht verurteilen, das liegt uns so im Blut. Ich, der unbemittelte Künstler, und er, der reiche Aristokrat, und auch der arme Tagelöhner, der alles vertrinkt, was er erarbeitet – in der Kneipe lassen wir uns alle von den gleichen ökonomischen Gesetzen leiten; der Unterschied besteht nur in den Ziffern.«
»Wir sind nicht so berechnend wie die Deutschen«, bemerkte der Slawe mit sichtlichem Vergnügen.
»Man kann nicht umhin, dem zuzustimmen«, fügte der Europäer hinzu. »Hat je einer von uns bei dem Gedanken haltgemacht, daß er nur noch wenig Geld habe, wenn er zum Beispiel einen edlen Wein trinken wollte? In dieser Situation sagt Puschkin:

Den allerletzten Groschen gab ich,
erinnert, Freunde, ihr euch noch?

Ganz im Gegenteil: Je weniger Geld wir haben, um so mehr geben wir aus. Sie haben sicher nicht jenen unserer Freunde vergessen, der ein Glas schlechten Champagner zurückgab und dabei sagte, daß wir noch nicht so reich sind, um schlechten Wein zu trinken.«
»Meine Herren, wir stören die Erzählung. Meinen Sie nicht auch?«
»Das macht nichts. – Der Fürst hatte schon früher von mir gehört. Als ich bei ihm erschien, saß er in seinem Kontor und gab Eintrittskarten aus, wobei er gewissenhaft erwog, ob derjenige, der um eine Karte geschickt hatte, würdig sei oder nicht und welcher Platz ihm zukomme. ›Ich bin sehr, sehr erfreut, daß Sie sich endlich entschlossen haben, unser Theater zu besuchen, Sie sind uns ein gern gesehener Gast‹, so überhäufte er mich mit Liebenswürdigkeiten. Ich verbeugte mich und dankte ihm. Der Fürst sprach über das Theater wie

ein Mensch, der die Bühne und das Geheimnis der Inszenierung bis ins letzte kennt. Wir waren, so glaube ich, miteinander zufrieden. – Am gleichen Abend noch begab ich mich in das Theater; ich weiß nicht, was gegeben wurde, aber ich versichere Ihnen, daß Sie selten Gelegenheit hatten, eine solche Pracht zu sehen: Was für Dekorationen, was für Kostüme, welch harmonisches Zusammenspiel aller Einzelheiten! Mit einem Wort, alles Äußere war hervorragend, die Schauspieler beherrschten ihre Rollen ausgezeichnet, aber ich blieb kalt: Es war etwas Gezwungenes, Unnatürliches in der Art, wie die Bediensteten des Fürsten die Lords und Prinzessinnen darstellten. Dann gab ich mein Debüt und wurde vom Publikum aufgenommen, wie man es sich nicht besser wünschen kann. Der Fürst überhäufte mich mit Aufmerksamkeiten. In der Zeit, da ich mein zweites Debüt vorbereitete, ging ich eines Tages in das Theater. Man spielte ›Die diebische Elster‹, und ich wollte die Truppe des Fürsten einmal im Drama sehen.
Als ich den Saal betrat, hatte das Stück schon begonnen. Ich war ärgerlich, daß ich mich verspätet hatte, und schaute mich zerstreut, ohne das Geschehen auf der Bühne zu verstehen, nach allen Seiten um, ich sah die regelrechte Sitzfolge der Menschen nach der Rangordnung, ich sah diese eigenartige Versammlung von Gesichtern, die einander nicht ähnlich waren, aber doch ein und dasselbe ausdrückten, ich sah die Provinzdamen, die sich bunt wie amerikanische Vögel herausgeputzt hatten, und ich erblickte den Fürsten, der so stolz, so besorgt in seiner Loge saß. Plötzlich erregte eine schwache Frauenstimme meine Aufmerksamkeit, in ihr lag der Ausdruck eines furchtbaren, tiefen Leids. Ich richtete meinen Blick auf die Bühne. Die Dienstmagd des Pächters erkannte in dem alten Landstreicher ihren Vater, einen desertierten Soldaten, wieder ... Ich hörte kaum auf ihre Worte, aber ich hörte ihre Stimme. ›Mein Gott‹, dachte ich, ›wie können sich dieser jungen Brust solche Töne entringen, die sind nicht ausgedacht, nicht durch Tonleiterübungen einstudiert, sie

sind erlitten, sind eine Auszeichnung für furchtbare Erfahrungen.‹ Sie begleitet ihren Vater bis zum Gartenzaun, sie steht vor ihm so schlicht und gedankenversunken; es ist wenig Hoffnung, ihn zu retten, und als der Alte weggeht, reißt sich von ihren Lippen, statt der Worte, welche die Rolle vorschreibt, nur ein unartikulierter Schrei, der Schrei eines schwachen, schutzlosen Wesens, über das schweres, unverdientes Leid gekommen ist. Noch jetzt, zwanzig Jahre später, höre ich diesen herzzerreißenden Schrei.«

Er hielt inne.

»Ja, meine Herren«, sagte er nach kurzem Schweigen, »das war eine große russische Schauspielerin!

Sicher kennen Sie den Inhalt der ›Diebischen Elster‹ zumindest durch die Rossinische Oper. Ein grausames Stück, bei dem man nichts als Verzweiflung im Herzen zurückbehielt, wäre nicht eine melodramatische Lösung angefügt. Annette wird des Diebstahls beschuldigt. Es nimmt nicht wunder, daß der Verdacht gerade auf sie fällt, wie sollte sie denn nicht verdächtig sein? Sie ist arm, eine Dienstmagd. Und als sich schließlich die Anschuldigung als ungerechtfertigt erweist – was ist schon dabei –, sagt man ihr: ›Geh nach Hause, Täubchen, du siehst, was für ein Glück es ist, daß du unschuldig bist!‹ Aber bis zu welchem Grade alle diese Beleidigungen ein zartes Wesen erniedrigen, ja vernichten müssen, kann ich nicht schildern, um das zu verstehen, muß man das Spiel der Annette sehen, muß sehen, wie sie erschrocken, zitternd und beleidigt beim Verhör steht. Ihre Stimme, ihre ganze Erscheinung waren ein lauter Protest, ein Protest, der das Herz erschütterte, der viel Schlechtes in der Welt aufdeckte, der jedoch gleichzeitig gemildert wurde durch Wärme und sanfte Weiblichkeit, die ihre zarte Grazie in jede ihrer Bewegungen, jedes ihrer Worte ergossen. Ich war überrascht, erschüttert, das hatte ich nicht erwartet. Unterdessen war das Stück weitergegangen, man hatte die Anklage vorangetrieben, der Bailli brauchte das, um die unzugängliche Schönheit bestrafen zu können. Die schwarzen Gestalten des Gerichts tauchten auf der Bühne auf, sie debattierten so tiefsinnig und schlußfolgerten so logisch – dann verurteilten sie die unschuldige Annette, und ein Haufen Gendarmen führte sie ab in den Kerker ... ja, ich sehe das alles noch jetzt vor mir, der Bailli sagt: ›Meine Herren Gerichtsdiener, führen Sie dieses Mädchen ins Kreisgefängnis‹, und die Ärmste geht! Aber sie bleibt noch einmal stehen. ›Richard‹, sagt sie, ›glaubst denn auch du mir nicht, daß ich unschuldig bin?!‹ Und hier klingt durch das Stöhnen der unterdrückten Frau schon ein Aufschrei der Empörung, des Stolzes, jenes unbeugsamen Stolzes, der aus der Erniedrigung heraus entsteht, wenn alle Hoffnung verloren ist, wenn der Mensch sich der eigenen Würde bewußt wird und die dumpfe Ausweglosigkeit der Lage erkennt. Denken Sie an die alte Anekdote, wie ein gutmütiger Deutscher von der Galerie her den Leuten des ermordeten Komturs, die hinter Don Juan her sind, zuruft: ›Er ist nach rechts in die Gasse gelaufen!‹ Als die Soldaten Annette abführten, hätte ich beinahe das gleiche getan. Und dann die Kerkerszene mit dem Bailli. Der alte Lüstling sieht, daß sie an dem Diebstahl keine Schuld hat, und schlägt ihr vor, für den Verkauf ihrer Ehre die Freiheit einzuhandeln. Das unglückliche Opfer wächst über sich selbst hinaus, ihre Worte werden furchteinflößend, und die tiefe Ironie des Gesichtsausdrucks verdoppelt die beleidigende Kraft der Worte. Irgendwie zufällig schaute ich im Verlauf dieser Szene zu dem Fürsten hin; er war stark beeindruckt, wand sich in seinem Sessel, ließ seine Lorgnette fallen und nahm sie wieder auf. ›Wie sollte auch ein solcher Kenner nicht von diesem Spiel erschüttert sein! Er weiß sicher eine solche Schauspielerin voll und ganz zu würdigen‹, dachte ich. Still ging Annette, gesenkten Hauptes, mit gefesselten Händen, von der Rotte Soldaten umgeben, unter den schneidenden Klängen von Trommeln und Pfeifen. Ihr Blick drückte tiefe Nachdenklichkeit und Erstaunen aus. Und tatsächlich, stellen Sie sich die ganze Unsinnigkeit vor: Dieses schwache, sanftmütige Kind mit den reinen Zügen der Unschuld und französische Soldaten mit Säbeln und Bajonetten und Trommelklänge. Ja, wo ist denn überhaupt der Feind? Der Feind ist das Kind in ihrer Mitte, und sie besiegen ihn ... aber sie bleibt vor der Kirche stehen, wirft sich schweigend auf die Knie, hebt nachdenklich den Blick zum Himmel. In diesem Blick ist nicht der Vorwurf eines Prometheus, nicht der Hochmut des Titanen, nichts dergleichen, nur die einfache Frage: ›Wozu geschieht das? Ist das denn alles wahr?‹ Man führte sie ab. Ich schluchzte wie ein Kind. Sie kennen die Geschichte von der ›Diebischen Elster‹. Die Wirklichkeit war nicht so feinfühlig, wie die Dramatiker es sind, sie ging den Weg bis zum Ende: Annette wurde hingerichtet. Im Stück entdeckt man, daß nicht sie die Diebin ist, sondern eine Elster, und man bringt Annette in feierlichem Zug zurück, aber Annette hat den Sinn der Ereignisse besser verstanden als der Autor. Ihre gequälte Brust findet keinen Ton der Freude, blaß und müde blickt Annette mit stumpfer Verwunderung auf den sie umgebenden Jubel, es schien, sie kannte nicht Hoffnung noch Zuversicht. Starke Erschütterungen und bittere Erfahrungen hatten die Wurzel durchschnitten, und die zarte Blume, noch wohlriechend, ließ das Köpfchen hängen und welkte dahin, es war nicht mehr zu retten. Wie leid tat es mir um dieses Mädchen! ... Oh, Gott«, fuhr er fort und wischte sich mit dem Taschentuch über die Stirn, »ich habe meiner Vorstellung und meiner Erinnerung so freien Lauf gelassen, daß ich, glaube ich, ins Phantasieren und Weinen gekommen bin. Ja, ich kann einfach nicht anders über diese Dinge sprechen, jedesmal lasse ich mich wieder hinreißen ... Also, der Vorhang senkte sich. Was hätte ich dafür gegeben, wenn er noch einmal aufgegangen wäre, wenn ich noch einmal diese verlöschende Schönheit, dieses erhabene Leiden hätte sehen können. Aber sie wurde nicht vor den Vorhang gerufen. Ich mußte Annette unbedingt sehen, zu ihr gehen, ihr die Hand drücken, ihr schweigend, mit einem Blick nur, all das sagen, was ein Künstler dem anderen sagen kann, ihr danken für die heiligen Augenblicke, für die tiefe Erschütterung, welche die Seele von allem Unrat reinigt – all das erschien für mich so nötig wie die Luft zum Atmen. Ich stürzte zur Bühne ... Im Parkett hielt mich einer der Theaterliebhaber auf, während er aus seiner Reihe herauskam, rief er mir zu: ›Na, was meinen Sie, die Annette war doch nicht übel? Ganz und gar nicht übel, wenn auch ihre Manieren ein wenig trivial sind.‹ Ich erwiderte ihm kein Wort, ich hätte ihn ohnehin nicht überzeugen können und wollte keine Zeit verlieren. ›Wohin wollen Sie?‹ fragte mich ein Diener, der am Bühneneingang stand. ›Ich möchte Annette sehen, verstehst du, jene Schauspielerin, die heute die Dienstmagd dargestellt hat.‹ – ›Ohne die Genehmigung des Fürsten geht das nicht.‹ – ›Hör auf, mein Lieber, ich bin selbst Schauspieler und habe vor drei Tagen hier gespielt.‹ – ›Ich habe keinen Befehl erhalten, Sie hineinzulassen.‹ – ›Bitte sehr‹, sagte ich und ließ zwei Finger auffällig in die Westentasche gleiten. ›Wie schlau Ihr doch seid‹, antwortete der Lakai, ›soll ich Eueretwegen etwa meinen Buckel hinhalten?‹ Ich drängte nicht länger und begab mich nach Hause, aber ich war der Verzweiflung nahe, ich war unglücklich, und das ist keine Phrase, kein leeres Wort ... Ist es noch nie einem von Ihnen widerfahren, daß er sich rückhaltlos und ziellos dem zauberhaften Einfluß einer Frau hingegeben hat, einer ihm keineswegs nahestehenden Frau, daß er sie lange ansah, lange hörte, ihrem Blick begegnete, sich an ihr Lächeln gewöhnte und sich so in diese flüchtige Sympathie hineinlebte, daß er sich dann, als diese Frau nicht mehr da war, selbst über die Stärke dieser Zuneigung wunderte. Und dann fühlt man sich irgendwie verlassen, einsam. Bitterkeit erfüllt die Seele, und der ganze Abend ist verdorben, man eilt nach Hause und ärgert sich, daß im Vorraum die Kerze rußt und daß die Zigarre schlecht zieht – alles nur deshalb, weil sich ein Roman von anderthalb Stunden abspielte, ein Roman mit Konflikt und Lösung. Wenn Sie jemals so etwas erfahren haben, dann werden Sie verstehen, was in mir, dem jungen Künstler, vorging. Die Sehnsucht nach Annette trieb mich in einen Fieberwahn. Ich war krank und wälzte mich unruhig im

Bett, ich phantasierte, und – gleich, ob ich schlief oder nicht – immer schwebte mir das Bild der unglücklichen Dienstmagd vor Augen. Einmal steht sie vor mir, so schlicht, so wunderbar schlicht, um sie herum sind Verrückte, die man Richter nennt – und mir wird schwer ums Herz. Keiner von ihnen kann verstehen, daß man mit diesem Gesicht und mit dieser Stimme nicht schuldig sein kann. Ein andermal wird sie mit gefesselten Händen von bewaffneten Wächtern zur feierlichen Ermordung geführt, und die Wächter glauben, sie leisten einen wichtigen Dienst. Dann wieder trägt man sie mit Freudenrufen durch die Menge, erklärt ihr, sagt ihr, daß alles überstanden sei, daß sie frei sei, aber sie ist müde, sie hat nicht die Kraft, sich zu freuen, und es scheint, als wolle sie fragen: ›Ja, was war denn überhaupt, es war doch gar nichts?‹ Mit einem Wort, die ganze Nacht gingen mir Tausende von Variationen zum Thema ›Die diebische Elster‹ durch den Kopf.

Am nächsten Morgen gegen elf Uhr begab ich mich in das Haus des Fürsten mit der festen Absicht, mich totschlagen zu lassen oder eine Audienz bei Annette zu erzwingen. Als ich die Paradetreppe betrat, den einzigen Eingang in alle Häuser und Seitenflügel des Fürsten, erschien ein Portier mit einem Heroldsstab. Er begann ein Verhör: zu wem, weshalb? Ich sagte es ihm. Der Portier eröffnete mir, daß man mich ohne schriftliche Genehmigung des Fürsten nicht einlassen dürfe. ›Ziemlich eifersüchtig – der Mäzen‹, dachte ich. ›Und wo kann man denn diese Genehmigung erhalten?‹ – ›Bemühen Sie sich ins Kontor, der Verwalter dort kann Sie Seiner Durchlaucht melden.‹ Der Portier läutete, ein Diener trat ein und führte mich ins Kontor. Der dicke Verwalter saß, sich stolz wie ein Pfau spreizend, vor dem Schreibpult, und ungeachtet der frühen Stunde war es ihm bereits gelungen, nicht nur seinen Hunger, sondern auch seinen Durst zu stillen. Ich erläuterte ihm meine Bitte; sicher wäre es nicht so leicht gewesen, den dicken Herrn meinetwegen in Bewegung zu bringen, aber er wußte, daß der Fürst mich in seine Truppe aufnehmen wollte, und so hielt er es für angebracht – die Möglichkeit, mir Absagen und Unannehmlichkeiten vermitteln zu können, auf später verschiebend –, meine jetzige Bitte zu erfüllen, und er ging selbst zum Fürsten, um mit ihm über diese wichtige Angelegenheit zu verhandeln. Nach einer Minute kehrte er mit dem Bescheid zurück, daß der Fürst das Billett unterschreiben und ins Kontor schicken werde. Ich wußte nicht, was ich in der Zwischenzeit tun sollte, und setzte mich in eine Ecke. Im Kontor herrschte geschäftiges Treiben. Der Dekorateur, ein Franzose, kam hereingerannt, um lautstark mit dem Verwalter herumzuschimpfen, und sagte in gebrochenem Russisch völlig unrussische Dinge. Er trug einen speckigen Gehrock, war ganz zerzaust, schaute so stolz drein wie der Verwalter und schimpfte so heftig wie der Fürst. Dann ließ der Verwalter irgendeinen Matjuschka rufen. Man brachte einen jungen Mann mit gefesselten Händen, barfuß, in einem grauen Kaftan aus sehr dickem Stoff. ›Scher dich weg‹, sagte der Verwalter mit grober Stimme zu ihm, ›und wenn du es noch einmal wagen solltest, so ein Ding anzustellen, dann laß ich dich nicht so billig davonkommen; denk an Senka.‹ Der Barfüßige verbeugte sich, sah alle der Reihe nach finster an und ging hinaus. ›Sacré‹, murmelte der Dekorateur, setzte mitten im Zimmer seinen Hut auf und ging. ›Das Gesicht des jungen Mannes kommt mir irgendwie bekannt vor‹, sagte ich zu dem Diener, der in meiner Nähe stand. ›Na, Sie haben doch vor drei Tagen mit ihm gespielt.‹ – ›Ist es etwa jener, der den Lord spielte?‹ – ›Eben der.‹ – ›Wozu hat man ihn denn so gefesselt?‹ fragte ich mit gesenkter Stimme. Der Diener warf einen vorsichtigen Blick auf den Verwalter, und als er sah, daß dieser auf dem Rechenbrett klapperte und folglich ganz in die Arbeit vertieft war, antwortete er mir flüsternd: ›Sie haben ein Briefchen von ihm an eine Schauspielerin geschnappt, na, und der Fürst hat das nicht gerne, das heißt, er selbst schon . . . aber in bezug auf andere sieht er es nicht gerne. Da hat er eben befohlen, ihn für einen Monat ins Gefängnis zu sperren.‹ – ›Und da hat man ihn wohl von dort auf die Bühne gebracht?‹ – ›Jawohl; man schickt denen die Rollen zum Einstudieren hin ... und dann werden sie gefesselt hergeführt.‹ – ›Ordnung geht über alles‹, antwortete ich, und mein Wunsch, in die Truppe des Fürsten einzutreten, begann sich abzukühlen.

Die Tür zum Kontor öffnete sich geräuschvoll, alle sprangen auf, der Fürst trat ein. Der Diener sah mich an, und ich verstand – er bat mich um Zurückhaltung. Der Fürst kam direkt auf mich zu, überreichte mir das Billett und bemerkte, wie angenehm es ihm sei, daß eine Künstlerin seiner Truppe solch große Anerkennung von meiner Seite gefunden habe, er äußerte sich überaus schmeichelhaft über sie, sagte, wie furchtbar er bedaure, daß sie von schwacher Gesundheit sei, und entschuldigte sich, daß man mich nicht ohne Billett eingelassen habe ... ›Da kann man nichts machen, Ordnung ist für uns die Hälfte des Erfolges. Läßt man auch nur ein wenig die Zügel locker, gibt's ein Unglück, Künstler sind ein unruhiges Volk. Sie wissen vielleicht, daß die Franzosen sagen: Es ist leichter, eine ganze Armee zu führen als eine Schauspielertruppe. Seien Sie mir nicht böse‹, fügte er lachend hinzu, ›aber ihr habt euch so daran gewöhnt, irgendwelche Zaren und Würdenträger zu spielen, daß auch hinter den Kulissen noch etwas von diesen Manieren zurückbleibt.‹ – ›Mein Fürst‹, sagte ich, ›wenn die Franzosen so etwas sagen, dann nur deshalb, weil sie den Aufbau Ihrer Truppe und deren Art der Führung nicht kennen.‹ – ›Oh, Sie sind also außerdem noch ein großer Schmeichler!‹ bemerkte der Fürst, mir mit dem Finger drohend, lächelte mir wohlwollend zu und begab sich mit wichtiger Miene ins Büro. Und ich ging zu Annette.

Bis ich den Flügel erreichte, in dem Annette wohnte, wurde ich dreimal aufgehalten, erst von livrierten Dienern, dann von einem bärtigen Hausknecht: Das Billett besiegte alle Hindernisse. Aufgeregt und schüchtern klopfte ich an die mir gezeigte Tür. Es kam ein Mädchen von etwa dreizehn Jahren heraus. Ich nannte meinen Namen. ›Treten Sie näher‹, sagte sie, ›Sie werden bereits erwartet.‹ Sie führte mich in ein sauberes kleines Zimmer, das sie durch eine andere Tür verließ. Eine Minute darauf öffnete sich die Tür wieder, und eine Frau, ganz in Weiß gekleidet, kam mit schnellen Schritten auf mich zu. Es war Annette. Sie streckte mir beide Hände entgegen und sagte:

›Womit habe ich das verdient ... ich danke Ihnen ...‹ Sie sagte es mit der gleichen Stimme, die mich am Abend vorher so stark erschüttert hatte, und noch ehe ich ihr etwas antworten konnte, brach sie in Tränen aus. ›Verzeihen Sie‹, flüsterte sie durch die Tränen mit schluchzender Stimme, ›um Gottes willen, verzeihen Sie ... das geht gleich vorüber ... ich habe mich so gefreut ... ich bin eine schwache Frau, entschuldigen Sie.‹

›Beruhigen Sie sich. Was ist Ihnen? Beruhigen Sie sich‹, sagte ich zu ihr, und mir traten Tränen in die Augen, ›wenn ich gewußt hätte, daß mein Besuch ...‹

›Genug, versündigen Sie sich nicht‹, und sie reichte mir ihre tränenfeuchte Hand, während sie mit der Linken ihre Augen bedeckte, ›Sie können nicht begreifen, wieviel Gutes Sie durch Ihren Besuch für mich getan haben, er ist eine Wohltat für mich ... seien Sie so freundlich, und warten Sie eine Minute ... ich werde ein wenig Wasser trinken, dann geht das alles vorbei‹, und sie lächelte mich so freundlich und so traurig an ... ›Ich habe schon lange einmal mit einem Künstler sprechen wollen, mit einem Menschen, dem ich alles sagen kann, aber ich habe schon nicht mehr erwartet, einen solchen Menschen zu treffen, und nun plötzlich sind Sie da, ich bin Ihnen sehr dankbar. Gehen wir ins Nebenzimmer, hier kann man uns hören. Glauben Sie nicht, daß ich Angst hätte, nein, bei Gott nicht. Aber diese Spitzelei ist so erniedrigend, so schmutzig ... und das, was ich Ihnen sagen möchte, ist nicht für deren Ohren bestimmt.‹

Wir gingen ins Schlafzimmer. Sie trank einen Schluck Wasser, wies mir einen Sessel und ließ sich auf einen Stuhl fallen. Wo waren alle die Lobesworte, die ich mir ausgedacht hatte, wo waren die geistreichen Bemerkungen, mit denen ich sie hatte überschütten wollen? Ich schaute sie durch einen Tränenschleier hindurch an, sah sie an und atmete schwer. Ihr schönes, aber schon erschöpftes Gesicht glich einem schrecklichen Märchen: In jedem Zug war jene Beichte zu lesen, die gestern in ihrer Stimme geklungen hatte. Diesem Gesicht, diesen Zügen war nicht viel hinzuzufügen: einige Namen, einige zufällige Begebenheiten, einige Daten, das übrige war sehr klar ausgedrückt. Ihre großen schwarzen Augen strahlten nicht östliche Zartheit, sondern Trauer und Hoffnungslosigkeit aus. Das Feuer, das einst in ihnen flammte, hatte sie, wie es schien, verbrannt. Ihr hageres, unglaublich verhärmtes Gesicht war durch die Tränen unnatürlich, fieberhaft gerötet. Sie warf ihr Haar zurück und legte ihren Kopf in die auf den Tisch gestützte Hand. Warum war hier kein Canova, kein Thorvaldsen zugegen? Hier hätten sie eine Statue des Leidens, des tiefen inneren Leidens gefunden! ›Was für eine edle, reiche Natur‹, dachte ich, ›die so majestätisch zugrunde geht, die ihrem Unglück so furchteinflößend und so graziös Ausdruck verleiht!‹ Für einige Minuten trug der Künstler in mir den Sieg über den Menschen davon ... ich berauschte mich an ihr wie an einem Kunstwerk.

Unterdessen hatte sie sich wieder gefaßt und sagte:

›Was für ein lächerlicher Empfang, nicht wahr? Aber es ist noch nicht zu Ende, ich will Ihnen von mir erzählen, ich muß mich einmal aussprechen. Ich werde vielleicht sterben, ohne je noch einmal einen Künstlerkollegen gesehen zu haben ... Vielleicht werden Sie mich auslachen – nein, das war dumm von mir –, auslachen werden Sie mich nicht. Dafür sind Sie zu sehr Mensch, eher werden Sie mich für wahnsinnig halten. Und tatsächlich, was ist das auch für eine Frau, die sich mit ihrer Offenheit einem Menschen aufdrängt, den sie nicht kennt! Aber ich kenne Sie doch, ich habe Sie auf der Bühne gesehen: Sie sind ein Künstler.‹

Ich drückte ihre Hand und brachte kein einziges Wort heraus.

›Meine Geschichte ist nicht lang, sondern im Gegenteil sehr

kurz: Ich werde Sie langweilen. Hören Sie mir wenigstens als Gegenleistung für jene Freude zu, die ich Ihnen mit der Annette bereitet habe.‹

›Ja, sprechen Sie nur, bei Gott, sprechen Sie. Ich werde begierig jedes Wort aufnehmen, obwohl ich Ihnen, ich sage es offen, Ihre Geschichte erzählen könnte, ohne von Ihnen noch von irgendeinem anderen auch nur ein einziges Wort gehört zu haben ... ich kenne sie.‹

›Eben deshalb werde ich sie Ihnen erzählen. Ich bin noch nicht sehr lange in der hiesigen Truppe. Vorher war ich an einem anderen, wesentlich kleineren und wesentlich schlechter eingerichteten Provinztheater, aber ich fühlte mich dort wohl, vielleicht deshalb, weil ich jung, unbekümmert und überaus dumm war und weil ich lebte, ohne über das Leben nachzudenken. Ich gab mich der Liebe zur Kunst mit solcher Begeisterung hin, daß ich den Äußerlichkeiten keine Aufmerksamkeit schenkte, ich lebte mich mehr und mehr in einen Gedanken hinein, der sicher auch Ihnen nicht ganz unbekannt ist, in den Gedanken, daß ich die Berufung zur Bühnenkunst in mir trage, mein innerstes Bewußtsein sagte mir, daß ich eine Schauspielerin bin. Ich studierte ständig meine Kunst, entwickelte jene schwachen Fähigkeiten, die ich in mir gefunden hatte, und sah hoch erfreut, wie die Schwierigkeiten eine nach der anderen verschwanden. Unser Gutsbesitzer war ein gutmütiger, einfacher und ehrlicher Mensch, er verehrte mich, schätzte meine Begabung, gab mir die Mittel, um Französisch lernen zu können, und nahm mich mit nach Italien, nach Paris, ich sah Talma und die Mars, ich weilte ein halbes Jahr in Paris, und – was sollte ich tun? – ich war noch sehr jung, wenn schon nicht an Jahren, so doch an Erfahrung, ich kehrte in das kleine Provinztheater zurück. Ich glaubte, daß irgendwelche besonderen Bande der Pflicht mich mit meinem Gönner verbänden. Wenn es nur noch ein Jahr so gewesen wäre! ... Was konnte dann schon passieren ... Er starb ganz plötzlich und unerwartet. In drückender Furcht warteten wir sechs Wochen lang. Als sie vergangen waren, öffnete man die Papiere, aber die Freilassungsscheine, die er für uns ausgeschrieben hatte, waren verlorengegangen, vielleicht hatte es auch nie solche gegeben, vielleicht hatte er aus Nachlässigkeit vergessen, sie auszuschreiben, und uns nur aus Liebenswürdigkeit gesagt, daß sie fertig seien. Diese Neuigkeit betäubte uns. Während wir noch weinten und darüber nachdachten, was werden sollte, verkaufte man uns auf dem öffentlichen Markt, und der Fürst erwarb die ganze Truppe. Er nahm uns gut auf, brachte uns, wie Sie selbst sehen, gut unter und setzte sogar höhere Gehälter fest, ohne sich übrigens bei der Auszahlung große Genauigkeit aufzuerlegen. Aber das war eben nicht mehr der frühere gutmütige und nachsichtige Direktor: Vom ersten Augenblick an ließ er den ganzen unermeßlichen Abstand fühlen, der zwischen ihm und seinen Possenreißern bestand, die nur zu seinem Vergnügen da waren. Er war sklavische Unterwürfigkeit gewohnt, gnädig reichte er den Kriechern seine Hand zum Kuß. Der Haushofmeister und die Meute seiner Günstlinge waren bemüht, seinem Benehmen nachzueifern. Schwer war mir ums Herz, sehr schwer, aber es gab auch noch Minuten der Freude. Man achtete mich wegen meines Talentes, und ich konnte mich der Kunst noch so hingeben, daß ich die Umwelt vergaß. Mich tröstete – heute schäme ich mich dessen und finde es lächerlich – die herrliche Einrichtung des Theaters. All das ist vorbei, und in der Erinnerung erscheint es fast unwahrscheinlich.

Ich wurde gewahr, daß der Fürst mir gegenüber besonders aufmerksam war. Ich begriff diese Aufmerksamkeit und wappnete mich. Der Fürst war es nicht gewohnt, von einem Mitglied seiner Truppe einen Korb zu erhalten. Ich tat so, als ob ich ihn nicht verstünde, er hielt es für notwendig, seine Absichten immer deutlicher auszusprechen. Schließlich schickte er den Verwalter zu mir und ließ mir einen Freilassungsschein überreichen unter der Voraussetzung, daß ich einen Zehnjahresvertrag mit seinem Theater abschlösse, nicht zu reden von den anderen Versprechungen und Bedingun-

gen. Ich jagte den Verwalter davon, und für einige Zeit hörten die Nachstellungen auf. Einmal spätabends saß ich, nachdem ich von der Vorstellung zurückgekehrt war, allein in meinem Zimmer und las laut die gerade erst aus dem Deutschen übersetzte Tragödie ‚Kabale und Liebe'. Sie wird Ihnen sicher bekannt sein. In ihr sind so viel zu Herzen Gehendes, so viel Empörung und Anklage, so viele Beweise für den Widersinn des Lebens, das die Menschen führen. Wenn man sie liest, ist es, als ob man an etwas Vertrautes, Nahestehendes, Bekanntes erinnert wird. Alle Personen dieses Stückes hinterlassen einen tiefen Eindruck: der Hofmarschall, die Lady und der alte Kammerdiener, dessen Kinder freiwillig nach Amerika gegangen sind ... und die lieben Kinder Ferdinand und Luise. Wissen Sie, die Luise würde ich gern spielen, wenn möglich, in Ihrer Anwesenheit, besonders die Szene mit Wurm, in der er sie zwingt, den Brief zu schreiben, aber der Fürst liebt solche Stücke nicht. Ich las also ‚Kabale und Liebe' und stand völlig unter dem Eindruck des Stückes, war von ihm hingerissen und begeistert. Plötzlich sagte jemand: ‚Sehr schön, sehr schön!' und legte seine Hand auf meine entblößte Schulter. Erschrocken sprang ich auf und trat zur Wand. Es war der Fürst.
‚Was belieben Euer Durchlaucht zu befehlen?' fragte ich, und meine Stimme zitterte vor rasendem Zorn und Empörung. ‚Ich bin eine schwache Frau, das haben Sie soeben gesehen, aber ich versichere Ihnen, ich kann auch eine starke Frau sein.'‹
›Auch davon konnte ich mich überzeugen‹, warf ich in Anspielung auf einige Bemerkungen in ihrer Erzählung ein.
›‚Ich habe nichts zu befehlen', antwortete der Fürst, bemüht, seinem Gesicht einen bezaubernden Ausdruck zu verleihen, ‚kann man denn solchen Augen etwas befehlen? Sie sind es, die zu befehlen haben.'
Ich sah ihm fest in die Augen. Er war ein wenig verlegen und erwartete irgendeine Antwort. Bald aber hatte er sich wieder gefaßt, trat auf mich zu und sagte: ‚Ne faites donc pas la

prude, stell dich nicht dumm, und guck mich nicht so an; andere würden sich glücklich preisen . . .', und er faßte meine Hand. Ich entzog sie ihm.
,Fürst', sagte ich, ,Sie können mich ins Dorf schicken, zur Ansiedlung, aber selbst das schwächste Lebewesen hat gewisse Rechte, die man ihm nicht nehmen darf, zumindest nicht, solange es am Leben ist. Gehen Sie zu den anderen, machen Sie diese glücklich, wenn es Ihnen schon gelungen ist, sie in solchen Vorstellungen zu erziehen.'
,Mais elle est charmante!' entgegnete der Fürst. ,Wie vortrefflich ihr dieser Zorn zu Gesicht steht! Jetzt hast du aber lange genug deine Rolle gespielt.'
,Fürst', sagte ich trocken, ,was belieben Sie zu solcher Stunde in meinem Zimmer zu suchen?'
,Bitte sehr, gehen wir in meines', antwortete der Fürst, ,ich empfange Gäste nicht so grob, ich bin darin weitaus besser als du.' Und er gab seinen Augen einen süßlich-gefühlvollen Ausdruck. Dieser Greis war in jener Minute maßlos widerwärtig, mit seinen bebenden Lippen und Gesichtszügen . . . ekelhaften Gesichtszügen.
,Geben Sie mir Ihre Hand, Fürst, kommen Sie hierher.'
Ohne Argwohn reichte er mir seine Hand. Ich führte ihn zu meinem Spiegel, zeigte auf sein Gesicht und fragte ihn:
,Und Sie glauben wirklich, daß ich zu diesem lächerlichen Greis komme, zu diesem glatzköpfigen Liebhaber?'
Ich brach in schallendes Lachen aus.
Der Fürst wurde blaß vor Wut. Sofort riß er seine Hand los, erhob sie und hätte mich sicher ins Gesicht geschlagen, wenn er sich nicht besser in der Gewalt gehabt hätte. Er begnügte sich mit groben Flüchen, ging hinaus und schrie:
,Ich werde dich lehren, wie man sich benimmt! Wem wagst du so etwas zu sagen! Du denkst wohl, du bist eine Schauspielerin, nein, sag ich dir, du bist meine Leibeigene und keine Schauspielerin . . .'
Ich stieß die Tür hinter ihm zu und warf das Tischmesser auf den Fußboden, das ich ganz gedankenlos ergriffen hatte, als

ich beim Lesen gestört wurde, und das ich dann für alle Fälle im Ärmel versteckt hatte.
Was ich fühlte, wie ich die folgende Nacht verbrachte, werden Sie verstehen können. Ich möchte Ihnen nichts über die vielen kleinen erniedrigenden Unannehmlichkeiten erzählen, denen ich von diesem Tage an ausgesetzt war. Man nahm mir die besten Rollen weg und quälte mich ständig, indem man mir Rollen gab, die meiner Begabung völlig fernlagen. Alle unsere Vorgesetzten begannen, sich mir gegenüber grob zu benehmen, sie redeten mich mit ‚du' an und gaben mir keine guten Kostüme mehr. Ich möchte deshalb nicht darüber sprechen, weil alles noch auf ein Lob für den Fürsten hinauslaufen würde: Er hätte noch ganz anders mit mir verfahren können, aber er hielt sich zurück und bedachte mich nur mit Schikanen, während er mich doch mit anderen Mitteln hätte strafen können. Und um die Wahrheit zu sagen, ich glaube, man hätte mich nur mit diesen Kleinigkeiten nicht so schnell zugrunde gerichtet ... schlimmer als all das andere waren die letzten Worte des Fürsten. Sie waren mir ins Hirn, ins Herz eingedrungen, ich weiß nicht, wie ich Ihnen das erklären soll, sie hatten eine tiefe Wunde aufgerissen. Ich konnte mich von ihnen nicht frei machen, sie nicht vergessen ... Seitdem bin ich ständig im Fieber, der Schlaf erfrischt mich nicht mehr, abends glüht mir der Kopf, und morgens habe ich Schüttelfrost. Glauben Sie mir, seit jener Zeit ändert man meine Kostüme jede Woche, und ich bin froh darüber, und gleichzeitig ist es mir, ich bekenne es Ihnen offen, schrecklich, schrecklich und schmerzhaft. Hätte es denn nicht anders sein können? ... Sicher nicht ... Seitdem gehe ich krank, wie im Fieber auf die Bühne, und man überschüttet mich mit Beifall, ohne mein Spiel zu verstehen. Seither spiele ich nur eine Rolle, und die Zuschauer haben es nicht bemerkt. Mein Talent erlischt, ich werde einseitig. Es gibt Rollen, die ich nachlässig spiele, die für mich unmöglich geworden sind. Und so ist alles zu Ende, mein Talent und mein Leben ... ich sage der Kunst und meiner Begeisterung für die Bühne ade! Ich werde noch

ein paar Jahre mit den Worten des Fürsten leben, und dann sollte man mir sie auf den Grabstein meißeln.‹
Sie schwieg. Ich fand keine Worte, die ich ihr zum Trost hätte sagen können. Als sie eine Weile geschwiegen hatte, fuhr sie fort:
›Vor etwa zwei Monaten war eine Benefizvorstellung. Ich bitte um ein Kostüm – man gibt es mir nicht. ‚In diesem Falle', sagte ich zu dem Regisseur, ‚werde ich mir für mein eigenes Geld kaufen, was ich brauche, und werde es mir selbst nähen.' Ich setze meinen Hut auf und will zum Einkauf gehen.
‚Wir dürfen Sie ohne Erlaubnis nicht weglassen. Wo ist Ihre Genehmigung?'
Ich war bestürzt und ging ins Kontor. Der Fürst war dort. Ich gehe zu ihm und bitte um die Erlaubnis, zum Einkaufen gehen zu dürfen.
‚Eine komische Zeit, zu der dich deine Liebhaber zum Rendezvous bestellen – frühmorgens!' bemerkte der Fürst zum unbeschreiblichen Vergnügen des Verwalters und der Lakaien.
Das Blut stieg mir zu Kopf, mein Verhalten war völlig einwandfrei gewesen. Die Beleidigung brachte mich aus der Fassung.
‚Um unsere Ehre zu beschützen, sperren Sie uns also ein? Dann, Fürst, nehmen Sie meine Hand, ich gebe Ihnen mein Ehrenwort, daß ich Ihnen noch vor Ablauf eines Jahres beweisen werde, daß die von Ihnen gewählten Maßnahmen unzulänglich sind!'
Noch ehe er ein Wort erwidern konnte, ging ich hinaus!‹
Erregt und erschöpft hielt sie inne. Ich bat sie, sich zu beruhigen und noch einen Schluck Wasser zu trinken. Ich hielt ihre kalte, feuchte Hand in der meinen . . . sie ließ den Kopf sinken, es fiel ihr sichtlich schwer weiterzusprechen. Doch plötzlich hob sie den Kopf, stolz und majestätisch, sah mich mit klarem Blick an und sagte:
›Ich habe Wort gehalten!‹ . . .

Ich war bereit, mich dieser Frau zu Füßen zu werfen. Wie groß, wie stark, wie wunderbar schön war sie in diesem Augenblick, da sie sich mir offenbarte.
Wir schwiegen.
›Mein Roman hat in mir nicht jene zarten, süßen Erinnerungen des Glücks und des Taumels zurückgelassen, wie es bei anderen ist: In ihm war alles fieberhaft, wahnsinnig, in ihm gab es nicht Liebe, sondern Verzweiflung und Ausweglosigkeit ... Ich erzähle Ihnen nicht weiter davon, weil es eigentlich nichts darüber zu erzählen gibt.‹
›Weiß der Fürst davon?‹ fragte ich.
›Sicher weiß er es, er weiß alles ... und ich wäre sogar verzweifelt, wenn er es nicht wüßte. Ich fürchte ihn nicht. Ich werde in diesem Zimmer sterben, aber als Bittstellerin zu ihm gehen werde ich nicht. Auch darin werde ich Wort halten. Nur vor einem hatte ich Angst: zu sterben, ohne noch einmal einem Menschen begegnet zu sein ... jetzt werden Sie verstehen, was Ihr Besuch für mich bedeutet ... Eines ist nicht schön, um so mehr, als ich es vorher nicht bedachte – das Kleine wird sein Eigentum sein, und er wird zu ihm sagen: Hauptsache, du gehörst mir. – Doch, ich bin so schwach und krank, daß Gott wohl so gütig sein wird – auch das Kind zu sich zu nehmen.‹
›Könnte man denn nicht irgendwie ... verfügen Sie über mich.‹
›Nein, Sie sehen, wie streng wir gehütet werden.‹
›Arme Künstlerin!‹ dachte ich. ›Welcher Wahnsinnige, welcher Verbrecher hat dich auf diesen Weg gebracht, ohne über dein Schicksal nachzudenken. Wozu hat man dich erweckt? Nur dazu, um dir eine schreckliche, niederschmetternde Kunde zu bringen? Hätte deine Seele weiterhin unentfaltet geschlummert, dann würde dich deine große Begabung, von der du selbst nichts wußtest, nicht gequält haben. Vielleicht wäre aus der Tiefe deiner Seele zuweilen eine unverständliche Traurigkeit emporgestiegen, aber sie wäre eben unverständlich geblieben.‹

›Es ist Zeit, daß wir uns trennen‹, sagte sie traurig.
›Leben Sie wohl, ich danke Ihnen. Wie gern würde ich irgend etwas ...‹
Sie lächelte.
›Denken Sie hin und wieder daran, daß auch in mir ...‹
›Eine große russische Schauspielerin verlorengegangen ist!‹
Mit Tränen in den Augen ging ich hinaus.
›Weißt du schon, was es für eine freudige Nachricht gibt?‹ sagte mein Kollege, als ich nach Hause zurückkehrte. ›Der Verwalter des Fürsten war soeben hier – er wunderte sich, daß du noch nicht nach Hause gekommen bist – und läßt dir sagen, daß der Fürst wünscht, dich zu folgenden Bedingungen hierzubehalten.‹ Mit feierlicher Miene überreichte er mir ein Schriftstück.
Die Bedingungen waren vorzüglich.
›Und weißt du schon, was es für eine Neuigkeit gibt?‹ antwortete ich ihm. ›Auf dem Heimweg bin ich bei unserem Kutscher vorbeigegangen und habe die gleiche Troika bestellt, die uns hierhergebracht hat. Bleib, wenn du willst, ich aber werde in einer Stunde abfahren.‹
›Was ist denn, bist du verrückt geworden?‹
›Ich weiß nicht, aber hierbleiben werde ich nicht: Dieses Klima ist für einen Künstler ungesund. Ja, denk mal darüber nach, und dann werden wir in unser altes Theater zurückfahren, mit seinen Dekorationen, bei denen man nur schwer eine schattige Allee von einem Fluß unterscheiden kann, bei denen das Meer ruhig ist und die Wände Wellen schlagen. Komm, fahren wir!‹
›Ich bin zwar bereit, zurückzufahren‹, antwortete mein Kollege, der Unbekümmertste aller Sterblichen, ›aber wir werden dort vor Hunger sterben.‹
›Und hier vor Sattheit. Den Hunger kann man mit einem Stück Brot heilen, und dieses Stück Brot werden wir uns, wie wir gebaut sind, Gott sei Dank, erarbeiten. Die Übersättigungskrankheiten sind nicht so schnell zu heilen.‹

Mein Kollege überlegte. Ich wollte ihn nicht überreden. Plötzlich brach er in schallendes Gelächter aus:
›Ha-ha-ha! Ich fahre mit, Bruder, ich fahre mit! Weißt du, woran ich eben denken mußte: wie Wassilij Petrowitsch sich wundern wird, wenn wir nach zwei Wochen zurückkehren. Der wird sich wundern!‹
Der Gedanke an die Überraschung hatte meinen Freund vollständig mit der unerwarteten Abreise ausgesöhnt. Er fragte jedoch:
›Na und, was geben wir dem Verwalter für eine Antwort?‹
›Da brauchen wir uns nicht allzu viele Umstände zu machen. Nicht wir sind es, die morgen antworten müssen, wenn wir heute abfahren, man wird ihm melden: Die sind gestern zurückgefahren. Und dann wird es für den Fürsten genauso eine Überraschung geben wie für Wassilij Petrowitsch.‹
›Das ist wirklich gut, besonders gut, weil die Bedingungen so vorteilhaft sind. Er soll ruhig wissen, daß man nicht alles auf der Welt kaufen kann. Ich werde gleich packen!‹ Und er begann, unsere wenigen Habseligkeiten in Bündel zu rollen, und pfiff dabei ein Motiv aus der Oper ›Der Kalif von Bagdad‹.
Das ist alles. Der Vollständigkeit halber erwähne ich noch, daß wir schon zwei Stunden später in der ratternden Kibitka saßen. Mir war elend zumute, mein Herz war von bitterem Zorn erfüllt. Ich versuchte, auf den Weg zu achten, mir die Gegend anzusehen, Zigarren zu rauchen – alles half nicht. Zu allem Überfluß war der Himmel grau, ein kalter Wind wehte, die Ferne verlor sich im Nebel der Sümpfe, und alles, was mich auf der Hinfahrt in Entzücken versetzt hatte, lag hinter einem düsteren Schleier – sei es, weil sich mir die Bilder auf dem Rückweg in umgekehrter Folge boten, oder sei es aus irgendeinem anderen Grunde, nichts konnte mich mehr erfreuen. Selbst die luxuriösen Herrschaftshäuser mit ihren Parkanlagen und Orangerien, die sich stolz und schön zwischen den grauen halbzerfallenen Hütten erhoben, machten einen traurigen Eindruck auf mich.«

»Und was ist danach aus Annette geworden? Sind Sie ihr noch einmal begegnet?«

»Nein, sie starb zwei Monate nach der Geburt ihres Kindes.« Der Schauspieler wischte sich die Tränen aus den Augen. Die jungen Leute schwiegen; sie und er hätten ein schönes Grabmal für Annette abgegeben.

»Alles gut und schön«, sagte der Slawe und erhob sich, »aber warum hat sie sich denn nicht heimlich trauen lassen? . . .«

IWAN GONTSCHAROW

Oblomows Traum

Wo sind wir? In welch einen gesegneten Erdenwinkel hat uns Oblomows Traum versetzt? Was für eine wundervolle Gegend!

Es gibt dort freilich kein Meer, keine hohen Berge, Felsen und Abgründe, auch keine dunklen Wälder – überhaupt nichts Grandioses, Wildes und Düsteres.

Wozu auch all dieses Wilde und Grandiose? Das Meer zum Beispiel? Gott befohlen! Es stimmt den Menschen nur schwermütig: betrachtet man es, möchte man weinen. Das Herz gerät in Aufregung und Angst vor der unübersehbaren Wasserfläche, und nirgends kann der Blick, gequält von der Gleichförmigkeit des unendlichen Bildes, ausruhen.

Das Brüllen und der tosende Anprall der Wogen schmeicheln schwachen Ohren nicht: sie wiederholen stets dasselbe, seit Anbeginn der Welt ewig gleiche Lied mit dem düsteren, rätselhaften Inhalt; und stets ist darin das gleiche Stöhnen, das einförmige Klagen eines wie zu ewiger Qual verdammten Ungeheuers und jemandes durchdringende, unheilverkündende Stimme zu vernehmen. Nirgends ist Vogelgezwitscher zu hören; nur schweigsame Möwen gleiten, verzagt wie Sträflinge, an der Küste entlang und kreisen über den Wassern.

Ohnmächtig ist das Brüllen des wilden Tieres gegen dieses Stöhnen der Natur, nichtig ist auch die Stimme des Menschen, und der Mensch selbst erscheint winzig und schwach: er verschwindet ganz unscheinbar unter den kleinen Einzelheiten des gewaltigen Bildes. Vielleicht fällt es ihm deshalb so schwer, das Meer zu betrachten.

Nein, Gott befohlen, das Meer! Selbst seine Stille und Reglosigkeit lösen kein erquickendes Gefühl aus: noch im kaum wahrnehmbaren Schwanken der Wassermassen sieht der

Mensch die nämliche, wenn auch schlummernde Kraft, die bisweilen so giftig seinen stolzen Willen verhöhnt und so tief seine kühnen Pläne, all seine Mühen und Plagen begräbt.
Berge und Abgründe sind auch nicht zur Erheiterung des Menschen geschaffen. Sie sind drohend und furchtbar, wie die blanken, nach ihm ausholenden Krallen und Zähne eines wilden Tieres; sie erinnern etwas zu lebhaft an seine irdische Vergänglichkeit und halten uns in Furcht und Angst um unser Leben. Auch der Himmel scheint über den Bergen und Felsen so fern und unerreichbar zu sein, als ob er vor den Menschen zurückgewichen wäre.
Nicht so geartet ist der friedliche Winkel, wohin unser Freund sich plötzlich versetzt sah.
Der Himmel dort scheint sich im Gegenteil enger an die Erde zu schmiegen, aber nicht deshalb, um seine Pfeile kräftiger abschießen zu können, sondern um jene fester und liebevoller zu umarmen: er spannte sich so niedrig über dem Haupt wie das väterlich schützende Dach, wie um den auserwählten Winkel vor allen Fährnissen zu schützen.
Die Sonne scheint dort das halbe Jahr lang heiß und hell und entfernt sich dann nicht plötzlich, sondern gleichsam ungern, als wendete sie wieder, um noch ein- oder zweimal einen freundlichen Blick auf den geliebten Ort zu werfen und ihm auch im Herbst noch, während der Regentage, einen klaren, warmen Tag zu bescheren.
Die Berge dort sind gleichsam nur Modelle jener anderswo aufgetürmten schrecklichen Berge, die unsere Phantasie entsetzen. Es sind eine Reihe abschüssige Hügel, von denen man sehr gerne im Übermut auf dem Rücken herunterrutscht oder in Gedanken versunken die untergehende Sonne betrachtet.
Der kleine Fluß läuft fröhlich, ausgelassen und spielend dahin; bald ergießt er sich in einen großen Teich, bald strebt er als dünner Faden in die Ferne oder wird plötzlich, als dächte er über etwas nach, immer stiller und kriecht langsam über die Steinchen, während er nach beiden Seiten muntere

Bächlein ausschickt, in deren Gemurmel es sich süß träumen läßt.

Der ganze Winkel stellt in einem Umkreis von fünfzehn bis zwanzig Werst nichts anderes als eine Reihe malerischer Studien und heiterer, lächelnder Landschaften dar. Die sandigen, abschüssigen Ufer des klaren Flüßchens, das sich vom Hügel zum Wasser hinziehende niedrige Buschwerk, die gewundene Schlucht mit dem Bach auf ihrem Grund und das Birkenwäldchen, alles wirkt wie absichtlich aneinandergereiht und meisterhaft gezeichnet.

Sowohl ein von Aufregungen zermartertes wie ein davon verschont gebliebenes Herz hätte sich gleichermaßen danach gesehnt, in diesen von allen vergessenen Winkel zu fliehen und hier in einem jedermann unbekannten Glück zu leben. Alles versprach ein ruhiges, langes Leben bis ins Greisenalter und einen unmerklichen, schlafähnlichen Tod.

Gleichmäßig und ungestört vollzieht sich dort der Kreislauf des Jahres.

Kalendergetreu beginnt der Frühling im März, schießen schmutzige Bäche von den Hügeln, taut die Erde auf und dampft im warmen Brodem; der Bauer zieht den Halbpelz aus, geht im Hemd an die frische Luft, hält die Hand vor die Augen, erfreut sich lange an der Sonne und reckt zufrieden die Schultern; dann zieht er den hingeworfenen, mit dem Kasten nach oben liegenden Wagen bald an der einen, bald an der anderen Deichsel, betrachtet den müßig im Schuppen herumliegenden Pflug oder versetzt ihm einen Fußtritt und rüstet sich zur Arbeit.

Es kehren im Frühjahr keine unerwarteten Schneestürme wieder, welche die Felder verschütten und die Bäume mit ihrer Last zerbrechen.

Der Winter behält wie eine unzugängliche, kalte Schönheit seinen Charakter bis zur festgesetzten Frist bei; er täuscht nicht mit überraschendem Tauwetter und schlägt nicht mit dreimal unerhörten Frösten zu; alles geht seinen herkömmlichen, von der Natur vorgeschriebenen, allgemeinen Gang.

Im November beginnt es zu schneien und zu frieren; die Kälte wird um den Dreikönigstag so stark, daß der Bauer, wenn er für einen Augenblick die Stube verläßt, unvermeidlich mit Rauhreif im Bart zurückkommt; aber im Februar spürt eine feine Nase in der Luft schon das milde Wehen des nahen Frühlings.

Der Sommer aber, der Sommer ist ganz besonders berauschend in dieser Gegend. Dort findet man frische, trockene Luft, zwar nicht nach Zitrone und Lorbeer duftend, wohl aber nach Wermut, Kiefern und Faulbaum; dort findet man klare Tage, mäßig heißen, aber nicht glühenden Sonnenschein und fast drei Monate lang einen wolkenlosen Himmel.

Wenn die klaren Tage beginnen, halten sie drei bis vier Wochen lang an; und die Abende sind dort warm und die Nächte schwül. Die Sterne blinken so freundlich, so traut vom Himmel hernieder.

Wenn es regnet, was für ein wohltuender sommerlicher Regen! Rasch und reichlich fallen die Tropfen und springen fröhlich dahin wie große, heiße Tränen eines plötzlich von Freude überwältigten Menschen; und kaum hört es auf, bescheint und trocknet schon wieder die Sonne mit strahlendem, liebevollem Lächeln Felder und Fluren: und das ganze Land lächelt zur Antwort der Sonne glücklich entgegen.

Freudig begrüßt den Regen der Bauer: Der Regen näßt, die Sonne trocknet wieder! sagt er und bietet genießerisch dem warmen Platzregen Gesicht, Schultern und Rücken dar.

Die Gewitter dort sind nicht schrecklich, sondern nur wohltuend: sie kommen regelmäßig zur festgesetzten Zeit und vergessen fast nie den Eliastag, wahrscheinlich deshalb, um die bekannte Überlieferung im Volke aufrechtzuerhalten. Auch die Zahl und die Stärke der Donnerschläge scheint alljährlich die gleiche zu sein, als hätte der Fiskus der ganzen Gegend eine bestimmte Jahresmenge an Elektrizität zugeteilt.

Von keinen furchtbaren Stürmen, keinen Verwüstungen ist in jener Gegend zu hören.
Kein Mensch hat je in der Zeitung derartiges über diesen gottgesegneten Winkel gelesen. Und niemals wäre über diese Gegend etwas gedruckt worden, nie etwas über sie bekannt geworden, hätte nicht die Bauernwitwe Marina Kulkowa, achtundzwanzig Jahre alt, Vierlinge geboren, was sich freilich nicht mehr verschweigen ließ.
Der Herr straft diesen Landstrich weder mit ägyptischen noch mit gewöhnlichen Plagen. Keiner seiner Bewohner hat irgendwelche furchtbaren Zeichen am Himmel gesehen oder erinnert sich an feurige Kugeln oder plötzlichen Sonnenschwund; kein giftiges Geschmeiß läßt sich blicken; Heuschrecken sind unbekannt; es kommen weder brüllende Löwen noch schleichende Tiger, nicht einmal Bären und Wölfe vor, weil es keine Wälder gibt; auf den Feldern und in den Dörfern treiben sich nur muhende Kühe, blökende Schafe und gackernde Hühner umher.
Weiß Gott, ob einem Dichter oder Denker die Natur dieses friedlichen Winkels gefallen hätte. Diese Herrschaften geruhen vorzüglich, wie bekannt, in den Mond zu starren und dem Schlag der Nachtigall zu lauschen. Sie lieben die kokette Luna, die sich in rosiges Gewölk hüllt, geheimnisvoll durch die Äste der Bäume blinkt oder ihren Verehrern Garben silbernen Lichts in die Augen streut.
In dieser Gegend wußte niemand um Luna, alle nannten sie den Mond. Er schaute gutmütig und rundgesichtig auf die Felder und Dörfer herab und gemahnte sehr an eine blankgescheuerte Kupferschüssel.
Vergebens hätte ein Dichter begeisterten Blicks zu ihm emporgeschaut: er hätte den Dichter ebenso einfältig angeblickt wie eine rotbackige Dorfschönheit einen Stadtgecken, der ihr leidenschaftliche und beredte Blicke zuwirft.
Nachtigallen waren in dieser Gegend auch nicht zu hören, vielleicht deshalb, weil dort keine schattigen Lauben angelegt und keine Rosen gezüchtet wurden; aber dafür welch ein

Überfluß an Wachteln! Im Sommer, während der Ernte, konnte sie ein Knabe mit den Händen fangen!
Man möge jedoch nicht glauben, daß die Wachteln dort als gastronomischer Leckerbissen gegolten hätten – nein, diese Sittenverderbnis war bis zu den Bewohnern dieser Gegend noch nicht vorgedrungen: die Wachtel war ein Vogel, den kein Ustaw unter den Nahrungsmitteln anführte. Sie erfreute dort das menschliche Ohr mit ihrem Gesang: deshalb hing fast an jedem Haus in einem aus Zwirn geflochtenen Käfig eine Wachtel.
Ein Dichter oder ein Denker wären nicht einmal mit dem Gesamtbild dieser bescheidenen und anspruchslosen Örtlichkeit zufrieden gewesen. Es wäre ihnen dort nicht gelungen, einen Abend nach schweizerischer oder schottischer Art zu sehen, wie die ganze Natur – der Wald, das Wasser, die Wände der Hütten, die sandigen Hügel – in purpurnen Feuerschein getaucht ist; oder wie sich von diesem purpurnen Hintergrund eine auf sandigem, gewundenem Pfad dahinreitende Kavalkade von Männern abhebt, die eine Lady auf ihrem Ritt zu einer düsteren Ruine begleiten, um dann wieder auf ein festes Schloß zurückzukehren, wo sie eine Episode aus dem Krieg der beiden Rosen, vom Großvater erzählt, eine wilde Ziege zum Abendessen und eine von der jungen Miss zu den Klängen der Laute gesungene Ballade erwartet, Bilder, mit denen die Feder Walter Scotts unsere Phantasie ausgiebig gesättigt hat.
Nein, dergleichen gab es in unserer Gegend nicht.
Wie still, wie verträumt alles war in den drei oder vier Dörfchen, die zu diesem Winkel gehörten! Sie lagen nicht weit voneinander entfernt und wirkten wie zufällig von einer gigantischen Hand hingeworfen, nach verschiedenen Seiten auseinandergekollert und so bis auf den heutigen Tag liegengeblieben.
Wie die eine Hütte an den Rand der Schlucht gefallen war, so war sie dort seit undenklichen Zeiten hängengeblieben, mit der einen Hälfte in der Luft und von drei Pfählen gestützt.

Drei, vier Generationen hatten schon still und glücklich in ihr gelebt.

Man glaubt, daß sich eine Henne fürchten müßte, sie zu betreten, indessen wohnt Onissim Suslow mit seinem Weibe darin, ein stämmiger Mann, der sich in seiner Behausung nicht bis zur vollen Lebensgröße aufrichten kann.

Auch wird es nicht jeder zuwege bringen, Onissims Hütte zu betreten, es sei denn, daß der Besucher sie mit der Zauberformel des russischen Märchens bittet, »mit dem Walde im Rükken, mit dem Gesicht zum Walde zu stehen«.

Die Treppe zum Vorbau hing über der Schlucht, und um mit dem Fuß auf die Treppe zu gelangen, mußte man sich mit der einen Hand am Gras festhalten, mit der anderen am Dach der Hütte und sich dann direkt auf die Treppe schwingen.

Eine andere Hütte war am Hange wie ein Schwalbennest hängengeblieben; drei weitere befanden sich zufällig gleich daneben, und zwei standen schon direkt auf dem Grunde der Schlucht.

Still und verträumt ist alles im Dorf: die leeren Stuben stehen sperrangelweit offen; keine Menschenseele ist zu sehen; nur die Fliegen summen und surren in Schwärmen herum.

Betritt man eine Stube, hilft alles laute Rufen nichts: Totenstille wird die Antwort sein; nur höchst selten wird sich das Stöhnen eines Kranken oder das hohle Hüsteln eines alten Weibes vernehmen lassen, die den Rest ihres Lebens auf dem Ofen verbringt; nur höchst selten wird hinter einem Verschlag ein barfüßiges, langhaariges, dreijähriges Kind im bloßen Hemd hervorlugen, schweigend dastehen, aufmerksam den Eintretenden betrachten und schüchtern wieder verschwinden.

Die nämliche tiefe Stille und Ruhe liegt über den Feldern; nur weit draußen krabbelt wie eine Ameise in der schwülen Hitze ein Pflüger über den schwarzen Acker und stemmt sich schweißüberströmt auf den Pflug.

Stille und ungestörte Zufriedenheit herrschen auch in den Sitten der Menschen dieser Gegend. Weder Diebstähle noch

Morde oder sonstige furchtbare Begebenheiten haben sich jemals ereignet; keine starken Leidenschaften oder kühnen Unternehmungen regten sie auf.

Welche Leidenschaften und Unternehmungen hätten sie auch aufregen sollen? Jeder kannte dort nur sich selber. Die Bewohner dieser Gegend lebten weitab von anderen Menschen. Die nächsten Dörfer und die Kreisstadt waren fünfundzwanzig bis dreißig Werst entfernt.

Die Bauern brachten ihr Korn zur gegebenen Zeit an den nächsten Wolgahafen, der ihre Welt wie Kolchis oder wie die Säulen des Herakles begrenzte, oder sie fuhren vereinzelt einmal im Jahr auf den Markt und hatten sonst keinerlei Beziehungen zur Außenwelt.

Ihre Interessen blieben auf sich selber beschränkt, sie überschnitten und berührten sich nicht mit denen anderer Leute.

Sie wußten, daß achtzig Werst von ihnen entfernt das »Gouvernement«, das heißt die Gouvernementsstadt, liegt, fuhren aber selten hin; dann wußten sie, daß noch weiter entfernt, dort oben, Saratow oder Nishnij Nowgorod liegt; sie hatten gehört, daß es Moskau und Petersburg gibt, daß hinter Petersburg die Franzosen oder die Deutschen leben, und noch weiter weg begann für sie schon, wie für die Alten, die dunkle Welt: unbekannte Länder, von Ungeheuern, von Menschen mit zwei Köpfen und von Riesen bewohnt; dann folgte Finsternis, und schließlich endete alles mit jenem Fisch, der auf seinem Rücken die Erde trägt.

Und da ihr Winkel fast keine Straßen hatte, gab es auch keine Möglichkeit, die neuesten Nachrichten über das, was in Gottes weiter Welt geschah, in Erfahrung zu bringen: nur Fuhrleute, die mit hölzernem Geschirr handelten, wohnten zwanzig Werst von ihnen entfernt, aber die wußten nicht mehr als sie. Sie hatten nicht einmal die Möglichkeit, ihr Leben und Treiben mit dem anderer Menschen zu vergleichen: ob sie gut oder schlecht lebten, ob sie arm oder reich wären, ob sie noch etwas erwerben könnten, das andere haben.

Die glücklichen Leute lebten im Glauben, daß es anders gar nicht sein könnte, und waren überzeugt, daß alle anderen genauso lebten wie sie und daß anders zu leben eine Sünde wäre.

Sie hätten es auch gar nicht geglaubt, wenn man ihnen gesagt hätte, daß andere Leute anders pflügen, säen, ernten und verkaufen. Was für Leidenschaften und Aufregungen hätte es also geben können bei ihnen?

Es gab zwar bei ihnen, wie bei allen Leuten, auch Sorgen und Schwächen, Abgaben oder Pachtzins, Faulheit und Schlechtigkeit; doch dies alles berührte sie nicht sonderlich und brachte ihr Blut nicht in Wallung.

In den letzten fünf Jahren war von einigen hundert Menschen kein einziger gestorben, weder eines gewaltsamen noch eines natürlichen Todes.

Wurde aber doch jemand vor Altersschwäche oder infolge einer verschleppten Krankheit zum ewigen Schlaf abberufen, konnte man sich dort nicht lange genug über diesen ungewöhnlichen Vorfall wundern.

Indessen kam es ihnen gar nicht verwunderlich vor, daß sich der Schmied Taras, als er in einer Erdhütte ein Dampfbad nahm, beinahe eigenhändig zu Tode gebrüht hätte, so daß man ihn mit kaltem Wasser übergießen mußte.

An Vergehen bleibt vor allem das Stehlen von Erbsen, Möhren und Rüben in den Gemüsegärten zu erwähnen, was überaus im Schwange war; ja, einmal verschwanden sogar zwei Ferkel und ein Huhn, ein Ereignis, das die ganze Umgebung in Aufruhr versetzte und einstimmig dem Fuhrmann zugeschrieben wurde, der am Abend vorher mit hölzernem Geschirr durch das Dorf auf den Jahrmarkt gefahren war. Im übrigen waren Ereignisse jeglicher Art außerordentlich selten.

Einmal wurde übrigens noch außerhalb des Dorfes im Graben bei der Brücke ein Mann gefunden, der offenbar zu einer Gruppe von Arbeitern gehörte, die in die Stadt gewandert waren.

Die Knaben entdeckten ihn zuerst und kamen entsetzt mit der Nachricht ins Dorf gelaufen, daß im Graben eine fürchterliche Schlange oder ein Werwolf liege, wobei sie noch hinzufügten, daß er ihnen nachgerannt sei und den Kuska um ein Haar aufgefressen hätte.

Die beherzten Bauern bewaffneten sich mit Heugabeln und Dreschflegeln und zogen in geschlossenem Haufen zum Graben.

»Wohin wollt ihr?« warnten die Greise sie. »Sitzt euch der Kopf zu fest auf den Schultern? Was wollt ihr dort? Rührt ihn nicht an: man zwingt euch nicht dazu.«

Aber die Bauern zogen los und riefen aus einer Entfernung von etwa fünfzehn Sashen vor der Brücke das Ungeheuer auf vielstimmige Weise an, aber es gab keine Antwort.

Im Graben lag ein Mann, den Kopf an die Böschung gelehnt; neben ihm standen ein Sack und ein Stock, an dem zwei Paar Bastschuhe hingen.

Die Bauern konnten sich nicht entschließen, näher heranzukommen oder ihn anzufassen.

»He! Du, Bruder!« schrien sie der Reihe nach und kratzten sich einmal den Nacken und einmal den Rücken. »Was machst du dort? He, du! Was willst du hier?«

Der Wanderer machte eine Bewegung, als wollte er den Kopf heben, vermochte es aber nicht: er war offensichtlich krank oder sehr ermattet.

Einer wagte es, ihn mit der Mistgabel zu berühren.

»Rühr ihn nicht an, rühr ihn nicht an!« schrien die anderen. »Wer weiß, was für einer er ist: siehst du, er sagt nichts; vielleicht ist es so einer ... Rührt ihn nicht an, Kinder!«

»Gehen wir«, sagten einige, »es ist das beste, wir gehen: ist er etwa unser Oheim oder was sonst? Es gibt nur Unglück mit ihm!«

Und alle gingen zurück ins Dorf und erzählten den Greisen, daß dort ein Fremder liege, nichts sage und Gott allein wisse, was er dort wolle ...

»Wenn er nicht von hier ist, rührt ihn nicht an!« sagten die

Greise, die auf der Ofenbank saßen und ihre Ellenbogen auf die Knie stützten. »Laßt ihn in Frieden! Ihr habt nichts verloren bei ihm!«

Das war der Winkel, wohin Oblomow plötzlich im Traum versetzt worden war.

Von den drei oder vier verstreuten Dörfchen hieß das eine Sosnowka und das andere Wawilowka, beide etwa eine Werst voneinander entfernt.

Sosnowka und Wawilowka gehörten zum Erbgut des Geschlechts Oblomow und waren daher unter dem gemeinsamen Namen Oblomowka bekannt.

In Sosnowka war der Herrensitz und die Residenz. Etwa fünf Werst von Sosnowka entfernt lagen der Flecken Werchljowo, der auch einmal der Familie Oblomow gehört hatte, aber schon längst in andere Hände übergegangen war, sowie noch etliche andere Hütten, die gleichfalls als zu diesem Dorf gehörig gezählt wurden.

Der Flecken gehörte einem reichen Gutsbesitzer, der sich niemals auf seinem Gut zeigte; die Geschäfte führte ein deutscher Verwalter.

Das ist die ganze Geographie dieses Winkels.

Ilja Iljitsch erwacht des Morgens in seinem kleinen Bettchen. Er ist erst sieben Jahre alt. Es ist ihm leicht und fröhlich zumute.

Wie hübsch, rotbackig und stramm er ist! Die Wangen sind so rund, wie sie mancher Schelm, der sich absichtlich aufbläst, nicht zustande bringt.

Die Kinderfrau wartet schon auf sein Erwachen. Sie beginnt ihm die Strümpfe anzuziehen; er will es aber nicht zulassen, treibt Unfug, strampelt mit den Beinen; die Kinderfrau hascht ihn, und beide lachen aus vollem Halse.

Endlich ist es ihr gelungen, ihn auf die Beine zu bringen; sie wäscht ihn, kämmt ihm den Schopf zurecht und führt ihn zur Mutter.

Als Oblomow die längst verstorbene Mutter erblickte, begann er sogar im Traum vor Freude und heißer Liebe zu

zittern; dem Träumenden quollen unter den Wimpern langsam zwei warme Tränen hervor und blieben an ihnen unbeweglich hängen.
Die Mutter überschüttete ihn mit leidenschaftlichen Küssen, dann betrachtete sie ihn mit gierig besorgten Blicken, ob seine Äuglein nicht trübe seien, ob ihm nichts weh tue, sie verhörte die Kinderfrau, ob er ruhig geschlafen habe, in der Nacht aufgewacht sei, sich nicht unruhig im Schlaf hin und her geworfen oder gar Fieber gehabt habe. Dann nahm sie ihn an der Hand und führte ihn vor das Heiligenbild.
Dort kniete sie nieder, umfaßte ihn mit einem Arm und sprach ihm die Worte des Gebetes vor.
Der Knabe wiederholte sie zerstreut und schaute zum Fenster hinaus, durch das Kühle und Fliederduft in das Zimmer hereinströmten.
»Gehen wir heute spazieren, Mama?« fragte er plötzlich mitten im Gebet.
»Wir gehen schon, Herzchen«, antwortete sie eilig, ohne den Blick von der Ikone zu wenden, und sprach die heiligen Worte rasch zu Ende.
Der Knabe wiederholte sie träge, während die Mutter ihre ganze Seele hineinlegte.
Dann gingen sie zum Vater und dann zum Teetrinken.
Am Teetisch erblickte Oblomow eine bei ihnen lebende uralte Tante von achtzig Jahren, die ohne Unterlaß ihr Mädchen schalt, das, selber vor Alter mit dem Kopf wackelnd, hinter ihrem Stuhl stand und sie bediente. Dann saßen noch drei grauhaarige Jungfern da, entfernte Verwandte seines Vaters, sowie der etwas verrückte Schwager seiner Mutter, ferner ein Eigentümer von sieben Bauern namens Tschekmenew, der als Gast im Hause lebte, und noch einige alte Männer und Frauen mehr.
Diese ganze Suite des Hauses Oblomow bemächtigte sich der Reihe nach des kleinen Ilja Iljitsch und überschüttete ihn mit Liebkosungen und Lobsprüchen; er wurde kaum damit fertig, die Spuren der unerbetenen Küsse abzuwischen.

Darauf begann man ihn mit Semmeln, Zwieback und Sahne zu füttern.

Dann ließ ihn die Mutter, nachdem sie ihn noch einmal gestreichelt hatte, im Garten, auf dem Hof oder auf der Wiese spazierengehen, wobei sie der Kinderfrau aufs strengste untersagte, das Kind allein zu lassen, es zu nahe an die Pferde, die Hunde und den Ziegenbock heranzuführen, sich mit ihm allzuweit vom Hause zu entfernen – und es vor allem nicht in die Schlucht zu lassen, den schrecklichsten Ort in der ganzen Umgebung, der außerdem in schlechtem Ruf stand.

Dort hatte man einmal einen Hund gefunden, der nur deshalb für tollwütig erklärt wurde, weil er vor den Menschen davonlief, als diese mit Heugabeln und Dreschflegeln auf ihn losgingen, und dann irgendwo hinter dem Berge verschwand; in diese Schlucht wurde alles verendete Vieh geworfen; man vermutete dort sogar Räuber und Wölfe und verschiedene andere Wesen, die es weder in dieser Gegend noch sonstwo auf der Welt gab.

Der Knabe hatte die Ermahnungen der Mutter nicht abgewartet: er befand sich schon längst auf dem Hof.

Er betrachtete mit freudiger Verwunderung, wie zum erstenmal, das elterliche Haus mit dem schiefen Tor, dem in der Mitte eingesunkenen Schindeldach, auf dem zartes, grünes Moos wuchs, der wackeligen Vorbautreppe, den verschiedenen Aufbauten und Anbauten und dem verwilderten Garten.

Er wäre leidenschaftlich gerne auf die um das ganze Haus laufende Hängegalerie hinaufgestiegen, um von dort aus das Flüßchen zu betrachten; doch die Galerie war morsch, hielt kaum noch zusammen, und sie zu betreten war nur den »Leuten« gestattet, während die Herrschaft nie hinaufging.

Er hielt sich nicht an das Verbot der Mutter und war an die verlockenden Stufen schon ganz nahe herangekommen, aber da erschien auf dem Vorbau die Kinderfrau und erwischte ihn gerade noch.

Er riß sich von ihr los und rannte zum Heuboden in der Absicht, dort die steile Leiter hinaufzuklettern, und kaum war sie ihm in den Heuboden nachgelaufen, mußte sie schon wieder seine Absicht vereiteln, auf den Taubenschlag zu klettern, in den Viehhof hineinzuschlüpfen und – was Gott verhüten möge – in die Schlucht zu laufen.

»Ach, du mein Gott, was für ein Kind, der reinste Kreisel! Willst du ruhig sitzen bleiben, Herr? Schäme dich!« sagte die Kinderfrau.

Und der ganze Tag, ja alle Tage und Nächte der Kinderfrau waren ein endloses Gehetze und Gelaufe: einmal folterte sie die Angst, einmal empfand sie helle Freude über den Knaben, einmal fürchtete sie, daß er hinfallen und sich die Nase zerschlagen könnte, einmal war sie von seinen ungeheuchelten, kindlichen Liebkosungen beglückt, oder es quälte sie ein banges Gefühl um seine weitere Zukunft: dies alles ließ ihr Herz nicht zur Ruhe kommen, diese Aufregungen allein hielten das Blut der alten Frau in Wallung und ihr schläfriges Leben in Atem, das sonst vielleicht längst erloschen wäre.

Nicht immer freilich war der Knabe ausgelassen: er wurde mitunter plötzlich still, blieb neben der Kinderfrau sitzen und begann alles aufmerksam zu betrachten. Mit kindlichem Verstand beobachtete er alles, was um ihn herum geschah; es prägte sich tief seiner Seele ein, um mit ihm zu wachsen und zu reifen.

Ein großartiger Morgen; die Luft war kühl; die Sonne stand noch nicht hoch. Das Haus, die Bäume, der Taubenschlag und die Galerie, alles warf lange Schatten. Im Garten und auf dem Hof entstanden dadurch kühle Winkel, die zum Nachdenken und Schlafen einluden. Nur in der Ferne loderten gleichsam die Kornfelder in goldenem Feuer, und das Flüßchen glitzerte und glänzte so stark in der Sonne, daß es in den Augen schmerzte.

»Weshalb ist es hier dunkel und dort hell, Njanja? Und wird es hier auch hell?« fragte der Knabe.

»Deshalb, Väterchen, weil die Sonne dem Mond entgegengeht und ihn nicht sieht, also macht sie ein finsteres Gesicht; aber wenn sie ihn nur aus der Ferne erblickt, wird sie gleich wieder heller.«

Der Knabe wurde nachdenklich und schaute nach allen Seiten: er sah, daß Antip zum Wasser fuhr, aber daß neben ihm auf der Straße ein zweiter Antip ging, zehnmal größer als der echte, daß das Faß so groß wie ein Haus war und der Schatten des Pferdes die ganze Wiese bedeckte, dann zwei Schritte machte und plötzlich hinter dem Berg verschwand, während Antip noch nicht aus dem Hof gefahren war.

Der Knabe machte auch zwei Schritte, noch einen – und sein Schatten verschwand gleichfalls hinter dem Berg.

Er wollte zum Berg, um nachzuschauen, wohin der Schatten des Pferdes verschwunden sei. Er lief ans Tor, doch aus dem Fenster ließ sich die Stimme seiner Mutter vernehmen: »Njanja! Siehst du nicht, daß das Kind in die Sonne gelaufen ist! Bring es in den Schatten; es wird sich einen Sonnenstich holen, Kopfschmerzen bekommen, sich erbrechen und zu essen aufhören. Eines Tages wird es dir noch in die Schlucht laufen.«

»Uh, du verwöhnter Bengel!« knurrte die Kinderfrau leise und schleppte ihn auf die Vorbautreppe.

Der Knabe schaute und beobachtete mit scharfen und gelehrigen Blicken, wie und was die Erwachsenen taten, womit sie sich am Morgen beschäftigten.

Keine einzige Kleinigkeit, kein einziger Zug entging der forschenden Aufmerksamkeit des Knaben; unauslöschlich prägte sich seiner Seele das Bild des häuslichen Lebens ein, der knetweiche Verstand sog sich mit lebendigen Beispielen voll und formte unbewußt das Programm seines Lebens nach dem seiner Umgebung.

Man konnte nicht sagen, daß der Morgen im Hause der Oblomows ungenutzt verstrichen wäre. Das Geklapper der Messer, mit denen in der Küche Koteletts und Grünzeug geschnitten wurden, war bis ins Dorf zu hören.

Aus der Gesindestube drang das Surren des Spinnrades und

die leise, dünne Stimme eines alten Weibes: es ließ sich schwer unterscheiden, ob sie weinte oder ein Klagelied ohne Worte improvisierte.

Kaum war Antip mit dem Wasserfaß zurück, als aus den verschiedensten Ecken und Winkeln Weiber und Kutscher mit Eimern, Trögen und Krügen auf den Hof geeilt kamen, um Wasser zu holen.

Dort brachte eine Alte eine Tasse Mehl und einen Berg Eier aus dem Vorratskeller in die Küche; und hier goß der Koch plötzlich Wasser aus dem Fenster und überschüttete damit Arapka, der den ganzen Morgen unverwandten Blicks nach dem Fenster gestarrt hatte, jetzt aber freundlich mit dem Schwanz wedelte und sich leckte.

Selbst der alte Oblomow war nicht müßig. Er saß den ganzen Morgen am Fenster und achtete unentwegt auf alles, was auf dem Hof geschah.

»He, Ignaschka? Was trägst du, Narr?« fragte er einen Mann, der gerade über den Hof ging.

»Ich trage die Messer zum Schleifen in die Gesindestube«, antwortete dieser, ohne den Herrn anzublicken.

»Nun, dann trag sie nur, trag sie nur; und paß auf, schleife sie ordentlich!«

Dann hielt er ein Weib an: »He, Alte, he! Wo warst du?«

»Im Keller, Väterchen«, sagte sie, indem sie stehenblieb, die Hand vor die Augen hielt und zum Fenster schaute. »Ich war Milch für den Mittagstisch holen.«

»Nun, geh nur, geh nur!« antwortete der Herr. »Und paß auf, verschütte die Milch nicht ... Und du, Sacharka, du Windbeutel, wohin rennst du schon wieder?« schrie er dann. »Ich werde dir gleich zeigen, immer herumlaufen! Das drittemal sehe ich dich nun schon. Marsch zurück ins Vorzimmer!«

Und Sacharka ging wieder in das Vorzimmer, um dort weiterzudösen.

Wenn die Kühe von der Weide zurückkehrten, kümmerte sich der Alte als erster darum, daß sie getränkt wurden;

bemerkte er aus dem Fenster, daß der Hofhund ein Huhn verfolgte, ergriff er sofort strenge Maßnahmen gegen diese Ungehörigkeit.

Auch seine Frau war beschäftigt: sie beriet drei Stunden lang mit Awerka, der Schneiderin, wie man aus einer Joppe ihres Mannes eine Jacke für Iljuscha machen könnte, nahm selber die Kreide zur Hand und paßte auf, daß Awerka nichts vom Stoff abzwacken konnte; dann ging sie in die Mägdekammer und trug jedem Mädchen auf, wieviel Spitzen es diesen Tag zu häkeln habe; dann forderte sie Nastasja Iwanowna oder Stepanida Agapowna oder eine andere Frau ihrer Suite auf, sie auf einem Spaziergang mit praktischen Zielen durch den Garten zu begleiten: um etwa nachzuschauen, wie die Äpfel reiften, ob der reife von gestern inzwischen abgefallen sei, oder hier einen Baum stützen, dort einen ausschneiden zu lassen und dergleichen mehr.

Doch ihre Hauptsorge galt der Küche und dem Mittagessen. Über das Mittagessen beriet sie sich mit dem ganzen Hause; selbst die uralte Tante wurde zu der Beratung zugezogen. Jeder schlug sein Leibgericht vor: der erste Kuttelsuppe, der zweite Lapscha oder Hühnermagen, der dritte Innereien, der vierte eine rote und der fünfte eine weiße Soße zum Braten.

Jeder Ratschlag wurde in Erwägung gezogen, umständlich besprochen und dann angenommen oder nach dem abschließenden Votum der Hausfrau verworfen.

Unentwegt wurde bald Nastasja Petrowna, bald Stepanida Iwanowna in die Küche geschickt, um den Koch zu erinnern, hier etwas hinzuzufügen, dort etwas abzuändern oder um Zucker, Honig, Wein für das Essen zu bringen und aufzupassen, ob der Koch alles ihm Ausgehändigte auch wirklich verwendete.

Die Sorge um das Essen war die erste und vorzüglichste Lebensfrage in Oblomowka. Wieviel Kälber zu den alljährlichen Feiertagen gemästet wurden! Wieviel Geflügel großgezogen wurde! Wieviel scharfsinnige Überlegungen, wieviel Sorgen und Mühen ihrer Wartung galten! Die für Namenstage und andere festliche Anlässe bestimmten Truthähne und Küchlein wurden mit Nüssen gefüttert; die Mastgänse wurden jeglicher Bewegungsmöglichkeit beraubt, einige Tage vor dem Fest in einen Sack gesteckt und darin unbeweglich hängen gelassen, damit sie beim Schlachten vor Fett trieften. Was für Vorräte an Eingemachtem, Gesalzenem und Gebratenem gab es da! Wieviel Met und Kwaß wurde gebraut, was für Mengen Piroggen wurden in Oblomowka gebacken!

Und so hastete und schuftete denn alles bis zum Mittag und lief fleißig, geschäftig – und bedeutungsvoll wie Ameisen durcheinander.

Auch an Sonn- und Feiertagen gönnten sich diese arbeitsfreudigen Ameisen keine Ruhe: da ließ sich das Klopfen der Messer in der Küche noch öfter und lauter vernehmen; die alte Frau unternahm die Reise von der Vorratskammer in die Küche mehrere Male und brachte das doppelte Quantum an Mehl und Eiern; auf dem Geflügelhof gab es noch mehr Todesgegacker und Blutvergießen. Eine Riesenpirogge wurde gebacken, an der die Herrschaft noch am Montag aß; am Dienstag oder Mittwoch wanderten die Reste in die Mägdekammer; die Pirogge erlebte noch den Freitag, so daß ein ganz frisches Randstück, ohne jegliche Füllung, als besonderer Gnadenbeweis Antip zuteil wurde, der sich bekreuzigte und furchtlos, wenn auch krachend diese interessante Versteinerung zermalmte, wobei ihm das Bewußtsein, daß es eine herrschaftliche Pirogge war, einen größeren Genuß bereitete als die Pirogge selbst, wie auch ein Archäologe mit Genuß einen miserablen Wein aus dem Scherben eines jahrtausendealten Gefäßes trinkt.

Doch der Knabe betrachtete und beobachtete alles mit seinem kindlichen, nichts außer acht lassenden Verstand. Er sah, wie nach einem nützlich und geschäftig verbrachten Morgen der Mittag und das Mittagessen folgten.

Der Mittag war drückend heiß, keine Wolke war zu sehen. Die Sonne hing regungslos am Himmel und versengte das

Gras. Die Luft hatte zu flimmern aufgehört und stand unbeweglich. Kein Baum, kein Wasser rührte sich; über Dorf und Flur lag panische Stille; alles war wie ausgestorben. Klar und weit tönte die menschliche Stimme durch das Schweigen. Noch in zwanzig Sashen Entfernung war zu hören, wie ein Käfer fliegt und summt und wie jemand im dichten Gras unentwegt schnarcht, als hätte er sich hingelegt, um ein süßes Nickerchen zu machen.

Auch im Haus herrschte Totenstille. Es war die Zeit des allgemeinen Schlafes nach dem Mittagessen gekommen.

Der Knabe sah, wie sich alle – Vater, Mutter, die alte Tante und die gesamte Suite – in ihren Winkel zurückzogen; und von denen, die keinen solchen hatten, ging einer auf den Heuboden, ein anderer in den Garten, ein dritter suchte Kühlung im Flur, und wieder ein anderer bedeckte das Gesicht mit dem Taschentuch, um vor den Fliegen sicher zu sein, und schlief dort ein, wo ihn die Hitze erschöpft und das ausladende Mahl niedergeworfen hatte. Auch der Gärtner streckte sich unter einem Strauch im Garten neben seiner Harke aus, und der Kutscher schlief im Stall.

Ilja Iljitsch warf einen Blick in die Gesindestube: dort lagen alle auf der Ofenbank, auf den Bänken, auf dem Fußboden und im Flur, während die Kinder sich selbst überlassen waren; die Kinder krochen auf dem Hof umher und spielten im Sand. Auch die Hunde hatten sich tief in ihren Hütten versteckt, da sie niemanden anzubellen hatten.

Man hätte durch das ganze Haus gehen können, ohne einer Menschenseele zu begegnen; man hätte mit Leichtigkeit alles ringsherum stehlen und auf Fuhrwerken vom Hof transportieren können: niemand hätte einen daran gehindert, wenn es nur Diebe in dieser Gegend gegeben hätte.

Es war ein alles verschlingender, durch nichts zu besiegender Schlaf, ein wahrhaftiges Abbild des Todes. Alle lagen wie gestorben da, nur aus den Winkeln drang ein vielstimmiges Schnarchen in allen Tonarten und Stimmlagen.

Ganz ausnahmsweise hob jemand im Schlaf den Kopf,

schaute verständnislos und erstaunt nach rechts und links, warf sich auf die andere Seite oder spuckte, ohne die Augen zu öffnen, aus und schmatzte mit den Lippen oder murmelte etwas in seinen Bart und schlief wieder ein.

Ein anderer hingegen sprang, ohne alle einleitende Vorbereitungen, mit beiden Beinen von seinem Lager hoch, als ob er fürchtete, wertvolle Minuten zu verlieren, packte den Kwaßkrug, blies die unbeweglich obenauf schwimmenden Fliegen an den anderen Rand – worauf diese, in der Hoffnung, ihre Lage verbessern zu können, sich energisch zu rühren anfingen –, netzte seine Kehle und ließ sich wieder, wie erschossen, auf das Bett fallen.

Doch der Knabe beobachtete alles sehr aufmerksam.

Er war nach dem Mittagessen mit seiner Kinderfrau wieder an die Luft gegangen. Doch auch die Kinderfrau vermochte der Versuchung des Schlafes, ungeachtet aller strengen Ermahnungen der Herrin und ihres eigenen guten Willens, nicht zu widerstehen. Auch sie wurde von dieser in Oblomowka grassierenden Fallsucht angesteckt.

Zunächst gab sie eifrig auf den Knaben acht, ohne ihn weit von sich fortzulassen, und knurrte über seine Ausgelassenheit, dann, als sie die Symptome der nahenden Ansteckung verspürte, begann sie ihn zu bitten, nicht vor das Tor zu gehen, nicht den Ziegenbock anzurühren und nicht auf den Taubenschlag oder die Galerie zu klettern.

Sie selber pflegte sich alsdann in irgendeinem schattigen Winkel niederzulassen: auf der Vorbautreppe, auf der Kellerschwelle oder einfach im Gras, dem Augenschein nach deshalb, um an ihrem Strumpf zu stricken und auf den Knaben aufzupassen. Doch alsbald ermahnte sie ihn nur noch mit träger Stimme und wackelndem Kopf.

Ach, der Bengel wird doch, ehe man sich dessen versieht, auf die Galerie klettern, dachte sie schon im Halbschlaf, oder vielleicht gar . . . in die Schlucht . . .

Darauf neigte sich der Kopf der Alten gegen die Knie, der Strickstrumpf fiel ihr aus den Händen, sie verlor den Knaben aus den Augen, öffnete ein wenig den Mund und gab ein leises Schnarchen von sich.

Er hatte ungeduldig auf diesen Augenblick gewartet, da mit ihm sein selbständiges Leben begann.

Er war nun gleichsam allein auf der ganzen Welt; er lief auf den Zehenspitzen von der Kinderfrau fort und betrachtete überall die Schläfer; er blieb stehen und verfolgte aufmerksam, wie da einer hochfuhr, dort einer ausspuckte und vor sich hinlallte; dann lief er mit stockendem Herzen auf die Galerie, rannte auf den knarrenden Brettern rings um das Haus, kletterte auf den Taubenschlag, versteckte sich im Dickicht des Gartens, hörte auf das Brummen eines Käfers und verfolgte mit den Augen lange dessen Flug durch die Luft; er lauschte, was da im Grase zirpte, suchte den Ruhestörer und fand ihn; dann packte er die Heuschrecke, riß ihr die Flügel aus und beobachtete, was sie tun würde, oder er durchbohrte sie mit einem Strohhalm und sah ihr zu, wie sie mit diesem Anhängsel weiterflog; voller Entzücken, den Atem anhaltend, verfolgte er eine Spinne, wie sie der gefangenen Fliege das Blut aussaugte, wie das arme Opfer um sich schlug und in ihren Fängen summte; der Knabe machte dem ein Ende, indem er das Opfer und die Peinigerin tötete.

Dann kroch er in einen Graben, wühlte darin herum, suchte sich Wurzeln, schälte die Rinde ab und verspeiste sie mit Behagen, da er sie allen Äpfeln und Gelees vorzog, die ihm seine Mutter gab.

Er lief auch zum Tor hinaus: er wollte gerne in das Birkenwäldchen; es schien so nahe zu sein, daß er in fünf Minuten hinzugelangen glaubte: nicht auf dem Umweg über die Landstraße, sondern geradeaus, über Rinnsale, Zäune und Gruben; aber er fürchtete sich: man erzählte, daß es dort Waldschrate und Räuber und schreckliche Tiere gäbe.

Auch in die Schlucht wollte er laufen: sie ist nur fünfzig Sashen vom Garten entfernt; der Knabe war schon bis an den Rand gelaufen, drückte die Augen zu und wollte wie in den

Krater eines Vulkans hineinschauen ... aber plötzlich wurden alle Gerüchte und Sagen über die Schlucht vor ihm lebendig: da packte ihn das Entsetzen, und er rannte mehr tot als lebendig zurück und stürzte, zitternd vor Angst, zur Kinderfrau und weckte die Alte.

Sie fuhr aus dem Schlaf, rückte sich das Kopftuch zurecht, strich mit dem Finger eine graue Haarsträhne darunter, und indem sie sich den Anschein gab, als ob sie gar nicht geschlafen hätte, warf sie zuerst einen mißtrauischen Blick auf Iljuscha, dann auf die herrschaftlichen Fenster und begann mit zitternden Händen die Stricknadeln des Strumpfes, der auf ihren Knien lag, gegeneinander zu bewegen.

Inzwischen ließ die Hitze allmählich nach; in der Natur wurde alles lebendiger; die Sonne neigte sich schon dem Walde zu.

Auch im Hause wurde die Stille immer häufiger unterbrochen: in irgendeinem Winkel knarrte eine Tür; auf dem Hof ließen sich Schritte vernehmen; im Heuboden nieste jemand.

Gleich darauf brachte ein Bedienter, halb gebückt vor Anstrengung und in aller Eile, aus der Küche einen riesigen Samowar angeschleppt. Man versammelt sich allmählich zum Tee: der eine hat ein zerknittertes Gesicht und tränende Augen; jener hat sich auf der Wange und an der Schläfe einen roten Fleck gelegen; ein dritter spricht noch mit schlaftrunkener Stimme. Und alle schnaufen, ächzen, gähnen, kratzen sich die Köpfe, strecken die Glieder und können nicht recht zu sich kommen.

Das Mittagessen und der Schlaf haben einen unstillbaren Durst erzeugt. Der Durst brennt in der Kehle; jeder trinkt seine zwölf Tassen Tee, aber das hilft nicht: das Ächzen und Stöhnen geht weiter; man nimmt seine Zuflucht zu Preiselbeer- und Birnenwasser, zu Kwaß, mancher auch zu einem Medikament, um die Trockenheit in der Kehle loszuwerden.

Alle suchten Erlösung vom Durst wie von einer Strafe Gottes; alle wankten, alle taumelten wie eine Karawane von Reisenden in der arabischen Wüste, die nirgends eine Wasserquelle finden kann.

Der Knabe sitzt neben seiner Mutter: er blickt in die seltsamen Gesichter ringsum und hört ihrer schläfrigen, träge dahinfließenden Unterhaltung aufmerksam zu. Es macht ihm Spaß, sie zu betrachten; jeder von ihnen vorgebrachte Unsinn scheint ihm interessant.

Nach dem Tee beschäftigen sich alle: der eine geht an den Fluß, schlendert langsam am Ufer entlang und stößt mit dem Fuß Steinchen ins Wasser; der andere setzt sich ans Fenster und verfolgt mit den Augen jede Bewegung: gleichgültig, ob eine Katze über den Hof läuft oder eine Dohle vorüberfliegt, der Beobachter verfolgt die eine wie die andere mit seinem Blick und mit der Nasenspitze, indem er den Kopf bald nach rechts und bald nach links dreht. So liegen manche Hunde gerne tagelang auf dem Fensterbrett, strecken den Kopf in die Sonne und äugen aufmerksam nach jedem Vorübergehenden.

Die Mutter nimmt Iljuschas Kopf, legt ihn auf ihren Schoß und strählt ihm langsam das Haar, wobei sie sich über dessen seidigen Glanz freut und auch Nastasja Iwanowna und Stepanida Tichonowna veranlaßt, sich darüber zu freuen und mit ihr über Iljuschas Zukunft zu plaudern, den sie sich als Helden einer von ihr erdachten glänzenden Epopöe vorstellt. Jene verheißen ihm goldene Berge.

Nun aber beginnt es zu dämmern. In der Küche prasselt wieder das Feuer, ertönt wieder das schnelle Klopfen der Messer: das Abendessen wird bereitet.

Das Hofgesinde hat sich am Tor versammelt: Balalaikaspiel und Gelächter ertönt. Die Leute spielen Fangen.

Die Sonne verschwindet hinter dem Wald. Sie wirft noch einige laue Strahlen, die als feurige Bänder den ganzen Wald durchschneiden und die Wipfel der Föhren mit leuchtendem Gold überfluten. Dann verlöschen die Strahlen einer nach dem anderen; nur der letzte verharrt noch lange; er dringt wie eine feine Nadel durch das Dickicht der Zweige; nun ist auch dieser erloschen.

Die Gegenstände verlieren ihre Form: alles verschwimmt zuerst zu einer grauen, dann zu einer dunklen Masse. Der Gesang der Vögel läßt allmählich nach, jetzt verstummen sie alle – bis auf einen besonders hartnäckigen Sänger, der wie zum Trotz inmitten der allgemeinen Stille allein sein monotones Lied weiterzwitschert, es aber auch schon immer häufiger unterbricht, schließlich noch ein letztes Mal schwach und falsch pfeift, sich aufplustert, daß die Blätter rings um ihn leicht erzittern – und einschläft.

Alles ist verstummt. Nur die Heimchen zirpen um die Wette. Aus der Erde steigen weiße Dämpfe empor und breiten sich über die Wiese und den Fluß. Der Fluß ist auch stiller geworden; noch ein Weilchen, jemand plätschert ein letztes Mal im Wasser, dann liegt er regungslos da.

Es riecht nach Feuchtigkeit. Es wird immer dunkler und dunkler. Die Bäume gruppieren sich zu Ungeheuern; im Walde wird es unheimlich: da knarrt plötzlich etwas, als ginge eines dieser Ungeheuer von seinem Platz auf einen anderen und als knackte dabei ein dürres Zweiglein unter seinen Füßen.

Am Himmel erstrahlt hell, wie ein lebendiges Auge, der erste Stern, und in den Fenstern des Hauses leuchten die Kerzen auf.

Nun kommen die Augenblicke der allgemeinen, feierlichen Stille in der Natur, jene Augenblicke, da der schöpferische Verstand stärker arbeitet, die poetischen Gedanken heißer sich regen, da die Leidenschaft im Herzen mächtiger aufflammt oder die Sehnsucht schmerzlicher wühlt, da in einer grausamen Seele unbekümmerter und stärker der Keim eines verbrecherischen Planes reift und da – in Oblomowka alle so fest und friedlich ruhen.

»Gehen wir spazieren, Mama«, sagt Iljuscha.

»Um Gottes willen, was fällt dir ein! Jetzt spazierengehen«, antwortet sie. »Es ist feucht, du verkühlst dir die Füßchen;

und wie schrecklich: im Wald geht jetzt der Schrat um, der nimmt die kleinen Kinder mit.«

»Wohin nimmt er sie mit? Wie schaut er aus? Wo wohnt er?« fragte der Knabe.

Und die Mutter ließ ihrer ungebändigten Phantasie die Zügel schießen.

Der Knabe hörte ihr zu, öffnete und schloß die Augen so lange, bis ihn schließlich der Schlaf ganz übermannte. Es kam die Kinderfrau, nahm ihn der Mutter vom Schoß und trug den Schlafenden, dessen Kopf ihr über die Schultern hing, ins Bett.

»Wieder ein Tag vergangen, Gott sei Dank!« sagten die Oblomower, wenn sie zu Bett gingen, ächzend und sich bekreuzigend. »Glücklich haben wir ihn verbracht. Gebe Gott, daß es morgen wieder so ist! Preis sei dem Herrn! Preis sei dem Herrn!«

Dann träumte Oblomow von einer anderen Zeit.

An einem endlosen Winterabend schmiegt er sich schüchtern an die Kinderfrau, und sie erzählt ihm flüsternd von einem unbekannten Land, wo es keine Nächte, keine Kälte gibt, wo sich lauter Wunder ereignen, wo die Bäche von Milch und Honig fließen, wo das ganze liebe Jahr lang niemand etwas arbeitet, sondern tagaus, tagein nichts anderes geschieht, als daß so brave Burschen, wie Ilja Iljitsch einer ist, mit schönen Mädchen,

> wie kein Märchen sie kennt
> und kein Büchlein sie nennt,

spazierengehen und tanzen.

Dort gibt es auch eine gütige Zauberin, wie sie hierzulande mitunter in Gestalt eines Hechtes erscheint, die sich einen Liebling erwählt, einen stillen, harmlosen Burschen, mit anderen Worten: irgendeinen Faulpelz oder Tagedieb, den alle kränken, den sie dagegen, mir nichts dir nichts, mit tausenderlei Gaben überschüttet, während er nichts anderes zu tun hat, als ordentlich zu essen, herrliche, für ihn bereitgehaltene Kleider anzuziehen und schließlich eine ganz unerhörte Schönheit, Militrissa Kirbitjewna, zu heiraten.

Der Knabe spitzte Augen und Ohren und saugte die Erzählung leidenschaftlich in sich ein.

Die Kinderfrau oder das Märchen vermied im ganzen Handlungsablauf alles in der Wirklichkeit Vorkommende so kunstvoll, daß seine Einbildung und sein Verstand, einmal von der Erdichtung gepackt, bis ins Alter deren Sklaven blieben. Die Kinderfrau erzählte gutmütig das Märchen vom Dummkopf Jemelja, diese böse und tückische Satire auf unsere Urväter und vielleicht noch auf uns selber.

Obwohl der erwachsene Ilja Iljitsch später erfuhr, daß es keine Bäche mit Milch und Honig und keine gütigen Zauberinnen gibt, obwohl er lächelnd über die Märchen der Kinderfrau scherzte, war dieses Lächeln nicht aufrichtig und von einem heimlichen Seufzer begleitet: das Märchen verschmolz bei ihm mit dem Leben, und er trauerte gelegentlich unbewußt darüber, daß das Märchen nicht Leben und das Leben nicht ein Märchen war.

Er träumte unwillkürlich von Militrissa Kirbitjewna; alles zog ihn in jenes Land, wo man nichts anderes kennt, als spazierenzugehen, wo es keine Sorgen und Kümmernisse gibt; für immer blieb ihm das Verlangen, auf dem Ofen zu liegen, in bereitgehaltenen, nicht selbst verdienten Kleidern einherzugehen und auf Kosten einer gütigen Zauberin zu essen.

Auch der alte Oblomow und der Großvater hatten in ihrer Jugend die gleichen Märchen gehört, die in der stereotypen Form alter Zeiten, von Kinderfrauen und Kinderwärtern erzählt, Jahrhunderte und Generationen überdauert haben.

Die Kinderfrau malte inzwischen der Phantasie des Knaben schon ein anderes Bild aus.

Sie erzählte ihm von den Heldenfahrten unserer Achilleus' und Ulysses', von der Kühnheit eines Ilja Muromez, des Dobrynja Nikititsch, Aljoscha Popowitsch, vom Recken Polkan und vom Pilger Kaletschischtsch: wie sie durch das heilige Rußland zogen, unzählige Heerscharen heidnischer Tataren in die Flucht schlugen und darin wetteiferten, wer mit einem Zug »einen Becher grünen Weines« leeren könnte, ohne sich nachher zu räuspern; dann erzählte sie von bösen Räubern, von schlafenden Prinzessinnen, versteinerten Städten und Menschen; schließlich kam sie auf unsere Dämonologie zu sprechen, auf Wiedergänger, Ungeheuer und Werwölfe.

Sie pflanzte mit der Schlichtheit und Naivität eines Homer, mit derselben lebensprühenden Treue in den Einzelheiten und derselben Plastizität der Bilder seinem kindlichen Gedächtnis und seiner Einbildungskraft die Ilias des russischen Lebens ein, wie diese von unseren Homeriden jener nebelhaft fernen Zeiten geschaffen wurde, als der Mensch noch nicht mit den Gefahren und Geheimnissen der Natur auf freundschaftlichem Fuße lebte, als er noch vor dem Werwolf und vor dem Waldschrat zitterte und bei Aljoscha Popowitsch Schutz vor allen ihn umgebenden Fährnissen suchte und als noch in der Luft und im Wasser, in Wald und Feld das Wunder herrschte.

Furchtbar und unsicher war das Leben des Menschen von damals; gefährlich war es für ihn, über die Schwelle des Hauses zu treten: ehe er sich dessen versah, konnte ein wildes Tier ihn zerreißen, ein Räuber ihn erschlagen, ein böser Tatare ihm alles wegnehmen oder er selber spurlos und für immer verschwinden.

Dann gab es plötzlich wieder himmlische Zeichen, feurige Schweife und Kugeln; dort drüben auf dem frischen Grabhügel flammte ein Lichtlein auf, im Walde ging etwas wie mit einer Laterne um und lachte entsetzlich und funkelte mit den Augen in der Finsternis.

Auch mit dem Menschen selbst ereignete sich so viel Unbegreifliches: da lebt ein Mensch lang und gut für sich dahin, alles scheint in Ordnung, aber plötzlich redet er verworrenes Zeug oder fängt mit einer ganz fremden Stimme zu schreien an oder wandelt schlafend umher; ein anderer windet sich ohne Grund und Ursache in Krämpfen und fällt auf die Erde. Und immer hatte, gerade bevor sich derlei ereignete, eine Henne wie ein Hahn gekräht oder ein Rabe auf dem Dachfirst gekrächzt.

Der schwache Mensch verlor, als er entsetzt im Leben Umschau hielt, die Fassung und suchte in seiner Einbildung nach dem Schlüssel zu den Geheimnissen der ihn umgebenden wie seiner eigenen Natur.

Vielleicht veranlaßten aber auch das Träumen, die ewige Ruhe des träge dahinfließenden Lebens, der Mangel an Bewegung und jeglichen wirklichen Ängsten, Abenteuern und Gefahren den Menschen dazu, sich inmitten der natürlichen Welt eine zweite, unwirkliche zu erschaffen, um in ihr Zerstreuung und Unterhaltung für die müßige Phantasie oder eine Lösung der gewöhnlichen Verkettung von Umständen und Ursachen einer Erscheinung außerhalb der Erscheinung selbst zu finden.

Mühsam im Dunkel tappend lebten unsere armen Vorfahren dahin; sie beflügelten und zähmten ihren Willen nicht, wunderten oder entsetzten sich aber dann naiv über Mißlichkeiten und Böses und fragten die stummen und unklaren Hieroglyphen der Natur nach den Ursachen.

Ein Todesfall war ihrer Meinung nach darauf zurückzuführen, daß man vorher einen Verstorbenen mit dem Kopf statt mit den Füßen voran zum Tor hinausgetragen hatte; ein Brand brach deshalb aus, weil der Hund drei Nächte lang vor dem Fenster geheult hatte; und sie waren ängstlich darauf bedacht, daß ein Verstorbener mit den Füßen voran zum Tor hinausgetragen wurde, aßen jedoch weiterhin dasselbe und genauso viel wie vorher und schliefen weiterhin auf dem nackten Gras; ein heulender Hund wurde geschlagen oder vom Hof gejagt, aber die Glut des Kienspans warf man weiterhin in eine Ritze des morschen Fußbodens.

Bis auf den heutigen Tag glaubt der Russe, inmitten der ihn umgebenden strengen, jeglicher Phantasie beraubten Wirklichkeit, gerne an die verführerischen Märchen aus alten Zeiten und wird sich vielleicht noch lange nicht von diesem Glauben losreißen können.

Wenn der Knabe von seiner Kinderfrau die Märchen von unserem Goldenen Vlies, dem Feuervogel, von den Mauern und geheimen Gängen eines Zauberschlosses hörte, tat er mutig, fühlte er sich als Held des Abenteuers – und es lief ihm kalt über den Rücken, oder er grämte sich über die Mißerfolge des tapferen Recken.

Eine Geschichte löste die andere ab. Die Kinderfrau erzählte mit Feuer, anschaulich und hinreißend, stellenweise voller Begeisterung, weil sie die Hälfte ihrer Geschichten selber glaubte. Die Augen der Alten glühten; ihr Kopf zitterte vor Aufregung; ihre Stimme kletterte in ungewohnte Höhen.

Der Knabe, von unbekanntem Grauen erfaßt, drückte sich mit Tränen in den Augen an sie.

Wenn von Toten die Rede war, die sich um Mitternacht aus ihren Gräbern erheben, oder von Opfern, die in der Gefangenschaft eines Ungeheuers dahinsiechten, oder vom Bären mit dem Holzfuß, der durch die Flecken und Dörfer wandert, um seinen abgehauenen natürlichen Fuß wiederzufinden, dann standen dem Knaben die Haare vor Entsetzen zu Berge; seine kindliche Phantasie erlahmte mitunter, um gleich darauf wieder aufs höchste erregt zu werden; er machte einen qualvollen, schmerzlich süßen Prozeß durch; seine Nerven spannten sich wie Saiten.

Wenn die Kinderfrau finster die Worte des Bären wiederholte: »Knarre nur, knarre, du Fuß aus Lindenholz; ich bin durch die Flecken gegangen, durch die Dörfer gegangen; alle Weiber schlafen, ein Weib schläft nicht: sie sitzt auf meiner Haut, sie kocht mein Fleisch, sie spinnt meine Wolle« und so weiter, wenn der Bär schließlich die Hütte betrat und sich anschickte, den Räuber seines Fußes zu packen, hielt es der Knabe nicht mehr aus: zitternd und schreiend stürzte er in die Arme der Kinderfrau; vor Schreck sprangen ihm die Tränen aus den Augen, und zugleich lachte er vor Freude, daß er sich nicht in den Pranken des wilden Tieres, sondern auf der Ofenbank neben der Kinderfrau befand.

Die Phantasie des Knaben bevölkerten seltsame Gespenster; Angst und Bangen setzten sich für lange Zeit, vielleicht für immer, in seiner Seele fest. Er hielt kläglich Umschau und sah überall im Leben Nachteil, Schaden und Elend und träumte immer von diesem Zauberland, wo es nichts Böses, keine Sorgen und Verdrießlichkeiten gab, wo Militrissa Kirbitjewna lebte, wo man gut zu essen bekam und umsonst gekleidet wurde ...

Das Märchen behauptete nicht nur über die Kinder in Oblomowka, sondern auch über die Erwachsenen bis an das Ende ihres Lebens seine Macht. Alle im Hause und im Dorf, angefangen vom Herrn und seiner Frau bis zum robusten Schmied Taras, alle zittern sie an einem dunklen Abend vor etwas: jeder Baum verwandelt sich dann in einen Riesen, jeder Strauch in eine Räuberhöhle.

Das Schlagen eines Fensterladens und das Heulen des Windes im Schornstein ließ Männer und Frauen und Kinder erbleichen. Niemand ging um Dreikönig nach zehn Uhr abends allein vor das Tor; jeder fürchtete sich, in der Osternacht den Stall zu betreten, weil er Gefahr lief, dort auf den Hausgeist zu stoßen.

In Oblomowka glaubte man an alles: sowohl an Werwölfe wie an Gespenster. Wenn man ihnen erzählt hätte, daß ein Heuschober über das Feld spaziert sei, würden sie keinerlei Bedenken gehegt und es geglaubt haben; hätte jemand das Gerücht in Umlauf gesetzt, daß der Hammel da etwas ganz anderes oder diese und jene Marfa oder Stepanida eine Hexe sei, würden sie sich sowohl vor dem Hammel als auch vor der Marfa gefürchtet haben: nicht im Traume wäre es ihnen eingefallen zu fragen, warum denn der Hammel kein Hammel geblieben und Marfa eine Hexe geworden sei, sondern sie wären noch über den hergefallen, der es gewagt hätte, daran zu zweifeln. So stark war der Glaube an das Wunderbare in Oblomowka!

Ilja Iljitsch bemerkte zwar später, daß die Welt einfach eingerichtet ist, daß die Toten nicht aus den Gräbern aufstehen, daß man Riesen, sofern es sie gibt, sofort in eine Schaubude setzt und Räuber – ins Gefängnis; wenn aber der eigentliche Glaube an Gespenster verlorengeht, bleibt immer noch ein Bodensatz an Angst und Grauen zurück, über den man sich keine Rechenschaft geben kann.

Ilja Iljitsch erfuhr, daß kein Übel von Ungeheuern zugefügt wird, wußte aber kaum, welche Übel es wirklich gibt, und erwartete auf Schritt und Tritt etwas Entsetzliches und fürchtete sich. Auch jetzt noch, wenn er im dunklen Zimmer allein ist oder einen Toten sieht, zittert er auf Grund der unheilvollen Angst, die seiner Seele in der Kindheit eingeimpft wurde; und obwohl er am Morgen über seine Furcht lacht, erbleicht er am Abend wiederum.

Dann erblickte sich Ilja Iljitsch plötzlich als Knaben im Alter von dreizehn oder vierzehn Jahren.

Er ging bereits in Werchljowo, etwa fünf Werst von Oblomowka entfernt, beim dortigen Gutsverwalter, dem Deutschen Stolz, der eine kleine Pension für die Kinder der benachbarten Gutsbesitzer eingerichtet hatte, zur Schule.

Stolz hatte selber einen Sohn, Andrej, der fast im gleichen Alter wie Oblomow war, außerdem hatte man ihm noch einen Knaben in Pflege gegeben, der jedoch fast nie am Unterricht teilnahm, sondern meist an Skrofeln litt, seine ganze Kindheit mit verbundenen Augen oder Ohren herumlief und im geheimen darüber weinte, daß er nicht bei seiner Großmutter sein durfte, sondern in einem fremden Haus unter Bösewichtern leben mußte, wo es niemanden gab, der ihn liebkoste und ihm seine Lieblingspiroggen buk.

Außer diesen Kindern gab es vorläufig noch keine anderen in dem Pensionat. Es blieb nichts anderes übrig, Vater und Mutter setzten den verwöhnten Bengel Iljuscha hinter die Bücher, wie man zu sagen pflegt. Das kostete Tränen, Geheul, Launen. Schließlich fuhren sie los mit ihm.

Der Deutsche war, wie fast alle Deutschen, ein arbeitsamer und strenger Mann. Vielleicht wäre es Iljuscha auch gelungen, etwas Ordentliches bei ihm zu lernen, wenn Oblomowka fünfzig Werst von Werchljowo entfernt gewesen wäre. Doch wie hätte man da lernen sollen? Der Zauber der Oblomowschen Atmosphäre, Lebensweise und Gewohnheiten erstreckte sich auch auf Werchljowo, hatte es doch einmal zu Oblomowka gehört; abgesehen von Stolzens Haus herrschte dort die gleiche Urträgheit, Einfachheit der Sitten, Stille und Reglosigkeit.

Verstand und Herz des Knaben waren von den Bildern, Szenen und Bräuchen dieses Lebens schon erfüllt, ehe er das erste Buch zu Gesicht bekam. Und wer weiß, wie früh schon die Entwicklung des Vernunftkörnchens in einem kindlichen Gehirn beginnt? Wie soll man die Entstehung der ersten Vorstellungen und Eindrücke in der Seele eines Kindes verfolgen?

Vielleicht hatte das Kind schon damals, als es kaum die ersten Worte lallen, oder vielleicht noch früher, als es überhaupt noch nicht sprechen, ja, nicht einmal gehen konnte, sondern nur alles mit jenem eindringlichen, stummen Kinderblick betrachtete, den die Erwachsenen als stumpf bezeichnen, die Bedeutung und den Zusammenhang der Dinge seiner Umwelt gesehen und erraten und dies nur weder sich selber noch den anderen zum Bewußtsein bringen können?

Vielleicht bemerkte und begriff auch Iljuscha schon längst, was in seiner Gegenwart gesprochen und getan wurde: daß sein Vater in Plüschhosen, in einer braunen, wattierten Tuchjoppe tagaus, tagein nichts weiter tat, als mit den Händen auf dem Rücken von einer Ecke in die andere zu gehen, Tabak zu schnupfen und sich zu schneuzen, während die Mutter vom Kaffeetrinken zum Teetrinken und vom Teetrinken zum Mittagessen ging; daß sein Erzeuger niemals auf den Gedanken verfiel nachzuprüfen, wieviel Schober Getreide gemäht und geerntet worden waren, um Nachlässigkeiten zu ahnden, dagegen über Unordnung zu schimpfen begann und das ganze Haus auf den Kopf stellte, wenn man ihm nicht schnell genug das Taschentuch reichte.

Vielleicht hatte sein kindlicher Verstand schon längst entschieden, daß man so wie die Erwachsenen rings um ihn leben müsse und nicht anders. Wie hätte er sich auch zu etwas anderem entscheiden können? Und wie lebten die Erwachsenen in Oblomowka?

Stellten sie sich etwa die Frage: Weshalb lebt der Mensch? Gott mag es wissen. Und wie antworteten sie darauf? Wahrscheinlich überhaupt nicht: das schien ihnen sehr klar und einfach zu sein.

Sie hatten nie etwas gehört von einem sogenannten schweren, arbeitsreichen Leben, von Menschen, die quälende Sorgen im Herzen tragen, aus irgendwelchen Gründen von einem Winkel zum anderen über das Antlitz der Erde gejagt werden oder ihr Leben einer ewigen, nicht zu bewältigenden Aufgabe widmen.

Die Oblomower glaubten auch nicht recht an seelische Aufregungen, noch weniger hielten sie das Karussell des ewigen Strebens nach irgendwelchen Zielen und in irgendeiner Absicht für ein richtiges Leben; sie fürchteten jegliche Hingabe an die Leidenschaften wie das Feuer; und wie anderswo die Leiber der Menschen von der vulkanischen Tätigkeit eines inneren, seelischen Feuers ausbrannten, so erstickte die Seele der Oblomower höchst friedlich und ohne Störungen in ihrem weichen Bauch.

Das Leben zeichnete sie nicht, wie die anderen Menschen, mit vorzeitigen Falten oder vernichtenden moralischen Schlägen und Leiden.

Die guten Leute verstanden das Leben nicht anders denn als Ideal der Ruhe und Tatenlosigkeit, das gelegentlich von allerhand unangenehmen Zufälligkeiten, wie Krankheiten, Verlusten, Zank und leider auch Arbeit, unterbrochen wurde.

Sie ertrugen die Arbeit als eine schon unseren Urvätern auferlegte Strafe, aber lieben konnten sie sie nicht, und sie wichen ihr aus, wo immer sich eine Gelegenheit dazu bot, weil sie dies als zulässig und notwendig erachteten.

Sie plagten sich niemals mit irgendwelchen nebelhaften Fragen des Verstandes oder der Sittlichkeit: dafür strotzten sie immer vor Gesundheit und Fröhlichkeit und lebten dort sehr lange; die Männer in den Vierzigern sahen wie Jünglinge aus; die Greise rangen nicht jahrelang mit einem schweren, qualvollen Tod, sondern starben in einem geradezu patriarchalischen Alter wie verstohlen, indem sie still verloschen und unbemerkt ihren letzten Seufzer taten. Deshalb sagt man auch, daß das Volk früher gesünder gewesen sei.

Ja, sie waren tatsächlich gesünder: früher beeilte man sich nicht, einem Knaben die Bedeutung des Lebens zu erklären und ihn darauf wie auf etwas Schwieriges und wenig Heiteres vorzubereiten; man ließ ihn nicht über den Büchern schmoren, die in seinem Kopf eine Unmenge Fragen erzeugt hätten, zumal Fragen an Verstand und Herz zehren und das Leben verkürzen.

Die Norm des Lebens war fertig und ihnen von den Eltern übergeben worden, die sie ihrerseits, ebenfalls fertig, vom Großvater erhalten hatten, und der Großvater wiederum vom Urgroßvater, und zwar mit dem Vermächtnis, sie in unversehrtem Zustand wie das Feuer der Vesta zu hüten. Wie etwas zu Großvaters und Vaters Zeiten gemacht worden war, so wurde es auch zu Ilja Iljitschs Vaters Zeiten gemacht und wird es vielleicht noch heute in Oblomowka gemacht.

Worüber hätten sie also grübeln und sich aufregen sollen? Was gab es noch zu erkennen und zu erstreben?

Sie brauchten nichts. Das Leben floß wie ein ruhiges Bächlein an ihnen vorüber; sie mußten nur am Ufer dieses Baches sitzen und die unvermeidlichen Erscheinungen beobachten, die in bestimmter Reihenfolge, ungerufen, an jeden von ihnen herantraten.

Und so begannen denn vor der Phantasie des schlafenden Ilja Iljitsch, ebenfalls in bestimmter Reihenfolge, wie lebende Bilder zuerst die drei Hauptakte des Lebens zu erstehen, wie sie sich sowohl in seiner Familie als auch bei den Verwandten und Bekannten abgespielt hatten: Geburt, Hochzeit, Begräbnis.

Dann zog an ihm eine bunte Prozession heiterer und trauriger Einzelerlebnisse vorüber: Taufen, Namenstage, Familienfeste, Fastenbeginn und Fastenschluß, lärmende Essen, Verwandtenbesuche, Begrüßungen, Gratulationen, offizielles Weinen und Lachen.

Alles vollzog sich mit größter Genauigkeit, sehr würdevoll und feierlich.

Er sah sogar bekannte Gesichter und deren Mienen bei den einzelnen Zeremonien, ihre Besorgtheit und Geschäftigkeit. Beauftragt sie mit einer noch so kitzligen Heiratsvermittlung, laßt sie eine noch so feierliche Hochzeit oder Namenstagfeier ausrichten, sie werden sich dessen nach allen Regeln der Kunst und ohne das geringste Versäumnis entledigen. Wohin wer zu setzen ist, was und wie aufgetischt werden muß, wer mit wem bei einer Zeremonie zu fahren hat, welche Vorzeichen zu beachten sind: bei alldem hätte man in Oblomowka nie den kleinsten Fehler gemacht.

Und einen Knaben zu erziehen hätte man dort nicht verstanden? Man brauchte nur zu sehen, was für rosige und wuchtige Cupidos die dortigen Mütter auf dem Arm trugen oder neben sich herlaufen hatten. Sie achteten vor allem darauf, daß die Kinder dick, hübsch weiß und gesund aussahen.

Sie hätten auf den Frühling verzichtet, nichts von ihm wissen wollen, wenn sie zu dessen Beginn keine Lerchen hätten bakken können. Wie hätten sie dies nicht wissen und nicht einhalten sollen?

Darin bestand ihr ganzes Leben und ihre Wissenschaft, darin bestanden alle ihre Leiden und Freuden: deshalb vertrieben sie auch jede andere Sorge und Not und kannten keine anderen Freuden; ihr Leben erschöpfte sich ausschließlich in diesen urtümlichen und unvermeidlichen Ereignissen, die auch ihrem Verstand und Herzen unerschöpfliche Nahrung zuführten.

Sie warteten mit vor Aufregung klopfendem Herzen auf ein Brauchtum, ein Gastmahl, eine Zeremonie: wenn jedoch der betreffende Mensch mit ihrer Hilfe getauft, verheiratet oder begraben war, vergaßen sie den Menschen selbst und sein Schicksal völlig und versanken wieder in ihre gewöhnliche Apathie, aus der sie ein neues, ähnliches Ereignis, ein Namenstag, eine Hochzeit und so weiter, herausriß.

Sobald ein Kind geboren war, bestand die erste Sorge der Eltern darin, möglichst genau, ohne das geringste Versäumnis, alle vom Anstand geforderten Bräuche zu vollziehen, das heißt, nach der Taufe ein Gelage zu geben; darauf begann die sorgfältige Wartung des Kindes.

Die Mutter stellte sich selbst und der Kinderfrau die Aufgabe, ein gesundes Kind großzuziehen, es vor Erkältungen, dem bösen Blick und anderen feindlichen Umständen zu schützen. Sie waren eifrig darum bemüht, daß das Kind stets lustig war und viel aß.

Kaum hatte man den jungen Mann auf die Beine gestellt, das heißt, sobald er keine Kinderfrau mehr brauchte, beschlich das Herz der Mutter schon der geheime Wunsch, ihm eine Lebensgefährtin zu suchen, die ebenfalls möglichst gesund und rotbackig sein sollte.

Wieder stand eine Epoche von Bräuchen, Gelagen – und schließlich die Hochzeit bevor; damit erreichte das ganze Pathos des Lebens seinen Höhepunkt.

Dann begannen schon die Wiederholungen: Kindstaufen, Bräuche, Gelage, wenn nicht ein Begräbnis einen Dekorationswechsel erforderlich machte; aber nicht für lange: die einen Personen traten ihren Platz anderen ab, die Kinder wurden Jünglinge und damit zugleich Freier, sie heirateten, zeugten ähnliche Wesen, wie sie selber waren – und nach diesem Programm zog sich das Leben wie ein endloses, einförmiges Gewebe dahin, um ganz unbemerkt erst an der Bahre abzureißen.

Es drängten sich mitunter freilich auch andere Sorgen auf, aber die Oblomower begegneten ihnen größtenteils mit stoischer Unbekümmertheit; und die Sorgen kreisten ihnen zu Häupten und hoben sich wieder davon wie Vögel, die an eine glatte Mauer geraten und dort kein Plätzchen zum Rasten finden, vergeblich mit den Flügeln an dem harten Stein entlangflattern und dann weiterfliegen.

So war zum Beispiel einmal ein Teil der Galerie an der einen Seite des Hauses plötzlich eingestürzt und hatte unter ihren Trümmern eine Gluckhenne samt den Küchlein begraben; auch Aksinja, Antips Frau, die sich gerade mit dem Spinnrokken unter die Galerie gesetzt hatte, würde etwas abbekommen haben, wenn sie nicht, zu ihrem Glück, in diesem Augenblick gerade Flachs geholt hätte.

Im Haus erhob sich darob großes Geschrei: groß und klein kam herbeigelaufen und entsetzte sich bei dem Gedanken, daß statt der Glucke mit den Küchlein auch die Herrin mit Ilja Iljitsch gerade hätte vorbeigehen können.

Alle ächzten und stöhnten und machten einander darüber Vorwürfe, daß ihnen nicht schon längst eingefallen war, den einen darauf aufmerksam zu machen, dem anderen die Reparatur aufzutragen und einen dritten zu veranlassen, diese vorzunehmen.

Alles wunderte sich, daß die Galerie eingestürzt war, wo sie sich doch den Abend vorher noch gewundert hatten, daß sie so lange hielt!

Nun wurde besorgt hin und her geredet, wie der Sache beizukommen sei; man bedauerte die Gluckhenne und die Küchlein und ging langsam wieder auseinander, nachdem man auf das strengste verboten hatte, Ilja Iljitsch an die Galerie heranzuführen.

Dann, etwa nach drei Wochen, wurde Andrjuschka, Petruschka und Waska befohlen, die herabgestürzten Bretter und Geländer in den Schuppen zu schleppen, damit sie niemandem im Wege seien. Dort lagen sie bis zum Frühjahr herum.

Der alte Oblomow sorgte sich jedesmal in Gedanken, wenn er sie vom Fenster aus dort erblickte, wie man die Galerie wieder instand setzen könnte: er ließ den Zimmermann kommen und beriet sich mit ihm, ob es besser wäre, eine neue Galerie zu errichten oder auch die Reste abzubrechen; dann schickte er ihn mit den Worten nach Hause: »Geh jetzt fort, ich werde darüber nachdenken.«

Das währte so lange, bis ein Waska oder Motka dem Herrn meldete, daß sich heute früh, als er, Motka, auf die Galerie geklettert sei, die Ecken ganz von der Mauer gelöst hätten und mir nichts, dir nichts auch herabstürzen würden.

Da wurde der Zimmermann zu einer endgültigen Beratung herbeigeholt, auf Grund deren man beschloß, vorläufig mit den alten Trümmern die Reste der stehengebliebenen Galerie zu stützen, was denn auch gegen Ende des Monats geschah.

»Ach! Die Galerie geht für eine neue!« sagte der Alte zu seiner Frau. »Schau doch, wie schön Fedot die Balken hingesetzt hat, wie die Säulen im Hause des Adelsmarschalls! Jetzt ist es wieder in Ordnung: die halten wieder lange!«

Jemand erinnerte ihn daran, daß man bei dieser Gelegenheit auch gleich das Tor richten und die Vorbautreppe ausbessern könnte, da sonst durch die Löcher in den Stufen nicht nur die Katzen, sondern auch die Schweine in den Keller kriechen würden.

»Ja, ja, das wäre schon vonnöten«, antwortete Ilja Iwanowitsch besorgt und ging sofort die Vorbautreppe besichtigen.

»Tatsächlich, schau mal einer an, die ist schon ganz wackelig«, sagte er, indem er mit dem Fuß den ganzen Vorbau wie eine Wiege schaukelte.

»Der hat schon so gewackelt, als er ganz neu war«, bemerkte jemand.

»Was weiter also, wenn er schon damals gewackelt hat?« antwortete Oblomow. »Ist aber bis heute nicht auseinandergefallen, nichtsdestoweniger er seine sechzehn Jahre ohne Reparatur dasteht. Vortrefflich hat ihn Luka damals gemacht! . . . Das war noch ein Zimmermann, wie sich ein Zimmermann gehört . . . Ist schon gestorben. Gott schenke ihm die ewige Ruhe! Heutzutage sind die Leute verwöhnt: sie bringen so etwas nicht mehr fertig.«

Und er wandte gerührt den Blick ab, während die Vorbautreppe, wie man hört, bis auf den heutigen Tag wackelt und noch immer nicht auseinandergefallen ist.

Dieser Luka muß tatsächlich ein vortrefflicher Zimmermann gewesen sein.

Im übrigen muß man der Herrschaft Gerechtigkeit widerfahren lassen: in einer verzwickten Lage oder wenn ihnen etwas ungelegen kam, konnten sie sich sehr beunruhigen, sogar in Hitze geraten und zornig werden.

Wie kann man nur dies oder jenes vernachlässigen oder umkommen lassen? Es müssen sofort Maßnahmen ergriffen werden. Und sie reden über nichts anderes mehr, als wie man das Brücklein über den Graben ausbessern oder den Garten an einer Stelle einzäunen könnte, damit nicht das Vieh die Bäume beschädigte, weil nämlich an einer anderen Stelle der Flechtzaun ganz auf der Erde lag.

Ja, Ilja Iwanowitsch ging in seiner hausväterlichen Fürsorge so weit, daß er einmal während eines Spazierganges im Garten den Flechtzaun unter Ächzen und Stöhnen eigenhändig aufrichtete und dem Gärtner befahl, schleunigst zwei Pfähle einzurammen: der Flechtzaun hielt, dank dieser Umsichtigkeit Oblomows, den ganzen Sommer hindurch und fiel erst im Winter unter der Schneelast wieder um.

Schließlich kam es sogar dazu, daß in das Brücklein drei neue Bretter eingezogen wurden, und zwar sogleich, nachdem Antip samt dem Pferd und dem Wasserfaß in den Graben gestürzt war. Er hatte sich von seiner Verletzung noch nicht ganz erholt, als das Brücklein schon wieder, ganz auf neu zurechtgemacht, dastand.

Die Kühe und Ziegen erwischten nach dem erneuten Zusammenbruch des Flechtzauns auch nicht mehr allzuviel im Garten: sie fraßen nur noch die Johannisbeersträucher ab und machten sich eben daran, die Rinde von der zehnten Linde abzunagen, waren aber noch nicht bis zu den Apfelbäumen gelangt, als die Anordnung getroffen wurde, den Flechtzaun gehörig einzugraben und sogar einen kleinen Wall davor aufzuwerfen.

Die zwei Kühe und die Ziege aber, die auf frischer Tat ertappt wurden, kriegten es gehörig: sie wurden windelweich geprügelt.

Dann träumte Ilja Iljitsch vom großen, dunklen Salon in seinem Vaterhaus, mit den altertümlichen Sesseln aus Eschenholz, die ständig unter Bezügen versteckt waren, dem gewaltigen, plumpen und harten Diwan, der mit verschossenem blauem Samt überzogen war, und einem großen Ledersessel.

Ein langer Winterabend bricht herein.

Die Mutter sitzt mit untergeschlagenen Beinen auf dem Diwan, strickt träge an einem Kinderstrumpf, gähnt und kratzt sich von Zeit zu Zeit mit der Stricknadel den Kopf.

Neben ihr sitzen Nastasja Iwanowna und Pelageja Ignatjewna und nähen eifrig, die Nase in ihre Arbeit gesteckt, an einem Weihnachtsgeschenk für Iljuscha oder dessen Vater oder für sich selbst.

Der Vater geht mit auf dem Rücken verschränkten Händen in größter Zufriedenheit im Zimmer auf und ab oder setzt sich in einen Sessel, bleibt ein Weilchen sitzen, beginnt wieder auf und ab zu gehen und horcht aufmerksam auf das Geräusch seiner eigenen Schritte. Dann schnupft er eine Prise, schneuzt sich und schnupft wieder.

Im Zimmer brennt trübe und schwach eine Unschlittkerze, und auch dies war nur an Winter- und Herbstabenden erlaubt. In den Sommermonaten trachteten alle ohne Kerzen, also bei Tageslicht, schlafen zu gehen und aufzustehen.

Das geschah teils aus Gewohnheit, teils aus Sparsamkeit. Mit jedem Ding, das nicht im Hause erzeugt wurde, sondern käuflich erworben werden mußte, gingen die Oblomower überaus geizig um.

Sie schlachteten mit Freude eine vorzügliche Truthenne oder ein Dutzend Küchlein, um einen Gast zu bewirten, taten jedoch keine Rosine zuviel ins Essen und erbleichten, wenn der nämliche Gast eigenmächtig auf den Gedanken verfiel, sich ein Glas Wein einzuschenken.

Im übrigen kam eine solche Lasterhaftigkeit dort fast nie vor: dergleichen tat höchstens ein Galgenstrick, irgendein nach allgemeinem Dafürhalten verlorener Mensch; und einen solchen Gast hätte man nicht einmal in den Hof gelassen.

Nein, derlei Sitten herrschten dort nicht: ein Gast hätte dort, ehe man es ihm nicht dreimal angeboten, nichts angerührt. Er wußte sehr gut, daß ein einmaliges Anbieten oft genug die Bitte in sich schloß, das angebotene Gericht oder den Wein abzulehnen statt zu versuchen.

Nicht für jedermann wurden auch zwei Kerzen angesteckt: die Kerzen mußte man in der Stadt kaufen, und sie wurden, wie alle gekauften Dinge, von der Hausfrau selber unter Verschluß gehalten. Die Kerzenstümpfe wurden sorgfältig gezählt und aufbewahrt.

Überhaupt gab man dort nicht gerne Geld aus, und so unerläßlich ein Ding auch sein mochte, das Geld dafür wurde stets mit dem größten Bedauern hingezählt, auch dann, wenn die Ausgabe ganz unbedeutend war. Eine bedeutendere Ausgabe war von Stöhnen, Wehklagen und Schimpfen begleitet.

Die Oblomower waren eher bereit, allerlei Unbequemlichkeiten hinzunehmen, ja, sie hatten sich sogar daran gewöhnt, diese nicht als Unbequemlichkeiten zu betrachten, statt Geld auszugeben.

Daher war auch der Diwan im Salon seit langem voller Flekken; daher konnte man den Ledersessel Ilja Iwanowitschs höchstens dem Namen nach als solchen bezeichnen, während er in Wirklichkeit halb aus Bast und halb aus Werg bestand: vom Leder war nur mehr ein Fetzen auf der Rückenlehne übrig, das andere war schon vor fünf Jahren in Stücke gerissen und heruntergefallen; daher hing vielleicht auch das Tor schief in den Angeln und wackelte die Vorbautreppe. Doch für irgend etwas, selbst das Allernotwendigste, plötzlich zweihundert, dreihundert, fünfhundert Rubel auszugeben wäre ihnen fast wie ein Selbstmord erschienen.

Als der alte Oblomow hörte, daß ein benachbarter junger Gutsbesitzer nach Moskau gefahren sei und dort für ein Dutzend Hemden dreihundert Rubel, für ein paar Stiefel fünfundzwanzig Rubel und für eine Weste zur Hochzeit vierzig Rubel gezahlt habe, bekreuzigte er sich und sagte mit entsetzter Miene, sich in den Worten verheddernd, daß man einen solchen Burschen ins Zuchthaus sperren müsse.

Überhaupt hatten sie keine Ohren für die nationalökonomischen Wahrheiten von der Notwendigkeit eines raschen und lebhaften Kapitalumlaufs, von gesteigerter Produktion und weniger Ware. In der Einfalt ihres Herzens verstanden und betrieben sie eine einzige Art von Kapitalanlage – das Geld in der Truhe zu verwahren.

Auf den Sesseln im Salon sitzen und schnaufen in den verschiedensten Stellungen die Bewohner oder die üblichen Gäste des Hauses.

Unter den Anwesenden herrscht meistens tiefes Schweigen: alle sehen einander tagtäglich; die geistigen Schätze sind allseits erschöpft und ergründet, und Nachrichten von außen treffen wenige ein.

Stille; nur die Schritte der schweren, hausgemachten Stiefel Ilja Iwanowitschs sind zu hören, dann tickt noch dumpf und langsam der Perpendikel der Wanduhr im Gehäuse, und von Zeit zu Zeit unterbricht das Geräusch eines mit den Fingern oder den Zähnen abgerissenen Fadens Nastasja Iwanownas oder Pelageja Ignatjewnas die tiefe Stille ...

So vergeht manchmal eine halbe Stunde, wenn nicht jemand laut gähnt, den Mund bekreuzigt und dazu: »Herr, erbarme dich unser!« murmelt.

Nach ihm gähnt der Nachbar, dann der nächste, indem er langsam, wie auf Kommando, den Mund aufreißt, und so weiter; das ansteckende Spiel der Luft in den Lungen geht reihum und treibt manchem die Tränen in die Augen.

Oder Ilja Iwanowitsch geht ans Fenster, schaut hinaus und

sagt einigermaßen verwundert: »Erst fünf Uhr und schon stockfinster auf dem Hof!«
»Ja«, antwortet einer, »um diese Zeit ist es immer finster, die langen Abende beginnen.«
Im Frühling dagegen wundern und freuen sie sich, daß die langen Tage beginnen. Würde man sie aber fragen, wozu sie die langen Tage brauchen, wüßten sie es nicht.
Und wiederum Schweigen.
Da steht einer auf, um die Kerze zu schneuzen, und löscht sie dabei plötzlich aus. Alle fahren hoch.
»Ein unerwarteter Gast!« sagt unbedingt jemand.
Manchmal knüpft sich daran ein Gespräch.
»Wer könnte das sein?« sagte die Hausfrau. »Doch nicht gar Nastasja Fadejewna? Ach, gebe Gott, daß sie es ist! Aber nein, so kurz vor den Feiertagen kommt sie nicht. Das wäre eine Freude! Ach, würden wir uns umarmen und uns gegenseitig ausweinen! Auch zur Morgenmesse und zur Mittagmesse könnten wir gemeinsam ... Aber woher denn! Ich bin zwar jünger als sie, aber das lange Stehen in der Kirche halte ich nicht aus!«
»Wann ist sie denn von uns fort?« fragte Ilja Iwanowitsch. »War es nicht nach dem Eliastag?«
»Aber Ilja Iwanowitsch, immer bringst du alles durcheinander! Sie hat doch nicht einmal den Semik abgewartet«, verbesserte ihn seine Frau.
»Sie war, meine ich, zu Petrifasten noch da«, entgegnete Ilja Iwanowitsch.
»So bist du immer!« sagte seine Frau vorwurfsvoll. »Du streitest und blamierst dich nur ...«
»Aber gewiß war sie noch zu Petrifasten da. Ihr habt doch immer Piroggen mit Pilzen gebacken, die sie so gerne ...«
»Das war doch Marja Onissimowna: die mag Piroggen mit Pilzen gerne. Wie du so etwas vergessen kannst! Auch war Marja Onissimowna nicht bis zum Eliastag, sondern bis Prochor und Nikanor bei uns zu Gast.«
Ihre Zeitrechnung erfolgte nach Feiertagen, nach den Jahres-

zeiten, nach verschiedenen familiären und häuslichen Begebenheiten und bezog sich niemals auf Monate oder Daten. Vielleicht war dies teilweise auch darauf zurückzuführen, daß außer Oblomow alle übrigen immer die Monatsnamen und die Kalenderordnung durcheinanderbrachten.

Der besiegte Ilja Iwanowitsch verstummt, und wieder versinkt die ganze Gesellschaft in ihren Dämmerzustand. Iljuscha, der sich hinter dem Rücken der Mutter zusammengerollt hat, döst ebenfalls und schläft mitunter ganz ein.

»Ja«, sagt dann einer der Gäste mit einem tiefen Seufzer, »der Mann der Marja Onissimowna, der selige Wasilij Fomitsch, was war das doch, Gott sei ihm gnädig, für ein gesunder Mann und mußte sterben! Nicht einmal sechzig Jahre alt ist er geworden, wo so einer doch hundert Jahre leben müßte!«

»Alle sterben wir, aber wann einer an der Reihe ist, weiß Gott allein!« entgegnete Pelageja Ignatjewna mit einem Seufzer. »Die einen sterben, und bei den Chlopows kommen sie mit dem Taufen nicht nach: man sagt, daß Anna Andrejewna wieder entbunden wurde; das ist nun schon das sechste Kind.«

»Und Anna Andrejewna ist nicht die einzige«, sagte die Hausfrau. »Wenn ihr Bruder heiratet und Kinder kommen, dann wird es mit den Scherereien erst richtig losgehen! Die Kleineren wachsen heran und halten ebenfalls nach Freiern Ausschau; die Töchter wollen unter die Haube, aber wo gibt es hier Freier? Heutzutage sind doch alle auf eine Mitgift aus und noch dazu in barem Geld ...«

»Was sagt ihr da?« fragte Ilja Iwanowitsch und kam auf die Frauen zu.

»Nun, wir sagen eben, daß ...«

Und man wiederholte die Geschichte.

»Ja, so ist das menschliche Leben!« sagte Ilja Iwanowitsch belehrend. »Die einen sterben, die anderen werden geboren, die dritten heiraten, und wir werden immer älter: jetzt dürfen wir nicht mehr von Jahr zu Jahr zählen, sondern müssen mit jedem Tag rechnen. Warum ist das so? Das wäre eine Sache, wenn jeder Tag wie der gestrige und jeder gestrige wie der morgige wäre ...! Ganz traurig wird man, wenn man denkt ...«

»Die Alten werden älter, die Jungen wachsen heran!« sagte jemand mit schläfriger Stimme in einer Ecke.

»Mehr beten muß man und nicht an etwas anderes denken!« bemerkte die Hausfrau streng.

»Richtig, richtig«, ließ sich Ilja Iwanowitsch, der eigentlich ein wenig zu philosophieren gedacht hatte, ängstlich und geflissentlich vernehmen und begann wieder im Zimmer auf und ab zu gehen.

Wiederum schweigen sie lange; nur die von der Nadel hin und her gezogenen Fäden schurren. Manchmal unterbricht die Hausfrau das Schweigen.

»Ja, finster ist es auf dem Hof«, sagt sie. »So Gott will, erleben wir die Feiertage, dann kommen die Unsrigen zu Gast, da wird es gleich lustiger werden, und ehe wir uns versehen, sind die Abende dahin. Wenn Malanja Petrowna käme, da wäre gleich allerhand los! Was die nicht alles ausheckt! Bleigießen und Wachs schmelzen und zum Tor hinauslaufen; alle meine Mädchen bringt sie aus dem Geleise. Sie denkt sich verschiedene Spiele aus ... Das ist mir die Rechte!«

»Ja, eine Dame von Welt!« bemerkte einer der Anwesenden. »Vor zwei Jahren wollte sie durchaus den Berg hinunterrodeln, wobei sich dann Luka Sawitsch die Augenbraue aufgeschlagen hat ...«

Plötzlich wurden alle munter, blickten auf Luka Sawitsch und brachen in lautes Gelächter aus.

»Wie ist das zugegangen, Luka Sawitsch? Also los, erzähle!« sagt Ilja Iwanowitsch und biegt sich vor Lachen.

Und alle lachen weiter, Iljuscha erwacht und lacht ebenfalls.

»Nun, was gibt es da zu erzählen!« sagt Luka Sawitsch verlegen. »Das Ganze hat sich Alexej Naumytsch nur ausgedacht: es ist überhaupt nichts passiert!«

»He!« ereifern sich alle im Chor. »Wieso ist nichts passiert?

Sind wir etwa schon gestorben ...? Und die Stirn, die Stirn? Man sieht ja bis heute die Narbe ...«
Und sie lachen und lachen.
»Warum lacht ihr nur?« versucht Luka Sawitsch in den Lachpausen anzubringen. »Ich selber ... wäre gar nicht ... an allem ist Waska, dieser Gauner, schuld ... hat mir einen alten Schlitten untergeschoben ... der ist zusammengebrochen unter mir ... da bin ich eben ...«
Allgemeines Gelächter übertönt seine Stimme. Vergebens strengt er sich an, die Geschichte seines Sturzes zu Ende zu erzählen: das Gelächter steckt die ganze Gesellschaft an, dringt in das Vorzimmer und in die Mägdekammer, ergreift das ganze Haus, alle erinnern sich des unterhaltsamen Vorfalls, alle lachen lange, einmütig, unsäglich, wie die olympischen Götter. Kaum hören sie auf und verstummen, fängt wieder einer an und so geht es endlos weiter.
Schließlich gelingt es ihnen mit Müh und Not, sich halbwegs zu beruhigen.
»Also was ist's, wirst du diesmal zu den Feiertagen wieder Schlitten fahren, Luka Sawitsch?« fragt Ilja Iwanowitsch nach einer kurzen Pause.
Wieder ein allgemeiner Heiterkeitsausbruch von zehn Minuten Dauer.
»Soll man Antip nicht auftragen, in der Fastenzeit einen Schneeberg anzulegen?« sagt Oblomow plötzlich wieder. »Luka Sawitsch ist ein großer Liebhaber des Rodelns und hält es bis zu den Feiertagen nicht aus ...«
Das Gelächter der ganzen Kompanie hindert ihn am Weitersprechen.
»Ist denn ... sein Schlitten ... noch ganz?« stößt einer der Anwesenden mühsam vor lauter Lachen hervor.
Wiederum Gelächter.
Lange noch lachten alle, schließlich beruhigten sie sich allgemach und verstummten: der eine wischte sich Tränen aus den Augen, der andere schneuzte sich, der dritte hustete krampfhaft, spuckte aus und sagte angestrengt: »Ach, du mein Gott!

Der Schleim erstickt mich fast ... Habe ich lachen müssen! Die Sünde! Wie er mit dem Rücken nach oben, die Schöße des Kaftans nach allen Seiten ...«

Es folgte die endgültig letzte, längste Lachsalve, darauf verstummten alle. Einer seufzte, ein anderer gähnte laut, und alle versanken in Schweigen.

Wie vorher war nur das Ticken der Pendeluhr, der Schritt von Oblomows Stiefeln und das leise Knacken eines abgebissenen Fadens zu hören.

Auf einmal blieb Ilja Iwanowitsch mit entsetztem Blick mitten im Zimmer stehen und faßte sich an die Nasenspitze.

»Was ist das für ein Unglück? Schaut her!« sagte er. »Das bedeutet einen Toten: die Nasenspitze juckt mich fortwährend ...«

»Ach, du mein Herr und Gott!« rief seine Frau und schlug die Hände zusammen. »Seit wann soll es einen Toten bedeuten, wenn die Nasenspitze juckt? Einen Toten bedeutet, wenn der Nasenrücken juckt. Ach, Ilja Iwanowitsch, wie vergeßlich du nur bist, Gott steh dir bei! Wenn du so etwas unter fremden Leuten oder vor Gästen sagst, muß man sich ja schämen.«

»Was bedeutet es dann, wenn einen die Nasenspitze juckt?« fragte Ilja Iwanowitsch konfus.

»Zu tief ins Glas gucken. Wie kann man nur sagen einen Toten!«

»Ich bringe alles durcheinander!« sagte Ilja Iwanowitsch. »Wie soll man sich auch die feinen Unterschiede merken: einmal juckt die Nase an der Seite, einmal an der Spitze, einmal an den Brauen ...«

»An der Seite«, hakte Pelageja Iwanowna ein, »bedeutet Neuigkeiten; jucken die Brauen, sind die Tränen nicht weit; juckt die Stirn, wird man sich verneigen: ist es die rechte Seite, vor einem Mann, ist es die linke, vor einer Frau; jucken die Ohren, gibt es bald Regen; die Lippen, wird man sich küssen; der Schnurrbart, heißt es Näschereien bekommen; der Ellenbogen, nicht daheim schlafen; die Fußsohlen, eine Reise ...«

»Nun, Pelageja Iwanowna, alle Achtung!« sagte Ilja Iwanowitsch. »Nur hast du vergessen, daß die Butter billiger wird, wenn der Rücken juckt, nicht wahr ...«

Die Damen begannen zu lachen und tuschelten untereinander; einige Männer lächelten; wieder war ein großes Gelächter im Anzug, aber im gleichen Augenblick ließ sich im Zimmer ein Geräusch vernehmen, das so klang wie das Knurren eines Hundes und das Fauchen einer Katze, die eben übereinander herfallen wollen. Es war die zum Schlag ausholende Uhr.

»Ah! Schon neun Uhr!« sagte Ilja Iwanowitsch mit freudigem Staunen. »Schau einer an, wie im Handumdrehen die Zeit vergangen ist. He, Waska! He, Wanja, Motka!«

Es erschienen drei verschlafene Physiognomien.

»Warum deckt ihr den Tisch nicht?« fragte Oblomow befremdet und ärgerlich. »Ist es nicht Zeit, an die Herrschaft zu denken? Was steht ihr denn da? Rasch, Wodka!«

»Darum also hat die Nasenspitze gejuckt!« sagte Pelageja Iwanowna lebhaft. »Sie werden Wodka trinken und zu tief ins Glas gucken.«

Nach dem Abendessen, als man sich gegenseitig abgeschmatzt und bekreuzigt hatte, gingen alle zu Bett, und der Schlaf umfing ihre sorglosen Häupter.

Ilja Iljitsch schaut im Traum nicht einen, nicht zwanzig solcher Abende, sondern ganze Wochen, Monate und Jahre so verbrachter Tage und Abende.

Nichts störte die Gleichförmigkeit dieses Lebens, und die Oblomower fühlten sich von ihm nicht bedrückt, weil sie sich kein anderes Dasein vorstellen konnten; und wenn sie es sich hätten vorstellen können, würden sie voller Entsetzen sich davon abgewandt haben.

Ein anderes Leben hätten sie gar nicht gewollt und auch nicht gemocht. Es hätte ihnen leid getan, wenn die Umstände irgendwelche Veränderungen in ihrem Dasein bewirkt hätten. Der Gram hätte sie verzehrt, wenn das Morgen nicht so wie das Heute gewesen wäre und das Übermorgen nicht so wie das Morgen.

Wozu brauchten sie Abwechslung, Veränderungen, Überraschungen, nach denen andere sehnlichst verlangen? Mögen die anderen nur ihre Suppe auslöffeln, sie, die Oblomower, geht das alles nichts an. Sollen die anderen leben, wie sie wollen.

Alle Überraschungen, auch wenn sie mitunter vorteilhaft sein mögen, bringen Unruhe: sie zeitigen Sorgen, Mühen, Laufereien; man kann nicht mehr ruhig auf seinem Fleck sitzen, muß handeln oder schreiben – mit einem Wort, sich rühren und regen. Ist das noch ein Spaß?

Sie verbrachten ganze Jahrzehnte damit, zu schnaufen, vor sich hin zu dösen und zu gähnen oder in gutmütiges Gelächter über bäurischen Witz und Humor auszubrechen oder sich im Familienkreise zu erzählen, was jeder geträumt hatte.

War es ein böser Traum, versanken alle in Grübeleien und fürchteten sich allen Ernstes; war es ein prophetischer, freuten oder grämten sich alle ehrlich, je nachdem, ob man etwas Trauriges oder Tröstliches geträumt hatte. Verlangte der Traum die Beachtung irgendeines Vorzeichens, wurden zu diesem Zweck umgehend die erforderlichen Maßnahmen getroffen.

Wenn sie nicht damit beschäftigt waren, spielten sie Schwarzer Peter und an Feiertagen mit den Gästen eine Partie Boston, legten Patiencen oder rieten Herzkönig und Treffdame, was eine Mariage voraussagte.

Manchmal kam irgendeine Natalja Fadejewna auf ein oder zwei Wochen zu Besuch. Zuerst hechelten die Weiber die ganze Nachbarschaft durch, wie ein jeder lebt und was ein jeder treibt: sie drangen dabei nicht nur in die Familienverhältnisse, in das Leben hinter den Kulissen ein, sondern stießen bis zu den verborgenen Gedanken und geheimen Absichten eines jeden vor, erforschten die Herzen, schalten und verurteilten die unwürdigen, insbesondere jedoch die treulosen Männer und zählten dann verschiedene Vorkommnisse wie Namenstage, Taufen, Geburten, die geladenen Gäste und die vorgesetzten Speisen auf.

Waren sie dessen müde, begannen sie sich ihre neuesten Anschaffungen, Kleider, Saloppen und sogar Unterröcke und Strümpfe zu zeigen. Die Hausfrau prahlte mit ihren im eigenen Haus angefertigten Leinwänden, Garnen und Spitzen.

Aber auch dieser Gesprächsstoff erschöpfte sich. Dann vertrieb man sich die Zeit mit Kaffee, Tee und Eingemachtem. Darauf ging man allmählich zum Schweigen über.

Sie sitzen geraume Zeit da, betrachten einander wortlos und seufzen mitunter schwer. Manchmal beginnt auch eine zu weinen.

»Was fehlt dir, Mütterchen?« fragt aufgeregt eine andere.

»Ach, mir ist so schwer ums Herz, Täubchen!« antwortet die Besucherin mit einem schweren Seufzer. »Wir Verfluchten haben Gott den Herrn erzürnt. Das kann kein gutes Ende nehmen.«

»Ach, fürchte dich nicht, ängstige dich nicht, Herzchen!« unterbricht sie die Hausfrau.

»Ja, ja«, fährt jene fort. »Die letzten Tage sind angebrochen: ein Volk wird gegen das andere, ein Königreich gegen das andere aufstehen ... das Weltende bricht an!« stößt Natalja Fadejewna endlich hervor, und beide weinen bitterlich.

Irgendein Anzeichen für diese Schlußfolgerung seitens Natalja Fadejewnas war nicht vorhanden, niemand war gegen jemanden aufgestanden, nicht einmal Kometen hatte es in diesem Jahre gegeben, aber alte Weiber haben eben manchmal dunkle Vorahnungen.

Nur höchst selten wird dieser Zeitvertreib durch einen unvorhergesehenen Zufall gestört, so zum Beispiel, wenn alle im ganzen Haus, vom Kleinsten bis zum Größten, Beschwerden durch Einatmen von Kohlengas haben.

Von anderen Krankheiten war weder im Haus noch im Dorf viel zu hören; es sei denn, daß sich jemand in der Dunkelheit einen Pfahl in den Leib rannte oder vom Heuboden herunterstürzte oder ein Brett vom Dach fiel und jemanden auf den Kopf traf.

Doch dies alles ereignete sich selten, und gegen solcherlei Unglücksfälle wurden erprobte Hausmittel angewandt: die getroffene Stelle rieb man mit Flußschwamm oder Hahnenfuß ein, dem Verletzten gab man Weihwasser zu trinken oder besprach ihn, und alles verging.

Vergiftungen durch Kohlengas dagegen ereigneten sich häufig. Dann wälzten sich alle in ihren Betten; man vernahm Ächzen und Stöhnen; der eine legte sich Gurken auf den Kopf und band ein Handtuch darüber; der andere stopfte sich Moosbeeren in die Ohren und roch an Meerrettich, der dritte ging im bloßen Hemd in die Kälte hinaus, der vierte wälzte sich einfach ohnmächtig auf dem Fußboden.

Das ereignete sich periodisch ein- bis zweimal monatlich, weil man die Wärme nicht gerne ungenützt zum Schornstein hinauslassen wollte und die Öfen schloß, wenn die Flammen noch so hoch wie in »Robert der Teufel« schlugen. An keine Ofenbank, an keinen Ofen konnte man die Hände legen: ehe man sich's versah, sprang eine Brandblase auf.

Nur einmal wurde die Einförmigkeit ihres Daseins durch ein wirklich unvorhergesehenes Ereignis gestört.

Als sich, halbwegs ausgeschlafen nach einem anstrengenden Mittagessen, alle zum Tee versammelten, kam plötzlich ein Oblomowscher Bauer herein, der soeben aus der Stadt zurückgekehrt war, und zog nach langem Suchen und Tasten und Greifen einen zerknitterten Brief aus der Brusttasche, der auf Ilja Iwanowitschs Namen lautete.

Alle erstarrten; die Hausfrau wechselte sogar ein wenig die Farbe; aller Augen flogen, aller Nasen reckten sich in Richtung des Briefes.

»Was für eine Seltenheit! Von wem ist er denn?« fragte schließlich die Hausfrau, als sie sich wieder gefaßt hatte.

Oblomow nahm den Brief, drehte ihn unentschlossen in den Händen und wußte nicht, was er mit ihm anfangen sollte.

»Wo hast du ihn her?« fragte er den Bauern. »Wer hat ihn dir gegeben?«

»In der Herberge, wo ich in der Stadt übernachtet habe, höre ich«, antwortete der Bauer, »sind sie von der Post zweimal fragen gekommen, ob keine Oblomowschen Bauern da sind: ein Brief, höre ich, für den Herrn ist da.«

»Na und?«

»Na, ich habe mich zu allererst versteckt: der Soldat ist mit dem Brief fortgegangen. Aber der Vorsänger aus Werchljowo hat mich gesehen, der hat es gesagt. Sie sind das zweitemal gekommen. Wie sie das zweitemal gekommen sind, da haben sie zu schimpfen angefangen und haben mir den Brief gegeben und haben mir noch einen Fünfer abgenommen. Ich habe gefragt, was ich, weißt du, mit dem Brief machen soll und wohin ich ihn tun soll. Da haben sie mir befohlen, ihn Euer Gnaden zu übergeben.«

»Du hättest ihn gar nicht nehmen sollen«, bemerkte der Herr zornig.

»Ich habe ihn auch nicht genommen. Zu was, sage ich, brauchen wir euren Brief? Wir brauchen ihn nicht. Man hat uns nicht aufgetragen, sage ich, Briefe mitzunehmen, das darf ich nicht: geht ihr mit eurem Brief, wohin ihr wollt! Da ist der Soldat mit einem argen Geschimpfe auf mich losgegangen und wollte, höre ich, sich beim Vorgesetzten beklagen. Da hat er ihn mir gegeben.«

»Narr!« sagte die Herrin.

»Von wem könnte er sein?« sagte Oblomow nachdenklich und betrachtete die Adresse. »Die Handschrift ist mir irgendwie bekannt, wahrhaftig!«

Und der Brief wanderte von Hand zu Hand. Man begann zu reden und zu raten, von wem er sein könnte und was darin stehen könnte. Schließlich wurden alle verlegen.

Ilja Iwanowitsch befahl, ihm seine Augengläser zu suchen: man suchte eine halbe Stunde lang. Er setzte sie auf und dachte schon daran, den Brief zu öffnen.

»Nein, Ilja Iwanowitsch, mach ihn nicht auf!« hielt ihn seine

Frau ängstlich zurück. »Wer kann wissen, um was für einen Brief es sich handelt? Vielleicht steht etwas Schreckliches, irgendein Unglück darin. Du weißt doch, wie die Leute heutzutage sind! Morgen oder übermorgen ist noch immer Zeit dazu, er läuft dir nicht davon.«

Und der Brief wurde samt den Augengläsern unter Verschluß genommen. Alle beschäftigten sich mit dem Tee. Der Brief wäre jahrelang dort liegengeblieben, wenn er nicht eine gar so außergewöhnliche Erscheinung gewesen wäre und die Gemüter der Oblomower nicht in ständiger Aufregung gehalten hätte. Auch am nächsten Tag drehte sich nach dem Tee die Unterhaltung einzig und allein um den Brief.

Schließlich hielten sie es nicht mehr aus: am vierten Tag, nachdem sie sich vollzählig versammelt hatten, wurde er aufgeregt entsiegelt. Oblomow warf einen Blick auf die Unterschrift.

»Radischtschew«, las er. »He! Das ist ja von Filipp Matwejewitsch!«

»Ah! Oh! Von ihm also!« kam es von allen Seiten. »Ja, wie kommt es denn, daß der überhaupt noch lebt? Schau an, er ist noch nicht gestorben! Na, Gott sei Dank! Was schreibt er?«

Oblomow begann laut zu lesen. Es stellte sich heraus, daß Filipp Matwejewitsch bat, ihm das Rezept eines Bieres zu schikken, das in Oblomowka besonders gut gebraut wurde.

»Das schicken wir ihm, das schicken wir ihm!« riefen sie alle. »Man muß ihm ein Brieflein schreiben.«

So vergingen zwei Wochen.

»Wir müssen, müssen ihm schreiben!« drängte Ilja Iwanowitsch seine Frau. »Wo ist das Rezept?«

»Ja, wo ist es?« antwortete seine Frau. »Wir müssen erst suchen. Warte noch ein wenig, wozu die Eile? Wenn Gott will, erleben wir noch die Feiertage, begehen den Fastenschluß, dann schreibst du ihm; es läuft nichts davon ...«

»Tatsächlich, ich werde ihm lieber an den Feiertagen schreiben«, sagte Ilja Iwanowitsch.

Vor den Feiertagen kam man wieder auf den Brief zu sprechen. Ilja Iwanowitsch nahm sich allen Ernstes vor zu schreiben. Er ging in sein Kabinett, setzte die Augengläser auf und hockte sich an den Tisch.

Im Hause herrschte tiefe Stille; man hatte dem Gesinde untersagt, laut aufzutreten oder zu lärmen. Der Herr schreibt! sagten alle mit einer so schüchternen, ehrfürchtigen Stimme, als ob ein Toter im Hause läge.

Er hatte eben langsam, schief, mit zitternder Hand und so vorsichtig, als ob er eine gefährliche Arbeit verrichtete, die Worte »Gnädiger Herr!« auf das Papier gesetzt, als seine Frau erschien.

»Ich habe gesucht und gesucht, das Rezept ist nicht da«, sagte sie. »Ich muß noch im Schlafzimmer im Schrank suchen. Und wie soll man den Brief schicken?«

»Mit der Post muß man ihn schicken«, antwortete Ilja Iwanowitsch.

»Und wieviel kostet es bis dorthin?«

Oblomow langte nach einem alten Kalender.

»Vierzig Kopeken«, sagte er.

»Vierzig Kopeken für so einen Unsinn hinauszuwerfen!« bemerkte sie. »Da warten wir lieber noch, bis sich einmal von der Stadt aus eine Gelegenheit dorthin ergibt. Befiehl den Bauern, sich danach zu erkundigen.«

»Wahrhaftig, eine Gelegenheit wäre besser«, antwortete Ilja Iwanowitsch, schnipste mit der Feder gegen den Tisch, steckte sie in das Tintenfaß und nahm die Augengläser ab.

»So ist es wirklich besser«, endete er seine Rede. »Es läuft ja nicht davon: wir kommen schon dazu, ihn abzuschicken.«

Es ist unbekannt, ob Filipp Matwejewitsch das Rezept noch zu Lebzeiten erhalten hat oder nicht.

Ilja Iwanowitsch nahm gelegentlich auch ein Buch zur Hand; was für eines, war ihm gleichgültig. Er sah im Lesen kein wesentliches Bedürfnis und hielt es für einen Luxus und ein Geschäft, ohne das man leicht auskommen konnte, genauso, wie man ein Bild an der Wand haben kann oder nicht haben kann, wie man spazierengehen kann oder auch nicht spazierengehen kann: deshalb war es ihm ganz gleich, was für ein Buch es war; er betrachtete es als ein Ding, das zur Zerstreuung bestimmt ist, um die Langeweile zu vertreiben oder das Nichtstun zu beschönigen.

»Lange habe ich kein Buch mehr gelesen«, sagte er dann oder – den Satz etwas abändernd –: »Ich muß doch wieder ein Buch lesen«; oder er gewahrte zufällig im Vorbeigehen das ihm nach dem Tode seines Bruders zugefallene Häuflein Bücher und griff wahllos das erste beste heraus. Ob ihm dabei Golikow in die Hände fiel oder das »Neueste Traumbuch« oder Cheraskows »Rossiade« oder die Tragödien Sumarokows oder gar ein alter Zeitungsjahrgang, er las alles mit dem gleichen Vergnügen und murmelte sogar manchmal vor sich hin: »Schau mal an, was der sich ausgedacht hat! So ein Bandit! Ach, der Teufel soll ihn holen!«

Diese Ausrufe bezogen sich auf die Verfasser, ein Beruf, der in seinen Augen keinerlei Achtung genoß; er hatte sich sogar jene Verächtlichkeit den Schriftstellern gegenüber zu eigen gemacht, die ihnen von den Menschen der guten alten Zeit entgegengebracht wurde. Er hielt, wie viele damals, einen Autor kaum für etwas Besseres als einen Hanswurst, Windbeutel, Trunkenbold oder Spaßmacher nach Art eines Seiltänzers.

Manchmal las er allen aus jahrealten Zeitungen laut vor oder teilte ihnen die Nachrichten auf diese Weise mit.

»Da schreibt man aus dem Haag«, sagte er, »daß Seine Majestät der König nach einer kurzfristigen Reise wohlbehalten in seine Residenz zurückzukehren beliebte«, und schaute dabei alle Zuhörer über die Augengläser hinweg an.

Oder: »In Wien hat der und der Gesandte sein Beglaubigungsschreiben überreicht.«

»Und da steht geschrieben«, las er weiter, »daß ein Werk der Madame Genlis ins Russische übersetzt worden ist.«

»Das alles übersetzen sie doch nur deshalb«, bemerkte einer der Zuhörer, der ganz kleine Gutsbesitzer, »um unsereinem, dem Adel, das Geld aus der Tasche zu locken.«

Der arme Iljuscha fährt aber immer noch zu Stolz, um dort zu lernen. Kaum wacht er am Montag auf, wird ihm bange zumute. Er hört die scharfe Stimme Waskas, der vom Vorbau hinunterschreit: »Antipka! Spann den Schecken an: den jungen Herrn zum Deutschen fahren!«
Sein Herz erbebt. Er kommt traurig zur Mutter. Die weiß weshalb und tut alles, um ihm die bittere Pille zu versüßen, während sie insgeheim selber über die bevorstehende, eine ganze Woche lang währende Trennung seufzt.
Man weiß gar nicht, womit man ihn an diesem Morgen alles füttern soll, man bäckt Semmeln und Kringel, verspeist mit ihm Gesalzenes, Gebackenes und Eingemachtes, holt allerlei andere trockene und nasse Leckerbissen hervor und gibt ihm noch Eßvorräte mit. Dies alles geschah in der Annahme, daß beim Deutschen kaum sehr fett gekocht würde.
»Dort bekommst du nicht genug zu essen«, sagten die Oblomower. »Zum Mittagessen gibt es Suppe und Braten und Kartoffeln, zum Tee Butter und zum Abendessen – schlaf schön bis morgen früh ...«
Im übrigen träumt Ilja Iljitsch von mehreren Montagen, an denen er Waskas gebieterische Stimme, den Schecken einzuspannen, nicht hört, sondern an denen ihn die Mutter beim Tee lächelnd mit der Neuigkeit begrüßt: »Heute fährst du nicht; am Donnerstag ist ein hoher Feiertag: steht es dafür, wegen drei Tagen hin und zurück zu fahren?«
Oder manchmal eröffnet man ihm plötzlich, daß ein Familiengedenktag sei: »Du brauchst nicht zu lernen, wir werden Pfannkuchen backen.«
Ein andermal betrachtet ihn die Mutter am Montagmorgen aufmerksam und sagt: »Ich weiß nicht, du hast heute gar keine klaren Augen. Solltest du etwa nicht ganz gesund sein?« und wiegt den Kopf.
Das schlaue Bürschlein ist kerngesund, schweigt aber.
»Bleib diese Woche schön daheim«, sagt sie, »dann werden wir sehen, was Gott beschlossen hat!«

Und alle im Hause waren von der Überzeugung durchdrungen, daß der Unterricht und ein Familiensamstag schlechthin unvereinbar seien oder daß ein Feiertag am Donnerstag ein unüberwindliches Hindernis für den Unterricht in dieser ganzen Woche darstelle.

Höchstens daß einmal ein Bedienter oder eine Magd, die wegen des jungen Herrn gescholten wird, vor sich hinbrummt: »Uh, du verhätschelter Bengel! Verschwinde möglichst bald zu deinem Deutschen!«

Ein andermal wiederum erscheint beim Deutschen plötzlich Antipka mit dem bekannten Schecken, um – mitten in der Woche – Ilja Iljitsch abzuholen.

»Marja Sawischna oder Natalja Fadejewna oder die Kusowkows mit den Kindern sind zu Besuch gekommen, also geruhen Sie nach Hause zu fahren!«

Und Iljuscha bleibt drei Wochen lang daheim; und ehe man sich's dort versieht, steht schon die Karwoche vor der Tür, oder es ist dort bis Ostern nicht mehr weit, oder es verfügt dort ein Familienangehöriger, daß in der Thomaswoche nicht gelernt zu werden braucht; bis zum Sommer sind es dann nur noch zwei Wochen, da lohnt es sich gar nicht hinzufahren, im Sommer erholt sich sogar der Deutsche, also ist es das beste, den Unterricht bis zum Herbst zu verschieben.

Es ist geradezu erstaunlich, wie sich Ilja Iljitsch in diesem halben Jahr erholt und wie er in dieser Zeit wächst! Wie dick er wird! Wie herrlich er schläft! Man kann sich im Haus gar nicht satt sehen an ihm, vor allem, wenn man andererseits bedenkt, wie mager und blaß der Knabe regelmäßig ist, wenn er am Samstag vom Deutschen heimkommt.

»Kann nicht leicht ein Unglück geschehen?« sagen die Eltern. »Das Lernen läuft ihm nicht davon, aber die Gesundheit läßt sich nicht um viel Geld kaufen; die Gesundheit ist wertvoller als alles andere im Leben. Schau nur, er kommt vom Unterricht wie aus dem Spital heim: er fällt ganz vom Fleisch und wird zaundürr ... wo der Schlingel außerdem nichts tut als herumlaufen!«

»Ja«, bemerkt der Vater, »das Lernen ist kein Honigschlecken: es nimmt ihn wie der Schafbock auf die Hörner!«

Und die zärtlichen Eltern dachten sich neue Vorwände aus, um ihren Sohn daheim zu behalten. Um Vorwände war man auch ohne Feiertage nicht verlegen. Im Winter schien es ihnen zu kalt zu sein, im Sommer kann man bei der Hitze auch nicht fahren, manchmal regnet es sogar, im Herbst bildet der Morast das Hindernis. Mitunter zeigt sich außerdem Antipka in einem verdächtigen Zustand: ob er nun betrunken ist oder nicht, jedenfalls schaut er ganz wild drein; es wäre kein Wunder, wenn er unterwegs steckenbleiben oder umwerfen würde.

Die Oblomows waren im übrigen darauf bedacht, diesen Vorwänden in ihren eigenen Augen und besonders in Stolzens Augen möglichst viel Gewicht beizumessen, zumal letzterer weder in ihrer Gegenwart noch hinter ihrem Rücken mit tausend *Donnerwettern* ob solcher Verhätschelung zurückhielt.

Die Zeiten der Prostakows und Skotnikows waren längst vorbei. Das Sprichwort »Wissen ist Licht, Unwissenheit Finsternis« spukte dank den Büchern und reisenden Buchhändlern sogar schon durch die Flecken und Dörfer.

Die Alten verstanden die Vorteile der Aufklärung, aber nur deren äußere Vorteile. Sie sahen, daß man es nur noch auf dem Wege des Lernens zu etwas bringen, das heißt zu Titeln, Orden und Geld gelangen konnte und daß es den alten Gerichtsschreibern und routinierten Winkeladvokaten mit ihren althergebrachten, doch längst überholten Praktiken, Ränken und Finten an den Kragen ging.

Es verbreiteten sich unheilvolle Gerüchte, nach denen nicht nur das Lesen und Schreiben, sondern auch noch andere, bisher unerhörte Kenntnisse für diese Lebensexistenz erforderlich sein sollten. Zwischen einem Titularrat und einem Kollegienassessor tat sich ein Abgrund auf, den nur ein Diplom überbrücken konnte.

Die alten Staatsdiener, Kinder der Gewohnheit und Zöglinge der Bestechung, verschwanden allmählich. Viele, die nicht rechtzeitig starben, wurden wegen Unzuverlässigkeit aus dem Amt gejagt, andere vor Gericht gestellt; am glimpflichsten lief es noch für jene ab, die der neuen Ordnung mit einer resignierten Handbewegung Lebewohl sagten und sich im guten und bei bester Gesundheit in wohlerworbene Winkel zurückzogen.

Die Oblomows hatten das begriffen und verstanden die Vorteile der Bildung, doch nur diese offensichtlichen Vorteile. Über das innere Bedürfnis, sich zu bilden, hatten sie eine noch recht verschwommene und vage Vorstellung und wollten für ihren Iljuscha vorläufig nur einige glänzende Privilegien ergattern.

Sie dachten auch an eine gestickte Uniform für ihn, stellten sich ihn als Rat im Obersten Gerichtshof, die Mutter sogar als Gouverneur vor; aber dies alles wollten sie so billig wie möglich erreichen, mit mancherlei Listen, unter Umgehung aller auf dem Wege zu Bildung und Ehren liegenden Steine und Hindernisse, ohne sich die Mühe zu nehmen, über sie hinwegzuspringen; das heißt zum Beispiel, er sollte nur oberflächlich lernen, nicht bis zur Erschöpfung der Seele und des Leibes, nicht bis zur Hingabe der seligen, in der Kindheit erworbenen Leibesfülle, sondern nur so viel, um gerade die vorgeschriebene Form zu wahren und irgendein Zeugnis zu erwerben, in dem es hieß, daß Iljuscha »alle Wissenschaften und Künste absolviert« habe.

Dieses ganze Oblomowsche Erziehungssystem geriet in starke Opposition zu Stolzens System. Der Kampf wurde von beiden Seiten hartnäckig geführt. Stolz schlug seine Widersacher gerade, offen und beharrlich, während diese den Schlägen durch die oben erwähnten und andere Listen auswichen.

Einen entscheidenden Sieg gab es nicht; vielleicht hätte die deutsche Beharrlichkeit auch den Starrsinn und die Verbohrtheit der Oblomows bezwungen, wenn der Deutsche nicht auf

Schwierigkeiten im eigenen Lager gestoßen wäre, so daß der Sieg weder der einen noch der anderen Seite beschieden sein sollte. Die Sache war nämlich die, daß Stolzens Sohn Oblomow verwöhnte, indem er ihm bald die Aufgaben vorsagte, bald für ihn die Übersetzungen machte.

Ilja Iljitsch schaut im Traum deutlich das Treiben im Elternhaus und das Leben bei Stolz.

Er braucht daheim nur die Augen aufzumachen, da steht schon Sacharka an seinem Bett, späterhin sein berühmter Kammerdiener Sachar Trofimowitsch.

Wie vordem die Kinderfrau, streift ihm nun Sacharka die Strümpfe über die Beine und zieht ihm die Schuhe an, während Iljuscha, schon ein vierzehnjähriger Junge, nichts anderes zu tun hat, als ihm liegend bald das eine, bald das andere Bein hinzustrecken; und sobald ihm das geringste nicht ganz paßt, haut er Sacharka mit dem Fuß auf die Nase.

Wenn der unzufriedene Sacharka sich zu beschweren wagt, bekommt er noch vom Alten eine Kopfnuß dazu.

Dann kämmt Sacharka ihn, zieht ihm die Jacke an, wobei er Ilja Iljitschs Arme vorsichtig in die Ärmel steckt, um ihn auch wirklich nicht zu belästigen, und erinnert Ilja Iljitsch daran, daß er das eine oder das andere selber machen müsse: beispielsweise nach dem Aufstehen sich waschen und so weiter.

Wünschte Ilja Iljitsch etwas, brauchte er nur zu blinzeln, und schon stürzten drei, vier Bediente herbei, um seinen Wunsch zu erfüllen; ließ er etwas fallen, wollte er nach irgendeinem Gegenstand langen und erreichte ihn nicht, etwas holen und nach etwas laufen – als flinker Junge hätte er manchmal so gerne losrennen und alles selber machen mögen –, da schrien plötzlich der Vater und die Mutter und drei Tanten fünfstimmig: »Weshalb? Wohin? Wozu sind Waska und Wanka und Sacharka da? He! Waska! Wanka! Sacharka! Was steht ihr da und haltet Maulaffen feil? Wartet, ich werde euch ...!«

Und es gelang Ilja nie, irgend etwas für sich selber allein zu tun.

Später fand er, daß dies weitaus bequemer sei, und lernte selber schreien: »He, Waska! Wanka! Reich mir dieses, bring mir jenes! Ich will nicht dies, ich will das! Lauf, hole es!«
Gelegentlich bekam er die zärtliche Besorgtheit der Eltern gründlich satt.
Lief er die Treppe hinunter oder über den Hof, schon vernahm er zehn verzweifelte Stimmen hinter sich: »Ach, ach! Stützt ihn, haltet ihn auf! Er wird hinfallen, sich die Knochen brechen . . . halt, halt!«
Packte ihn die Lust, im Winter auf den Flur zu laufen oder die Luftklappe im Fenster zu öffnen, erhob sich das nämliche Geschrei: »Ei, wohin denn? Wie kannst du nur? Lauf nicht, öffne nicht: du wirst hinfallen, dich erkälten . . .«
Und Iljuscha blieb traurig zu Hause, verwöhnt wie eine exotische Blume im Gewächshaus, und wuchs – wie jene unter Glas – langsam und träge heran. Die nach Betätigung verlangenden Kräfte wandten sich nach innen, verkümmerten und welkten.
Dennoch erwachte er manchmal so munter, frisch und lustig; er spürte, daß es in ihm zuckte und gärte und kochte, als hätte sich ein Teufelchen niedergelassen, das ihn aufstachelte, auf das Dach zu klettern, sich auf den Goldfuchs zu schwingen und auf die Wiesen zu galoppieren, wo das Heu gemäht wurde, oder rittlings auf dem Zaun zu sitzen oder die Dorfhunde zu reizen; oder es überkam ihn plötzlich das Verlangen, durch das Dorf, auf die Felder, über die Erdhügel hinweg in das Birkenwäldchen zu rennen und mit drei Sprüngen bis zum Grund der Schlucht zu hetzen oder sich mit den Dorfbuben einzulassen, ihnen eine Schneeballschlacht zu liefern und seine Kräfte zu erproben.
Das Teufelchen bedrängt und reizt ihn: er kämpft lange dagegen an, versucht ihm Widerstand zu leisten, aber schließlich hält er es nicht mehr aus und springt plötzlich ohne Mütze, im Winter, von der Vorbautreppe auf den Hof, von dort ans Tor, bekommt mit jeder Hand einen Schneeklumpen zu fassen und stürmt mit den Buben davon.

Der frische Wind beißt ihn ins Gesicht, an den Ohren zwickt der Frost, in Mund und Kehle riecht es nach Kälte, aber seine Brust packt die Freude: er rennt, was die Beine hergeben, kreischt laut auf und lacht.

Da sind auch schon die Buben; er wirft einen Schneeball – daneben: es fehlt die Übung; er will sich gerade nach einem neuen bücken, als ihm – patsch! – das Gesicht von einem ganzen Schneeklumpen verpappt wird: er fällt hin; es tut weh, weil er es nicht gewohnt ist, aber gleichzeitig freut er sich, er lacht aus vollem Hals, und die Tränen stehen ihm in den Augen ...

Im Hause dagegen herrschte großes Geschrei: Iljuscha ist fort! Aufregung, Lärm. Sacharka rannte auf den Hof, ihm nach Waska, Mitka, Wanka: alle liefen kopflos im Hof umher.

Ihnen nach stürzten zwei Hunde, die bekanntlich nicht gleichgültig einen Menschen laufen sehen können, und schnappten nach ihren Fersen. Die Bedienten jagten schreiend und rufend, die Hunde bellend durch das Dorf.

Endlich stießen sie auf die Buben und begannen, an deren Haaren, Ohren und Buckeln Gerechtigkeit zu üben; auch ihren Vätern wurde gedroht.

Dann bemächtigten sie sich des jungen Herrn, verpackten ihn in den mitgeschleppten Schafpelz, dann in den väterlichen Halbpelz, dann in zwei Decken und trugen ihn feierlich auf den Armen in das Haus zurück.

Daheim zweifelte man schon, ihn jemals wiederzusehen, und betrachtete ihn als verunglückt: als man ihn jedoch lebendig und unbeschädigt wieder vor Augen hatte, war die Freude der Eltern unbeschreiblich. Sie dankten Gott dem Herrn, dann gaben sie ihm Pfefferminztee, später noch Holundertee und gegen Abend außerdem Himbeertee zu trinken und hielten ihn drei Tage lang im Bett fest, während ihm doch nur eines genützt hätte: wieder eine Schneeballschlacht zu veranstalten ...

Nikolaj Nekrassow

Ein Rätsel

Tatsachenbericht aus alter Zeit

Im vorigen Jahrhundert lebte in einem kleinen russischen Dorf ein Bauer namens Nikita, kräftig, gesund, groß und breitschultrig, von strengen und unerbittlichen Sitten, jedoch ein gütiger und wahrheitsliebender Mann. Er liebte die alte Zeit, hielt sich streng an die patriarchalischen Bräuche und war im rechten Sinne des Wortes das Haupt seiner Familie: weder sein Weib noch seine Kinder taten auch nur einen Schritt ohne sein Wissen und ohne seine Erlaubnis. Außer seinem Landbesitz, den fünf seiner Söhne bewirtschafteten, besaß er noch ein Vorwerk mit einer Mühle und einer Bienenzucht; mit diesen befaßte er sich selber, seine Söhne aber brachten das Korn ein, fuhren es zum Markt, verkauften es dort und brachten den Erlös heim in die Hände des Vaters, und so kam jede Kopeke, die man in der Familie erwarb, stets zu ihm. Wenn er Geld erhalten hatte, dann teilte er es allen zu: diesem für einen Kittel, jenem für Fußbekleidung und seinem Weibe zur Wirtschaft. Und auch nachher ging jeder, falls er Geld brauchte, zu ihm: er gab es ihm, ohne auch nur die Stirn zu runzeln. Auf diese Weise lebten sie viele Jahre in Übereinstimmung und Wohlhabenheit ... Und schließlich wurde er fünfzig. Er fuhr in die Stadt und verweilte in dieser zwei Tage. Ob ihm dort etwas zustieß oder ob nichts Absonderliches geschehen war, auf jeden Fall kehrte er als ein völlig anderer Mensch heim. Er begann seiner Frau vorzuwerfen, daß sie viel Geld ausgäbe, er begann mit den Kindern zu schmälen, daß sie wenig verdienten, und er hub an, über die harten Zeiten und über die schwarzen Tage zu klagen. Kurz darauf begaben sich die Söhne aufs neue zum Markt, verkauften das Korn, kehrten heim und händigten dem Vater, vor dem sie eine tiefe Verbeugung machten, die Abrechnung und das erlöste Geld ein ...

Der Vater murrte über sie, warum sie so billig verkauft hätten, er zählte das Geld dreimal durch, was er vormals noch nie getan hatte, und gab dann Ruhe.

Es verging ein Tag, es vergingen zwei, eine Woche verging – der Alte schwieg; sie brauchten Geld, aber keiner wagte, es ihm zu sagen. Schließlich baten sie um Geld. Der Alte runzelte die Stirn, aber dann rückte er damit heraus, nur eben mit so wenig, daß man nach einem Monat aufs neue darum bitten mußte.

»Hab keinen Groschen«, entgegnete streng der Alte, befahl dem Sohn, das Pferd anzuspannen und fuhr zu seinem Vorwerk.

»Wenn Väterchen sagt, nein, nun, dann bedeutet das eben nein«, beschlossen die Söhne und versuchten voller Kummer irgendwie bis zum nächsten Erlös für Korn durchzuhalten.

Doch als sie dem Alten den neuen Erlös einhändigten, schalt er sie doppelt so stark aus, daß sie das Korn zu billig abgegeben, und gab ihnen nur halb soviel Geld wie im vergangenen Jahr. Im dritten Jahr noch weniger, im vierten noch weniger, und die Ausrede blieb die gleiche: »Die Zeiten sind schwer, hab keinen Groschen.«

Die Kinder schenkten dieser Antwort zwar keinen rechten Glauben, doch wider den Vater war nicht aufzukommen: sie ließen die Köpfe hängen und verstummten und brachten im folgenden Jahr dem Vater aufs neue den Erlös. Sein Weib freilich hatte mehrfach zu fragen versucht: »Ja, wohin tust du es denn? es war doch auch vormals nie mehr und reichte dennoch Gott sei Dank für alle?« Sie wiederholte dies mehrfach und wollte ihn umstimmen und ihm zureden, doch der Alte schrie sie an, pochte mit dem Krückstock auf den Fußboden, schalt seine alte Frau aus und fuhr zu seinem Vorwerk. So vergingen noch einige Jahre, und schließlich hörte der alte Mann völlig auf, seiner Familie Geld zu geben; wann immer auch nur eine Kopeke in seine Hand gelangte – sie

blieb verschwunden, als wäre sie im Wasser versunken! Und man konnte ihn durch nichts umstimmen!
Einmal waren die Söhne in die Stadt gefahren und ohne den jüngsten Bruder heimgekehrt. Der Bursche war ohnehin keiner der Klügsten, und nun hatte er zu allem Übel noch getrunken und wußte selber nicht, auf welche Art er in eine kriminelle Angelegenheit geraten war; man hatte ihn mit zwei Landstreichern verhaftet; es begann eine Untersuchung ... Die Söhne fielen vor dem Alten auf die Knie, sie berichteten, was sich zugetragen, und baten ihn, Geld zur Auslösung des Bruders herauszurücken. Der Alte fragte sie über alle Einzelheiten aus, dachte lange nach, erkundigte sich, wieviel Geld dazu notwendig wäre, und entgegnete schließlich: »Hab keinen Groschen.« Auch die alte Mutter fiel vor ihm nieder, doch umsonst: »Hab keinen Groschen.« Auf die Weise kam es zum Untergang des jüngsten Sohnes ...
Ihre Hütte geriet in Verfall, die Kleidung aller war abgetragen, manchmal mußten sie tagelang hungern: es war, als bemerkte der Alte rein gar nichts davon. Nichts zu machen! Um sich nur irgendwie durchzuschlagen, begannen die Söhne ihn zu betrügen: wenn sie einen Tausender erlösten, gaben sie ihm die Hälfte, der Rest verblieb für Ausgaben ... Auf diese Weise verbrachten sie dreißig Jahre. Der Alte näherte sich schon den Achtzigern; so stark er auch war, nach und nach begannen auch seine Kräfte in Verfall zu geraten. Er verließ die Hütte nur noch selten, er fuhr höchstens von Zeit zu Zeit zu seinem Vorwerk, das sieben Werst entfernt lag, und schließlich verfiel er ganz und gar. Mit jedem Tage ging es ihm schlechter, und schließlich äußerte er bisweilen krächzend und ächzend: sein Sterbestündchen sei gekommen. Die Söhne harrten bereits der Stunde, daß Väterchen sie rufen würde, sie zu segnen und ihnen zu sagen, wo er das Geld versteckt habe, das nach ihrer Berechnung innerhalb der dreißig Jahre schon auf eine ganz schöne Summe angewachsen sein mußte ... Auf das gleiche wartete auch die alte Frau. Doch der alte Mann schwieg, er klagte nur über Schmerzen

in der Brust und auch darüber, daß seine Kraft völlig verschwunden sei, weder Hand noch Fuß könne er noch bewegen ... So ging es dem Alten Tag um Tag schlechter; er konnte sich aus eigener Kraft nicht mehr erheben. Er segnete seine Kinder, nahm Abschied auch von seiner Alten, vom Gelde aber kein Sterbenswörtchen ... Da entschloß sich endlich die alte Frau selber, ihn zu fragen, wo er das Geld habe ... »Hab keinen Groschen, woher sollte ich auch Groschen haben«, schrie der Alte zornig und verstummte ... Gegen Abend verschlimmerte sich sein Zustand noch mehr, und so entschloß sich die Alte, die Frage zu wiederholen. Die Antwort war die gleiche. Und wie seine Frau ihn auch immer umstimmen wollte, er blieb dabei. Viele Verwandte und Nachbarn, die er sonst geschätzt hatte, versuchten ebenfalls, ihn zu beeinflussen, indem sie ihm nachwiesen, wie unwahrscheinlich es sei, daß er kein Geld habe, und außerdem sagten sie, daß er das Geld doch nicht mit sich ins Grab nehmen könne, sie drohten ihm mit dem Zorn Gottes und seiner Strafe – der Alte aber forderte sie zornig auf, von ihm abzulassen, und wiederholte nur halsstarrig: »Hab keinen Groschen« ...

Derweilen aber losch er sichtbarlich aus; er konnte sich schon nicht mehr selber bewegen, die Söhne mußten ihn von einer Seite auf die andere wälzen ... Eine Hoffnung nur noch war geblieben – die Hoffnung auf den Priester. Und da stellte ihm der Priester, nachdem er ihm die Beichte abgehört, die schwere Sünde vor, die er auf seine Seele laden würde, wenn er den eigenen Kindern seinen Schatz vorenthalte, sie in Armut zurückließe, obwohl er sie doch mit einigem Überfluß begnaden könnte. Lange sträubte sich der Alte; zum Schluß jedoch, gerührt von den Ermahnungen des Priesters, gestand er ein, daß er in der Tat Geld besitze, und er versprach, seinem Weibe zu enthüllen, wo er seinen Schatz verborgen habe. Der Priester ging und erfreute mit dieser Mitteilung die ganze Familie. Indes, eine Stunde verging, eine andere und die dritte – der Alte schwieg; vergebens saß die alte Frau neben ihm und blickte freundlich und ermunternd in seine eingefallenen finsteren Augen – der Alte schwieg. Endlich entschloß sie sich aufs neue, als erste das Wort zu ergreifen. »Mein Liebster!« sagte sie. »So sag doch nur, womit wir dich in Harnisch gebracht haben, wir Sünder, daß du deinen eigenen Kindern die Erbschaft entziehen willst und daß du mich, dein Weib, noch auf die alten Tage betteln gehen lassen willst? Nie und nimmer sind wir dir jemals ungehorsam gewesen. Deine Söhne haben dir in allen Stücken gefolgt, wie es sich nach dem Gesetz gehört, und auch ich habe dir niemals im geringsten widersprochen ... Du aber bist plötzlich etwas geizig geworden, hast begonnen Rubelchen zu hamstern und hast uns zu wenig zum Leben zugeteilt ... Doch haben wir uns je beklagt, und haben wir wider deinen Willen gemurrt? ... Niemals! Denn du bist schließlich das Haupt des ganzen Hauses: nicht steht es den Eiern an, das Huhn zu belehren! Jetzt aber, da, wie du selber sagst, dein letztes Stündlein geschlagen hat, entziehe deine Gnade nicht deiner kummergebeugten Witwe und kränke deine eigenen Söhne nicht ...«

»Ich habe keinen Groschen«, entgegnete düster und unentschlossen der Alte.

»So fürchte Gott!« rief die erschrockene Alte. »Du hast doch selber dem Vater Prochor gesagt, daß du Geld besitzest ... So sage doch endlich, du mein Liebster«, fuhr sie mit aller Zärtlichkeit fort, die ihr mit ihrer welken und brüchigen Stimme auszudrücken vergönnt war, »so sage doch mir, deiner treuen und gehorsamen Gefährtin, wo du es versteckt hast, damit es nicht in fremde und ungute Hände gelange und nicht nutzlos verfalle ... Oder solltest du mir, deiner alten Frau, nicht glauben, oder fürchtest du gar, daß deine Söhne dein Hab und Gut verschleudern könnten ... Ich, die alte Frau, ich werde weiter leben, wie ich gelebt, wie sollte ich auf die alten Tage verschwenderisch leben wollen? Und deine Söhne sind ehrsame und nüchterne Burschen, zudem sind sie schon bejahrt: der älteste ist ja bald fünfzig ... Wir werden dein Gut nicht verprassen, noch werden wir es vertrinken, sondern werden friedlich weiterleben und wollen deiner in Gutem gedenken und Kerzen für dich aufstellen.«

»Na schön, ich werd's sagen, werd's sagen«, sprach der Alte mit dumpfer Stimme, denn er war, wie es den Anschein hatte, gerührt. »Ihr werdet euer Geld erhalten«, fügte er ärgerlich hinzu.

»Aber wo hast du es denn, mein Liebster?« fragte die Alte.

Der Alte schwieg!

Wiederum verstrichen einige Stunden tiefen und qualvollen Schweigens. Nur die schweren lauten Seufzer des Alten und sein krankhaftes Stöhnen unterbrachen es zuweilen.

Erschrocken über den Gesichtsausdruck ihres Mannes, dessen Farbe allmählich völlig erdig wurde, ganz wie Leichen zuweilen aussehen, entschloß sich die Alte, aufs neue das Wort zu ergreifen.

Indes der Alte schwieg, ganz vertieft in seine Gedanken. Wie wenn ihm während ihres monotonen Bittens die Geduld risse, murmelte er zuweilen mit böser, gereizter Stimme: »Werd's sagen, werd's sagen«, doch er sagte nichts, höchstens, daß er stöhnte und etwas zu trinken verlangte, um hierauf erneut die Zähne fest zusammenzupressen und mit den dürren, langen Fingern das Kreuz über dem Mund zu schlagen ...

Ab und zu kamen die Söhne herein und gingen wieder hinaus, sie betrachteten den kranken Vater, sie flüsterten untereinander, sie riefen die Alte heraus und fragten sie aus, doch die Mutter konnte ihren Söhnen nichts Tröstliches berichten.

So verging die Nacht.

Am Morgen versammelte sich die ganze Familie um den Alten. Keiner sprach ein Wort, aber alle blickten ihn mit flehenden und fragenden Augen an ...

»Spannt den Grauen ein!« tönte plötzlich inmitten der tiefen Stille klar und befehlend die Stimme des Alten.

Der älteste Sohn ging hinaus und kam nach einer halben Stunde, zu sagen, das Pferd stehe bereit, und zu fragen, wohin und mit wem er fahren wolle.

»Werde selber fahren!« entgegnete abrupt und streng der Alte.

Da erbebten alle unwillkürlich, während er, sich vom Bett erhebend und barfuß auf den Fußboden tretend, sich plötzlich in der ganzen Länge seines riesigen Wuchses aufreckte, die bei der erschreckenden Magerkeit seines Körpers noch deutlicher sichtbar wurde.

»Lederschuhe und Halbpelz!« schrie er.

Man half ihm in die Kleidung, er ging ohne fremde Hilfe in den Hof und setzte sich in den Karren ... Der älteste Sohn wollte sich neben ihn setzen, doch er riß ihm die Zügel aus der Hand, stieß ihn weg und fuhr in der Richtung zum Vorwerk davon.

»Brauche niemand!« sagte er befehlend und machte ein Zeichen mit der Hand, daß ihm niemand folgen dürfe ...

So vergingen einige Stunden in schwerer Erwartung; der Alte kehrte nicht zurück. Schließlich fuhren die von Sorge bedrückten Söhne gemeinsam mit dem Ohm Kusma zum Vorwerk. Als sie sich dem Vorwerk näherten, fanden sie sein Pferd an den Bienenstand angebunden; vom Alten selber war jedoch nichts zu sehen. Sie traten in den Bienenstand und schrien plötzlich alle auf, von Entsetzen und Staunen überwältigt: an einem Querbalken hing der Alte und schaukelte langsam; ab und zu stießen seine Füße an eine Baumwurzel, die er wahrscheinlich hingestellt hatte, um sich besser aufhängen zu können!

Der Alte hatte sich erhängt, vielleicht eine Stunde vor seinem natürlichen Tode! Niemand wußte, ob er sich zum letztenmal an seinen Schätzen geweidet und von ihnen Abschied genommen hatte – oder ob er, so wie er gekommen, nur schnell den Strick um seinen Hals geschlungen hatte, von der Furcht getrieben, man könnte ihm das Geständnis entlocken, wo er seinen Schatz verborgen hielt. Erst fünfzehn Jahre später wurde der Schatz des Alten gefunden. Seine Söhne hatten nach und nach die Bienenzucht vermindert und brachen schließlich das Bienenhaus ab. Als sie dort, wo vormals das

Bienenhaus gestanden, die Erde zu pflügen begannen, stießen sie plötzlich auf etwas Hartes – und zwar lag da ein großer Stein in der Erde; sie schöpften Verdacht, sie hoben den Stein auf, da war ein Erdloch; sie gruben und gruben, und gruben schließlich einen erzenen Kasten aus, und darin war nichts als Gold und Silber ... mehr als zwanzigtausend hatte der Alte zusammengescharrt. Doch dies Gut, das der Alte gehortet hatte, schlug ihnen nicht an: bei der Teilung prügelten sich die Söhne so, daß einer dabei Gott seine Seele befahl, während der andere ihn nicht lange überlebte.

Das hier geschilderte Ereignis ist nicht erfunden. Man kann es in Kleinrußland von jedem beliebigen alten Mann hören. Dem Verfasser wurde es von dem Schauspieler des Moskauer Theaters erzählt, M. S. Schtschepkin, einem gebürtigen Kleinrussen.

Iwan Turgenjew

Faust

Erzählung in neun Briefen

Entbehren sollst du, sollst entbehren.*
»Faust«, 1. Teil

Erster Brief

Von Pawel Alexandrowitsch B. an Semjon Nikolajewitsch W.

Gutshaus M., den 6. Juni 1850

Vor drei Tagen bin ich hier angekommen, liebster Freund, und getreu meinem Versprechen, greife ich nun zur Feder und schreibe Dir. Seit dem Morgen fällt feiner Regen, man kann nicht hinaus, und ich möchte auch lieber mit Dir plaudern. So sitze ich denn wieder in meinem alten Nest, wo ich – schrecklich, es auszusprechen – volle neun Jahre nicht gewesen bin. Wenn man sich's so überlegt – es ist, als wäre ich ein anderer Mensch geworden. Und wirklich, ich bin ein anderer. Du erinnerst Dich vielleicht an den kleinen, ziemlich trüben Spiegel meiner Urgroßmutter im Empfangszimmer, den, der so wunderliche Schnörkel an den Ecken hat – Du stelltest damals oft Betrachtungen darüber an, was er hundert Jahre früher gesehen haben mochte; ich trat sogleich nach meiner Ankunft vor ihn und war einfach verblüfft. Ich sah plötzlich, daß ich in der letzten Zeit älter geworden bin und mich verändert habe. Übrigens bin nicht bloß ich älter geworden. Mein Häuschen, schon längst baufällig, hält sich kaum noch; es steht schief, sinkt in die Erde. Meine gute Wassiljewna, die Beschließerin (Du hast sie gewiß nicht vergessen, sie hat Dir immer so prächtiges Warenje vorgesetzt), ist ganz

* Im Original deutsch.

zusammengeschrumpft und krummgezogen. Als sie mich erblickte, brachte sie keinen Laut hervor, sie weinte auch nicht, sie ächzte nur und hüstelte, ließ sich erschöpft auf einem Stuhl nieder und winkte ab. Der alte Terentij hält sich noch wacker und aufrecht, ganz wie früher; er dreht auch noch beim Gehen die Füße nach außen, trägt ganz die gleichen gelben Nankinghosen und ganz die gleichen knarrenden bockledernen Schuhe mit hohem Blatt und jenen Bändchen, die Dich gar oft in Rührung versetzten. Aber, mein Gott, wie schlottern jetzt diese Hosen um seine mageren Beine! Wie ergraut ist sein Haar! Das Gesicht ist ganz verschrumpelt, und als er mit mir sprach, als er im Nebenzimmer anfing, Verfügungen zu treffen und Anweisungen zu geben, da mußte ich über ihn lachen, und zugleich tat er mir leid. Alle Zähne sind ihm ausgefallen, er bringt die Worte nur mühsam, mit Pfeifen und Zischen hervor. Dafür hat sich der Garten erstaunlich verschönert: Die bescheidenen Flieder-, Akazien- und Geißblattsträuchlein (weißt Du noch, wie wir beide sie pflanzten?) sind zu prächtigen, dichten Büschen herangewachsen; Birken und Ahornbäume – alles ist aufgeschossen und kräftig verzweigt; die Lindenalleen bieten einen besonders schönen Anblick. Ich liebe diese Alleen, liebe das zarte, lichte Grün und den feinen Duft unter ihren Gewölben; ich liebe das Geflecht heller Tupfen und Kringel auf der dunklen Erde – Du weißt, bei mir gibt es keinen Sand. Mein Lieblingsbäumchen, die Eiche, ist ein junger Baum geworden. Gestern, mitten am Tag, saß ich länger als eine Stunde in seinem Schatten auf der Bank. Mir war sehr wohl zumute. Ringsum blühte es so fröhlich aus dem Grase hervor; über allem lag goldenes Licht, stark und weich – es drang sogar in den Schatten. Und wie die Vögel sangen! Du hast, hoffe ich, nicht vergessen, daß Vögel meine Leidenschaft sind. Die Turteltauben gurrten unermüdlich, dann und wann flötete der Pirol, der Buchfink schmetterte seine liebliche Strophe, die Drosseln plapperten verärgert ohne Unterlaß, der Kuckuck ließ sich aus der Ferne hören; plötzlich schrie durchdringend, wie ein Verrückter, der Specht. Ich lauschte, lauschte all diesen weichen, ineinander verwobenen Tönen und mochte mich gar nicht bewegen, erfüllt von der Lust am Nichtstun oder auch von Rührung. Und nicht bloß der Garten hat sich herausgemacht; immerfort fallen mir die kräftigen, stämmigen Burschen auf, in denen ich beim besten Willen nicht die von früher vertrauten kleinen Jungen wiedererkennen kann. Und Dein Liebling, Timoscha, ist jetzt so ein Timofej geworden, daß Du Dir's überhaupt nicht vorstellen kannst. Du fürchtetest damals für seine Gesundheit, sagtest ihm Schwindsucht voraus; jetzt solltest Du einmal seine mächtigen roten Hände sehen, wie sie aus den engen Ärmeln der Nankingjacke hervorstarren – und wie sich überall seine runden, dicken Muskeln hervorwölben! Einen Nacken hat er wie ein Stier und auf dem Kopf einen dichten Pelz blonder Locken – ein vollkommener Farnesischer Herakles! Übrigens hat sich bei ihm das Gesicht weniger verändert als bei den anderen, es ist nicht einmal viel größer geworden, und das lustige, »gähnende« (wie Du es nanntest) Lächeln ist ihm geblieben. Ich habe ihn als Kammerdiener genommen; meinem Petersburger Diener habe ich in Moskau den Laufpaß gegeben – er liebte es gar zu sehr, mich zu beschämen und mich seine Überlegenheit im großstädtischen Umgang fühlen zu lassen. Von meinen Hunden fand ich keinen einzigen wieder; alle sind hinüber. Nefka hat am längsten gelebt, doch auch sie hat meine Rückkehr nicht erharrt, wie Argos des Ulysses Heimkehr erharrte; es war ihr nicht beschieden, mit erlöschenden Augen ihren einstigen Herrn und Jagdgefährten noch einmal zu sehen. Schawka freilich ist wohlauf und bellt so heiser wie eh und je; das eine Ohr hat noch immer einen Riß, und der Schwanz ist voller Kletten, wie es sich gehört. Ich habe mich in Deinem früheren Zimmer eingerichtet. Zwar ist es der prallen Sonne ausgesetzt, und Fliegen gibt es da in großer Menge; dafür riecht es weniger als in den anderen Räumen nach altem Haus. Seltsam! Dieser muffige, säuerliche und faule Geruch wirkt stark auf meine Einbildungskraft. Ich will nicht sagen, daß er mir unangenehm sei, im Gegenteil; aber er ruft in mir Wehmut hervor, ja, er macht mich melancholisch. Mir geht es so wie Dir, ich liebe alte bauchige Kommoden mit Messingbeschlägen, weiße Sessel mit ovalen Rückenlehnen und geschwungenen Beinchen, fliegenverdreckte Kristallüster mit einem großen Ei aus lila schillerndem dünnem Metall in der Mitte, kurzum, jegliches altväterisches Möbel. Aber es ständig vor Augen haben, das vertrage ich nicht; dann überkommt mich eine beunruhigende Verdrossenheit (jawohl!). Das Zimmer, in dem ich mich niedergelassen habe, ist mit einfachsten, von Dorfhandwerkern angefertigten Möbeln ausgestattet; in der Ecke habe ich jedoch einen schmalen, langen Schrank stehenlassen, mit Fächern, in denen, unter der Staubschicht kaum sichtbar, altmodisches Geschirr aus geblasenem grünem und blauem Glas zu finden ist, und an der Wand ließ ich jenes Frauenbildnis im schwarzen Rahmen aufhängen, das Du (erinnerst Du Dich?) damals ein Porträt der Manon Lescaut nanntest. Es ist in den neun Jahren ein wenig nachgedunkelt; doch die Augen blicken noch genauso versonnen, listig und sanft, die Lippen lächeln noch ebenso leichtsinnig und wehmütig, und die halb zerpflückte Rose entgleitet noch genauso sacht den schmalen Fingern. Sehr vergnüglich finde ich die Rollvorhänge in meinem Zimmer. Früher einmal waren sie grün, nun sind sie von der Sonne vergilbt. Mit schwarzer Farbe sind darauf Szenen aus d'Arlincourts »Einsiedler« dargestellt. Auf dem einen Vorhang schleppt dieser Einsiedler – ein Mann mit riesigem Bart, hervorquellenden Augen und Sandalen an den Füßen – ein zerzaustes Fräulein ins Gebirge; auf dem anderen ist eben eine erbitterte Rauferei zwischen vier mit Barett und Puffärmeln ausstaffierten Recken im Gange, der eine liegt schon, en raccourci, tot am Boden – kurzum, alle möglichen Greuel sind ausgemalt, und ringsum herrscht dabei so ungestörte Ruhe, und selbst von den Rollvorhängen fällt so sanft gebrochenes Licht auf die Decke ... In meiner Seele waltet wunderbarer Frieden, seit ich mich hier niedergelassen habe; nichts möchte man tun, niemanden sehen, von nichts träumen, über nichts nachdenken; aber sich den Gedanken überlassen, das möchte man schon – es sind eben zwei verschiedene Dinge, Du weißt es selbst recht gut. Zuerst bedrängten mich Kindheitserinnerungen. Wohin ich auch ging, was mein Blick auch berührte – überall erstanden sie vor mir, deutlich, ganz deutlich, bis in die letzte Einzelheit, und gleichsam reglos in ihrer klaren Bestimmtheit. Darauf wechselten diese Erinnerungen mit anderen, dann ... dann löste ich mich ganz behutsam vom Vergangenen, und es blieb nur in der Brust etwas wie Schlummerschwere. Stell Dir vor! Da sitz ich so am Wehr, unter einer Weide, und auf einmal, ganz unerwartet, schießen mir Tränen in die Augen, und ich hätte lange geweint, trotz meinem vorgerückten Alter, hätte ich mich nicht vor den Bauernweibern geschämt, die des Weges kamen, mich neugierig anblickten, sich dann, ohne mir das Gesicht zuzuwenden, steif und tief verbeugten und weitergingen. Es wäre mir sehr lieb, könnte ich in solcher Stimmung (weinen werde ich selbstverständlich nicht mehr) bis zu meiner Abreise bleiben, das heißt bis zum September, und es würde mich sehr betrüben, wenn es einem meiner Nachbarn einfiele, mich zu besuchen. Übrigens scheinen Befürchtungen dieser Art grundlos zu sein; Nachbarn, die sehr nahe wohnen, habe ich hier gar nicht. Ich bin sicher, Du verstehst mich; Du weißt doch selbst aus Erfahrung, wie wohltuend Einsamkeit sein kann. Ich habe sie jetzt nötig, nachdem ich so lange in die Ferne geschweift bin.

Langweilen werde ich mich hier nicht. Ich habe etliche Bücher mitgebracht, und im Hause gibt es auch eine ganz ordentliche Bibliothek. Gestern öffnete ich alle Schränke und wühlte lange in den Büchern mit den schimmelnden Einbänden. Viel Interessantes fand ich, Sachen, die mir früher gar nicht aufgefallen waren: den »Candide« in handgeschriebener Übersetzung aus den siebziger Jahren; Zeitungen und Journale aus derselben Zeit; das »Triumphierende Chamäleon« (also Mirabeau); »Le paysan perverti« und so fort. Kinderbücher fielen mir in die Hand, teils aus meiner eigenen Kindheit, teils von meinem Vater und meiner Großmutter, ja sogar, stell Dir vor, von meiner Urgroßmutter. Auf einer ganz abgegriffenen französischen Grammatik in scheckigem Einband stand mit großen Buchstaben zu lesen: »Ce livre appartient à m-lle Eudoxie de Lavrine«. Und die Jahreszahl war hinzugesetzt: »1741«! Ich stieß auf Bücher, die ich einst vom Ausland mitgebracht hatte, so auch Goethes »Faust«. Möglicherweise ist Dir nicht bekannt, daß es eine Zeit gab, da ich den »Faust« (den ersten Teil, versteht sich) auswendig wußte, Wort für Wort; ich konnte mich gar nicht genug in dieses Werk vertiefen. Doch andere Tage, andere Träume – im Laufe der letzten neun Jahre geschah es fast nie, daß ich nach dem Goetheband griff. Mit welch unbeschreiblichem Gefühl erblickte ich jetzt das kleine, nur zu vertraute Büchlein (die schlechte Ausgabe von 1828). Ich nahm es mit, legte mich aufs Bett und begann zu lesen. Wie wirkte auf mich die ganze herrliche erste Szene! Das Erscheinen des Erdgeistes, seine Worte, weißt Du noch: »In Lebensfluten, im Tatensturm ...«, riefen in mir Schauer des Entzückens hervor, wie ich sie lange nicht empfunden hatte. An so vieles erinnerte ich mich: an Berlin, an die Studentenzeit, an Fräulein Klara Stich, an Seydelmann als Mephisto, an die Musik von Radziwill, an alles und jedes. Lange konnte ich nicht einschlafen: Meine Jugend kam zu mir, trat gespenstisch vor mich hin; wie Feuer, wie Gift schoß sie durch meine Adern, das Herz wurde mir weit und wollte sich nicht mehr zusammenziehen, etwas rührte mächtig die Saiten meines Fühlens, und Sehnsüchte wogten auf.

Solchen Truggebilden also gab sich Dein fast vierzigjähriger Freund hin, während er einsam in seinem einsamen Häuschen saß! Hätte mich nun aber jemand beobachtet? Wennschon! Ich hätte mich nicht im mindesten geschämt. Sich schämen ist auch ein Merkmal der Jugend. Weißt Du eigentlich, woran ich gemerkt habe, daß ich älter werde? Ich sage Dir's. Ich gebe mir jetzt Mühe, vor mir selbst meine heiteren Empfindungen zu fördern und die traurigen zu unterdrücken; in den

Tagen der Jugend hielt ich es dagegen genau anders. In der Jugend trägt man wohl seine Wehmut wie einen Schatz mit sich herum, und eine Aufwallung von Heiterkeit scheint beinahe sündhaft.

Und dennoch, ungeachtet all meiner Lebenserfahrung, glaube ich, daß es noch Dinge gibt, mein Freund Horatio, von denen ich mir nichts hab träumen lassen, und daß eben diese Dinge womöglich das Wichtigste sind.

Sieh mal an, wohin ich so im Schreiben gerate! Leb wohl! Auf ein andermal. Was treibst Du so in Petersburg? Übrigens, Sawelij, mein Dorfkoch, läßt Dich grüßen. Er ist auch gealtert, aber nicht gar zu sehr, dafür ein bißchen dick und schwammig geworden. Die Hühnersuppen mit zerkochter Zwiebel bereitet er noch genauso gut, auch den Quarkkuchen mit verziertem Rand und den Pigus, das berühmte Steppengericht, das Dir die Zunge weiß und pelzig machte, so daß Du sie volle vierundzwanzig Stunden nicht recht gebrauchen konntest. Den Braten freilich läßt er so prasseldürr werden – ganz wie früher –, daß Du damit auf den Teller trommeln kannst, richtig wie Pappe. Nun aber leb wohl.

Dein P. B.

Zweiter Brief

Von demselben an denselben

Gutshaus M., den 12. Juni 1850

Ich habe Dir, bester Freund, eine ziemlich wichtige Neuigkeit zu melden. Vernimm! Gestern, vor dem Mittagessen, hatte ich Lust zu einem Spaziergang – bloß nicht im Garten; ich trat hinaus auf den Weg, der zur Stadt führt. Ohne jedes Ziel mit raschen Schritten auf einem geraden langen Weg zu wandern, das ist sehr angenehm. Du eilst, als warteten auf dich Geschäfte. Da seh ich, ein Wagen kommt mir entgegen. Doch nicht etwa zu mir? frage ich mich mit heimlicher Angst.

Aber nein, im Wagen sitzt ein schnurrbärtiger Herr, den ich nicht kenne. Ich bin beruhigt. Doch plötzlich, eben als der Wagen an mir vorbeirollen will, befiehlt dieser Herr dem Kutscher anzuhalten. Er lüftet höflich die Mütze und fragt mich noch höflicher, ob ich nicht der und der sei, wobei er meinen Namen nennt. Ich bleibe meinerseits stehen und erwidere, mir ein Herz fassend, wie ein Angeklagter, den man zum Verhör führt, ja, der sei ich. Und ich starre wie ein Hammel auf den schnurrbärtigen Herrn und flüstere mir zu: Den hast du doch schon mal gesehn!

»Sie erkennen mich nicht?« spricht der andere weiter, während er vom Wagen herabsteigt.

»Kann mich leider nicht erinnern.«

»Aber ich habe Sie sofort wiedererkannt.«

Ein Wort gibt das andere. Es stellt sich heraus, daß es Priimkow ist, weißt Du noch, unser damaliger Kommilitone. Und das soll eine wichtige Neuigkeit sein? fragst Du wohl in diesem Augenblick, bester Semjon Nikolajitsch. Priimkow war doch – so denkst Du weiter –, wenn ich mich recht entsinne, ein ziemlich langweiliger Bursche, wenn auch nicht bösartig und nicht dumm. – Stimmt, Freundchen, doch vernimm, wie das Gespräch weiterging.

»Ich habe mich sehr gefreut«, sagt er, »als ich hörte, daß Sie auf Ihr Gut hier in unserer Nachbarschaft gekommen sind. Übrigens habe nicht nur ich mich gefreut.«

»Darf ich bitten, mir zu verraten«, frage ich, »wer noch so liebenswürdig war ...«

»Meine Frau.«

»Ihre Frau?«

»Ja, meine Frau. Sie ist eine alte Bekannte von Ihnen.«

»Und verraten Sie mir bitte auch, wie Ihre Gattin heißt?« frage ich ihn.

»Sie heißt Wera Nikolajewna und ist eine geborene Jelzowa.«

»Wera Nikolajewna!« rufe ich unwillkürlich.

Dies nun ist die wichtige Neuigkeit, von der ich zu Beginn des Briefes sprach.

Aber vielleicht findest Du auch darin nichts Aufhebenswertes. So muß ich Dir denn etwas aus einem vergangenen ... längst vergangenen Abschnitt meines Lebens erzählen.

Als wir beide im Jahre 183 . . die Universität verließen, zählte ich dreiundzwanzig Jahre. Du tratest in den Staatsdienst, und ich beschloß, wie Du wohl weißt, nach Berlin zu reisen. Aber in Berlin hatte ich vor Oktober nichts zu tun. So wollte ich denn gern den Sommer noch in Rußland verbringen, auf dem Lande; ich wollte zum letztenmal nach Herzenslust faulenzen, um mich danach ernsthaft an die Arbeit zu machen. Inwieweit mir die letztere Absicht zu verwirklichen gelungen ist, darüber will ich mich jetzt nicht verbreiten ... Doch wo könnte ich den Sommer verbringen? fragte ich mich. Auf mein eigenes Gut zu fahren, hatte ich keine Lust: Mein Vater war längst gestorben, nähere Verwandte hatte ich hier nicht – ich fürchtete Einsamkeit, Langeweile. Deshalb nahm ich mit Freuden die Einladung eines Großonkels auf sein Gut im Gouvernement T. an. Er war ein wohlhabender, gutmütiger und schlichter Mann, lebte herrschaftlich und hatte ein Haus mit herrschaftlichen Räumen. Ich richtete mich bei ihm ein. Der Verwandte hatte eine große Familie: zwei Söhne und fünf Töchter. Außerdem logierten in seinem Hause noch in großer Zahl andere Leute. Unaufhörlich kamen Gäste angereist, und trotzdem wurde es nicht recht fröhlich. Die Tage gingen geräuschvoll dahin, unmöglich war es, sich zurückzuziehen. Alles wurde gemeinsam unternommen; alle waren darauf bedacht, sich zu zerstreuen, sich Neues auszudenken, und am Ende jedes Tages waren sie alle furchtbar erschöpft. Solches Leben hat etwas Fades, Plattes. Ich träumte schon vom Abreisen und wartete nur, daß der Namenstag des Großonkels vorbeigehe; doch gerade an diesem Namenstag sah ich auf dem Ball Wera Nikolajewna Jelzowa – und ich blieb.

Sie war damals sechzehn. Sie wohnte mit ihrer Mutter auf einem ganz kleinen Gut, etwa fünf Werst vom Gut meines Verwandten entfernt. Ihr Vater – ein bemerkenswerter Mensch, wie es hieß – hatte früh den Rang eines Obersten erreicht und hätte es noch weiter gebracht, wäre er nicht in jungen Jahren ums Leben gekommen – ein Kamerad erschoß ihn versehentlich auf der Jagd. Wera Nikolajewna war damals noch ein Kind gewesen. Auch ihre Mutter war eine ungewöhnliche Frau: Sie beherrschte mehrere Sprachen, wußte viel. Sie war sieben oder acht Jahre älter gewesen als der Mann, den sie aus Liebe geheiratet hatte; er hatte sie heimlich aus ihrem Elternhaus entführt. Seinen Verlust konnte sie kaum verwinden, und bis zu ihrem Tode (nach Priimkows Worten ist sie bald nach der Heirat ihrer Tochter gestorben) trug sie einzig schwarze Kleider. Ihr Gesicht steht mir noch deutlich vor Augen: ausdrucksvoll, dunkel, mit dichtem, ergrauendem Haar, großen, strengen, gleichsam erloschenen Augen und gerader, schmaler Nase. Ihr Vater – er hieß Ladanow – hatte fünfzehn Jahre in Italien gelebt. Wera Nikolajewnas Mutter war von einer einfachen Bäuerin aus Albano geboren worden, die einen Tag nach der Niederkunft starb, getötet von einem Mann aus Trastevere, ihrem früheren Verlobten, dem Ladanow sie weggenommen hatte. Diese Geschichte hatte damals großes Aufsehen erregt. Nach Rußland zurückgekehrt, verließ Ladanow nicht mehr sein Haus, nicht einmal sein Arbeitszimmer, er befaßte sich mit der Chemie, der Anatomie, mit der Kabbala, wollte das menschliche Leben verlängern, glaubte, daß man mit Geistern in Verkehr treten und die Seelen Verstorbener beschwören könne. Die Nachbarn hielten ihn für einen Zauberer. Seine Tochter liebte er über alle Maßen; er gab ihr selbst jeden Unterricht, aber er verzieh ihr niemals ihre Flucht mit Jelzow, ließ später weder sie noch ihren Mann jemals zu sich, sagte ihnen beiden ein trauriges Leben voraus und starb einsam. Als Witwe verwendete Frau Jelzowa ihre ganze freie Zeit auf die Erziehung der Tochter und empfing fast niemanden. Als ich mit Wera Nikolajewna bekannt wurde, war diese, stell Dir das vor, in ihrem ganzen Leben noch in keiner einzigen Stadt gewesen, nicht einmal in der Kreisstadt.

Wera Nikolajewna ähnelte in nichts den gewöhnlichen russischen Fräulein; ihr war ein besonderes Siegel aufgeprägt. Mich verwunderte von Anfang an die erstaunliche Ruhe all ihrer Bewegungen und Worte. Betriebsamkeit und Aufregung schienen ihr ganz fremd zu sein, sie antwortete einfach und klug, hörte aufmerksam zu. Ihr Gesicht drückte Aufrichtigkeit und Wahrhaftigkeit aus, wie das eines Kindes, doch auch eine gewisse Kühle und Unbewegtheit, ohne darum versonnen zu wirken. Fröhlich war sie nur selten und auch dann nicht so wie andere; die Reinheit einer unschuldigen Seele leuchtete, erquickender als alle Fröhlichkeit, aus ihrem ganzen Wesen. Sie war nicht groß, sehr gut gebaut, ein wenig schmal, hatte regelmäßige, feine Züge, eine untadelige glatte Stirn, goldblondes Haar, eine gerade Nase gleich der Mutter und ziemlich volle Lippen; die schwarzgrauen Augen blickten gleichsam allzu gerade unter den dichten, aufwärts geschwungenen Wimpern hervor. Ihre Hände waren klein, doch nicht sehr schön; talentierte Menschen haben gewöhnlich keine solchen Hände. Und in der Tat, besondere Talente hatte Wera Nikolajewna nicht aufzuweisen. Ihre Stimme klang wie die eines siebenjährigen Mädchens. Ich wurde auf dem Ball bei meinem Großonkel ihrer Mutter vorgestellt, und ein paar Tage später fuhr ich das erstemal zu ihnen.

Frau Jelzowa war eine sehr eigentümliche Persönlichkeit; charaktervoll, beharrlich und konzentriert. Auf mich übte sie großen Einfluß aus; ich verehrte sie und fürchtete sie zugleich. In allem, was sie tat, lag System, auch darin, wie sie ihre Tochter erzog, ohne daß sie indessen deren Freiheit einschränkte. Die Tochter vertraute ihr blind und liebte sie sehr. Frau Jelzowa brauchte ihr nur ein Buch zu geben und ihr zu sagen: Die und die Seite lies nicht!, und Wera Nikolajewna hätte eher noch die vorhergehende Seite ausgelassen, als daß sie auch nur einen Blick auf die verbotene geworfen hätte. Doch Frau Jelzowa hatte auch ihre idées fixes, ihre Steckenpferde. Zum Beispiel fürchtete sie wie das Feuer alles, was auf die Einbildungskraft wirken kann; darum hatte ihre Tochter mit ihren sechzehn Jahren noch keinen einzigen Roman, noch kein einziges Gedicht gelesen, während sie in Geographie, Geschichte und sogar in Naturgeschichte nicht selten mich, den Kandidaten, in Verlegenheit setzte, und wie Du Dich vielleicht erinnerst, war ich als Kandidat keiner der letzten. Einmal versuchte ich, mich mit Frau Jelzowa über ihr Steckenpferd zu unterhalten, obgleich es Mühe kostete, sie ins Gespräch zu ziehen, denn sie war sehr schweigsam. Sie schüttelte nur den Kopf.

»Sie meinen«, sagte sie schließlich, »Werke der Dichtkunst zu lesen sei sowohl nützlich als auch angenehm. Ich glaube, man muß früh im Leben wählen: entweder das Nützliche oder das Angenehme, und muß sich so ein für allemal entscheiden. Auch ich habe einst das eine mit dem anderen verbinden wollen ... Es ist unmöglich, es führt zum Untergang oder zu abgeschmackter Plattheit.«

Ja, ein erstaunliches Geschöpf war diese Frau, ein ehrliches, stolzes Geschöpf nicht ohne Fanatismus und eine besondere Art von Aberglauben. »Das Leben macht mir angst«, sagte sie mir einmal. Und es stimmt, sie hatte Angst, Angst vor jenen geheimen Kräften, die auf dem Grunde des Lebens wirken und die manchmal unvermittelt hervorbrechen. Wehe ihrem Opfer! Frau Jelzowa hatte diese Kräfte furchtbar kennengelernt; denk nur an den Tod ihrer Mutter, ihres Mannes, ihres Vaters! Das hätte auch so manchen anderen bang gemacht. Ich sah sie niemals lächeln. Sie hatte sich gleichsam eingeschlossen und den Schlüssel ins Wasser geworfen. Viel Kummer muß sie in ihrem Leben erlitten haben, und niemals hat sie ihn mit jemandem geteilt, alles hat sie in sich verborgen gehalten. So sehr hatte sie sich angewöhnt, ihren Gefühlen keinen freien Lauf zu lassen, daß sie sich sogar scheute, ihre leidenschaftliche Liebe zur Tochter offen zu bekunden; kein einziges Mal küßte sie das Mädchen in meiner Gegenwart, und kein einziges Mal hörte ich sie ihr einen Kosenamen geben, immer sagte sie: Wera. Ich erinnere mich an eine Äußerung von ihr. Ich hatte ihr gegenüber einmal bemerkt, daß wir modernen Menschen uns alle etwas Gewalt antun.

»Sich etwas Gewalt antun, das taugt zu nichts«, hatte sie erwidert. »Man muß sich ganz bezwingen oder gar nicht erst daran rühren.«

Nur wenige, sehr wenige Leute kamen gelegentlich als Gäste zur Jelzowa, ich hingegen besuchte sie oft. Insgeheim nahm ich wahr, daß sie mich recht gern mochte, und Wera Nikolajewna gefiel mir außerordentlich. Ich plauderte mit ihr, ging mit ihr spazieren ... Die Mutter hinderte uns nicht daran; die Tochter freilich entfernte sich nicht gern von der Mutter, und ich wiederum fühlte auch nicht das Bedürfnis nach Einsamkeit zu zweit. Wera Nikolajewna hatte die seltsame Gewohnheit, laut zu denken, und nachts im Schlaf sprach sie laut und deutlich von dem, was sie im Laufe des Tages bewegt hatte. Einmal sagte sie, nachdem sie mich lange angesehen und dabei, wie sie es liebte, das Kinn leicht mit der Hand gestützt hatte: »Mir scheint, B. ist ein guter Mensch, aber verlassen kann man sich auf ihn nicht.« Zwischen uns herrschten unbeschwerte Beziehungen, wie zwischen den besten Freunden; ein einziges Mal nur glaubte ich an ihr, ganz fern, ganz tief hinter ihren wachen Augen, etwas zu bemerken, was mich verwunderte, etwas wie wonniges Sehnen und Zärtlichkeit. Aber vielleicht irrte ich mich.

Indessen verstrich die Zeit, und ich mußte schon an die Abreise denken. Aber ich zögerte noch. Wenn ich recht erfaßte, daß ich bald dieses liebe Mädchen, zu dem es mich so hinzog, nicht mehr sehen würde, überlief es mich kalt. Berlin begann seine Anziehungskraft zu verlieren. Ich wagte mir selbst nicht zu gestehen, was in mir vorging, ja, ich begriff überhaupt nicht, was da in mir vorging – in meiner Seele wogte gleichsam ein Nebel. Endlich, eines Morgens, fielen mit einemmal die Schleier. Was soll ich noch suchen, dachte ich, wohin streben? Die Wahrheit wird uns ja doch nicht in die Hand gelegt. Wär's nicht besser, hierzubleiben, zu heiraten? – Und stell Dir vor, dieser Gedanke ans Heiraten erschreckte mich damals überhaupt nicht. Im Gegenteil, er machte mir Freude. Und nicht genug damit: Am selben Tage

noch erklärte ich meine Absicht, freilich nicht gegenüber Wera Nikolajewna, wie es zu erwarten gewesen wäre, sondern gegenüber der Jelzowa. Die alte Dame blickte mich an.
»Nein«, sagte sie, »mein Lieber, fahren Sie nach Berlin, tun Sie sich noch ein bißchen Gewalt an. Sie sind ein guter Mensch, aber Wera braucht zur Ehe einen anderen.«
Ich senkte den Kopf, wurde rot, und was Dich wahrscheinlich noch mehr verblüffen wird: Im Grunde gab ich der Jelzowa sogleich recht. Eine Woche später reiste ich ab, und danach sah ich weder sie noch Wera Nikolajewna wieder.
Ich habe Dir meine Abenteuer in Kürze geschildert, weil ich weiß, daß Du das Weitläufige gar nicht liebst. In Berlin vergaß ich Wera Nikolajewna sehr rasch. Aber ich gestehe, es regte mich auf, als ich nun so unerwartet von ihr hörte. Der Gedanke, daß sie so nahe, daß sie meine Nachbarin ist, daß ich sie in den nächsten Tagen sehen werde, bewegt mich stark. Die Vergangenheit erhob sich, wie aus dem Boden gewachsen, unvermittelt vor mir und rückte gegen mich vor. Priimkow erklärte mir, eben darum sei er ja zu mir gekommen: Er wolle unsere alte Bekanntschaft erneuern und hoffe, mich in Bälde bei sich zu sehen. Er ließ mich wissen, daß er bei der Kavallerie gedient habe, als Leutnant in den Ruhestand getreten sei, ein Gut – acht Werst von meinem Dorf entfernt – erworben habe und sich nun mit der Landwirtschaft zu beschäftigen gedenke; er habe drei Kinder gehabt, doch zwei seien gestorben, eine fünfjährige Tochter sei ihm geblieben.
»Und Ihre Frau erinnert sich an mich?« fragte ich.
»Ja, gewiß«, antwortete er ein wenig zögernd. »Natürlich, damals war sie noch, man kann sagen, ein Kind; doch ihre Mutter hat Sie immer sehr gelobt, und Sie wissen ja, wie teuer ihr jedes Wort der Verstorbenen ist.«
Die Worte der Jelzowa, daß ich nicht der rechte Ehemann für Wera sei, kamen mir in den Sinn. *Du* also bist der rechte,

dachte ich und warf einen schrägen Blick auf Priimkow. Er verbrachte mehrere Stunden bei mir. Er ist ein lieber, gutmütiger Kerl, er spricht so bescheiden, blickt so sanft – man muß ihn einfach gernhaben. Aber seine geistigen Fähigkeiten sind seit damals, als wir ihn kannten, nicht fortgeschritten. Ich fahre auf jeden Fall zu ihm, vielleicht schon morgen. Ich bin über alle Maßen gespannt, zu sehen, was aus Wera Nikolajewna geworden ist.

Du, alter Gauner, lachst jetzt wahrscheinlich über mich, während Du an Deinem Direktortisch sitzt. Ich werde Dir trotzdem schreiben, welchen Eindruck sie auf mich macht. Leb wohl! Bis zum nächsten Brief.

Dein P. B.

Dritter Brief

Von demselben an denselben

Gutshaus M., den 16. Juni 1850

Nun, mein Lieber, ich bin bei ihr gewesen, habe sie gesehen. Zuallererst sollst Du von einem erstaunlichen Umstand erfahren: Glaub mir's oder glaub mir's nicht, wie Du willst, aber sie hat sich fast gar nicht verändert, weder im Gesicht noch in der Gestalt. Als sie mir entgegentrat, hätte ich beinahe Ah! gerufen, denn ich sah ein siebzehnjähriges Mädchen vor mir, wahrhaftig! Nur die Augen paßten nicht zu einem jungen Mädchen; übrigens waren auch damals ihre Augen zu wach gewesen, um kindlich zu sein. Aber ihre Ruhe ist geblieben, die Klarheit der Züge, die Stimme, keine einzige Falte auf der Stirn, so als hätte sie all die Jahre in Schnee gebettet verbracht. Dabei zählt sie jetzt achtundzwanzig und hat drei Kinder geboren. Unbegreiflich! Denk bitte nicht, daß ich etwa aus Sympathie übertreibe; im Gegenteil, mir hat diese ihre »Unveränderlichkeit« gar nicht gefallen.

Eine Frau von achtundzwanzig Jahren, Gattin und Mutter, darf nicht wie ein junges Mädchen aussehen; sie hätte dann doch umsonst gelebt. Sie empfing mich sehr freundlich, Priimkow aber war über meinen Besuch ganz außer sich vor Wonne. Dieser gutmütige Kerl sieht doch zu, wie er sich an jemanden anschließen kann. Ihr Haus ist sehr gemütlich und sauber. Wera Nikolajewna war auch wie ein junges Mädchen gekleidet: ganz in Weiß, mit einem blauen Gürtel um die Taille und einer feinen goldenen Kette um den Hals. Sie hat ein sehr liebes Töchterchen, das der Mutter überhaupt nicht ähnlich ist; es erinnert vielmehr an die Großmutter. Im Empfangszimmer, überm Sofa, hängt ein verblüffend gut getroffenes Porträt dieser seltsamen Frau. Es fiel mir sofort in die Augen, als ich eintrat. Es schien mir, als betrachtete sie mich streng und aufmerksam. Wir setzten uns, gedachten der alten Zeiten und kamen so allmählich in lebhaftes Plaudern. Unwillkürlich warf ich dann und wann einen Blick auf das düstere Porträt der Jelzowa. Wera Nikolajewna saß unmittelbar unter ihm; es ist ihr Lieblingsplatz. Stell Dir mein Staunen vor: Wera Nikolajewna hat bis zum heutigen Tag keinen einzigen Roman, kein einziges Gedicht gelesen – kurz, kein einziges, wie sie es nennt, ausgedachtes Werk. Solch unbegreifliche Gleichgültigkeit gegenüber den edelsten Freuden des Geistes brachte mich beinahe in Zorn. Bei einer so klugen und, soweit ich es beurteilen kann, feinfühligen Frau ist das einfach unverzeihlich.

»Wie denn«, fragte ich, »Sie haben es sich zur Regel gemacht, niemals solche Bücher zu lesen?«

»Ich hatte keine Gelegenheit«, antwortete sie, »keine Zeit.«

»Keine Zeit! Nicht zu fassen! Dann hätten wenigstens Sie«, fuhr ich, zu Priimkow gewandt, fort, »in Ihrer Frau den Sinn für die Dichtung wecken sollen.«

»Ich hätte es gern . . .«, setzte Priimkow an, doch Wera Nikolajewna unterbrach ihn.

»Verstell dich nicht, du bist selber kein großer Freund von Gedichten.«

»Gedichte – nun ja«, bekannte er, »die mag ich nicht sehr; aber Romane zum Beispiel . . .«

»Was tun Sie denn, womit beschäftigen Sie sich abends?« fragte ich. »Spielen Sie Karten?«
»Manchmal spielen wir«, antwortete sie, »aber gibt es denn nicht auch andere Beschäftigungen? Wir lesen auch; es gibt gute Bücher, in denen keine Gedichte stehen.«
»Warum fallen Sie so über die Gedichte her?«
»Ich falle nicht über sie her; ich bin einfach von Kindheit an gewöhnt, keine solchen ausgedachten Werke zu lesen. Meiner Mutter war es so recht, und ich – je länger ich lebe, desto mehr überzeuge ich mich davon, daß alles, was meine Mutter tat, alles, was immer sie sprach, die Wahrheit, die heilige Wahrheit war.«
»Nun, es ist Ihre Sache, aber zustimmen kann ich Ihnen nicht; ich bin überzeugt, es tut Ihnen nicht gut, daß Sie sich des reinsten, rechtmäßigsten Genusses berauben. Sie lehnen doch nicht die Musik, nicht die Malerei ab, warum dann die Dichtkunst?«
»Ich lehne sie nicht ab, ich bin nur bis heute nicht mit ihr bekannt geworden – das ist alles.«
»So nehme ich es auf mich! Ihre Mutter hat Ihnen doch nicht fürs ganze Leben verboten, Werke der schönen Literatur kennenzulernen?«
»Nein. Als ich heiratete, nahm meine Mutter jegliches Verbot zurück; mir selber ist es nie in den Sinn gekommen, solche ... wie sagten Sie doch? ... nun ja, jedenfalls Romane zu lesen.«
Ich konnte nicht recht fassen, was Wera Nikolajewna da sagte; so etwas hatte ich nicht erwartet.
Sie richtete ihren ruhigen Blick auf mich. So blicken Vögel, wenn sie keine Angst haben.
»Ich bringe Ihnen ein Buch!« rief ich aus. (Mir fiel eben der »Faust« ein, den ich jetzt wieder gelesen hatte.)
Wera Nikolajewna seufzte leise.
»Etwa ... etwa von George Sand?« fragte sie nicht ohne Scheu.
»Das heißt, Sie haben doch von ihr gehört? Nun, wennschon,

was wäre Schlimmes dabei? Aber nein, ich bringe Ihnen einen anderen Autor. Ihr Deutsch haben Sie doch nicht vergessen?«
»Nein.«
»Sie spricht wie eine Deutsche«, bestätigte Priimkow.
»Wunderbar! Ich bringe Ihnen ... Sie werden ja sehen, was für eine erstaunliche Sache ich Ihnen bringe.«
»Gut, ich werde sehen. Jetzt aber wollen wir in den Garten gehen; Natascha kann nicht länger still sitzen.«
Sie drückte sich einen runden Strohhut auf den Kopf, einen Kinderhut, gerade so einen, wie ihn die Tochter trug, bloß ein bißchen größer, und wir begaben uns in den Garten. Ich ging neben ihr. An der frischen Luft, im Schatten der hohen Linden, schien mir ihr Gesicht noch liebreizender, besonders wenn sie den Kopf ein wenig drehte und zurückbog, um den Blick unterm Hutrand hervor auf mich zu richten. Wäre nicht Priimkow gewesen, der uns folgte, und wäre nicht das vor uns hüpfende kleine Mädchen gewesen, ich hätte wahrhaftig glauben können, ich wäre nicht fünfunddreißig, sondern dreiundzwanzig Jahre alt und hätte die Reise nach Berlin noch vor mir; dies um so mehr, als auch der Garten, in dem wir uns befanden, jenem Garten außerordentlich glich, der zum Gut der Jelzowa gehört hatte. Ich konnte es nicht unterlassen, Wera Nikolajewna meinen Eindruck mitzuteilen.
»Alle sagen mir, ich hätte mich äußerlich wenig verändert«, erwiderte sie. »Übrigens bin ich auch innerlich dieselbe geblieben.«
Wir näherten uns einem Gartenhäuschen im chinesischen Stil.
»So ein Gartenhäuschen hatten wir in Ossinowka nicht«, sagte sie. »Doch achten Sie nicht darauf, wie verfallen und verwittert es aussieht; drinnen ist es sehr schön und kühl.«
Wir traten ein. Ich schaute mich um.
»Wissen Sie was, Wera Nikolajewna«, sagte ich, »lassen Sie zu meinem nächsten Besuch einen Tisch und ein paar Stühle herbringen. Hier ist es in der Tat wunderschön. Ich werde

Ihnen hier vorlesen ... Goethes ›Faust‹ – das ist es nämlich, was ich Ihnen vorlesen will.«
»Ja, hier gibt es keine Fliegen«, bemerkte sie einfältig. »Und wann kommen Sie wieder?«
»Übermorgen.«
»Gut«, entgegnete sie. »Ich werde die Anweisungen geben.«
Natascha, die zusammen mit uns eingetreten war, schrie plötzlich auf und fuhr ganz bleich zurück.
»Was hast du?« fragte Wera Nikolajewna.
»Ach, Mama«, antwortete das Mädchen und zeigte mit dem Finger in eine Ecke. »Sieh nur, was für eine schreckliche Spinne!«
Wera Nikolajewna blickte in die gewiesene Richtung – eine große gefleckte Spinne kroch langsam die Wand hinauf.
»Da brauchst du doch keine Angst zu haben«, sagte sie, »sie beißt nicht, paß auf.«
Bevor ich sie daran hindern konnte, nahm sie das scheußliche Insekt in die Hand und ließ es über die Handfläche laufen; dann warf sie es hinaus.
»Wie mutig Sie sind!« rief ich.
»Hier braucht es doch keinen Mut! Diese Spinne gehört nicht zu den giftigen.«
»Ich sehe, Sie kennen sich noch ebenso wie früher in der Naturgeschichte aus. Ich jedenfalls würde so eine Spinne nicht anfassen.«
»Man braucht keine Angst vor ihr zu haben«, wiederholte Wera Nikolajewna.
Natascha betrachtete uns schweigend und verzog den Mund zu einem Lächeln.
»Wie ähnlich sie Ihrer Mutter ist!« bemerkte ich.
»Ja«, erwiderte Wera Nikolajewna mit einem Lächeln der Zufriedenheit, »ich freue mich sehr darüber. Geb's Gott, daß sie ihr nicht nur in den Gesichtszügen gleicht!«
Man rief uns zum Mittagessen, und nach dem Essen fuhr ich heim. (Für Dich, Du Fresser, setze ich hier in Klammern hinzu, daß das Essen sehr gut und schmackhaft war.) Morgen

bringe ich ihnen den »Faust«. Hoffentlich falle ich mit dem alten Goethe nicht durch. Ich werde Dir über alles genau berichten.

Na, und was denkst Du jetzt von all diesen »Begebenheiten«? Sicher, daß sie auf mich starken Eindruck gemacht hat, daß ich drauf und dran bin, mich zu verlieben, und so fort. Unsinn, mein Bester! Man kommt in die Jahre, da man auf Würde und Anstand bedacht sein muß. Dummheiten hab ich genug angestellt, Schluß damit! Wenn man so alt ist wie ich, fängt man nicht noch einmal von vorn an. Außerdem haben mir auch früher Frauen von ganz anderem Typ gefallen. Übrigens, was waren das doch für Frauen, die mir einst gefielen!!

> Und ich seh schaudernd, welchen Götzen
> Einst meine Lüsternheit gefrönt!

Auf jeden Fall freue ich mich sehr über diese Nachbarschaft, über die Möglichkeit, dann und wann das kluge, schlichte und lichte Geschöpf zu sehen. Und was weiter geschieht, wirst Du zu gegebener Zeit erfahren.

Dein P. B.

Vierter Brief

Von demselben an denselben

Gutshaus M., den 20. Juni 1850

Die Lesung fand gestern statt, lieber Freund; von den Einzelheiten berichte ich Dir dann noch. Zuallererst aber sollst Du wissen: Es war ein unerwarteter Erfolg ... das heißt, »Erfolg« ist nicht das richtige Wort. Also vernimm! Ich stellte mich zum Mittagessen ein. Bei Tisch waren wir zu sechst: sie, Priimkow, das Töchterchen, die Gouvernante (ein unbedeutendes blasses Wesen), ich und ein alter Deutscher in ziemlich kurzem braunem Frack, sauber, gut rasiert, bescheiden, mit dem ergebensten und ehrlichsten Gesicht, einem zahnlosen

Lächeln und dem Geruch von Zichorienkaffee – alle alten Deutschen riechen so. Man machte mich mit ihm bekannt: Er heißt Schimmel und ist Deutschlehrer bei Priimkows Nachbarn, den Fürsten Ch. Wera Nikolajewna scheint ihn zu begönnern und hatte ihn eingeladen, an der Lesung teilzunehmen. Man speiste spät und blieb noch lange am Tisch sitzen; nachher brach man zu einem Spaziergang auf. Das Wetter war prachtvoll. Am Morgen hatte es geregnet, und es war stürmisch gewesen; zum Abend aber beruhigte sich alles. Wir traten – sie mit uns – auf eine Lichtung. Gerade über der Lichtung schwebte leicht und hoch eine große rosafarbene Wolke; rauchgleich zogen sich graue Streifen über sie hin; an ihrem äußersten Ende zitterte, bald sich zeigend, bald verschwindend, ein Sternchen, und nicht weit davon ließ sich auf dem purpurn überhauchten Blau die weiße Sichel des Mondes blicken. Ich zeigte Wera Nikolajewna diese Wolke.

»Ja«, sagte sie, »sie ist wunderschön, aber schauen Sie dorthin.«

Ich drehte mich um. Die untergehende Sonne verdeckend, schob sich eine riesige dunkelblaue Gewitterwolke herauf; sie bot das Bild eines feuerspeienden Berges. Von ihrem Gipfel sprühte eine breite Garbe über den Himmel; unheildrohendes Flammenrot faßte sie mit einem grellen Saum, und an einer Stelle, genau in der Mitte, durchbrach dieses Rot die schwere Masse, wie emporgeschleudert aus glühendem Schlund.

»Es wird ein Gewitter geben«, bemerkte Priimkow.

Doch ich komme von der Hauptsache ab. Im letzten Brief vergaß ich Dir zu sagen, daß ich es nach meinem vorigen Besuch bei den Priimkows bereute, gerade den »Faust« genannt zu haben; für den Anfang hätte sich Schiller weit besser geeignet, wenn man schon bei den Deutschen bleiben will. Besorgnis hegte ich vor allem wegen der ersten Szenen, vor der Bekanntschaft mit Gretchen; auch hinsichtlich Mephistos war mir nicht ganz geheuer. Aber ich stand unter dem Einfluß des »Faust«, und nichts anderes hätte ich jetzt mit Lust gelesen. Als es schon ganz dunkel war, begaben wir uns zum chinesischen Gartenhäuschen; man hatte es am Vortage in Ordnung gebracht. Genau gegenüber der Tür, vor einem kleinen Sofa, stand ein runder Tisch, darauf lag ein dickes Tuch. Rundherum waren Sessel und Stühle verteilt. Auf dem Tisch brannte eine Lampe. Ich setzte mich auf das kleine Sofa, holte das Buch hervor. Wera Nikolajewna ließ sich etwas abseits vom Tisch, in einem Sessel nahe der Tür, nieder. Draußen hob sich, von der Lampe beschienen, ein schwankender grüner Akazienzweig vom dunklen Hintergrund ab; dann und wann drang ein Schwall frischer nächtlicher Luft in den Raum. Priimkow nahm neben mir am Tische Platz, der Deutsche ihm zur Seite. Die Gouvernante war mit Natascha im Wohnhaus geblieben. Ich sprach ein paar Worte zur Einführung: erwähnte die alte Legende vom Doktor Faust, äußerte mich über die Rolle des Mephistopheles, über Goethe selbst und bat die Anwesenden, mich zu unterbrechen, wenn etwas unverständlich sein sollte. Dann räusperte ich mich. Priimkow fragte mich, ob ich ein Glas Zuckerwasser haben möchte, und es war ihm deutlich anzusehen, daß es ihn sehr befriedigte, mir diese Frage gestellt zu haben. Ich lehnte ab. Tiefes Schweigen trat ein. Ich begann zu lesen, ohne die Augen vom Buch zu heben; mir war beklommen zumute, das Herz pochte, und die Stimme zitterte. Der erste Laut des Mitfühlens entrang sich dem Deutschen, und auch später brach einzig er das Schweigen meiner Zuhörer. »Wunderbar! Erhaben!« wiederholte er in gewissen Abständen, und manchmal fügte er hinzu: »Oh, das ist tiefsinnig.« Priimkow langweilte sich, das war unverkennbar; er versteht ja ziemlich wenig Deutsch und hat selbst zugegeben, daß er Verse nicht mag! Was zwang ihn aber auch, dabeizusein! Bei Tisch hatte ich andeuten wollen, daß die Lesung auch ohne ihn stattfinden könne, aber ich hatte es doch nicht gewagt. Wera Nikolajewna rührte sich nicht. Zwei-, dreimal warf ich ihr verstohlen einen Blick zu; ich sah ihre Augen gerade auf mich geheftet, und ihr Gesicht schien mir blaß. Nach der ersten Begegnung zwischen Faust und Gretchen richtete sie sich im Sessel auf, faltete die Hände und verharrte so unbeweglich bis zum Schluß. Ich spürte, daß es Priimkow recht unbehaglich zumute war, und das kühlte mich ab; doch allmählich vergaß ich ihn – ich begeisterte mich und las hingerissen, mit Feuer. Ich las einzig für Wera Nikolajewna; eine innere Stimme sagte mir, daß der »Faust« auf sie wirke. Als ich geendet hatte (den Walpurgisnachttraum ließ ich aus, weil dieses Stück seiner Art nach schon zum zweiten Teil gehört; auch sonst kürzte ich die Walpurgisnacht), als das letzte »Heinrich!« verklungen war, sagte der Deutsche gerührt: »Mein Gott, wie schön!« Priimkow sprang mit geradezu strahlender Miene auf (der Arme!), holte geräuschvoll Luft und dankte mir umständlich für das Vergnügen, das ich allen bereitet hätte. Aber ich erwiderte ihm nichts, ich blickte auf Wera Nikolajewna. Auf ihr Urteil kam es mir an. Sie stand auf, trat mit unsicheren Schritten zur Tür, hielt eine Weile auf der Schwelle inne und ging dann ganz sacht hinaus in den Garten. Ich stürzte ihr nach. Sie hatte sich indessen schon ein paar Schritte entfernt; ihr Kleid schimmerte schwach im dichten Schatten.

»Nun«, rief ich, »hat es Ihnen gefallen?«

Sie blieb stehen.

»Können Sie mir das Buch dalassen?« fragte sie zurück.

»Ich schenke es Ihnen, Wera Nikolajewna, wenn Sie es haben möchten.«

»Vielen Dank!« antwortete sie und war verschwunden.

Priimkow und der Deutsche traten zu mir.

»Wie erstaunlich warm es ist!« bemerkte Priimkow. »Beinahe schwül. Aber wohin ist meine Frau gegangen?«

»Offenbar zum Haus«, antwortete ich.

»Ich denke, es ist bald Zeit zum Abendessen«, erklärte er. »Sie haben vortrefflich gelesen«, fügte er nach einer Weile hinzu.

»Der ›Faust‹ scheint Wera Nikolajewna gefallen zu haben«, sagte ich.

»Ohne Zweifel!« erwiderte Priimkow.
»Oh, natürlich«, bestätigte Schimmel.
Wir erreichten das Wohnhaus.
»Wo ist die gnädige Frau?« fragte Priimkow die Zofe, die uns eben in den Weg lief.
»Sie geruhten ins Schlafzimmer zu gehen.«
Priimkow begab sich ins Schlafzimmer.
Ich trat mit Schimmel auf die Terrasse. Der alte Mann hob die Augen zum Himmel.
»So viele Sterne!« meinte er bedächtig und schnupfte Tabak.
»Und ebenso viele Welten!« ergänzte er und nahm eine zweite Prise.
Ich hielt es nicht für nötig, ihm zu antworten, blickte nur schweigend hinauf. Eine bange Frage bedrückte meine Seele. Die Sterne, so schien es mir, sahen ernst auf uns herab. Nach fünf Minuten zeigte sich Priimkow und holte uns ins Speisezimmer. Bald darauf kam auch Wera Nikolajewna.
Wir setzten uns.
»Schauen Sie mal auf Werotschka«, sagte Priimkow zu mir.
Ich betrachtete sie.
»Nun? Fällt Ihnen nichts auf?«
Ich bemerkte in der Tat in ihren Zügen eine Veränderung, aber ich antwortete, ich weiß nicht warum:
»Nein, nichts.«
»Ihre Augen sind gerötet«, fuhr Priimkow fort.
Ich blieb stumm.
»Stellen Sie sich vor, ich ging hinauf zu ihr, und was mußte ich sehen: Sie weinte. Das ist schon lange nicht mehr vorgekommen. Ich kann Ihnen sagen, wann sie das letztemal geweint hat: als wir unsere Sascha verloren. Das also haben Sie mit Ihrem ›Faust‹ angerichtet!« fügte er lächelnd hinzu.
»Also jetzt, Wera Nikolajewna«, begann ich, »sehen Sie selbst, daß ich recht hatte, als ...«
»Ich hatte das nicht erwartet«, unterbrach sie mich, »aber vorerst weiß Gott allein, ob Sie recht hatten. Vielleicht hat

mir meine Mutter eben deswegen verboten, solche Bücher zu lesen; sie wußte ...«

Wera Nikolajewna hielt inne.

»Was wußte sie?« drängte ich. »Sprechen Sie.«

»Wozu? Mir ist es schon peinlich genug – warum habe ich eigentlich geweint? Im übrigen werden wir uns noch darüber unterhalten. Manches habe ich gar nicht begriffen.«

»Warum haben Sie mich nicht unterbrochen?«

»Die Worte habe ich alle verstanden, auch ihren Sinn, aber ...«

Sie sprach nicht weiter und wurde nachdenklich. In diesem Augenblick drang vom Garten das Rauschen der unvermittelt von einem Windstoß bewegten Blätter herein. Wera Nikolajewna erbebte und wandte ihr Gesicht dem offenen Fenster zu.

»Nun, was habe ich gesagt? Es gibt ein Gewitter!« rief Priimkow. »Doch warum erschrickst du da so, Werotschka?«

Sie sah ihn stumm an. Der Widerschein eines schwach und fern aufflammenden Blitzes huschte geheimnisvoll über ihr starres Gesicht.

»Alles von ›Fausts‹ Gnaden«, fuhr Priimkow fort. »Nach dem Abendessen sollten wir uns gleich zur Ruhe begeben, nicht wahr, Herr Schimmel?«

»Nach einem geistigen Genuß ist physische Erholung ebenso wohltuend wie nützlich«, erwiderte der gute Deutsche und trank ein Gläschen Wodka.

Als das Essen beendet war, gingen wir sogleich auseinander. Ich sagte Wera Nikolajewna gute Nacht und drückte ihr dabei die Hand – ihre Hand war kalt. Ich suchte das Zimmer auf, das man für mich hergerichtet hatte, und dachte noch lange nicht daran, mich auszuziehen und niederzulegen, vielmehr stellte ich mich ans Fenster und blickte lange hinaus. Priimkows Vorhersage erwies sich als richtig – das Gewitter rückte näher und entlud sich. Ich horchte auf das Rauschen des Windes, das Trommeln und Klatschen des Regens, beobachtete, wie bei jedem Blitz die Kirche, die in der Nähe, am

Ufer des Sees, erbaut war, bald mit einem Schlage schwarz auf weißem Hintergrund, dann wieder weiß auf schwarzem Hintergrund erschien, um sogleich wieder vom Dunkel verschlungen zu werden. Meine Gedanken freilich beschäftigten sich mit anderem. Ich dachte an Wera Nikolajewna, dachte daran, was sie mir wohl sagen werde, wenn sie selber den »Faust« gelesen haben wird, dachte an ihre Tränen und erinnerte mich, wie sie zugehört hatte.

Unterdessen zog das Gewitter vorüber, die Sterne leuchteten auf, alles ringsum verstummte. Ein mir unbekannter Vogel sang auf die mannigfaltigste Weise, wobei er immer mehrere Male dieselbe Strophe wiederholte. Seine einsame, voll tönende Stimme klang seltsam in der tiefen Stille, und ich legte mich noch immer nicht ins Bett.

Am nächsten Morgen ging ich früher als alle anderen ins Empfangszimmer hinunter und blieb vor dem Bildnis der Jelzowa stehen. Siehst du, dachte ich mit ein wenig triumphierendem Spott, nun hab ich's doch geschafft, deiner Tochter ein verbotenes Buch vorzulesen! Plötzlich kam es mir vor – du hast sicher auch schon bemerkt, daß Augen, die en face gemalt sind, sich immer gerade auf den Betrachter zu richten scheinen –, also diesmal kam es mir wahrhaftig so vor, als blickte mich die alte Frau vorwurfsvoll an.

Ich wandte mich ab, trat zum Fenster und sah draußen Wera Nikolajewna. Den Sonnenschirm über die Schulter gelegt, ein leichtes weißes Tüchlein um den Kopf, spazierte sie durch den Garten. Ich ging sogleich hinaus und begrüßte sie.

»Die ganze Nacht habe ich nicht geschlafen«, sagte sie zu mir. »Der Kopf tut mir weh, deshalb bin ich an die Luft gegangen – vielleicht vergehen die Schmerzen.«

»Doch hoffentlich nicht wegen der gestrigen Lesung?« fragte ich.

»Natürlich wegen der Lesung – an so etwas bin ich nicht gewöhnt. In Ihrem Buch gibt es Dinge, die ich einfach nicht loswerden kann; sie sind es wohl, die mir im Kopf so brennen«, meinte sie und legte die Hand auf die Stirn.

»Eigentlich wunderbar«, erwiderte ich, »nur eines ist schlimm: Ich fürchte, diese Schlaflosigkeit, diese Kopfschmerzen nehmen Ihnen die Lust, solche Sachen zu lesen.«
»Glauben Sie?« entgegnete sie und riß im Vorbeigehen von einem Pfeifenstrauch ein Zweiglein ab. »Weiß der Himmel! Mir scheint, wer diesen Weg einmal betreten hat, kann nicht mehr zurück.« Sie warf unvermittelt den Zweig beiseite. »Setzen wir uns in diese Laube«, fuhr sie fort, »und bitte, solange ich nicht selbst davon anfange, erwähnen Sie mir nicht ... dieses Buch.« (Sie schien Angst zu haben, den Namen »Faust« auszusprechen.)
Wir traten in die Laube, setzten uns.
»Ich werde nichts vom ›Faust‹ sagen«, begann ich, »aber erlauben Sie mir, Sie zu beglückwünschen und Ihnen zu verraten, daß ich Sie beneide.«
»Sie beneiden mich?«
»Ja; denn Ihnen, so wie ich Sie jetzt kenne, mit Ihrer Seele, stehen unvergleichliche Genüsse bevor! Neben Goethe gibt es andere große Dichter: Shakespeare, Schiller ... Ja, auch unseren Puschkin – auch mit ihm müssen Sie bekannt werden.«
Sie schwieg und kritzelte mit der Sonnenschirmspitze in den Sand.
Oh, Semjon Nikolajitsch, mein Freund! Hättest Du sehen können, wie reizend sie in diesem Augenblick war: blaß, beinahe durchsichtig, leicht nach vorn geneigt, müde, im Innern aufgewühlt und dennoch eine Erscheinung, licht wie der Himmel! Ich redete, redete lange, dann verstummte ich – und so saß ich schweigend und sah sie an.
Sie hob nicht die Augen, kritzelte weiter mit dem Sonnenschirm oder verwischte das, was sie vorher gekritzelt hatte. Plötzlich waren flinke Kinderschritte zu hören; Natascha rannte in die Laube herein. Wera Nikolajewna straffte sich, stand auf und schlang zu meiner Verwunderung mit beinahe ungestümer Zärtlichkeit die Arme um ihre Tochter. Das ist

sonst nicht ihre Art. Wenig später erschien Priimkow. Herr Schimmel, das große Kind – grauhaarig, doch akkurat –, war schon vor Tagesanbruch abgefahren, um nicht seinen Unterricht zu versäumen. Wir gingen Tee trinken.

Jetzt bin ich aber müde; es wird Zeit, den Brief abzuschließen. Er muß Dir wirr und dunkel vorkommen. Ich fühle mich selbst ganz verwirrt. Mir ist gar nicht wohl. Ich weiß nicht, was mit mir vorgeht. Immer wieder sehe ich mich in den kleinen Raum mit den kahlen Wänden versetzt, sehe die Lampe, die geöffnete Tür, nehme den Duft und die Frische der Nacht wahr und erkenne neben der Tür ein aufmerksames junges Gesicht, leichte weiße Kleider ... Jetzt begreife ich, warum ich sie hatte heiraten wollen; offenbar bin ich damals, vor der Reise nach Berlin, doch nicht so dumm gewesen, wie ich bisher glaubte. Ja, Semjon Nikolajitsch, in einer seltsamen Gemütsverfassung befindet sich Dein Freund. Ich weiß, das alles geht vorüber, und wenn es nicht vorübergeht, was tut's? Dann bleibt es eben. Trotzdem bin ich mit mir zufrieden; denn erstens habe ich einen wunderbaren Abend verbracht, und zweitens – wenn ich diese Seele aufgeweckt habe, wer kann mir daraus einen Vorwurf machen? Die alte Jelzowa ist an die Wand geheftet und muß schweigen. Die alte Frau! Mir sind nicht alle Einzelheiten ihres Lebens bekannt, doch ich weiß, daß sie aus dem Vaterhaus geflohen ist – offenbar war sie nicht umsonst von einer Italienerin geboren. Sie hatte ihre Tochter wohl beschirmen wollen ... Wir werden sehen.

Ich werfe die Feder hin. Du spottlustiger Mensch, denk nun über mich, was Du willst, bitte sehr; aber gieß Deinen Spott über mich nicht schriftlich aus. Wir sind alte Freunde und sollten einander schonen. Leb wohl!

Dein P. B.

Fünfter Brief

Von demselben an denselben

Gutshaus M., den 26. Juli 1850

Lange habe ich Dir nicht geschrieben, mein lieber Semjon Nikolajitsch, ich glaube, über einen Monat nicht. Zu berichten gab es viel, doch die Trägheit war stärker. Offen gesagt, ich habe in der ganzen Zeit kaum an Dich gedacht. Aber aus Deinem letzten Brief an mich kann ich schließen, daß Du hinsichtlich meiner Person Vermutungen hegst, die ungerechtfertigt, das heißt nicht ganz gerechtfertigt sind. Du meinst, ich hätte mich von Wera (es behagt mir nicht, sie Wera Nikolajewna zu nennen) ganz bezaubern lassen; Du irrst Dich. Gewiß, ich sehe sie oft, sie gefällt mir außerordentlich ... Doch wem würde sie nicht gefallen? Ich wüßte gern, was Du an meiner Stelle tätest. Ein erstaunliches Geschöpf! Aufblitzende Geistesschärfe neben der Unerfahrenheit eines Kindes, ein klarer, gesunder Verstand und ein angeborenes Gefühl für Schönheit, beständiges Trachten nach Wahrheit, Streben nach Höherem, Verständnis für alles, selbst für das Verwerfliche, selbst für das Lächerliche, und über allem, gleich weißen Engelsflügeln, sanfte weibliche Anmut. Was soll ich noch sagen! Wir haben in diesem Monat viel gelesen, uns lange unterhalten. Mit ihr zu lesen ist eine Wonne, wie ich sie noch nie empfunden hatte. Es ist, als entdeckte man neue Länder. In lautes Entzücken ist sie durch nichts zu bringen, alles Lärmende ist ihr fremd; es geht ein stilles Leuchten von ihr aus, wenn ihr etwas gefällt, und ihr Gesicht blickt dann so edel und gut ... jawohl, gut. Von frühester Kindheit an weiß Wera nicht, was Lüge ist; sie kennt nur Wahrheit, atmet Wahrheit, und deshalb scheint ihr in der Dichtkunst einzig die Wahrheit natürlich. Sie erkennt sie sofort, ohne Mühe und Aufwand, erkennt sie wie ein vertrautes Gesicht. Ein großer Vorzug und ein großes Glück! Dafür muß man wirklich ihrer Mutter freundlich gedenken. Viele Male sagte ich mir, wenn ich Wera betrachtete: Ja,

Goethe hat recht, »ein guter Mensch in seinem dunklen Drange ist sich des rechten Weges wohl bewußt«. Eins freilich ist ärgerlich: Ihr Mann ist immer dabei. (Bitte, nur kein dummes Grinsen! Nicht einmal in Gedanken sollst Du unsere reine Freundschaft beschmutzen.) Er versteht von der Dichtkunst ebensoviel wie ich vom Flötenspiel, und doch läßt er seine Frau nicht allein; er wünscht sich gleichfalls zu bilden. Manchmal stellt sie selbst meine Geduld auf eine harte Probe; da kommen plötzlich Launen über sie: Sie will weder lesen noch sich unterhalten, setzt sich über den Stickrahmen, widmet sich Natascha, gibt der Beschließerin Anweisungen, läuft in die Küche oder sitzt einfach da und schaut mit verschränkten Armen zum Fenster hinaus, wenn sie nicht gar darauf verfällt, mit der Kinderfrau Schafskopf zu spielen. Ich habe bemerkt, daß man in solchen Fällen nicht auf sie einreden darf, sondern besser abwartet, bis sie von selbst kommt, sich wieder zum Sprechen bereit findet oder zum Buch greift. Selbständigkeit besitzt sie viel, und darüber freue ich mich sehr. Weißt Du noch, in unserer Jugend geschah es doch manchmal, daß einem irgend so ein Mädchen schlecht und recht die eigenen Worte wiederholte; man war außer sich vor Entzücken ob dieses Echos, vertraute ihm wohl grenzenlos, bis einem endlich ein Licht aufging. Bei ihr aber ist es ganz anders – sie plappert nichts nach. Auf Treu und Glauben nimmt sie nichts an, mit Autorität kann man sie nicht schrekken; sie streitet zwar nicht, aber sie gibt auch nicht nach. Über den »Faust« haben wir uns mehr als einmal unterhalten; aber merkwürdigerweise spricht sie von sich aus niemals über Gretchen, sie hört sich nur an, was ich sage. Mephistopheles erschreckt sie nicht als Teufel, sondern als »so etwas, was in jedem Menschen sein kann«. Das sind ihre eigenen Worte. Ich wollte ihr auseinandersetzen, daß wir dieses »Etwas« Reflexion nennen; doch sie verstand das Wort »Reflexion« nicht in dem Sinne, wie es im Deutschen gebraucht wird. Sie kennt nur die französische »réflexion« und ist gewöhnt, sie als nützlich zu beurteilen. Seltsam sind unsere Beziehungen!

In gewisser Hinsicht kann ich behaupten, daß ich auf sie großen Einfluß habe und sie gleichsam erziehe; aber auch sie formt mich, ohne es selbst zu bemerken, in manchem zum Besseren um. Zum Beispiel habe ich es ihr zu verdanken, daß ich jetzt entdeckte, wie unendlich viel Konventionelles, Rhetorisches in so manchem sehr schönen und bekannten poetischen Werk steckt. Was sie kalt läßt, ist in meinen Augen schon verdächtig. Ja, ich bin besser geworden, und heller ist es in mir. Ihr nahe zu sein, sie oft zu sehen und derselbe zu bleiben, der man war – das ist unmöglich.
Was soll aus alledem werden? wirst Du fragen. Ja, ich meine, eigentlich gar nichts. Ich werde die Zeit bis zum September höchst angenehm verbringen und dann abreisen. Ich ahne, in den ersten Monaten danach wird mir das Leben düster und langweilig sein. Doch ich werde mich daran gewöhnen. Ich weiß, wie gefährlich jegliche Art Beziehung zwischen einem Mann und einer jungen Frau ist, wie unmerklich das eine Gefühl in ein anderes übergeht. Gewiß brächte ich es fertig, mich loszureißen, wenn ich nicht deutlich spürte, daß wir beide ganz ruhig bleiben. Einmal freilich ist zwischen uns etwas Seltsames vorgefallen. Ich erinnere mich, wir lasen den »Onegin«, und – ich weiß nicht, wie es kam – ich küßte ihr die Hand. Sie rückte ein wenig zur Seite, sah mich mit großen Augen an (außer bei ihr habe ich bei niemandem je einen solchen Blick bemerkt; in ihm verrät sich Nachdenken und Aufmerksamkeit und eine gewisse Strenge), errötete plötzlich, stand auf und ging fort. An jenem Tag gelang es mir nicht mehr, mit ihr allein zu sein. Sie wich mir aus und spielte geschlagene vier Stunden mit ihrem Mann, der Kinderfrau und der Gouvernante ihre Kartenpartien! Am nächsten Morgen schlug sie mir einen Spaziergang im Garten vor. Wir durchquerten ihn ganz und erreichten den See. Dort flüsterte sie unvermittelt, ohne sich umzuwenden: »Bitte, tun Sie das nicht wieder!« Und begann mir sogleich etwas zu erzählen. Ich war sehr beschämt.
Ich muß gestehen, ihr Bild kommt mir nicht mehr aus dem

Sinn, und fast schreibe ich Dir diesen Brief nur, weil er mir Gelegenheit bietet, an sie zu denken und von ihr zu sprechen. Ich höre Pferde trappeln und schnauben – mein Wagen steht bereit. Ich fahre zu ihnen. Mein Kutscher fragt schon nicht mehr, wohin es geht, wenn ich mich in den Wagen setze; er bringt mich geradeswegs zu den Priimkows. Zwei Werst vor ihrem Dorf, wo der Weg sich scharf wendet, schaut ihr Gutshaus unvermittelt hinter einem Birkenhain hervor. Jedesmal wird mir freudig ums Herz, sobald ich in der Ferne ihre Fenster blitzen sehe. Schimmel (dieser arglose alte Mann stellt sich von Zeit zu Zeit bei ihnen ein; mit den Fürsten Ch. sind sie, Gott sei Dank, nur einmal zusammengekommen), Schimmel also hat einmal mit der ihm eigenen bescheidenen Feierlichkeit vor dem Haus, in dem Wera wohnt, sehr treffend gesagt: »Es ist ein Hort des Friedens!« Hier scheint sich der Engel des Friedens tatsächlich niedergelassen zu haben.

Mit deinem Flügel schirme mich,
Schenk dem gequälten Herzen Ruh!
Ich fühl's, die Seele wonniglich
Verzauberst und erquickest du.

Jetzt aber ist es genug, sonst stellst Du Dir Gott weiß was vor. Bis zum nächstenmal. Was werde ich Dir wohl das nächstemal zu schreiben haben? Leb wohl! Übrigens sagt sie niemals: »Leben Sie wohl«, sondern immer: »Nun, leben Sie wohl.« Mir gefällt das schrecklich.

Dein P. B.

PS: Ich kann mich nicht besinnen, ob ich Dir's gesagt habe: Sie weiß, daß ich einmal um ihre Hand anhielt.

Sechster Brief

Von demselben an denselben

Gutshaus M., den 10. August 1850

Gib's zu, Du erwartest von mir einen Brief entweder voll Verzweiflung oder voll Entzücken. Doch nichts dergleichen! Mein Brief wird so sein wie alle Briefe. Nichts Neues hat sich ereignet, es kann sich offenbar auch gar nichts ereignen. Kürzlich machten wir eine Bootsfahrt auf dem See. Das will ich Dir schildern. Wir waren zu dritt: sie, Schimmel und ich. Ich begreife nicht, was für ein Vergnügen sie daran findet, so oft den alten Mann einzuladen. Die Fürsten Ch. beschweren sich schon, sie sagen, er vernachlässige den Unterricht. Diesmal unterhielt er uns übrigens aufs beste. Priimkow fuhr nicht mit uns, er hatte Kopfschmerzen. Das Wetter war prächtig, heiter: große, an den Rändern zerrissene weiße Wolken auf blauem Himmel, überall Glanz, Rauschen in den Bäumen, Plätschern am Ufer, flüchtiges, sich schlängelndes Goldflimmern auf den Wellen, Frische und Sonne! Zuerst ruderten der Deutsche und ich, dann hißten wir das Segel und flogen dahin. Munter furchte der Bug das Wasser, und hinterm Heck brodelte und schäumte unsere Spur. Sie hatte sich ans Steuer gesetzt und führte es. Um den Kopf hatte sie ein Tuch gebunden, denn einen Hut hätte es weggeweht; ein paar Locken stahlen sich unter dem Tuch hervor und spielten weich im Wind. Sie hielt das Ruder fest in ihrer kleinen sonnenverbrannten Hand und lächelte über die Spritzer, die ihr dann und wann ins Gesicht flogen. Ich kauerte auf den Bodenplanken, nicht weit von ihren Füßen; der Deutsche holte die Pfeife hervor, stopfte sie mit seinem Knaster und – stell Dir vor – fing an zu singen, mit recht angenehmem Baß. Zuerst sang er das alte Lied *»Freut euch des Lebens!«**, dann eine Arie aus der »Zauberflöte«, darauf noch ein Lied, das hieß *»Das ABC der Liebe«**. Da werden – mit den entspre-

* Im Original deutsch.

chenden Verschen, versteht sich – alle Buchstaben des Alphabets durchgenommen; es beginnt mit *»A, B, C, D, wenn ich dich seh«** und endet mit *»U, V, W, X, mach einen Knicks!«**. Er trug alle Strophen recht gefühlvoll vor; aber man muß gesehen haben, wie schalkhaft er bei dem Wort *»Knicks«** das linke Auge zukniff! Wera lachte auf und drohte ihm mit dem Finger. Ich bemerkte gegenüber Herrn Schimmel, er habe es gewiß in seiner Jugend faustdick hinter den Ohren gehabt. »O ja«, erwiderte er mit bedeutsamer Miene, »ich wußte meinen Mann zu stehen!« Er klopfte die Asche aus der Tabakspfeife auf seine Handfläche, dann hielt er die Pfeife verwegen mit den Zähnen im Mundwinkel, während er mit den Fingern in den Tabaksbeutel fuhr. »Wie ich Student war«, sprach er weiter, »ohoho!« Mehr sagte er nicht, aber was war das für ein Ohoho! Wera bat ihn, ein Studentenlied zu singen, und er sang für sie das vom *»Knaster, dem gelben«**; bei der letzten Note freilich schnappte die Stimme über. Er war eben sehr ausgelassen. Unterdessen hatte sich der Wind verstärkt, die Wellen gingen ziemlich hoch, das Boot schlingerte ein wenig; die Schwalben schossen in geringer Höhe um uns herum. Wir holten das Segel dicht, begannen zu kreuzen. Plötzlich sprang der Wind um, wir kamen nicht zurecht – eine Welle schlug herein, das Boot schöpfte viel Wasser. Auch hier erwies sich der Deutsche als tüchtiger Kerl; er riß mir die Schot aus der Hand und brachte das Segel in die richtige Lage, wobei er sagte: *»So macht man's in Cuxhaven!«**
Wera erschrak wahrscheinlich, denn sie wurde blaß, aber nach ihrer Gewohnheit sprach sie kein Wort; sie raffte ein wenig das Kleid und stemmte die Fußspitzen gegen einen Spanten des Bootes. Ich erinnerte mich plötzlich an ein Gedicht von Goethe (seit einiger Zeit nimmt er mich ganz gefangen); weißt Du, es heißt dort: »Auf der Welle blinken tausend schwebende Sterne ...« Ich deklamierte es laut, und als ich an die Stelle kam: »Aug', mein Aug', was sinkst du

* Im Original deutsch.

nieder?«, hob sie sacht die Augen (ich saß tiefer als sie; ihr Blick traf mich von oben) und schaute lange, wegen des Windes blinzelnd, in die Ferne. Unvermittelt setzte ein schwacher Regen ein; die Tropfen riefen Bläschen auf der Wasserfläche hervor. Ich bot ihr meinen Paletot an; sie legte ihn um die Schultern. Wir stießen ans Ufer – nicht am Landesteg – und gingen zu Fuß nach Hause. Sie nahm den Arm, den ich ihr reichte. Die ganze Zeit drängte es mich, ihr etwas zu sagen, aber ich schwieg. Immerhin besinne ich mich, sie gefragt zu haben, warum sie zu Hause stets unter Frau Jelzowas Bildnis sitze, wie ein Vogeljunges unterm Flügel der Mutter. »Ihr Vergleich trifft es genau«, erwiderte sie, »ich hätte ewig unter ihrem Flügel bleiben mögen.« – »Und sich niemals Freiheit gewünscht?« fragte ich weiter. Sie antwortete nichts.

Ich weiß nicht, warum ich Dir diese Bootsfahrt geschildert habe, vielleicht deswegen, weil sie in meinem Gedächtnis als eines der freudigsten Ereignisse der letzten Tage haftengeblieben ist, wenn es auch im Grunde gar kein Ereignis war. Mir ist so vergnügt und unsäglich heiter ums Herz gewesen, und Tränen, Tränen der Wonne und des Glücks sind mir noch und noch in die Augen gestiegen.

Ja, stell Dir vor, wie ich am Tag darauf im Garten an der Laube vorbeigehe, höre ich plötzlich eine angenehme, voll klingende Frauenstimme singen: *»Freut euch des Lebens ...«** Ich blicke in die Laube – es ist Wera. »Bravo!« rufe ich. »Ich habe gar nicht gewußt, daß Sie so eine prächtige Stimme haben!« Sie schämt sich und verstummt. Ernsthaft, sie hat einen vortrefflichen, kräftigen Sopran. Dabei ahnt sie, glaube ich, überhaupt nicht, wie gut ihre Stimme ist. Wieviel ungehobene Schätze ruhen noch in ihr! Sie kennt sich selber nicht. Nicht wahr, so eine Frau ist in unseren Tagen eine Seltenheit!

* Im Original deutsch.

12. August

Ein höchst merkwürdiges Gespräch hatten wir gestern. Die Rede kam zuerst auf Geistererscheinungen. Stell Dir vor, sie glaubt an so etwas und meint, sie habe dafür ihre Gründe. Priimkow, der dabeisaß, senkte den Blick und wiegte das Haupt, als bestätige er ihre Worte. Ich wollte in sie dringen, bemerkte aber bald, daß ihr dieses Gespräch unangenehm war. Darauf unterhielten wir uns über die Phantasie, über die Vorstellungskraft. Ich erzählte, daß ich mich in meiner Jugend oft Träumereien vom Glück hingab (eine übliche Beschäftigung für Menschen, die im Leben kein Glück hatten und keines haben) und daß einer dieser Träume darin bestand, mir vorzugaukeln, welch eine Wonne es wäre, mit einer geliebten Frau ein paar Wochen in Venedig zu verbringen. So oft dachte ich daran, besonders nachts, daß sich in meinem Kopf allmählich ein ganzes Bild zusammenfügte, das ich nach Wunsch heraufbeschwören konnte. Ich brauchte nur die Augen zu schließen. Und meine Sinne faßten dann: die Nacht, den Mond, sein Licht – ganz weich und schmeichelnd; einen Duft, aber nicht etwa von Zitronen, nein, von Vanille, von Kakteen; einen weiten Wasserspiegel; eine flache Insel mit Olivenbäumen; auf der Insel, dicht am Ufer, ein kleines Marmorhaus mit geöffneten Fenstern; Musik ertönt, Gott weiß wo; im Hause hohe zierende Gewächse mit dunklen Blättern und das Licht einer halb verhängten Lampe; über die Brüstung eines der Fenster ist ein schwerer Samtmantel mit goldenen Fransen geworfen, das eine Ende taucht ins Wasser; und die Arme auf den Mantel gestützt, sitzen nebeneinander *er* und *sie* und schauen in die Ferne, dorthin, wo sie Venedig erblicken. All das malte ich mir so deutlich aus, als hätte ich es mit eigenen Augen gesehen. Sie hörte sich meine Phantastereien an und sagte, daß auch sie oft träume, daß ihre Träume aber von anderer Art seien: Sie stelle sich vor, die Steppen Afrikas zusammen mit einem kühnen Forscher zu durchmessen oder den Spuren Franklins übers Eismeer zu folgen; lebhaft male sie sich alle Entbehrungen aus, die sie auf sich nehmen, alle Schwierigkeiten, mit denen sie kämpfen müsse.

»Du hast zuviel Reisebeschreibungen gelesen«, bemerkte ihr Mann.

»Mag sein«, erwiderte sie, »aber wenn man schon träumt, warum dann vom Unerfüllbaren?«

»Und warum nicht?« entgegnete ich. »Was hat das arme Unerfüllbare verschuldet?«

»Ich habe mich falsch ausgedrückt«, sprach sie weiter, »ich wollte sagen: Was sollen die Träumereien über das eigene Leben, das eigene Glück? Mit den Gedanken holt man das Glück nicht herbei – warum also die Gedanken nach ihm ausschicken! Mit dem Glück verhält es sich wie mit der Gesundheit: Wenn wir es nicht bemerken, heißt das, daß wir es haben.«

Diese Worte setzten mich in Erstaunen. Eine große Seele hat diese Frau, glaub mir's. Über Venedig kamen wir auf Italien zu sprechen, auf die Italiener. Priimkow ging hinaus; ich blieb mit Wera allein.

»Auch in Ihren Adern fließt italienisches Blut«, sagte ich.

»Ja«, antwortete sie, »wenn Sie möchten, zeige ich Ihnen ein Bild meiner Großmutter.«

»Bitte, seien Sie so gut.«

Sie ging in ihr Kabinett und holte ein ziemlich großes goldenes Medaillon. Ich öffnete es und erblickte vortrefflich gemalte Miniaturporträts vom Vater der Jelzowa und seiner Frau – ebenjener Bäuerin aus Albano. Mich überraschte die Ähnlichkeit zwischen Weras Großvater und seiner Tochter – nur daß seine Züge, gesäumt von einer weißen Puderwolke, noch strenger, spitzer und schärfer schienen und in den kleinen gelben Augen eine Art finsterer Trotz flackerte. Aber die Italienerin – was für ein Antlitz! Wollustatmend, aufgetan wie eine voll erblühte Rose, mit großen, ein wenig vorstehenden feuchten Augen und selbstgefällig lächelnden blutroten Lippen. Die feinen, sinnlichen Nasenflügel schienen zu zittern und sich zu weiten wie nach eben empfangenen Küssen; die bräunlichen Wangen strömten Glut und Gesundheit, jugendliche Fülle und weibliche Kraft aus. Diese Stirn hatte niemals nachgedacht – zu ihrem Glück! Die Frau war in ihrer Tracht vom Albanersee dargestellt; der Maler (ein Meister!) hatte ihr pechschwarzes, hier und da blaugrau schillerndes Haar mit einem Rebenzweig geschmückt, und diese bacchantische Zutat paßte aufs allerbeste zu ihrem Gesichtsausdruck. Weißt Du, an wen mich dieses Gesicht erinnerte? An meine Manon Lescaut im schwarzen Rahmen. Und das erstaunlichste: Während ich das Medaillon betrachtete, erkannte ich, daß bei Wera, ungeachtet der völligen Verschiedenheit in den Hauptzügen, mitunter etwas aufblitzt, was dem Lächeln, dem Blick auf diesem Bilde gleicht.

Ja, ich wiederhole es: Noch weiß niemand – weder sie selbst noch irgend jemand sonst auf der Welt –, was sich alles in ihr verbirgt.

Übrigens, die Jelzowa hat vor der Heirat ihrer Tochter dieser ihre ganze Lebensgeschichte erzählt: vom Tod ihrer Mutter und von allem anderen, wahrscheinlich mit belehrender Absicht. Auf Wera hat besonders das gewirkt, was sie über ihren Großvater hörte, jenen geheimnisvollen Ladanow. Ob sie wohl deswegen an Geistererscheinungen glaubt? Merkwürdig! Selber ist sie ein so reines, lichtes Wesen, dabei fürchtet sie sich vor allem Finsteren, Unterirdischen und glaubt daran.

Doch genug jetzt. Wozu schreibe ich das alles? Ach was, da es schon geschrieben steht, soll es Dir auch geschickt werden.

Dein P. B.

Siebenter Brief

Von demselben an denselben

Gutshaus M., den 22. August

Zehn Tage nach dem letzten Brief greife ich wieder zur Feder. Oh, mein Freund, ich kann es nicht länger verhehlen. Wie schwer ist mir zumute! Wie liebe ich sie! Du kannst Dir vorstellen, mit welch bitterem Schaudern ich dieses Schicksalswort niederschreibe. Ich bin kein Knabe, bin auch kein Jüngling mehr; ich stehe nicht mehr in dem Alter, da es beinahe unmöglich ist, einen anderen zu täuschen, und so leicht, sich selbst zu betrügen. Ich weiß alles und sehe es ganz deutlich. Ich weiß, daß ich fast vierzig bin, daß sie das Weib eines anderen ist, daß sie ihren Mann liebt; ich weiß sehr gut, daß ich von dem unglückseligen Gefühl, das Gewalt über mich gewonnen hat, nichts zu erwarten habe als heimliche Qual und das Aufzehren aller Lebenskräfte; alles weiß ich, ich hoffe auf nichts und strebe nach nichts, doch davon wird mir nicht leichter. Seit einem Monat schon bemerke ich, daß meine Neigung zu ihr immer stärker wird. Das hat mich teils verwirrt, teils auch gefreut. Aber konnte ich denn ahnen, daß sich mit mir das wiederholen würde, was anscheinend doch ebensowenig wiederkehrt wie die Jugend? Was sag ich da! So habe ich ja niemals geliebt, nein, niemals! Frauen nach Art der Manon Lescaut, der Frétillon waren meine Götzen. Solche Götzenbilder zerschlägt man leicht; jetzt aber ... Erst jetzt habe ich erfahren, was es heißt, eine Frau zu lieben. Ich schäme mich, davon zu sprechen, aber es ist wahr. Ich schäme mich ... Liebe ist immerhin Egoismus, und in meinen Jahren darf man nicht Egoist sein; es geht nicht an, mit siebenunddreißig Jahren um seiner selbst willen zu leben, nein, da muß man nützlich sein, ein Ziel auf Erden verfolgen, seine Pflicht erfüllen, sein Werk tun. Darum hatte ich mich ja an die Arbeit gemacht. Und nun ist wieder alles zerstoben wie unter einem Wirbelwind. Jetzt begreife ich, wovon ich Dir in meinem ersten Brief schrieb, ich begreife, welche Art Erfahrung mir noch fehlte. Wie unvermutet traf dieser Schlag mein Haupt! Ich stehe und starre sinnlos in die Zukunft; ein schwarzer Schleier hängt dicht vor meinen Augen, auf meiner Seele liegt eine beklemmende Last. Ich kann mich beherrschen; äußerlich bleibe ich ruhig, nicht nur in Gegenwart anderer, sondern auch, wenn ich allein bin – schließlich kann ich nicht in Raserei verfallen wie ein dummer Junge! Doch der Wurm hat sich in mein Herz gestohlen und nagt an ihm Tag und Nacht. Wie soll das enden? Anfangs überfielen mich Schmerz und Aufregung, wenn ich fern von ihr war, in ihrer Nähe aber fand ich sogleich Ruhe. Jetzt hingegen macht mich ihre Gegenwart unruhig – eben das erschreckt mich. Oh, mein Freund, wie schwer ist es, sich seiner Tränen schämen und sie verbergen zu müssen! Einzig die Jugend darf weinen, Tränen geziemen ihr allein.

Ich kann den Brief nicht noch einmal durchlesen; er ist aus mir hervorgebrochen wie ein Stöhnen. Ich kann nichts hinzufügen, nichts erzählen. Laß mir Zeit, ich werde mich fassen, mich beherrschen, werde als Mann mit Dir sprechen; jetzt aber würde ich so gerne meinen Kopf an Deine Brust legen und ...

O Mephistopheles! Auch du hilfst mir nicht. Ich habe absichtlich innegehalten, absichtlich meinen Sinn für Ironie gereizt, habe mir selbst vor Augen gestellt, wie lächerlich und abgeschmackt mir nach einem Jahr, nach einem halben Jahr all diese Klagen, diese Ergüsse vorkommen werden. Nein, Mephistopheles ist machtlos, sein Zahn ist abgestumpft. Leb wohl.

Dein P. B.

Achter Brief

Von demselben an denselben

Gutshaus M., den 8. September 1850

Semjon Nikolajitsch, liebster Freund!

Du hast Dir meinen letzten Brief zu sehr zu Herzen genommen. Du weißt, wie sehr ich immer dazu neige, meine Empfindungen zu übertreiben. Das geschieht irgendwie gegen meinen Willen: eine Weiberart! Natürlich wird es mit den Jahren vorübergehen; aber ich erkenne bedauernd, daß ich mich bis heute noch nicht gebessert habe. Darum kannst Du Dich beruhigen. Ich will nicht leugnen, welchen Eindruck Wera auf mich gemacht hat, wiederum sage ich Dir: In alldem liegt nichts Ungewöhnliches. Du schreibst, Du willst herkommen – dazu hast Du wahrhaftig gar keinen Anlaß. Tausend Werst weit galoppieren, Gott weiß warum – das wäre doch Irrsinn! Aber ich bin Dir sehr dankbar für diesen neuen Beweis Deiner Freundschaft, und ich werde ihn, glaub mir's, nicht vergessen. Deine Reise hierher ist um so weniger angebracht, als ich selbst in Kürze nach Petersburg zu fahren gedenke. Auf Deinem Sofa sitzend, werde ich Dir dann so manches erzählen, jetzt aber habe ich wirklich keine Lust dazu; womöglich finge ich doch bloß wieder an zu schwatzen und alles durcheinanderzubringen. Vor der Abreise schreibe ich Dir noch. Nun denn, auf baldiges Wiedersehn. Bleib gesund, sei fröhlich, und sorg Dich nicht gar zu sehr um das Schicksal des Dir ergebenen

P. B.

Neunter Brief

Von demselben an denselben

Gut P., den 10. März 1853

Dein Brief ist lange ohne Antwort geblieben; doch all die Tage habe ich über ihn nachgedacht. Ich habe gefühlt, daß nicht müßige Neugier ihn diktierte, sondern wahre freundschaftliche Anteilnahme. Und dennoch zögerte ich – sollte ich Deinem Rat folgen, Deinen Wunsch erfüllen? Nun habe ich mich entschlossen – ich werde Dir alles erzählen. Ob mir nach meiner Beichte leichter ums Herz sein wird, wie Du annimmst, das weiß ich nicht, aber ich glaube, ich habe kein Recht, Dir das zu verheimlichen, was mein Leben für immer verändert hat; mir scheint, ich würde mich sogar schuldig machen . . . o weh, noch schuldiger machen vor ihrem unvergessenen lieben Schatten, wenn ich nicht unser schmerzliches Geheimnis der einzigen Seele anvertraute, die mir noch teuer ist. Vielleicht bist Du außer mir der einzige Mensch auf Erden, der sich an Wera erinnert, und dabei urteilst Du leichtfertig und falsch über sie. Das kann ich nicht hinnehmen. So erfahr denn alles! Aber ach, dieses Alles läßt sich mit ein paar Worten wiedergeben. Was zwischen uns war, flammte auf wie ein Blitz, und wie ein Blitz brachte es Tod und Verderben.

Seit sie dahingegangen ist, seit ich mich in diese Einöde geflüchtet habe, die ich bis ans Ende meiner Tage nicht verlassen werde, sind mehr als zwei Jahre verstrichen, und dabei ist alles noch so lebendig in meiner Erinnerung, noch so frisch sind meine Wunden, so bitter ist mein Leid . . .

Ich werde nicht klagen. Klagen mögen manchen Schmerz, indem sie ihn wachrufen, zugleich lindern, nicht aber meinen. Ich werde erzählen.

Erinnerst Du dich an meinen letzten Brief, den Brief, mit dem ich Deine Befürchtungen zu zerstreuen hoffte und Dir abriet, von Petersburg hierherzukommen? Du mißtrautest seiner vorgetäuschten Unbeschwertheit, Du glaubtest nicht an ein so baldiges Wiedersehen, und Du hattest recht. Als ich Dir schrieb, hatte ich einen Tag zuvor erfahren, daß ich geliebt werde.

Jetzt, da ich diese Worte auf dem Papier vor mir sehe, begreife ich, wie schwer es mir fallen wird, meinen Bericht bis zum Ende fortzuführen. Der unabweisliche Gedanke an ihren

Tod wird mich mit verdoppelter Kraft martern, die Erinnerungen werden mich wie Feuer berühren. Aber ich will mir Mühe geben, mich zu beherrschen, und lieber aufhören zu schreiben als unnütze Worte sagen.

Nun höre, wie ich erfuhr, daß Wera mich liebe. Vor allem muß ich Dir sagen (und Du wirst mir glauben), daß ich bis zu jenem Tage nichts, gar nichts geahnt hatte. Freilich zeigte sie sich in der letzten Zeit manchmal versonnen, was früher bei ihr nicht vorkam; doch ich begriff nicht, was in ihr vorging. Endlich, eines Tages, am siebenten September – einem für mich denkwürdigen Tag –, geschah es. Du weißt, wie ich sie liebte, wie schwer mir zumute war. Ich strich umher wie ein Schatten; nirgendwo litt es mich. Eigentlich hatte ich zu Hause bleiben wollen; aber ich hielt es nicht aus und fuhr zu ihr. Ich fand sie allein in ihrem Kabinett. Priimkow war nicht da, er war auf der Jagd. Als ich bei Wera eintrat, blickte sie starr auf mich, ohne meinen Gruß zu erwidern. Sie saß am Fenster. Auf den Knien hatte sie ein Buch liegen, das ich sofort erkannte – es war mein »Faust«. Ihr Gesicht verriet Ermüdung. Ich setzte mich ihr gegenüber. Sie bat mich, die Szene zwischen Faust und Gretchen vorzulesen, wo sie ihn fragt, ob er an Gott glaube. Ich nahm das Buch und begann zu lesen. Als ich geendet hatte, sah ich sie an. Zurückgelehnt im Sessel, die Arme über der Brust gekreuzt, blickte sie noch immer starr auf mich.

Ich weiß nicht, warum mein Herz plötzlich wild zu pochen anfing.

»Was haben Sie mir angetan!« sprach sie mit zaudernder Stimme.

»Wie meinen Sie?« fragte ich bestürzt.

»Ja, was haben Sie mir angetan!« wiederholte sie.

»Sie wollen sagen, ich hätte Sie nicht dazu bringen sollen, solche Bücher zu lesen?« erwiderte ich.

Sie stand schweigend auf und ging zur Tür. Ich blickte ihr nach.

Auf der Schwelle blieb sie stehen und wandte sich zu mir um.

»Ich liebe Sie«, sagte sie. »Das haben Sie mir angetan.«
Mir schoß das Blut in den Kopf.
»Ich liebe Sie, ich bin in Sie verliebt«, wiederholte Wera.
Sie ging hinaus und schloß hinter sich die Tür. Ich versuche gar nicht, Dir zu beschreiben, wie es da in mir aussah. Ich weiß noch, ich lief in den Garten, verzog mich hinter dichtes Gebüsch, lehnte mich an einen Baum. Wie lange ich dort stand, kann ich nicht sagen. Ich war wie gelähmt; eine Woge von Glückseligkeit berührte von Zeit zu Zeit mein Herz. Nein, ich versuche gar nicht, davon zu sprechen. Priimkows Stimme riß mich aus der Erstarrung. Man hatte nach ihm geschickt und ihm melden lassen, daß ich gekommen sei; er hatte die Jagd abgebrochen und suchte mich nun. Es überraschte ihn, mich im Garten zu finden, allein, ohne Hut, und er bat mich ins Haus. »Meine Frau ist im Empfangszimmer«, sagte er, »gehn wir zu ihr.« Du kannst Dir vorstellen, mit was für Gefühlen ich die Schwelle des Empfangszimmers überschritt. Wera saß in einer Ecke überm Stickrahmen. Ich warf ihr einen heimlichen Blick zu und hob dann lange nicht die Augen. Zu meinem Erstaunen gab sie sich ruhig; weder ihre Worte noch der Klang ihrer Stimme verrieten Aufregung. Endlich wagte ich sie anzusehen. Unsere Blicke trafen sich. Sie errötete kaum merklich und beugte sich über ihre Handarbeit. Nun beobachtete ich sie. Sie schien ratlos; ein unfrohes Lächeln spielte dann und wann um ihre Lippen.
Priimkow ging hinaus. Plötzlich hob sie den Kopf und fragte mich ziemlich laut:
»Was gedenken Sie jetzt zu tun?«
Die Frage verwirrte mich, und hastig, mit tonloser Stimme antwortete ich, daß ich gewillt sei, zu tun, was Ehre und Anstand gebieten: mich zu entfernen, »denn«, so fuhr ich fort, »ich liebe Sie, Wera Nikolajewna, Sie haben es gewiß längst bemerkt«. Sie beugte sich abermals über die Handarbeit und dachte nach.
»Ich muß mich mit Ihnen besprechen«, sagte sie. »Kommen

Sie heute abend nach dem Tee in unser Gartenhäuschen. Sie wissen, dorthin, wo Sie den ›Faust‹ gelesen haben.«
Das sagte sie so vernehmlich, daß ich noch heute nicht fassen kann, wie es geschah, daß Priimkow, der in demselben Augenblick das Zimmer betrat, nichts hörte. Langsam, quälend langsam verging dieser Tag. Wera blickte zuweilen mit einem Ausdruck umher, als frage sie sich selbst, ob sie träume oder wache. Und zugleich verrieten ihre Züge Entschlossenheit. Ich aber, ich konnte nicht zu mir kommen. Wera liebt mich! Diese Worte kreisten mir unaufhörlich im Kopf; aber ich verstand sie nicht, verstand auch nicht mich selbst und nicht sie. Ich glaubte nicht an solches unerwartetes, solches aufwühlendes Glück. Zwingen mußte ich mich, mir das ins Gedächtnis zu rufen, was sich da begeben hatte, und auch ich schaute um mich und sprach wie im Traum.
Nach dem Tee, als ich mir schon zu überlegen begann, wie ich unbemerkt aus dem Haus schlüpfen könne, äußerte sie plötzlich den Wunsch spazierenzugehen und bat mich, sie zu begleiten. Ich stand auf, nahm den Hut und folgte ihr. Zu reden wagte ich nicht; ich atmete kaum, ich wartete darauf, daß sie das erste Wort spreche, wartete auf eine Erklärung, doch sie schwieg. Schweigend erreichten wir das Gartenhäuschen, schweigend traten wir ein, und hier – bis heute weiß ich nicht, kann ich nicht fassen, wie es geschah –, auf einmal fanden wir uns einander umarmend. Eine unsichtbare Kraft hatte mich zu ihr und sie zu mir gedrängt. Beim erlöschenden Tageslicht erstrahlte ihr Gesicht mit den zurückfallenden Locken in einem Lächeln glückseligen Selbstvergessens, und unsere Lippen vereinten sich zum Kuß.
Dieser Kuß war der erste und der letzte.
Wera riß sich plötzlich aus meinen Armen, und mit dem Ausdruck des Entsetzens in den geweiteten Augen taumelte sie zurück.
»Drehen Sie sich um«, sagte sie mit bebender Stimme, »sehen Sie nichts?«
Ich drehte mich rasch um.

»Nein. Und Sie, Sie sehen etwas?«
»Jetzt nicht mehr, aber ich habe es gesehen.«
Sie atmete tief und stockend.
»Wen? Was?«
»Meine Mutter«, antwortete sie zögernd und am ganzen Leibe zitternd.
Auch ich erbebte wie unter eisigem Hauch. Plötzlich grauste mir, als hätte ich ein Verbrechen begangen. War ich in diesem Augenblick nicht wirklich ein Verbrecher?
»Aber nicht doch!« entgegnete ich. »Wie kommen Sie darauf? Sagen Sie mir lieber ...«
»Nein, um Gottes willen, nein!« unterbrach sie mich und umfaßte mit beiden Händen ihren Kopf. »Es ist Wahnsinn. Ich werde wahnsinnig. Damit darf man nicht scherzen – das ist der Tod ... Leben Sie wohl.«
Ich streckte die Arme nach ihr aus.
»Bleiben Sie, um des Himmels willen, noch einen Augenblick!« rief ich – es brach aus mir hervor. Ich wußte nicht, was ich redete, hielt mich kaum aufrecht. »Um des Himmels willen ... es ist zu grausam.«
Sie sah mich an.
»Morgen, morgen abend«, sagte sie, »nicht heute, ich bitte Sie ... Fahren Sie heute nach Hause, und kommen Sie morgen abend zur Gartenpforte am Seeufer. Ich werde dort sein, bestimmt. Ich schwöre dir's, ich komme.« Sie sprach wie entrückt, und ihre Augen blitzten. »Ich komme, wer immer sich mir in den Weg stellen mag, ich schwöre es! Alles werde ich dir sagen, nur laß mich heute gehen.«
Und ehe ich noch ein Wort erwidern konnte, war sie verschwunden.
Bis ins Innerste erschüttert, blieb ich zurück. In meinem Kopf wirbelte es. In die wahnwitzige Freude, die mein ganzes Wesen erfüllte, stahl sich ein banges Gefühl. Ich schaute mich um. Unheimlich war mir jetzt zumute in dem öden, feuchten Raum, wo ich stand, mit der niedrigen Decke und den dunklen Wänden.

Ich lief hinaus und schleppte mich mit bleischweren Füßen zum Wohnhaus. Wera wartete auf der Terrasse; sie ging hinein, sobald sie mich sah, und zog sich sogleich in ihr Schlafzimmer zurück.
Ich fuhr nach Hause.
Wie ich die Nacht und den nächsten Tag bis zum Abend verbrachte, das ist unmöglich wiederzugeben. Ich erinnere mich nur, daß ich ausgestreckt dalag, das Gesicht nach unten, in die Hände gepreßt, daß ich ihr Lächeln heraufbeschwor, das Lächeln vor dem Kuß, und flüsterte: »Das ist sie, endlich ...«
Auch eine Äußerung der Jelzowa kam mir in den Sinn – ich hatte sie von Wera erfahren. Die Jelzowa hatte einst zu ihrer Tochter gesagt: »Du bist wie Eis. Solang du nicht taust, bist du hart wie Stein; sobald du taust, bleibt keine Spur von dir.«
Und noch etwas fiel mir ein: Ich hatte einmal mit Wera über Fähigkeiten und Talente geplaudert.
»Ich habe nur die eine Fähigkeit«, hatte sie gesagt, »zu schweigen bis zur letzten Minute.«
Damals hatte ich nichts verstanden.
Doch daß sie so erschrak, was bedeutet das? fragte ich mich. Hat sie wirklich ihre Mutter gesehen? Spiel der Einbildung! dachte ich und gab mich von neuem den Erwartungen hin.
An jenem Tag schrieb ich Dir (mit was für Gedanken – eine gräßliche Erinnerung!) jenen Brief, der Dich täuschen sollte.
Am Abend stand ich – die Sonne war noch nicht untergegangen – ungefähr fünfzig Schritt von der Gartenpforte entfernt in hohem, dichtem Weidengebüsch am Ufer des Sees. Zu Fuß war ich von meinem Gutshaus hergewandert. Zu meiner Schande muß ich gestehen: Angst, die armseligste Angst erfüllte meine Brust. Unaufhörlich überliefen mich Schauer, aber ich spürte keine Reue. Hinterm Gezweig versteckt, behielt ich ohne Unterlaß die Pforte im Auge. Sie wurde nicht geöffnet. Da ging die Sonne unter, da senkte sich die Dämme-

rung herab, da traten die Sterne hervor, da schwärzte sich der Himmel. Niemand zeigte sich. Fieber überkam mich, schüttelte mich. Die Nacht brach an. Ich ertrug es nicht länger, schob mich vorsichtig aus dem Weidengebüsch und stahl mich zur Pforte. Alles blieb still im Garten. Ich flüsterte Weras Namen, flüsterte ihn noch einmal, ein drittes Mal. Keine Stimme gab Antwort. Noch eine halbe Stunde verging, eine Stunde; stockdunkel wurde es. Das Warten peinigte mich. Ich griff nach der Pforte, öffnete sie mit einem Ruck und schlich mich wie ein Dieb auf den Zehen zum Haus. Im Schatten der Linden hielt ich inne.

Drin waren fast alle Fenster erleuchtet; Menschen liefen von einem Zimmer ins andere. Das verwunderte mich, denn meine Uhr, soweit ich sie beim schwachen Licht der Sterne erkennen konnte, zeigte auf halb zwölf. Da hörte ich Pferdegetrappel hinterm Haus – ein Wagen fuhr vom Hof.

Offenbar Gäste, sagte ich mir. Da ich jede Hoffnung, Wera zu sehen, nun aufgab, verließ ich den Garten und machte mich eilenden Schrittes auf den Heimweg. Es war eine dunkle Septembernacht, doch mild und windstill. Das Gefühl, das mich eine Weile beherrscht hatte – Verdruß und mehr noch Trauer –, ließ allmählich von mir ab, und als ich zu Hause ankam, war ich zwar ein wenig müde vom schnellen Ausschreiten, doch zugleich besänftigt durch die Stille der Nacht, ja glücklich und beinahe fröhlich. Ich ging ins Schlafzimmer, schickte Timofej fort, warf mich, ohne mich auszuziehen, aufs Bett und versank in Nachdenken.

Anfangs stiegen helle, lichte Bilder vor mir auf, doch bald bemerkte ich in mir eine seltsame Veränderung. Schwermut überfiel mich und ein Schmerz, der tief im Innern wühlte und mich beunruhigte. Ich konnte mir nicht erklären, woher das kam; aber mir wurde so bang, so beklommen zumute, als drohte mir sogleich ein Unglück, als müßte ein lieber Mensch in diesem Augenblick leiden und riefe mich zu Hilfe. Die Wachskerze auf dem Tisch brannte mit kleiner, unbewegter Flamme; die Pendeluhr tickte schwer und gemessen. Ich stützte den Kopf auf die Hand und starrte in das öde Halbdunkel meines einsamen Zimmers. Ich dachte an Wera, und das Herz tat mir weh. Alles, was mich so mit Freude erfüllt hatte, erschien mir nun, wie es nicht anders sein konnte, als Unglück, als Verderben, dem man nicht entrinnen kann. Die Schwermut breitete sich immer mehr in mir aus; ich konnte nicht länger still liegen. Plötzlich vermeinte ich jemanden mit flehender Stimme nach mir rufen zu hören. Ich hob den Kopf; ein Zucken durchlief mich – jawohl, ich hatte mich nicht getäuscht. Ein Klagelaut schwebte aus der Ferne heran und brach sich, schwach klirrend, an den schwarzen Fensterscheiben. Mich grauste. Ich sprang vom Bett auf, öffnete das Fenster. Ein deutlich vernehmbares Stöhnen drang ins Zimmer und kreiste gleichsam über mir. Von eisigem Entsetzen gepackt, vernahm ich seine letzten, ersterbenden Schwingungen. Es war, als würde in der Ferne jemand hingemordet und als flehte das unglückliche Opfer vergebens um Gnade. Ob da eine Eule im Wäldchen gerufen oder ein anderes Wesen den Klagelaut ausgestoßen hatte, danach fragte ich damals nicht; vielmehr antwortete ich mit einem Schrei auf den unheilverkündenden Laut, so wie Mazeppa dem Kotschubej antwortete.

»Wera, Wera!« schrie ich. »Bist du's, die mich ruft?«

Timofej tauchte, verschlafen und verwundert, vor mir auf. Ich kam zu mir, trank ein Glas Wasser, ging in ein anderes Zimmer. Aber der Schlaf wollte sich nicht einstellen. Mein Herz schlug stockend und doch aufgeregt. Den Träumereien vom Glück konnte ich mich nicht mehr hingeben; ich wagte nicht mehr an das Glück zu glauben.

Am Tag darauf fuhr ich gegen Mittag zu Priimkow. Er empfing mich mit besorgter Miene.

»Meine Frau ist krank«, sagte er, »sie liegt zu Bett; ich mußte den Arzt holen lassen.«

»Was ist mit ihr?«

»Ich kann es nicht verstehen. Gestern gegen Abend ging sie hinaus in den Garten, aber wenige Augenblicke später kehrte sie zurück – entsetzt, außer sich. Die Zofe kommt zu mir gelaufen. Ich gehe zu meiner Frau, frage sie: ›Was hast du?‹ Sie gibt keine Antwort, legt sich gleich nieder; in der Nacht beginnt sie zu phantasieren. Sie redet im Fieberwahn weiß Gott was, erwähnt auch Sie. Die Zofe hat mir eine ganz merkwürdige Geschichte erzählt: Werotschka habe ihr gesagt, ihr sei im Garten ihre verstorbene Mutter erschienen; es habe ausgesehen, als komme ihr die Mutter mit ausgebreiteten Armen entgegen.«

Du kannst Dir wohl vorstellen, was ich bei diesen Worten empfand.

»Natürlich ist das Unsinn«, fuhr Priimkow fort. »Ich muß freilich zugeben, daß in dieser Hinsicht mit meiner Frau zuweilen ungewöhnliche Dinge geschehen sind.«

»Sagen Sie, ist Wera Nikolajewna sehr krank?«

»Ja, sehr. In der Nacht war es schlimm, jetzt liegt sie bewußtlos.«

»Was sagt der Arzt?«

»Der Arzt sagt, die Krankheit äußere sich noch nicht mit Bestimmtheit.«

12. März

Ich kann nicht so weiterschreiben, wie ich angefangen habe, bester Freund; es kostet mich gar zu große Mühe und reißt gar zu schmerzhaft meine Wunden wieder auf. Die Krankheit, um mit den Worten des Arztes zu sprechen, äußerte sich bald mit Bestimmtheit, und Wera starb an ihr. Keine zwei Wochen mehr lebte sie nach jenem Schicksalstage unseres so kurzen Stelldicheins. Ich sah sie noch einmal vor dem Ende. Keine meiner Erinnerungen ist grausamer. Ich wußte schon vom Arzt, daß keine Hoffnung mehr bestand. Spät am Abend, als sich alle im Hause zur Ruhe begeben hatten, schlich ich mich zur Tür ihres Schlafzimmers und schaute hinein. Wera lag im Bett, die Augen geschlossen, mager, klein, mit Fieberröte auf den Wangen. Wie versteinert starrte ich sie an. Auf einmal öffnete sie die Augen, richtete sie lange und forschend auf mich, dann streckte sie den abgemagerten Arm aus und sprach:

»Was will der an dem heiligen Ort?
Der! Der!«

Sie sprach es mit so furchtbarer Stimme, daß ich entsetzt fortlief. Fast die ganze Zeit ihrer Krankheit phantasierte sie vom »Faust« und von ihrer Mutter, die sie bald Frau Marthe, bald Gretchens Mutter nannte.

Wera starb. Ich war bei ihrem Begräbnis zugegen. Danach gab ich alles auf und ließ mich hier für immer nieder.

Bedenk nun alles, was ich Dir berichtet habe; denk an sie, an dieses Wesen, das so früh hat sterben müssen. Wie es geschah, wie man das unbegreifliche Einmischen eines Toten in die Geschicke der Lebenden zu deuten hat, das weiß ich nicht, und ich werde es nie wissen. Du aber gib zu, daß nicht eine Laune, nicht ein Anfall von Melancholie, wie Du Dich ausdrückst, mich bewog, künftig die Menschen zu meiden. Ich bin ein anderer geworden, bin jetzt ganz anders, als Du mich kanntest; jetzt glaube ich an so manches, woran ich früher nicht glaubte. Wieviel habe ich in der ganzen Zeit über die unglückliche Frau (beinahe hätte ich gesagt: das unglückliche Mädchen) nachgedacht, über ihre Herkunft, über das undurchschaubare Spiel des Schicksals, das wir, selber blind, den blinden Zufall nennen! Wer weiß, was jeder, der auf Erden lebt, an Saatkörnern zurückläßt, denen erst nach seinem Tode aufzugehen beschieden ist? Wer kann sagen, mit welch geheimnisvoller Kette das Schicksal des Menschen mit dem Schicksal seiner Kinder, seiner Nachkommen verbunden ist und wie sein Sehnen und Trachten sich in ihnen spiegelt, seine Fehler an ihnen geahndet werden? Wir alle sollen demütig sein und das Haupt vor dem Unbekannten, Unerkennbaren neigen.

Ja, Wera ist gestorben, und ich bin am Leben geblieben. Ich erinnere mich, als ich noch Kind war, hatten wir zu Hause eine herrliche Vase aus durchsichtigem Alabaster. Auch nicht der kleinste Fleck entweihte ihr jungfräuliches Weiß. Einmal, als ich allein war, begann ich an dem Sockel zu rütteln, auf dem sie stand. Die Vase fiel herab und zerbrach in viele Stücke. Ich erstarrte vor Schrecken und verharrte unbeweglich vor den Scherben. Mein Vater trat ein, sah mich und sagte: »Sieh dir an, was du getan hast. Unsere wunderschöne Vase gibt es nicht mehr; auf keine Weise läßt sie sich wieder heil und ganz machen.« Ich schluchzte. Ich glaubte ein Verbrechen begangen zu haben.

Dann reifte ich zum Mann – und zerschlug leichtfertig ein Gefäß, das tausendmal kostbarer war.

Vergebens rede ich mir zu, eine solche Wendung, ein solcher jäher Ausgang sei nicht zu erwarten gewesen, er habe mich selbst in seiner Plötzlichkeit überrascht und verblüfft, ich hätte ja nicht ahnen können, was für ein Mensch Wera war. Wahrhaftig, sie verstand bis zur letzten Minute zu schweigen. Ich hätte fliehen müssen, sobald ich spürte, daß ich sie liebte, daß ich das Weib eines anderen liebte; aber ich war geblieben – und so fiel das herrliche Geschöpf in Scherben, und mit stummer Verzweiflung blicke ich auf das Werk meiner Hände.

Ja, die Jelzowa hat ihre Tochter eifersüchtig bewacht. Sie hat sie behütet bis zum Ende und sie beim ersten unvorsichtigen Schritt zu sich ins Grab geholt.

Es ist Zeit, den Brief abzuschließen. Nicht einmal den hundertsten Teil dessen habe ich Dir gesagt, was ich hätte sagen sollen; doch auch dies fiel mir schwer genug. Mag nun wieder alles, was aus der Seele aufgestiegen ist, auf ihren Grund sinken. Zum Schluß laß mich Dir sagen, daß ich eine Überzeugung aus den Erfahrungen der letzten Jahre gewonnen habe: Das Leben ist kein Scherz und kein Vergnügen, das Leben ist nicht einmal Genuß, nein, das Leben ist schwere Mühe. Entsagung, fortwährende Entsagung – das ist sein geheimer Sinn, die Lösung seines Rätsels: Nicht seine Lieblingsgedanken, seine Lieblingsträume zu verwirklichen, wie erhaben sie auch sein mögen, sondern seine Pflicht zu erfüllen – danach soll der

Mensch trachten. Wenn er sich nicht selber Ketten anlegt, die eisernen Ketten der Pflicht, wird er niemals ohne Straucheln das Ende seines Weges erreichen. In der Jugend freilich denken wir: Je freier, desto besser, desto weiter kommt man. Der Jugend mag es erlaubt sein, so zu denken; doch schändlich ist es, sich selbst zu betrügen, nachdem einem das strenge Gesicht der Wahrheit schließlich in die Augen geblickt hat.
Leb wohl! Früher hätte ich hinzugefügt: Sei glücklich! Jetzt sage ich Dir: Bemüh Dich zu leben, es ist nicht so leicht, wie es scheint. Gedenke manchmal meiner, doch nicht in Stunden der Trauer, sondern in Stunden des Nachdenkens, und bewahre in Deiner Seele Weras Bild in seiner ganzen makellosen Reinheit. Noch einmal: Leb wohl!

Dein P. B.

Lew Tolstoj

Drei Tode

Erzählung

1

Es war Herbst. Auf der Landstraße fuhren in scharfem Trab zwei Equipagen. In der vorderen Kutsche saßen zwei Frauen. Die eine, mager und blaß, war die Herrin. Die andere, mit glänzenden roten Backen und sehr üppig, war die Zofe. Die kurzen trockenen Haare rutschten ihr unter dem verschossenen Hut hervor, ihre rote Hand in dem zerrissenen Handschuh versuchte sie aufgeregt zu ordnen. Die hohe, mit einem gewirkten Tuch bedeckte Brust strotzte vor Gesundheit, die flinken schwarzen Augen verfolgten bald durch das Fenster die vorbeieilenden Felder, bald betrachteten sie verstohlen die Herrin, bald huschten sie unruhig von einer Wagenecke in die andere. Vor der Nase der Zofe schaukelte der am Netz befestigte Hut der Herrin, auf ihren Knien lag ein Hündchen, ihre Füße wurden von den Schachteln, die am Boden der Kutsche standen, eingezwängt und trommelten auf ihm kaum hörbar zum Klang der schütternden Federn und der klirrenden Scheiben.

Die Hände auf den Knien gefaltet, die Augen geschlossen, schaukelte die Herrin leicht in den Kissen, die man ihr unter den Rücken gestopft hatte, und hustete, ohne den Mund zu öffnen, wobei sie das Gesicht verzog. Auf dem Kopf trug sie ein weißes Nachthäubchen und ein blaues Tüchlein, das um den zarten, bleichen Hals gewickelt war. Der gerade Scheitel, der unter dem Häubchen verschwand, teilte das blonde, überaus dichte und pomadisierte Haar, aber es lag etwas Trockenes, Tödliches in der weißen Haut dieses breiten Scheitels. Eine welke, schon etwas gelbliche Haut bedeckte schlaff die feinen, schönen Gesichtszüge und hatte sich an den Wangen und Backenknochen gerötet. Die Lippen waren trocken und zitterten, die spärlichen Brauen kräuselten sich nicht, und das Reisekapot aus Tuch bildete gerade Falten auf der eingefallenen Brust. Ungeachtet dessen, daß die Augen geschlossen waren, drückte das Gesicht der Herrin Müdigkeit, Gereiztheit und anhaltenden Schmerz aus.

Der Lakai döste, den Ellenbogen auf seine Lehne gestützt, auf dem Bock vor sich hin, der Postkutscher trieb mit lauten Rufen das starke, schweißbedeckte Vierergespann an und sah sich gelegentlich nach dem anderen Kutscher um, der in der folgenden Equipage etwas rief. Die parallel verlaufenden breiten Spuren der Reifen drückten sich gleichmäßig und rasch in den kalkigen Schmutz der Straße. Der Himmel war grau und kalt, feuchter Nebel nieselte auf die Felder und auf die Straße. In der Kutsche war es stickig, es roch nach Kölnischwasser und Staub. Die Kranke lehnte den Kopf zurück und öffnete langsam die Augen. Die großen Augen glänzten und waren von schöner dunkler Farbe.

»Wieder!« sagte sie und stieß mit ihrer schönen mageren Hand nervös den Saloppenzipfel der Zofe beiseite, der kaum merklich ihren Fuß berührte, und ihr Mund verzog sich krampfhaft. Matrjoscha raffte mit beiden Händen ihre Saloppe hoch, richtete sich auf ihren starken Beinen etwas auf und setzte sich weiter weg. Ihr frisches Gesicht bedeckte sich mit einer hellen Röte. Die schönen dunklen Augen der Kranken folgten gierig den Bewegungen der Zofe. Die Herrin stützte sich mit beiden Händen auf den Sitz und wollte sich ebenfalls erheben, um höher zu sitzen, aber ihre Kräfte versagten. Der Mund verzog sich, und ihr ganzes Gesicht nahm den Ausdruck ohnmächtiger, böser Ironie an. »Wenn du mir doch helfen wolltest . . . Ach! Nicht nötig! Ich kann es selber, nur lege mir nicht alle deine Säcke in den Rücken, erweise mir die Gnade! Rühr mich lieber nicht an, wenn du es nicht kannst!« Die Herrin schloß die Augen, hob jedoch schnell noch einmal die Lider und warf der Zofe einen Blick zu.

Matrjoscha schaute sie an und biß sich auf die rote Unterlippe. Ein schwerer Seufzer stieg aus der Brust der Kranken, aber der Seufzer verwandelte sich, noch ehe er zu Ende war, in Husten. Sie wandte sich ab, verzog das Gesicht und griff sich mit beiden Händen an die Brust. Als der Husten vorüber war, schloß sie wiederum die Augen und blieb unbeweglich sitzen. Die Karosse und die Kutsche fuhren in ein Dorf. Matrjoscha streckte ihre dicke Hand unter dem Tuch hervor und bekreuzigte sich.

»Was ist das?« fragte die Herrin.

»Eine Station, Herrin.«

»Weshalb bekreuzigst du dich, frage ich?«

»Eine Kirche, Herrin.«

Die Kranke wandte sich zum Fenster und bekreuzigte sich langsam, wobei sie mit großen Augen die große Dorfkirche betrachtete, an welcher die Karosse der Kranken vorüberfuhr.

Die Karosse und die Kutsche blieben gemeinsam vor der Station stehen. Aus der Kutsche stiegen der Mann der Kranken und der Doktor heraus und näherten sich der Karosse.

»Wie fühlen Sie sich?« fragte der Doktor und fühlte ihr den Puls.

»Nun, wie geht es dir, liebe Freundin, bist du nicht sehr müde?« fragte ihr Mann auf französisch, »willst du nicht aussteigen?«

Matrjoscha raffte die Bündel zusammen und drückte sich in die Ecke, um sie bei der Unterhaltung nicht zu stören.

»Nicht besonders, immer dasselbe«, antwortete die Kranke. »Ich steige lieber nicht aus.«

Der Mann stand noch ein Weilchen herum, dann ging er in das Stationsgebäude. Matrjoscha sprang aus der Karosse und lief auf den Zehenspitzen durch den Schmutz auf das Tor zu.

»Wenn es mir schlecht geht, ist das kein Grund für euch, nicht zu frühstücken«, sagte die Kranke mit einem leichten Lächeln zum Doktor, der am Fenster der Karosse stand.

Keiner von beiden kümmert sich um mich, fügte sie für sich hinzu, sobald der Doktor, der sich mit leisen Schritten von ihr entfernt hatte, im Trab die Stufen zum Stationsgebäude hinauflief. Ihnen geht es gut, also ist ihnen alles übrige gleich. O mein Gott!

»Nun, Eduard Iwanowitsch«, sagte der Mann, indem er dem Doktor entgegenging und sich mit einem fröhlichen Lächeln die Hände rieb, »ich habe befohlen, den Proviantkorb bringen zu lassen, wie denken Sie darüber?«

»Nicht schlecht«, antwortete der Doktor.

»Nun, und sie?« fragte der Mann mit einem Seufzer, wobei er die Stimme senkte und die Brauen hob.

»Ich habe gesagt: Sie wird mit Gottes Hilfe vielleicht bis Moskau kommen, von einer Weiterreise nach Italien kann nicht die Rede sein. Vor allem nicht bei diesem Wetter.«

»Aber was tun? Ach mein Gott! mein Gott!« Der Mann bedeckte die Augen mit der Hand. »Da stell ihn her«, sagte er zu dem Bedienten, der den Korb hereinbrachte.

»Daheimbleiben hätte man müssen«, antwortete der Doktor und zuckte die Schultern.

»Aber sagen Sie mir nur, was hätte ich tun sollen?« erwiderte der Mann. »Ich habe doch alles versucht, um sie zurückzuhalten, ich habe von meinen beschränkten Mitteln gesprochen und von den Kindern, die wir allein zurücklassen müssen, und von meinen geschäftlichen Angelegenheiten – sie will nichts hören. Sie macht Pläne über das Leben im Ausland, als ob sie gesund wäre. Und ihr ihren Zustand erklären – das hieße doch, sie töten.«

»Aber sie ist ja schon tot, müssen Sie wissen, Wasilij Dmitritsch. Der Mensch kann nicht leben, wenn er keine Lungen hat, und Lungen wiederum können nicht nachwachsen. Traurig, schwer, aber was tun? Ihre und meine Sorge besteht nur darin, ihr das Ende so leicht und friedlich wie möglich zu machen. Hier ist ein Geistlicher vonnöten.«

»Ach, mein Gott! begreifen Sie doch meine Lage, wenn ich

sie an ihren Letzten Willen erinnern soll. Komme, was kommen mag, aber ich sage ihr nichts. Sie wissen doch, wie gut sie ist...«

»Dann versuchen Sie sie wenigstens zu überreden, mit der Reise so lange zu warten, bis es ordentliche Winterwege gibt«, sagte der Doktor und wiegte vielsagend den Kopf, »sonst kann es unterwegs schlimm werden...«

»Axjuscha, he Axjuscha!« kreischte die Tochter des Stationsvorstehers, die sich eine Jacke über den Kopf gehängt hatte und auf der schmutzigen Hintertreppe herumstampfte, »komm, schauen wir uns die Gutsfrau von Schirkino an, man sagt, daß man sie wegen ihrer Brustkrankheit ins Ausland bringt. Ich habe noch nie gesehen, wie eine Schwindsüchtige aussieht.«

Axjuscha sprang auf die Schwelle, und beide faßten sich an den Händen und liefen zum Tor hinaus. Den Schritt verhaltend, gingen sie an der Karosse vorbei und warfen einen Blick durch das herabgelassene Fenster. Die Kranke drehte ihnen den Kopf zu, doch als sie ihre Neugierde bemerkte, runzelte sie die Stirn und wandte sich ab.

»Mm-ü-ü-tterchen!« sagte die Tochter des Stationsvorstehers, indem sie rasch den Kopf wegdrehte. »Was für eine wunderbare Schönheit sie war – und was jetzt aus ihr geworden ist! Zum Fürchten. Hast du gesehen, Axjuscha, hast du gesehen?«

»Ja, wie mager sie ist!« stimmte Axjuscha bei. »Gehen wir noch einmal schauen, als ob wir zum Brunnen wollten. Siehst du, sie hat sich abgewandt, aber ich habe sie noch gesehen. Wie schade, Mascha.«

»Und was für ein Schmutz hier ist!« antwortete Mascha, und beide liefen zum Tor zurück.

Offenbar bin ich ganz häßlich geworden, dachte die Kranke. Nur schnell, schnell ins Ausland, dort werde ich mich in kurzer Zeit erholen.

»Also, wie geht es dir, liebe Freundin?« fragte der Mann, indem er kauend an die Karosse herantrat.

Immer ein und dieselbe Frage, dachte die Kranke, und er selbst ißt!

»Nichts Besonderes«, murmelte sie durch die Zähne.

»Weißt du, liebe Freundin, ich fürchte, daß dir vom Fahren bei diesem Wetter nur schlechter wird, und Eduard Iwanytsch sagt dasselbe. Sollen wir nicht umkehren?«

Sie schwieg zornig.

»Wenn sich das Wetter bessert, werden sich auch die Wege festigen, und dein Zustand wird dir nicht so viel zu schaffen machen; wir könnten dann auch alle zusammen reisen.«

»Entschuldige. Hätte ich nicht so lange auf dich gehört, befände ich mich jetzt in Berlin und wäre schon gesund.«

»Was tun, mein Engel, es war unmöglich, du weißt es. Wenn du aber jetzt noch einen Monat hierbliebst, würdest du dich prächtig erholen; ich könnte meine Geschäfte erledigen, und wir würden die Kinder mitnehmen ...«

»Die Kinder sind gesund, aber ich nicht.«

»Aber versteh doch, liebe Freundin, daß bei diesem Wetter, falls sich dein Befinden unterwegs verschlechtern sollte ... dann wärst du wenigstens daheim.«

»Was denn daheim ... Sterben daheim ...?« antwortete die Kranke aufbrausend. Aber das Wort »sterben« hatte sie offenbar erschreckt, und sie blickte flehend und fragend ihren Mann an. Er senkte den Blick und schwieg. Der Mund der Kranken verzog sich plötzlich wie bei einem Kind, und die Tränen stürzten ihr aus den Augen. Der Mann bedeckte sein Gesicht mit dem Taschentuch und entfernte sich schweigend von der Kutsche.

»Nein, ich fahre«, sagte die Kranke, hob die Augen gen Himmel, faltete die Hände und begann unzusammenhängende Worte zu flüstern. »Mein Gott! weshalb denn?« sagte sie, und ihre Tränen flossen stärker. Sie betete lange und inbrünstig, aber in der Brust war es ebenso schmerzlich und eng, am Himmel, in den Feldern und auf der Straße war es ebenso grau und düster, und derselbe Herbstnebel, nicht stärker und nicht schwächer, nieselte noch ebenso auf den Schmutz der Straße, auf die Dächer, auf die Kutsche und auf die Schafpelze der Kutscher, die sich mit lauten, fröhlichen Stimmen unterhielten, die Karosse schmierten und die Pferde anspannten...

2

Die Karosse war angespannt, aber der Kutscher trödelte. Er ging in die Kutscherstube. In der Stube war es heiß, schwül, dunkel und stickig, es roch nach Wohnen, gebackenem Brot, Kohl und Schafpelz. Einige Kutscher befanden sich in der Stube, die Köchin machte sich am Ofen zu schaffen, auf dem Ofen lag unter Schafpelzen ein Kranker.

»Onkel Chwjodor! he, Onkel Chwjodor«, sagte der junge Bursche, der Kutscher im Schafpelz und mit der Peitsche hinter dem Gürtel, als er die Stube betrat und sich an den Kranken wandte.

»Was hast du Faulpelz nach Fedka zu fragen?« ließ sich einer der Kutscher vernehmen. »Siehst du nicht, daß die Karosse auf dich wartet?«

»Ich will ihn um die Stiefel bitten; die meinen sind hin«, antwortete der Bursche, indem er die Haare zurückwarf und die Fausthandschuhe im Gürtel zurechtschob. »Schläft er vielleicht? He, Onkel Chwjodor?« wiederholte er, indem er näher an den Ofen trat.

»Was gibt's?« ließ sich eine schwache Stimme vernehmen, und ein rotbärtiges, hageres Gesicht neigte sich vom Ofen herab. Eine breite, ausgemergelte und bleiche Hand, mit Haaren bedeckt, versuchte den Armäck auf die spitzen Schultern, die in einem schmutzigen Hemd steckten, zu ziehen. »Gibst du mir zu trinken, Bruder?«

Der Bursche reichte ihm die Schöpfkelle mit Wasser.

»Also, Fedja«, sagte er geniert, »du brauchst wohl deine neuen Stiefel jetzt nicht; gib sie mir, du wirst sie ja doch nicht mehr anziehen.«

Der Kranke neigte den müden Kopf der schimmernden Schöpfkelle entgegen und trank, während sein schütterer, herabhängender Schnurrbart im dunklen Wasser schwamm, matt und gierig. Sein struppiger Bart war unsauber, die eingefallenen, trüben Augen richteten sich mit großer Anstrengung auf das Gesicht des Burschen. Als er sich vom Trinken aufrichtete, wollte er den Arm heben, um sich die nassen Lippen abzuwischen, vermochte es aber nicht und wischte sich am Ärmel des Armäck ab. Schweigend und mühsam durch die Nase atmend, blickte er dem Burschen direkt in die Augen und nahm alle Kräfte zusammen.

»Vielleicht hast du sie schon jemandem versprochen«, sagte der Bursche, »dann ist meine Bitte vergeblich. Vor allem geht es darum, draußen ist es naß, ich muß dienstlich fahren, da habe ich mir gedacht: Bitten wir doch Fedka um die Stiefel, er hat sie wohl nicht mehr nötig. Vielleicht brauchst du sie aber noch, dann sag es ...«

In der Brust des Kranken rasselte und röchelte es; er krümmte sich zusammen und wurde von einem kehligen, ungelösten Husten gewürgt.

»Wo wird er sie denn brauchen?« polterte unerwartet und zornig die Stimme der Köchin durch die ganze Stube; »den zweiten Monat schon kriecht er nicht mehr vom Ofen herunter. Siehst doch, daß ihn der Husten schier zerreißt, schon wenn man's hört, tun einem selber alle Eingeweide weh. Wo wird er Stiefel brauchen? In den neuen Stiefeln wird man ihn nicht begraben. Und es wäre längst Zeit dazu, Gott verzeih mir die Sünde. Siehst ja, wie es ihn zerreißt. Man müßte ihn in eine andere Stube schaffen oder sonstwohin! In der Stadt soll es, hört man, solche Krankenhäuser geben; was ist denn das für eine Geschichte – er hat sich in der ganzen Ecke breitgemacht – und damit basta. Man hat für sich keinen Platz mehr. Und da verlangt man noch Sauberkeit ...«

»He, Serjosha! marsch, auf den Bock, die Herrschaften warten«, schrie der Stallmeister zur Tür herein.

Serjosha wollte schon gehen, ohne eine Antwort erhalten zu haben, aber der Kranke gab ihm, während er hustete, mit den Augen zu verstehen, daß er antworten wolle.

»Nimm die Stiefel, Serjosha«, sagte er, nachdem er den Husten unterdrückt hatte und ein wenig zu Atem gekommen war. »Nur, hörst du, kauf mir einen Grabstein, wenn ich gestorben bin«, fügte er keuchend hinzu.

»Danke, Onkel, ich nehme sie also, und den Stein, bei Gott, den kaufe ich dir ganz bestimmt.«

»Ihr habt es gehört, Kinder«, konnte der Kranke noch sagen und krümmte sich wieder zusammen und mußte sich wieder vom Husten würgen lassen.

»Gut, wir haben es gehört«, sagte einer der Kutscher. »Geh, Serjosha, fahr ab, der Stallmeister kommt schon wieder hereingelaufen. Fährst du die kranke Gutsfrau von Schirkino?«

Serjosha schlüpfte rasch aus seinen zerrissenen, unwahrscheinlich großen Stiefeln und schleuderte sie unter die Bank. Die neuen Stiefel Onkel Fjodors paßten ihm wie angegossen, und Serjosha ging, während er sie betrachtete, zu der Karosse.

»Ach, herrliche Stiefel! Gib her, ich schmier sie ein«, sagte ein Kutscher, der einen Kübel Wagenschmiere in der Hand hielt, während Serjosha auf den Bock kletterte und die Zügel ordnete. »Hat er sie umsonst hergegeben?«

»Bist wohl neidisch«, antwortete Serjosha, indem er sich ein wenig aufrichtete und die Schöße des Armäck um die Beine wickelte. »Hü! vorwärts, ihr Schönen!« schrie er auf die Pferde ein und schwang die Peitsche; und die Karosse und die Kutsche samt ihren Insassen, Koffern und Bündeln rollten wie im Fluge über die nasse Straße und verschwanden im grauen Herbstnebel.

Der kranke Kutscher blieb in der schwülen Stube auf dem Ofen zurück, wandte sich, ohne ausgehustet zu haben, auf die andere Seite und verstummte.

In der Stube gingen bis zum Abend die Kutscher aus und ein und aßen und tranken – vom Kranken war nichts zu hören. Vor dem Schlafengehen kroch die Köchin auf den Ofen und langte sich zwischen seinen Beinen den Schafpelz hervor.

»Sei mir nicht böse, Nastasja«, sagte der Kranke, »aber ich mache dir bald deine Ecke frei.«

»Gut, gut, was denn, macht doch nichts«, murmelte Nastasja. »Wo tut es dir denn weh, Onkel? sag's doch.«

»Inwendig ist alles ausgezehrt. Weiß Gott, was ich habe.«

»Tut dir denn auch der Schlund weh, wenn du hustest?«

»Überall tut es weh. Mein Tod ist gekommen – das ist es. Och, och, och!« stöhnte der Kranke auf.

»Deck dir schön die Füße zu«, sagte Nastasja, breitete den Armäck über ihn und stieg vom Ofen herab.

In der Nacht brannte in der Stube ein trübes Nachtlicht. Nastasja und an die zehn Kutscher schliefen laut schnarchend auf dem Fußboden und auf den Bänken. Nur der Kranke ächzte leise, hustete und warf sich auf dem Ofen hin und her. Gegen Morgen verstummte er vollends.

»Seltsam, was ich heute nacht geträumt habe«, sagte die Köchin am anderen Morgen, während sie sich – noch im Dämmerlicht – reckte und streckte. »Ich träumte, daß Onkel Chwjodor vom Ofen kroch und Holz hacken ging. ›Komm, Nastasja‹, sagte er zu mir, ›ich helfe dir ein wenig.‹ Ich sagte zu ihm: ›Wie kannst du denn noch Holz hacken‹, aber er packt das Beil und beginnt zu hacken – und so geschwind, so geschwind, daß die Späne nur so fliegen. ›Ja, was ist denn das?‹ sage ich, ›du warst doch krank?‹ – ›Nein‹, sagt er, ›ich bin gesund‹, und holt dabei so aus, daß ich es mit der Angst zu tun bekomme. Wie ich aufschreie, erwache ich. Er wird doch nicht gestorben sein, he? Onkel Chwjodor! he, Onkel!«

Fjodor gab keine Antwort.

»Er wird doch nicht gestorben sein? Geh, schau einmal nach«, sagte einer der erwachenden Kutscher.

Die vom Ofen herabhängende magere Hand mit den rötlichen Haaren war kalt und bleich.

»Geh und sag's dem Stationsvorsteher, er ist scheint's gestorben«, sagte ein Kutscher.

Verwandte hatte Fjodor nicht – er war von weither. Am folgenden Tag begrub man ihn auf dem neuen Friedhof hinter dem Wäldchen, und Nastasja erzählte noch mehrere Tage lang allen von ihrem Traum und davon, daß sie die erste gewesen war, die sich Onkel Fjodors erinnert hatte.

3

Der Frühling war gekommen. Über die nassen Straßen der Stadt rieselten zwischen gefrorenen Mistklumpen eilige Bächlein; die Farben der Kleider und die Stimmen der plaudernden und sich drängenden Menge waren hell. In den Gärten hinter den Zäunen schwollen die Knospen der Bäume, und ihre Zweige schwankten kaum im frischen Wind. Überall flossen und stauten sich durchsichtige Tropfen . . . Die Spatzen schilpten wirr durcheinander und schwirrten auf ihren kleinen Flügeln durch die Luft. Auf der Sonnenseite, auf Zäunen, Häusern und Bäumen regte sich und glänzte alles. Froh und jung war alles im Himmel und auf Erden und in den Herzen der Menschen.

In einer der Hauptstraßen, vor einem großen, herrschaftlichen Haus, war frisches Stroh aufgeschüttet; in dem Haus lag jene sterbende Kranke, die es so eilig gehabt hatte, ins Ausland zu kommen.

Vor der geschlossenen Tür ihres Zimmers standen der Mann der Kranken und eine greise Frau. Auf dem Diwan saß ein Geistlicher mit gesenktem Blick und hielt etwas im Epitrachilion eingewickelt. In der Ecke lag eine Greisin – die Mutter der Kranken – in einem Voltairesessel und weinte bitterlich. Neben ihr hielt die Zofe ein reines Taschentuch in der Hand und wartete darauf, bis daß die Greisin es verlangte; eine andere Zofe rieb die Schläfen der Greisin und blies ihr unter das Häubchen ins graue Haar.

»Nun, Christus sei mit Ihnen, liebe Freundin«, sagte der Mann zu der greisen Frau, die mit ihm bei der Tür stand, »sie hat solches Vertrauen zu Ihnen, und Sie können so gut mit ihr reden, reden Sie ihr also gut zu, Täubchen, gehen Sie.«

Er wollte schon die Tür öffnen, aber die Cousine hielt ihn zurück, preßte etlichemal ihr Tüchlein auf die Augen und schüttelte den Kopf.

»So, jetzt sehe ich scheint's nicht mehr verweint aus«, sagte sie, öffnete sich selbst die Tür und betrat das Zimmer.

Der Mann befand sich in starker Erregung und schien völlig verwirrt zu sein. Er ging auf die Greisin zu, aber nachdem er einige Schritte gemacht hatte, wandte er sich um, ging im Zimmer auf und ab und trat an den Geistlichen heran. Der Geistliche blickte ihn an, richtete die Augen samt den Brauen gen Himmel und seufzte. Sein dichter, graumelierter Bart hob sich ebenfalls und senkte sich wieder.

»Mein Gott! Mein Gott!« sagte der Mann.

»Was tun?« sagte der Geistliche seufzend, und wieder hoben sich Brauen und Bart himmelwärts und senkten sich.

»Und ihr Mütterchen da!« sagte der Mann geradezu verzweifelt. »Sie wird es nicht überleben. Sie hat sie doch so lieb, so lieb wie ... ich weiß nicht wie. Wenn Sie es doch versuchten, Väterchen, sie zu beruhigen und ihr zuzureden, von hier wegzugehen.«

Der Geistliche erhob sich und ging auf die Greisin zu.

»Gewiß, gnädige Frau, ein Mutterherz vermag niemand richtig zu schätzen«, sagte er, »aber Gott ist barmherzig.«

Das Gesicht der Greisin verzerrte sich plötzlich, und ein hysterischer Schluckauf befiel sie.

»Gott ist barmherzig«, fuhr der Geistliche fort, als sie sich ein wenig beruhigt hatte. »Ich kann Ihnen verraten, daß in meinem Sprengel ein Kranker war, dem es viel schlechter ging als Marja Dmitrijewna, und daß ihn ein einfacher Kleinbürger in kurzer Zeit mit Kräutern geheilt hat. Und jener selbige Kleinbürger ist jetzt sogar in Moskau. Ich habe Wasilij Dmitrijewitsch schon gesagt – man könnte es versuchen. Zum mindesten wäre es ein Trost für die Kranke. Bei Gott ist alles möglich.«

»Nein, sie hat nicht mehr lange zu leben«, sprach die Greisin. »Und statt meiner nimmt Gott sie zu sich.« Und der hysterische Schluckauf wurde so stark, daß sie das Bewußtsein verlor.

Der Mann der Kranken bedeckte das Gesicht mit den Händen und lief aus dem Zimmer.

Das erste Wesen, das ihm auf dem Korridor begegnete, war ein sechsjähriges Büblein, das aus Leibeskräften seinem jüngeren Schwesterchen nachjagte.

»Wünschen Sie nicht, die Kinder zu ihrer Mutter zu führen?« fragte die Amme.

»Nein, sie will sie nicht sehen. Das regt sie auf.«

Der Knabe blieb einen Augenblick stehen, betrachtete aufmerksam das Gesicht des Vaters, hüpfte plötzlich auf einem Fuß hoch und lief mit fröhlichem Geschrei weiter.

»Sie ist sozusagen der Rappe, Papachen!« rief der Knabe und zeigte auf die Schwester.

Indessen saß in dem anderen Zimmer die Cousine der Kranken und bemühte sich, diese in einem kunstvoll geführten Gespräch auf den Gedanken an den Tod vorzubereiten. Der Doktor am anderen Fenster mischte einen Trank.

Die Kranke saß in einem weißen Kapot, ganz mit Kissen umgeben, im Bett und blickte schweigend auf die Cousine.

»Ach, liebe Freundin«, sagte sie, indem sie ihr unerwartet ins Wort fiel, »bemühen Sie sich doch nicht, mich vorzubereiten. Halten Sie mich nicht für ein Kind. Ich bin eine Christin. Ich weiß alles. Ich weiß, daß ich nicht mehr lange zu leben habe, ich weiß, daß ich mich jetzt, hätte mein Mann früher auf mich gehört, in Italien befinden könnte und vielleicht – sogar sicher – schon wieder gesund wäre. Das haben ihm alle gesagt. Aber was tun? Offenbar hat es Gott anders gefallen. Wir alle haben viele Sünden, ich weiß es; aber ich hoffe auf die Gnade Gottes, wird der allen verzeihen, sicherlich allen verzeihen. Ich bin bestrebt, mich selber zu verstehen. Auch ich hatte viele Sünden, liebe Freundin. Aber dafür hatte ich auch viel zu leiden. Ich war bemüht, meine Leiden mit Geduld zu ertragen ...«

»Soll ich also den Geistlichen rufen, liebe Freundin? Dann wird Ihnen noch leichter ums Herz werden, wenn Sie die Kommunion empfangen haben«, sagte die Cousine.
Die Kranke nickte zum Zeichen ihres Einverständnisses mit dem Kopf.
»Mein Herr und Gott! verzeih mir Sünderin«, flüsterte sie.
Die Cousine ging hinaus und gab dem Geistlichen einen Wink.
»Sie ist ein Engel!« sagte sie zu dem Mann mit Tränen in den Augen.
Der Mann weinte, der Geistliche ging auf die Tür zu, die Greisin lag noch immer bewußtlos da, und im anderen Zimmer wurde es völlig still. Nach fünf Minuten kam der Geistliche wieder heraus, nahm das Epitrachilion ab und richtete sich die Haare.
»Gott sei Dank, sie ist jetzt ruhiger«, sagte er, »sie wünscht Sie zu sehen.«
Die Cousine und der Mann gingen zu ihr hinein. Die Kranke weinte leise und blickte auf das Heiligenbild.
»Sei beglückwünscht, liebe Freundin«, sagte der Mann.
»Sei bedankt! Wie wohl mir jetzt ums Herz ist, welch unbegreifliche Süße ich verspüre«, sagte die Kranke, und ein leichtes Lächeln spielte auf ihren feinen Lippen. »Wie gnädig Gott ist! Nicht wahr, er ist gnädig und allmächtig?« Und sie blickte von neuem mit inbrünstigem Flehen und tränenvollen Augen auf das Heiligenbild.
Dann schien sie sich plötzlich an etwas zu erinnern. Sie winkte ihren Mann zu sich heran.
»Du willst niemals das tun, worum ich dich bitte«, sagte sie mit schwacher und unwilliger Stimme.
Der Mann hörte ihr mit vorgestrecktem Hals aufmerksam zu.
»Was denn, liebe Freundin?«
»Wie oft habe ich dir gesagt, daß diese Doktoren nichts wissen, es gibt einfache Mittel, die einen Menschen kurieren ...

Der Geistliche hat gesagt ... ein Kleinbürger ... Schick nach ihm ...«

»Zu wem, liebe Freundin?«

»Mein Gott! nichts willst du verstehen! ...« Und die Kranke verzog das Gesicht und schloß die Augen.

Der Doktor trat an sie heran und nahm ihre Hand. Der Puls schlug merklich schwächer und schwächer. Er warf dem Mann einen Blick zu. Die Kranke bemerkte diese Geste und blickte erschrocken um sich. Die Cousine wandte sich ab und begann zu weinen.

»Weine nicht, quäle nicht dich und mich«, sagte die Kranke, »das raubt mir die letzte Ruhe.«

»Du Engel!« sagte die Cousine und küßte ihr die Hand.

»Nein, hierher küsse mich, nur Toten küßt man die Hand. Mein Gott! Mein Gott!«

Am gleichen Abend war die Kranke schon eine Leiche, und die Leiche lag in einem Sarg im Saal des großen Hauses. In dem großen Zimmer mit der geschlossenen Tür saß ein Vorsänger und las näselnd, mit gleichmäßiger Stimme, die Psalmen Davids. Das helle Licht der Wachskerzen fiel von den hohen, silbernen Leuchtern auf die bleiche Stirn der Entschlafenen, auf die schweren wächsernen Hände und die versteinerten Falten des Leichentuchs, das sich über den Knien und Zehen unheimlich hob. Der Vorsänger las, ohne seine eigenen Worte zu verstehen, gleichmäßig vor sich hin, und die Worte verklangen und erstarben in dem stillen Zimmer ganz merkwürdig. Hin und wieder drangen aus einem entfernten Zimmer Laute kindlicher Stimmen und Gepolter herüber.

»Du verbirgst Dein Angesicht, und sie bleiben in der Wirrnis«, lautete der Psalter, »Du nimmst Deinen Odem von ihnen, und sie sterben und werden zu Staub. Du lässest aus Deinen Odem, und sie werden wieder geschaffen und erneuern das Antlitz der Erde. Ehre sei dem Herrn in Ewigkeit.«

Das Antlitz der Entschlafenen war streng und majestätisch. Weder auf der reinen, kalten Stirn noch auf dem fest geschlossenen Mund war die geringste Bewegung wahrzunehmen. Sie war ganz Aufmerksamkeit. Aber verstand sie wenigstens jetzt diese großen Worte?

4

Nach einem Monat erhob sich auf dem Grab der Entschlafenen eine steinerne Kapelle. Auf dem Grab des Kutschers stand noch immer kein Stein; nur hellgrünes Gras sproß auf dem Hügel und diente als einziges Merkmal vergangener Existenz eines Menschen.

»Das ist eine Sünde von dir, Serjosha«, sagte die Köchin auf der Station einmal zu ihm, »wenn du Chwjodor keinen Stein kaufst. Du hast gesagt: im Winter, im Winter, aber warum hältst du nicht dein Wort? In meinem Beisein hast du es versprochen. Einmal ist er schon bei dir gewesen und hat dich gefragt; wenn du den Stein nicht kaufst, kommt er noch einmal und würgt dich.«

»Ja, was denn? Weigere ich mich etwa?« antwortete Serjosha. »Ich werde den Stein schon kaufen, wie ich es gesagt habe, um anderthalb Silberrubel kaufe ich ihm einen. Ich habe es nicht vergessen, aber man muß ihn doch herbeischaffen. Sobald sich eine Fahrgelegenheit in die Stadt ergibt, kaufe ich ihn.«

»Wenn du wenigstens ein Kreuz aufgestellt hättest, aber so!« ließ sich ein alter Kutscher vernehmen. »Es ist ja geradezu eine Schande. Die Stiefel hast du an.«

»Wo soll ich denn ein Kreuz hernehmen? Aus einem Holzscheit läßt sich keines schnitzen.«

»Was sagst du da? Aus einem Holzscheit läßt sich freilich keines schnitzen, aber nimm eine Axt und geh zeitig in der Frühe in den Wald, dann kannst du eines schnitzen. Hau eine kleine Esche um oder so etwas. Dann mach daraus ein Kreuz mit einem kleinen Dach. Aber wenn du gehst, spendiere dem Waldhüter einen Wodka. Du wirst ihm doch nicht für einen Schmarren einen spendieren. Unlängst habe ich ein

Waagscheit zerbrochen und habe mir im Wald ein neues, ordentliches ausgesucht – und kein Mensch hat etwas gesagt.«

Zeitig in der Frühe, kaum daß es dämmerte, nahm Serjosha die Axt und ging in den Wald.

Über allem lag die kalte, mattschimmernde Decke des von der Sonne noch nicht beleuchteten Taus. Im Osten wurde es unmerklich heller, das schwache Licht spiegelte sich in den feinen Wolken, mit denen das Himmelsgewölbe bedeckt war, wider. Kein Gräslein unten, kein Blättchen auf den obersten Zweigen der Bäume bewegte sich. Nur ganz vereinzelt störte das Geräusch von Flügeln im Gezweig eines Baumes oder ein Rascheln auf der Erde die Stille des Waldes. Plötzlich erscholl ein merkwürdiger, der Natur fremder Laut und erstarb am Rand des Waldes. Und abermals war der Laut zu vernehmen und fing an, sich gleichmäßig unten am Stamm eines der unbeweglich dastehenden Bäume zu wiederholen. Einer der Wipfel erzitterte auf ganz ungewöhnliche Weise, seine saftigen Blätter flüsterten etwas, und ein Rotkehlchen, das auf einem seiner Zweige saß, flatterte zwitschernd mit den Flügeln und setzte sich, mit dem Schwänzchen wippend, auf einen anderen Baum.

Die Axt am Fuße des Stammes klang immer dumpfer, saftige weiße Späne flogen in das taubedeckte Gras, und zwischen den Schlägen ließ sich ein leises Knacken vernehmen. Der Baum erzitterte am ganzen Leib, neigte sich und richtete sich schnell wieder auf, wobei er auf seinem Wurzelstock erschreckt hin und her schwankte. Für einen Augenblick verstummte alles, aber der Baum neigte sich wiederum, wiederum war das Knacken in seinem Stamm zu vernehmen, und dann stürzte er – Zweige brechend und Äste mitreißend – mit dem Wipfel donnernd auf die feuchte Erde. Das Geräusch der Axt und der Schritte verstummte. Das Rotkehlchen zwitscherte und flatterte höher. Das Zweiglein, das es mit seinen Flügeln berührt hatte, schwankte noch eine Zeitlang und blieb dann mit seinen Blättern wie alle anderen unbeweglich stehen. Die Bäume streckten ihre regungslosen Zweige noch freudiger in den neugewonnenen Raum.

Die ersten Strahlen der Sonne drangen aus einer vorüberziehenden Wolke, leuchteten am Himmel auf und liefen über Erde und Himmel. Der Nebel wälzte sich in Schwaden durch die Niederungen, der Tau spielte glitzernd auf dem Grün, und durchsichtige, verblassende Wölkchen liefen eilends über das blaue Himmelsgewölbe. Die Vögel lärmten in den Zweigen und zwitscherten weltvergessen etwas Glückliches, die saftigen Blätter flüsterten fröhlich und ruhig in den Wipfeln, und die Zweige der lebenden Bäume rauschten langsam und majestätisch über dem toten, gefällten Baum.

Michail Saltykow-Schtschedrin

Wie ein Bauer zwei Generäle durchfütterte

Da gab es einmal zwei Generäle, die beide recht leichtsinnig waren. So konnte es denn passieren, daß sie sich plötzlich – weiß der Kuckuck wie – auf eine unbewohnte Insel versetzt sahen.

Ihr ganzes Leben lang hatten die Generäle in einer Registratur Dienst getan. Hier waren sie zur Welt gekommen, aufgewachsen und alt geworden. Und folglich hatten sie von nichts auch nur den leisesten Schimmer. Selbst ihr Wortschatz beschränkte sich auf Formeln wie »Indem ich Sie meiner Hochachtung und Ergebenheit versichere ...«.

Eines Tages hatte man die Registratur als nutzlos geschlossen und die Generäle nach Hause geschickt. Nunmehr General a. D., ließen sie sich in Petersburg nieder, in der Amtsschreiberstraße. Jeder hatte seine eigene Wohnung, seine Köchin und bezog seine Pension. Doch nun befanden sie sich plötzlich auf einer unbewohnten Insel, wachten auf und stellten fest: Beide liegen sie unter ein und derselben Decke. Zunächst haben sie natürlich nicht begriffen, was los war, und begannen sich zu unterhalten, als ob nichts geschehen wäre.

»Seltsam, Exzellenz«, sagte der eine General, »mir hat gerade geträumt, daß ich auf einer unbewohnten Insel bin ...«

Sprach's und sprang plötzlich auf! Auch der andere General fuhr hoch.

»Herr des Himmels! Ja, was ist denn das? Wo sind wir denn hier?« schrien beide mit gänzlich veränderter Stimme.

Sie betasteten einander, um Klarheit zu gewinnen, ob diese schlimme Begebenheit ein Traum sei oder Wirklichkeit. Aber sosehr sie sich auch einzureden versuchten, das alles sei bloße Sinnestäuschung – sie mußten sich doch von der traurigen Realität überzeugen lassen.

Vor ihnen erstreckte sich auf der einen Seite das Meer, wäh-

rend auf der anderen ein kleines Stückchen Land lag, hinter dem sich dasselbe grenzenlose Meer breitete. Und zum ersten Mal seit Schließung der Registratur begannen die beiden Generäle zu weinen.
Sie betrachteten einander und sahen, daß sie im Nachthemd dastanden, aber jeder einen Orden am Halse trug.
»Jetzt wäre ein Kaffeechen recht!« meinte der eine General. Dann fiel ihm aber ein, was für ein unerhörtes Ding ihnen passiert war, und so brach er von neuem in Tränen aus.
»Was sollen wir denn bloß tun?« fuhr er unter Tränen fort. »Selbst wenn man jetzt eine Meldung schreiben würde, was hätte es für einen Sinn?«
»Wissen Sie was, Exzellenz«, antwortete der andere General, »Sie gehen nach Osten und ich nach Westen, und gegen Abend treffen wir uns hier an dieser Stelle wieder; vielleicht finden wir was.«
Sie versuchten festzustellen, wo Osten und wo Westen war. Da fiel ihnen ein, daß ihr Vorgesetzter einmal zu ihnen gesagt hatte: »Wenn man wissen will, wo Osten ist, dann stellt man sich mit der Nase nach Norden und hat das Gesuchte rechter Hand.«
Sie suchten den Norden, stellten sich so rum und andersrum, probierten alle Richtungen durch, aber da sie ihr ganzes Leben in einer Registratur beschäftigt gewesen waren, kamen sie zu keinem Resultat.
»Wissen Sie was, Exzellenz: Gehen Sie nach rechts und ich nach links; so wird's besser sein«, sagte der eine General, der nicht nur in der Registratur, sondern außerdem noch als Schönschreibelehrer an einer Unteroffiziersschule gedient hatte und folglich intelligenter war.
Gesagt – getan. Der eine General ging nach rechts und stellte fest: da stehen Bäume, und an den Bäumen wachsen verschiedene Früchte. Der General hätte gern nur einen einzigen Apfel gepflückt, aber die Äpfel hingen alle so hoch, daß man zu ihnen hätte hinaufklettern müssen. Er versuchte es zwar, hatte aber keinen Erfolg, außer daß er sich das Hemd zerriß.

Danach kam der General an einen Bach und sah, daß es darin von Fischen nur so wimmelte, wie im Fischkasten an der Fontanka.

»Solche Fischchen müßte man in die Amtsschreiberstraße schaffen können!« dachte er und verfärbte sich vor Appetit.

Dann kam der General in einen Wald – und hier pfeifen Haselhühner, kollern Birkhähne, hoppeln Hasen herum.

»Mein Gott! Da ist ja zu essen noch und noch!« sagte der General und spürte, wie ihm langsam übel wurde.

Was half's? Er mußte mit leeren Händen zum vereinbarten Treffpunkt zurückkehren. Wie er ankommt, wartet der andere General bereits.

»Nun, Exzellenz, haben Sie was ergattert?«

»Nur eine alte Nummer der ›Moskauer Nachrichten‹ habe ich gefunden, sonst nichts!«

So legten sich die Generäle wieder nieder, aber mit leerem Magen war an Schlaf nicht zu denken. Bald beunruhigte sie der Gedanke, wer wohl statt ihrer die Pension in Empfang nehmen würde, bald tauchten vor ihrem inneren Auge alle jene Früchte, Fische, Haselhühner, Birkhähne und Hasen auf, die sie an diesem Tag gesehen hatten.

»Wer hätte gedacht, Exzellenz, daß die menschliche Nahrung in ihrem Urzustand fliegt, schwimmt und auf Bäumen wächst!« sagte der eine General.

»Ja«, antwortete der andere, »ich muß gestehen, bisher war ich auch der Meinung, daß die Semmeln in eben der Gestalt auf die Welt kommen, in der man sie morgens zum Kaffee reicht!«

»Das heißt aber doch, daß jemand, der beispielsweise ein Rebhuhn zu verspeisen wünscht, es zuvor fangen, töten, rupfen und braten muß . . . Aber wie macht man das alles?«

»Aber wie macht man das alles?« wiederholte der andere General wie ein Echo.

Sie verstummten und versuchten einzuschlafen; aber der Hunger vertrieb den Schlummer rigoros. Haselhühner, Trut-

hähne, Spanferkel tauchten vor ihrem geistigen Auge auf, saftig und zart gebräunt, mit Gurken, Mixed Pickles und Salat.
»Jetzt wäre ich wohl imstande, meinen eigenen Stiefel zu verzehren!« sagte der eine General.
»Auch Handschuhe können ganz gut sein, wenn sie lange getragen sind!« seufzte der andere.
Plötzlich sahen die beiden Generäle einander an: ihre Augen begannen bedrohlich zu funkeln, ihre Zähne klapperten, ihrer Brust entfuhr ein dumpfes Knurren. Langsam begannen sie aufeinander zuzukriechen, und plötzlich loderte in ihren Augen die helle Wut. Nun flogen die Fetzen, Gekreisch und Gestöhne erfüllte die Luft, der ehemalige Schönschreibelehrer biß seinem Kameraden den Orden ab und verschlang ihn unverzüglich. Aber der Anblick des strömenden Blutes ließ beide gewissermaßen zur Vernunft kommen.
»Gott steh' uns bei!« sagten beide wie aus einem Munde, »um ein Haar hätten wir einander aufgefressen! Wie sind wir überhaupt hierhergelangt? Welcher Schuft hat uns einen solchen Streich gespielt?«
»Wir müssen uns mit einem Gespräch zerstreuen, Exzellenz, sonst passiert hier noch ein Mord!« sagte der eine General.
»Bitte fangen Sie an!« antwortete der andere.
»Wie kommt es beispielsweise Ihrer Meinung nach, daß die Sonne erst auf- und dann untergeht, nicht aber umgekehrt?«
»Sie sind ein eigenartiger Mensch, Exzellenz. Sie stehen doch auch zuerst auf, gehen dann ins Amt, erledigen dort Ihre Schreibarbeiten, und dann legen Sie sich schlafen!«
»Aber könnte man nicht einmal anheimstellen, die Sache folgendermaßen umzudrehen: Ich lege mich erst schlafen, habe verschiedene Träume und stehe dann wieder auf?«
»Hm ... nun ja ... wissen Sie, als ich noch zum Dienst ging, habe ich immer folgendermaßen gedacht: ›Jetzt ist Morgen, danach kommt der Tag, dann reicht man das Abendbrot – und es ist Zeit, ins Bett zu gehen!‹«

Die Erwähnung des Abendbrotes stimmte sie beide schwermütig und erstickte das Gespräch gleich wieder.

»Ich habe mir einmal von einem Arzt sagen lassen, daß sich der Mensch lange Zeit von seinen eigenen Säften ernähren könne«, fing der eine General wieder an.

»Wie dies?«

»Nun eben so: Die eigenen Säfte produzieren quasi andere, und die ihrerseits weitere, und so fort, so lange, bis am Ende die Säfte alle sind ...«

»Und dann?«

»Dann muß man Nahrung zu sich nehmen ...«

»Pfui Teufel!«

Kurz, worüber auch immer die Generäle sich unterhalten wollten, sie landeten stets bei Erinnerungen ans Essen, und das regte ihren Appetit noch mehr an. Sie beschlossen also, sich nicht mehr zu unterhalten, und da ihnen gerade das gefundene Exemplar der »Moskauer Nachrichten« einfiel, machten sie sich begierig an die Lektüre.

»Gestern«, las mit bebender Stimme der eine General, »fand bei dem hochverehrten Oberhaupt unserer alten Hauptstadt ein Festbankett statt. Hundert Personen wurde ein außerordentlich üppiges Mahl serviert. Produkte aller Länder gaben sich gewissermaßen ein Rendezvous bei diesem zauberhaften Fest. Es gab ›goldenen Sterlet aus der Scheksna‹, Fasan, den Sohn der kaukasischen Wälder, und die im Februar in unseren nördlichen Breiten so seltenen Erdbeeren ...«

»Zum Kuckuck! Können Exzellenz denn nicht irgendein anderes Thema finden?« rief voller Verzweiflung der zweite General aus, nahm seinem Kameraden die Zeitung weg und las das Folgende:

»Aus Tula wird gemeldet: Anläßlich des Fanges eines Störs im Flusse Upa (ein Ereignis, wie es selbst Alteingesessenen nicht erinnerlich ist, um so mehr, als der Stör große Ähnlichkeit mit dem Reviervorsteher B. aufwies), fand gestern im hiesigen Club ein Festmahl statt. Auf einer riesigen Holzschale trug man den Anlaß dieses feierlichen Ereignisses herein, mit Gürkchen garniert und frischem Grün im Maul. Dr. P., der an diesem Abend den Vorsitz innehatte, wachte sorgfältig darüber, daß jeder Gast ein Stück abbekam. Die geradezu köstliche Soße war von exquisitem Raffinement ...«

»Pardon, Exzellenz, aber Sie scheinen mir auch nicht besonders umsichtig bei der Wahl Ihrer Lektüre!« unterbrach der erste General, griff seinerseits nach der Zeitung und las:

»Aus Wjatka wird gemeldet: Einer der hiesigen Senioren erfand folgende originelle Art und Weise, eine Fischsuppe zu bereiten: Man nehme eine lebende Aalraupe, schlage sie tüchtig mit einer Rute, und sobald ihre Leber vor Kummer angeschwollen ist ...«

Die Generäle ließen den Kopf hängen. Worauf sie auch den Blick richten mochten – alles hatte mit Essen zu tun. Ihre eigenen Gedanken hatten sich gegen sie verschworen, denn sie mochten ihre Beefsteakvisionen noch so sehr zu verdrängen suchen – Vorstellungen dieser Art brachen sich auf gewaltsame Weise Bahn.

Und plötzlich hatte der einstige Schönschreibelehrer eine Erleuchtung ...

»Wie wär's, Exzellenz«, sagte er freudig erregt, »wenn wir uns einen Bauern suchen würden?«

»Wie meinen Sie das ... einen Bauern?«

»Nun, eben einen Bauern ... einen ganz gewöhnlichen Mushik! Er würde uns sogleich Semmeln reichen, Haselhühner fangen, und Fische!«

»Hm ... einen Mushik ... Aber woher nehmen, diesen Mushik, wenn keiner da ist?«

»Wieso ist keiner da? Der Mushik ist überall, man muß ihn nur suchen! Wahrscheinlich hat er sich irgendwo versteckt und drückt sich vor der Arbeit!«

Dieser Gedanke ermunterte die Generäle derart, daß sie hurtig aufsprangen und loszogen, um nach einem Bauern zu suchen.

Lange durchstreiften sie die Insel ohne jeden Erfolg, bis sie schließlich der scharfe Geruch von Schwarzbrot und säuerlichem Schafsfell auf die richtige Spur brachte. Unter einem Baum lag, Bauch nach oben und Faust unter dem Kopf, ein Riesenlümmel von Mushik, der sich mit dreister Frechheit vor der Arbeit drückte und schlief. Der Zorn der Generäle kannte keine Grenzen.

»Liegt da und schläft, der Faulpelz!« fielen sie über ihn her, »und kümmert sich nicht im mindesten darum, daß hier zwei Generäle seit zwei Tagen vor Hunger schmachten! Marsch, an die Arbeit!«

Der Riesenkerl erhob sich – und sieht zwei gestrenge Generäle vor sich stehen. Er wollte Reißaus nehmen, aber sie klammerten sich an ihn und hielten ihn krampfhaft fest.

Und so begann er sich denn unter ihren Augen ans Werk zu machen.

Zuallererst stieg er mal auf einen Baum und pflückte für die Generäle je ein Dutzend der reifsten Äpfel; er selber begnügte sich mit einem einzigen, sauren. Dann buddelte er in der Erde und förderte Kartoffeln zutage; hierauf nahm er zwei Stück Holz, rieb sie aneinander und entfachte ein Feuer. Danach fertigte er aus seinen eigenen Haaren eine Schlinge und fing ein Haselhuhn. Schließlich blies er kräftig in sein Feuer und bereitete verschiedene Speisen in solcher Menge, daß den Generälen sogar folgender Gedanke kam: »Ob wir wohl dem Faulpelz ein Häppchen abgeben?«

Die Generäle beobachteten das bäuerliche Tun, und ihre Herzen begannen höher zu schlagen. Sie hatten schon vergessen, daß sie am Tage zuvor beinahe Hungers gestorben wären, und dachten: »Wie schön ist es doch, General zu sein; da kann es einem an nichts fehlen!«

»Sind Sie zufrieden, meine Herren Generäle?« erkundigte sich nun der Faulpelz von Bauer.

»Wir sind zufrieden, bester Freund, wir sehen, daß du dir Mühe gibst!« antworteten die Generäle.

»Gestatten Sie mir nun, eine Pause einzulegen?«

»Ruh dich aus, Freund, aber dreh uns zuvor noch einen Strick.«

Der Bauer beschaffte sofort wilden Hanf, wässerte, brach und walkte ihn, und gegen Abend war das Seil fertig. Mit dem Seil banden die Generäle den Bauern an einen Baum, damit er nicht weglaufen konnte, und legten sich schlafen.
Es verging ein Tag, und noch ein Tag; der Bauer entwickelte eine derartige Geschicklichkeit, daß er sogar in der hohlen Hand Suppe kochen konnte. Und unsere Generäle wurden lustig, munter, satt und glatt. Sie sprachen davon, daß sie ja hier umsonst lebten, während inzwischen in Petersburg ihre Pensionsgelder sich immer mehr anhäuften.
»Was meinen Sie, Exzellenz, hat der Turmbau zu Babel wirklich stattgefunden, oder ist das nur so eine Legende?« fragt einmal der eine General den anderen nach dem Frühstück.
»Ich glaube, Exzellenz, daß er wirklich stattgefunden hat, denn wie sollte man sonst erklären, daß es auf der Welt verschiedene Sprachen gibt!«
»Die Sintflut also auch?«
»Auch die Sintflut, denn wie ließe sich die Existenz vorsintflutlicher Tiere erklären? Um so mehr, als in den ›Moskauer Nachrichten‹ gemeldet wird ...«
»Sollten wir nicht die ›Moskauer Nachrichten‹ lesen?«
Sie holen die Nummer hervor, setzen sich in den Schatten und lesen von der ersten bis zur letzten Seite, was man in Moskau gespeist hat, in Tula, in Pensa, in Rjasan – und siehe da, ihnen wird überhaupt nicht übel davon!

Aber nach einiger Zeit begannen die Generäle sich zu langweilen. Immer häufiger erinnerten sie sich ihrer Köchinnen, die sie in Petersburg zurückgelassen hatten, und heimlich vergossen sie sogar ein paar Tränen.
»Was mag sich wohl jetzt in der Amtsschreiberstraße tun, Exzellenz?« fragte der eine General den anderen.
»Ach, reden Sie nicht davon, Exzellenz! Mir ist ohnehin schon schwer ums Herz!« antwortete der andere.
»Eigentlich ist es ja hier ganz schön; da kann man nichts

sagen! Aber wissen Sie, es ist doch nicht gut, daß der Mensch allein sei! Und dann ist es auch schade um die Uniform!«

»Freilich ist es schade! Besonders für Angehörige der vierten Rangklasse. Allein die Stickerei ist eine solche Augenweide, daß einem schwindlig werden kann.«

So begannen sie dem Bauern zuzusetzen, er solle sie endlich in die Amtsschreiberstraße bringen. Und siehe da, es stellte sich heraus, daß der Bauer sogar die Amtsschreiberstraße kannte, daß er dort schon gewesen war, ». . . zu trinken Bier und Wein, doch lief's nur in den Schnurrbart – nicht in den Mund hinein«.

»Wir sind nämlich die Generäle aus der Amtsschreiberstraße!« verkündeten die beiden voll Freude.

»Dann haben Sie mich vielleicht auch schon einmal gesehen: Wenn Sie an einem Hause in einer Kiste, die an einem Strick hängt, einen Mann erblicken, der die Fassade tüncht, oder wenn einer wie eine Fliege auf einem Dach herumkriecht: dann bin ich das«, antwortete der Bauer.

Und der Mushik überlegte hin und her, wie er seinen Generälen eine Freude bereiten könnte, zum Dank dafür, daß sie ihn, den Faulpelz, gnädig behandelt und das Werk seiner Bauernhände nicht verschmäht hatten. Und er baute ein Schiff. Kein richtiges Schiff, mehr eine Art große Bütte, mit der man aber über das weite Meer gondeln konnte, direkt bis zur Amtsschreiberstraße.

»Paß aber auf, du Kanaille, daß du uns nicht absaufen läßt!« sagten die Generäle, als sie den auf den Wellen schaukelnden Nachen erblickten.

»Seien Sie ganz ruhig, meine Herren Generäle, ich mache das nicht zum ersten Mal!« antwortete der Bauer und bereitete alles für die Abfahrt vor.

Er sammelte weiche Schwanendaunen und bedeckte mit ihnen den Boden des kleinen Kahns. Darauf bettete er dann die Generäle, bekreuzigte sich und stieß ab. Wieviel Angst und Schrecken die Generäle während der Fahrt bei Wind und Wetter auszustehen hatten, wie oft sie den Bauernlümmel wegen seiner Faulheit ausschimpften – das kann man weder aufschreiben noch erzählen. Der Bauer aber rudert und rudert und füttert die Generäle mit Hering.

Schließlich und endlich aber sieht man sie wieder: die liebe Newa, den berühmten Katharinenkanal, die Große Amtsschreiberstraße! Die Köchinnen klatschten vor Freude in die Hände, als sie ihre Generäle so satt und glatt und fröhlich vor sich sahen. Die Generäle tranken gewaltige Mengen Kaffee, aßen eine Unmenge Semmeln dazu und zogen ihre Uniformen an. Darauf fuhren sie ins Schatzamt, und was sie hier an Geld einsacken konnten, das läßt sich weder erzählen noch zu Papier bringen.

Aber sie vergaßen auch ihren Mushik nicht. Sie schickten ihm ein Gläschen Wodka hinaus und einen Silberfünfer: »Mach dir einen fröhlichen Tag, Landmann!«

FJODOR DOSTOJEWSKIJ

Bobok

Diesmal gebe ich »Aufzeichnungen einer gewissen Person« wieder. Das bin nicht ich; es ist eine ganz andere Person. Ich meine, weiterer Vorrede bedarf es nicht.

Aufzeichnungen einer gewissen Person

Da hat mich doch vorgestern Semjon Ardaljonowitsch gefragt: »Sag mir, ich bitt dich: wirst du, Iwan Iwanytsch, irgendwann mal nüchtern sein?«
Ein seltsames Verlangen. Ich nehm's nicht übel, ich bin ein schüchterner Mensch; nun aber haben sie mich gar zum Verrückten gemacht. Ein Maler hat mich porträtiert; das hat sich so ergeben. »Immerhin«, sagt er, »du bist ein Literat.« Ich hab's geschehen lassen, er hat das Bild ausgestellt. Da krieg ich zu lesen: »Man beachte dieses kranke, von der Nähe des Wahnsinns gezeichnete Gesicht.«
Meinetwegen; aber so etwas drucken lassen, wie es gerade kommt? Gedrucktes muß immer edel klingen; da braucht es Ideale. Hier dagegen ...
Sagt's wenigstens verblümt, dazu habt ihr die Redekunst. Nein, das Verblümte will man nicht mehr. Humor und schöne Wortkunst verschwinden heutzutage, und die Grobheit wird für Witz genommen. Ich nehm's nicht übel, bin ja nicht Gott weiß was für ein Literat, daß ich darüber verrückt werden müßte. Geschrieben hab ich einen kleinen Roman – sie haben ihn nicht gedruckt. Auch dann und wann ein Feuilleton – abgewiesen. Was hab ich die Feuilletons von Redaktion zu Redaktion getragen; überall heißt's: »Bei Ihnen fehlt's an Salz.«
»Was brauchtet ihr schon für Salz«, frag ich voll Spott, »attisches?«

Das begreifen sie nicht mal. Ich mach mich mehr ans Übersetzen, für Verleger, aus dem Französischen. Schreib auch Werbeanzeigen: »Seltenheit! Kupferroter Tee von eigenen Pflanzungen ...« Für eine Lobrede auf Seine Exzellenz den verstorbenen Pjotr Matwejewitsch hab ich schönes Geld eingestrichen. »Die Kunst, den Damen zu gefallen«, das habe ich auf Bestellung eines Verlegers abgefaßt. Von solcherart Büchern habe ich in meinem Leben ein halbes Dutzend herausgebracht. Voltaires Bonmots möchte ich gern zusammenstellen, aber ich fürchte, unseren Leuten sind sie nicht derb genug. Jetzt Voltaire – nein; begehrt sind heutzutage die Knüppelschwinger, kein Voltaire! Die letzten Zähne schlagen die einander ein! Da haben wir schon meine ganze literarische Tätigkeit. Höchstens kommt hinzu, daß ich uneigennützige Briefe an Redaktionen schicke, mit meiner vollen Unterschrift. Immerzu rate und ermahne ich, übe Kritik und weise den Weg. An die eine Redaktion habe ich vorige Woche einen Brief geschickt – das war in zwei Jahren der vierzigste; vier Rubel sind allein für Briefmarken draufgegangen. Ich habe so einen unleidlichen Charakter, das ist es.

Der Maler hat mich wohl nicht der Literatur wegen gemalt, sondern wegen meiner beiden symmetrischen Warzen auf der Stirn; das gilt als Phänomen. Es fehlt an Ideen, darum strapazieren sie jetzt die Phänomene. Und wie ihm auf dem Bild meine Warzen gelungen sind – sie leben förmlich. Das nennen sie Realismus.

Was den Wahnsinn betrifft, so haben sie voriges Jahr bei uns viele auf die Verrücktenliste gesetzt. Und mit welcher Redekunst: »Solch ein eigenwilliges Talent«, heißt es etwa, »und was stellt sich am Ende heraus ... übrigens mußte man es längst vorhersehen ...« Immerhin ziemlich fein gedreht, so daß man es vom rein künstlerischen Standpunkt geradezu loben könnte. Und die so etwas schreiben, stehen im Handumdrehn als die Gescheiten vor uns. O ja, um den Verstand bringen, das tun sie hier; gescheiter haben sie noch keinen gemacht.

Am gescheitesten ist, meine ich, wer wenigstens einmal im Monat sich selber einen Dummkopf nennt – eine heutzutage unerhörte Fähigkeit! Früher erkannte ein Dummkopf wenigstens einmal im Jahr sich selber als Dummkopf, heute aber – keine Spur. Sie haben das so durcheinandergebracht, daß man den Dummen nicht mehr vom Gescheiten unterscheidet. Das ist Absicht.

Da fällt mir ein Witz ein, den die Spanier prägten, als vor zweieinhalb Jahrhunderten die Franzosen bei sich die erste Irrenanstalt bauten: »Sie haben alle ihre Idioten in ein besonderes Haus gesteckt, um glauben zu machen, daß sie selber die Gescheiten seien.«

Wahrlich, wenn du einen andern ins Irrenhaus sperrst, beweist du noch lange nicht eignen Verstand. »K. ist verrückt geworden, das heißt, jetzt sind wir die Gescheiten.« Nein, das heißt es nicht.

Übrigens, zum Teufel ... was protz ich da mit meinem Verstand, ich schwatze und schwatze. Sogar der Hausmagd wird's zuviel. Gestern schaute ein Freund herein. Der sagte: »Deine Redeweise ändert sich, sie hat etwas Gezimmertes. Du schwingst die Axt und haust die Einleitung zurecht, als nächstes haust du eine Einleitung zur Einleitung, dann setzt du in Klammern etwas hinzu, schwingst die Axt und zimmerst weiter.«

Der Freund hat recht. Mit mir geschieht etwas Seltsames. Auch der Charakter ändert sich, und der Kopf tut weh. Ich fange an, wunderliche Dinge zu sehen und zu hören. Nicht gerade Stimmen, und doch vernehm ich's neben mir wie: bobok, bobok, bobok!

Was heißt: bobok? Ich muß mich zerstreuen.

Ich gehe spazieren, um mich zu zerstreuen, und gerate auf ein Begräbnis. Ein ferner Verwandter, Kollegienrat immerhin. Die Witwe, fünf Töchter, alle unverheiratet. Allein das Schuhzeug – was das kostet! Der Verstorbne hat ordentlich verdient, jetzt aber – die kleine Pension. Werden sich schön wundern. Mich haben sie immer unfreundlich behandelt. Jetzt wär' ich hier auch nicht mitgegangen, wenn sich's nicht so unerwartet gefügt hätte. Bis zum Friedhof gehe ich unter den anderen mit. Die wenden sich ab und tun stolz. Mein Aufzug ist in der Tat recht schäbig. Fünfundzwanzig Jahre, glaub ich, war ich nicht auf dem Friedhof. Ist das aber auch ein Ort!

Allein schon der Geruch. An Leichen sind fünfzehn zusammengekommen. Ausgestattet in verschiedenen Preislagen; sogar zwei Katafalke sind da, einer für einen General, einer für eine vornehme Dame. Viele Leidtragende, viele, die falsches Leid tragen, etliche, die offen Freude zeigen. Die Kirche hat keinen Grund zur Klage, sie hat Einkünfte. Aber der Geruch, der Geruch. Ich möchte hier kein Geistlicher sein.

Auf die Gesichter der Toten blicke ich mit Vorsicht, ich schone meine Empfindlichkeit. Mancher Ausdruck ist weich, mancher auch unangenehm. Lächelnde Züge sind durchweg häßlich, bei manchen sogar sehr. Ich mag das nicht, ich träum davon.

Während des Gottesdienstes gehe ich aus der Kirche an die Luft; der Tag ist trüb, aber trocken. Es ist auch kalt; nun ja, wir haben Oktober. Ich spaziere über den Friedhof. Die Gräber gibt's nach Klassen. Die dritte Klasse kostet dreißig Rubel – ganz ordentlich und nicht sehr teuer. Die Gräber der ersten und der zweiten Klasse finden sich in der Kirche und unter der Vorhalle; für die wird man geschröpft. In der dritten Klasse werden diesmal sechs begraben, unter ihnen der General und die vornehme Dame.

Ich werfe einen Blick in die Gruben. Furchtbar – Wasser, und was für Wasser! Ganz grün und . . . ach, na ja! Immer wieder schaufelt der Totengräber Wasser aus der Grube. Die Leute sind noch in der Kirche, ich schlendre derweil hinaus auf die Straße. Da kommt erst ein Armenhaus, wenig weiter ein Restaurant. Eher eine Kneipe, aber gar nicht schlecht – man kriegt zu trinken und auch etwas zu essen. Es herrscht Gedränge von den Trauergästen. Viel Fröhlichkeit tut sich da kund und aufrichtiges Mutschöpfen. Ich trinke etwas und esse einen Happen.

Dann nehme ich eigenhändig am Sargtragen von der Kirche zum Grabe teil. Warum werden die Toten im Sarg so schwer? Es heißt, da wirkt sich eine Art Trägheit aus – der Körper beherrscht sich nicht mehr selber . . . oder ähnlicher Unsinn. Es widerspricht der Mechanik und dem gesunden Menschenverstand. Ich mag's nicht, wenn bei uns Leute, die nichts als Allgemeinbildung haben, sich an Fachprobleme machen; bei uns gibt's das haufenweis. Zivilbeamte lieben es, über Angelegenheiten des Militärs, sogar der Feldmarschälle zu urteilen, und Menschen mit technischer Bildung äußern sich mehr über Philosophie und politische Ökonomie.

Zur häuslichen Trauerfeier fahr ich nicht. Ich bin stolz, und wenn man nur zur äußersten Not mit mir zu tun haben will, warum sollt' ich mich dann als Tischgast zu ihnen drängen, sei's auch zum Leichenmahl? Ich verstehe nur nicht, warum ich auf dem Friedhof geblieben bin; ich sitze auf einem Grabstein und bin entsprechend in Gedanken versunken.

Ich beginne mit der Moskauer Ausstellung und ende damit, daß ich im stillen das Thema »Staunen« abhandle. Über das Staunen komme ich zu diesem Schluß:

»Über alles staunen ist natürlich dumm; über nichts zu staunen macht sich viel schöner, und es entspricht nun einmal dem guten Ton. Im Grunde freilich ist es falsch. Ich meine, über nichts zu staunen, das ist viel dümmer, als über alles zu staunen. Außerdem: über nichts staunen ist fast dasselbe wie nichts achten. Ein dummer Mensch kann ja auch nicht achten.«

»Das wünsche ich gerade: zu achten. Ich *dürste* danach, zu achten«, hat mir erst kürzlich einer meiner Bekannten gesagt.

Er dürstet zu achten! Mein Gott, denke ich, was würde mit dir geschehen, wenn du es wagtest, das jetzt drucken zu lassen!

Dann verlier ich den Faden meiner Gedanken. Ich lese nicht gern die Inschriften auf Gräbern; es ist ewig dasselbe. Auf der Platte neben mir liegt der Rest eines belegten Brötchens – dumm und unpassend. Ich schieb's herunter, weil es doch kein Brot ist, sondern ein Imbißbrocken. Übrigens, Brot auf die Erde zu krümeln, das ist, glaube ich, keine Sünde, wohl aber auf den Fußboden. Muß mal im Suworinschen Kalender nachsehn.

Vermutlich habe ich lange gesessen, allzu lange, das heißt eher halb gelegen auf dem langen Stein in Gestalt eines Marmorsarges. Und wie ist's nur gekommen, daß ich plötzlich so mancherlei hör? Anfangs hab ich nicht darauf geachtet, bin geringschätzig drüber weggegangen. Die Stimmen aber, die reden weiter. Ich höre – es sind dumpfe Laute, als lägen Kissen auf den Mündern; bei alledem sind die Worte gut zu verstehen, sie kommen ganz von nahem. Ich sammle mich, richte mich auf und beginne aufmerksam zu lauschen.

»Eure Exzellenz, so geht das einfach nicht, mit Verlaub. Sie haben Cœur angesagt, ich richte mich drauf ein, und plötzlich spielen Sie die Karo-Sieben. Das mit Karo hätte vorher vereinbart werden müssen.«

»Was denn, soll ich alles im Kopf behalten? Wo bleibt da der Reiz?«

»Aber Eure Exzellenz, ohne Verläßlichkeit und ohne Regeln geht es einfach nicht. Ordentliches Invitieren und Ansagen ist unbedingt nötig.«

»Hm, ja. Invitieren . . . an diesem Ort.«

Was für entschiedene Worte! Höchst seltsam und unerwartet. Die eine Stimme gewichtig und solid, die andere irgendwie weich und beinahe süßlich; ich würde es nicht glauben, wenn ich's nicht selber hörte. Auf der häuslichen Trauerfeier bin ich offenbar nicht gewesen. Wie geht's nun aber zu, daß hier ein Kartenspiel gespielt wird, und was ist das für ein General? Daß es aus den Gräbern kommt, daran kann ich nicht zweifeln.

Ich beuge mich vor und lese die Inschrift auf dem Grabmal:

»Hier ruht Generalmajor Perwojedow, Ritter der und der Orden.« Hm. »Gestorben im August soundso ... im Alter von siebenundfünfzig Jahren ... Ruhe sanft, liebe Asche, bis zu einem frohen Morgen!«

Teufel, wirklich ein General! Auf dem andern Grab, aus dem die schmeichelnde Stimme gekommen ist, steht noch kein Gedenkstein; da liegt nur eine Platte. Also ein Neuling. Der Stimme nach ein Hofrat.

»Ocho, ocho!« läßt sich nun eine ganz neue Stimme vernehmen, ungefähr fünf Klafter vom Platz des Generals entfernt und unter einem ganz frischen Grabhügel hervor, die Stimme eines Mannes von ganz einfacher Art, gedämpft wie von Andacht und Rührung.

»Ocho, ocho!«

»Stößt es ihm wieder auf!« ertönt da mäkelnd und hochmütig die Stimme einer gereizten Dame, offenbar aus höheren Kreisen. »Eine Strafe ist das, neben diesem Krämer.«

»Nichts stößt mir auf, ich hab doch auch nichts gegessen oder getrunken; nichts weiter ist's als meine Natur. Und Sie, gnädige Frau, das sind Ihre Launen, die geben Ihnen hier keine Ruhe.«

»Warum haben Sie sich hierhergelegt?«

»Ich bin hergelegt worden, das haben die Frau und die Kinder besorgt, die kleinen, nicht ich selber. Des Todes Geheimnis! Um keinen Preis hätte ich mich neben Sie gelegt, für kein Geld. Jedenfalls lieg ich dank eignem Kapital, ich meine, was den Preis betrifft. Denn das können wir uns immer leisten: für unser Grab die dritte Klasse bezahlen.«

»Hast wohl gerafft, die Kunden übervorteilt?«

»Wie hätt' ich das bei Ihnen tun können, seit Januar haben wir ja fast keine Zahlung von Ihnen gekriegt. Der Saldo ist im Laden aufgeschrieben.«

»Das find ich wahrlich dumm: hier Schulden aufzurechnen. Sehr dumm! Steigen Sie hinauf, verlangen Sie das Geld von meiner Nichte – sie hat geerbt.«

»Wie denn jetzt verlangen, wohin denn hinaufsteigen. Beide

sind wir über die Grenze und vor dem Gericht Gottes in Sünden gleich.«

»In Sünden!« äfft die Verstorbene verächtlich nach. »Unterlassen Sie's gefälligst, überhaupt mit mir zu reden!«

»Ocho, ocho!«

»Letztlich gibt der Krämer eben doch der Dame klein bei. Eure Exzellenz.«

»Warum auch nicht?«

»Nun ja, gewissermaßen, Eure Exzellenz, weil hier doch eine neue Ordnung herrscht.«

»Was denn für eine neue Ordnung?«

»Sozusagen sind wir ja gestorben, Eure Exzellenz.«

»Ach ja! Immerhin eine Ordnung ...«

Ich hab ihnen zu danken, sie haben mich tröstlich unterhalten, gewiß. Wenn es schon hier so weit gekommen ist, was kann ich da von der oberen Etage verlangen? Doch was für ein Treiben! Ganz gleich, ich horche weiter, wenn auch mit äußerster Entrüstung.

»Nein, könnt' ich wieder leben! Nein ... wissen Sie ... könnt' ich doch wieder leben!« So meldet sich eine neue Stimme, irgendwo im Raum zwischen dem General und der reizbaren Dame.

»Hören Sie, Eure Exzellenz, unser Freund singt sein altes Lied. Drei Tage lang bleibt er still und stumm, dann auf einmal: ›Könnt' ich wieder leben, könnt' ich's doch!‹ Und mit solchem, wissen Sie, mit solchem Appetit, hihi!«

»Und mit Leichtsinn.«

»Manchmal durchfährt es ihn, Eure Exzellenz, sonst, wissen Sie, ist er schon ganz am Verdämmern, seit April liegt er hier, und auf einmal: ›Könnt' ich wieder leben!‹«

»Jedenfalls ziemlich langweilig«, bemerkt die Exzellenz.

»Jawohl, Eure Exzellenz, höchstens, daß man Awdotja Ignatjewna wieder aufziehn könnte, hihi?«

»O nein, bitte lassen Sie das. Ich kann das kreischende Zankweib nicht ausstehn.«

»Und ich wiederum kann Sie beide nicht ausstehn«, erwidert verächtlich das Zankweib. »Sie sind beide entsetzlich langweilig und verstehen nichts Ideales zu erzählen. Über Sie, Eure Exzellenz – plustern Sie sich nur nicht auf – weiß ich ein Geschichtchen: wie Sie einmal morgens von einem Lakaien mit dem Besen unter einem Ehebett hervorgeholt worden sind.«

»Ein widerliches Weib!« preßt der General durch die Zähne.

»Mütterchen, Awdotja Ignatjewna«, jammert plötzlich von neuem der Krämer, »du meine Gnädigste, trag mir nichts nach, sag mir: geh ich da durchs Fegefeuer, oder was sonst wird mit mir gemacht?«

»Fängt er wieder damit an, ich hab's geahnt; ich riech's ja, der Geruch kommt von ihm, der Geruch; er wirft sich hin und her!«

»Ich werf mich nicht herum, Mütterchen, es gibt auch von mir keinen besonderen Geruch, denn ich hab mich gut erhalten, bin am Körper, wie wir ihn haben, noch komplett; Sie aber, Gnädigste, sind ziemlich angegangen. Der Geruch ist wirklich unerträglich, sogar für hiesige Örtlichkeit. Aus Höflichkeit bleib ich stumm.«

»Der widerwärtige Verleumder! Stinkt selber furchtbar und schiebt's auf mich.«

»Ocho, ocho! Käme doch bald unsere Vierzigtagefeier, damit ich die weinenden Stimmen über mir höre, das Jammern der Gattin und das leise Schluchzen der Kinder!«

»Nach so etwas jammert er – sie werden sich den Bauch mit Kutja vollschlagen und abziehn. Ach, wenn doch einer erwachte!«

»Awdotja Ignatjewna«, nimmt der schmeichlerische Beamte das Wort. »Ein wenig Geduld noch, dann reden die Neulinge.«

»Sind junge Leute unter ihnen?«

»Auch junge, Awdotja Ignatjewna, sogar Jünglinge.«

»Wär' das schön.«

»Die haben wohl noch nicht angefangen zu reden?« erkundigt sich Seine Exzellenz.
»Noch nicht einmal die Vorgestrigen sind zu sich gekommen, Eure Exzellenz. Sie geruhen ja selbst zu wissen: sie bleiben manchmal eine Woche stumm. Ein Glück, daß gerade vorgestern, gestern und heute eine ganze Menge zugleich gebracht worden sind. Sonst sind ja zehn Klafter weit um uns herum nur Vorjährige.«
»Ja, eben.«
»Heute, Eure Exzellenz, wurde der Wirkliche Geheime Rat Tarassewitsch begraben. Ich hab's an den Stimmen herausgekriegt. Sein Neffe ist ein Bekannter von mir; vorhin hat er den Sarg mit heruntergelassen.«
»Wo liegt er denn?«
»Ungefähr fünf Schritt von Ihnen, Eure Exzellenz, links. Beinahe zu Ihren Füßen ... Wäre nicht schlecht, Eure Exzellenz, sich mit ihm bekannt zu machen.«
»Hm ... jedoch ... warum sollt ich als erster?«
»Den ersten Schritt wird doch er tun, Eure Exzellenz. Es wird ihm sogar schmeicheln. Überlassen Sie es mir, Eure Exzellenz, ich werde ...«
»Aach, ach ... ach, was ist mit mir?« ächzt plötzlich eine erschrockene, schwache Stimme, die mir neu ist.
»Ein Neuling, Eure Exzellenz, ein Neuling, Gott sei Dank, und so schnell! Manchmal bleiben sie eine Woche stumm.«
»Oh, anscheinend ein junger Mann!« kreischt Awdotja Ignatjewna.
»Ich ... wegen einer Komplikation, und so plötzlich!« stammelt wieder der Jüngling. »Noch gestern abend hat der Doktor Schulz gesagt: Bei Ihnen liegt eine Komplikation vor. Und schon am Morgen bin ich tot. Ach! Ach!«
»Na, nichts zu machen, junger Mann«, wendet sich der General gnädig und offenbar freudig an den Neuling. »Man muß sich hineinfinden! Willkommen in unserem, sozusagen, Tale Josaphat. Wir sind gute Menschen; Sie werden's erfahren und schätzen. Generalmajor Wassilij Wassiljew Perwojedow, zu Ihren Diensten.«

»Nein, nein, so geht das doch nicht! Ich bin Patient von Schulz; bei mir, wissen Sie, hat's eine Komplikation gegeben. Erst war's die Brust, ich kriegte Husten, war überhaupt erkältet; die Brust, eine Grippe ... und dann, ganz unerwartet ... ja eben, unerwartet.«

»Sie sagten, zuerst war's die Brust«, mischt sich behutsam der Beamte ein, als wolle er den Neuling aufmuntern.

»Ja, die Brust und Auswurf, dann kam plötzlich kein Auswurf mehr, ich kriegte keine Luft ... und, wissen Sie ...«

»Ich weiß, ich weiß. Aber wenn's die Brust ist, gehen Sie besser zu Eck, nicht zu Schulz.«

»Ich hatte, wissen Sie, immer vor, zu Botkin zu gehen ... und da ...«

»Na, Botkin schröpft«, bemerkt der General.

»Aber nein, mit Schröpfen kuriert er gar nicht; ich habe gehört, er hat einen ganz scharfen Blick und sagt alles voraus.«

»Die Bemerkung Seiner Exzellenz betraf das Honorar«, stellt der Beamte richtig.

»Nicht doch, es kostet nur drei Silberne. Und wie er untersucht ... und das Rezept ... Ich wollte unbedingt hin, weil man's mir so beschrieben hatte ... Wie denn nun, meine Herren: besser zu Eck oder zu Botkin?«

»Wie? Wohin?« Aus dem Leichnam des Generals gluckst ein angenehmes Lachen. Der Beamte begleitet es mit Fistelstimme.

»Lieber Junge, lieber, du meine Freude, wie hab ich dich lieb!« kreischt begeistert Awdotja Ignatjewna. »Legten sie doch so einen wie dich neben mich!«

Nein, das geht mir denn doch zu weit! Dies also wäre ein moderner Leichnam! Doch halt, ich will noch lauschen, keine übereilten Schlüsse ziehn. Dieser Neuling, dieser Grünschnabel – ich erinnere mich, wie er vorhin im Sarg aussah; er hatte den Ausdruck eines verlornen Kükens, die allerwiderlichste Miene! Aber erst mal weiter.

Weiter verwirrt und steigert sich das so sehr, daß ich gar nicht alles im Gedächtnis behalte; sehr viele kommen nämlich auf einmal zu sich. Aufgewacht ist ein Beamter vom Rang der Staatsräte, und sofort, ohne Verzug beginnt er mit dem General das Projekt einer neuen Unterkommission im Ministerium für ... zu erörtern und dazu die wahrscheinliche, mit der Unterkommissionsbildung verknüpfte Versetzung von Amtspersonen zu erwägen, womit er aufs allerhöchste die Teilnahme des Generals bewirkt. Ich gestehe, auch ich erfahre dabei viel Neues, so daß ich mich ein wenig über die Wege wundere, auf denen man manchmal in dieser Hauptstadt Neuigkeiten erfährt, die die Verwaltung betreffen. Halb zu sich kommt dann ein Ingenieur, doch lange noch murmelt er völligen Unsinn, so daß unsere Bekannten ihm nicht weiter zusetzen, sondern ihn seine Zeit abliegen lassen wollen. Schließlich sind auch an der vornehmen Dame, die an diesem Tag mit Katafalk beerdigt worden ist, Anzeichen der besonderen Belebung wahrzunehmen, die das Grab bringt. Lebesjatnikow (es zeigt sich nämlich, daß der liebedienerische, mir verhaßte Hofrat, der neben dem General untergebracht worden ist, so heißt: Lebesjatnikow) gerät in große Aufregung und Verwunderung darüber, daß diesmal alle so bald erwachen. Ich gestehe, auch ich wundere mich. Einige der frisch Erwachten sind übrigens schon vorgestern begraben worden, so zum Beispiel ein blutjunges Mädchen, um die sechzehn, das immerzu kichert ... ekelhaft und lüstern kichert.

»Eure Exzellenz, der Geheime Rat Tarassewitsch erwacht!« verkündet Lebesjatnikow in äußerster Hast.

»Wie? Was?« näselt verächtlich der Geheime Rat, der zu sich gekommen ist. In seiner Stimme liegt etwas Launisches, Herrisches. Ich lausche neugierig, weil ich in den letzten Tagen einiges über diesen Tarassewitsch gehört habe – Sittenverderbliches und Alarmierendes im höchsten Grade.

»Es war, Eure Exzellenz, mit Verlaub, nur eine Bemerkung von mir.«

»Worum geht's? Was ist gefällig?«

»Einzig darum, mich nach dem Befinden Eurer Exzellenz zu erkundigen. Des Ungewohnten wegen fühlt sich jeder hier gewissermaßen beengt, mit Verlaub ... General Perwojedow wünscht die Ehre zu haben, die Bekanntschaft Eurer Exzellenz zu machen, und hofft ...«

»Nie gehört.«

»Ich bitte Sie, Eure Exzellenz, General Perwojedow, Wassilij Wassiljewitsch ...«

»Sie sind der General Perwojedow?«

»Nein, Eure Exzellenz, ich bin nur der Hofrat Lebesjatnikow, nichts weiter, zu Ihren Diensten. Der General Perwojedow jedoch ...«

»Unsinn! Bitte mich in Ruhe zu lassen.«

»Lassen Sie!« gebietet endlich würdevoll General Perwojedow selbst und setzt dem widerwärtigen Eifer seines Grabdienstlings ein Ende.

»Ist noch nicht richtig da, Eure Exzellenz, muß man bedenken; es ist ja das Ungewohnte. Richtig aufgewacht, nimmt er's anders.«

»Lassen Sie«, wiederholt der General.

»Wassilij Wassiljewitsch! He, Sie, Eure Exzellenz!« schreit auf einmal laut und übermütig unmittelbar neben Awdotja Ignatjewna eine ganz neue Stimme – die dreiste Stimme eines Lebemanns mit modisch trägem, unverschämt die Silben voneinander absetzendem Tonfall. »Ich beobachte Sie alle schon zwei Stunden; drei Tage lieg ich ja schon hier; kennen Sie mich noch, Wassilij Wassiljewitsch? Ich bin Klinewitsch; wir haben uns bei den Wolokonskijs gesehen, wo auch Sie, ich weiß nicht warum, Zutritt hatten.«

»Wie, Graf Pjotr Petrowitsch ... Sie hier? In so jungen Jahren? ... Tut mir aber leid!«

»Tut mir selber leid, ist mir aber auch egal, und ich will aus dem da alles rausholen, was drinsteckt. Ich bin nicht Graf, sondern Baron, bloß Baron. Wir sind so grindige kleine Barone, aus der Lakaienschaft, ich weiß nicht warum ... pfeif drauf. Ich bin bloß ein Taugenichts der Pseudonoblesse und gelte als ›lieber Polisson‹. Mein Vater war irgend so ein General, und meine Mutter hat man einst en haut lieu empfangen. Ich hab mit dem Juden Sifel voriges Jahr falsche Papierchen im Wert von fünfzigtausend gemacht, dann hab ich ihn angezeigt, das Geld aber hat alles die Julka Charpentier de Lusignan mitgenommen, nach Bordeaux. Und stellen Sie sich vor, ich war schon richtig verlobt, mit Fräulein Schtschewalewskaja, in drei Monaten wird sie sechzehn, ist noch im Institut, an Mitgift kriegt sie neunzigtausend. Awdotja Ignatjewna, wissen Sie noch, wie Sie mich vor fünfzehn Jahren, als ich ein vierzehnjähriges Bürschlein vom Pagenkorps war, verführt haben?«

»Ach, das bist du, Halunke? Na, dich hat Gott geschickt, sonst wär's hier ...«

»Sie haben zu Unrecht Ihren Nachbarn, den Handelsmann, schlimmen Geruchs beschuldigt ... Ich habe nur geschwiegen und gelacht. Das kommt nämlich von mir, deshalb haben sie mich auch im dicht vernagelten Sarg begraben.«

»Na, so ein Gauner! Ich freu mich trotzdem; Sie glauben gar nicht, Klinewitsch, Sie glauben gar nicht, wie sehr es hier an Leben und Witz fehlt.«

»Nun ja, nun ja, ich bin gesonnen, hier etwas Originelles einzuführen. Eure Exzellenz – ich meine nicht Sie, Perwojedow –, Exzellenz, die andere, Herr Tarassewitsch, Geheimer Rat! Lassen Sie von sich hören! Ich bin Klinewitsch, der Sie in der Fastenzeit zu Mademoiselle Fury gebracht hat, hören Sie?«

»Ja, Klinewitsch, ich freue mich sehr, und glauben Sie ...«

»Nicht für einen Groschen glaub ich Ihnen – pfeif drauf. Ich möchte Sie, lieber Alter, einfach abküssen, aber Gott sei Dank kann ich's nicht. Wissen Sie, meine Herrschaften, was dieser grand-père fertiggebracht hat? Vor drei oder vier Tagen ist er gestorben, und stellen Sie sich vor, ein Manko von vierhunderttausend an Staatsgeldern hat er hinterlassen. Für Witwen und Waisen war's bestimmt, und damit hat er, weiß nicht warum, allein gewirtschaftet, am Ende waren's acht Jahre, daß man keine Revision gemacht hatte. Ich mal mir aus, was sie dann für lange Gesichter kriegten und wie er in ihrer Erinnerung lebt. Nicht wahr, ein wollüstiger Gedanke! Das ganze letzte Jahr hab ich mich darüber gewundert, daß in so einem siebzigjährigen Wackelgreis mit Gicht in den Händen und den Beinen noch soviel Kraft zur Ausschweifung steckt – da haben wir die Lösung! Diese Witwen und Waisen – allein der Gedanke an sie hat ihn in Glut versetzen müssen! Ich hab's schon eine ganze Weile gewußt, einzig ich; die Charpentier hat's mir gesagt. Kaum hatt' ich's erfahren, da nahm ich ihn (es war in der Osterwoche) ganz freundschaftlich in die Zwinge: ›Rück fünfundzwanzigtausend raus, sonst hast du morgen Revision.‹ Aber stellen Sie sich vor, da fanden sich bei ihm nur dreizehntausend, so daß er, scheint's, sehr passend gestorben ist. Grand-père, grand-père, hören Sie?«

»Cher Klinewitsch, ich stimme Ihnen in allem zu, nur die Einzelheiten hätten Sie sich sparen können. Im Leben gibt es so viel Leid und Qual und so wenig Entgelt ... ich wünschte mir schließlich Ruhe, und wie ich sehe, läßt sich auch aus diesem hier allerlei Gewinn ziehen ...«

»Ich wette, er wittert schon die Katisch Berestowa!«

»Wen? ... Was für eine Katisch?« Die Stimme des Alten zitterte lüstern.

»Was für eine Katisch? Na hier die, links, fünf Schritt von mir, von Ihnen sind's zehn. Sie ist schon den fünften Tag hier, und wenn Sie wüßten, grand-père, was das für ein Luderchen ist ... aus gutem Hause, gebildet und – ein Monster, ein Monster in höchstem Grade! Dort hab ich sie keinem gezeigt, ich wußte als einziger ... Katisch, melde dich!«

»Hihihi!« meldet sich eine dünne Mädchenstimme, mit brüchigem Klang und irgendwie, als wären Nadelstiche drin. »Hihihi!«

»So ein Blon-din-chen?« stammelt keuchend der grand-père.

»Hihihi!«

»Mir ... mir hat schon längst ...«, stammelt und keucht der Alte weiter, »der Traum von einem Blondinchen gefallen ... um die fünfzehn ... und gerade unter solchen Umständen.«

»So ein Ungeheuer!« ruft Awdotja Ignatjewna.

»Genug!« entscheidet Klinewitsch. »Ich sehe, das Material ist hervorragend. Wir wenden die Sache hier unverzüglich zum Bessern. Vor allem gilt's, die verbliebene Zeit fröhlich zu verbringen. Aber welche Zeit? He, Sie, Beamter, Lebesjatnikow – ich glaube, ich habe gehört, daß Sie so heißen!«

»Jawohl, Lebesjatnikow, Hofrat, Semjon Jewsejitsch, zu Ihren Diensten und sehr-sehr-sehr erfreut.«

»Pfeif drauf, ob Sie erfreut sind, jedenfalls scheinen Sie hier alles zu kennen. Sagen Sie erstens (ich wundre mich vom ersten Tag an darüber): Wie kommt's, daß wir hier sprechen? Wir sind doch gestorben. Dabei sprechen wir; man könnte meinen, wir bewegten uns auch, aber eigentlich tun wir's nicht: sprechen nicht, bewegen uns nicht. Was ist das für Gaukelei?«

»Dies, wenn Sie's wünschten, Herr Baron, könnte Ihnen besser als ich Platon Nikolajewitsch erklären.«

»Was für ein Platon Nikolajewitsch? Keine Ausflüchte, zur Sache!«

»Platon Nikolajewitsch, unser einheimischer, unser hiesiger Philosoph, Naturkundler und Magister. Er hat einige philosophische Büchlein herausgebracht; aber vor drei Monaten ist er endgültig eingeschlafen, so daß wir ihn keinesfalls mehr wachrütteln können. Einmal in der Woche brummt er ein paar sinnlose Worte.«

»Zur Sache, zur Sache!«

»Er erklärt all dies mit einer höchst einfachen Tatsache, nämlich: daß wir oben, als wir noch lebten, fälschlicherweise den dortigen Tod für den Tod hielten. Der Körper lebt hier sozusagen noch einmal auf, die Reste des Lebens konzentrieren sich, doch nur im Bewußtsein. Da setzt sich – ich verstehe das nicht recht auszudrücken – das Leben gleichsam durch Trägheit fort. Alles ist nach seiner Meinung irgendwo im Bewußtsein konzentriert und setzt sich noch zwei oder drei Monate fort, manchmal sogar ein halbes Jahr ... Hier ist zum Beispiel einer, der ist schon fast ganz zersetzt, aber einmal in sechs Wochen brummt er plötzlich ein einziges Wort vor sich hin, natürlich ein sinnloses: bobok, bobok. Also glimmt in ihm immer noch ein winziges Fünkchen Leben.«

»Ziemlich dumm. Und wie kommt es: Ich hab keinen Geruchssinn, und doch nehm ich Gestank wahr?«

»Das ... hehe ... Gerade hier wird unser Philosoph nebelhaft. Über den Geruchssinn hat er bemerkt, was wir wahrnehmen, das sei sozusagen moralischer Gestank – hehe! Gleichsam Gestank der Seele; wir hätten die zwei, drei Monate, uns zu fassen ... das sei sozusagen ein letztes Erbarmen ... Bloß, mir scheint, Herr Baron, das ist schon mystisches Gestammel, höchst verzeihlich in seiner Lage.«

»Genug. Ich bin sicher, das Weitere ist alles Unsinn. Jedenfalls zwei oder drei Monate Leben ... und letzten Endes: bobok. Ich schlage allen vor, diese beiden Monate so angenehm wie möglich zu verbringen, und dafür sollten sich alle auf der veränderten Grundlage einrichten. Meine Herrschaften! Ich schlage vor, jede Scham aufzugeben.«

»O ja, tun wir das, geben wir jede Scham auf!« lassen sich viele Stimmen vernehmen, und seltsamerweise höre ich auch ganz neue; also müssen inzwischen manche erwacht sein. Mit besonderem Eifer bekundet in dröhnendem Baß seine Zustimmung der nun ganz erwachte Ingenieur. Das Mädchen Katisch kichert freudig.

»Oh, wie gern ich jede Scham aufgebe!« ruft begeistert Awdotja Ignatjewna.

»Hören Sie, wenn schon Awdotja Ignatjewna sich nicht mehr schämen will ...«

»Nein, nein, nein, Klinewitsch, ich habe mich geschämt; dort – ja. Hier aber möchte ich schrecklich, schrecklich gern mich nicht mehr schämen.«

»Ich verstehe, Klinewitsch«, dröhnt der Baß des Ingenieurs. »Sie schlagen vor, hier dieses – sozusagen – Leben auf neuen und nunmehr vernünftigen Prinzipien einzurichten.«

»Ist mir ziemlich egal! Was das betrifft, sollten wir auf Kudejarow warten. Den hat man gestern gebracht. Wacht er auf, wird er Ihnen alles erklären. Das ist so eine Person, eine hünenhafte! Morgen, glaub ich, schleppen sie noch einen Naturkundler herbei, dann wohl einen Offizier und, wenn ich nicht irre, in drei, vier Tagen einen Feuilletonisten, anscheinend mitsamt dem Redakteur. Hol sie im übrigen der Teufel! Jedenfalls wird sich von uns ein Häufchen besonderer Art zusammenfinden; alles regelt sich dann von selbst. Einstweilen will ich, daß nicht gelogen wird. Nichts weiter will ich, denn das ist die Hauptsache. Auf der Erde leben und nicht lügen – das ist nicht möglich; denn Leben und Lügen bedeuten dasselbe. Hier aber werden wir, damit's lustig wird, nicht lügen. Hol's der Teufel, muß doch seinen Sinn haben: das Grab! Wir werden alle laut unsere Geschichten erzählen und uns ihrer überhaupt nicht schämen. Zuallererst erzähle ich von mir. Ich, wissen Sie, gehöre zu den Lüsternen. Dort oben war alles mit fauligen Stricken gebunden. Weg mit den Stricken, leben wir diese beiden Monate in der schamlosesten Wahrheit! Zeigen wir uns nackt!«

»Zeigen wir uns nackt, nackt!« schreien alle lauthals.

»Schrecklich, schrecklich gern will ich mich nackt zeigen!« kreischt Awdotja Ignatjewna.

»Ah ... ah ... Ah, ich sehe, hier geht's lustig zu. Ich will nicht zu Eck!«

»Nein, könnt' ich wieder leben, nein, wissen Sie, könnt' ich wieder leben!«

»Hihihi!« kichert Katisch.

»Hauptsache: Keiner kann uns was verbieten, mag auch Perwojedow, wie ich sehe, sich erzürnen; mit der Hand erreicht er mich doch nicht. Grand-père, sind Sie einverstanden?«

»Völlig, völlig einverstanden, und zwar mit dem größten

Vergnügen, doch mit der Einschränkung, daß Katisch mit ihrer Bi-o-graphie beginnen soll.«

»Ich protestiere, protestiere ganz entschieden«, erklärt mit Nachdruck General Perwojedow.

»Eure Exzellenz!« fängt eilig und aufgeregt mit unterwürfiger Stimme der Widerling Lebesjatnikow an zu stammeln, begierig, den General umzustimmen. »Eure Exzellenz, es ist sogar vorteilhaft für uns, wenn wir zustimmen. Hier, wissen Sie, dieses Mädchen ... da ist schließlich allerlei Pikantes ...«

»Ein junges Mädchen, das schon, aber ...«

»Bei Gott, Eure Exzellenz, es ist vorteilhafter. Wenigstens mal sehn, wie's geht.«

»Nicht einmal im Grab geben sie Ruhe.«

»Erstens, General, spielen Sie im Grab Karten, und zweitens werden wir auf Sie ein-fach pfei-fen«, skandiert Klinewitsch.

»Verehrter Herr, ich muß doch bitten, sich nicht zu vergessen.«

»Was? Sie kommen nicht an mich ran, ich aber kann Sie von hier aus necken wie Julkas Bologneserhündchen. Überhaupt, meine Herrschaften, was spielt er hier den General? General war er dort, hier ist er ein Dreck!«

»Nein, kein Dreck ... ich bin auch hier ...«

»Hier verfaulen Sie im Sarg, und von Ihnen bleiben sechs Messingknöpfe.«

»Bravo, Klinewitsch, hahaha!« lärmen die Stimmen.

»Ich habe meinem Herrscher gedient ... ich habe den Degen ...«

»Mit Ihrem Degen können Sie Mäuse aufspießen; außerdem haben Sie ihn nie gezogen.«

»Ganz gleich, ich habe einen Teil vom Ganzen gebildet.«

»Als ob's nicht mancherlei Teile vom Ganzen gäbe.«

»Bravo, Klinewitsch, bravo, hahaha!«

»Ich weiß gar nicht, was das soll: der Degen«, vermeldet der Ingenieur.

»Vor den Preußen, da reißen wir aus wie die Mäuse; die zerrupfen uns in Flaum und Flusen!« schreit eine entfernte und mir unbekannte Stimme, die sich indessen vor Begeisterung fast verschluckt.

»Der Degen, mein Herr, das ist die Ehre!« setzt der General noch einmmal energisch an, aber nur ich vernehme ihn noch. Es hat sich ein langes und wildes Brüllen, Toben und Tosen erhoben, und nur das bis zur Hysterie ungeduldige Kreischen Awdotja Ignatjewnas hebt sich noch ab.

»Nur schnell, schnell! Wann fangen wir endlich an, alle Scham abzutun!«

»Ocho, ocho, wahrlich, die Seele geht durchs Fegefeuer!« ertönt die Stimme jenes Mannes von ganz einfacher Art, und...

Und da muß ich niesen. Das geschieht unwillkürlich und unvermittelt; die Wirkung ist überwältigend: Alles verstummt, es wird friedhofsstill; das Gewesene ist fort wie ein Traum. Nun herrscht wirklich Grabesstille. Ich glaube nicht, daß sie sich meinetwegen geschämt haben – es war doch beschlossen, sich nicht zu schämen! Ich warte fünf Minuten – kein Wort, kein Laut. Man wird auch nicht vermuten müssen, sie hätten Angst vor einer Anzeige bei der Polizei. Was könnte hier die Polizei ausrichten? Unwillkürlich sage ich mir, sie müßten eben doch ein Geheimnis haben, das den Sterblichen unzugänglich ist und das sie sorgsam vor jedem von ihnen verbergen.

Nun, denk ich, meine Lieben, ich besuch euch wieder. Und damit verlasse ich den Friedhof.

Nein, das kann ich nicht auf sich beruhen lassen, nein, wahrlich, nein! Dieses »bobok« macht mich nicht irre (es hat sich nun gezeigt, was daran ist!).

Sittenverderbnis an einem solchen Ort, Sittenverderbnis im letzten Trachten, Sittenverderbnis verwelkter und verwesender Leichname und – nicht einmal die letzten Augenblicke des Bewußtseins schonend! Gegeben, geschenkt sind ihnen diese

Augenblicke und ... Vor allem aber, vor allem: an einem solchen Ort! Nein, das kann ich nicht hinnehmen.
Ich werde auch zu Gräbern der anderen Klassen gehn, werde überall horchen. Das ist es ja, überall muß man horchen, nicht bloß an dem einen Ende, damit man sich einen Begriff verschafft. Womöglich finde ich auch Tröstliches.
Zu diesen da kehr ich jedenfalls auch zurück. Sie haben ihre Lebensläufe und mancherlei Anekdoten versprochen. Ekelhaft! Aber ich gehe hin, unbedingt. Ehrensache!
Ich bring's zur Zeitschrift »Grashdanin«; dort ist jetzt auch ein Redakteur porträtiert worden. Womöglich drucken sie's.

Nikolaj Leskow

Die Geschichte von dem stählernen Floh und dem Linkshänder aus Tula

1

Als der Imperator Alexander Pawlowitsch die Wiener Beratung zu Ende geführt, wünschte er alsbald durch Europa zu reisen und in der verschiedenen Herren Länder sich die Wunderwerke anzuschauen. So bereiste er denn alle Staaten, und es gelang ihm dank seiner Liebenswürdigkeit, die zwieträglichsten Unterhaltungen mit allen nur denkbaren Personen zu führen, von denen jede ihn irgendwie in Erstaunen zu versetzen bestrebt und auf ihre Seite zu ziehen geneigt war, doch war ständig der Donkosak Platow um ihn, der solche Seitenabziehungen nicht liebte und, da er sich nach seiner Häuslichkeit sehnte, den Herrscher in einem fort verlockte heimzufahren. Wenn aber Platow bemerkte, daß den Herrscher etwas Ausländisches ganz besonders interessierte, so daß die gesamte Begleitung schon verstummen mußte, dann sagte Platow sogleich: so und so, und bei uns zu Hause ist das Eigne auch nicht schlechter – und lenkte den Herrscher damit ab.

Dieses wußten die Englischen und hatten zur Ankunft des Herrschers sich alsbald allerlei Schlauheiten ausgedacht, um ihn durch Ausländerei zu betören und vom Russischen abzuwenden, und sie erreichten auch in vielen Fällen dieses Ziel, zumal bei großen Versammlungen, allwo Platow sich auf Französisch nicht fließend auszudrücken vermochte; jedoch interessierte dieser Umstand ihn wenig, denn er war ein verheirateter Mann und hielt alle französischen Unterhaltungen für dummes Zeug, das nicht einmal des Denkens wert sei. Als aber die Engelländischen den Herrscher in ihre verschiedenen Zeughäuser, ihre Waffen- und Seifensägeunternehmungen einluden, um ihm dort ihren Vorrang über uns in allen Ge-

genständen zu beweisen und sich dessen zu berühmen – da sprach Platow zu sich selber:
»Einmal muß Feierabend sein. Bis zur Stunde habe ich es ertragen, aber weiter geht's nicht. Treff ich's oder treff ich's nicht, meine eigenen Leute darf ich nicht preisgeben.«
Und kaum hatte er dieses ernsthafte Wort mit sich selber gesprochen, da redete ihn der Herrscher also an:
»So und so, und morgen fahren wir beide, das Museum der Gewehre anzuschauen. Dort«, sagte er, »sind solche Naturvollkommenheiten, daß, wenn man die anschaut, man nicht mehr darüber streiten kann, daß wir Russen mit unserer ganzen Bedeutung keinen Pfifferling wert sind.«
Platow entgegnete dem Herrscher kein Wort, er versenkte nur seine Tadlernase in seinen flauschigen Filzmantel und befahl der Ordonnanz, als er nach Hause zurückgekehrt war, ihm aus dem Keller ein Fläschchen kaukasischen Branntweins heraufzuholen – einen rechten, waschechten Heuerling, und von diesem genehmigte er ein kräftiges Glas, betete darauf vor einem zusammenlegbaren Reiseheiligenschrein zu Gott, deckte sich mit seinem Mantel zu und begann sogleich derart zu schnarchen, daß im ganzen Hause für keinen Englischen mehr von Schlaf die Rede sein konnte.
Denn er dachte: Morgenstunde hat Gold im Munde.

2

Tags darauf, da fuhren der Herrscher und Platow sodann zum Museum. Der Herrscher nahm außer ihm keinen weiteren Russen mit, denn man hatte ihnen nur eine zweisitzige Kalesche geschickt.
So kamen sie zu einem riesigen Gebäude – die Anfahrt war unbeschreiblich, die Korridore zogen sich endlos hin, die Zimmer aber gingen eines ins andere, bis man schließlich im Hauptsaal zu verschiedenen riesigen Büsten kam; inmitten des Saales aber stand unter einem Waldachin der Appelsohn von Pellfettere.

Da blickte sich der Herrscher nach Platow um, ob dieser wohl sehr erstaunt sei und worauf er hinblicke. Platow aber ging seines Weges, die Augen gesenkt, als sähe er rings nichts – und drehte nur immer Ringe aus seinen Schnurrbartenden.

Da begannen die Engelländer verschiedene Verwunderlichkeiten zu zeigen und zu erklären, was wozu bei kriegerischen Umständen tauge: Fahrometer für die Mariner, kamehlerne Mantos fürs Fußvolk, für die Reiterei aber verpichte Waterproofs. Über all das freute sich der Herrscher, und das alles schien ihm sehr gut zu sein. Platow aber behielt seine Mienigkeit bei, als bedeute das für ihn alles nichts.

Da fragte der Herrscher:

»Ja, wie ist das nur möglich, und wieso diese Gefühllosigkeit in dir? Scheint dir hier wirklich nichts erstaunlich?«

Platow indes versetzte:

»Dieses allein scheint mir hierbei erstaunlich, daß meine wakkern Burschen vom Don ohne all das Krieg zu führen gewußt und an die zwanzig Heidenvölker verjagt haben.«

Der Herrscher meinte:

»Das ist die reine Unvernunft.«

Platow erwiderte:

»Weiß nicht, worauf das zu beziehen, doch wage ich nicht zu streiten und muß daher das Maul halten.«

Da die Englischen eine solche Unterredung zwischen Platow und dem Herrscher gewahrten, führten sie diesen sogleich zu dem Appelsohn von Pellfettere selber und entnahmen dessen einer Hand ein Gewehr von Mortimer, der andern aber eine Pistolette.

»Da schau her«, sagten sie dabei, »welch eine Produktivität wir haben«, und überreichten bei diesen Worten das Gewehr.

Ruhig blickte der Herrscher das Mortimergewehr an, dieweil er solchene auch in Zarskoje Selo besaß; hierauf aber reichten sie ihm die Pistolette und meinten:

»Diese Pistolette ist von unbekannter und unnachahmlicher

Meisterschaft – unser Admiral hat sie einem Räuberataman in Kandelabrien aus dem Gürtel gerissen.«
Der Herrscher betrachtete die Pistolette und konnte sich daran nicht satt schauen.
Und stieß entsetzliche Achs aus.
»Ach, ach, ach«, verlautbarte er, »wie kann man nur so . . . ja wie kann man das nur so fein-fein herstellen!« und wendete sich auf russisch an Platow und meinte: »Da! und wenn ich nur einen einzigen solchen Meister in Rußland hätte, wie überaus glücklich wollte ich über den sein und mich seiner brüsten, so daß ich diesen Meister sogleich zum Wohlgeborenen erheben würde.«
Als Platow solche Worte vernahm, senkte er sogleich seine rechte Hand in seine großen Pluderhosen und zog von dort einen Gewehrschlüssel hervor. Die Englischen riefen zwar, dies Gewehr da sei nicht aufzumachen, er aber schenkte dem keine Aufmerksamkeit und polkte am Gewehrschloß herum. Er drehte einmal, er drehte zweimal – da war das Schloß herausgenommen. Und Platow zeigte dem Herrscher das Zünglein, und an der Krümmung war da richtig eine russische Inschrift: »Iwan Moskwin zu Tula der Stadt«.
Die Englischen wunderten sich sehr, und einer stieß den andern an:
»Ach je, da haben wir einen Bock geschossen!«
Der Herrscher aber bemerkte verstimmt zu Platow:
»Warum hast du sie so in Verlegenheit gebracht, sie tun mir jetzt überaus leid. Fahren wir.«
Sie nahmen alsdann aufs neue in der zweisitzigen Kalesche Platz und fuhren ab, denn der Herrscher war an diesem Tage zu einem Ball geladen; Platow aber, der genehmigte sich ein noch größeres Glas des Heuerlings und fiel darauf in festen Kosakenschlaf.
Ihm war sowohl freudig zumute, daß er die Englischen so in Verlegenheit gebracht und den Meister aus Tula ins Gesichtsfeld visiert hatte, als auch ärgerlich: Wieso kam dem Herr-

scher bei einer solchen Gelegenheit in den Sinn, die Englischen zu bemitleiden!

Was mag den Herrscher nur gekränkt haben? so überlegte Platow. Das kann ich kein klein bißchen verstehen! Und er stand in solchen Überlegungen an die zween Male auf, bekreuzigte sich und trank ein Schnäpschen, bis er endlich mit Gewalt sich in allertiefsten Schlaf versetzt hatte.

Die Englischen jedoch schliefen in der gleichen Zeit auch nicht, da auch sie sich Kopfzerbrechen machten. Und derweil sich der Herrscher auf dem Ball amüsierte, richteten sie ihm eine solche Verwunderlichkeit her, daß es sogar Platow die gesamte Phantasie verschlug.

3

Tags darauf, als Platow vor den Herrscher trat, ihm guten Morgen zu wünschen, sprach der zu ihm:

»Man möge gleich die zweisitzige Kalesche anspannen, wir fahren zu einem neuen Museum, weiterhin Verschiedenes anzuschauen.«

Da wagte Platow sogar anzumelden, ob es nicht vielleicht genug sei mit der Betrachtung fremdländischer Produkte und ob es nicht am Ende besser wäre, sich heim nach Rußland zu begeben – der Herrscher aber meinte:

»Nein, ich wünsche noch andere Neuheiten anzuschauen: man rühmte mir, die bereiteten hier einen ganz erstklassigen Zucker.«

So fuhren sie los.

Die Englischen zeigten dem Herrscher alles: welche verschiedenen Arten von Zucker erster Klasse bei ihnen zubereitet würden, Platow aber schaute nur und schaute, mit eins jedoch warf er hin:

»Könnt ihr uns nicht eure Fabriken für den Zucker ›Molwo‹ zeigen?«

Die Englischen aber wußten nicht einmal, was dieses Molwo

zu bedeuten habe. Sie flüsterten miteinander, sie zwinkerten miteinander, sie raunten einander nur das eine zu: »Molwo, Molwo«, konnten aber nicht fassen, daß bei uns ein solcher Zucker hergestellt würde, und mußten schließlich eingestehen, sie hätten alle Zuckerarten, nur eben den »Molwo« nicht.

Platow sagte da:

»Nun, dann sollt ihr gar nicht erst prahlen. Dann fahrt lieber zu uns, und wir werden euch Tee zu trinken geben mit echtem Molwo aus der Bobrinskschen Fabrik.«

Da zupfte ihn der Herrscher am Ärmel und meinte leise: »Bitte, stör mir meine Politik nicht.«

Alsbald baten die Englischen den Herrscher in ihr allerletztes Museum, allwo aus der ganzen Welt Mineralsteine gesammelt waren und Nymphosorien, beginnend mit der gewaltigsten ägyptischen Keramide bis zum Sandfloh, den man mit Augen unmöglich sehen kann, dessen Stiche aber zwischen Haut und Körper zu spüren sind.

So fuhr der Herrscher denn hin.

Sie betrachteten die Keramiden und alle möglichen ausgestopften Tiere, als sie aber hinausschritten, da dachte Platow insgeheim: Na Gott sei Dank, alles ging gut ab, der Herrscher fand nichts, worüber er sich wundern mußte.

Allein, als sie in das allerletzte Zimmer kamen, da standen dort Arbeiter in Toujourswesten, die Arbeitsschürzen vorgebunden, und präsentierten ein Tablett, auf dem sich nichts befand.

Da mußte sich der Herrscher mit eins verwundern, wieso man ihm ein leeres Tablett präsentiere.

»Und was hat das zu bedeuten?« frug er; die englischen Meister aber erwiderten: »Das ist, Euer Majestät, unser ergebenstes Präsent.«

»Ja, was ist es denn?«

»Geruhen nämlich«, meinten die Englischen, »das Stäubchen dort zu betrachten.«

Der Herrscher schaute hin und sah, wahrhaftig, auf dem sil-

bernen Präsentierbrett lag was wie ein kleinwinziges Stäubchen.
Die Arbeiter sagten: »Geruhen den Finger anzuspeicheln und es auf die Handfläche zu legen.«
»Was soll ich denn mit diesem Stäubchen?«
»Das«, entgegneten sie, »ist kein Stäubchen, sondern ein Nymphosorium.«
»Und lebt dieses?«
»Zu Befehl nein«, antworteten sie, »das lebt nicht, das ist von uns aus reinstem englischem Stahl in der Form eines Flohs geschmiedet, in seinem Zentrum aber befinden sich ein Aufziehwerk und eine Feder. Geruhen nur das Schlüsselchen umzudrehen: der Floh wird sogleich einen Dansé tanzen ...«
Da wurde der Herrscher neugierig und fragte:
»Aber wo ist denn das Schlüsselchen?«
Die Englischen zur Antwort:
»Hier liegt auch der Schlüssel vor Ihren Augen.«
»Warum«, bemerkte der Herrscher, »kann ich denn seiner nicht gewahr werden?«
»Darum«, lautete die Erwiderung, »weil man ihn nur durchs Bekiekroskop erblicken kann.«
So wurde ein Bekiekroskop herangebracht, der Herrscher aber sah darin, daß neben dem Floh wahrhaftig ein Schlüsselchen auf dem Präsentierbrett lag.
»Geruhen, den Floh auf die Handfläche zu betten«, sagten die, »im Bäuchlein hat er ein Löchlein zum Aufziehen, und den Schlüssel muß man siebenmal drehen, dann aber geht der Floh im Dansé los ...«
Mit großer Mühe gelang es dem Herrscher, das Schlüsselchen zu ergreifen, und mit großer Mühe hielt er es in zwei Fingern, mit zwei andern Fingern aber packte er den Floh; kaum jedoch hatte er den Schlüssel eingesetzt, da spürte er bereits, wie die Fühlerfäden sich bewegten, wie die Beinchen sich zu regen begannen, und mit eins sprang der Floh auf und machte im Fluge gradeaus einen Dansé und zwei Spieleretten nach

der einen Seite und hierauf auch nach der andern Seite und tanzte so in drei Spieleretten die ganze Quadrille vor.

Auf der Stelle befahl der Herrscher, den Englischen eine Million auszubezahlen, in welchem Gelde sie das immer wünschten, ob nun in silbernen Fünfern oder in kleinen Banknoten.

Die Englischen baten, man möge ihnen Silber anweisen, da sie sich mit den Papierchen nicht auskennten; hierauf aber brachten sie sogleich ihre andere Listigkeit vor: den Floh, den schenkten sie zwar, ein Futteral dafür aber hatten sie nicht herbeigeschafft; und wie sollte man den Floh und den Schlüssel ohne Futteral aufbewahren, man mußte die beiden ja ohne das verlieren und mit anderem Abfall fortwerfen. Doch jene hatten ein Futteral aus einer kompakten Brillantnuß angefertigt und darin für beides in der Mitte einen Platz ausgestanzt. Dieses Futteral aber, das gaben sie nicht her, denn das Futteral, sagten sie, sei Krongut, und im Hinblick auf Krongüter gäbe es bei ihnen strenge Vorschriften, so daß man nicht einmal für den Herrscher so was herausrücken dürfte.

Platow ärgerte sich hierüber mächtig, also sagte er:

»Und wozu nur solch eine Gaunerei! – Machen ein Geschenk, erhalten eine Million – und ist ihnen immer noch zu wenig! Ein Futteral«, sagte er, »und das gehört zu jeder Sache.«

Aber der Herrscher entgegnete:

»Laß bitte, das ist nicht deine Sache – stör mir meine Politik nicht. Die haben eben ihre Sitten.« Worauf er fragte: »Was kostet die Nuß, in welcher der Floh untergebracht ist?«

Die Englischen verlangten dafür noch fünftausend.

Alexander Pawlowitsch, der Herrscher, bestimmte alsodann: »Wird ausbezahlt« und tat selber den Floh in die Nuß und mit dem Floh auch den Schlüssel; auf daß er aber die Nuß nicht verliere, steckte er sie in seine goldene Tabatiere, die Tabatiere befahl er in seiner Reiseschatulle unterzubringen, die ganz mit Perlmutt ausgelegt war und mit Fischbein. Was die englischen Meister aber anlangte, die verabschiedete der Herrscher mit allen Ehren und sagte ihnen hierbei: »Ihr seid die ersten Meister auf der ganzen Welt, und meine Leute, die können nichts im Vergleich mit euch.«

Jene waren darüber sehr befriedigt, Platow dagegen konnte wider die Worte des Herrschers nichts einwenden. Allein er nahm wenigstens das Bekiekroskop und steckte es, ohne ein Wort zu verlieren, in seine eigene Tasche, denn: hierhinein gehörte es, meinte er, und Geld habt ihr ohnehin mehr als genug von uns gefaßt.

Nichts davon erfuhr der Herrscher bis zur Ankunft in Rußland, wohin die beiden bald abreisten, denn von all den Kriegsgeschäften hatte sich beim Herrscher eine Melancholie eingestellt, und ihn verlangte nach einer geistlichen Beichte beim Popen Fedot in Taganrog. Unterwegs aber gab es zwischen ihm und Platow nur wenig angenehmen Plauderns, da sie völlig verschiedener Ansicht geworden waren. Während der Herrscher die Meinung hegte, die Engländer hätten ihresgleichen nicht in Kunstfertigkeit, blieb Platow dabei, daß auch die Unsrigen alles das ausführen könnten, was immer sie ins Auge faßten, nur fehle ihnen die nützliche Unterweisung vorher. Und er stellte dem Herrscher vor, daß doch die engländischen Meister für alles ganz andere Regeln des Lebens hätten, der Wissenschaft und der Verpflegung, und daß ein jeder Mensch bei ihnen über alle absoluten Möglichkeiten für sich selber verfüge und somit nun hieraus herrühre, daß ein ganz anderer Sinn in einem solchen sei.

Dies mochte der Herrscher nicht lange anhören, und so trat Platow auf jeder Station ins Freie und trank vor Ärger ein großes Wasserglas voll Schnaps, wozu er eine Salzbrezel verzehrte und darauf sogleich seine Wurzelpfeife ansteckte, in die ein ganzes Pfund Tabak von Shukow auf einmal hineinging, worauf er wieder einstieg und stumm neben dem Zaren im Wagen saß. Der Herrscher schaute nach der einen Seite; Platow aber hängte sein Pfeifenrohr durchs andere Fenster und paffte in den Wind. So gelangten sie bis Petersburg; zum

Popen Fedot aber nahm der Herrscher den Platow schon gar nicht mehr mit.
»Du bist«, sagte er, »zu unenthaltsam für eine geistliche Unterredung, und du rauchst mir so viel, daß sich mir von deinem Rauch lauter Ruß im Kopfe sammelt.«
So hatte denn Platow seine Kränkung weg und legte sich zu Hause auf die verdrießliche Lottermane, und dort blieb er liegen und rauchte ohne Unterlaß den Tabak von Shukow.

4

Der erstaunliche Floh aus englischem brüniertem Stahl blieb somit bei Alexander Pawlowitsch unter dem Fischbein in der Schatulle, bis dieser ihn bei seinem Hinscheiden in Taganrog dem Popen Fedot gab, damit er ihn später der Herrscherin überreichen möge, wenn sie wieder zur Ruhe gekommen sei. Die Kaiserin Jelisaweta Alexejewna beschaute sich die Floh-Spieleretten und lachte darüber, befaßte sich jedoch nicht weiter damit.
»Denn«, so sagte sie, »meine Sache ist jetzt eine Witwensache, und für mich sind keinerlei Vergnügungen mehr verführerisch«, und so übermittelte sie, nach Petersburg zurückgekehrt, das Wunderding mit allen anderen Kostbarkeiten als Erbschaft dem neuen Herrscher.
Kaiser Nikolaj Pawlowitsch schenkte zu Beginn dem Floh ebenfalls keinerlei Aufmerksamkeit, gab es doch bei seinem Regierungsantritt gleich einen Aufruhr; als er aber dann einmal die ihm von seinem Bruder überkommene Schatulle ansah, zog er aus ihr die Tabatiere hervor, entnahm der Tabatiere die brillantene Nuß, und in dieser fand er den stählernen Floh, der schon lange nicht mehr aufgezogen worden war und daher nicht funktionierte, sondern mäuschenfromm dalag, als sei er steif und starr geworden.
Das sah der Herrscher und staunte.
»Was ist das für ein unnützes Ding, und wozu befand es sich bei meinem Bruder in solcher kostbaren Aufbewahrung?«

Die Hofleute wollten den Floh fortwerfen, allein der Herrscher meinte:
»Nein, das hat bestimmt etwas zu bedeuten.«
Alsbald berief man von der Anitschkinbrücke aus der gegenüberliegenden Apotheke einen Chemiker, der auf den allerfeinsten Waagen die Gifte abzuwiegen hatte, und dem zeigte man den Floh; er aber nahm sogleich den Floh, tat ihn auf seine Zunge und sagte darauf: »Ich spüre eine Kälte wie von einem starken Metall.« Darauf drückte er leicht mit dem Zahn darauf und erklärte:
»Wie Sie belieben, allein dies ist kein waschechter Floh, sondern ist ein Nymphosorium, und dieses ist aus Metall gemacht und ist die Arbeit nicht unsere, keine russische.«
Der Herrscher ordnete an, sogleich in Erfahrung zu bringen, von wo dies Nymphosorium herstamme und was es zu bedeuten habe.
In großer Hast ging man ohne Verzug daran, die Akten und Register zu wälzen, jedoch stand in den Akten nirgends etwas aufgezeichnet. So begann man diesen und jenen auszufragen, allein da wußte keiner auch nur das Geringste. Zu allem Glück jedoch lebte Platow, der Donkosak, noch und lag sogar immer noch auf seiner verdrießlichen Lottermane, wo er die Pfeife schmauchte. Und kaum vernahm dieser, daß es im Palast solch eine Unruhe gäbe, da erhob er sich alsobald von seiner Lottermane, ließ die Pfeife Pfeife sein und trat vor den Herrscher im Schmuck aller seiner Orden hin. Der Herrscher fragte:
»Was für ein Wunsch, du herzhafter Greis, führt dich zu mir?«
Platow jedoch erwiderte:
»Euer Majestät, für mich selber benötige ich nichts, da ich nach Wunsch zu essen und zu trinken habe und mit allem zufrieden bin. Ich kam aber«, so sprach er, »Bericht hinsichtlich dieses Nymphosoriums zu erstatten, das man aufgefunden hat. Dies«, so sprach er weiter, »trug sich nämlich so und so zu und ging im Engländischen vor meinen Augen vor sich –

und bei dem Floh befindet sich ein Schlüsselchen, ich aber besitze immer noch denen ihr Bekiekroskop, durch das man es erblicken kann, und mit diesem Schlüsselchen kann dieses Nymphosorium vermittels des Bäuchleins aufgezogen werden, und dann kann es springen, in welchem Raum immer, und kann nach den Seiten hin seine Spieleretten vorführen.«

Man zog den Floh auf, und der hüpfte sogleich, Platow aber redete weiter:

»Euer Majestät«, so äußerte er sich, »und dies ist in der Tat eine äußerst feinsinnige und interessante Arbeit, allein sich ihr staunend mit vollem Rausch der Gefühle hinzugeben taugt auch zu nichts, man müßte sie vielmehr einer russischen Revision in Tula unterziehen lassen oder in Sesterbek« – dazumal nannte man Sestrorezk noch Sesterbek –, »ob unsere Meister das nicht noch zu übertreffen vermögen, damit die Engländischen sich nicht über uns Russen aufblähen können.«

Da Nikolaj Pawlowitsch, der Herrscher, von seinen eigenen russischen Leuten eine große Meinung hatte und hinter keinem Ausländer zurückzutreten liebte, entgegnete er dem Platow so:

»Dies, du herzhafter Greis, hast du gut gesagt, und so übertrage ich dir denn die Durchführung dieser Sache. Diese Schatulle ist mir ohnehin bei meinen jetzigen Sorgen nicht vonnöten – und so nimm denn du sie mit dir, und lege dich nicht mehr auf deine verdrießliche Lottermane, sondern begib dich alsobald zum stillen Don und führe dort mit meinen Donischen die zwieträglichsten Gespräche über ihr Leben und ihre Ergebenheit und frage, was ihnen nach Sinn sei. Wenn du aber durch Tula kommst, so weise meinen Meistern in Tula dieses Nymphosorium vor, und mögen sie darüber nachdenken. Und sage ihnen von mir, daß mein Bruder über dies Ding in Staunen geraten sei und daß er die fremden Leute, die dieses Nymphosorium angefertigt, mehr denn alle gepriesen habe; ich jedoch baute auf die Meinen, daß die um kein klein bißchen geringer seien. Sie werden meine Worte nicht mißachten und werden schon irgend etwas anfertigen.«

5

Platow nahm den stählernen Floh, und als er auf seiner Reise nach dem Don über Tula kam, wies er ihn den Tulaer Büchsenmachern vor und gab ihnen die Worte des Herrschers wieder, hiernach aber fragte er:
»Wie wollen wir verbleiben, Rechtgläubige?«
Die Büchsenmacher entgegneten:
»Das gnädige Wort des Herrschers, das empfinden wir tief, Väterchen, und werden es schon deswegen nie vergessen, weil er auf seine Untertanen baut; wie wir uns aber im gegenwärtigen Fall herausfinden sollen, das können wir so in einem Augenblick nicht sagen, denn die engländische Nationalität ist auch nicht dumm, sondern sogar ziemlich schlau, und die Künste, die sie dort ausüben, sind ungemein sinnvoll. Man sagt, wenn man wider sie ist, dann muß man das mit Überlegung anstellen und mit Gottes Segen. Wenn du aber, Gnaden, zu uns das gleiche Zutrauen hast wie unser Herrscher, dann fahr du nur zu nach deinem stillen Don; das Flöhchen aber, das laß du uns hier, so wie es ist, im Futteral und in dem goldenen Tabaksdöschen des Zaren. Spazier du nur am Don herum und laß deine Wunden ausheilen, die du fürs Vaterland empfingst; wenn du dann aber auf dem Rückweg wieder durch Tula kommst, mach halt und schick nach uns: wir werden zu der Zeit, so Gott will, uns was erdacht haben.«
Platow war nicht ganz zufrieden damit, daß die Tulaer so viel Zeit verlangten und sich zudem nicht klar darüber ausließen, was sie denn nun zu tun gedächten. Er fragte sie so und anders aus und versuchte es auf jede Art, mit ihnen nach donischer Weise schlau daherzureden; die Tulaer aber standen ihm in Schläue nicht nach. Da sie sogleich einen Gedanken gefaßt hatten, von dem sie nicht annehmen konnten, daß Platow ihm Glauben schenken würde, so war es ihre Absicht, ihre

verwegene Idee verschwiegen auszuführen und alsdann die Sache abzuliefern. Sie sprachen:

»Wir wissen selber noch nicht recht, was wir anstellen werden, aber wir wollen auf Gott vertrauen, und so möge durch uns das kaiserliche Wort keine Herabwürdigung erfahren.«

Und welche Winkelzüge Platow auch mit dem Verstande vornahm, die Tulaer vergalten ihm mit Gleichem.

Und wieviel Kniffe über Kniffe Platow auch ersann, er erkannte, daß er die Tulaer nicht zu überkniffeln vermochte, und so gab er ihnen denn die Tabaksdose mit dem Nymphosorium und versetzte:

»Ich sehe, da ist nicht viel zu wollen«, so sagte er, »geschehe denn nach eurem Sinn; ich kenne euch ja, wie ihr seid, und da ist nun nichts weiter zu machen – ich glaube euch, aber schaut nur, daß ihr mir den Brillanten nicht vertauscht und daß ihr mir die feine engelländische Arbeit nicht verderbt, und vertrödelt auch nicht zuviel Zeit damit, denn ich reise mit großer Geschwindigkeit: keine zwei Wochen werden vergehen, daß ich vom stillen Don wieder nach Petersburg umkehre. Und daß mir dann auf jeden Fall etwas da ist, was ich dem Herrscher vorweisen kann.«

Die Büchsenmacher beruhigten ihn hinsichtlich dieses Punktes völlig:

»Die feine Arbeit«, meinten sie, »die werden wir schon nicht beschädigen, und auch den Brillanten werden wir nicht vertauschen, und zwei Wochen sind für uns genügend Zeit. Und für den Augenblick, wenn du wiederkehrst, da wirst du schon etwas erhalten, das würdig sein wird, der kaiserlichen Herrlichkeit vorgewiesen zu werden.«

Allein, was das sein sollte, darüber hatten sie nichts verlautbart.

6

Platow reiste aus Tula ab; drei der Büchsenmacher aber, und zwar die geschicktesten unter ihnen, einer davon ein schielender Linkshänder, auf der Backe ein Muttermal, während an seinen Schläfen ihm die Haare in der Lehrzeit ausgerissen orden waren – diese nahmen Abschied von ihren Kameraden und von ihren Hausgenossen und packten, ohne jemand ein Wort weiter zu sagen, den nötigen Proviant in ihre Felleisen und verschwanden aus der Stadt.

Man bemerkte nur, daß sie sich nicht zum Moskauer Tor begaben, sondern zum entgegengesetzten, das nach der Kiewer Seite zu lag, und so glaubte man, daß sie sich nach Kiew begeben wollten zu den dort im Grabe ruhenden Märtyrern, diesen ihre Verehrung darzubringen, oder daß sie sich dort mit einem von den lebenden heiligen Männern beraten wollten, die sich stets zu Kiew im Überfluß aufhalten.

Allein dieses kam alles nur der Wahrheit nahe und war doch nicht die Wahrheit selber. Weder Zeit noch Entfernung gestatteten den Tulaer Meistern, in drei Wochen zu Fuß nach Kiew zu pilgern und darüber hinaus Zeit zu finden, eine Arbeit zu vollenden, welche die engelländische Nation beschämen würde. Sie hätten eher nach Moskau wandern können, dort zu beten, denn bis dahin sind es ja nur alles in allem »zwomalneunzig« Werst, und heilige Märtyrer sind dort ebenfalls reichlich zur Ruhe gesetzt worden. In der entgegengesetzten Richtung aber, bis Orjol, sind es zwar ebenfalls nur »zwomalneunzig«, allein von Orjol bis Kiew hat man noch gut fünfhundert Werst zurückzulegen. Solch einen Weg, und den legt man nicht schnell zurück, legt man ihn aber zurück, dann ruht einer nicht so bald davon aus – lange noch werden die Beine davon spröde wie Glas sein und die Hände zittern. Einigen andern aber kam es bei, die Meister hätten dem Platow nur einen Bären aufgebunden und seien, nachdem sie zur Vernunft gekommen, völlig verzagt und wären jetzt ganz und gar ausgerissen, wobei sie die goldene Tabaksdose des Zaren hätten mitgehen heißen sowie den Brillanten und den so viel Unruhe stiftenden engelländischen Floh im Futteral.

7

Die von Tula, gescheite Leute, die in der Metallkunde was los haben, sind auch als die besten Kenner religiöser Dinge weit bekannt. Von ihrem Ruhm in dieser Hinsicht ist sowohl das Heimatland voll als auch der heilige Berg Athos: sie sind nicht nur große Meister im verschnörkelten Gesang, nein, sie wissen auch, wie etwa ein Bild »Das Abendläuten« zu malen sei, und wenn einer von ihnen sich dem großen Dienst hingibt und zum Mönchtum übertritt, alsdann gelten solche für die besten Klosterökonomen, und es gehen aus diesen die allerfähigsten Almosensammler hervor. Auf dem heiligen Berg Athos weiß man, daß die Tulaer die allereinträglichsten Leute sind, denn wären nicht sie, so hätten zweifellos viele dunkle Winkel Rußlands sehr viele von den Heiligtümern des entfernten Ostens nie zu Gesicht bekommen. Athos dagegen hätte auf viele nützliche Spenden russischer Freigebigkeit und Frömmigkeit Verzicht leisten müssen. Heutzutage fahren diese »Tulaer Athosleute« ihre Heiligkeiten durchs ganze Vaterland und verstehen es meisterhaft, selbst dort milde Gaben zu sammeln, wo sonst nichts mehr zu holen ist. Was ein Tulaer ist, der ist erfüllt von kirchlicher Andächtigkeit, er ist aber gleichzeitig auch ein gewaltiger Praktiker in diesen Dingen, und somit begingen die drei Meister, die es unternommen hatten, Platow und mit ihm dem ganzen Rußland zu Hilfe zu kommen, keinen Fehler damit, daß sie sich nicht nach Moskau, sondern gen Süden begaben. Sie zogen nämlich keineswegs nach Kiew, sondern sie wanderten nach Mzensk, einer Kreisstadt des Gouvernements Orjol, in welcher sich eine uralte »steingeschnittene« Ikone des heiligen Nikolaus befindet, die in den ururältesten Zeiten auf dem Fluß Suscha auf einem großen, ebenfalls aus Stein gefertigten Kreuz hierher geschwommen kam. Diese Ikone war von »schrecklichem und überaus fürchterlichem« Anblick, der lykische Bischof ist darauf aufrecht abgebildet, ganz in silbervergoldeten Ornat gehüllt und von dunklem Angesicht; in der einen Hand hält er einen Tempel, in der andern aber ein Schwert, als Zeichen der »kriegerischen Bezwingung«. Und in dieser »Bezwingung«, da lag eben der Kern der Sache: der heilige Nikolaus ist überhaupt der Patron des Handels und des Kriegswerkes, der »Mzensker Nikola« aber ganz besonders, und eben ihn anzubeten, danach trachteten die Tulaer. Sie verrichteten einen Gottesdienst vor der Ikone selber und hierauf noch einen vor dem Steinernen Kreuz und kehrten schließlich mitternächtlicherweile nach Hause zurück, wo sie, ohne ein Wörtchen zu verlieren, im gräßlichsten Geheimnis sich an ihr Werk machten. Sie begaben sich alle drei in das Häuschen des Linkshänders, verriegelten die Türen, schlossen die Fenster mit den Läden dicht ab, steckten das Lämpchen vor dem Bild des heiligen Nikolaus an und begannen zu arbeiten.

So saßen sie einen Tag, zwei Tage und drei Tage und gingen nirgendshin aus, und nur ihre Hämmerchen pochten ohne Unterlaß. Sie schmiedeten etwas, doch was sie in Wahrheit schmiedeten, davon ward nichts bekannt.

Klar, daß alle im Umkreise ihre Neugierde bekundeten, doch konnte niemand nicht das Geringste erfahren, dieweil die Arbeitenden nichts verlautbaren ließen und sich draußen nicht zeigten. Zwar begaben sich verschiedene Personen zu dem Häuschen und klopften unter den verschiedensten Vorwänden an die Tür, um Feuer oder um Salz zu erbitten, die Künstler aber machten, wer immer auch kam, nicht auf, und so blieb es selbst ungewiß, wovon sie sich ernährten. Ja, man versuchte sogar, sie in Angst zu versetzen, man streute aus, es brenne ein Haus in der Nachbarschaft – vielleicht, daß sie in ihrem Schrecken herausspringen und dann doch erkennen lassen würden, was sie eigentlich geschmiedet hätten, allein nichts wollte bei diesen schlauen Meistern verfangen. Auf einen kurzen Augenblick nur steckte der Linkshänder den Kopf bis an die Schultern heraus und schrie: »Brennt nur immerzu ab, wir haben keine Zeit dafür«, und zog aufs neue seinen zerzausten Kopf ein, schlug den Fensterladen zu und machte sich weiter an seine Sache.

Und nur durch die kleinwinzigsten Ritzen konnte man gewahren, daß im Innern des Hauses Feuerschein blitzte, und man konnte vernehmen, wie die feinen Hämmer auf klingenden Ambossen etwas heraushämmerten.
Mit einem Wort, das Ganze spielte sich in einem solchen schrecklichen Geheimnis ab, daß einfach nichts herauszubringen war, und zudem dauerte es genau, bis der Kosak Platow vom Stillen Don zu seinem Herrscher zurückkehrte, denn während dieser ganzen Zeit sahen unsere Meister keinen einzigen Menschen und führten auch mit keinem eine Unterredung.

8

Platow, der reiste sehr schnell, wenn auch mit Zeremonien: er selber saß in der Kalesche unter dem Schutzdach, auf dem Kutschbock aber hockten zu beiden Seiten des Kutschers zwei Kosaken mit ihren Peitschen, zwei Pfiffikusse, die egalweg die Peitschen pfeifen zu lassen hatten, und diese waren ohne Gnade und Barmherzigkeit mit dem Kutscher beschäftigt, damit die Fahrt schnell vonstatten ginge. Wenn aber einer dieser Kosaken einnickte, dann stieß Platow aus der Kalesche mit dem Fuß nach dem, und sogleich ging es noch böser dahin. Diese Methoden des Antreibens wirkten so erfolgreich, daß es vor keinem der Stationsgebäude gelingen wollte, die Pferde zum Stehen zu bringen, sondern sie fegten mindestens jeweilig ihre hundert Sprünge über die Haltestelle hinaus, und dann mußte jedesmal der Kosak beim Kutscher Gegenmaßnahmen ergreifen, um zur Auffahrt zurückzukehren.
Also rollten sie auch in Tula ein – und flogen ebenso hundert Sprünge über das Moskauer Tor hinaus, und erst nachdem der eine Kosak mit seiner Peitsche auf den Kutscher in der Gegenrichtung eingewirkt hatte, hielten sie an der Vortreppe, wo die neuen Pferde angespannt werden sollten. Platow verließ die Kalesche nicht, sondern befahl dem einen Pfiffikus, so schnell wie möglich die Arbeiter vorzuführen, denen er

den Floh gelassen. Alsbald setzte sich einer der Pfiffikusse in Trab: jene hätten so schnell wie möglich zu kommen und ihre Arbeit vorzuweisen, die bestimmt war, die Engelländischen zu beschämen. Allein noch konnte dieser Pfiffikus nicht weit gekommen sein, da sandte Platow bereits weitere Boten, einen hinter dem andern, nach, man solle sich tunlichst beeilen.

Nachdem er seine beiden Pfiffikusse hingejagt, begann er schon damit, einfache Leute aus dem neugierigen Zuschauerpublikum auszuschicken, ja er setzte bereits selber vor Ungeduld ein Bein aus der Kalesche und wollte vor lauter Ungeduldigkeit in eigner Person laufen und knirschte dabei nur so mit den Zähnen, denn es ging ihm immer noch nicht schnell genug.

Jaja, in jener Zeit, da wurde verlangt, daß alles immer außerordentlich akkurat und schnell vor sich gehe, damit nicht eine Minute für die russische Nützlichkeit verloren würde.

9

Die Tulaer Meister, die an ihrem erstaunlichen Werk waren, beendeten um diese Zeit gerade ihre Arbeit. Die Pfiffikusse langten völlig ausgepumpt vor dem Hause an, die gewöhnlichen Leute aus dem neugierigen Publikum aber, die kamen gar nicht erst bis dorthin; des Laufens ungewohnt, waren ihnen unterwegs die Beine auseinandergefallen, und so waren sie hingestürzt, worauf sie sich schließlich vor Furcht, daß Platow sie sehen könnte, nach Hause retteten oder sich versteckten, wo es sich gerade traf.

Die Pfiffikusse waren kaum hingesprungen, da stießen sie auch gleich Schreie aus und wollten, als sie sahen, daß jene sich nicht anschickten zu öffnen, ungeniert die Riegelbolzen an den Fensterläden abreißen, aber die Bolzen saßen so fest, daß sie sich nicht bewegen ließen; sie rüttelten darauf an der Tür, die Türe jedoch war von innen mit eichenen Brettern fest verrammelt. Darauf faßten die Pfiffikusse auf der Straße einen

Balken, schoben den nach Feuerwehrmanier unter den Vorsprung des Daches und hoben mit eins das ganze Dach von dem kleinen Hause ab. Doch kaum hatten sie das Dach abgehoben, da schmiß es sie sogleich um, weil sich bei den Meistern während der pausenlosen Arbeit in dem engen Häuslein eine derartig schweißdurchsetzte komprimierte Druckluft gebildet hatte, daß einem nicht daran gewöhnten Menschen, der aus der frischen Luft kam, auch nur ein Atemzug davon schon gefährlich werden konnte.

Die Boten schrien:

»Was tut ihr da, ihr Diese und Jene, ihr Hallodris, und wie wagt ihr, uns mit einer solchen Druckluftsäule umzuschmeißen! Oder habt ihr etwa gar keine Furcht vor Gott mehr!«

Jene jedoch erwiderten:

»Gleich, gleich, wir hämmern nur das letzte Nägelchen ein und werden, sobald es eingehämmert ist, unsere Arbeit herausbringen.«

Die Boten dagegen versetzten:

»Bis dahin wird er uns lebendigen Leibes gefressen und nichts von uns übriggelassen haben, daß man nur unserer Seelen gedenken kann.«

Allein was die Meister waren, die antworteten:

»Er wird nicht imstande sein, auch nur den ersten Bissen hinunterzuschlucken, denn dieweil ihr hier gesprochen, haben wir bereits den letzten Nagel eingeschlagen. Lauft denn und sagt, daß wir es gleich bringen.«

Da liefen die Pfiffikusse dahin, doch sie waren ihrer Sache nicht recht sicher – denn sie meinten nämlich, die Meister wollten sie nur betrügen; und so liefen sie und liefen, aber schauten sich alleweil dabei um; die Meister jedoch, die kamen hinter ihnen her und beeilten sich so sehr, daß sie nicht einmal ihre Kleider so völlig in Ordnung gebracht hatten, wie es sich gehört hätte, um vor eine so bedeutende Person zu treten, sondern sie nestelten noch während des Weges die Schließen an ihren Kaftanen zu. Und zwei von ihnen, die hielten dabei rein gar nichts in ihren Händen, während der dritte, der Linkshänder, in grünem Überzug die fürstliche Schatulle mit dem engelländischen stählernen Floh trug.

10

Die Pfiffikusse liefen zu Platow heran und sagten:
»Da sind sie schon selber!«
Platow unverzüglich zu den Meistern:
»Fertig?«
»Alles fertig«, entgegneten die.
»Her damit.«
Sie gaben es her.
Derweilen war die Kalesche bereits angespannt, der Kutscher aber und der Vorreiter befanden sich auf ihren Plätzen. Und die Kosaken hatten alsbald neben dem Kutscher Platz genommen, hoben ihre Peitschen über seinem Haupt und hielten sie so geschwungen.
Platow riß die grüne Stoffhülle ab, öffnete die Schatulle, nahm die goldene Tabatiere aus der Watte und zog die Brillantnuß aus der Tabatiere – und darin erblickte er dies: der engelländische Floh lag darin wie zuvor, und außer diesem war nichts Weiteres darin.
Platow sagte:
»Was soll das wieder heißen? Und wo ist denn eure Arbeit, mit welcher ihr dem Herrscher Trost zusprechen wolltet?«
Da entgegneten ihm die Büchsenmacher:
»Auch unsere Arbeit ist dabei.«
Frug Platow:
»Und worin beruht denn die?«
Aber die Büchsenmacher versetzten:
»Wozu das erläutern? Sie können hier alles sehen, schauen Sie nur genauer hin.«
Platow zog die Schultern hoch und schrie:
»Und wo steckt der Schlüssel vom Floh?«
»Ja, dort selbst doch«, entgegneten sie. »Wo der Floh ist, da liegt auch der Schlüssel, alles steckt in der gleichen Nuß.«

Platow wollte nach dem Schlüssel greifen, seine Finger aber, die waren recht stumpfschwänzig, und wie eifrig er auch danach haschte, er vermochte weder des Flohs habhaft zu werden noch des Schlüsselchens zum Bauchaufzug, und so wurde er plötzlich wütend und begann auf Kosakenart Schimpfworte auszustoßen.

Er schrie:

»Was soll denn das, ihr Schufte, ihr habt überhaupt nichts gemacht und vielleicht gar noch das ganze Ding ruiniert! Ich werde euch den Kopf dafür abhacken!«

Die Tulaer aber erwiderten ihm darauf:

»Ganz umsonst beleidigen Sie uns so – da Sie ein Gesandter des Herrschers sind, müssen wir alle Kränkungen von Ihnen dulden, allein weil Sie an uns gezweifelt haben und gar dachten, daß wir fähig wären, den Namen des Herrschers zu betrügen, werden wir Ihnen das Geheimnis unserer Arbeit nicht eröffnen; geruhen Sie bitte, sie zum Herrscher hinzuschaffen, der wird schon sehen: sowohl, ›was wir für Leute sind‹, als auch, ob er durch uns eine Herabsetzung erfahren habe.«

Platow brüllte:

»Das lügt ihr mir jetzt nur vor, ihr Schufte, aber so lasse ich euch das nicht durchgehen, einer von euch muß mit mir nach Petersburg reisen, und dort werde ich schon aus ihm herauszubringen wissen, was ihr für Fisimatenten angestellt habt.«

Und streckte hierbei den Arm vor und ergriff mit seinen stumpfschwänzigen Fingern den schielenden Linkshänder am Kragen, so daß mit eins alle Haken und Ösen von dessen Halbrock abflogen, und schmiß ihn in die Equipage und vor seine Füße.

»Sitz hier«, sagte er dabei, »gleich einem Pudelhund, bis wir in Petersburg selber angelangt sind, dort wirst du dich für alle verantworten. Ihr aber«, sprach er zu den Pfiffikussen, »heida und los! Keine Maulaffen feilhalten, auf daß ich übermorgen in Petersburg mich dem Herrscher vorstellen kann.«

Die Meister erdreisteten sich, für ihren Kameraden zu sprechen, wie denn das anginge, daß man diesen so ohne jedes Piperment von ihnen fortschleppe, und auf diese Weise wäre es ihm doch unmöglich zurückzukehren! Platow aber zeigte ihnen statt jeder Antwort nur seine Faust, die so schrecklich war – höckerig und ganz und gar zerhauen, nur so irgendwie zusammengewachsen –, und bedrohte sie damit und sprach: »Da habt ihr euer Piperment!« Den Kosaken aber rief er zu: »Heida, Kinder!«

Die Kosaken, der Kutscher und die Pferde – all das ging mit einem los, und so wurde der Linkshänder ohne jedes Piperment verschleppt; über einen Tag aber, da rollten sie Platow, wie er dieses befohlen, vor dem Palast des Herrschers vor und fuhren dabei sogar, so groß war ihr Schwung, an den Säulen vorbei.

Platow erhob sich, hakte alle seine Orden an und begab sich zum Herrscher; der schieläugige Linkshänder aber, so befahl er den Pfiffikussen, den Kosaken, der müsse an der Auffahrt streng bewacht werden.

11

Platow, der fürchtete sich, dem Herrscher unter die Augen zu treten, denn Nikolaj Pawlowitsch war ganz entsetzlich merksch und nachträgerisch – nichts, was er je vergaß. Platow wußte, daß er ihn unbedingt nach dem Floh fragen würde, und somit wurde er, obwohl ihn sonst auf der ganzen Welt kein Feind je zu schrecken vermochte, bei dieser Gelegenheit tief verzagt: mit seiner Schatulle betrat er zwar den Palast, doch stellte er sie sehr insgeheim im Saal hinter dem Ofen ab. Nachdem er solcherweise die Schatulle versteckt, erschien Platow im Kabinett vor dem Herrscher und begann ihm in großer Eile zu vermelden, was die Kosaken am Stillen Don untereinander für zwieträgliche Unterhaltung führen täten. Seine Überlegung dabei war folgende: Er gedachte hiermit den Herrscher abzulenken, und erst wenn der Herrscher selber darauf käme und vom Floh zu sprechen anfinge, dann freilich müßte man ihm darüber Rede und Antwort stehen und ihm alles ausfolgen; sollte er jedoch nicht zu sprechen beginnen, dann könnte man es verschweigen und dem Kabinettkammerdiener befehlen, die Schatulle zu verstecken; den Tulaer Linkshänder aber, den würde man fristlos in der Festungskasematte festsetzen, auf daß er dort bis zu dem Zeitpunkt säße, da er benötigt würde.

Nikolaj Pawlowitsch aber, der Kaiser, der vergaß eben nichts, und kaum hatte Platow von den zwieträglichen Unterhaltungen der Kosaken untereinander zu Ende erzählt, da fragte er ihn bereits auf der Stelle:

»Nun, und wie haben meine Tulaer Meister sich gegenüber dem engelländischen Nymphosorium behauptet?«

Platow jedoch erwiderte ihm so, wie sich ihm die ganze Angelegenheit darstellte:

»Das Nymphosorium«, so sagte er, »das steckt immer noch im gleichen Raum, Euer Majestät, und ich habe es zurückgeschafft, die Tulaer Meister aber konnten nichts Übertreffliches damit anstellen.«

Der Herrscher entgegnete:

»Du bist zwar ein herzhafter Greis, doch kann jenes, das du mir hier berichtet hast, nicht die Wahrheit sein.«

Da begann Platow zu beteuern und zu erzählen, wie sich das Ganze zugetragen, als er aber bis dahin gelangt war, daß die Tulaer gebeten hatten, den Floh dem Herrscher vorzuweisen, da klopfte ihm Nikolaj Pawlowitsch auf die Schulter und meinte:

»Gib nur her. Ich wußte doch, daß die Meinigen mich nicht zu betrügen vermögen. Dahinter steckt etwas, was über alle Erfahrung reicht.«

12

Da wurde die Schatulle hinter dem Ofen hervorgeholt, da wurde die Tuchhülle abgestreift, und man öffnete sowohl die goldene Tabaksdose als auch die diamantene Nuß – darinnen aber lag der Floh, wie er vormals gewesen und wie er zuvor gelegen.

Der Herrscher betrachtet ihn und meinte: »Wie unangenehm!« Allein sein Glaube an die russischen Meister erlitt dadurch keine Einbuße, sondern er befahl nur, Alexandra Nikolajewna, seine Lieblingstochter, zu rufen, und sagte dieser: »Du hast Hände mit feinen Fingern – so nimm mal den kleinen Schlüssel hier und zieh geschwind in diesem Nymphosorium die Bauchmaschine auf.«

Die Prinzessin begann den Schlüssel zu drehen, und der Floh ließ sogleich seine Fühler spielen, die Beine aber, die bewegte er nicht. Alexandra Nikolajewna zog die Feder ganz auf, allein das Nymphosorium tanzte euch keinen Dansé, noch ließ es sich wie früher auf Spieleretten ein.

Da wurde Platow ordentlich grün und schrie sogleich:

»Ach, über diese hündischen Racker! Jetzt verstehe ich alles, warum sie mir dort nichts zu sagen wünschten. Nur gut, daß ich einen dieser Narren mitgeschleppt habe.«

Und lief bei diesen Worten die Freitreppe hinunter, packte den Linkshänder an den Haaren und begann ihn herumzuschütteln, daß die Büschel nur so flogen. Dieser aber machte sich, nachdem Platow aufgehört, ihn zu zausen, wieder zurecht und sagte nur:

»Mir sind ohnehin alle Haare während meiner Lehrzeit ausgerissen worden. Jetzo aber weiß ich nicht, aus welchem Grunde diese Wiederholung über mich gekommen ist.«

»Das ist deswegen«, versetzte Platow, »daß ich auf euch gebaut und mich für euch verbürgt, daß ihr aber das seltene Stück ruiniert habt.«

Der Linkshänder erwiderte:

»Wir sind dir sehr dankbar, daß du dich für uns verbürgt hast, ruiniert aber haben wir nichts daran: nehmt lieber das allerstärkste Bekiekroskop und schaut da durch.«

Alsbald lief Platow zurück, vom Bekiekroskop zu erzählen, dem Linkshänder aber drohte er nur:

»Ich werd's dir«, sprach er, »noch eintränken, du Dieser und Der und Jener.«
Und befahl seinen Pfiffikussen, dem Linkshänder die Ellenbogen noch mehr nach hinten zusammenzuschnüren, selber aber stieg er die Stufen ganz atemlos hinauf und sprach das Gebet: »Des guten Königs gute Mutter, die Allerreinste, die Reine«, und so weiter, wie es sich gehört. Die Höflinge jedoch, die da auf den Stufen standen, die wandten sich alle von ihm ab und dachten: Jetzt ist Platow hineingeschlittert, und nun wird er aus dem Palast herausgeworfen – denn sie konnten ihn seiner Tapferkeit wegen nicht ausstehen.

13

Kaum hatte Platow die Worte des Linkshänders dem Herrscher übermittelt, da sprach dieser sogleich hocherfreut:
»Ich wußte doch, daß meine Russen mich nicht betrügen«, und befahl, ein Bekiekroskop auf einem Kissen zu servieren.
Den gleichen Augenblick wurde ein Bekiekroskop herbeigeschafft, der Herrscher aber ergriff den Floh und legte ihn unter das Glas, zuerst mit dem Rücken nach oben, hierauf seitlings und schließlich mit dem Bäuchlein nach oben, mit einem Wort: der Floh wurde nach allen Richtungen hin und her gewendet, zu sehen jedoch war nichts. Allein auch hierbei verlor der Herrscher seine Zuversicht nicht, sondern meinte nur:
»Man schaffe mir sogleich diesen Büchsenmacher herbei, der sich unten befindet.«
Platow meldete:
»Man müßte ihn zuerst etwas herrichten – ich habe ihn in dem gleichen Aufzug mitgebracht, in dem er sich befand, und jetzt sieht er schon recht abgenutzt aus.«
Der Herrscher jedoch erwiderte:
»Macht nichts, man führe ihn so vor, wie er ist.«
Platow sprach:

»Na also, jetzt komm selber, du Dieser und Jener, und getrau dich, vor dem Antlitz des Herrschers Rede zu stehn.«
Der Linkshänder entgegnete:
»Nun und was denn, ich will gern gehen und mich verantworten.«
Er erschien so, wie er eben war: mit losgetrenntem Futter, das eine Hosenbein im Stiefel, das andere frei hängend; er trug eine alte Baumwolljacke, deren Haken nicht mehr schlossen und zum Teil abgerissen waren, während der Kragen ganz zerfetzt war; doch das machte ihm wenig aus, er wurde deswegen nicht verlegen.
Was ist dabei? dachte er, wenn dem Herrscher der Willen danach steht, mich zu sehen, so muß ich folgen; und wenn ich kein Piperment bei mir habe, so ist das nicht meine Schuld, ich kann aufklären, wie sich alles zugetragen.
Gleich nachdem der Linkshänder eingetreten war und seine Verbeugungen gemacht hatte, redete ihn alsbald der Herrscher an:
»Was soll das bedeuten, Bruder, daß wir sowohl so als auch so geschaut haben und sogar durchs Bekiekroskop blickten und dennoch nichts Sonderbares zu bemerken vermochten?«
Der Linkshänder aber versetzte:
»So ist die Frage, ob Sie, Euer Majestät, auch richtig zu schauen geruht haben.«
Da winkten ihm die Würdenträger zu: »Du sprichst ja ganz verkehrt!« Er aber begriff nicht, wie die Höflinge es mit Schmeichelei oder mit Schlauheit halten, sondern sagte schlichtweg seine Sache.
Der Herrscher meinte:
»Verschont ihn mit euren Geschichten – mag er mir erwidern, so gut wie er es versteht.«
Und erläuterte ihm hierbei:
»Wir haben«, sagte er, »das Ding so hingelegt«, und tat dabei den Floh unter das Bekiekroskop. »Schau nur selber hinein«, fügte er hinzu, »da ist nichts zu sehen.«

Der Linkshänder antwortete:
»Euer Majestät, auf diese Weise ist es auch unmöglich, etwas zu sehen, alldieweil, was unsere Arbeit ist, die ist solchen Mäßigkeiten gegenüber viel verborgener.«
Der Herrscher fragte: »Und wie muß man denn?«
»Man muß«, sagte jener, »jeweilen nur je eines der Beinchen im besonderen unter das Bekiekroskop halten und muß speziell eine jede Ferse betrachten, auf die der Floh zu treten pflegt.«
»Du lieber Gott, sieh mal an«, meinte der Herrscher, »das ist aber schon wirklich zu schwer bekiekrig!«
»Was soll man da machen«, erwiderte der Linkshänder, »wenn man doch nur so unsere Arbeit zu gewahren vermag: dann wird alles zur Verwunderung sichtbar werden.«
So legte man den Floh hin, wie der Linkshänder es angeordnet, und kaum hatte der Herrscher durch das obere Glas geblickt, da strahlte er nur so auf; er packte den Linkshänder, so wie dieser war – nicht hergerichtet und von all dem Staub nicht gereinigt –, und umarmte ihn und küßte ihn; hiernach aber wandte er sich an alle seine Höflinge und sagte:
»Da schaut her, ich wußte doch besser als alle, daß meine Russen mich nicht betrügen werden. Seht euch das bitte an: die Hallodris haben den engelländischen Floh mit Hufeisen beschlagen!«

14

Sie traten alle heran und schauten: tatsächlich, alle vier Füßchen des Flohs waren mit Hufeisen beschlagen, mit wirklichen Hufeisen; der Linkshänder aber meldete, daß dies noch nicht einmal das Allererstaunlichste daran sei.
»Denn wenn«, so sagte er, »das Bekiekroskop, das doch schon fünf Millionen mal vergrößert, noch besser wäre, dann würden Sie geruhen«, so sprach er weiter, »wahrzunehmen, daß auf einem jeden kleinen Hufeisen der Meistername ver-

zeichnet ist: nämlich welcher russische Meister eben dieses Hufeisen verfertigte.«

»Und ist dein Name auch dabei?« fragte der Herrscher.

»Zu Befehl, nein«, entgegnete der Linkshänder, »einzig meiner fehlt hierbei.«

»Warum so?«

»Darum so«, versetzte er, »weil ich noch schwerer bekiekriges Zeug als die kleinen Hufeisen fertigte: ich schmiedete nämlich die kleinen Nägel, mit denen die Hufeisen festgenagelt wurden, und das sehen zu lassen, ist kein Bekiekroskop der Welt mehr imstande.«

Da fragte der Herrscher:

»Ja, wo habt denn ihr euer Bekiekroskop, mittels dessen ihr solche Erstaunlichkeiten hervorbringen könnt?«

Der Linkshänder aber erwiderte:

»Wir sind arme Leute und haben aus lauter Armut kein Bekiekroskop, sondern nur unsere Augen, die das anpeilen müssen.«

Alsbald so begannen auch die anderen Höflinge, da sie erkannten, daß der Linkshänder seine Sache durchgesetzt hatte, ihn zu küssen und ihn zu umarmen. Platow aber, der gab ihm gleich hundert Rubel und sagte:

»Verzeih mir schon, Bruder, daß ich dich so arg an den Haaren gezaust.«

Der Linkshänder erwiderte:

»Gott wird es verzeihen – es ist nicht das erstemal, daß es uns wie Schnee über den Kopf schüttet.«

Und äußerte darüber hinaus kein Sterbenswörtchen und war auch nicht dazu imstande, sich mit irgend jemand zu unterhalten, denn der Herrscher befahl, sogleich das beschlagene Nymphosorium einzupacken und es nach dem Engelland zurückzuschicken – als eine Art von Geschenk, auf daß man dort zur Einsicht käme, uns könne man mit so etwas nicht in Staunen versetzen. Und befahl der Herrscher ferner, ein besonderer Kurier, der alle Sprachen studiert hatte, solle den Floh überbringen; in seiner Begleitung aber habe sich der

Linkshänder zu befinden, auf daß dieser selber den Englischen seine Arbeit vorweisen und damit zeigen könne, welcher Art unsere Tulaer Meister seien.

Platow bekreuzigte ihn.

»Mag denn«, so versetzte er dabei, »Gottes Segen dich begleiten; auf den Weg aber will ich dir von meinem eigenen Heuerling einiges ablassen. Trink nicht zuwenig, aber trink auch nicht zuviel, sondern trink mittel.«

Und wie er es gesagt, so tat er und übersandte ihm den Heuerling.

Graf Heftelmode aber befahl, der Linkshänder solle in den Volksbädern von Tuljakowskij gebadet werden, ferner in einer Friseurstube geschoren und in den Paraderock eines Hofsängers gekleidet werden, damit es so aussähe, als bekleide auch ihn ein Titel, der ihm verliehen worden sei.

Also wurde er auf diese Weise ausformiert, darauf tränkte man ihn auf die Reise mit Tee, wozu es den Heuerling von Platow gab, und gürtete ihn schließlich mit einem Riemengürtel so eng wie möglich, auf daß seine Eingeweide nicht erschüttert würden – und so wurde er nach London gebracht. Und hier setzten die ausländischen Erlebnisse des Linkshänders ein.

15

Der Kurier, in dessen Begleitung sich der Linkshänder befand, reiste schnell, so schnell, daß die beiden auf der Strecke von Petersburg bis London nirgends zum Verschnaufen Rast machten, doch schnallten sie auf jeder Haltestelle ihre Gürtel um ein Loch enger, damit die Eingeweide sich nicht gar mit den Lungen durcheinandermischen könnten; da aber dem Linkshänder, nachdem er dem Herrscher vorgestellt worden war, laut Befehl Platows von seiten des Fiskus eine unbegrenzte Schnapsmenge zugestanden worden war, hielt dieser sich, ohne zu essen, hiermit allein aufrecht und sang nur auf der Durchreise durch ganz Europa seine russischen Lieder, wobei er freilich einen ausländischen Refrain daran knüpfte:

»Ai ljuli – se treh shuli.«
Nachdem ihn der Kurier nach London geschafft, begab dieser sich sogleich zur zuständigen Stelle, wo er die Schatulle ablieferte; den Linkshänder aber brachte er im Gasthaus in einem Zimmer unter, doch wurde diesem der Aufenthalt dort bald zu langweilig, und außerdem wollte er essen. So klopfte er denn an die Tür und wies vor dem Aufwärter auf seinen Mund; jener aber brachte ihn alsbald in das Gemach zur Speiseaufnahme.
Dort setzte sich der Linkshänder an den Tisch und blieb so sitzen; wenn er aber einen Wunsch auf engelländisch aussprechen wollte, das vermochte er ja nicht. Jedoch da fiel ihm was ein: Er klopfte ganz einfach mit dem Finger auf den Tisch und zeigte auf seinen Mund – da errieten die Englischen es schon und servierten ihm, freilich nicht immer das, was nötig war; doch was er nicht mochte, das verweigerte er. Sie reichten ihm nach ihrer Zubereitungsart einen heißen Plundring, der noch brannte, da sagte er: »Das kenn ich nicht; daß man so was essen kann!« – und darum verleibte er es sich nicht ein, sie aber tauschten es um und stellten ihm ein anderes Gericht hin. So trank er auch denen ihren Schnaps nicht, da der grün war, gleich als wenn er mit Vitriol versetzt worden sei, und er wählte von allem immer nur das Natürlichste aus und wartete so im Kühlen hinter den Fläschchen auf den Kurier.
Jene Personen aber, denen der Kurier das Nymphosorium abgeliefert hatte, untersuchten es alsobald durch das allerstärkste Bekiekroskop und sandten sogleich in die Publikatorischen Nachrichten eine Beschreibung davon, damit noch morgigen Tages zur allgemeinen Belehrung ein Fauleton darüber herauskäme.
»Und was diesen Meister selber anbetrifft«, so sprachen sie, »den wollen wir unverzüglich beaugapfeln.«
So geleitete sie der Kurier alsbald zum Gasthauszimmer und von hier in den speiseaufnehmenden Saal, allwo unser Linkshänder sich schon gehörig angerötet hatte, und sagte zu ihnen: »Das ist er!«
Da klopften die Englischen sogleich dem Linkshänder

klapps-klapps auf die Schulter und streckten ihm wie einem Ebenbürtigen die Hände hin. »Kamrad«, sagten sie, »Kamrad – guter Meister –, plaudern mit dir, das werden wir mit der Zeit, jetzt aber wollen wir auf dein Wohlergehen einen heben.«

Sie bestellten viel Wein und boten dem Linkshänder das erste Becherlein, er aber mochte vor lauter Höflichkeit nicht als erster trinken. Außerdem, so dachte er, vielleicht wollt ihr mich vor Ärger vergiften.

»Nein«, versetzte er, »das geht nicht in Ordnung; auch in Polen muß man den Hausherrn holen, trinkt nur selber zuvor.«

Unverzüglich probierten die Englischen alle die Weine vor seinen Augen durch, und hernach gossen sie auch ihm ein. Da erhob er sich, bekreuzigte sich mit der linken Hand und trank auf ihrer aller Gesundheit.

Sie aber bemerkten, daß er sich mit der linken Hand bekreuzigt hatte, und fragten den Kurier:

»Was ist er für einer, ein Lutherischer oder ein Protestantist?«

Alsbald so antwortete der Kurier:

»Nein, der ist kein Lutherischer und kein Protestantist, sondern von unserm russischen Glaubensbekenntnis.«

»Wieso bekreuzigt er sich dann mit der linken Hand?«

Der Kurier sagte:

»Er ist ein Linkshänder, und er macht alles mit der linken Hand.«

Da wunderten sich die Englischen nur noch mehr und begannen sowohl den Linkshänder als auch den Kurier mit Wein vollzuschlauchen, und so ging es während ganzer dreier Tage; hierauf aber sagten sie: »Jetzt basta.« Sie inhalierten je ein Symphon Wasser mit Whikser und begannen hierauf, nachdem sie sich durch und durch erfrischt, den Linkshänder auszufragen, wo er her sei und was er gelernt und bis zu welchem Ende er die Arithmetik kenne.

Der Linkshänder entgegnete:

»Unsere Wissenschaft, und die ist einfach: wir kennen den

Psalter und den Traumbehalter, was aber die Arithmetik ist, die kennen wir kein klein bißchen.«
Die Englischen wechselten miteinander Blicke und meinten dazu:
»Ist erstaunlich.«
Der Linkshänder aber erwiderte ihnen:
»Das ist bei uns allerorten so.«
»Ja, aber was ist denn das«, so fragten sie, »für ein Buch in Rußland, dieser ›Traumbehalter‹?«
»Dieses Buch«, entgegnete er, »das bezieht sich darauf: Wenn nämlich im Psalter Zar David im Hinblick auf die Wahrsagung etwas nicht ganz klar offenbart hat, so kann man nach dem Traumbehalter die Ergänzung erraten.«
Sie dagegen:
»Ist doch schade, besser wäre es, wenn ihr aus der Arithmetik zum Minderheitigsten die vier Grundregeln der Rechnungslegung wüßtet, das wäre für euch außerordentlich viel nutzenvoller als der ganze Traumbehalter. Dann würdet ihr euch klarmachen, daß in jeder Maschine ein gewisses Kraftgleichgewicht herrscht, denn wenn ihr auch im Handfertigen sehr gewandt seid, so habt ihr doch nicht überlegt, daß ein so kleines Maschinchen wie das Nymphosorium auf die allerakkurateste Genauigkeit durchgerechnet ist und daß es keinerlei Hufeisen zu tragen vermag. Hiervon rührt es, daß das Nymphosorium nicht mehr hüpft und auch keinen Dansé mehr zu tanzen vermag.«
Hiermit war der Linkshänder einverstanden.
»Darüber«, meinte er, »kann kein Streit herrschen, daß wir in den Wissenschaften nicht weit vorangeschritten sind, dafür aber sind wir unserm Vaterland treulich ergeben.«
Die Englischen hingegen redeten ihm zu:
»Bleiben Sie bei uns, wir werden Ihnen die allergrößte Gebildetheit vermitteln, und aus Ihnen wird ein ganz erstaunlicher Meister werden.«
Der Linkshänder aber war hiermit nicht einverstanden.
»Wo ich doch zu Hause«, sagte er, »meine Eltern habe.«

Die Englischen, und die verschworen sich da, sie würden seinen Eltern Geld schicken, doch der Linkshänder nahm es nicht an.

»Wir sind nämlich«, so meinte er, »unserer Heimat sehr zugetan, und mein Alterchen, der ist schon ein Greis, und meine Frau Mutter, die ist auch schon sehr alt und ist nun einmal daran gewöhnt, zur Kirche immer nur in ihrem Kirchensprengel zu gehen, und auch mir würde es hier in der Einsamkeit bald zu langweilig werden, da ich mich ja immer noch im ledigen Stande befinde.«

»Sie werden sich«, versetzten jene, »schon gewöhnen, Sie werden unseren Glauben annehmen, und wir werden Sie dann vermählen.«

»Dieses«, erwiderte der Linkshänder, »dieses wird nie geschehen.«

»Warum das?«

»Darum«, entgegnete er, »weil unser russischer Glaube der allerrichtigste ist, und so wie unsere Urvorfahren geglaubt, also müssen auch ihre Nacherzeugnisse glauben.«

»Sie kennen unsern Glauben gar nicht«, warfen die Englischen ein, »wir sind des gleichen christlichen Glaubens und halten uns an das nämliche Evangelium.«

»Das Evangelium«, antwortete der Linkshänder, »ja, das ist in der Tat bei allen das gleiche, nur sind unsere Bücher im Vergleich mit den euren dicker, und daher ist unser Glaube eben gehaltvoller.«

»Woraus glauben Sie das herauslesen zu können?«

»Bei uns«, erwiderte er, »sind alle augenscheinlichen Beweise dafür vorhanden.«

»Was denn für welche?«

»Das nämlich«, sprach er, »daß wir gottgeschaffene Heiligenbilder haben und wundertätige Reliquien, ihr aber, ihr aber habt rein nichts und habt sogar außer dem einen Sonntag nicht mal einen extra Feiertag. Und zum andern würde es mir mit einer Engelländischen, wenn sie mir auch rechtens angetraut wäre, zu genierlich zu leben sein.«

»Ja, warum denn das?« frugen sie ihn. »Sie müssen das nicht gering schätzen, die Unsrigen ziehen sich auch sehr sauber an und sind recht häuslich.«
Der Linkshänder aber meinte:
»Ich kenne sie nicht.«
Die Englischen erwiderten:
»Das ist nicht so wichtig; kennenlernen, das kann man jederzeit: wir werden Ihnen ein Grandewu veranstalten.«
Der Linkshänder schämte sich.
»Warum denn«, versetzte er, »den Mädchen umsonst was weismachen?«, und mochte nicht. »Ein Grandewu«, so meinte er, »das ist eine Herrschaftssache und schickt sich nicht für unsereinen, und wenn man zu Hause in Tula etwas davon spannen täte, die würden mich dort gewaltig auslachen.«
Die Englischen wurden neugierig:
»Ja wie«, sprachen sie, »wenn man bei euch ohne ein Grandewu auskommt, wie stellt man es bei euch an, um eine angenehme Wahl zu treffen?«
Da erklärte ihnen der Linkshänder unsere Lage hierbei.
»Bei uns«, so sprach er, »wenn ein Mannsbild einer Jungfrau eine begründete Absicht bekunden will, dann schickt er eine Unterhaltungsfrau aus, und wenn diese den Voranschlag unterbreitet hat, dann erst begeben die beiden sich gemeinsam voller Höflichkeit in das Haus und betrachten die Jungfrau nicht etwa im Verborgenen, sondern angesichts ihrer gesamten Verwandtschaftlichkeit.«
Das begriffen die Englischen zwar, doch mußten sie erwidern, daß bei ihnen keine Unterhaltungsfrauen bestünden und daß keinerlei solche Gewohnlichkeit vorhanden sei; somit sprach der Linkshänder:
»Dies ist um so angenehmer; denn wenn man sich schon mit einer solchen Sache befaßt, dann muß dieses mit umständlicher Absichtlichkeit vonstatten gehen; da ich aber solches zu der fremden Nation nicht empfinde, alsdann: wozu den Mädchen erst was weismachen?«

Auch in diesen seinen Ausführungen gefiel er den Englischen recht sehr, so daß sie ihn aufs neue auf Schultern und Knie mit Gefreundung zu klapsen begannen und selber die Frage stellten:

»Wir würden aus reiner Neugier«, meinten sie, »gern in Erfahrung bringen, welche lasterhaften Anzeichen Sie bei unsern Jungfrauen in Anmerkung gebracht haben und weswegen Sie diese so fliehen?«

Da entgegnete ihnen der Linkshänder schon mit aller Offenheit:

»Ich verlästere sie nicht, nur gefällt mir bei ihnen nicht, daß ihre Kleidung sich so wölbt und daß nicht auszumachen ist, was alles auf ihnen drauf sei und zu welchem Ende; da ist eines, und darunter ist ein anderes Angesteck, auf den Händen aber, da tragen sie so was wie Gamaschen. Genau wie bei den Affen – den kleinen Äffchen, wissen Sie so 'ne plüscherne Überhaut.«

Da lachten die Englischen und meinten:

»Was denn für ein Hindernis erblicken Sie darin?«

»Hindernisse«, antwortete der Linkshänder, »die gibt es zwar nicht, ich befürchte nur, daß das eine große Schande sein wird, es mit anzusehen und darauf zu warten, wie sich so eine aus alldem endlich herausschälen tut.«

»Ist denn wirklich«, frugen jene, »die Fasson in Ihrem Lande besser?«

»Die Fasson bei uns in Tula«, erwiderte er, »die ist einfach: eine jede, und die geht in ihren eigenen Spitzen, und was unsere Spitzen sind, die werden sogar von den großen Damen getragen.«

Da führten sie ihn auch ihren eigenen Damen vor, und dort wurde ihm Tee verabreicht, und jene fragten ihn:

»Warum machen Sie so ein Gesicht?«

Er aber erwiderte:

»Also darum«, meinte er, »wo wir doch an so süß nicht gewöhnt sind.«

Da wurde ihm der Tee auf russisch mit dem Stück Zucker als Zubiß serviert.
Ihnen wollte freilich scheinen, auf diese Weise wäre es weniger gut, er aber sagte:
»Nach unserm Geschmack schmeckt es so besser.«
In keiner Sache vermochten ihn die Englischen aus dem Sattel zu heben, um ihn zu ihrem Leben zu verführen, doch überredeten sie ihn, auf kurze Zeit ihr Gast zu sein, denn sie wollten ihn während dieser Zeitspanne durch ihre verschiedenen Fabriken führen und ihm dabei alle ihre Künste vorweisen.
»Hernach aber«, sprachen sie, »werden wir ihn auf eines unserer Schiffe verfrachten und somit lebendig nach Petersburg schaffen.«
Und hiermit war er einverstanden.

16

Da nahmen die Englischen den Linkshänder in ihre Obhut, den russischen Kurier aber beförderten sie nach Rußland zurück. Denn wenn dieser Kurier auch einen Rang besaß und in verschiedenen Sprachen gelehrt war, so interessierten sie sich doch nicht für ihn, sondern interessierten sich nur für den Linkshänder und hatten nichts anderes im Sinn, als den Linkshänder herumzuführen und ihm alles zu zeigen. Er betrachtete ihre gesamte Produktion und besichtigte ihre metallischen Fabriken und ihre Seifensägeunternehmungen. Und alle ihre wirtschaftlichen Regelungen, die gefielen ihm schon sehr gut, insbesondere hinsichtlich des Arbeitergehaltes. War doch ein jeder Arbeiter bei ihnen ständig im Zustand der Sattheit und nicht etwa in Fetzen gekleidet, sondern da trug ein jeder sein befähigtes Toujoursgilet, und es trug ein jeder feste Stiegletten mit eisernen Kappen, auf daß er sich an nichts die Füße stoßen möchte, und wenn so einer arbeitete, dann geschah das nicht unter dem Zwang eines Prügelangriffs, sondern auf Grund von Unterweisungen, und so einer wußte genau, was er zu tun hatte. Vor den Augen eines jeden hing eine Tabulle mit dem Einmaleins; vor ihm aber lag griffbereit eine Schiefertafel: und was immer ein solcher Meister tat – zuvor sah er auf die Tabulle und verglich das mit seinem eigenen Verständnis, schrieb es dann auf das Schiefertäfelchen auf, schliff das andere ab, was darauf zuvor gestanden hatte, und ordnete alles zu einem Akkurat; und was in so einem Zifferwerk dann geschrieben stand, das wurde in die Tat umgesetzt. Wenn aber ein Feiertag heranrückte, dann sammelten sie sich zu Pärchen, dann nahmen sie Stöckchen in die Hand und gingen spazieren, gesetzt und wohlgeboren, wie es sich gehört.

Also besichtigte der Linkshänder ihr gesamtes Leben und so auch all ihre Arbeiten; die mehrste Aufmerksamkeit aber verwandte er auf ein Ding, wodurch er die Englischen ganz besonders in Staunen versetzte. Denn nicht das beschäftigte ihn, wie sie die neuen Gewehre herstellten, sondern wie und in welchem Zustand sich die alten befanden. Er ging überall herum und lobte und sprach:

»Das vermögen wir auch so.«

Wenn er sich aber einem alten Gewehr näherte, dann versenkte er seine Finger in dessen Lauf, fuhr damit hin und her und seufzte nur:

»Das«, pflegte er zu sagen, »ist dem unseren gegenüber ganz beispiellos hervorragend.«

Den Englischen gelang es auf keine Weise, zu erraten, was das war, das der Linkshänder bemerkt hatte; er aber fragte nur:

»Dürfte ich erfahren«, so sagte er, »ob unsere Generäle dies da irgendwann einmal besichtigt haben oder nicht?«

Man entgegnete ihm:

»Jene, die da waren, die haben es wahrscheinlich besichtigt.«

»Und wie«, so fragte er, »sahen die wohl aus, waren sie in Handschuhen oder ohne Handschuhe?«

»Eure Generäle«, antwortete man ihm, »ja, das sind Paradegeneräle, die gehen immer in Handschuhen, mithin sind die wohl auch hier so gewesen.«

Der Linkshänder erwiderte darauf nichts.

Mit eins aber begann er voller Unruhe bekümmert zu werden. Er wurde traurig und schwermütig und sprach zu den Englischen:

»Ich danke ergebenst für die gesamte Bewirtung, und ich bin mit allem bei euch sehr zufrieden und habe auch alles, was mir zu sehen not tat, nun gesehen, jetzt aber will ich schleunigst nach Hause zurück.«

Sie vermochten auf keine Weise ihn länger zurückzuhalten. Ihn zu Lande heimzulassen, war unmöglich, denn er konnte sich ja nicht in allen Sprachen verständigen; die Fahrt zu Wasser jedoch war nicht gut, denn die Zeit war herbstlich fortgeschritten und somit stürmisch, er aber drängte in einem zu: Laßt mich ziehen.

»Wir haben das Fahrometer betrachtet«, sagten jene, »es kommt ein Sturm, da kann man ertrinken; denn dies da ist ja nicht euer Finnischer Meerbusen, dies ist das wahrhaftige Zitterländische Meer.«

»Das ist alles gleich«, versetzte er, »wo man sterben muß, das ist einzig Gottes Wille. Ich aber wünsche schnellstens in meine Heimat zurück, da ich sonst in etwas gleich einer Art von Verrücktheit verfallen könnte.«

Man hielt ihn nicht mit Gewalt zurück; man atzte ihn recht, man versah ihn mit Geld, man schenkte ihm zur Erinnerung eine goldene Uhr, mit einem Schrecker versehen, für die Meerkühle jedoch auf dem späten Herbstwege gab man ihm einen Friesmantel mit einer Windstülpe für den Kopf. Sehr warm kleidete man ihn, und alsbald brachte man den Linkshänder auf ein Schiff, das nach Rußland fuhr. Und darin wurde der Linkshänder in bester Form wie ein richtiger Herr untergebracht, doch mochte er es nicht, mit den anderen Herrschaften in der Verschlossenheit zu sitzen, das war ihm genabel, sondern er begab sich auf das Verdeck, setzte sich dort unter die Perpfennig und fragte nur:

»Und wo liegt unser Rußland?«

Der Englische, den wo er fragte, wies nur mit der Hand nach der einen Seite oder winkte mit dem Kopf dorthin; sogleich aber wandte jener das Gesicht nach der Seite und schaute ungeduldig nach seinem Vaterlande aus.

Wie sie aus der Buft in das Zitterländische Meer einbogen, da wuchs seine Sehnsucht nach Rußland so übermäßig, daß es unmöglich schien, ihn zu beruhigen. Der Wellenschlag wurde ganz furchtbar; der Linkshänder aber ging nicht in die Kajüte, sondern blieb unter der Perpfennig sitzen, zog die Windstülpe über und schaute nach seinem Vaterlande aus.

Und kamen auch die Englischen viele Male, ihn nach unten ins Warme zu rufen, schließlich begann er – damit man ihn nicht länger belästige – sie fortzurülpsen.

»Nein«, entgegnete er, »hier heraußen ist es mir besser; dort unter Deck könnte es sein, daß mir von dem Schunkeln das große Seeschwein zustieße.«

Und so blieb er die ganze Zeit bis zu einem besonderen Fall und gefiel dadurch ganz ausnehmend einem Halbkapitän, der zum Unglück unseres Linkshänders russisch zu sprechen verstand. Dieser Halbkapitän oder Halbschiffer konnte sich nicht genug darüber verwundern, daß ein russischer trockenländischer Mensch so alle Unbilden der Witterung auszuhalten vermöge.

»Braver Jung«, sagte er, »du Russ' – trinken wir eins!«

Der Linkshänder trank mit.

Der Halbschiffer sagte:

»Noch eins!«

Der Linkshänder trank aufs neue, und so betranken sie sich.

Da fragte ihn der Halbschiffer:

»Was du für ein Geheimnis aus unserm Staat nach Rußland heimbringen?«

Der Linkshänder erwiderte:

»Meine Sache.«

»Wenn so«, versetzte der Halbschiffer, »dann laß uns beide ein englisches Wetten abschließen.«
Forschte der Linkshänder:
»Was für eines?«
»Ein solches, daß keiner für sich saufen darf, sondern alles gleichmäßig gesauft werden muß – was der eine, das unbedingt auch der andere, und wer dabei den andern übersäuft, der ist obenauf.«
Dachte der Linkshänder nach: Wolkig war der Himmel, kolkig der Bauch – groß war die Langeweile, weit war der Weg, und hinter den Wellenkämmen war keine Heimat zu sehen –, da war's immerhin lustiger, »eine Wette« zu halten.
»Schon recht«, sagte er, »gemacht!«
»Aber ohne Mogeln.«
»In dieser Hinsicht«, erwiderte er, »keine Sorge.«
Kamen überein und schlugen mit den Händen ein.

17

Ihre Wette, die hatte noch im Zitterländischen Meere begonnen, und so tranken sie bis zum Rigaischen Dünamünde, und es ging alles nach gleichem Maße vor sich, und keiner gab dem andern was nach, ja, sie glichen einander bis zu einer solchen Akkuratheit sich an, daß, als einer, ins Meer blickend, sah, wie aus dem Wasser ein Teufel krabbelte, alsbald sich das gleiche auch dem andern wies. Mit dem Unterschied nur, daß der Halbschiffer eines roten Teufels gewahr wurde, derweil der Linkshänder meinte, das Teufelsding sei dunkel gleich wie ein Mohr.
Sprach der Linkshänder:
»Bekreuzige dich, und wende dich davon ab; dies ist der Teufel aus dem Abgrund.«
Der Englische aber stritt dagegen:
»War nichts als ein Unterwasserschlaucher.«
»Willst du«, so fuhr er fort, »ich schmeiße dich ins Meer; hab keine Angst, er gibt dich mir sogleich zurück.«

Und der Linkshänder entgegnete:
»Ist dem so, dann schmeiß.«
Da packte ihn der Halbschiffer an den Schultern und trug ihn zum Schiffsbord.
Als die Matrosen das sahen, hielten sie die zwei auf und meldeten es dem Kapitän; dieser aber befahl, die beiden unten einzuschließen und ihnen Rum, Wein und kalte Speisen zu verabreichen, auf daß sie trinken und essen könnten, um ihre Wette durchzuhalten – heißen Plundring mit Feuer dagegen, der dürfte ihnen nicht verabreicht werden, alldieweil sich daran der Spiritus in ihrem Innern hätte entzünden können.
So hinter Schloß und Riegel wurden sie nach Petersburg geschafft, und keiner hatte dem andern die Wette abgewonnen; als man aber angelangt war, wurden die beiden auf verschiedene Fuhrwerke gebettet, und es wurde der Englische in das Botschafterhaus auf dem Englischen Kai gebracht, der Linkshänder aber ins Polizeirevier.
Und von hier ab begannen ihre Schicksale sich außerordentlich zu unterscheiden.

18

Kaum war der Englische ins Botschafterhaus hineingetragen worden, da wurden sogleich Arzt und Apotheker zu ihm berufen. Der Arzt befahl, ihm in seiner Gegenwart ein warmes Bad zu verabreichen, der Apotheker aber rollte alsbald eine Guttaperchapille zusammen und steckte sie ihm selber in den Mund; hierauf jedoch packten beide an und betteten ihn auf ein Federbett und deckten ihn von oben mit einem Pelz zu und ließen ihn schwitzen, und auf daß ihn keiner hierbei störe, wurde in der ganzen Botschaft der Befehl erteilt, es dürfe sich niemand unterfangen, auch nur zu niesen. Arzt und Apotheker warteten so lange, bis der Halbschiffer eingeschlafen war, und hierauf bereiteten sie für ihn eine zweite Guttaperchapille, die sie auf einem Tischchen neben seinem Kopfkissen niederlegten, worauf sie sich fortbegaben.

Der Linkshänder aber wurde im Polizeirevier auf den Fußboden hingeworfen, wo man sogleich die Frage stellte, wer und von wo und ob ein Paß da sei oder irgendein anderes Piperment.

Sei es nun infolge von Krankheit oder vom Saufen oder vom langen Schunkeln, er war so geschwächt, daß er kein Wort hervorzubringen vermochte, sondern nur stöhnen konnte.

Alsbald wurde er visitiert; sein buntes Gewand wurde ihm abgenommen und ebenso die Uhr mit dem Schrecker und alles Geld, das er bei sich trug, während der Polizeimeister befahl, ihn selber auf einer grade des Wegs daherkommenden Droschke kostenlos ins Krankenhaus zu befördern.

Ein Schutzmann führte den Linkshänder auf die Straße, um ihn dort in einen Schlitten zu setzen; allein lange konnte kein solcher abgefangen werden, denn die Kutscher fliehen alles, was Polizei heißt. Der Linkshänder aber lag die ganze Zeit über auf dem kalten Fußsteig; schließlich freilich erwischte der Schutzmann einen Kutscher, der war jedoch ohne warme Fuchsdecke, denn in solchen Fällen verbergen sie die Fuchsdecken in dem Schlitten unter sich selber, damit dem Polizeimenschen schneller die Beine frieren möchten. Also unbedeckt wurde der Linkshänder fortgeschafft, und als man ihn von einem Schlitten in den andern hinübersetzte, da ließ man ihn gar fallen; als man ihn aber aufrichtete, riß man ihn an den Ohren, damit er das Bewußtsein wiedererlange. So schaffte man ihn schließlich in ein Krankenhaus, allein ohne Piperment wurde er dort nicht angenommen; man schaffte ihn in ein anderes – auch dort wurde er nicht angenommen, und so in ein drittes, ein viertes –, bis zum frühen Morgen schleppte man ihn auf den fernsten Winkelgassen hin und her und setzte ihn beständig in andere Schlitten, so daß er am Ende ganz von Kräften kam. Endlich riet ein Unterarzt dem Schutzmann, ihn in das allgemeine Obuchwinsche Krankenhaus zu bringen, wo man all die Sterbenden unbekannter Herkunft aufnimmt.

Dort befahl man, eine Quittung auszuschreiben; der Linkshänder aber wurde bis zur Untersuchung auf den Fußboden im Korridor abgelegt.

Der englische Halbschiffer jedoch erhob sich am anderen Tage um die gleiche Zeit, schluckte die zweite Guttaperchapille in sein Inneres, verzehrte zu einem leichten Frühstück Huhn mit Reis, trank dazu einen Whikser und äußerte:

»Wo mein russischer Kamrad? Ich will ihn suchen gehen.«

Und zog sich an und lief fort.

19

Erstaunlicherweise gelang es dem Halbschiffer irgendwie ganz schnell, den Linkshänder aufzufinden; freilich hatte man diesen noch auf kein Bett gebettet, sondern er lag immer noch im Korridor auf dem Fußboden und beklagte sich dem Englischen gegenüber:

»Unbedingt müßte ich«, so sagte er, »zwei Worte mit meinem Herrscher sprechen.«

Da lief der Englische sogleich zum Grafen Kleinmichel und schlug Lärm.

»Ist denn das denkbar! Hat er auch nur«, sagte er, »den Pelz vom Schaf und nicht vom Kamele, ist doch vom Menschen seine Seele!«

Aber für solche Äußerungen wurde der Englische dort sogleich hinausbefördert, er dürfe nicht wagen, auf die menschliche Seele auch nur anzuspielen. Und hernach sagte ihm ein anderer: »Du gingest am besten zum Kosaken Platow, bei dem kann man noch auf einfache Gefühle rechnen.«

Dem Englischen gelang es, Platow zu fassen, der jetzt wieder auf seiner verdrießlichen Lottermane lag. Platow hörte ihn an und vermochte sich auch des Linkshänders zu entsinnen.

»Jawohl, Brüderchen«, meinte er. »Und sehr gut bin ich mit ihm bekannt – ich habe ihn ja nicht umsonst am Haar gezaust –, nur weiß ich nicht recht, wie ich ihm in diesem unglücklichen Fall beispringen soll; alldieweil ich schon völlig außer allem Dienst bin und bereits meine komplette Abfindung erhalten habe – und jetzt stehe ich dort nicht mehr in Ehren –, du aber lauf schnell zum Kommandanten Skobelew, der hat viel Macht in Händen und hat auch in solchen Dingen Erfahrung, der ist imstande, etwas zu unternehmen.«

Der Halbschiffer begab sich somit zum Skobelew und erzählte dem alles: welcher Art die Krankheit des Linkshänders sei und wieso das gekommen. Skobelew meinte:

»Die Krankheit kann ich begreifen, freilich vermögen die Deutschen sie nicht zu heilen, hier braucht's irgendeinen Doktor aus dem geistlichen Stande, maßen diese in solchen Beispielen aufgewachsen sind und darum leichter beizuspringen vermögen; ich werde den russischen Doktor Martyn-Solskij gleich dorthin schicken.«

Allein als Martyn-Solskij hinfuhr, war der Linkshänder bereits am Sterben, dieweil sein Hinterkopf bei der Berührung mit dem Fußsteig ein Loch erhalten hatte, und er vermochte nur das eine vernehmlich zu äußern:

»Meldet dem Herrscher, daß bei den Englischen die Gewehre nicht mit Ziegelstein gereinigt werden: so möge man sie bei uns auch nicht damit reinigen, denn wenn es, Gott behüte, einen Krieg geben sollte, werden sie nicht tauglich sein zum Schießen.«

Und mit dieser Kundgebung der Treue bekreuzigte sich der Linkshänder und verstarb.

Alsbald so begab sich da Martyn-Solskij auf die Fahrt, um dieses dem Grafen Tschernyschow zu melden, damit dieser es vor den Herrscher bringe; Graf Tschernyschow aber schrie auf ihn ein:

»Kümmer dich«, sagte er, »um dein Vomitiv und dein Laxativ, und stopf deine Nase nicht in fremde Angelegenheiten, denn hierfür gibt es in Rußland Generäle.«

Somit wurde dem Herrscher nichts davon gemeldet, und die Reinigung der Gewehre wurde bis zum Krimkriege immer auf die alte Art durchgeführt. Und als jene Zeit herankam

und man die Gewehre zu laden begann, da klapperten die Kugeln nur so drin herum, denn die Läufe waren mit Ziegelstein geputzt worden. Da erinnerte Martyn-Solskij den Grafen Tschernyschow an den Linkshänder, der Graf Tschernyschow aber sagte:
»So scher dich doch zum Teufel, du Plaisierrohr, und kümmer dich nicht um fremde Sachen, denn sonst werde ich einen derartigen Rückzieher machen, daß ich nie und nimmer irgendwas von dir vernommen habe, worauf es dir die Suppe versalzen wird.«
Martyn-Solskij überlegte: Wahrhaftig, der war imstande, einen solchen Rückzieher zu machen! – und somit schwieg er besser.
Wenn er aber die linkshänderischen Worte damals zur rechten Zeit vor den Herrscher gebracht – in der Krim hätte der Krieg mit dem Feinde eine ganz andere Wendung genommen.

20

Jetzt sind das alles schon »Taten längst verschollner Zeit« und »Sagen des Altertumes«, wenn auch nicht eben eines »tiefen«; aber man sollte diese Überlieferungen nicht so rasch vergessen, trotz des märchenhaften Stiles der Legende und des epischen Charakters ihres Haupthelden. Der wirkliche Name des Linkshänders ist, ähnlich den Namen mancher Großen, auf ewig für die Nachwelt verloren – allein seine Gestalt bleibt gleich einem durch die Volksphantasie personifizierten Mythos lebendig, und seine Abenteuer können als ein Andenken an jene frühe Epoche gelten, deren allgemeiner Geist darin so treu und scharf erfaßt ist.
Solche Meister wie den sagenhaften Linkshänder gibt es natürlich in Tula nicht mehr: Maschinen haben die Ungleichheit der Talente und der Begabung längst ausgeglichen, und kein Genie zerbricht mehr im Kampf wider Achtsamkeit und Genauigkeit. Die Maschinen, die sich so segensreich für die Erhöhung des Einkommens erwiesen, sind für künstlerische

Extravaganzen nicht segensreich, und doch überstiegen solche manchmal so sehr das Maß des Üblichen, daß sie die Volksphantasie zur Schaffung ähnlicher, märchenhafter Legenden wie die vorliegende begeisterten.
Es versteht sich, daß die Arbeiter die Vorteile zu schätzen wissen, die ihnen aus den praktischen Anwendungen der mechanischen Wissenschaft erwachsen, doch an die früheren Zeiten erinnern sie sich stets mit Stolz und Liebe. Denn dies ist ja ihr Epos, und es ist zudem ein Epos mit einer sehr »menschlichen Seele«.

Wladimir Korolenko

Der Wald rauscht

»... Vergangen und mit
Vergangenheit überwachsen ...«

1

Der Wald rauschte.

In diesem Walde war immer ein Rauschen in der Luft, ein gleichmäßiges, langgezogenes Rauschen wie der Widerhall eines fernen Klanges, ruhig und verworren zugleich, wie ein leises Lied ohne Worte, wie eine undeutliche Erinnerung an etwas lang, lang Vergangenes; denn es war ein uralter, dichter Wald, noch unberührt von Säge und Axt gewinnsüchtiger Holzaufkäufer. Hundertjährige Fichten mit rötlichen, gewaltigen Stämmen standen, oben mit ihren dunkelgrünen Kronen fast zusammengewachsen, wie ein düsteres Heer da. Unten war alles still und duftete nach Harz. Durch die dicke Lage von Fichtennadeln, die den ganzen Boden bedeckten, waren hellgrüne Farrenkräuter durchgestoßen, hatten sich üppig mit ihrem Gewirr von Fransen ausgebreitet und ragten bewegungslos und ohne mit ihren Blättern zu rascheln in die Luft. In feuchten Winkeln schaukelten Gräser an hohen Stielen. Weißliche Latwergen neigten wie in stiller Beklommenheit ihre schwer gewordenen Köpfe. Und oben erscholl, ohne Ende und Unterbruch, das Waldesrauschen wie ein immerwährendes Aufseufzen des alten Forstes.

Doch jetzt wurde dieses Seufzen langsam tiefer und stärker. Ich ritt auf einem engen, überwucherten Waldpfad und fühlte, obgleich der Himmel nicht sichtbar war, wie der Wald sich allmählich verfinsterte und eine schwere Wolke lautlos über ihm aufzog. Es war nicht mehr früh am Tag. Irgendwo blinkte noch ein schräger Strahl der Abendsonne zwischen den Stämmen hindurch. Doch aus dem Dickicht krochen schon die feuchten Schatten der Dämmerung hervor. Ein Gewitter drohte.

Heute galt es jeden Gedanken an eine Fortsetzung der Jagd aufzugeben. Man mußte froh sein, noch vor Ausbruch des Unwetters ein Nachtquartier zu erreichen. Mein Pferd stieß mit seinen Hufen auf kahle Baumwurzeln, schnaufte und lauschte mit gespitzten Ohren auf das dumpfe Echo des Waldesrauschens hin. Von selbst beschleunigte es den Schritt auf dem ihm bekannten Pfade.

Ein Hund bellte auf. Zwischen den Stämmen schimmerten geteerte Wände. Dünner blauer Rauch wand sich durch das Grün in die Höhe. Eine schiefe Hütte schmiegte sich mit ihrem zottigen Dach unter die Obhut der rötlichen Stämme. Die Hütte war wie in die Erde hineingewachsen, während die stolzen Fichten hoch oben über ihr die Häupter wiegten. In der Mitte der kleinen Lichtung stand ein dicht gedrängtes Häuflein junger Eichen.

Hier hausen die altgewohnten Begleiter meiner Jagdausflüge – die Waldhüter Sachar und Maxim. Doch sie sind im Augenblick wohl nicht zu Hause, denn niemand tritt auf das Hundegebell aus der Tür. Nur der alte, kahlköpfige Großvater mit seinem grauen Schnurrbart sitzt auf dem Erdwall und flickt an seinen abgetragenen Bastschuhen herum. Die Schnurrbartenden reichen bis zu seinem Gürtel, und seine Augen blicken trüb und matt, als versuche er sich an irgend etwas zu erinnern und komme nicht darauf.

»Guten Abend, Großvater! Ist denn niemand zu Hause?«

Er schüttelt den Kopf.

»Weder Sachar noch Maxim. Und auch Motrja ist im Walde und sucht nach unserer Kuh ... Die hat sich verlaufen ... Vielleicht haben die Bären sie schon zerrissen. Ja, so ist es ... niemand ist zu Hause ...«

»Nun, das macht nichts ... Ich werde mich zu dir setzen und warten.«

»Ja, warte nur!« nickt mir der Großvater zu. Und während

ich mein Pferd an einen Baum anbinde, schaut er mich mit seinen schwachen, trüben Augen an. Der Großvater ist schlimm daran: er sieht nur noch wenig, und seine Hände zittern.

»Und wer bist du eigentlich, mein Junge?« fragt er mich, als ich neben ihm Platz nehme.

Diese Frage bekomme ich bei jedem Besuch zu hören.

»Aha, ich weiß ...«, sagt der Greis und greift wieder nach seinen beschädigten Bastschuhen. »Ich weiß schon ... So ein alter Kopf ist wie ein Sieb, das alles hindurchfließen läßt. An die längst Verstorbenen erinnere ich mich noch sehr gut. Aber die Jungen, die vergeß ich immer wieder ... Ich habe mich aus der Welt hinausgelebt ...«

»Lebst du schon lange in diesem Walde, Großvater?«

»Ach, schon lange, schon sehr lange. Der Franzose war ins russische Land gezogen. Und damals lebte ich schon hier ...«

»Da mußt du viel in deinem Leben gesehen haben. Wahrscheinlich hast du manches zu erzählen.«

Der Großvater schaute mich mit vieler Anstrengung an.

»Was soll ich schon gesehen haben, Junge? Den Wald habe ich gesehen ... Der Wald rauscht, Tag und Nacht rauscht der Wald, im Sommer und im Winter ... Und ich habe immer, wie jene alten Bäume dort, im Wald gelebt und es gar nicht gemerkt ... Bald ist es für mich Zeit, in die Gruft zu steigen, und manchmal denke ich mir, mein Junge, daß ich es auch in jener andern Welt nicht wissen werde: ›Habe ich in der Welt gelebt oder nicht?‹ ... Ach, ja, ja ... So ist das ... Vielleicht habe ich überhaupt nicht gelebt ...«

Der Rand einer dunkeln Wolke wurde über der Lichtung sichtbar; die Fichtenzweige schaukelten lebhafter unter dem Anhauch des Windes, und das Rauschen verstärkte sich. Der Großvater hob seinen Kopf und horchte.

»Es wird einen Sturm geben«, sagte er nach einer Weile. »Das weiß ich. Oi, oi, oi, der Sturm wird in der Nacht losbrüllen und wird viele Fichten umlegen, so daß ihre Wurzeln zu

sehen sein werden! ... Der Herr des Waldes wird sein Spiel treiben ...«, fügte er leiser hinzu.
»Woher weißt du das, Großvater?«
»Ach ja, das weiß ich schon ... Ich weiß, was die Bäume sprechen ... Auch so ein Baum, mein Junge, fürchtet sich ... Die Espe, das ist ein verfluchter Baum, immer lispelt sie etwas; selbst wenn es keinen Wind gibt, zittert sie. Die Fichte, die rauscht zwar auch bei klarem Wetter; doch kaum erhebt sich ein Wind, so beginnt sie zu stöhnen. Das macht allerdings nicht viel aus ... Aber hör nur jetzt hin. Mit meinen Augen seh ich nur wenig, doch mit den Ohren hör ich noch gut: die Eiche beginnt zu rauschen. Schon die Eiche hat es ergriffen. Das bedeutet Sturm.«
Und wirklich, das Häuflein junger, knorriger Eichen in der Mitte der Lichtung begann, obwohl es sich noch im Schutze der hohen Fichtenwand befand, die starken Äste zu regen und dumpf zu rauschen; dieses Rauschen war leicht vom helleren Klang der Fichten zu unterscheiden.
»Da haben wir es! Hörst du es, Junge?« sagte der Greis mit einem kindlich-verschlagenen Lächeln. »Ich kenne das; wenn der Wind die Eiche aufwühlt, so kommt der Herr des Waldes in der Nacht und versucht sie zu brechen ... Aber nein, das wird ihm nicht gelingen. Die Eiche ist ein starker Baum, sie widersteht auch dem Herrn. Und wie sie ihm widersteht!«
»Was für einen Herrn meinst du, Großvater? Du sagtest es eben selbst, daß der Sturm die Bäume bricht.«
Der Großvater schüttelte seinen Kopf und schaute listig drein.
»Jaja, das weiß ich schon ... Heute gibt es Menschen, die glauben an gar nichts mehr. So ist es ... Aber ich habe ihn mit meinen eigenen Augen gesehn, so wie ich dich sehe, ja sogar noch besser; denn jetzt sind meine Augen alt, aber damals waren sie jung ... Oi, oi, wie gut sahen meine Augen in meiner Jugend!«
»Wie hast du ihn denn gesehen, Großvater? Erzähle!«
»Ach ... das war so wie eben jetzt: anfangs beginnt die Fichte

im Walde zu stöhnen ... Zuerst klingt es nur so wie jetzt; aber bald stöhnt sie wirklich: aach, aach, aach! Dann verstummt sie wieder und stöhnt von neuem, immer häufiger, immer kläglicher. Viele von ihnen wird der Herr in der Nacht umlegen. Und schließlich heulen auch die Eichen auf. Gegen Abend, immer lauter und lauter. Nachts legt er dann los: er stürmt durch den Wald, lacht und schluchzt, wirbelt um sich selbst und tanzt. Und immer wieder hat er's auf die Eichen abgesehen und will sie mit ihren Wurzeln ausreißen. In einer Herbstnacht schaute ich zum Fenster hinaus; das war nicht nach seinem Herzen. Er jagte auf das Fenster zu – trachtarach! – und schleuderte Fichtenborken in die Scheiben. Fast hätte er mir das ganze Gesicht damit zerkratzt, bloß damit ihm niemand zuschaute. Doch ich war kein Dummkopf und sprang rechtzeitig zurück. Das ist ein Wüterich, mein Junge!«

»Und wie sieht er aus?«

»Wie eine alte Weide im Sumpf. Wie eine alte Weide, sehr ähnlich! ... Haare hat er wie eine trockene Mistel, eine Nase wie ein Knorren und ein borkiges Maul, wie mit Baumflechten bewachsen! Pfui Teufel, wie garstig er aussieht! Verhüt es Gott, daß er einem Christenmenschen ähnlich sähe! Weiß Gott! ... Ein anderes Mal sah ich ihn im Moor, ganz nahe ... Wenn du Lust hast, Bursche, so komm im Winter hierher, dann wirst du ihn sicher einmal zu sehen bekommen. Steig auf den Berg hinauf – auf den dort, der ganz mit Wald überwachsen ist – und klettere auf den höchsten Baum, bis in den Wipfel. An einigen Tagen kann man ihn dort erblicken. Er tobt wie eine weiße Säule über den Wald hin, wirbelt um sich selbst und saust zu Tal ... Er rast durch den Wald, wühlt den Schnee auf, überall, wo er hindurchtobt – und ist auf einmal verschwunden. Wenn du einem alten Mann nicht glaubst, so schau selbst einmal nach ...«

Der Großvater war ins Schwatzen geraten, als hätten das laute und erregte Rauschen des Waldes und das aufziehende Gewitter sein erkaltetes Blut in Wallung gebracht. Er schüt-

telte den Kopf, lachte heiser auf und zwinkerte mit den halb erloschenen Augen.
Doch plötzlich lief es wie ein Schatten über seine hohe, gerunzelte Stirn. Er stieß mich mit dem Ellbogen in die Seite und sagte mit geheimnisvoller Miene:
»Und weißt du, Bursche, was ich dir noch zu sagen habe? ... Er ist natürlich der Herr des Waldes – ein abscheuliches Geschöpf, das ist schon wahr. Und einen Christenmenschen widert es an, eine so greuliche Schnauze zu erblicken. Doch, um die Wahrheit zu sagen: er tut nichts Böses ... Er liebt mit einem Menschen arge Scherze zu treiben. Aber daß er ihm etwas Böses antut – das kommt nicht vor.«
»Aber Großvater, du hast doch eben selbst erzählt, daß er dir mit Fichtenborke dein Gesicht zerkratzen wollte!«
»Wollte, wollte ... Er war eben wütend auf mich, weil ich ihm vom Fenster aus zuschaute. So ist das, wenn man wütend ist! Aber wenn man nicht die Nase in seine Angelegenheiten steckt, so fügt er einem nichts Übles zu. So ist er, der Herr des Waldes! ... Menschen haben im Walde viel Schlimmeres getan als er ... Bei Gott!«
Der Großvater senkte seinen Kopf und saß eine Weile schweigend da. Doch dann schaute er mich wieder an, und in seinen wie mit einem trüben Schleier verdeckten Augen blinkte ein Funkeln vergessener Erinnerung auf.
»Ich will dir etwas erzählen, Junge, eine alte Geschichte aus dem Walde. Sie hat sich hier, an dieser Stelle, vor langer, langer Zeit zugetragen. Sie kommt mir wie ein Traum vor. Doch wenn der Wald so laut rauscht wie heute, dann fällt mir alles wieder ein. Soll ich dir die Geschichte erzählen, ah?«
»Tu das, Großvater, tu das! Erzähle!«
»Also gut. Hör zu ...«
Und er begann.

2

Mein Vater und meine Mutter, mußt du wissen, waren früh gestorben, als ich noch ein ganz kleiner Junge war ... Sie ließen mich allein auf der Welt zurück. So war's mit mir bestellt, mein Lieber ... Es hauste hier damals ein großmächtiger Herr. Der dachte bei sich: Was fangen wir jetzt mit diesem kleinen Jungen an? Da kam einmal sein Waldhüter Roman zu ihm und sagte:

»Gebt mir diesen Jungen hier zur Gesellschaft in mein Waldhaus. Ich werde ihn großfüttern. Mir wird's dann im Walde froher ums Herz sein – und er wird sein Essen haben.«

So sagte er, und der Herr antwortete:

»Nimm ihn!«

Roman nahm mich also mit sich. Und seit jener Zeit lebe ich hier im Walde.

Roman zog mich auf. Gott bewahre, war das ein schrecklicher Mensch! Hoch von Wuchs, die Augen schwarz, und seine Seele schaute dunkel aus diesen Augen hervor; denn er hatte sein ganzes Leben lang allein im Walde gewohnt; der Bär war ihm, wie die Leute sagten, ein Bruder, und die Wölfe waren seine Vettern. Er kannte jedes Tier und fürchtete sich vor keinem von ihnen. Doch die Menschen scheute er und sah sie nicht einmal richtig an ... So war er, bei Gott! Es kam vor, daß es mich zuweilen kalt überlief, wenn er mich anschaute, so, als führe mir eine Katze mit ihrem Schwanz über den Rücken. Trotzdem war er eigentlich gutherzig. Und er ernährte mich gut, da ist nichts zu sagen. Gewöhnlich gab es Buchweizengrütze, und wenn er eine Ente geschossen hatte, gab es Entenbraten. Was wahr ist, muß wahr bleiben; er fütterte mich ausgezeichnet.

So lebten wir zu zweit. Wenn er in den Wald ging, schloß er mich in der Hütte ein, damit mich kein wildes Tier zerreiße.

Später gab man ihm die Oxana zum Weibchen. Das geschah durch den Pan. Der ließ ihn zu sich rufen und sagte zu ihm:

»Du solltest heiraten, Roman.«

Roman erwiderte:

»Wozu brauch ich solch ein Teufelsweib? Was fang ich im

Walde mit solch einer Bestie an? Ich hab doch sowieso einen Jungen bei mir. Ich denke gar nicht daran zu heiraten.«
Er verstand eben nicht, mit den Mädchen umzugehen. Das war wohl der Grund.
Doch der Pan war schlau ... Wenn ich an diesen Pan denke, Bursche, so sag ich mir immer, daß es solche Herren auf dieser Welt nicht mehr gibt. Ihre Art ist ausgestorben ... Nehmen wir, zum Beispiel, dich. Man sagt, du stammst von adeligem Herrn ab ... Das mag sein. Trotzdem fehlt dir so etwas ... so etwas Gewisses ... Ich kann nicht sagen, was es ist ... Schließlich bist du doch kein richtiger Pan ...
Doch jener Pan, das war ein richtiger Pan, vom alten Schlage ... Ich will dir sagen, wie es auf der Welt üblich ist. Hunderte gehorchen einem einzigen. Und wie sie ihm gehorchen! ... Vergleiche einmal einen Habicht mit einem Keuchel: beide sind aus Eiern gekrochen. Doch den Habicht reißt es gleich nach oben. Wenn sein Schrei am Himmel ertönt, so verstekken sich nicht nur die Keuchel, sondern auch alte, erfahrene Hähne. Da hast du es; der Habicht ist eben ein Herrenvogel, so ein Huhn aber nur eine einfache Bäuerin ...
Ich erinnere mich, als ich noch ein kleiner Junge war, da fuhren einmal Bauern Holzstämme aus dem Wald. So gegen dreißig Mann mögen's gewesen sein. Auf einmal kam der Pan angeritten und zwirbelte seinen Schnurrbart. Das Pferd unter ihm tänzelte, und er schaute sich im Kreise um. Oi, oi, oi. Die Bauern erblickten ihn, bogen vom Wege ab, und ihre Fuhren kippten im Schnee um. Sie aber grüßten ihn mit gezogenen Mützen. Nachher hatten sie dann schwer zu schaffen, um die Holzstämme wieder aus dem Schnee hervorzuholen und neu aufzuladen. Und das alles nur, damit der Pan genug Platz zum Durchreiten hatte ... Wenn so ein Pan die Stirn runzelt, bekommen es alle mit der Angst; wenn er lacht, wird allen froh zumute; wenn er betrübt dreinblickt, sind alle betrübt. Daß man einem Pan widersprechen könnte, ist damals noch niemandem eingefallen.
Nun, Roman war im Walde aufgewachsen und verstand es

nicht, sich richtig zu benehmen. Daher ärgerte sich der Pan nicht allzusehr über ihn.

»Ich will, daß du die Oxana heiratest«, sagte er. »Aus welchem Grunde, das weiß ich selbst am besten, das geht dich nichts an. Nimm also die Oxana!«

»Ich will nicht!« antwortete Roman. »Ich habe keine Oxana nötig. Mag der Teufel sie heiraten, und nicht ich! Ich will sie nicht!«

Der Pan befahl Lederpeitschen herbeizuholen. Roman wurde gebunden und mit heruntergelassenen Hosen ausgestreckt. Und der Pan fragte noch einmal:

»Wirst du die Oxana heiraten, Roman?«

»Nein, ich werde sie nicht heiraten.«

»Dann schütte man ihm die Hosen voll, soviel hineingeht!« befahl der Pan.

Sie schütteten, und nicht zu knapp. Roman war kräftig und gesund. Doch auch er hatte endlich genug.

»Laßt ab!« schrie er. »Es langt. Mögen alle Teufel sie holen! Doch warum soll ich wegen eines Frauenzimmers soviel Schmerzen aushalten? Her mit ihr! Ich werde sie heiraten!«

Auf dem Hofe wohnte damals ein gewisser Opanas Schwidkij, der eben von einer Reise zurückgekehrt war, als man Roman zur Heirat zwingen wollte. Er hörte vom Unglück Romans – und fiel dem Pan zu Füßen. Er fiel ihm richtig zu Füßen und küßte sie ...

»Warum«, rief er, »warum, gnädiger Herr, einen Menschen halbtot schlagen? Dann will lieber ich die Oxana heiraten und kein Wort darüber verlieren ...«

Der wollte sie also freiwillig heiraten. So war er nun einmal, bei Gott!

Roman wollte sich schon freuen, erhob sich, zog seine Hosen hoch, band sie zu und sagte:

»Das ist aber gut! Wenn du nur schon früher hier gewesen wärest! Und auch der Pan hätte erst herumfragen sollen, wer freiwillig Lust hätte, zu heiraten. Da ergreift man mir nichts,

dir nichts einen Menschen und peitscht ihn durch! Ist das christlich gehandelt? Pfui Teufel!«
Auch dem Pan ließ er nichts durchgehen. So war Roman. Wenn er erzürnt war, bekam es auch der Pan zu fühlen. Doch der Pan war schlau. Er hatte etwas anderes im Sinn. Er befahl, Roman von neuem auszustrecken.
»Ich will dein Glück, Dummkopf!« rief er. »Und du drehst mir eine Nase. Jetzt lebst du allein, wie ein Bär in seiner Höhle, und es ist nicht lustig, in deiner Hütte vorzusprechen ... Du aber, Opanas, geh zur Großmutter des Teufels! ... Man hat dich nicht zum Essen geladen, setz dich also nicht an den Tisch! Hast du nicht gesehen, wie man Roman bewirtet hat? Schau zu, daß es dir nicht ähnlich ergeht! – Man schütte diesem Dummkopf da von neuem die Hosen voll, bis er sagen wird: ›Genug!‹«
Roman war ernsthaft wütend geworden. Man schlug auf ihn los, daß es nur so eine Art hatte; denn die Leute verstanden es damals, ihre Peitschen ausgezeichnet zu handhaben. Er lag erbittert da und sagte immer noch nicht: »Genug!« Lange hielt er es aus, doch schließlich spuckte er aus:
»Ist das erhört, daß man einem Christenmenschen um solch einer Frau willen das Fell vom Leibe zieht? Genug! Daß euch die Hände verdorren mögen, Teufelsbrut! Ihr habt's vom Teufel selbst gelernt, mit Lederpeitschen zu arbeiten! Ich bin kein Stück Eisen auf dem Amboß, daß man so auf mich losschlägt! Nun gut! Wenn es so ist, werd ich sie in des Teufels Namen heiraten!«
Der Pan lachte laut auf.
»Na, endlich! Jetzt wirst du bei deiner Hochzeit nicht gut sitzen können, dafür aber besser tanzen ...«
Das war ein lustiger Pan! Nicht wahr, er war lustig? In der Folge erging es ihm allerdings übel. Möge es keiner Christenseele so ergehn! Wirklich, ich wünsche das niemandem. Nicht einmal einem Juden oder einem Heiden ...
Roman wurde also verheiratet. Er brachte die junge Frau in seine Waldhütte, beschimpfte sie anfangs in einem fort und

warf ihr vor, daß sie die Veranlassung zu den Hieben gewesen sei, die man ihm verabreicht hatte.
»Du bist es nicht wert«, schrie er, »daß man einen Menschen um deinetwillen so martert!«
Manchmal kam er aus dem Walde nach Hause und jagte sie sofort hinaus:
»Fort mit dir! Ich brauch kein Frauenzimmer in meiner Hütte. Nicht einmal riechen möchte ich dich! Ich liebe es nicht, wenn eine Frau in meiner Hütte schläft. Mir wird übel davon!«
Ach ja, ja ...
Ein wenig später ging es dann besser. Er gewöhnte sich langsam an ihre Anwesenheit. Oxana fegte die Hütte gut aus, reinigte das Geschirr und rieb den Fußboden mit Öl ein. Alles funkelte nur so, daß es dem Herzen wohltat. Roman sah, daß er eine gute Frau hatte, und gab sich allmählich zufrieden. Er gab sich nicht nur zufrieden, mein Junge, sondern lernte sie sogar lieben. Bei Gott, ich lüge nicht. So war das also mit Roman. Als er sich in seine Frau verliebt hatte, sagte er sogar einmal:
»Ich muß dem Pan danken, daß er mich zu meinem Heil belehrt hat. Ich bin nun einmal kein kluger Mann. Wie sehr er mich auch hat auspeitschen lassen – es ist mir nicht schlecht bekommen und hat nur zum Guten geführt. So ist das.«
Eine lange Zeit verging. Ich weiß nicht mehr, wieviel Zeit. Da legte sich Oxana auf ihr Lager und fing zu stöhnen an. Zum Abend wurde es immer schlimmer mit ihr. Als ich aber am nächsten Morgen aufwachte, hörte ich ein kleines, dünnes Stimmchen piepsen.
Aha, dachte ich mir, da scheint ein Kindchen geboren worden zu sein.
Und so war es auch.
Nicht lange lebte das Kindchen auf unserer Welt. Nur vom Morgen bis zum Abend. Am Abend hörte es auf zu piepsen. Oxana weinte, und Roman sagte zu ihr:
»Das Kindchen ist fort. Und da es nicht mehr lebt, brauchen

wir auch keinen Popen mehr zu holen. Begraben wir es unter der großen Fichte.«

So sagte Roman. Und was er gesagt hatte, führte er auch aus; er schaufelte ein kleines Grab und legte das Kindchen hinein ... Da, gleich hier neben uns, wo du den alten Baumstumpf siehst. Das war einmal eine große Fichte, unter der Roman das Kindchen verscharrte. Der Blitz hat sie dann später getroffen ... Weißt du, Bursche, von jener Zeit an, immer wenn die Sonne untergeht und der Stern dort oben über dem Walde zu funkeln anfängt, kommt ein Vögelchen angeflogen und piepst und piepst. Ach, wie jämmerlich das Vögelchen piepst, so daß es einem im Herzen weh tut. Das ist ein ungetauftes Seelchen, das um ein Kreuz fleht. Ein gelehrter Mann, so sagt man, der in der Schrift zu lesen versteht, könnte ihm ein Kreuz errichten – dann wird es nicht mehr angeflogen kommen und klagen ... Ach ja, wir leben hier fern im Walde und wissen von nichts. Das Seelchen aber fliegt herum und fleht uns an. Wir wissen ihm nur zu sagen: »Armes Seelchen du, wir können nichts für dich tun.« Dann klagt es nur noch mehr und fliegt fort und kehrt wieder und klagt von neuem. Ach, es tut einem leid um das arme Seelchen!

Als Oxana wieder genesen war, begab sie sich jeden Tag an das kleine Grab, hockte sich dort nieder und weinte. Manchmal weinte sie so sehr, daß es im ganzen Walde zu hören war, so weit reichte ihre Stimme, so sehr trauerte sie um ihr Kindchen. Doch Roman bedauerte nicht das Kindchen, ihm tat Oxana selbst leid. Zuweilen, wenn er vom Walde heimkehrte, blieb er neben ihr stehen und sagte:

»Höre schon auf mit deinem Weinen! Was gibt es da viel zu klagen? Das Kindchen ist gestorben, wir können aber bald ein neues haben, und vielleicht sogar ein besseres, wer weiß? Es kann ja sein, daß es ja gar nicht mein Kind war. Ich weiß es nicht. Doch die Leute, die schwatzen. Das nächste Kind wird aber sicher von mir sein!«

Oxana liebte es gar nicht, wenn er so sprach. Sie hörte dann

auf zu weinen und ›bellte‹ ihn mit häßlichen Worten an. Nun, Roman wurde nicht zornig auf sie.
»Was bellst du wieder?« konnte er sie fragen. »Ich habe ja gar nichts behauptet. Ich habe nur gesagt, daß ich es nicht weiß. Und ich weiß es nicht, weil du früher gar nicht mein Weib warst und nicht im Walde lebtest, sondern draußen im Dorf, bei fremden Leuten. Woher soll ich es also wissen? Jetzt lebst du hier bei mir im Walde, und so ist alles in Ordnung. Fedossja, die alte Hebamme, fragte mich kürzlich, als ich einmal ins Dorf gegangen war: ›Nun, Roman, bekommst du bald ein Kindchen?‹ – ›Woher soll ich das wissen, Mütterchen‹, antwortete ich, ›ob es bald oder erst spät sein wird?‹ ... Du aber höre jetzt auf zu heulen, sonst kann es geschehen, daß ich mich ärgere und dich verhaue!« Oxana ›bellte‹ ihn noch oft so an; wenn sie aber sah, daß er sich darüber erzürnte, beruhigte sie sich, denn sie fürchtete sich vor ihm. Dann liebkoste und umarmte sie ihn, küßte ihn zärtlich und schaute ihm in die Augen, bis Roman wieder friedlich wurde. Denn, siehst du, mein Junge, du weißt es vielleicht noch nicht ... aber ich bin ein Greis und habe vieles in meinem Leben gesehen, wenn ich auch nicht verheiratet war; so ein junges Weib, wie Oxana, wird jeden Mann zärtlich küssen, wenn sie ihn hintergehen will ... oi, oi ... ich weiß, wie diese Weiber sind. Und Oxana war ein junges, glattes Frauenzimmer – ein Frauenzimmer, sag ich dir, wie man es heute kaum mehr zu sehen bekommt. Ach ja, mein Junge, auch die Weiber sind heute nicht mehr so schön wie früher.
Eines Tages ertönte ein Hornruf im Walde: trara, tara, taratata-ta-! Es hallte hell und lustig. Ich war damals noch ein kleiner Junge und wußte nicht, was das war. Ich sah nur, wie die Vögel von ihren Nestern aufflogen, mit ihren Flügeln schlugen und laut schrien; ein Hase legte seine Löffel eng an den Kopf und rannte, so schnell er nur atmen konnte, davon. Zuerst dachte ich, es müsse ein unbekanntes Wild sein, das so schön schrie. Aber nein, es war der Pan selbst, der durch den Wald ritt und dabei ins Horn stieß. Hinter ihm jagte sein

Gefolge mit seinen Jagdgehilfen her, die Hunde an Leinen mit sich führten. In seinem Gefolge war Opanas Schwidkij der Schönste. Er ritt dicht hinter dem Pan in einem blausamtenen Überwurf, eine goldgestickte Mütze auf dem Kopf, ein funkelndes Gewehr über der Schulter und eine Bandura an einem Lederriemen auf dem Rücken. Der Pan mochte den Opanas sehr, da dieser wunderbar auf der Bandura zu spielen und meisterhaft zu singen verstand. Ein schöner Bursche war dieser Opanas, so schön, daß es einem durch Mark und Bein ging, wenn man ihn anschaute! Der Pan konnte sich nicht mit ihm vergleichen, der war bereits kahlköpfig und hatte eine rote Nase; seine Augen konnten zwar lustig blitzen, aber lange nicht so wie die Augen von Opanas. Wenn Opanas mich anblickte, hatte ich kleiner Junge immer Lust, ihm zuzulachen, dabei war ich doch kein Mädchen. Man erzählte sich, seine Eltern und Ureltern seien Saporoger Kosaken gewesen und hätten an vielen heißen Schlachten teilgenommen. Dieses Volk ist immer ein schönes Volk gewesen, glatt, rasch und heißblütig. Urteile selbst, mein Junge: auf dem Pferde mit einem Jagdspieß wie ein Vogel über die Steppe zu sausen, das ist eine andere Sache, als mit Beil und Säge Bäume zu fällen . . .

Ich laufe also ins Freie und sehe: der Pan reitet näher und hält. Auch die andern Reiter machen halt. Roman tritt aus der Hütte und hält dem Pan den Steigbügel. Der Pan springt ab.

»Gesund?« fragt der Pan.

»Gewiß«, sagt Roman, »danke der Nachfrage. Ich bin gesund. Wie sollte es auch anders sein? Und Ihr, gnädiger Herr?«

Roman verstand es eben nicht, wie du siehst, dem Pan richtig zu antworten. Das ganze Gefolge brach bei seinen Worten in ein Gelächter aus. Und auch der Pan lachte.

»Nun, Gott sei Dank, daß du gesund bist«, sagte der Pan. »Und wo ist dein Weibchen?«

»Wo sollte sie sein? Natürlich in der Hütte . . .«

»Dann wollen wir also in deine Hütte gehen ...«, entscheidet der Pan und wendet sich an seine Leute: »Und ihr, Burschen, breitet einen Teppich im Grase aus und bereitet alles vor, damit wir die Neuvermählten bei unserem ersten Besuch gebührend beglückwünschen können.«

Sie gingen also in die Hütte, voran der Pan, dann Opanas, dann der barhäuptige Roman, und schließlich der Anführer des Gefolges, der alte Bogdan, der treuste Diener des Pan. Auch solche Diener gibt es heute nicht mehr; Bogdan war streng zum Gesinde, schweifwedelte aber vor dem Herrn wie ein Hund. Für ihn gab es nichts anderes auf der Welt als den Pan. Man erzählt sich, als ihm Vater und Mutter gestorben waren, habe er den Vater des jetzigen Pan um Erlaubnis gebeten, zu heiraten. Doch dieser habe es ihm nicht gestattet, sondern ihn bei seinem Sohne angestellt: ›Der soll dir von nun ab Vater und Mutter und Frau sein!‹ Bogdan war es zufrieden. Er trug den Jungen, solange er noch klein war, auf seinen Armen und brachte ihm später das Reiten und Schießen bei. Sein Zögling wuchs heran und wurde nach dem Ableben seines Vaters selber ein großmächtiger Pan. Der alte Bogdan folgte ihm auf Schritt und Tritt, wie ein Hund. Ach ja, um die Wahrheit zu sagen, viele Menschen haben ihn verflucht und um seinetwillen bittere Tränen vergossen – und alles wegen des Pan. Auf ein einziges Wort des Pan wäre Bogdan wahrscheinlich bereit gewesen, die eigenen Eltern, wenn sie noch gelebt hätten, in Stücke zerreißen zu lassen ...

Sie gingen also in die Hütte, und ich kleiner Bursche hinter ihnen drein. Es ist ja bekannt, Kinder sind neugierig. Wohin der Pan sich auch wandte, ich folgte ihm auf dem Fuß. Ich sehe, wie der Pan mitten im Zimmer steht, seinen Schnurrbart streicht und lacht. Roman tritt von einem Fuß auf den andern und zerknüllt seine Mütze mit den Händen. Opanas lehnt sich mit einer Schulter gegen die Wand und steht wie eine junge Eiche im Unwetter da, der Ärmste, unfroh und mißgelaunt ...

Alle drei wandten sich jetzt Oxana zu. Nur der alte Bogdan

hatte in einem Winkel auf der Ofenbank Platz genommen, sein leichtgepanzertes Oberkleid abgelegt und wartete, ob der Pan ihm nicht etwas befehlen werde. Oxana stand neben dem Ofen, senkte ihre Augen und war so rot geworden wie eine Mohnblüte im Gerstenfeld. Es schien, als wittere sie den Teufel und ahne etwas Ungutes ... Ich will dir etwas sagen, Bursche: wenn drei Männer die gleiche Frau zu gleicher Zeit anschauen, so liegt Unheil in der Luft; es kommt dann meist zu einem Krach, wenn nicht zu etwas noch Schlimmerem. Ich weiß das, ich habe es mit meinen eigenen Augen gesehen.

»Nun, Roman, wie ist's?« fragt der Pan mit einem Auflachen. »Habe ich dich nicht mit einem guten Weibchen verheiratet?«

»Es geht an«, antwortet Roman. »Eine ist wie die andere. Aber diese da, die macht sich.«

Opanas zuckt mit seiner Schulter, erhebt seine Augen zu Oxana und sagt vor sich hin:

»Ja, sie ist schon recht, sie hätte nur einen andern Mann bekommen sollen als diesen Esel.«

Roman hörte das, wandte sich Opanas zu und fragte:

»Und warum, Pan Opanas, komme ich Euch wie ein Esel vor? Sag es mir nur ruhig.«

»Weil du dein Weibchen nicht richtig zu hüten verstehst, darum bist du ein Esel.«

Solche Worte sagte ihm also Opanas! Der Pan stampfte mit dem Fuß auf, Bogdan schüttelte seinen Kopf. Roman aber dachte eine Weile nach, dann hob er sein Gesicht und schaute den Pan an.

»Warum sie hüten?« antwortete er Opanas, ohne den Blick vom Pan abzuwenden. »Außer wilden Tieren gibt's hier im Walde nicht einmal einen Teufel. Höchstens daß der gnädige Herr, so wie heute, gelegentlich für kurze Zeit zu uns hereinschaut. Vor wem soll ich also mein Weibchen hüten? Schau zu, scheelsichtiger Kosak, und treibe keinen unpassenden Scherz mit mir, sonst kann es Unfrieden geben.«

Vielleicht wäre es jetzt zu einer Rauferei gekommen. Doch

der Pan mischte sich ein, stampfte mit dem Fuß auf und brachte alle zum Schweigen.

»Ruhe da!« ruft er. »Ihr Teufelsbrut! Wir sind nicht hierhergeritten, um einander zu verprügeln. Wir wollen auf das Wohl der Neuvermählten trinken und dann, wenn es Abend wird, im Moor jagen ... Kommt jetzt mit mir!«

Er wandte sich um und verließ die Hütte. Unter der Fichte hatte sein Gefolge währenddessen einen Imbiß vorbereitet. Bogdan folgte dem Pan. Opanas aber hielt Roman im Hausflur zurück.

»Zürne mir nicht, Bruder!« sagte der Kosak zu ihm. »Hör zu, was Opanas dir zu sagen hat. Du hattest ja selbst gesehen, wie ich dem Pan damals zu Füßen fiel und ihm die Stiefel küßte, damit er Oxana mir zur Frau gäbe. Nun, Gott mit dir, Mann! ... Der Pope hat sie dir angetraut. Das Schicksal hat es so wohl gewollt. Aber mein Herz kann es nicht dulden, daß ein grausamer Teufel jetzt noch einmal mit dir und mit ihr seinen Unfug treibt ... He, he, he ... Niemand weiß es, was ich auf dem Herzen trage. Besser, als daß er mit ihr zu Bett geht, bette ich ihn und sie mit meinem Gewehr in die feuchte Erde!«

Roman schaute dem Kosaken lange fest in die Augen und fragte dann:

»Hast du den Verstand verloren, Kosak?«

Ich konnte nicht verstehen, was der Kosak ihm im Flur leise zuflüsterte, und hörte nur, wie Roman ihm nach einer Weile auf die Schulter klopfte.

»Ach, Opanas, Opanas! Was gibt es doch für böse und listige Menschen auf der Welt! Ich habe hier in meinem Wald nichts davon gewußt. O Pan, welche Untat wälzest du in deinem Kopf! ...«

»Geh jetzt hinaus«, erwiderte ihm Opanas, »und laß dir nichts anmerken, vor allem nicht vor Bogdan. Du bist nicht schlau genug für solch einen Herrenhund. Nimm dich in acht und trinke nicht zu viel vom Branntwein des Pan. Und wenn der Pan dich dann später mit seinem Gefolge ins Moor

schickt, während er selber hier zurückzubleiben gedenkt, so führe seine Leute bis zur alten Eiche und zeige ihnen den bequemen Umweg. Du selbst aber, so versichere ihnen, würdest am besten den geraden Weg durch den Wald einschlagen ... Sobald sie dir aus den Augen sind, kehr um und laufe, so schnell du kannst, hierher zurück!«
»Gut!« sagte Roman. »Ich werde mich, wenn es so weit ist, zur Jagd aufmachen. Mein Gewehr aber werde ich nicht mit Schrot für die Vögel laden, sondern mit einer guten Kugel für einen Bären ...« Sie begaben sich ins Freie. Dort hatte sich der Pan auf den Teppich hingelagert, befiehlt Flasche und Becher, füllt den Becher und trinkt Roman zu. Schön waren die Flasche und der Becher des Pan, aber noch besser der Branntwein. Du trinkst einen Becher – und deine Seele freut sich. Du trinkst den zweiten – und das Herz springt dir aus der Brust. Und wenn du des Trinkens nicht gewohnt bist, wälzest du dich nach dem dritten unter der Bank, falls deine Frau dich nicht etwa zu Bett bringt.
Ich sagte es dir schon, Bursche, der Pan war schlau. Er wollte Roman mit seinem Branntwein sinnlos betrunken machen. Doch es gab keinen solchen Schnaps, der Roman umgelegt hätte. Er nahm einen Becher aus den Händen des Pan entgegen, einen zweiten und einen dritten. Aber es machte ihm nichts aus. Nur in seinen Augen begann es zu funkeln wie bei einem Wolf, und es zuckte um seinen schwarzen Schnurrbart. Der Pan wurde beinahe zornig.
»Da schaut nur her, wie dieser Teufelssohn den Branntwein in sich hineingießt und nicht einmal mit der Wimper zuckt! Ein anderer würde schon laut aufheulen – er aber lacht nur.«
Der Pan wußte sehr genau, wenn ein Mensch vor Betrunkenheit zu schluchzen anfängt, so läßt er bald den Kopf auf den Tisch sinken. Doch diesmal war er an einen andern geraten.
»Warum soll ich heulen?« entgegnete ihm Roman. »Das wäre nicht anständig. Da besucht mich mein gnädiger Herr, um mir zu gratulieren – und ich fange zu heulen an wie ein altes

Weib. Gott sei Dank habe ich auch gar keinen Grund zum Weinen. Mögen meine Feinde lieber weinen!«
»Das heißt, daß du zufrieden bist?« fragte der Pan.
»He, he, he! Womit sollte ich denn unzufrieden sein?«
»Erinnerst du dich denn nicht, wie wir dich mit Lederpeitschen zur Heirat zwingen mußten?«
»Wie sollte ich mich nicht daran erinnern? Ich leugne es ja nicht, daß ich ein Dummkopf war und nicht wußte, was süß und bitter war. Die Peitsche ist bitter – und dabei hatte ich es in meiner Dummheit damals vorgezogen, ausgepeitscht zu werden, als ein Frauenzimmer zu lieben. Ich danke Euch, gnädiger Herr, daß Ihr mich gelehrt habt, Honig zu schlecken.«
»Schon gut, schon gut!« sagte der Pan. »Dafür mußt du mir aber heute einen Gegendienst tun. Reite mit meinem Gefolge in das Moor hinaus, und schieße mir dort so viel Vögel, als du nur kannst. Vor allem aber bring mir einen Auerhahn mit.«
»Und wann schickt Ihr uns ins Moor, gnädiger Herr?« fragte Roman.
»Trinken wir noch ein wenig! Opanas soll uns ein Lied dazu singen – und dann zieht mit Gott aus!«
Roman schaute den Pan an und sagte:
»Das wird seine Schwierigkeiten haben! Es ist schon spät am Tag. Bis zum Moor ist's noch weit. Dazu bläst ein starker Wind, der Wald rauscht lauter als sonst. Zur Nacht wird es einen Sturm geben. Wie soll man da einen so mißtrauischen Vogel wie den Auerhahn treffen?«
Der Pan war selbst allmählich betrunken geworden und ergrimmte in seinem Rausch. Er hörte, wie sein Gefolge untereinander tuschelte:
»Roman hat recht, bald geht der Sturm los!« – und wurde immer wütender. Er stieß mit dem Becher auf den Tisch, alles verstummte.
Nur Opanas fürchtete sich nicht. Er trat mit seiner Bandura vor, um, wie der Pan es gewünscht hatte, ein Lied zu singen,

begann sein Instrument zu stimmen, schaute den Pan von der Seite an und sagte ihm:
»Besinnt Euch, edler Pan! Ist es erhört, daß man zur Nachtzeit und noch dazu bei Sturm Menschen in den Wald jagt, um Vögel zu schießen?«
Das war kühn von ihm. Die andern, dem Pan hörige Leute, hatten natürlich Angst. Doch er war ein freier Mann aus edlem Kosakenblut. Ein alter kosakischer Bandurist und Sänger hatte ihn noch als Kind aus der Ukraine mitgebracht. Dort hatte es in der Stadt Uman irgendeinen Aufruhr gegeben. Man hatte den alten Kosaken ergriffen, ihm die Augen ausgestochen, die Ohren abgeschnitten – und ihn fortgejagt. Er war durch viele Städte und Dörfer gewandert und schließlich mit dem kleinen verwaisten Opanas in unsere Gegend gekommen. Der frühere Pan hatte ihn bei sich aufgenommen, denn er liebte schöne Lieder zu hören. Dann war der alte Bandurist gestorben, und Opanas war dort geblieben. Auch der neue Pan lobte ihn und ließ sich zuweilen Worte von ihm gefallen, für die man einem andern dreimal das Fell abgezogen hätte.
So war es auch jetzt; anfangs wurde der Pan so zornig, daß einige schon glaubten, er würde dem Kosaken ins Gesicht schlagen. Doch dann bezwang er sich und sagte nur:
»Oh, Opanas, Opanas! Du bist ein kluger Bursche, scheinst aber trotzdem nicht zu wissen, daß man seine Nase nicht zwischen eine geöffnete Tür stecken sollte. Sie könnte leicht zufallen ...«
Der Kosak löste sofort dieses Rätsel und begriff. Er antwortete dem Pan mit einem Lied. Ach, wenn der Pan nur den Sinn dieses Liedes erfaßt hätte, seine Pani hätte dann keine Tränen um ihn vergießen müssen!
»Danke, Pan, für die Belehrung!« erwiderte Opanas. »Jetzt will ich dir etwas singen. Höre gut zu!«
Er griff in die Saiten der Bandura.
Dann hob er seinen Kopf und schaute zum Himmel empor, wo gerade ein Adler seine Kreise zog und der Sturm dunkle

Wolken vor sich hertrieb. Man hörte die hohen Fichten immer lauter rauschen.

Noch einmal griff Opanas in die Saiten.

Ach, Junge, Junge, du hast niemals gehört, wie Opanas Schwidkij die Bandura zu spielen verstand – und jetzt wird ihn niemand mehr zu hören bekommen. Die Bandura ist ja kein listiges Instrument – aber wie sie unter den Händen eines richtigen Spielers zu reden versteht! Manchmal braucht er nur über die Saiten zu fahren – und sie erzählt ihm alles: wie der dunkle Forst im Unwetter braust, wie der Wind über die Steppe weht und wie die Gräser auf einem Kosakengrab miteinander flüstern ...

Nein, mein Bursche, ihr werdet niemals mehr ein richtiges Banduraspiel zu hören bekommen. Viele Leute reisen jetzt hin und her – solche, die im Waldgebiet waren, und solche, die die ganze Ukraina, Tschigirin, Poltava, Kijew und Tscherkask kennen. Und alle sagen, daß die Banduristen jetzt ausgestorben sind. Man hört sie weder mehr auf den Jahrmärkten noch in den Basaren. In meiner Kammer hängt noch eine alte Bandura an der Wand. Opanas selbst hat mich gelehrt, sie zu spielen. Und von mir hat es niemand mehr lernen wollen ... Wenn ich gestorben bin – und das wird schon bald sein –, wird niemand mehr auf der weiten Welt eine Bandura spielen. So ist das!

Opanas begann also mit gedämpfter Stimme sein Lied. Er hatte keine laute, aber eine träumerische und zu Herzen gehende Stimme. Wenn man sie hörte, löste sich alles in einem auf. Und das Lied, das er damals sang, hatte er sich wahrscheinlich eigens für den Pan ausgedacht. Ich habe es niemals wieder von ihm gehört. Wie oft ich ihn später auch gebeten habe, es noch einmal zu singen – er hat sich immer geweigert.

»Der, für den das Lied gesungen wurde«, antwortete er stets, »den gibt es nicht mehr auf dieser Welt.«

Mit diesem Liede hatte der Kosak dem Pan damals die ganze Wahrheit gesagt und ihm sein Schicksal vorausverkündet. Und der Pan hatte geweint, daß ihm die Tränen über den

Schnurrbart liefen, doch augenscheinlich nichts von ihm verstanden, so wie es gemeint war!
Ich habe das Lied fast ganz vergessen und nur ein paar Worte im Gedächtnis behalten, mit denen der Kosak den Pan deutlich warnte:

»Großer Pan,
Pan Iwan!
Klug bist du und vieles weißt du:
wie ein Habicht jagst und kreist du,
der die Rabenvögel schlägt,
wenn er durch die Lüfte fegt.
Kluger Pan,
Pan Iwan!
Eines nur weißt du mitnichten:
wenn der Rabe in den Fichten
um sein Nest kämpft, zornbewegt,
daß er dann den Habicht schlägt ...«

Ja, mein Junge, so ist das gewesen. Ich glaube jetzt noch, das Lied zu hören, und sehe alle jene Menschen vor mir: der Kosak steht mit seiner Bandura da; der Pan sitzt auf dem Teppich, läßt den Kopf hängen und weint; sein Gefolge drängt sich zusammen, und einer stößt den andern mit dem Ellbogen in die Seite; der alte Bogdan schüttelt seinen Kopf ... Und der Wald, der rauscht so wie heute ... Die Bandura klingt dunkler und leiser, und der Kosak singt von der Pani, wie sie über ihren Pan weint:

»Und die Pani schluchzt und ächzt
um den großmächtigen Pan,
den erschlagnen Pan Iwan,
während laut ein schwarzer Rabe
über seinem stummen Grabe
mit den Flügeln schlägt und krächzt.«

Ach ja ... Der Pan verstand nicht den Sinn des Liedes, trocknet sich die Augen und sagt:

»Nun, Roman, mach dich auf den Weg! Auf die Pferde, Kerle! Und du, Opanas, reite mit ihnen! Ich habe heute genug von deinen Liedern ... Ein schönes Lied! Aber das, wovon du gesungen hast, das gibt's nicht auf dieser Welt!«
Dem Kosaken war vom eigenen Liede das Herz weich geworden, und seine Augen vernebelten sich.
»Ach, Pan, Pan!« erwidert er. »Bei uns zu Hause sagen die alten Leute: ›Im Märchen ist Wahrheit und im Liede ist Wahrheit; doch die Wahrheit im Märchen ist eine Wahrheit wie Eisen, das von Hand zu Hand geht und verrostet; doch die Wahrheit im Liede ist wie Gold, das niemals rosten kann.‹ So reden bei uns die alten Leute.«
Der Pan winkt mit der Hand ab.
»In eurem Lande mag es so sein, bei uns aber ist es anders«, sagt er unwillig ... »Geh jetzt, Opanas, geh! Ich hab es satt, auf dich zu hören.«
Opanas stand eine kleine Weile unentschlossen da. Dann fiel er dem Pan plötzlich zu Füßen:
»Höre auf mich, Pan! Setz dich aufs Pferd und reite heim zu deiner Pani! Mein Herz ahnt nichts Gutes ...«
Da wurde der Pan so wütend, daß er ihn mit seinem Fuß von sich stieß wie einen Hund.
»Fort mit dir! Du bist, wie es scheint, kein Kosak, sondern ein altes Weib. Fort mit dir – oder es kann dir noch schlimm ergehn! ... Und ihr da, was steht ihr noch herum, ihr Söhne Hams? Bin ich nicht mehr euer Pan? Ihr könnt etwas von mir erleben, was eure Väter von meinen Vätern noch nicht erlebt haben! ...«
Opanas erhob sich, wie eine dunkle Wolke aufsteigt, und tauschte einen Blick mit Roman. Dieser stand abseits und lehnte sich auf sein Gewehr, als wenn ihn die ganze Sache nichts anginge.
Der Kosak schlug mit seiner Bandura gegen einen Baum, daß sie in Stücke zersplitterte und nur noch ein Stöhnen von ihr durch den Wald ging.
»Mögen die Teufel in der andern Welt diesen Mann belehren,

der auf keinen vernünftigen Rat hört! ... Mir scheint, Pan, daß du keinen treuen Diener mehr nötig hast!«
Der Pan hat ihm nichts mehr erwidern können, da Opanas sich schon in seinen Sattel geschwungen hatte und davonritt. Das Gefolge bestieg ebenfalls die Pferde. Roman warf sein Gewehr über die Schulter und rief im Vorüberreiten ins Fenster der Hütte:
»Lege den Jungen schlafen, Oxana! Es ist Zeit für ihn. Und bereite auch dem Pan sein Lager.«
Alle ritten sie so in den Wald, auf jenem Wege dort, auf dem du heute gekommen bist. Der Pan begab sich in die Hütte. Nur sein Pferd, das an einen Baum angebunden war, blieb allein draußen stehen. Es war schon dunkel geworden. Im Walde rauschte es immer lauter, und ein Regen begann niederzutropfen, wie eben jetzt ... Oxana bettete mich auf einen Heuhaufen und schlug das Kreuz über mir ... Ich hörte sie weinen ...
Ach, ich war ja nur ein kleiner Junge und begriff damals nicht, was rings um mich vor sich ging. Ich drehte mich zur Wand, lauschte noch dem Sturm, wie er dem Walde zum Tanz aufspielte, und schlief langsam ein.
Ach ja ... plötzlich fahr ich auf und höre, wie jemand um die Hütte schleicht und das Pferd des Pan vom Baum losbindet. Das Pferd schnauft, schlägt aus und läuft in den Wald davon. Sein Hufschlag verstummt ... Bald darauf höre ich wieder, wie jemand aus dem Wald auf die Hütte zureitet, halt macht, aus dem Sattel springt und ins Fenster hineinschreit:
»Pan! Pan!« Ich erkenne die Stimme des alten Bogdan. »Pan! Pan! Öffne rasch, Pan! Der Teufelskosak hat es auf dich abgesehen. Er hat dein Pferd losgebunden und in den Wald gejagt ...«
Noch hatte der Alte nicht zu Ende sprechen können, da wurde er von hinten gepackt, und ich hörte zu meinem Entsetzen, wie er zu Boden geschlagen wurde.
In diesem Augenblick riß der Pan die Türe auf, rannte, das

Gewehr in der Hand, heraus, wurde aber noch im Flur von Roman überfallen und auf die Erde geschleudert.
Der Pan sieht, daß es schlecht mit ihm steht. Er schreit:
»Laß mich los, Roman! Lohnst du so meine Wohltaten?«
Doch Roman antwortet:
»Ich erinnere mich sehr gut, Teufelspan, was du mir und meinem Weibchen angetan hast. Jetzt werde ich dir deine Wohltaten heimzahlen ...«
Wieder ertönt die Stimme des Pan:
»Hilf mir, Opanas, getreuer Diener! Ich hab dich geliebt wie meinen eignen Sohn.«
Doch Opanas antwortet:
»Deinen treuen Diener hast du wie einen Hund davongejagt. Du hast mich geliebt, so wie ein Stock den Rücken liebt, auf dem er tanzt; aber jetzt liebst du mich wie der Rücken den Stock ... Ich habe dich gebeten und angefleht – doch du hast nicht hören wollen ...«
Da begann der Pan Oxana zu bitten:
»Schütze mich, Oxana! Du hast ein gutes Herz.«
Oxana lief herbei und rang die Hände:
»Ich habe dich kniefällig gebeten, Pan, mich zu schonen und mich nicht in Schande zu bringen. Du hast mich nicht geschont. Und jetzt flehst du mich selber an ... Ach, ach, mir ist übel ... Was soll ich nur tun?«
»Laßt mich los!« schreit der Pan wieder. »Ihr werdet meinetwegen noch alle nach Sibirien kommen!«
»Sorge dich nicht um uns, Pan!« ruft Opanas. »Roman wird im Moor früher als dein Gefolge eintreffen. Und ich bin jetzt, durch deine Gnade, allein auf der Welt und brauche nicht lange über mich nachzudenken. Ich nehme mein Gewehr auf die Schulter und gehe in den Wald. Dort werde ich genug Leute antreffen und mit ihnen zusammen losziehen. Nachts werden wir aus dem Wald ausbrechen, und wenn wir im Dorf erscheinen, machen wir uns über die Herrenhäuser her! – – – Heben wir den Pan auf, Roman, und tragen wir seine Gnaden in den Regen hinaus!«

Der Pan wehrte sich und schrie, doch Roman brummte nur vor sich hin wie ein Bär, und der Kosak lachte laut. So verließen sie den Flur und gingen ins Freie hinaus.

Ich war erschrocken und lief in die Hütte zurück, zu Oxana. Da sitzt meine Oxana auf der Ofenbank, weiß wie die Wand...

Der Sturm brauste durch den Wald. Im Forste schrie es wie mit hundert Stimmen. Es heulte und wütete, und hin und wieder grollte der Donner. Ich sitze mit Oxana auf der Ofenbank, und plötzlich höre ich draußen ein lautes Stöhnen. Ach, wie kläglich es klang, so daß es mir noch heute schwer ums Herz wird, wenn ich daran zurückdenke. Und wie viele Jahre sind seither schon vergangen!...

»Oxana!« sage ich. »Mein Täubchen! Wer stöhnt da so im Wald?«

Sie nahm mich auf ihre Arme und wiegte mich.

»Schlaf nur«, sagte sie, »schlaf nur, mein Junge. Es ist nichts. Der Wald rauscht...«

Der Wald rauschte wirklich, ach, und wie er rauschte!

So saßen wir noch eine Weile – da höre ich im Walde einen Schuß fallen.

»Oxana!« sage ich, »Täubchen, wer hat da geschossen?«

Doch sie wiegt mich noch immer auf ihren Armen und sagt:

»Still, still, mein Junge, das ist der Donner Gottes.«

Und sie weint laut, drückt mich kräftig an ihre Brust und versucht mich zum Einschlafen zu bringen: »Der Wald rauscht, der Wald rauscht, mein Kleiner. Der Wald rauscht...«

Und dann schlief ich wirklich in ihren Armen ein...

Am Morgen tu ich meine Augen auf und sehe: die Sonne strahlt, und Oxana schläft fest. Ich erinnere mich, was gestern vor sich gegangen war, und glaube nur geträumt zu haben.

Doch ich hatte es nicht geträumt, ach, ich hatte es nicht geträumt, es war alles wirklich geschehen. Ich lief aus der Hütte, stürzte in den Wald, und im Walde zwitschern die

Vögel, und der Tau blitzt auf den Blättern. Ich laufe weiter und sehe auf einmal den Pan im Gebüsch liegen und neben ihm den alten Bogdan. Der Pan ist still und bleich. Bogdan ist grau und schaut streng vor sich hin, als wenn er noch am Leben wäre. Beide bluten aus der Brust.

»Nun, und was wurde aus den übrigen?« fragte ich, als der Großvater seinen Kopf senkte und schwieg.

»He, he! ... Es kam alles so, wie Opanas es gesagt hatte. Er selbst lebte noch lange im Walde, zog mit seiner Bande auf Raub aus und plünderte die Herrenhöfe. Das war ihm wohl so vorbestimmt; seine Väter haben es ähnlich getrieben, und auch ihm war dieses Schicksal zugefallen. Zuweilen erschien er bei uns in dieser Hütte, meistens allein und wenn Roman nicht zu Hause war. Er saß dann eine Zeitlang da, klimperte auf der Bandura und sang ein Lied. Und wenn er mit seinen Genossen bei uns hereinschaute, nahmen Oxana und Roman ihn immer gastlich auf. Ach ja, mein Junge, um die Wahrheit zu sagen, so ist es auch weiterhin nicht ohne Sünde zugegangen. Bald werden sie aus dem Walde heimkehren, Maxim und Sachar. Dann sieh sie dir nur genau an. Ich will nichts sagen; doch wer Roman und Opanas gekannt hat, wird genau sehen, wer wem ähnlich sieht, obgleich sie nicht die Söhne, sondern die Enkel sind ... Solche Dinge, mein Junge, sind in diesem Walde vorgefallen ...

Doch jetzt scheint der Sturm wirklich loszubrechen!«

3

Die letzten Worte seiner Erzählung hatte der Großvater nur noch matt hervorbringen können. Seine Erregung schien abgeklungen und in eine Erschöpfung umgeschlagen zu sein; die Zunge begann zu stolpern, der Kopf zu zittern, die Augen tränten.

Der Abend senkte sich immer tiefer auf die Erde. Im Walde wurde es dunkel, und die Bäume wogten wie ein sturmgepeitschtes Meer um die Hütte; ihre dunklen Wipfel schwankten im Unwetter wie schäumende Wellenkämme.

Helles Hundegebell kündete die Rückkehr der andern an. Die beiden Waldhüter strebten mit raschen Schritten dem schützenden Dach zu, und Motrja trieb, vor Eile keuchend, die verirrte und wieder aufgefundene Kuh in den Stall. Nach wenigen Minuten saßen wir alle zusammen um den Tisch herum. Im Herde prasselte ein lustiges Feuer, und Motrja machte sich an die Bereitung des Abendessens.

Obgleich ich Maxim und Sachar gut genug kannte, betrachtete ich sie diesmal mit besonderem Interesse. Das Gesicht Sachars war dunkelfarbig; die Brauen waren unter der geraden, niederen Stirn zusammengewachsen; die Augen schauten düster drein – und doch drückte sein ganzes Wesen eine angeborene Gutmütigkeit aus, wie sie sich oft bei kraftvollen Naturen zeigt. Maxim wiederum blickte mit seinen fast zärtlich glänzenden Augen frei und offen in die Welt; zuweilen schüttelte er seine kurzen, lockigen Haare, und sein Lachen hatte etwas Ansteckendes.

»Hat Ihnen der Alte vielleicht die Geschichte von unsern Vorfahren erzählt?« fragte Maxim.

»Das hat er«, antwortete ich.

»Ach ja, so ist's nun einmal mit ihm. Der Wald braucht nur etwas kräftiger zu rauschen – und die Vergangenheit lebt in ihm auf. Jetzt wird er die ganze Nacht nicht mehr einschlafen können.«

»Er ist wie ein kleines Kind«, meinte Motrja, während sie den Teller des Großvaters mit Kohlsuppe füllte.

Der Alte schien gar nicht zu merken, daß von ihm gesprochen wurde. Er war ganz zusammengesunken, lächelte wie abwesend vor sich hin und nickte mit dem Kopf. Nur wenn ein jäher Windstoß besonders heftig an der Tür rüttelte, fuhr er auf, spitzte gleichsam seine Ohren und horchte mit erschrokkenem Gesicht hinaus.

Bald war alles in der Waldhütte verstummt. Einzig die unruhig flackernde Flamme des Öllämpchens erhellte noch den Raum, und ein Heimchen zirpte schrill sein eintöniges Lied.

Im Wald aber hob ein Durcheinandergeschrei von tausend machtvollen, dumpfen Stimmen an, die sich im Finstern zornig etwas zuriefen. Es war, als hielte dort ein dunkles Heer eine lärmende Versammlung ab und beratschlagte, wie man die armselige, weltverlorene Hütte von allen Seiten einkreisen und berennen könnte. Manchmal verstärkte sich das verworrene Getöse, wuchs an und stürmte vor. Dann erbebte die Haustür, als drücke jemand von außen gegen sie und versuche, sie aufzubrechen, und der Sturm im Schornstein ließ klagende, herzbeklemmende Drohungen laut werden. Wenn dann die Windstöße für eine kurze Weile aufhörten, preßte einem eine verhängnisvolle Stille das Herz zusammen – bis das Geheul sich von neuem erhob, als hätten die alten Fichten miteinander verabredet, sich von der Erde loszureißen und sich von den Schwingen des nächtlichen Orkans in unbekannte Fernen davontragen zu lassen.

Ich verlor mich für Augenblicke in eine dahindämmernde Bewußtlosigkeit. Doch das dauerte nicht lange. Der Sturm brüllte nach wie vor mit den verschiedenartigsten Stimmen in allen Tonhöhen durch den Wald. Das Öllämpchen zuckte zuweilen auf und erfüllte dann die Hütte mit einem heller flackernden Licht. Der Alte hockte auf seinem Lager und scharrte mit der Hand um sich, als suche er jemanden. Auf seinem Gesicht war ein Ausdruck von Entsetzen und fast kindlicher Hilflosigkeit zu sehen.

»Oxana, mein Täubchen«, hörte ich ihn leise jammern, »wer stöhnt dort im Walde?«

Wieder scharrte er aufgeregt mit der Hand um sich und lauschte.

»He, he, he ...«, begann er von neuem. »Das ist nur der Sturm ... nur der Sturm ... nichts anderes ... Der Wald rauscht und rauscht ...«

Einige Minuten vergingen. Hinter den kleinen Fenstern blitzte es in einem fort auf. Dann gewahrte man die gespensti-

schen Umrisse der hohen Bäume, die im nächsten Augenblick, vom wütenden Gemurr des Sturmes ergriffen, wieder in der Finsternis verschwanden.
Da verdunkelte ein greller Blitz für die Dauer eines Herzschlages das zuckende Licht des Öllämpchens, und man vernahm das schollernde Gedonner eines nahen Einschlages.
Der Alte wälzte sich ruhelos auf seiner Bank hin und her.
»Oxana, mein Täubchen, wer hat dort im Walde geschossen?«
»Schlaf, Alter, schlaf!« ertönte vom Ofen her die beruhigende Stimme Motrjas. »So ist er immer. Immer ruft er nach Oxana, wenn es draußen lärmt, und hat vergessen, daß sie sich schon lange in einer andern Welt befindet . . . Ach, ach, ach . . .«
Motrja gähnte und murmelte ein Gebet. Bald trat in der Hütte wieder Stille ein, die nur vom Waldesrauschen und vom erregten Geflüster des Alten unterbrochen wurde:
»Der Wald rauscht . . . Der Wald rauscht . . . Oxana, mein Täubchen . . .«
Nicht lange – und ein Wolkenbruch ging nieder. Der Regen übertönte mit seinem flutenden Geplätscher das Brausen des Sturmes und das Gestöhn der Fichten im Forste . . .

Wsewolod Garschin

Das Signal

Semjon Iwanow diente als Bahnwärter. Von seinem Häuschen waren es bis zu der einen Station zwölf, bis zur anderen zehn Werst. Etwa vier Werst entfernt war im vergangenen Jahr eine große Spinnerei in Betrieb genommen worden; ihr hoher Schornstein ragte dunkel hinter dem Wald hervor. In näherer Entfernung wohnte außer den benachbarten Bahnwärtern keine Menschenseele.

Semjon Iwanow war kein Mann von guter Gesundheit. Das Leben hatte ihm arg mitgespielt. Vor neun Jahren hatte er am Krieg teilgenommen. Er war während des ganzen Feldzugs Bursche bei einem Offizier gewesen, hatte gehungert und gefroren, in der Sonne geschmort und war bei Hitze und Kälte bis zu vierzig und fünfzig Werst täglich marschiert. Zuweilen war er auch ins Feuer geraten, jedoch hatte ihn Gott sei Dank keine Kugel getroffen. Einmal lag das Regiment in der vordersten Front. Eine ganze Woche gab es Feuerwechsel mit den Türken über eine Schlucht hinweg. Vom Morgen bis zum Abend hörte das Schießen nicht auf. Semjons Offizier lag ebenfalls in der Schützenlinie. Dreimal täglich brachte ihm Semjon aus der Regimentsküche, die sich in einem Hohlweg befand, den siedenden Samowar und das Mittagessen. Wenn er mit dem Samowar übers freie Feld ging, pfiffen die Kugeln um ihn und prallten gegen die Steine. Semjon hatte Angst, weinte, aber er ging. Die Herren Offiziere waren sehr zufrieden mit ihm, weil sie immer heißen Tee hatten. Er kehrte heil aus dem Feldzug zurück, nur hatte er das Reißen in Armen und Beinen. Seitdem hatte er nicht wenig Kummer erleiden müssen. Als er heimkam, starb sein Vater; sein Söhnchen, es ging ins vierte Jahr, starb ebenfalls, an einer Halskrankheit. Semjon blieb mit seiner Frau allein zurück. Auch mit der Wirtschaft kam er nicht zurecht, es war auch mühsam, mit geschwollenen Händen und Beinen zu ackern. In seinem Dorfe gab es für die beiden kein Bleiben mehr. Sie zogen fort, um an anderer Stelle ihr Glück zu suchen. Semjon war mit seiner Frau bei den Grenzbefestigungen, dann in Cherson und im Dongebiet gewesen, aber nirgendwo hatten sie ihr Glück gefunden. Da verdingte sich die Frau als Dienstmagd, während Semjon weiterzog und suchte. Als er eines Tages mit der Bahn fuhr, kam ihm auf einer Station der Vorsteher bekannt vor. Semjon starrte ihn an, auch der Stationsvorsteher musterte Semjons Gesicht. Da erkannten sie sich; der Vorsteher erwies sich als Offizier des Regiments, in dem Semjon gedient hatte.

»Du bist Iwanow, nicht wahr?« sagte er.

»Stimmt genau, Euer Wohlgeboren, wie er leibt und lebt.«

»Wie bist du hierhergeraten?«

Semjon erzählte ihm, was ihm widerfahren war und wie es um ihn stand.

»Wohin willst du jetzt?«

»Das weiß ich selbst nicht, Euer Wohlgeboren.«

»Wie kannst du das nicht wissen, du Dummkopf?«

»Aber es ist so, Euer Wohlgeboren, ich weiß nicht, wohin ich mich wenden soll. Ich bin auf Arbeitssuche, Euer Wohlgeboren.«

Der Stationsvorsteher betrachtete ihn, dachte eine Weile nach und sagte:

»Paß auf, Bruder, bleibe einstweilen auf der Station. Ich nehme an, daß du verheiratet bist. Wo ist deine Frau?«

»Stimmt, Euer Wohlgeboren, verheiratet. Meine Frau ist als Magd bei einem Kaufmann in Kursk geblieben.«

»Schreib deiner Frau, sie soll herkommen; ich besorge ihr eine Freifahrkarte. Bei uns hier ist ein Bahnwärterhäuschen unbesetzt; ich werde mich wegen des Postens beim Streckenleiter für dich verwenden.«

»Vielen Dank, Euer Wohlgeboren«, antwortete Semjon.

Er blieb auf der Station, half beim Vorsteher in der Küche aus, hackte Holz, fegte den Hof und den Bahnsteig. Zwei

Wochen später kam seine Frau, und Semjon fuhr mit dem Handkarren zu seinem Häuschen. Es war neu, warm, und Holz gab es, soviel man wollte. Frühere Bahnwärter hatten ein Gemüsegärtchen angelegt, und längs des Eisenbahndamms erstreckte sich ein halber Hektar Ackerland. Semjon war vergnügt und überlegte, wie er seine Wirtschaft einrichten, Kuh und Pferd kaufen werde.

Man übergab ihm alles, was zu seinem Dienst nötig war: eine grüne und eine rote Flagge, Laternen, Horn, Hammer, Schraubenschlüssel zum Anziehen der Muttern, eine Brechstange, Spaten, Besen, Bolzen, Haken. Außerdem händigte man ihm zwei Hefte mit den Dienstvorschriften und dem Fahrplan aus. In der ersten Zeit schlief Semjon nachts nicht, weil er dauernd an den Fahrplan dachte. Der Zug kommt erst in zwei Stunden, aber er geht die Strecke ab, setzt sich auf die Bank vor dem Häuschen und schaut und lauscht dauernd, ob nicht die Geleise beben, der Lärm des Zugs zu hören ist. Er prägte sich die Vorschriften so lange ein, bis er sie auswendig wußte. Wenn er auch nicht flüssig lesen konnte und buchstabieren mußte, so hatte er sie trotzdem genau im Kopf.

Es war Sommer. Die Arbeit war leicht. Schnee brauchte nicht geräumt zu werden, und zudem passierten nur wenig Züge die Strecke. Semjon geht seinen Abschnitt zweimal am Tage ab, zieht hier und dort eine Schraube fest, ebnet den Schotter, kontrolliert die Abflußrohre und geht heim, um sich in seiner Wirtschaft zu betätigen. Da gab es noch allerlei Hindernisse: was er auch zu unternehmen plante, wegen all und jedem mußte der Bahnmeister um Erlaubnis gebeten werden, der es wiederum dem Streckenleiter vortrug. Bis das Gesuch zurückkam, war viel Zeit verstrichen. Semjon und seine Frau begannen sich sogar zu langweilen.

Etwa zwei Monate waren vergangen. Semjon wurde mit den benachbarten Bahnwärtern bekannt. Der eine war ein alter Mann, den man schon längst ablösen wollte, weil er kaum noch seine Bude verließ. Seine Frau ging für ihn die Strecke ab. Der andere Nachbar, der näher zur Station hin wohnte, war ein junger, hagerer und sehniger Mann. Das erste Mal traf ihn Semjon auf dem Bahnkörper beim Streckengang, genau in der Mitte zwischen den beiden Posten. Semjon zog die Mütze und verbeugte sich.

»Wohlergehen, Nachbar!« sagte er.

Der blickte ihn von der Seite an. »Tag!« erwiderte er, drehte sich um und ging weiter. Auch die Frauen begegneten sich. Semjons Arina grüßte die Nachbarin freundlich, aber diese ließ sich ebenfalls nicht auf ein Gespräch ein und ging ihrer Wege. Eines Tages sah sie auch Semjon.

»Warum ist denn dein Mann so wortkarg, junge Frau?« redete er sie an.

Die Frau schwieg eine Weile, dann sagte sie: »Was hat er denn mit dir zu reden? Am besten bleibt jeder für sich ... Geh mit Gott deiner Wege!«

Indessen wurden sie im Verlauf etwa eines Monats doch näher miteinander bekannt. Semjon und Wassilij trafen sich auf dem Bahndamm, setzten sich an die Böschung, zündeten sich ein Pfeifchen an und erzählten von ihrem Leben und Treiben. Wassilij schwieg die meiste Zeit, doch Semjon plauderte von seinem Dorf und seinen Kriegserlebnissen.

»Ich habe in meinem Leben nicht wenig Kummer erlitten, und so lange lebe ich doch weiß Gott noch nicht. Gott hat mir kein Glück beschieden. Wenn einem Gott solch Schicksal auferlegt, dann muß es wohl so sein. So ist's, Brüderchen Wassilij Stepanytsch.«

Wassilij Stepanytsch klopfte sein Pfeifchen an der Schiene aus, stand auf und sagte:

»Nicht das Schicksal ist es, das dein und mein Leben auffrißt, es sind die Menschen. Auf Erden gibt es kein Tier, das so raubgierig und böse ist wie der Mensch. Der Wolf frißt nicht den Wolf, aber der Mensch den Menschen bei lebendigem Leibe.«

»Na, Bruder, der Wolf frißt den Wolf, das sage nicht.«

»Hab's nur so hingesprochen. Trotzdem, es gibt keine grausamere Kreatur. Ohne die Bosheit und Gier der Menschen ließe sich's leben. Jeder ist nur darauf aus, dich lebend in die Fänge zu kriegen und Stück für Stück zu verschlingen.«

Semjon dachte nach.

»Ich weiß nicht, Bruder«, sagte er. »Vielleicht ist es so, aber wenn es auch so ist, so ist es doch von Gott so eingerichtet.«

»Wenn das stimmt«, sagte Wassilij, »dann gibt es zwischen uns nichts weiter zu sagen. Wenn man jede Gemeinheit auf Gott schiebt und selbst dasitzt und duldet, dann ist man kein Mensch, Bruder, sondern ein Vieh. Da hast du meine Meinung.« – Drehte sich um und ging davon, ohne sich zu verabschieden. Auch Semjon stand auf.

»Nachbar!« rief er. »Warum schimpfst du so?«

Der andere wandte sich nicht um, ging weiter. Lange blickte ihm Semjon nach, bis er in der Kurve des Bahndamms den Blicken entschwand. Semjon ging heim und sagte zu seiner Frau:

»Na, Arina, einen schönen Nachbarn haben wir: Unkraut, aber kein Mensch.«

Sie zerstritten sich jedoch nicht. Trafen sie sich, redeten sie wie früher miteinander, und immer über das gleiche.

»Ach, Bruder, gäbe es nicht derartige Leute, säßen wir beide nicht in diesen Büdchen«, sagte Wassilij.

»Was denn, im Bahnwärterhäuschen ist es doch ganz hübsch, es läßt sich leben.«

»Es läßt sich leben! Es läßt sich leben! . . . Ach, du! Hat lange gedient und wenig verdient, hat viel gesehen und wenig eingesehen! Was für ein Leben führt schon ein armer Mann, ob er dort in der Bude haust oder sonstwo. Die Schinder fressen dich. Sie saugen und pressen dich aus, und wenn du alt bist, werfen sie dich raus wie Maische den Schweinen zum Fraß. Wieviel Lohn bekommst du?«

»Ziemlich wenig, Wassilij Stepanytsch. Zwölf Rubel.«

»Und ich dreizehneinhalb. Laß dich fragen, warum? Der Satzung nach zahlt die Verwaltung allen das gleiche: fünfzehn Rubel im Monat, dazu Licht und Heizung. Wer hat bestimmt, daß der eine zwölf, der andere dreizehneinhalb bekommt? Wer mästet sich damit, in wessen Tasche wandern die restlichen drei oder anderthalb Rubel? Erlaubst du mir die Frage? . . . Und du sagst, es läßt sich leben. Begreife, hier geht es nicht um anderthalb oder drei Rubel. Und wenn man uns auch die ganzen fünfzehn zahlte. Im vorigen Monat war ich auf der Station. Der Direktor fuhr durch, ich habe ihn gesehen. Hatte diese Ehre. Er reist in einem Sonderwagen, tritt auf den Bahnsteig, steht da, eine goldene Kette über dem Bauch, rote Backen wie poliert . . . Hat sich mit unserem Blut vollgesoffen. Ach, wenn doch Gewalt und Macht . . . Aber ich bleibe hier nicht mehr lange; ich wandere weiter, wohin mich die Füße tragen.«

»Wohin willst du gehen, Stepanytsch? Was man hat, das hat man. Hier hast du ein Dach überm Kopf, Wärme und ein bißchen Land. Deine Frau hilft tüchtig mit . . .«

»Land! Du müßtest mein Stückchen Land sehen. Da wächst kein Stengel drauf. Ich hatte im Frühjahr Kohl gepflanzt, da kam der Bahnmeister. ›Was ist das?‹ sagt er. ›Warum ohne Meldung? Warum ohne Erlaubnis? Umgraben, ratzekahl weg damit!‹ Er war betrunken. Ein andermal hätte er nichts gesagt, aber jetzt setzte er sich's in den Kopf . . . ›Drei Rubel Strafe . . .‹«

Wassilij verstummte, zog die Pfeife hervor und sagte leise:

»Es hätte nicht viel gefehlt, und ich hätte ihn totgeschlagen.«

»Nun, Nachbar, du bist zu hitzig, sage ich dir.«

»Ich bin kein Hitzkopf, sondern spreche und denke nach Recht und Wahrheit. Aber von mir kann er noch was erleben, dieser Kerl mit seiner roten Fresse! Ich werde mich beim Streckenleiter selbst beschweren. Warten wir's ab!«

Und richtig, er beschwerte sich.

Eines Tages kam der Chef und besichtigte die Strecke. Drei Tage später sollten gewichtige Herren aus Petersburg die Linie abfahren. Es fand eine Revision statt, und zuvor mußte alles in Ordnung gebracht werden. Der Schotter wurde aufgeschüttet und glatt geschippt, die Schwellen wurden nachgesehen, die Bolzen festgeschlagen, die Muttern angezogen, die Pfosten angestrichen, auf die Bahnübergänge ließ man gelben Sand schütten. Die Frau des benachbarten Bahnwärters jagte sogar ihren alten Mann zum Graszupfen aus der Bude. Semjon war die ganze Woche eifrig beschäftigt; er brachte alles in beste Ordnung, besserte seinen Rock aus, reinigte ihn und rieb das Messingschild mit einem Ziegelstein auf Hochglanz. Auch Wassilij arbeitete. Der Streckenleiter kam auf einer Draisine angefahren. Vier Arbeiter drehten die Kurbeln. Die Zahnräder surrten; an die zwanzig Werst legte das Gefährt in der Stunde zurück; die Räder quietschten nur so. Als er vor Semjons Häuschen hielt, sprang Semjon heraus und erstattete Meldung wie ein Soldat. Alles erwies sich in Ordnung.

»Bist du schon lange hier?« fragte der Chef.

»Seit zweitem Mai, Euer Wohlgeboren.«

»In Ordnung. Danke. Wer hat den Posten Nr. 164?«

Der Bahnmeister, der auf der Draisine mitfuhr, antwortete:

»Wassilij Spiridow.«

»Spiridow, Spiridow . . . Aha, derselbe, der im vorigen Jahr eine Verwarnung von Ihnen bekommen hat?«

»Ja, derselbe.«

»Na schön, schauen wir uns diesen Wassilij Spiridow an. Vorwärts!« – Die Arbeiter packten die Griffe und legten sich ins Zeug. Die Draisine kam in Fahrt.

Semjon schaute ihr nach und dachte: »Na, mit dem Nachbarn werden sie nicht so leichtes Spiel haben.«

Zwei Stunden danach ging er die Strecke ab. Hinter der Kurve sah er jemanden auf dem Bahndamm näher kommen; an seinem Kopf sah man etwas Weißes. Semjon blickte schärfer hin: es war Wassilij. Er hatte einen Knüppel in der Hand, ein kleines Bündel geschultert, um die Backe war ein Tuch gebunden.

»Nachbar, wohin des Wegs?« ruft Semjon.

Jetzt ist Wassilij nahe herangekommen. Sein Gesicht ist kreidebleich, nicht wiederzuerkennen, die Augen funkeln wild; er will sprechen, aber die Stimme versagt.
»In die Stadt«, sagt er, »nach Moskau ... zur Verwaltung.«
»Zur Verwaltung ... sieh mal an! Will heißen, du gehst dich beschweren? Laß es, Wassilij Stepanytsch, vergiß es ...«
»Nein, Bruder, ich werde es nicht vergessen. Zu spät zum Vergessen. Schau her, er hat mich ins Gesicht geschlagen, blutig geschlagen. Solange ich lebe, vergesse ich es nicht, lasse ich es nicht so hingehen. Man muß den Blutsaugern eine Lehre geben ...«
Semjon faßte an seinen Arm.
»Laß es gut sein, Stepanytsch, ich sage dir ehrlich: du machst es nicht besser.«
»Was heißt besser! Ich weiß selbst, daß dadurch nichts besser wird; es stimmt, was du vom Schicksal gesagt hast. Für mich selbst mache ich nichts besser, aber für Recht und Wahrheit eintreten, Bruder, das muß man.«
»Sag doch, wie das alles gekommen ist?«
»Ja, wie ... Er besichtigte alles, stieg von der Draisine, warf einen Blick in das Häuschen. Ich wußte schon, daß er sich scharf nach allem erkundigen werde und hatte alles nach Vorschrift in Ordnung gebracht. Er wollte schon weiterfahren, da brachte ich meine Beschwerde vor. Er fing sofort an zu schreien. ›Hier‹, ruft er, ›geht es um eine Regierungsrevision, und so einer wie du kommt mir mit einer Beschwerde wegen eines Gartens! Hier‹, sagt er, ›handelt es sich um Geheime Räte, und du kommst mit deinem Kohl angekrochen!‹ Da hielt ich nicht an mich und sagte ein paar Worte, nicht besonders derbe, aber ihm erschienen sie als Beleidigung, und er schlug zu ... Unsere verfluchte Duldsamkeit! Ich hätte ihm sollen ... doch ich stehe stramm, als ob es sich so gehöre. Als sie weggefahren waren, kam ich zu mir, wusch mir das Gesicht ab und ging fort.«
»Und wer versieht deinen Dienst?«
»Meine Frau ist dageblieben. Sie wird die Sache schon

machen. Und überhaupt mögen sie mit ihrer ganzen Bahn da ...«
Wassilij stand auf und schulterte sein Bündel.
»Leb wohl, Iwanytsch. Ich weiß nicht, ob ich Gerechtigkeit für mich finde.«
»Willst du denn zu Fuß gehen?«
»Auf der Station bitte ich jemanden, mich in einem Güterzug mitfahren zu lassen: morgen bin ich in Moskau.«
Die Nachbarn verabschiedeten sich. Wassilij ging, und lange war nichts von ihm zu hören und zu sehen. Seine Frau arbeitete für ihn, schlief Tag und Nacht nicht und kam ganz herunter, während sie auf den Mann wartete. Am dritten Tage fuhr die Revisionskommission durch: eine Lokomotive, ein Gepäckwagen und zwei Wagen erster Klasse. Wassilij war noch immer nicht da. Am vierten Tage sah Semjon seine Frau: ihr Gesicht war von Tränen geschwollen, die Augen gerötet.
»Ist dein Mann wieder da?« fragte er.
Die Frau winkte ab, sagte kein Wort und ging in ihrer Richtung davon.

Als Knabe hatte Semjon gelernt, aus Weidenruten Flöten anzufertigen. Er brannte das Innere des Schafts aus, bohrte die nötigen Löcher aus, brachte an dem einen Ende ein Mundstück an und machte seine Sache so gut, daß man auf seiner Flöte spielen konnte, was man wollte. Auch jetzt fertigte er in seiner freien Zeit eine Menge solcher Flöten an und schickte sie mit einem Bekannten, der Schaffner auf einem Güterzug war, in die Stadt auf den Markt; man gab ihm dort je Stück zwei Kopeken. Drei Tage nach der Revision ließ er seine Frau den Sechs-Uhr-Zug allein abfertigen, während er sein Messer nahm und in den Wald ging, um Ruten zu schneiden. Als er an das Ende seines Abschnitts kam – die Strecke machte dort eine starke Biegung – stieg er den Bahndamm hinab und ging durch den Wald bergab. Eine halbe Werst entfernt lag ein großer Sumpf, an dessen Rändern Weidenbüsche wuchsen, deren Ruten für die Anfertigung der Flöten besonders gut geeignet waren. Semjon schnitt ein ganzes Bündel Ruten ab und begab sich auf den Heimweg. Er ging durch den Wald. Die Sonne stand schon tief. Totenstille. Man hörte nur das Zwitschern der Vögel und das Knistern des Reisigs unter den Füßen. Als Semjon nicht mehr weit vom Bahndamm war, kam es ihm vor, als ob er Eisen gegen Eisen klirren höre. Semjon schritt schneller aus. Ausbesserungsarbeiten wurden in dieser Zeit auf ihren Abschnitten nicht vorgenommen. »Was soll das bedeuten?« denkt er. Als er aus dem Waldrand tritt, ragt der Bahndamm vor ihm auf. Oben kauert ein Mann und macht sich an den Schienen zu schaffen. Leise steigt Semjon zu ihm hinauf, denn er meint, jemand wolle die Schraubenmuttern stehlen. Er sieht: ein Mann hat sich aufgerichtet, in den Händen hält er eine Brechstange, mit der er die Schiene gehoben und zur Seite geschoben hat. Semjon wurde es dunkel vor den Augen. Er will schreien – kann es nicht. Er erkennt Wassilij, läuft auf ihn zu, doch der rollt mit Brechstange und Schraubenschlüssel Hals über Kopf die andere Seite des Damms hinunter.

»Wassilij Stepanytsch! Väterchen, Täubchen, kehr um! Gib die Brechstange her! Wir bringen die Schiene wieder in Ordnung, keiner wird das erfahren. Kehr um, bewahre deine Seele vor der Sünde.«

Wassilij ging, ohne sich umzuwenden, in den Wald.

Semjon steht über der auseinandergeschobenen Schiene; seine Ruten hat er fallen lassen. Der Zug, der gleich kommen wird, ist kein Güter-, sondern ein Personenzug. Und es ist nichts vorhanden, womit man ihn anhalten könnte. Semjon hat keine Flagge. Die Schiene kann er nicht auf ihren Platz rücken. Mit bloßen Händen schlägt man keinen Bolzen fest. Man muß rennen, unbedingt zum Häuschen rennen und Werkzeug holen. Herr, hilf!

Semjon läuft zu seiner Bude, kommt außer Atem. Er rennt, fürchtet zu stürzen. Als er aus dem Wald kommt – bis zu seinem Häuschen sind es nicht mehr als etwa zweihundertfünfzig Meter – hört er die Sirene in der Fabrik heulen. Sechs Uhr. Zwei Minuten nach sechs kommt der Zug. Gott! Rette die unschuldigen Seelen! Semjon sieht alles vor sich: die Lokomotive greift mit dem linken Rad in die Bruchstelle der Schiene, zittert, neigt sich, reißt die Schwellen auf und zersplittert sie, und hier ist die scharfe Kurve und der hohe Bahndamm, und alles stürzt zwanzig Meter in die Tiefe, und der Zug, die dritte Klasse, ist überfüllt, kleine Kinder ... Jetzt sitzen sie noch ruhig da und denken an nichts. Herr, erleuchte mich! ... Nein, ich schaffe es nicht, bis zum Häuschen zu rennen und rechtzeitig wieder zurückzulaufen ...

Semjon gab es auf, zum Häuschen zu laufen, drehte um und rannte noch schneller als zuvor wieder zurück. Er läuft fast ohne Besinnung, weiß selbst nicht, was werden soll. Jetzt ist er abermals bei der verschobenen Schiene. Da liegt sein Rutenbündel. Er bückt sich, ergreift eine Rute, weiß selbst nicht warum, hastet zurück. Er meint, den Zug kommen zu hören, hört ein fernes Pfeifen, hört das gleichmäßige leise Summen der Schienen. Keine Kraft, weiterzulaufen. Er verharrt etwa zweihundert Meter vor der schrecklichen Stelle. Da fällt es ihm plötzlich wie Schuppen von den Augen. Er nimmt die Mütze vom Kopf, holt ein Baumwolltuch heraus, zieht das Messer aus dem Stiefelschaft, bekreuzigt sich, Herrgott, sei mir gnädig! – Tief sticht er das Messer in den linken Arm über dem Ellbogen. Ein warmer Blutstrom spritzt aus der Wunde. Semjon tränkt das Tuch im Blut, zieht es auseinander, glättet es, bindet es an die Rute und hebt seine rote Flagge in die Höhe.

Steht, schwenkt seine Flagge. Der Zug wird schon sichtbar. Aber der Lokomotivführer sieht ihn nicht, der Zug kommt immer näher, und auf zweihundert Meter bringt man den schweren Zug nicht zum Stehen!

Und das Blut läuft und läuft. Semjon preßt die Wunde gegen die Brust, will sie zudrücken, aber das Blut läßt sich nicht stillen. Offenkundig hat er zu tief in den Arm gestochen. Alles dreht sich im Kreis, vor den Augen schwirren schwarze

Fliegen. Dann wird es ganz dunkel. In den Ohren Glockengeläut. Semjon sieht nicht den Zug, hört keinen Lärm, er hat nur einen Gedanken: »Ich stehe nicht durch, ich falle, ich lasse die Flagge sinken, der Zug fährt über mich hinweg ... hilf, Herr, schicke Ablösung ...«
Ihm wurde schwarz vor den Augen, und seine Seele war leer. Er ließ die Flagge sinken. Aber die blutige Fahne fiel nicht zur Erde. Eines anderen Hand ergriff sie, hielt sie in die Höhe und streckte sie dem herannahenden Zug entgegen. Der Lokomotivführer erblickte sie, öffnete die Ventile und gab Gegendampf. Der Zug hielt.

Die Menschen sprangen aus den Waggons und scharten sich dicht zusammen. Sie sahen einen bewußtlosen, blutüberströmten Mann auf dem Bahndamm liegen, neben ihm stand ein zweiter Mann, mit einem blutigen Lappen an einer Rute.
Wassilij ließ seine Blicke über die Menge schweifen und senkte den Kopf.
»Fesselt mich«, sagte er, »ich habe die Schiene weggeschoben.«

Maxim Gorkij

Jemeljan Piljaj

»Es bleibt uns gar nichts weiter übrig, als ins Salzwerk zu gehen! Eine verflucht gesalzene Arbeit ist das, aber wir müssen dran, trotz allem, denn auf die Art hier kann einer, wenn er Pech hat, vor Hunger krepieren!«

Bei diesen Worten zog mein Kamerad Jemeljan Piljaj zum zehnten Male seinen Tabaksbeutel aus der Tasche, und als er sich überzeugt hatte, daß er noch ebenso leer war wie gestern, seufzte er, spuckte aus und begann, auf dem Rücken liegend und leise pfeifend, den wolkenlosen, sommerglühenden Himmel zu betrachten. Wir beide lagen hungrig auf einer sandigen Landzunge, drei Werst von Odessa, das wir verlassen hatten, weil wir keine Arbeit hatten finden können. Jemeljan lag lang ausgestreckt im Sande, den Kopf nach der Steppe, die Füße dem Meere zugekehrt, und die Wellen, die mit weichem Rauschen den Strand hinaufliefen, wuschen seine nackten, schmutzigen Füße. Er blinzelte in die Sonne, dehnte sich wie ein Kater, schob sich näher ans Wasser heran, und dann überspülten die Wellen ihn fast bis zu den Schultern. Das gefiel ihm.

Ich blickte nach dem Hafen, wo sich ein dichter Wald von Masten erhob, die von schweren, blauschwarzen Rauchwolken umhüllt waren, und von wo über das Meer hin das dumpfe Geräusch klirrender Ankerketten und das Pfeifen der Rangierlokomotiven herüberklang. Ich sah aber nichts, was unsere erloschene Hoffnung auf eine Vedienstmöglichkeit hätte wiederbeleben können, und so sagte ich aufstehend zu Jemeljan: »Na, dann gehen wir also ins Salzwerk!«

»Hm ... ins Salzwerk ... Wirst du's schaffen?« fragte er träge, ohne mich anzusehen.

»Wenn wir dort sind, werden wir sehen, was zu machen ist.«

»Also gehen wir?« wiederholte Jemeljan, ohne ein Glied zu rühren.
»Ja, natürlich!«
»So! – Also meinetwegen, gut, gehen wir! Und dies verfluchte Odessa – der Teufel soll es holen! – mag hier stehen bleiben, wo es steht. Eine Hafenstadt! Wenn doch der Erdboden sie gleich verschlänge!«
»Na, dann steh auf und komm; das Fluchen hilft auch nichts.«
»Wohin? In das Salzwerk da? Schön. Aber siehst du, Brüderlein, bei dem Salz wird auch nichts Gescheites herauskommen, auch wenn wir hingehen.«
»Du hast doch selber gesagt, daß wir hingehen müssen.«
»Das stimmt, das habe ich gesagt. Und was ich gesagt habe, das habe ich gesagt und nehme nichts zurück. Aber es wird nichts dabei herauskommen; das stimmt auch.«
»Warum denn nicht?«
»Warum? Ja, denkst du denn, daß man dort nur auf uns wartet? Guten Tag, Herr Jemeljan und Herr Maxim, seien Sie so gut, sich für uns abzuschinden und unsere Pfennige in Empfang zu nehmen! – Nein, das gibt es nicht! Die Sache ist so: Augenblicklich sind wir – ich und du – noch vollkommen Herr über unsere Haut ...«
»Hör auf, es ist gut! Komm!«
»Wart! Wir müssen also zu dem Herrn da hingehen, dem das besagte Salz gehört, und ihm mit aller Höflichkeit sagen: Mein sehr geehrter Herr, hochverehrter Herr Ausbeuter und Blutsauger, hier sind wir gekommen, um Eurer Gefräßigkeit unser Fell anzubieten; wollen Sie die Güte haben, es uns für sechzig Kopeken pro Tag über die Ohren zu ziehen! Und dann ...«
»Hör mal, steh endlich auf und komm! Heute abend sind wir bei den Fischräuchereien, da können wir die Netze herausziehen helfen. Vielleicht kriegen wir ein Abendbrot dafür.«
»Abendbrot? Das ist vernünftig. Wir werden dort sicherlich etwas kriegen; die Fischer sind nette Leute. Komm, komm! –

Aber etwas Richtiges, Brüderlein, werden wir beide doch nicht finden, denn wir haben nun einmal diese ganze Woche Pech und weiter nichts.«

Er stand auf, naß und triefend, reckte sich und schob die Hände in die Hosentaschen. Diese Hose hatte er sich aus zwei alten Mehlsäcken zusammengenäht. Er suchte eine Weile darin umher und betrachtete dann belustigt seine leeren Hände, die er dicht vor seine Nase hielt.

»Nichts! – Seit vier Tagen suche ich schon, und immer noch nichts! Ist das eine Wirtschaft, Brüderlein!«

Wir gingen den Strand entlang und wechselten von Zeit zu Zeit kurze Bemerkungen. Die Füße sanken ein in dem weichen, feuchten Sand, der mit Muscheln besät war, die beim Anprall der auflaufenden Wellen melodisch raschelten. Hier und da lagen schleimige Quallen im Sande, die das Meer ausgeworfen hatte, tote Fische und sonderbar geformte, schwarze, durchnäßte Holzstücke. – Vom Meer kam ein frischer, freundlicher Wind, der uns kühl umspülte und sich in der Steppe verlor, wobei er kleine Wolken staubfeinen Sandes aufwirbelte.

Jemeljan, der sonst immer fröhlich war, wurde sichtlich immer mutloser. Als ich es bemerkte, suchte ich ihn auf andere Gedanken zu bringen.

»Los, Jemeljan, erzähl etwas!«

»Ich würde schon, aber die Klappe macht nicht mehr mit, weil der Bauch leer ist. Der Bauch ist das Allerwichtigste am Menschen. Du kannst jeden beliebigen Krüppel suchen, einen ohne Bauch wirst du nicht finden, nichts zu machen! Wenn der Bauch ruhig ist, dann ist auch die Seele gesund; alles, was der Mensch tut, kommt aus dem Bauch.«

Er schwieg eine Weile.

»Ach, Brüderlein, wenn mir doch das Meer jetzt tausend Rubel auswürfe, schwapp, fertig! Dann würde ich sofort eine Kneipe aufmachen; du könntest mein Kellner sein, und für mich würde ich unter der Theke mein Bett bauen und mir ein Rohr geradenwegs aus dem Faß in den Mund führen. Sobald ich Lust habe, aus dem Freudenquell zu trinken, brauche ich nur zu kommandieren: ›He, Maxim, dreh den Hahn auf!‹ und kluck, kluck, kluck! fließt es mir direkt in die Kehle. Ich brauche nur zu schlucken. Famos, hol mich der Teufel! Aber den Bauern, den Herrn von und zu Misthaufen, hoho! hau ihn, schind ihn, zieh ihm das Fell ab! Wenn er kommt und will sich besaufen: ›Jemeljan Pawlytsch, gib mir ein Gläschen auf Borg!‹ – ›He, was? Auf Borg? Hier wird nichts geborgt!‹ – ›Jemeljan Pawlytsch, bitte, sei doch barmherzig!‹ – ›Schön, meinetwegen. Mach mir eine Fuhre umsonst, dann geb ich dir ein Gläschen!‹ Hahaha, ich würde sie schon zwiebeln, die verfluchten Dickwänste!«

»Na, sei doch auch nicht zu grausam. Bedenk doch – der Bauer hat ja selbst nichts zu essen.«

»Was, nichts zu essen? Aber habe ich nicht auch Hunger? Ich habe, solange ich lebe, nichts zu essen gehabt, mein Lieber! Ist das etwa in Ordnung? – Tjawoll! Er hat nichts zu essen. Warum? Mißernte? Bei ihm ist zuerst im Kopfe Mißernte und dann auf dem Felde, das ist es! Warum gibt es in anderen Ländern keine Mißernte? Weil die Leute dort ihre Köpfe nicht nur dazu bekommen haben, sich hinterm Ohr zu kratzen, sondern weil man dort denkt, jawohl! Ja, Brüderlein, dort kann man den Regen auf morgen zurückstellen, wenn man ihn heute nicht braucht, und die Sonne kann man beiseite schieben, wenn sie es zu gut meint. Und was tut man bei uns? Gar nichts, mein Lieber! – Doch was red ich nur! Ist ja alles Unsinn! Wenn ich jetzt wirklich tausend Rubel bekäme und eine Kneipe, das wäre eine reelle Sache!«

Er verstummte und fuhr gewohnheitsmäßig in die Tasche nach seinem Tabaksbeutel, zog ihn hervor, drehte ihn um und um, betrachtete ihn nachdenklich und warf ihn dann, zornig ausspuckend, ins Meer.

Die Welle faßte den schmutzigen Beutel, trug ihn vom Ufer weg, dann aber, als sie das Geschenk genauer besehen hatte, warf sie es voll Abscheu wieder auf den Sand.

»Du willst nicht? Oho, du mußt!« Jemeljan ergriff den nassen

Beutel, steckte einen Stein hinein und warf ihn weit hinaus ins Meer.

Ich lachte.

»Was fletschst du die Zähne? Das ist auch so ein Kerl! Bücher liest er, schleppt sie sogar mit sich herum, aber verstehen, wie einem Menschen zumute ist, kann er nicht! Du vieräugige Fratze!«

Dies bezog sich auf mich, und daraus, daß Jemeljan mich eine vieräugige Fratze nannte, schloß ich, daß er sehr erbost sein müsse, denn nur in Augenblicken höchster Wut und Erbitterung gegen alles Bestehende erlaubte er sich, meine Brille lächerlich zu machen. Sonst gab diese unfreiwillige Verzierung meines Gesichts mir in seinen Augen so viel Gewicht und Bedeutung, daß er in den ersten Tagen unserer Bekanntschaft außerstande war, mich anders als mit Sie anzureden, und zwar in ungewöhnlich ehrerbietigem Tone, obgleich ich mit ihm zusammen auf einem rumänischen Dampfer Kohlen lud, genauso zerlumpt und zerrissen aussah wie er und schwarz war wie ein Teufel.

Ich entschuldigte mich und begann, um ihn etwas zu beruhigen, von fremden Ländern zu erzählen, wobei ich mich bemühte, ihm zu beweisen, daß seine Behauptungen von der Regulierung des Sonnenscheins und der Regenwolken in das Gebiet der Mythologie gehörten.

»Sieh, sieh! – Ach so! – Hm! – So, so!« bemerkte er zuweilen dazu, aber ich fühlte, daß sein Interesse für die ausländischen Staaten und das Leben dort, im Gegensatz zu früher, sehr gering war und daß er kaum zuhörte, sondern eigensinnig vor sich hin ins Weite starrte.

»Das mag alles so sein«, unterbrach er mich mit einer unbestimmten Handbewegung. »Aber ich möchte dich eines fragen: wenn uns jetzt plötzlich ein Mensch entgegenkäme, mit Geld – mit viel Geld –«, unterstrich er, während er mit einem raschen Blick von der Seite hinter meine Brillengläser schielte, »würdest du wohl zur Versorgung deines lieben Ich mit allem Zubehör . . . würdest du ihn wohl abmurksen?«

»Natürlich nicht«, antwortete ich, »niemand hat das Recht, sein Glück mit dem Leben eines anderen zu erkaufen.«

»Huh! Na ja, das steht in den Büchern und klingt sehr schön, steht aber nur des guten Gewissens wegen da; in Wirklichkeit hätte derselbe Herr, der zuerst diese schönen Worte ausgedacht hat, wenn es ihm selber an den Kragen ginge, ganz sicherlich hätte er dann bei günstiger Gelegenheit, um sich selbst zu retten, irgend jemand umgebracht. Recht! Da, das ist Recht!«

Vor meiner Nase erschien höchst ausdrucksvoll die kräftige Faust Jemeljans. »Und jeder Mensch lebt im Grunde nur nach diesem Recht, nur die Art und Weise, wie er es macht, ist verschieden. Das ist auch ein Recht!«

Jemeljan sah finster aus, seine Augen zogen sich tief unter die buschigen, sonnengebleichten Brauen zurück.

Ich schwieg, denn ich wußte aus Erfahrung, daß es zwecklos war, ihm zu widersprechen, wenn er wütend war.

Er schleuderte ein Stück Holz, das ihm vor die Füße geriet, ins Meer, seufzte und sagte: »Wenn ich bloß was zu rauchen hätte!«

Rechts von uns in der Steppe erblickte ich zwei Hirten, die ausgestreckt am Boden lagen und zu uns herübersahen.

»'n Tag, ihr Herren!« rief Jemeljan ihnen zu. »Habt ihr nicht ein bißchen Tabak?«

Der eine Hirt wandte den Kopf und sah den anderen an; er spuckte den Grashalm aus, an dem er kaute, und sagte in trägem Ton: »He, Michail, die wollen Tabak haben.«

Michail blickte gen Himmel, offenbar, um dort die Genehmigung einzuholen, ob er mit uns reden dürfe oder nicht, und wandte sich dann zu uns.

»Guten Tag«, sagte er, »wo wollt ihr denn hin?«

»Nach Otschakow, ins Salzwerk.«

»Oho!«

Wir schwiegen und setzten uns zu ihnen auf die Erde.

»Du, Nikita, nimm doch mal den Sack etwas beiseite, daß ihn die Krähen nicht holen.«

Nikita schmunzelte listig und legte den Sack beiseite. Jemeljan knirschte mit den Zähnen.

»Ihr wollt also Tabak?«

»Wir haben schon lange nicht geraucht«, sagte ich.

»Soso! Ja, warum habt ihr denn nicht geraucht?«

»He, du Teufelsbraten! Halt 's Maul! Gib her, wenn du uns was geben willst, aber veralbere uns nicht, du Mondkalb! Hast wohl von der Faulenzerei in der Steppe den Verstand verloren? Ich geb dir eins über den Schädel, daß du nicht mehr piep sagen kannst«, platzte Jemeljan heraus und rollte die Augen.

Die Hirten fuhren zusammen und sprangen auf. Sie faßten ihre langen Stöcke und stellten sich Schulter an Schulter.

»Oho, Brüder! Kommt ihr uns so? Na, dann rückt nur an!«

Die Teufelsbraten waren offenbar bereit zum Kampf, darüber konnte nicht der geringste Zweifel sein. Jemeljan war, seinen geballten Fäusten und wildglühenden Augen nach zu schließen, ebenfalls nicht abgeneigt loszuschlagen. Ich hatte keine Lust, an der Schlacht teilzunehmen, und versuchte, die Parteien auszusöhnen.

»Halt, Kameraden! Mein Freund ist ein bißchen heftig geworden. Das ist doch nicht so schlimm! Gebt uns eine Handvoll Tabak, wenn ihr wollt, und dann gehen wir weiter.«

Michail blickte Nikita an, Nikita den Michail – und beide lachten.

»In dem Ton hättet ihr gleich reden sollen!«

Darauf fuhr Michail in seine Rocktasche, zog einen umfangreichen Tabaksbeutel hervor und reichte ihn mir.

»Na, dann nimm dir!«

Nikita griff in seinen Sack und streckte mir ein großes Brot und ein Stück kräftig gesalzenen Speck entgegen. Ich nahm es. Michail lachte und schüttete mir noch Tabak zu. Nikita brummte etwas zum Abschied. Ich bedankte mich.

Jemeljan setzte sich mit finsterer Miene auf den Boden und knurrte ziemlich laut: »Die verfluchten Schweine!«

Die Hirten gingen mit schweren, wiegenden Schritten in die Steppe hinein, wobei sie sich fortwährend nach uns umsahen. Wir setzten uns, ohne sie weiter zu beachten, und machten uns an das schmackhafte halbweiße Brot und den Speck. Jemeljan schmatzte und schnaufte, vermied es aber aus irgendeinem Grunde, mir ins Gesicht zu sehen.

Es wurde Abend. Fern aus dem Meer stieg die Dämmerung und umhüllte das feine Wellengekräusel mit einem leichten bläulichen Schleier. Am Horizont zog sich eine Kette von gelblich-violetten Wolken mit goldigroten Säumen zusammen und schwamm, die Dämmerung noch verstärkend, langsam in die Steppe hinein. Und in der Steppe, weit hinten, an ihrem äußersten Rande, glühte als riesiger purpurner Strahlenkranz das Abendrot und hüllte Himmel und Erde in ein zartes, weiches Licht. Die Wogen rollten ans Ufer, und das Meer, das bald in zartem Rosa, bald in tiefem Dunkelblau glänzte, war wunderbar schön und gewaltig.

»So, jetzt rauchen wir eins! Die Hirten mag der Teufel holen!« Und Jemeljan seufzte erleichtert auf. »Wollen wir weitergehen oder hier übernachten?«

Ich hatte keine Lust weiterzugehen.

»Wir wollen hierbleiben!« entschied ich.

»Schön, bleiben wir hier!« Er streckte sich lang auf den Boden aus und blickte zum Himmel.

Es wurde still. Jemeljan rauchte und spuckte ab und zu; ich blickte ringsum und genoß schweigend die wundervolle abendliche Landschaft. Über die Steppe hin wogte das klangvolle monotone Rauschen der Wellen am Strande.

»Aber einem Kerl mit Geld eins auf den Kopf geben macht doch Spaß; da kannst du sagen, was du willst; wenn's geschickt gemacht wird, vor allem«, meinte Jemeljan unerwartet.

»Hör doch auf mit dem Geschwätz!« sagte ich.

»Geschwätz? Was heißt Geschwätz? Das wird gemacht, darauf kannst du dich verlassen. Siebenundvierzig Jahre bin ich alt, und seit zwanzig Jahren zerbreche ich mir den Kopf über

diese Sache. Was ist mein Leben? Ein Hundeleben. Kein Loch zum Unterkriechen, nichts zu essen – kein Hund würde so leben wollen! Bin ich denn ein Mensch? Nein, Brüderlein, ich bin kein Mensch mehr, ich bin schlimmer dran als ein Tier, ein Wurm! Wer versteht mich? Niemand. Und wenn ich doch weiß, daß Menschen gut leben können, warum soll ich nicht auch so leben, he? Hol euch doch alle der Teufel!«
Er wandte sich plötzlich nach mir um und sagte hastig: »Weißt du, einmal war ich beinahe schon so weit ... es wurde bloß nachher nichts daraus ... Hol mich der Satan, ich bin eben dumm gewesen! Ich hatte Mitleid. Soll ich es dir erzählen?«
Ich beeilte mich, meine Zustimmung zu geben, und Jemeljan begann zu erzählen:
»Das war in Poltawa, Brüderlein, vor etwa acht Jahren. Ich war Gehilfe bei einem Kaufmann, einem Holzhändler. Ein Jahr lang war ich dort, und alles ging recht glatt; dann aber fing ich an zu saufen und vertrank sechzig Rubel, die meinem Herrn gehörten. Ich kam vor Gericht, kriegte drei Monate Zwangsarbeit und so weiter, wie sich's gehört. Als ich meine Zeit abgesessen hatte, wurde ich entlassen. Was sollte ich nun anfangen? In der Stadt wußten es alle, und woanders hinzugehen, hatte ich weder Geld noch Sachen. Ich ging also zu einem Bekannten, einem Mann von dunklem Beruf; er hatte eine Schenke und machte allerhand Diebsgeschäfte; bei ihm verbargen sich allerlei Burschen mit ihren Sachen. Ein ausgezeichneter Kerl, der rechtschaffenste Mensch von der Welt und außerordentlich gescheit. Er las sehr gern und viel und hatte einen weiten Begriff vom Leben. Ich kam also zu ihm. ›Pawel Petrow, hilf mir weiter!‹ – ›Na schön‹, sagte er, ›meinetwegen. Einer muß dem anderen helfen, wenn beide von der gleichen Sorte sind. Bleib hier, iß, trink und sieh dich um.‹ Ein gescheiter Kopf war das, Brüderlein, dieser Pawel Petrow! Ich hatte große Hochachtung vor ihm, und er mochte mich auch sehr gern. Wenn er manchmal so an seiner Theke saß und aus einem Buch mit Geschichten von französi-

schen Räubern vorlas – seine Bücher handelten immer von Räubern –, dann konnte ich stundenlang zuhören! Erstaunliche Kerle waren das und machten erstaunliche Stückchen – und zum Schluß wurden sie jedesmal mit Pauken und Trompeten geschnappt. Wenn man dachte: ›So ein Verstand, so ein Geschick, Donnerwetter!‹ – am Schluß des Buches hieß es auf einmal: ›Polizei!‹ – schnapp! Aus! Alles futsch!

So saß ich bei diesem Pawel Petrow einen Monat oder zwei, hörte zu, wie er vorlas, und hörte allerlei Gespräche. Und ich sah, wie ab und zu dunkle Bürschchen kamen und verschiedene hübsche Sächelchen brachten: Uhren, Armbänder und andere Dinge. Und ich begriff: es ist nicht für einen Groschen Verstand in all diesen Unternehmungen. Maust einer so ein Ding, so gibt Pawel Petrow ihm höchstens den halben Wert – er zahlte ehrlich, Bruder – her damit, da! Dann gibt es ein Gelage, Geschrei, Radau – und futsch ist das Geld! Dreck ist das alles, Kamerad! Und bald wird der eine, bald der andere gefaßt.

Und wofür? Wegen Einbruchdiebstahls, wobei Sachen im Werte von hundert Rubel gestohlen worden sind! Hundert Rubel! Sind denn hundert Rubel ein Menschenleben wert? Dummheit! So sagte ich also zu Pawel Petrow: ›Alles das hier, Pawel Petrow, ist dummes Zeug und nicht der Mühe wert.‹ – ›Hm! Was soll ich darauf erwidern?‹ sagte er. ›Einerseits sagt man natürlich: wer den Pfennig nicht ehrt, ist des Talers nicht wert, aber anderseits wieder hast du recht; bei all diesen Sachen fehlt es den Leuten an Selbstachtung. Das ist das Wesentliche! Denn‹, sagte er, ›wird ein Mensch, der sich seines eigenen Wertes bewußt ist, sich mit schwerem Einbruch und Diebstahl von zwanzig Kopeken die Finger schmutzig machen? Nie im Leben! Nimm meinetwegen mich, einen Menschen, der mit europäischer Bildung in Berührung gekommen ist, würde ich mich denn für hundert Rubel verkaufen?‹ Und er führte mir Beispiele an, wie ein Mensch mit Selbstachtung sich zu verhalten habe. Wir sprachen noch lange über diese Dinge. Schließlich sage ich zu ihm: ›Hören

Sie, Pawel Petrowitsch, ich habe schon lange den Plan, mein Glück auf diesem Wege zu versuchen. Sie sind doch ein Mensch mit Lebenserfahrung; geben Sie mir einen Rat, wie und wo man so was anfängt.‹ – ›Hm‹, sagte er, ›warum nicht? Wie wäre es denn, wenn du irgend so ein Ding auf eigene Faust drehen würdest, ohne Mitwisser und auf eigene Gefahr? Da ist zum Beispiel Obajimow; der fährt abends mutterseelenallein über die Worskla, wenn er von seinem Holzlager kommt, und du weißt ja, er hat immer Geld bei sich und holt außerdem im Holzlager beim Verwalter jede Woche das eingegangene Geld ab. Die Wocheneinnahme; sie verkaufen dort täglich für dreihundert Rubel und mehr. Was meinst du dazu?‹ Ich dachte nach. Obajimow, das war derselbe Holzhändler, bei dem ich Gehilfe gewesen war. Die Sache war doppelt angenehm: erstens kriegt er seinen Lohn dafür, daß er mich hereingelegt hatte, und außerdem konnte ich einen hübschen Batzen erwischen. ›Das muß ich mir überlegen‹, sagte ich. ›Ja, ohne das geht es nicht‹, antwortete Pawel Petrow.«

Jemeljan schwieg und begann langsam eine Zigarette zu drehen. Die Sonne war fast ganz untergegangen, und nur ein feines rotes Band, das von Sekunde zu Sekunde blasser wurde, umsäumte noch den unteren Rand eines Wolkenflöckchens, das wie ermattet regungslos an dem langsam dunkler werdenden Himmel hängengeblieben war. Die Steppe war unendlich still und schwermütig, und das gleichmäßige, einschmeichelnde Rauschen des Meeres steigerte noch durch seinen weichen, eintönigen Klang diese Schwermut und Stille. Und über dem Meere blitzten, einer nach dem anderen, die Sterne auf, blank und frisch, als seien sie erst gestern angefertigt, um den dunkelsamtenen südlichen Himmel zu schmücken.

»Ja, Brüderlein, ich überlegte mir das Ding, und dann legte ich mich noch in derselben Nacht an der Worskla in die Büsche; ich hatte eine Eisenstange von so etwa sieben Pfund Gewicht bei mir. Ich besinne mich noch, daß es Ende Oktober war. Die Nacht war so günstig wie nur möglich: es war finster wie in der Seele des Menschen. Den Platz konnte ich auch nicht besser gewählt haben. Er befand sich dicht neben der Brücke, und gleich, wo die Brücke anfing, fehlten ein paar Bretter. Man konnte dort also nur im Schritt fahren. – Da lag ich nun und wartete. Eine Wut hatte ich damals, Brüderlein, genug für ein Dutzend Kaufleute. Und ich dachte mir die Sache so einfach, einfacher ging's nicht: bums, fertig! N-ja! ...

So lag ich nun und hielt mich bereit. Ein Schlag – und du hast das Geld! Bauz! und alles ist in Ordnung!

Du denkst vielleicht, der Mensch hätte Freiheit, zu tun und zu lassen, was er will. Unsinn, Freundchen! Kannst du mir erzählen, was du morgen tun wirst? Quatsch! Du kannst nicht einmal sagen, ob du morgen nach rechts oder nach links gehen wirst. Tja ... ich lag dort und wartete auf etwas, aber es wurde ganz was anderes. Eine ganz verrückte Sache wurde daraus!

Ich liege also dort und sehe: jemand kommt von der Stadt her, taumelt wie betrunken, in der Hand einen Stock. Er murmelt, murmelt wirr durcheinander und weint. Und schluchzt. – Jetzt ist er ganz nahe, ich sehe hin: ein Frauenzimmer! Pfui Teufel, denke ich, komm nur her, ich werde dich schon Mores lehren! Sie aber geht geradenwegs auf die Brücke zu, und plötzlich schreit sie: ›Ach, Liebster, warum?‹ Ja, Brüderlein, und wie sie das rief! Ich fuhr ordentlich zusammen. Was soll das heißen? denke ich. Sie aber läuft direkt auf mich los. Ich liege mäuschenstill, drücke mich zu Boden und zittere ... Meine Wut war futsch! Jetzt noch einen Schritt, dann mußte sie über mich stolpern! Sie aber schluchzte noch einmal ›Warum? Warum?‹, und auf einmal warf sie sich zu Boden, ganz dicht neben mir. Und dann heulte sie los, Brüderlein, so daß ich es dir gar nicht beschreiben kann; mich würgte es nur vom Zuhören. Ich lag und rührte mich nicht. Und sie heulte. Mir wurde ganz traurig zumute. Ich rück lieber aus, dachte ich. Da aber kam der Mond hinter einer Wolke hervor, und es wurde so klar und hell wie am Tage. Ich stützte mich auf die Ellenbogen und sah nach ihr hin ... Und nun, Brüderlein, ging alles kopfüber, alle meine Pläne waren zum Teufel! Ich guckte hinüber – und es gab mir richtig einen Stich durchs Herz: ein ganz kleines Mädel, fast noch ein Kind – so weiß und zart, blonde Löckchen ums Gesicht und ganz große Augen, und guckt so seltsam – und die Schultern zittern und zucken, und aus den Augen fließen dicke, große Tränen, eine nach der anderen.

Mich packte das Mitleid, Brüderlein. Ich räusperte mich: Hem, hem! Da schrie sie auf: ›Wer ist hier? Was ist das?‹ Sie war tödlich erschrocken! Na, ich stand gleich auf und sagte: ›Das bin bloß ich!‹ – ›Wer sind Sie?‹ fragte sie. Und ihre Augen wurden ganz groß, und sie zitterte am ganzen Leibe wie Espenlaub. ›Wer sind Sie?‹ fragte sie wieder.«

Jemeljan lachte.

»›Wer ich bin? Sie müssen sich vor allem nicht fürchten, Fräulein, ich will ihnen nichts zuleide tun. Ich bin so irgend jemand – einer von der Kolonne Barfuß.‹ Ja, ich belog sie also. Ich konnte ihr doch nicht gut erzählen, daß ich mich hier in den Hinterhalt gelegt hatte, um einen Kaufmann abzumurksen! Sie aber antwortete mir darauf: ›Mir ist alles gleich; ich bin gekommen, mich ins Wasser zu stürzen.‹ Und sie sagte das so, daß mir ein Schauder über den Rücken lief, so ganz ernsthaft, Bruder! Tja, und was sollte ich da machen?«

Jemeljan machte eine bedauernde Handbewegung und sah mich mit einem breiten, gutmütigen Lächeln an.

»Und auf einmal, Brüderlein, fing ich an zu reden. Was ich geredet habe, weiß ich nicht mehr; aber ich redete so, daß ich selber ganz entzückt war, vor allem wohl davon, daß sie so jung wäre und so schön. Und sie war schön, das ist sicher, sogar wunderschön. Ach Brüderlein! Na ja. Sie hieß Lisa. Und ich redete und redete, weiß der Himmel, was! Es war das Herz, das sprach. Ja. Und sie guckte mich immer bloß an, so ernsthaft und groß, und auf einmal lächelte sie!«

Jemeljan brüllte das letzte laut über die Steppe, mit Tränen in

der Stimme und in den Augen, und streckte die geballten Fäuste gen Himmel.
»Und als sie lächelte, da war ich erledigt: plumps, lag ich vor ihr auf den Knien! ›Fräulein‹, sagte ich, ›Fräulein!‹ und weiter nichts. Sie aber, Brüderlein, faßte mich mit beiden Händen um den Kopf, sah mir in die Augen und lächelte wieder – wie ein Bild; sie wollte etwas sagen, bewegte die Lippen, und endlich faßte sie sich und sagte: ›Sie lieber Mensch, Sie sind auch unglücklich wie ich. Nicht wahr? Sagen Sie es mir, Sie Guter!‹ Tja, mein Lieber, so war die Sache! Und das ist noch nicht alles – dann küßte sie mich auf die Stirn, Brüderlein, hierher! Fühlst du, wie das war? Weiß Gott, ja! So ein Engel! Weißt du, etwas Schöneres habe ich in all den siebenundvierzig Jahren nicht erlebt! Was meinst du? Jawohl, so ist das! Und wozu war ich ausgegangen? Ja, so ist das Leben!«
Er verstummte und stützte den Kopf in die Hände. Erschüttert von der seltsamen Erzählung, schwieg ich und blickte auf das Meer; es war, als ob eine mächtige Brust sich in gleichmäßigen tiefen Atemzügen wie im Schlafe hob und senkte.
»Na, und dann stand sie auf und sagte: ›Bringen Sie mich nach Hause!‹ Wir machten uns gleich auf den Weg. Ich ging neben ihr her und wußte nicht, wie mir geschah; sie aber erzählte, alles, was sie erlebt hatte. Siehst du wohl, sie war die einzige Tochter ihrer Eltern, der Vater war Kaufmann, ein verwöhntes Kind also; und dann kam ein Student und gab ihr Unterricht, na, und sie verliebten sich ineinander. Er reiste bald fort, und sie wartete auf ihn: wenn er fertig wäre mit seinem Studium, würde er wiederkommen und sie heiraten; das hatten sie so ausgemacht. Aber er kam nicht wieder, sondern schickte einen Brief: ›Du bist keine Frau für mich.‹ Das war natürlich schlimm für das Mädel. Und da kam sie eben auf diesen Gedanken ... Sie erzählte mir das alles, und so erreichten wir allmählich das Haus, wo sie wohnte. ›So‹, sagte sie, ›nun leben Sie wohl, Sie Lieber! Morgen reise ich fort von hier. Brauchen Sie vielleicht Geld? Sagen Sie es mir, bitte, Sie brauchen sich nicht zu schämen.‹ – ›Nein, Fräulein‹, sagte ich, ›ich

brauche nichts, ich danke Ihnen!‹ – ›Sie Guter, genieren Sie sich nicht, sagen Sie es mir, nehmen Sie es!‹ bat sie. Und ich dreckiger, zerlumpter Kerl sagte immer nur: ›Nein, Fräulein, ich brauche nichts.‹ Weißt du, Bruder, ich dachte an ganz andere Dinge als an Geld. So trennten wir uns. Sie sagte so ganz zärtlich: ›Ich werde dich nie vergessen; du bist ein ganz fremder Mensch für mich, und doch . . .‹ Na, hol's der Teufel!« brach Jemeljan ab und begann wieder zu rauchen.
»Sie ging hinein. Ich setzte mich auf die Bank am Tor. Mir wurde traurig zumute. Dann kam ein Nachtwächter. ›Was lungerst du hier herum? Du willst wohl was mausen?‹ Das traf mich wie ein Schlag! Krach! hatte er meine Faust im Gesicht! Geschrei, Pfiffe . . . auf die Wache! Na, meinetwegen auf die Wache; und wenn alles zum Teufel geht – mir ist es vollkommen einerlei! Ich haute ihm noch eine runter. Ich setzte mich auf die Bank und machte keinen Versuch auszureißen. Ich blieb die Nacht dort; am Morgen ließen sie mich laufen. Ich ging zu Pawel Petrow. ›Na, wo hast du gesteckt?‹ fragte er und lachte. Ich sah ihn an, es war noch derselbe Mensch, aber mir war, als sähe ich an ihm etwas Neues. Na, ich erzählte ihm natürlich alles, was geschehen war. Er hörte mir ernsthaft zu, und dann sagte er: ›Jemeljan Pawlytsch, Sie sind ein Dummkopf und Hanswurst; wollen Sie sich gefälligst zum Teufel scheren!‹ Na, was sollte ich sagen? Hatte er denn nicht recht? Ich ging also, und damit war's aus. Das ist die ganze Geschichte, Brüderlein.«

Er schwieg und streckte sich auf dem Boden aus, die Hände unter dem Kopf, und blickte in den Himmel, der wie dunkler Samt und voll von Sternen war. Ringsum war alles still. Das Rauschen der Brandung wurde immer weicher und sanfter und klang nur noch wie ein schwaches, schlaftrunkenes Seufzen.

Anton Tschechow

Die Braut

1

Es war schon gegen zehn Uhr abends, über dem Garten stand der Vollmond. Im Haus der Schumins war gerade der Abendgottesdienst zu Ende, den die Großmutter, Marfa Michailowna, hatte abhalten lassen. Nadja – sie war für eine Minute in den Garten hinausgegangen – konnte jetzt sehen, wie im Saal der Tisch zu einem Imbiß gedeckt wurde und wie sich die Großmutter in ihrem prächtigen Seidenkleid eilig hin und her bewegte; Vater Andrej, der Oberpriester der Kathedrale, sprach mit Nadjas Mutter, Nina Iwanowna, und bei der abendlichen Beleuchtung erschien ihr die Mutter hinter dem Fenster in diesem Augenblick sehr jung; neben ihr stand Andrej Andrejitsch, Vater Andrejs Sohn, und hörte aufmerksam zu.

Im Garten war es still und kühl; dunkle, ruhige Schatten lagen über der Erde. Und weit, sehr weit entfernt, wahrscheinlich außerhalb der Stadt, quakten die Frösche. Man spürte den Mai, den lieben Mai! Es atmete sich so tief, und es schien, als rege sich irgendwo unter dem Himmel, über den Bäumen, weit hinter der Stadt, in Feldern und Wäldern ein anderes Frühlingsleben, geheimnisvoll, herrlich, reich und heilig, ein Leben, dessen Erkenntnis dem schwachen, sündigen Menschen unzugänglich ist. Und man hätte weinen mögen.

Nadja war schon dreiundzwanzig; seit ihrem sechzehnten Lebensjahr hatte sie sich leidenschaftlich gewünscht zu heiraten, und jetzt war sie endlich die Braut von Andrej Andrejitsch, demselben, der dort hinter dem Fenster stand; er gefiel ihr, die Hochzeit war schon auf den 7. Juli festgesetzt, doch sie konnte sich nicht freuen und schlief schlecht, und ihr Frohsinn war vergangen ...

Aus dem Kellergeschoß, wo sich die Küche befand, drang durch das offene Fenster Messerklappern, eiliges Laufen und Türenschlagen; es roch nach Putenbraten und eingelegten Kirschen. Und irgendwie schien es, so wie jetzt würde es das ganze Leben lang sein, ohne Veränderung, ohne Ende!

Da trat jemand aus dem Haus und blieb auf der Freitreppe stehen; das war Alexander Timofejitsch oder einfach Sascha, der Besuch aus Moskau, der vor etwa zehn Tagen gekommen war. Vor sehr langer Zeit kam zur Großmutter immer eine entfernte Verwandte, eine verarmte adlige Witwe, die kleine, magere und kranke Marja Petrowna, die Almosen erhielt. Sie hatte einen Sohn, Sascha. Es war nicht ersichtlich warum, jedenfalls sagte man von ihm, er sei künstlerisch sehr begabt, und als seine Mutter gestorben war, schickte ihn die Großmutter, besorgt um das Heil ihrer Seele, nach Moskau auf die Komissarowsche Schule; nach etwa zwei Jahren wechselte er zur Kunstschule über, wo er wohl an die fünfzehn Jahre studierte und mit Ach und Krach die Prüfung im Architekturfach bestand. Er arbeitete trotzdem nicht als Architekt, sondern in einer der Moskauer lithographischen Anstalten. Fast jeden Sommer kam er, gewöhnlich sehr krank, zur Großmutter, um auszuruhen und sich zu erholen.

Er hatte jetzt einen hochgeschlossenen Rock an und abgetragene Beinkleider aus Segeltuch, die unten geflickt waren. Sein Hemd war nicht gebügelt, und der ganze Mensch machte einen ungepflegten Eindruck. Er war sehr mager, bärtig, dunkel, hatte große Augen, lange, dünne Finger und war doch schön. An die Schumins hatte er sich gewöhnt wie an die eigene Familie und fühlte sich bei ihnen zu Hause. Sogar das Zimmer, in dem er hier wohnte, hieß Saschas Zimmer.

Auf der Treppe stehend, erblickte er Nadja und ging zu ihr.

»Schön ist es hier bei Ihnen«, sagte er.

»Natürlich ist es schön. Sie müßten bis zum Herbst hierbleiben.«

»Ja, das werde ich wohl tun müssen. Wahrscheinlich bleibe ich bis September.«

Er lachte ganz ohne Grund und setzte sich neben sie.
»Und ich sitze da und sehe mir von hier Mama an«, sagte Nadja. »Sie erscheint mir von hier so jung. Mama hat gewiß ihre Schwächen«, fügte sie nach einer Weile hinzu, »aber sie ist trotz allem eine außergewöhnliche Frau.«
»Ja, sie ist gut ...«, stimmte Sascha zu. »In ihrer Art ist Ihre Mama natürlich eine sehr gute und liebe Frau, doch ... wie soll ich es Ihnen sagen? Heute morgen, es war noch sehr zeitig, ging ich in Ihre Küche, dort schlafen vier Dienstboten auf dem nackten Fußboden, anstatt Bettzeug haben sie Lumpen; ein Gestank und diese Wanzen, diese Schaben ... Genau wie vor zwanzig Jahren, nichts hat sich geändert. Die Großmutter ... nun, Gott mit ihr, sie ist eben eine Großmutter; aber die Mama ... sie spricht doch Französisch und tritt im Liebhabertheater auf. Die müßte das doch begreifen.«
Wenn Sascha sprach, dann hob er vor dem Zuhörer zwei seiner langen, dünnen Finger.
»Mir kommt das alles hier so roh vor, weil ich es nicht gewohnt bin«, fuhr er fort. »Weiß der Teufel, niemand tut hier etwas! Mamachen geht den ganzen Tag lang wie eine Herzogin spazieren, die Großmutter tut auch nichts, Sie ebenfalls nicht. Und der Bräutigam Andrej Andrejitsch tut auch nichts.«
Nadja hatte dies schon im vorigen Jahr zu hören bekommen und, wie ihr schien, auch im vorvorigen. Sie wußte, daß Sascha nicht anders reden konnte, und früher hatte sie das lächerlich gefunden; jetzt ärgerte sie sich, sie hätte nicht sagen können, warum.
»Das ist alles alt, und ich habe es bis zum Überdruß gehört«, sagte sie und erhob sich. »Sie sollten sich etwas Neues ausdenken.«
Er lachte und stand ebenfalls auf, und beide gingen zum Haus. Hochgewachsen, schön und schlank, wie sie war, wirkte sie jetzt neben ihm ungemein gesund und elegant; sie fühlte das, und er tat ihr leid, es war ihr irgendwie peinlich.

»Sie reden auch viel Unsinn«, fuhr sie fort. »Da haben Sie eben über meinen Andrej gesprochen, aber Sie kennen ihn doch gar nicht.«

»Meinen Andrej ... Gott mit ihm, Ihrem Andrej! Mir tut nur Ihre Jugend leid.«

Als sie den Saal betraten, setzte man sich gerade zum Abendessen an den Tisch. Die Großmutter, oder wie man sie im Haus nannte, »Babulja«, eine sehr dicke und häßliche Frau mit dichten Brauen und einem Bärtchen auf der Oberlippe, sprach laut, und schon an ihrer Stimme und ihrer Art zu sprechen konnte man erkennen, daß sie das Haupt der Familie war. Ihr gehörten die Kaufbuden auf dem Markt und das altertümliche Haus mit den Säulen und dem Garten, trotzdem betete sie jeden Morgen, Gott möge sie vor dem Ruin bewahren, und weinte dabei. Ihre Schwiegertochter, Nina Iwanowna, Nadjas Mutter, eine blonde, stark geschnürte Dame mit einem Pincenez und Brillanten an jedem Finger, und Vater Andrej, ein hagerer, zahnloser alter Mann, der immer aussah, als wolle er gleich etwas sehr Komisches zum besten geben, und sein Sohn Andrej Andrejitsch, Nadjas Bräutigam, ein stattlicher und schöner Mensch, mit welligem Haar, der einem Künstler glich, sprachen über Hypnotismus.

»In einer Woche wirst du dich bei mir erholt haben«, sagte Babulja zu Sascha, »du mußt nur recht viel essen. Wie siehst du bloß aus!« Sie seufzte. »Zum Fürchten! Wirklich und wahrhaftig wie der verlorene Sohn.«

»Und er brachte sein Gut um mit Prassen und fing an zu darben«, sprach Vater Andrej langsam, und seine Augen lachten, »da schickte man ihn auf den Acker, die Säue zu hüten ...«

»Ich kann meinen lieben Alten gut leiden«, sagte Andrej und berührte die Schulter des Vaters. »Ein prächtiger Alter. Ein guter Alter.«

Alle schwiegen. Sascha lachte plötzlich auf und preßte die Serviette an den Mund.

»Sie glauben also an Hypnotismus?« fragte Vater Andrej Nina Iwanowna.
»Ich kann natürlich nicht behaupten, daß ich daran glaube«, antwortete Nina Iwanowna, wobei sie ihrem Gesicht einen ernsten, ja sogar strengen Ausdruck gab, »doch ich muß gestehen, daß es in der Natur viele unbegreifliche und geheimnisvolle Dinge gibt.«
»Ich stimme völlig mit Ihnen überein, obwohl ich von mir aus hinzufügen muß, daß der Glaube den Bereich des Geheimnisvollen für uns bedeutend verkleinert.«
Eine große, sehr fette Pute wurde aufgetragen. Vater Andrej und Nina Iwanowna setzten ihr Gespräch fort. Die Brillanten an Nina Iwanownas Fingern funkelten, und dann funkelten plötzlich Tränen in ihren Augen, sie war erregt.
»Ich wage zwar nicht, mit Ihnen zu streiten«, sagte sie, »doch geben Sie zu, das Leben gibt soviel unlösbare Rätsel auf!«
»Nicht eines, ich versichere Sie.«
Nach dem Abendessen spielte Andrej Andrejitsch Geige, Nina Iwanowna begleitete ihn am Flügel. Er hatte vor ungefähr zehn Jahren die philologische Fakultät der Universität absolviert, bekleidete jedoch kein Amt und hatte keine bestimmte Beschäftigung, nur hin und wieder beteiligte er sich an einem Wohltätigkeitskonzert, und in der Stadt nannte man ihn einen Künstler.
Andrej Andrejitsch spielte; alle hörten schweigend zu. Auf dem Tisch summte leise der Samowar, und Sascha trank als einziger Tee. Später, als es zwölf schlug, sprang plötzlich eine Saite auf der Geige; alle lachten, gerieten in Bewegung, und man begann sich zu verabschieden.
Nachdem Nadja ihren Verlobten hinausbegleitet hatte, ging sie nach oben, wo sie mit ihrer Mutter wohnte (die Großmutter bewohnte das untere Stockwerk). Unten im Saal wurden bereits die Lichter gelöscht, Sascha aber saß noch dort und trank Tee. Er trank immer lange Tee, nach Moskauer Gepflogenheit sieben Gläser hintereinander. Als Nadja schon ausgekleidet war und im Bett lag, hörte sie noch lange, wie die

Dienstboten unten aufräumten und die Großmutter zankte. Endlich wurde es still, und nur von Zeit zu Zeit ertönte unten aus Saschas Zimmer sein tiefes Husten.

2

Als Nadja erwachte, war es wohl gegen zwei Uhr; es begann zu dämmern. Irgendwo in der Ferne ertönte das Klopfen des Nachtwächters. Sie hatte keine Lust mehr zu schlafen, sie lag sehr weich, und das störte sie. Wie in all den vorangegangenen Mainächten setzte sich Nadja im Bett auf und begann zu grübeln. Doch ihre Gedanken waren genauso eintönig, unnütz und aufdringlich wie in den Nächten vorher. Sie dachte daran, wie Andrej Andrejitsch angefangen hatte, ihr den Hof zu machen; an seinen Heiratsantrag dachte sie und wie sie ihre Einwilligung gegeben und dann allmählich gelernt hatte, diesen guten, klugen Menschen zu schätzen. Warum aber empfand sie jetzt, wo bis zur Hochzeit nur noch ein knapper Monat blieb, Angst und Unruhe, als ob etwas Ungewisses, etwas Schweres sie erwartete?

»Tick-tock, tick-tock ...«, klopfte träge der Wächter. »Tick-tock ...«

Durch das große altmodische Fenster konnte man den Garten sehen und die üppig blühenden Fliederbüsche, die schläfrig und von der Kälte matt waren; ein dichter weißer Nebel schwebte sacht auf den Flieder zu, um ihn einzuhüllen. Auf den entfernt stehenden Bäumen schrien schläfrige Krähen.

»Mein Gott, warum ist mir so schwer, warum nur!« sagte sie zu sich.

Vielleicht fühlt jede Braut vor der Hochzeit dasselbe. Wer weiß! Oder war das Saschas Einfluß? Aber Sascha sagte doch schon so viele Jahre hintereinander immer dasselbe wie nach der Schablone, und wenn er sprach, kam er einem so naiv und so seltsam vor. Doch warum ging ihr Sascha trotz alledem nicht aus dem Kopf? Warum?

Der Wächter hatte längst aufgehört zu klopfen. Vor dem

Fenster und im Garten lärmten die Vögel, der Nebel war verschwunden, ringsum erstrahlte alles im Frühlingslicht wie von einem Lächeln. Bald hatte die Sonne den ganzen Garten freundlich erwärmt, er belebte sich, und die Tautropfen funkelten wie Diamanten auf den Blättern. Und der alte verwilderte Garten erschien an diesem Morgen so jung und schmuck.

Großmutter war schon aufgewacht. Saschas heiseres Husten ertönte wieder. Man hörte, wie unten der Samowar auf den Tisch gestellt und Stühle gerückt wurden.

Langsam vergingen die Stunden. Nadja war längst aufgestanden, lange schon ging sie im Garten spazieren, und noch immer nahm der Vormittag kein Ende.

Nina Iwanowna kam daher, verweint, mit einem Glas Mineralwasser. Sie beschäftigte sich mit Spiritismus, Homöopathie, las viel und liebte es, von den Zweifeln zu sprechen, die sie plagten; und all das, so schien es Nadja, hatte einen tiefen, geheimnisvollen Sinn. Jetzt küßte Nadja die Mutter und ging neben ihr her.

»Worüber hast du geweint, Mama?« fragte sie.

»Ich habe gestern abend noch angefangen, eine Geschichte zu lesen, in der von einem alten Mann und seiner Tochter die Rede ist. Der Alte arbeitet irgendwo, na, und da verliebt sich der Vorgesetzte in seine Tochter. Ich habe nicht zu Ende gelesen, aber da ist so eine Stelle, wo es einem schwer wird, die Tränen zurückzuhalten«, sagte Nina Iwanowna und nahm einen Schluck aus ihrem Glas. »Heute morgen erinnerte ich mich daran und mußte wieder weinen.«

»Und ich bin all diese Tage schon nicht froh«, sagte Nadja nach kurzem Schweigen. »Warum kann ich nachts nicht schlafen?«

»Das weiß ich nicht, meine Liebe. Wenn ich nachts nicht schlafen kann, dann mache ich die Augen ganz fest zu, so – und stelle mir Anna Karenina vor, wie sie geht und spricht, oder ich denke an irgend etwas Historisches, aus dem Altertum ...«

Nadja fühlte, daß die Mutter sie nicht verstand und auch nicht verstehen konnte. Sie fühlte das zum erstenmal in ihrem Leben, und ihr wurde sogar angst, sie hätte sich verstecken mögen – und sie ging hinauf in ihr Zimmer.

Um zwei Uhr wurde Mittag gegessen. Es war Mittwoch, ein Fastentag; daher wurde der Großmutter Rübensuppe und Brei mit Grütze serviert.

Um die Großmutter zu necken, aß Sascha sowohl seine Fleischsuppe wie die Fastensuppe. Er scherzte die ganze Zeit, während sie aßen, doch seine Späße waren schwerfällig, leicht moralisierend, und es war gar nicht zum Lachen, wenn er vor einem Witz erst seine langen, dünnen Finger hob, die wie Totenfinger aussahen; und wenn man bedachte, daß er sehr krank war und vielleicht nicht mehr lange auf dieser Welt zu leben hatte, konnten einem vor Mitleid die Tränen kommen.

Nach dem Essen begab sich Großmutter in ihrem Zimmer zur Ruhe. Nina Iwanowna spielte noch ein Weilchen Klavier und ging dann auch fort.

»Ach, liebe Nadja«, begann Sascha sein übliches Nachmittagsgespräch, »wenn Sie doch auf mich hören würden!«

Sie saß mit geschlossenen Augen in einem tiefen altmodischen Sessel, und er ging leise im Zimmer auf und ab, aus einer Ecke in die andere.

»Wenn Sie doch wegfahren wollten, um zu studieren!« sagte er. »Nur gebildete und erhabene Menschen sind interessant, sie allein werden gebraucht. Denn je mehr solche Menschen es gibt, um so eher bricht das Reich Gottes auf Erden an. Von Ihrer Stadt wird einmal kein Stein auf dem anderen bleiben – das Oberste wird zuunterst gekehrt werden, alles wird wie durch einen Zauber verändert sein. Und hier werden dann riesige, wunderschöne Häuser stehen, herrliche Gärten mit Fontänen, und bemerkenswerte Menschen werden hier leben ... Doch das ist nicht die Hauptsache. Die Hauptsache ist, daß es die ›Masse‹ in unserem Sinne, dieses Übel, nicht mehr geben wird. Denn jeder Mensch wird glauben, und jeder wird wissen, wozu er lebt, und keiner wird einen Halt in der Masse suchen. Meine Liebe, meine Gute, fahren Sie fort! Zeigen Sie allen, daß Sie dieses unbeweglichen, grauen, miserablen Lebens überdrüssig sind. Zeigen Sie es wenigstens sich selber!«

»Das geht nicht, Sascha. Ich heirate ja.«

»Ach gehen Sie weg! Wozu ist das nütze?«

Sie traten hinaus in den Garten und gingen auf und ab.

»Und wie dem auch sei, meine Liebe, man muß sich da hineindenken, man muß begreifen, wie unsauber, wie unsittlich dieses müßige Leben ist«, fuhr Sascha fort. »Begreifen Sie doch: Wenn zum Beispiel Sie und Ihre Mutter und Ihre Großmutter nichts tun, so bedeutet dies, daß jemand anders für Sie arbeitet, daß Sie ein fremdes Leben aussaugen, und ist das etwa anständig, ist das nicht schmutzig?«

Nadja wollte sagen: Ja, es ist so; sie wollte sagen, sie habe begriffen: doch in ihre Augen traten Tränen, sie wurde plötzlich ganz still, duckte sich und lief schnell in ihr Zimmer hinauf.

Gegen Abend kam Andrej Andrejitsch und spielte wie gewöhnlich lange Geige. Er war nicht sehr gesprächig und liebte die Geige vielleicht deshalb, weil man während des Spiels schweigen konnte. Nach zehn Uhr, als er schon im Mantel war und gehen wollte, umarmte er Nadja und bedeckte ihr Gesicht, ihre Schultern und ihre Hände mit gierigen Küssen.

»Meine Liebe, meine Teure, meine Herrliche!« murmelte er. »Oh, wie bin ich glücklich. Ich bin wahnsinnig vor Seligkeit!«

Und ihr schien, als habe sie das alles schon einmal vor langer, langer Zeit gehört oder als habe sie es irgendwo gelesen . . . in einem alten, zerlesenen, längst vergessenen Roman.

Im Saal saß Sascha am Tisch und trank Tee aus der Untertasse, die er auf seinen langen fünf Fingern balancierte. Die Großmutter legte eine Patience, Nina Iwanowna las. Die Flamme im Öllämpchen vor dem Heiligenbild knisterte, und alles schien ruhig und wohlgeordnet. Nadja sagte gute Nacht und ging hinauf in ihr Zimmer, legte sich nieder und schlief sofort ein. Aber kaum dämmerte der Morgen, da war sie wie in der vergangenen Nacht wieder wach. Sie konnte nicht weiterschlafen, ihr Herz war schwer und unruhig. Den Kopf auf die Knie gelegt, saß sie und dachte an den Verlobten, an die Hochzeit ... Sie erinnerte sich, daß die Mutter ihren verstorbenen Mann nicht geliebt hatte, daß sie jetzt nichts besaß und in völliger Abhängigkeit von ihrer Schwiegermutter, der Babulja, lebte. Und soviel Nadja auch darüber nachdachte, sie konnte nicht begreifen, warum ihr die Mutter bis jetzt so ungewöhnlich vorgekommen war, warum sie nicht die einfache, alltägliche und unglückliche Frau in ihr bemerkt hatte. Auch Sascha schlief nicht – man hörte ihn husten. Er ist ein merkwürdiger, naiver Mensch, dachte Nadja. In seinen Träumen, in all diesen märchenhaften Gärten und wunderbaren Fontänen spürte man etwas Ungereimtes; doch warum lag in all seiner Naivität, ja sogar in dieser Ungereimtheit so viel Schönheit, daß sie allein bei dem Gedanken, ob sie nicht doch wegfahren und studieren sollte, fühlte, wie ihr Herz von Freude und Begeisterung überflutet wurde, wie es ihre Brust durchschauerte.

»Aber lieber nicht daran denken, lieber nicht denken ...«, flüsterte sie. »Man muß nicht daran denken.«

»Tick-tock ...«, klopfte der Nachtwächter irgendwo in der Ferne. »Tick-tock ... tick-tock.«

3

Mitte Juni fing Sascha plötzlich an, sich zu langweilen, und er machte Anstalten, nach Moskau zu fahren.

»Ich kann in dieser Stadt nicht leben«, sagte er düster. »Weder Wasserleitung noch Kanalisation! Mittags ekele ich mich vor dem Essen: in der Küche herrscht ein unmöglicher Schmutz ...«

»Nun warte doch noch etwas, du verlorener Sohn!« redete

ihm die Großmutter zu; aus irgendeinem Grund flüsterte sie. »Am Siebenten ist die Hochzeit!«
»Ich will nicht.«
»Du wolltest doch bis September bei uns bleiben!«
»Aber ich will nicht mehr. Ich muß arbeiten!«
Der Sommer war in diesem Jahr feucht und kalt, die Bäume waren naß, im Garten sah alles so trostlos und traurig aus, daß man wirklich Lust zum Arbeiten bekam. In den Zimmern oben und unten hörte man fremde weibliche Stimmen, Großmutters Nähmaschine ratterte: man beeilte sich mit der Aussteuer. Nadja bekam allein sechs Pelzmäntel, von denen der billigste, wie Großmutter sagte, dreihundert Rubel kostete! Die Geschäftigkeit im Haus machte Sascha nervös; er saß in seinem Zimmer und war böse. Trotzdem überredete man ihn zum Bleiben, und er gab sein Wort, nicht vor dem 1. Juli abzureisen.
Die Zeit ging schnell dahin. Am Peter-und-Pauls-Tag nach dem Mittagessen begab sich Andrej Andrejitsch mit Nadja in die Moskauer Straße, um noch einmal das Haus zu besichtigen, das schon lange für das junge Paar gemietet und in Ordnung gebracht worden war. Es war ein zweistöckiges Gebäude, man hatte aber einstweilen nur die obere Etage eingerichtet. Im Saal standen Wiener Rohrstühle, ein Flügel und ein Geigenpult, der parkettartig gestrichene Fußboden glänzte. Es roch nach Farbe. An der Wand hing in goldenem Rahmen ein großes Ölbild: eine nackte Dame und neben ihr eine lila Vase mit abgebrochenem Henkel.
»Ein wunderbares Bild«, sagte Andrej Andrejitsch und seufzte ehrfurchtsvoll. »Es ist von dem Kunstmaler Schischmatschewskij.«
Dann kam der Salon mit einem runden Tisch, einem Sofa nebst Sesseln, die mit leuchtend blauem Stoff bezogen waren. Über dem Sofa hing eine große Fotografie von Vater Andrej in der hohen Kopfbedeckung der Weltgeistlichen und mit allen Orden. Danach betraten sie das Eßzimmer, das ein Büfett hatte, dann das Schlafzimmer; hier standen im Halb-

dunkel nebeneinander zwei Betten, und es schien, als ob man bei der Einrichtung dieses Raumes daran gedacht hätte, daß es hier immer angenehm und schön sein würde und gar nicht anders sein könnte. Während Andrej Andrejitsch Nadja durch die Zimmer führte, hielt er sie die ganze Zeit um die Taille gefaßt; sie jedoch fühlte sich schwach, schuldbewußt und haßte alle diese Zimmer, die Betten, die Sessel; die nackte Dame verursachte ihr Übelkeit. Ihr war jetzt klar, daß sie Andrej Andrejitsch nicht mehr liebte oder ihn vielleicht niemals geliebt hatte; doch wie sie das sagen sollte, wem und wozu, das wußte sie nicht, und sie konnte es auch nicht ergründen, obwohl sie all die Tage und Nächte darüber nachgedacht hatte ... Er hielt sie um die Taille gefaßt, sprach so liebevoll, so bescheiden und war so glücklich, während er durch diese seine Wohnung schritt; sie aber sah in all dem nichts als Banalität, alles kam ihr so dumm, naiv, so abgeschmackt vor, und sein Arm, der ihre Hüfte umschlang, erschien ihr hart und kalt wie ein Faßreifen. Sie hätte auf der Stelle davonlaufen, in Tränen ausbrechen, aus dem Fenster springen können. Andrej Andrejitsch führte sie in das Badezimmer, dort griff er an den Hahn in der Wand, und plötzlich floß Wasser heraus.

»Wie gefällt dir das?« sagte er und lachte. »Ich habe auf dem Dachboden ein Bassin für hundert Eimer anbringen lassen, und nun werden wir beide Wasser haben.«

Sie schritten über den Hof und traten dann auf die Straße, wo sie eine Droschke nahmen. Dichte Staubwolken trieben dahin, und es schien, als würde es gleich anfangen zu regnen.

»Ist dir kalt?« fragte Andrej Andrejitsch und kniff wegen des Staubs die Augen zusammen.

Sie schwieg.

»Weißt du noch, wie Sascha mir gestern zum Vorwurf machte, daß ich nichts tue?« sagte er nach einer Weile. »Er hat recht, vollkommen recht! Ich tue nichts und kann nichts tun. Meine Teure, wie kommt das? Warum ist mir sogar der

Gedanke widerwärtig, ich könnte mir eines Tages eine Kokarde an die Mütze heften und eine Stellung annehmen? Warum ist mir nicht wohl zumute, wenn ich einen Advokaten, einen Lateinlehrer oder einen Stadtverordneten sehe? O Mütterchen Rußland, wieviel Müßiggänger und unnütze Menschen schleppst du mit dir herum! Wie viele gibt es, die so sind wie ich, du Leidgeprüfte!«

Die Tatsache, daß er nichts tat, verallgemeinerte er und sah darin ein Zeichen der Zeit.

»Wenn wir erst verheiratet sind«, fuhr er fort, »dann gehen wir zusammen aufs Land, meine Liebe, und arbeiten dort! Wir kaufen uns ein kleines Grundstück mit einem Garten am Fluß, wir werden arbeiten und das Leben beobachten ... Oh, wie schön wird das sein!«

Er nahm den Hut ab, und sein Haar flatterte im Wind, sie aber hörte ihm zu und dachte: Mein Gott! Ich möchte nach Haus! Kurz vor dem Haus fuhren sie an Vater Andrej vorüber.

»Da kommt ja auch der Vater!« rief Andrej Andrejitsch erfreut und schwenkte den Hut. »Ich kann meinen lieben Alten gut leiden, wirklich«, sagte er, während er den Droschkenkutscher bezahlte. »Ein prächtiger Alter. Ein guter Alter.«

Zornig und erschöpft trat Nadja ins Haus; sie dachte daran, daß sie den ganzen Abend Gäste haben würden, man mußte sich mit ihnen unterhalten, lächeln, dem Geigenspiel lauschen, allen möglichen Unsinn mitanhören und nur von der Hochzeit reden. Die Großmutter, majestätisch und prächtig in ihrem seidenen Kleid, hochmütig aussehend wie immer, wenn Besuch da war, saß vor dem Samowar. Mit seinem schlauen Lächeln um die Lippen kam Vater Andrej herein.

»Ich habe das Vergnügen und den gnadenreichen Trost, Sie bei guter Gesundheit anzutreffen«, sagte er zur Großmutter, und es war schwer zu erraten, ob er scherzte oder im Ernst sprach.

4

Der Wind klopfte an die Fenster, aufs Dach, man hörte ihn pfeifen, und im Kamin sang der Hausgeist verdrießlich und klagend sein Liedchen. Es war in der Stunde nach Mitternacht. Im Haus waren alle zu Bett gegangen, doch niemand schlief, und Nadja kam es vor, als würde unten Geige gespielt. Ein heftiges Poltern ertönte, wahrscheinlich hatte sich ein Fensterladen losgerissen.

Eine Minute später erschien Nina Iwanowna, nur im Hemd, mit einem Licht.

»Was war das für ein Gepolter, Nadja?« fragte sie.

Mit den zu einem Zopf geflochtenen Haaren und ihrem schüchternen Lächeln erschien die Mutter in dieser stürmischen Nacht älter, häßlicher und kleiner. Nadja dachte daran, wie sie noch unlängst ihre Mutter für eine außergewöhnliche Frau gehalten und voll Stolz ihren Worten gelauscht hatte; jetzt konnte sie sich dieser Worte überhaupt nicht mehr erinnern; alles, was sie sich ins Gedächtnis zurückrufen konnte, war schwach und bedeutungslos.

Im Kamin brummten mehrere Bässe zugleich, und es hörte sich an wie: ›Aaach, mein Gooott!‹ Nadja setzte sich im Bett auf, und plötzlich fuhr sie sich in die Haare und brach in Schluchzen aus.

»Mama, Mama«, rief sie, »wenn du wüßtest, wie mir zumute ist! Ich bitte dich, ich flehe dich an, laß mich wegfahren! Ich beschwöre dich!«

»Wohin?« fragte Nina Iwanowna verständnislos und setzte sich auf das Bett. »Wohin wegfahren?«

Nadja weinte lange und konnte kein Wort hervorbringen.

»Laß mich fahren, fort aus der Stadt!« sagte sie schließlich. »Die Hochzeit soll nicht stattfinden – begreif doch! Ich liebe diesen Menschen nicht ... Ich kann nicht einmal von ihm sprechen.«

»Nein, mein Liebstes, nein.« Nina Iwanowna sprach hastig, sie war aufs höchste erschreckt. »Beruhige dich – daran ist nur deine schlechte Stimmung schuld. Das vergeht. Das kommt vor. Wahrscheinlich hast du dich mit Andrej gezankt; aber was sich liebt, das neckt sich.«

»Ach, geh, Mama, geh!« schluchzte Nadja.

»Ja«, sagte Nina Iwanowna nach kurzem Schweigen. »Wie lange ist es her, da warst du ein Kind, ein kleines Mädchen, und jetzt bist du schon Braut. In der Natur geht ein ständiger Stoffwechsel vor sich. Und ehe du dich versiehst, wirst du selbst Mutter und eine alte Frau sein und wirst eine ebenso widerspenstige Tochter haben wie ich.«

»Meine Liebe, meine Gute, du bist doch klug und bist unglücklich«, sagte Nadja. »Du bist so unglücklich – warum sagst du so abgeschmackte Dinge? Um Gottes willen, warum?«

Nina Iwanowna wollte noch etwas sagen, konnte jedoch kein Wort hervorbringen, schluchzte und ging in ihr Zimmer. Wieder dröhnten die Bässe im Kamin, es war zum Fürchten. Nadja sprang aus dem Bett und ging schnell zur Mutter. Nina Iwanowna lag mit verweintem Gesicht im Bett unter einer hellblauen Decke und hielt ein Buch in der Hand.

»Mama, hör mich an!« sagte Nadja. »Ich beschwöre dich, überlege und begreife! Begreif doch nur, wie seicht und erniedrigend unser Leben ist. Mir sind die Augen aufgegangen, ich sehe jetzt alles. Und was ist denn dein Andrej Andrejitsch? Er ist doch nicht klug, Mama! Du lieber Gott! Begreifst du, Mama, er ist dumm!«

Nina Iwanowna richtete sich heftig auf.

»Du und deine Großmutter – ihr quält mich!« sagte sie schluchzend. »Ich will leben! leben!« wiederholte sie und schlug sich zweimal mit der Faust an die Brust. »Gebt mir doch Freiheit! Ich bin noch jung, ich will leben, und ihr habt eine alte Frau aus mir gemacht . . .!«

Sie weinte bitterlich, legte sich nieder und rollte sich unter der Decke zusammen, da lag sie und sah so kläglich, klein und töricht aus. Nadja kehrte in ihr Zimmer zurück, kleidete sich an und erwartete am Fenster sitzend den Morgen. Die ganze

Nacht saß sie und grübelte, draußen schlug jemand unaufhörlich an die Läden und pfiff dazu.

Am Morgen klagte die Großmutter, der Wind habe in der Nacht im Garten alle Äpfel heruntergeschlagen und einen alten Pflaumenbaum abgebrochen. Es war grau, trübe, trostlos, man hätte die Lampe anzünden mögen; alle klagten über die Kälte, und der Regen klatschte an die Fenster. Nach dem Tee ging Nadja zu Sascha; ohne ein Wort zu sagen, kniete sie in der Ecke bei einem Sessel nieder und bedeckte das Gesicht mit den Händen.

»Was ist denn?« fragte Sascha.

»Ich kann nicht mehr . . .«, sagte sie. »Wie konnte ich hier früher leben, ich begreife es nicht, es ist mir unfaßlich! Meinen Verlobten verachte ich . . . ich verachte mich selbst, verachte dieses ganze müßige, sinnlose Dasein.«

»Nun, nun . . .«, meinte Sascha, der noch nicht begriff, worum es ging. »Das macht nichts . . . Das ist gut so.«

»Ich bin dieses Lebens überdrüssig«, fuhr Nadja fort, »ich halte es hier keinen Tag länger aus. Morgen fahre ich weg von hier. Nehmen Sie mich mit, um Himmels willen!«

Sascha schaute sie eine Minute lang erstaunt an; endlich hatte er verstanden, und er freute sich wie ein Kind. Er schwenkte die Arme und begann mit seinen Pantoffeln aufzustampfen, als wolle er einen Freudentanz aufführen.

»Großartig!« rief er und rieb sich die Hände. »Gott, wie ist das herrlich!«

Und sie blickte ihn unverwandt mit großen, verliebten Augen wie verzaubert an und meinte, daß er ihr sogleich etwas Bedeutsames, unermeßlich Wichtiges sagen würde; er hatte ihr noch nichts gesagt, doch ihr schien es bereits, als öffnete sich vor ihr etwas Neues und Weites, etwas, das sie früher nicht gekannt hatte, und sie schaute ihn jetzt voller Erwartung an, zu allem bereit, und sei es der Tod.

»Morgen reise ich«, sagte er nach kurzem Nachdenken, »Sie begleiten mich zum Bahnhof. Ich nehme Ihr Gepäck in meinen Koffer und löse Ihnen eine Fahrkarte; sobald das dritte

Glockenzeichen ertönt, steigen Sie ein – und wir fahren los. Sie begleiten mich bis Moskau, von da fahren Sie allein weiter nach Petersburg. Haben Sie einen Paß?«

»Ja.«

»Ich schwöre Ihnen, Sie werden es nicht bedauern und nicht bereuen«, sagte Sascha hingerissen. »Sie fahren weg, Sie werden studieren, und weiter lassen Sie sich von Ihrem Schicksal führen. Sobald Sie Ihr Leben umgekrempelt haben, wird alles anders. Die Hauptsache ist, das Leben umgestalten, alles andere ist unwichtig. Also reisen wir morgen?«

»Ja, ja! Um Himmels willen!«

Nadja meinte, sie wäre sehr aufgeregt, ihr Herz wäre noch nie so schwer gewesen, sie müßte nun bis zur Abreise leiden und sich mit marternden Gedanken quälen; doch kaum war sie in ihr Zimmer zurückgekehrt und hatte sich auf ihr Bett gelegt, da schlummerte sie schon ein und lag mit verweintem Gesicht und lächelnd bis zum Abend in festem Schlaf.

5

Man schickte nach einer Droschke. Nadja, schon in Hut und Mantel, ging hinauf, um noch einmal einen Blick auf ihre Mutter und auf all ihr Eigentum zu werfen, sie stand in ihrem Zimmer vor dem Bett, das noch warm war, und schaute sich um, dann ging sie leise zur Mutter. Nina Iwanowna schlief, es war still im Raum. Nadja küßte die Mutter und strich ihr übers Haar, sie blieb noch zwei Minuten stehen ... Dann kehrte sie langsam in das untere Stockwerk zurück.

Draußen regnete es stark. Die Droschke stand mit hochgeklapptem Verdeck und ganz naß vor der Haustür.

»Für dich bleibt kein Platz, Nadja«, sagte die Großmutter, als die Magd die Koffer hineinstellte. »Und was treibt dich bloß bei diesem Wetter auf den Bahnhof! Du solltest zu Hause bleiben. Sieh doch nur, wie es regnet!«

Nadja wollte etwas sagen und konnte nicht. Sascha half ihr

jetzt in den Wagen und bedeckte ihre Knie mit einem Plaid. Und da saß er auch schon neben ihr.

»Glückliche Reise! Der Herr segne dich!« rief die Großmutter von der Treppe her. »Schreib uns aus Moskau, Sascha!«

»Ist recht. Leben Sie wohl, Babulja!«

»Die Himmelskönigin behüte dich!«

»Ist das ein Wetterchen!« sagte Sascha.

Erst jetzt weinte Nadja. Erst jetzt war ihr klar, daß sie ganz gewiß wegfuhr; als sie vor ihrer Mutter gestanden und sich von der Großmutter verabschiedet hatte, da hatte sie es noch nicht glauben wollen. Leb wohl, meine Stadt! Und sie dachte plötzlich an alle: an Andrej und seinen Vater, an die neue Wohnung und an die nackte Dame mit der Vase; all das schreckte und bedrückte sie schon nicht mehr, es war alles so dumm und kleinlich und blieb immer weiter und weiter hinter ihr zurück. Und als sie im Abteil saßen und der Zug sich in Bewegung setzte, da schrumpfte das Vergangene, das ihr so groß und ernst vorgekommen war, zu einem Klümpchen zusammen, und die unfaßbar große, weite Zukunft, die bis dahin kaum zu erkennen gewesen war, tat sich auf. Der Regen trommelte gegen die Wagenfenster, man sah nichts als grüne Felder, Telegrafenmasten flogen vorüber mit Vögeln auf den Drähten, und die Freude benahm ihr plötzlich den Atem: sie dachte daran, daß sie in die Freiheit fuhr, daß sie studieren würde, und das war eigentlich dasselbe, was man früher »zu den Kosaken gehen« nannte. Und sie lachte und weinte und betete.

»Macht nichts!« sagte Sascha schmunzelnd. »Macht nichts!«

6

Der Herbst verging und der Winter auch. Nadja hatte schon heftiges Heimweh und dachte jeden Tag an die Mutter und an die Großmutter, sie dachte auch an Sascha. Die Briefe, die von daheim kamen, klangen beruhigend und liebevoll; es schien alles vergeben und vergessen zu sein. Im Mai, nach den

Prüfungen, fuhr sie gesund und fröhlich nach Hause; unterwegs stieg sie in Moskau aus, um Sascha zu besuchen. Er war noch ganz der alte, wie im vergangenen Sommer: mit seinem dichten Bart, den zerzausten Haaren und den großen, schönen Augen, und er trug noch denselben Rock und dieselben Beinkleider aus Segeltuch; doch er sah krank, erschöpft, gealtert aus und war magerer geworden und hustete ständig. Und Nadja erschien er irgendwie unansehnlich und provinziell.

»Mein Gott, Nadja ist gekommen!« sagte er und lachte fröhlich. »Meine Liebe, mein Herzchen!«

Sie saßen in der lithographischen Werkstatt, wo es dunstig vom Tabakrauch war und zum Ersticken nach Tusche und Farben roch; dann gingen sie in sein Zimmer, auch das war vollgeraucht und vollgespuckt. Auf dem Tisch neben dem erkalteten Samowar stand ein zerbrochener Teller mit einem dunklen Stück Papier darauf; auf dem Tisch und auf dem Fußboden lagen eine Unmenge toter Fliegen. An alledem konnte man erkennen, daß Sascha sein persönliches Leben vernachlässigte, er lebte, wie es gerade kam, voll Verachtung gegenüber allen Bequemlichkeiten, und hätte jemand mit ihm von seinem persönlichen Glück, seinem persönlichen Leben, von Liebe zu ihm gesprochen, dann hätte er nichts begriffen und nur gelacht.

»Es geht, es ist alles gut gegangen«, erzählte Nadja in Eile. »Im Herbst hat Mama mich in Petersburg besucht, sie sagte, die Großmutter sei mir nicht böse, sie gehe nur immer in mein Zimmer und bekreuze die Wände.«

Sascha blickte fröhlich drein, hustete aber und sprach mit brüchiger Stimme, und Nadja betrachtete ihn ständig und war sich nicht klar, ob er wirklich schwer krank war oder ob es ihr nur so schien.

»Sascha, mein Lieber«, sagte sie, »Sie sind doch krank.«

»Nein, es ist nicht schlimm. Ich bin krank, aber nicht sehr ...«

»Ach, mein Gott!« Nadja wurde ganz aufgeregt. »Warum

lassen sie sich nicht behandeln, warum achten Sie nicht auf Ihre Gesundheit? Mein lieber, teurer Sascha«, sagte sie, und die Tränen stürzten ihr aus den Augen; und sie sah mit einemmal Andrej Andrejitsch vor sich und die nackte Dame mit der Vase und ihre ganze Vergangenheit, die wie ihre Kindheit in weite Ferne gerückt war; und sie weinte, weil Sascha ihr schon nicht mehr so neu, intelligent und interessant erschien wie im vergangenen Jahr. »Lieber Sascha, Sie sind sehr, sehr krank. Ich würde wer weiß was tun, damit Sie nicht so blaß und schmal aussehen. Ich bin Ihnen so verpflichtet! Sie können sich gar nicht vorstellen, wieviel Sie für mich getan haben, mein guter Sascha! Eigentlich sind Sie für mich jetzt der allernächste, allerliebste Mensch.«

Sie saßen und sprachen miteinander; jetzt, nachdem Nadja einen Winter in Petersburg verbracht hatte, kamen ihr Sascha, seine Worte, sein Lächeln und seine ganze Gestalt wie etwas Abgelebtes, Altmodisches, längst Vergangenes und vielleicht schon zu Grabe Getragenes vor.

»Übermorgen fahre ich an die Wolga«, sagte Sascha, »und von da zur Kumys-Kur. Ich will Kumys trinken. Zusammen mit mir fahren ein Freund und seine Frau. Die Frau ist ein wunderbarer Mensch; ich versuche ständig, sie zum Studium zu überreden. Ich möchte, daß sie ihr Leben umkrempelt.«

Als sie sich ausgesprochen hatten, fuhren sie zum Bahnhof. Sascha lud sie zum Tee ein und schenkte ihr Äpfel. Und als der Zug abfuhr und er lächelnd mit dem Taschentuch winkte, da sah man es sogar seinen Beinen an, daß er sehr krank war und wohl kaum mehr lange zu leben hatte.

Ihre Heimatstadt erreichte Nadja um die Mittagsstunde. Auf der Fahrt vom Bahnhof nach Hause erschienen ihr die Straßen sehr breit und die Häuser klein und geduckt; man sah keine Menschen, nur der deutsche Klavierstimmer in seinem rostfarbenen Mantel begegnete ihr. Und zu Hause war alles wie mit Staub bedeckt. Die Großmutter, schon ganz alt geworden, doch wie früher dick und häßlich, umarmte Nadja und weinte lange, das Gesicht an ihre Schulter geschmiegt; sie konnte sich gar nicht losreißen. Nina Iwanowna sah auch sehr viel älter und nicht mehr hübsch aus, sie schien zusammengeschrumpft, doch sie war wie früher geschnürt, und an ihren Fingern blitzten Brillanten.

»Meine Liebe!« sagte sie, am ganzen Leibe bebend. »Meine Liebe!«

Danach saßen sie beisammen und weinten leise. Sowohl die Großmutter wie die Mutter fühlten deutlich, daß das Vergangene für immer und unwiderruflich dahin war: verloren die Stellung in der Gesellschaft, das frühere Ansehen und das Recht, Gäste einzuladen; so ist es, wenn in das leichte, sorglose Leben einer Familie plötzlich nachts die Polizei eindringt, eine Haussuchung vornimmt, und es stellt sich heraus, der Hausherr hat Fälschungen und Veruntreuungen begangen – dann leb wohl, leichtes, sorgloses Leben!

Nadja ging hinauf und erblickte dasselbe Bett, dieselben Fenster mit den schlichten weißen Vorhängen, und hinter den Scheiben denselben von der Sonne überfluteten, fröhlich rauschenden Garten. Sie berührte ihren Tisch und saß ein Weilchen nachdenklich da. Sie aß gut zu Mittag, trank Tee mit wohlschmeckender fetter Sahne, aber irgend etwas fehlte, sie fühlte eine Leere in den Räumen, und die Decken waren so niedrig. Am Abend legte sie sich schlafen, deckte sich zu, und es kam ihr komisch vor, daß sie in diesem warmen, sehr weichen Bett lag.

Nina Iwanowna kam für einen Augenblick und setzte sich schüchtern und vorsichtig zu ihr, als wäre sie sich einer Schuld bewußt.

»Nun, wie ist es, Nadja?« fragte sie nach kurzem Schweigen. »Bist du zufrieden? Sehr zufrieden?«

»Ja, Mama.«

Nina Iwanowna erhob sich und machte das Zeichen des Kreuzes über Nadja und über die Fenster.

»Und ich bin, wie du siehst, religiös geworden«, sagte sie. »Weißt du, ich beschäftige mich jetzt mit Philosophie und denke immerzu nach . . . Und vieles ist mir jetzt klar wie der

Tag geworden. Vor allen Dingen, so scheint es mir, sollte man das Leben wie durch ein Prisma sehen.«

»Sag, Mama, wie steht es mit Großmutters Gesundheit?«

»Sie scheint sich nicht schlecht zu fühlen. Als du damals mit Sascha fortgefahren warst und als dein Telegramm kam, da fiel Großmutter einfach um, nachdem sie es gelesen hatte; drei Tage lag sie, ohne sich zu rühren. Dann betete und weinte sie viel. Aber jetzt geht es wieder.«

Sie stand auf und ging im Zimmer hin und her.

»Tick-tock ...«, ertönte das Klopfen des Wächters. »Tick-tock, tick-tock ...«

»Vor allen Dingen sollte man das Leben wie durch ein Prisma sehen«, sagte sie, »das heißt mit anderen Worten, man sollte es im Bewußtsein in die einfachsten Elemente zerlegen, etwa wie in die sieben Grundfarben, und jedes Element müßte einzeln untersucht werden.«

Was Nina Iwanowna noch sagte und wann sie ging, hörte Nadja nicht mehr, denn sie schlief sehr bald ein.

Der Mai verging, es kam der Juni. Nadja hatte sich zu Hause schon eingewöhnt. Die Großmutter beschäftigte sich ständig mit dem Samowar und seufzte tief; Nina Iwanowna erzählte abends von ihrer Philosophie; sie aß noch immer das Gnadenbrot im Hause und mußte sich wegen jedem Groschen an die Großmutter wenden. Es gab viele Fliegen, und die Decken in den Zimmern schienen immer niedriger und niedriger zu werden.

Babulja und Nina Iwanowna vermieden es, auf die Straße zu gehen, aus Angst, sie könnten Vater Andrej oder Andrej Andrejitsch begegnen. Nadja ging immer wieder durch den Garten, durch die Straßen, schaute auf die Häuser, die grauen Zäune, und ihr schien, als ob alles in der Stadt schon lange alt geworden und abgelebt sei und nur noch warte: auf das Ende oder einen neuen, frischen Anfang. Oh, wenn es doch bald käme, dieses neue, lichte Leben, wo man gerade und kühn seinem Schicksal ins Auge sehen, sein Recht fühlen, fröhlich und frei sein wird! Früher oder später wird dieses Leben kommen! Es wird eine Zeit geben, in der von Großmutters Haus, wo alles so eingerichtet ist, daß vier Dienstboten nicht anders als im Kellergeschoß, in einem Raum, in Unsauberkeit leben können, keine Spur mehr übrigbleibt, eine Zeit, in der man es vergessen haben und niemand sich seiner mehr erinnern wird. Nadja amüsierte sich nur über die Jungen vom Nachbarhof, die, wenn sie im Garten spazierenging, an den Zaun schlugen, lachten und sie neckten.

»Die Braut! Da geht die Braut!«

Aus Saratow kam ein Brief von Sascha. In seiner fröhlichen, tanzenden Handschrift schrieb er, daß die Fahrt auf der Wolga sehr schön gewesen, daß er jedoch in Saratow ein bißchen krank geworden sei, die Stimme verloren habe und schon zwei Wochen im Krankenhaus liege. Sie begriff, was das bedeutete, und ein Vorgefühl, fast wie eine Gewißheit, bemächtigte sich ihrer. Es war ihr unangenehm, daß dieses Vorgefühl und die Gedanken an Sascha sie nicht mehr so erregten wie früher. Sie hatte den leidenschaftlichen Wunsch zu leben, sie wollte nach Petersburg, und ihre Bekanntschaft mit Sascha erschien ihr nur noch als eine liebe Erinnerung aus ferner, ferner Vergangenheit. Sie schlief die ganze Nacht nicht und saß am nächsten Morgen lauschend am Fenster. Und wirklich, unten ertönten Stimmen; aufgeregt und hastig fragte die Großmutter. Darauf schluchzte jemand ... Als Nadja herunterkam, stand Großmutter in der Ecke und betete, und ihr Gesicht war verweint. Auf dem Tisch lag ein Telegramm.

Lange ging Nadja im Zimmer auf und ab und horchte, wie Großmutter weinte, dann nahm sie das Telegramm und las. Darin stand, daß Alexander Timofejitsch oder einfach Sascha gestern morgen in Saratow an der Schwindsucht gestorben sei.

Großmutter und Nina Iwanowna gingen in die Kirche, um eine Seelenmesse zu bestellen; Nadja schritt noch lange durch die Zimmer und grübelte. Deutlich erkannte sie, daß ihr Leben umgekrempelt war, wie Sascha es gewollt hatte, daß sie hier einsam, fremd und überflüssig war, daß sie das alles hier nicht brauchte, daß alles Vergangene von ihr losgerissen und entschwunden war, als ob es verbrannt und die Asche in alle Winde verstreut worden wäre. Sie ging in Saschas Zimmer und stand dort eine Weile.

Leb wohl, lieber Sascha! dachte sie, und vor ihrem inneren Auge sah sie ein neues, weites, kühnes Leben, und dieses Leben, noch unklar und voller Geheimnisse, lockte sie und riß sie mit sich fort.

Sie stieg hinauf in ihr Zimmer, um zu packen; am anderen Morgen nahm sie lebhaft und fröhlich Abschied von den Ihren und verließ die Stadt – wie sie annahm, für immer.

Anmerkungen zu den Autoren und Texten

Sergéj Timoféjewitsch Aksákow
1.10.1791 – 12.5.1859

Schriftsteller, Theaterkritiker, Beamter, Gutsbesitzer. Entstammte einem alten Adelsgeschlecht, Kindheit in Ufa, Schulbesuch und Studium in Kasan. Mit Unterbrechungen tätig als beamteter Übersetzer, Zensor und Direktor einer Lehranstalt, daneben erste Gedichte, Übersetzungen und Theaterkritiken. Ab 1839 Privatmann. Durch seine Söhne Konstantin und Iwan mit den Slawophilen verbunden, bewahrte sich Aksakow aber immer eine undogmatische Position. In seinem Haus verkehrten Turgenjew, Tolstoj und bedeutende Schauspieler. Die Freundschaft mit Gogol führte ihn nach seiner Übersiedlung von Moskau auf das nahegelegene Gut Abramzewo 1843 zur Prosa. Neben Jagdbüchern und »Literarischen Erinnerungen« erschien 1846–56 die »Familienchronik« und 1857 als Fortsetzung »Die Kinderjahre Bagrows des Enkels«. Aksakow wurde dadurch zu einem seinerzeit hochgeschätzten Vertreter des russischen Realismus.

Originaltext: Dobryj den' Stepana Michajloviča. In: Moskovskij literaturnyj i učenyj sbornik. Moskau 1848. S. 403–423. Später in: Semejnaja chronika. Moskau 1856.

Übersetzung: Eva Schäfer-Luther. Aus: Sergej Aksakow: Familienchronik. Nachw. von Gudrun Ziegler. Stuttgart: Reclam, 1982. (Universal-Bibliothek. 7743 [4].) S. 28–43.

Stepan Michailowitsch: Stepan Michailowitsch Bagrow. Vorbild war Stepan Michailowitsch Aksakow, der Großvater des Autors.

Buguruslan: Fluß (und Stadt) im Gouvernement Samarsk, zwischen Kuibyschew und Ufa. Aksakows Großvater war aus dem Gouvernement Simbirsk in das Gebiet zwischen Wolga und Ural übergesiedelt. Der neugegründete Ort heißt im Text Snamenskoje bzw. Neu-Bagrowo, in Wirklichkeit Aksakowo.

Bekassinen: Schnepfenvögel, leben in Feuchtgebieten.

Krapp: Pflanze mit gelblichen Blüten, deren Wurzeln einen roten Farbstoff enthalten.

Botwinja: kalte Speise aus Kwas mit Rübenkraut, Zwiebeln und Fisch.
Kwas: säuerliches, bierähnliches Nationalgetränk, das aus Schwarzbrot hergestellt wird.
Mordwine: Angehöriger einer Volksgruppe, die in der heutigen autonomen Sowjetrepublik »Mordwinische ASSR« lebt (Hauptstadt Samarsk).

Fjódor Michaílowitsch Dostojéwskij

11. 11. 1821 – 9. 2. 1881

Schriftsteller. Geboren in Moskau als Sohn eines Armeleutearztes. Besuch der Ingenieurschule der Militärakademie in Petersburg. Nach kurzer Tätigkeit als technischer Zeichner ab 1844 freiberuflicher Schriftsteller. Bekanntschaft mit Belinskij, Nekrassow, Turgenjew. Erster Publikumserfolg 1846 mit dem Briefroman »Arme Leute«. 1849 wegen seiner Kontakte zum revolutionären Kreis um Petraschewskij verhaftet und zum Tode verurteilt. Auf dem Richtplatz zu insgesamt acht Jahren Zwangsarbeit und Verbannung begnadigt. Ab 1859 wieder in Petersburg. Tätigkeit als Schriftsteller und Redakteur. Dostojewskij lebte ständig in finanziellen Schwierigkeiten. Mehrere längere Europareisen. Ab 1871 wieder meist in Rußland. Seinen Weltruhm begründeten vor allem die großen Romane »Schuld und Sühne« (1866), »Der Idiot« (1868), »Die Dämonen« (1872) und »Die Brüder Karamasow« (1880).

Originaltext: Bobok. Zapiski odnogo lica. In: Graždanin 1873, Nr. 6, S. 162–166.
Übersetzung: Werner Creutziger. Aus: Fjodor Dostojewski: Das Krokodil. Drei Erzählungen. Nachw. von Ralf Schröder. Berlin: Eulenspiegel Verlag, 1985. S. 136–163. © Aufbau-Verlag, Berlin und Weimar.

attisches Salz: geistreicher Witz, der attischen, athenischen Bildung gemäß.
Voltaire: eig. François-Marie Arouet (1694–1778), französischer Schriftsteller und Philosoph der Aufklärung, korrespondierte u. a. mit der russischen Zarin Katharina der Großen.
bobok: (russ.) Böhnchen; hier lautmalerisch: Blubberton.

Kollegienrat: Beamter der 6. Rangklasse.
Katafalk: schwarzes Gerüst, auf dem der Sarg steht.
Auf die Gesichter der Toten blicke ich mit Vorsicht: In der russisch-orthodoxen Liturgie werden die Toten in der Kirche offen aufgebahrt, der Sarg wird erst auf dem Friedhof verschlossen.
im Suworinschen Kalender: Der »Russische Kalender«, den der Verleger Alexej Sergejewitsch Suworin (1834–1912) ab 1872 herausgab, war zugleich ein Nachschlagewerk.
Invitieren: (lat.) Einladen, hier Begriff beim Kartenspiel.
Hofrat: Beamter der 7. Rangklasse.
Vierzigtagefeier: in der russisch-orthodoxen Kirche Seelenmesse am Grabe des Verstorbenen 40 Tage nach der Beisetzung.
Kutja: russisches Gericht aus Graupen, Reis, Rosinen und Honig, das bei der Vierzigtagefeier gegessen wurde.
der Wirkliche Geheime Rat: hoher Beamter der 2. Rangklasse.
Tal Josaphat: Nach dem Propheten Joel (4,2.12) ist das Tal »Joschafat« (»Jahwe richtet«) der Ort des endzeitlichen Gerichts.
Polisson: (frz.) Schelm, Schlingel.
en haut lieu: (frz.) höheren Ortes.
»Grashdanin«: konservative Petersburger Wochenzeitung (»Der Bürger«), gegründet 1872, herausgegeben vom Fürsten Meschtscherskij, der Dostojewskij zur Mitarbeit einlud; in seiner ständigen Rubrik »Tagebuch eines Schriftstellers« dieser Zeitung veröffentlichte Dostojewskij 1873 die vorliegende Erzählung.

Wséwolod Michaílowitsch Gárschin

14. 2. 1855 – 5. 4. 1888

Geboren auf dem Gut seiner Großeltern im Gouvernement Jekaterinoslaw als Sohn eines unbemittelten adligen Kavallerieoffiziers. Das nervöse, kränkelnde Kind litt unter den Differenzen und der späteren Scheidung der Eltern. 1864–74 Besuch des Gymnasiums in Petersburg, anschließend Eintritt in die Bergakademie. Abbruch des Studiums und Meldung als Freiwilliger im Krieg gegen die Türkei 1877/1878. Zum Offizier aufgestiegen, wurde Garschin verwundet und schrieb im Lazarett seine erste erfolgreiche Erzählung »Vier Tage« (1877); Ausscheiden aus der Armee und Tätigkeit als Schriftsteller. Die Erschütterung über die Hinrichtung eines Mannes, der ein Attentat auf den für die Terrorismusbekämpfung zuständigen Grafen Melikow verübt hatte, führte zu einer schweren psychischen Krise.

Garschin kam in die Irrenanstalt von Orjol, später in Kliniken in Charkow und Petersburg. Nach weitgehender Genesung und nach seiner Heirat (1883) wurde er Sekretär bei der Eisenbahnverwaltung. Jetzt erscheinen seine wichtigsten Erzählungen »Die rote Blume« (1883), »Nadeshda Nikolajewna« (1885) u. a. Als sich sein psychischer Zustand erneut verschlechterte, beging Garschin, wie zuvor zwei seiner Brüder, Selbstmord.

Das Signal 302

Originaltext: Signal. In: Severnyj vestnik 1887, Bd. 1, S. 1–9.
Übersetzung: Erich Müller-Kamp. Aus: Wsewolod Garschin: Die rote Blume. Das Signal. Russ./dt. Nachw. von Erich Müller-Kamp. Stuttgart: Reclam, 1981. (Universal-Bibliothek. 4866 [2].) S. 57–85.

Werst: altes russisches Längenmaß (1,06 km).
Vor neun Jahren hatte er am Krieg teilgenommen: Es handelt sich wohl um den Krimkrieg (1853–56).
Cherson: ukrainische Stadt am Dnjepr.
Geheime Räte: Die Geheimräte nahmen den dritten Platz in der vierzehnstufigen Rangtabelle ein, die Peter der Große 1722 für die Beamtenlaufbahn eingeführt hatte.

Iwán Alexándrowitsch Gontscharów

18. 6. 1812 – 27. 9. 1891

Schriftsteller, Beamter und Zensor. Geboren in Simbirsk an der Wolga als Sohn eines Gutsbesitzers und Kaufmanns. Nach schulischer und universitärer Ausbildung Tätigkeit als Beamter, daneben ab 1835 erste literarische Veröffentlichungen. Teilnahme an einer gescheiterten Weltumseglung (Reisebericht »Die Fregatte Pallada«, 1858); 1867 Ausscheiden aus dem Dienst. Gontscharow starb vereinsamt in Petersburg. Sein Ruhm wird begründet durch die drei Romane »Eine gewöhnliche Geschichte« (1848), »Oblomow« (1859), »Die Schlucht« (1869).

Oblomows Traum 53

Originaltext: Son Oblomova (Ėpizod iz nezakončennogo romana). In: Literaturnyj sbornik s illjustracijami. St. Petersburg 1849. S. 213–252.

Übersetzung: Josef Hahn. Aus: Iwan A. Gontscharow, Oblomow. Nachw. von Josef Hahn. München: Winkler, 1960. S. 129–188.

Werst: altes russisches Längenmaß (1,06 km).
Eliastag: Feiertag der russisch-orthodoxen Kirche (20. 7. a. St.). Nach dem russischen Volksglauben ist der Prophet Elias, der im feurigen Wagen zum Himmel fährt, der Urheber von Blitz und Donner.
weder mit ägyptischen noch mit gewöhnlichen Plagen: Anspielung auf die Plagen, mit denen der ägyptische Pharao geschlagen wurde, weil er Moses und sein Volk nicht aus der Gefangenschaft entlassen wollte (2. Mose, 7).
Ustaw: (russ.) Gesetzbuch.
einen Abend nach schweizerischer oder schottischer Art: Vor allem durch Albrecht von Hallers Gedichte und Rousseaus Romane waren die Schweizer Alpen als (meist idyllischer) Ort bekannt geworden, und es entwickelte sich eine eigene Richtung in der Literatur, deren Handlung dort angesiedelt ist; ähnlich verhält es sich mit der rauhen und mythenbeladenen schottischen Landschaft, die u. a. durch Macphersons »Ossian« und Scotts Romane Eingang in die Literatur fand.
Scott: Walter S. (1771–1832), englisch-schottischer Dichter, der auch in Rußland durch seine historischen Ritterromane populär wurde.
»mit dem Walde im Rücken, mit dem Gesicht zum Walde zu stehen«: Im russischen Volksmärchen steht die Hütte der Hexe Baba-Jaga auf Hühnerbeinen, durch den Zauberspruch dreht sie sich und öffnet sich dem Besucher (vgl. Russische Volksmärchen. Universal-Bibliothek. 8514 [2]).
Kolchis: antike Landschaft im Südosten des Schwarzen Meeres mit griechischen Kolonien.
Säulen des Herakles: antike Bezeichnung für die Felsen auf beiden Seiten der Straße von Gibraltar.
Saratow: russische Stadt an der unteren Wolga.
Nishnij Nowgorod: alte russische Stadt an der Mündung der Oka in die Wolga. 1932 umbenannt in »Gorkij«, erhielt die Stadt 1990 ihren historischen Namen zurück.
Sashen: altes russisches Längenmaß (2,13 m).
Njanja: (russ.) Kinderfrau.
Lapscha: Nudelgericht aus Bandnudeln, Nudelsuppe.
Pirogge: gefüllte Pastete, russisches Nationalgericht.
panische Stille: Der griechische Waldgott Pan gehört zum Gefolge des Dionysos, sein plötzliches Erscheinen in der Mittagsstille erzeugt

den »panischen Schrecken«; Pan ist auch der Gott der Jäger und Hirten.

Epopöe: (griech.) Heldengedicht, Epos im engeren Sinne.

in Gestalt eines Hechtes: Der Hecht ist der typische »Helfer« im russischen Volksmärchen, vgl. z. B. »Der unsterbliche Koschtschej« oder »Bis zu den Knien im Gold ...« in: Russische Volksmärchen (Universal-Bibliothek. 8514[2]).

Militrissa Kirbitjewna: Heldin im russischen Volksmärchen.

Achilleus: Achill(es), Hauptgestalt der »Ilias« (s. u.), starb durch einen Pfeil des Paris, der ihn an seinem einzigen verwundbaren Körperteil, der Ferse, traf.

Ulysses: lateinischer Name des Odysseus, eines Helden der griechischen Sage, dessen Heimfahrt aus dem Trojanischen Krieg zu einer zehnjährigen Irrfahrt wurde, literarisch gestaltet in Homers (s. u.) Epos »Odyssee«.

Ilja Muromez, Dobrynja Nikititsch ...: Gestalten der russischen Heldenepen (Bylinen).

Homer: griechischer Dichter (8. Jh. v. Chr.?).

Ilias: neben der »Odyssee« eines der großen Epen, die dem griechischen Dichter Homer zugeschrieben werden.

Skrofeln: tuberkulöse Lymphdrüsenschwellungen und -vereiterungen bei Kindern und Jugendlichen.

das Feuer der Vesta: Vesta war die römische Göttin des Herdfeuers; in einem Tempel in Rom wurde von den »Vestalinnen« das ewige Feuer der Vesta unterhalten.

Cupido: römischer Liebesgott (wörtl.: Begierde).

Lerchen: hier: Brötchen in Form von Lerchen, die als Symbol des Frühlings am 9. März gebacken und gegessen wurden.

Adelsmarschall: gewählter Vertreter des örtlichen Adels, Vorsitzender der Adelsversammlung, welche die Standesinteressen gegenüber der Regierung und Verwaltung vertrat.

Unschlittkerze: Talgkerze.

Eliastag: Feiertag der russisch-orthodoxen Kirche, der 20. Juli, der gleichzeitig der Namenstag des Helden Ilja (Elias) Oblomow ist.

Semik: der siebte Donnerstag nach Ostern, an dem traditionell ausgiebig und lustig gefeiert wurde.

Petrifasten: in der russisch-orthodoxen Kirche das Fasten vor dem Peterstag (29. 6. a. St.).

Prochor und Nikanor: kirchlicher Feiertag (4. 1. a. St.).

Boston: ursprünglich amerikanisches Kartenspiel für 4 Teilnehmer, gespielt mit 2 Satz Whistkarten, erfunden während des nordamerikanischen Freiheitskrieges, später weitgehend durch Bridge verdrängt.

Saloppe: weibliches Kleidungsstück (frz. »salope«), langer, weiter Überwurf mit Aussparungen für die Arme oder mit kurzen Ärmeln, in der 1. Hälfte des 19. Jahrhunderts in Westeuropa und Rußland weit verbreitet.

Kohlengas: Kohlenmonoxyd, das bei unvollständiger Verbrennung von Kohlenstoff entsteht; bei der hier beschriebenen Kohlenmonoxydvergiftung wird das Kohlenmonoxyd an den roten Blutfarbstoff gebunden, wodurch der Sauerstofftransport behindert ist.

Golikow: Iwan Iwanowitsch G. (1735–1801), russischer Historiker, Autor einer umfangreichen Arbeit über Peter den Großen (1788/1789).

Cheraskow: Michail Matwejewitsch Ch. (1733–1807), russischer Schriftsteller des Klassizismus.

Sumarokow: Alexander Petrowitsch S. (1717–77), russischer klassizistischer Dramatiker.

Madame Genlis: Stephanie G. (1746–1830), populäre französische Romanautorin, die auch in Rußland sehr erfolgreich war.

Prostakow und Skotnikow: negativ gezeichnete Gestalten in der satirischen Komödie »Der Landjunker« (1782) des russischen Schriftstellers Denis Fonwisin (1745–92); die beiden sprechenden Namen sind abgeleitet von »prostoj« ›einfach, einfältig‹ und »skot« ›Vieh‹.

Zwischen einem Titularrat und einem Kollegienassessor tat sich ein Abgrund auf: Ein Titularrat gehörte zur 9., ein Kollegienassessor zur 8. Rangklasse im System des russischen Dienstadels. Mit Erlaß vom 6. 8. 1809 verfügte Zar Alexander I., daß beim Aufstieg aus der 9. in die 8. Rangklasse ein Diplom oder ein Examen als Bildungsnachweis vorzulegen war. Obwohl sich in der Praxis nur wenig änderte, sorgte der Erlaß für viel Unruhe in der Beamtenschaft.

Maxím Górkij (eig. Alexéj Maxímowitsch Peschków)

28. 3. 1868 – 18. 6. 1936

Alexej Maximowitsch Peschkow wurde als Sohn eines Tischlers und einer Färbertochter in Nishnij Nowgorod geboren. Ab 1879 mußte er nach nur zweijährigem Schulbesuch als Laufbursche, Tellerwäscher und Lehrling in einer Ikonenmalerei seinen Lebensunterhalt selbst verdienen. 1884 Übersiedlung nach Kasan, dort Gelegenheitsarbeiter, Bäcker und Gärtner. Autodidaktische Studien, Besuch politischer Zirkel, Agitation unter den Bauern. Fußwanderungen durch Rußland und die Ukraine, erste Verhaftung. 1892 begann in Tiflis die eigentliche schriftstellerische Tätigkeit Peschkows, der seine Erzählungen und Feuilletons unter dem Pseudonym Gorkij (»Der Bittere«) publizierte. 1898 und 1901 erneute Verhaftungen. Unter dem Eindruck von Tschechows »Onkel Wanja« Hinwendung zur Dramatik. 1902 Uraufführung der Stücke »Kleinbürger« und »Nachtasyl«. Bekanntschaft mit Tolstoj und Tschechow, zunehmender (auch internationaler) Erfolg. Unterstützung der Sozialdemokratischen Arbeiterpartei Rußlands; im Zusammenhang mit der Revolution von 1905 erneute Verhaftung. Reisen nach Deutschland, Frankreich und den USA; von 1907 bis 1913 in Capri im Exil, Mitarbeit an der dortigen Parteischule, Differenzen mit Lenin. Ab 1914 in Petersburg. Während der Oktoberrevolution kritisierte Gorkij den Terror der bolschewistischen Geheimpolizei Tscheka; er gründete mehrere kulturelle Einrichtungen. 1921–23 hielt er sich aus gesundheitlichen Gründen, aber auch wegen seiner Differenzen mit Lenin, in Deutschland auf. 1923–32 wieder in Italien, in Sorrent. Ab 1928 Reisen in die Sowjetunion, Gorkij unterstützte publizistisch den »Aufbau des Sozialismus« und den 1. Fünfjahresplan. 1932 endgültige Rückkehr in die Sowjetunion. Gorkij war wesentlich an der Kanonisierung des »Sozialistischen Realismus« als verbindlicher Richtung der sowjetischen Literatur beteiligt. Auf dem 1. Sowjetischen Schriftstellerkongreß wurde er zum 1. Vorsitzenden des Schriftstellerverbandes gewählt. – Neben Erzählungen und Dramen fanden seine autobiographischen Schriften Beachtung: »Kindheit« (1913), »Unter fremden Menschen« (1915), »Meine Universitäten« (1922).

Jemeljan Piljaj 314

Originaltext: Emel'jan Piljaj. In: Russkie vedomosti 1893, Nr. 213.
Übersetzung: Arthur Luther. Aus: Maxim Gorki: Konowalow und andere Erzählungen. Mit Anm. und einem Nachw. von Helene Imendörffer. München: Winkler, 1973. S. 29–42. © Aufbau-Verlag, Berlin und Weimar.

Werst: altes russisches Längenmaß (1,06 km).
Otschakow: Hafenstadt am Schwarzen Meer, östlich von Odessa.
Poltawa: Stadt in der Ukraine, am Fluß Worskla gelegen.
Worskla: Nebenfluß des Dnjepr.

Alexánder Iwánowitsch Hérzen (Gérzen)
6. 4. 1812 – 21. 1. 1870

Schriftsteller und Publizist. Geboren als unehelicher Sohn eines reichen Moskauer Adligen und einer deutschen Mutter; der Vater gab seinem »Herzenskind« den deutschen »Familiennamen«. Nach Abschluß der ausgezeichneten Ausbildung aus politischen Gründen verfolgt und verbannt. Ab 1847 im Ausland, nahm Herzen an der Revolution von 1848 teil. In der Folgezeit lebte er überwiegend in England, wo er die Zeitschrift »Die Glocke« herausgab, die trotz ihres Verbotes in Rußland dort im geistigen Leben eine bedeutende Rolle spielte. Herzen starb weitgehend isoliert in Nizza. Neben einer Vielzahl publizistischer Arbeiten veröffentlichte er philosophische und literarische Werke, u. a. den Roman »Wer ist schuldig?« (1845/46) und seine Erinnerungen »Gewesenes und Gedachtes« (1852 ff.).

Die diebische Elster 22

Originaltext: Soroka-vorovka. In: Sovremennik 1848, Nr. 2 (Pseudonym: Iskander).

Übersetzung: Werner Günzerodt. Aus: Alexander I. Herzen: Die diebische Elster. Erzählungen. Übers. von Ena von Baer und Werner Günzerodt. Leipzig: Reclam, 1963. S. 7–48. © Beate Günzerodt.

Michail Semjonowitsch Schtschepkin: berühmter russischer Schauspieler (1788–1863); er erzählte Herzen die Geschichte, die dieser zu der Erzählung umarbeitete.

Dein überreich geschmücktes Haus . . .: aus einer Eloge auf den Grafen S. Kamenskij, an dessen Hoftheater sich der Vorfall ereignete, der der Erzählung zugrunde liegt.

Erato: die griechische Muse der Liebeslyrik.

Terpsichore: die griechische Muse des Tanzes.

Thalia: die griechische Muse der Komödie.

Robinson: Held des Romans »The Life and Surprising Adventures of Robinson Crusoe of York, Mariner« (1719) des englischen Schriftstellers Daniel Defoe (1660–1731).

»Hier ist entflammtes Drängen . . .«: Zitat aus dem Gedicht »An den Würdenträger« (1830) des russischen Dichters Alexander Puschkin (1799–1837).

chemin faisant: (frz.) nebenbei auch noch (wörtl.: während man den Weg geht).

la femme émancipée: (frz.) die emanzipierte Frau.
George Sand: eig. Amandine-Lucie-Aurore Dupin (1804–76), französische Schriftstellerin, Vertreterin der Emanzipation und der freien Liebe, Mittelpunkt eines Künstlerkreises.
Saporoshe-Kosaken: Kosakengemeinschaft in der südlichen Ukraine am unteren Dnjepr, die ihre Unabhängigkeit gegen die Türken und Polen erkämpfte; im ehemaligen Siedlungsgebiet liegt die heutige Gebietshauptstadt Saporoshje.
Kaiser Augustus: Gaius Octavianus (63 v.–14 n. Chr.), römischer Kaiser.
Balzac: Honoré de B. (1799–1850), realistischer französischer Schriftsteller; Hauptwerk: Der Romanzyklus »La Comédie humaine« (1829–54, über 40 Bde.).
Sue: Eugène S. (1803–57), französischer Schriftsteller; verfaßte populäre Abenteuer- und Gesellschaftsromane.
Dumas: Alexandre D. der Ältere (1802–70), französischer Schriftsteller, vor allem bekannt durch seine Abenteuerromane »Die drei Musketiere« (1844) und »Der Graf von Monte Christo« (1845/1846).
›Opium et champagne‹: »Opium und Champagner oder Der Krieg mit China«, französisches Vaudeville (volkstümliche Komödie mit musikalischen Einlagen), 1842 von Dmitrij Grigorowitsch ins Russische übersetzt.
Brahmane: Angehöriger der obersten Kaste der Hindus, Priester oder Gelehrter.
Paria: Angehöriger der niedrigsten indischen Kaste.
Bojar: Angehöriger des altrussischen hohen Adels.
point d'honneur: (frz.) die schwache Stelle, was die Ehre betrifft.
die Jungfrau von Orleans: Heldin des gleichnamigen Dramas (1801) von Friedrich Schiller (1759–1805).
dessen Johann, dessen Richard und Heinrich: Helden der Königsdramen William Shakespeares (1564–1616).
Fallstaff: Sir John F., korpulenter Aufschneider in Shakespeares Dramen »Heinrich IV.« (1597), »Heinrich V.« (1599) und »Die lustigen Weiber von Windsor« (1597).
Othello, Desdemona: Hauptgestalten in Shakespeares Tragödie »Othello« (1604).
Mars, Rachel, Allan, Plessis: zeitgenössische französische Schauspielerinnen.
›Die diebische Elster‹: französisches historisches Drama (1815), 1816 in Petersburg inszeniert, Grundlage für die Oper (1817) des italie-

nischen Komponisten Gioacchino Rossini (1792–1868), 1821 in Petersburg aufgeführt.

Parlez-nous de vous ...: (frz.) »Erzählen Sie von sich, unser Großvater, erzählen Sie von sich!«

das Theater des Fürsten Skalinskij: Die der Erzählung zugrunde liegende Geschichte ereignete sich am Theater des Grafen Kamenskij (vgl. 2. Anm.).

Bailli: in Frankreich ein Richter, in England ein Vertreter des Königs.

Komtur: Verwalter eines Ritterordens.

Don Juan: spanische literarische Gestalt, Inbegriff des Frauenverführers, der schließlich in der Hölle endet; erstmals 1630 im Drama »Der Spötter von Sevilla und der steinerne Gast« des spanischen Dichters Tirso de Molina (eig. Fray Gabriel Téllez, 1583?–1648), zahlreiche weitere literarische Bearbeitungen (z. B. von Puschkin, »Der steinerne Gast«, 1830) und Vertonungen (u. a. von Mozart, »Don Giovanni«, 1787).

Prometheus: in der griechischen Mythologie einer der Titanen; raubte Zeus das Feuer und brachte es den Menschen, wurde zur Strafe an einen Felsen im Kaukasus gekettet, später von Herakles befreit.

Titanen: in der griechischen Mythologie die riesenhaften sechs Söhne und sechs Töchter des Uranus und der Gäa, von Zeus im Kampf besiegt.

›Sacré‹: (frz.) »verflucht«.

Canova: Antonio C. (1757–1822), italienischer Bildhauer.

Thorvaldsen: Bertel Th. (1770–1844), dänischer Bildhauer.

Talma: François-Joseph T. (1763–1826), französischer Schauspieler, galt als der bedeutendste Darsteller seiner Zeit.

‚Kabale und Liebe‘: Drama (1784) von Friedrich Schiller (1759 bis 1805).

‚Ne faites donc pas la prude‘: (frz.) »Spielen Sie doch nicht die Prüde.«

‚Mais elle est charmante!‘: (frz.) »Aber sie ist charmant!«

Troika: dreispännige Kutsche.

›Der Kalif von Bagdad‹: Oper (1800) des französischen Komponisten François Adrien Boieldieu (1775–1834).

Kibitka: geschlossene Kutsche.

Wladímir Galaktiónowitsch Koroljénko

27. 7. 1853 – 25. 12. 1921

Schriftsteller und Publizist. Geboren als Sohn eines Richters in der wolhynisch-ukrainischen Stadt Shitomir. Schulbesuch und Studium unter schwierigen materiellen Bedingungen. Erste publizistische Arbeiten, die mit ein Grund waren für seine jahrzehntelange Verbannung in die Provinz und nach Sibirien. Zunehmender schriftstellerischer Erfolg, 1884 Rückkehr aus der Verbannung, Leben als Schriftsteller und Redakteur in Nishnij Nowgorod, Petersburg und Poltawa. Korolenko stand den Volkstümlern nahe und war mit Gorkij befreundet. Anerkennung gewann er auch durch sein öffentliches Auftreten gegen willkürliche Justiz und die Todesstrafe. Das literarische Werk besteht überwiegend aus Skizzen und Erzählungen, z. B. »Makars Traum« (1885) und »Der blinde Musikus« (1886), sowie den autobiographisch geprägten vier Bänden der »Geschichte meines Zeitgenossen« (postum 1922).

Der Wald rauscht 272

Originaltext: Les šumit. In: Russkaja mysl' 1886, Nr. 1.
Übersetzung: Bruno Goetz. Aus: Wladimir Korolenko: Der Wald rauscht und andere Erzählungen. Nachw. von Bruno Goetz. Zürich: Manesse, 1954. S. 301–345.

Der Franzose war ins russische Land gezogen.: Gemeint ist Napoleons Rußlandfeldzug im Jahre 1812.
Pan: (poln.) Herr, Gutsherr.
Bandura: traditionelles russisch-ukrainisches Lauteninstrument mit 6–8 Melodie- und zahlreichen Freisaiten.
Saporoger Kosaken: Kosakengemeinschaft in der südlichen Ukraine am unteren Dnjepr, die ihre Unabhängigkeit gegen Türken und Polen erkämpfte; im ehemaligen Siedlungsgebiet liegt die heutige Gebietshauptstadt Saporoshje.
Pani: (poln.) Frau, Herrin.
ihr Söhne Hams: Ham, der Stammvater der Hamiten, war einer der drei Söhne Noahs; weil er sich vor seinen Brüdern über den betrunkenen und entblößten Vater lustig machte, wurde er später von seinem Vater verflucht (1. Mose 9,18 ff.).

Nikoláj Semjónowitsch Lesków

16. 2. 1831 – 5. 3. 1895

Schriftsteller, Beamter und Publizist. Geboren als Sohn eines Gutsverwalters im Gouvernement Orjol. Nach dem Besuch des Gymnasiums Arbeit als Beamter, ab 1860 überwiegend als Publizist tätig. 1862 aufgrund eines Mißverständnisses als Reaktionär verleumdet und geächtet, gelang ihm erst spät wieder der Anschluß an literarische, philosophische und religiöse Kreise (z. B. die Tolstojaner). Leskows literarisches Werk fand zu seinen Lebzeiten nur begrenzte Anerkennung; es umfaßt neben Romanen (z. B. »Die Klerisei«, 1872) eine Vielzahl von Novellen und Erzählungen: »Lady Macbeth aus dem Kreise Mzensk« (1865), »Der versiegelte Engel« (1873), »Der Toupetkünstler« (1885) u. a.

Die Geschichte von dem stählernen Floh und dem Linkshänder aus Tula 225

Originaltext: Skaz o tul'skom kosom Levše i o stal'noj bloche (Cechovaja legenda). In: Rus' 1881, Nr. 49–51.

Übersetzung: Johannes von Guenther. Aus: Nikolaj Leskow: Die Geschichte von dem stählernen Floh und dem Linkshänder aus Tula. Das Tier. Stuttgart: Reclam, 1958. (Universal-Bibliothek. 8215.) S. 3–57.

Tula: Stadt in Mittelrußland.

Imperator Alexander Pawlowitsch: Alexander I. (1777–1825), russischer Zar (1801–25).

die Wiener Beratung: der Wiener Kongreß (1814/15), auf dem die Siegermächte Österreich, Rußland und Preußen nach der Niederlage Napoleons die Neuordnung Europas berieten.

der Donkosak Platow: Graf Matwej Iwanowitsch P. (1715–1818), Ataman der Donkosaken und Kavalleriegeneral, der sich im Krieg gegen Napoleon auszeichnete und nach dem Friedensschluß Alexander I. nach London begleitete.

Waldachin: statt »Baldachin«.

der Appelsohn von Pellfettere: statt »Apollo von Belvedere«; gemeint ist hier eine Nachbildung der antiken Marmorstatue im Vatikan in Rom.

Fahrometer: statt »Barometer«.

kamehlerne Mantos: statt »Kamelhaarmäntel« (von frz. »manteau« ›Mantel‹).

an die zwanzig Heidenvölker verjagt: bezieht sich auf den Sieg der russischen Truppen über die aus vielen Völkern zusammengesetzte Große Armee Napoleons.

ein Gewehr von Mortimer: G. W. Mortimer war ein englischer Büchsenmacher gegen Ende des 18. Jahrhunderts.

Zarskoje Selo: das heutige »Puschkin«, Sommerresidenz der Zaren unweit von Petersburg.

Kandelabrien: »Kalabrien«, Landschaft in Süditalien.

Zucker ›Molwo‹: benannt nach dem Inhaber einer bedeutenden Petersburger Zuckerfabrik Ja. N. Molwo.

Nymphosorien: statt »Infusorien« (›Aufgußtierchen‹), mikroskopisch kleine Lebewesen.

Keramide: statt »Pyramide«.

Toujourswesten: Alltagswesten (von frz. »toujors« ›immer‹).

Bekiekroskop: statt »Mikroskop«.

Spieleretten: »Pirouetten«, Drehungen auf einem Fuß beim Tanz.

Beichte beim Popen Fedot in Taganrog: Vor seinem Tode beichtete Zar Alexander I. bei dem Taganroger Geistlichen Alexej Fedotow-Tschechowskij.

Tabak von Schukow: in der 1. Hälfte des 19. Jahrhunderts sehr populärer Pfeifentabak der Petersburger Fabrik von Wassilij Shukow.

Lottermane: statt »Ottomane« (Liegesofa).

Kaiserin Jelisaweta Alexejewna: Die Zarin Jelisaweta Alexejewna (1779–1826) war die Gattin des Zaren Alexander I.

Kaiser Nikolaj Pawlowitsch: russischer Fürst (1796–1855), 1825–55 als Nikolaj I. Zar von Rußland, berüchtigt wegen seines autoritären Regierungsstils.

gab es doch bei seinem Regierungsantritt gleich einen Aufruhr: Nach dem Tode Alexanders I. kam es im Zusammenhang mit dem Thronverzicht Konstantins und der geplanten Krönung Nikolajs im Dezember 1825 zum sogenannten Dekabristenaufstand, der allerdings scheiterte, da die meist adligen Revolutionäre keinen Rückhalt in der Bevölkerung hatten und dilletantisch vorgingen; Nikolaj I. ließ die Anführer hinrichten und schickte die anderen Beteiligten in die Verbannung nach Sibirien.

von der Anitschkinbrücke aus der gegenüberliegenden Apotheke: Diese Apotheke befindet sich noch heute an der Ecke des Newskij-Prospekts und der Uferstraße der Fontanka.

Sesterbek: Die russische Stadt Sestrorezk am Fluß Sestra (unweit von Leningrad) trug früher den Namen Sesterbek.

Werst: altes russisches Längenmaß (1,06 km).

Orjol: russische Stadt an der Oka, südlich von Moskau.
der heilige Berg Athos: Berg auf einer der Chalkidike-Halbinseln im Norden Griechenlands, bekannt durch seine Klöster, unter denen sich auch russisch-orthodoxe befanden.
Mzensk: Stadt im Gebiet von Orjol, südlich von Moskau.
der lykische Bischof: Nikolaus der Wundertäter, der im 4. Jahrhundert Erzbischof in Lykien (Kleinasien) war.
Piperment: zusammengezogen aus »Pergament« und »Dokument«.
Alexandra Nikolajewna: die jüngste Tochter Nikolaus' I.
Graf Heftelmode: Gemeint ist Graf Karl Wassiljewitsch Nesselrode (1780–1862), der von 1822 bis 1856 russischer Außenminister war.
»Ai ljuli – se treh shuli«: ai ljuli: (russ.) eia popeia. – Se treh shuli: »C'est très joli«: (frz.) Das ist sehr hübsch.
Plundring: statt »Pudding«.
Fauleton: statt »Feuilleton«.
Symphon: statt »Siphon«.
Whikser: zusammengezogen aus »Wasser« und »air fixe« (Getränkezusatz, der nüchtern machen soll).
Zar David: König David von Israel (um 1000 v. Chr.), dem viele Psalmen zugeschrieben werden.
gottgeschaffene Heiligenbilder: Gemeint sind hier eigentlich keine »Heiligenbilder«, sondern die »nicht von Menschenhand geschaffenen Ikonen«, die sich an dem Gesichtsabdruck Christi auf einem Leinentuch orientieren sollen.
Grandewu: statt »Rendezvous«.
Tee auf russisch mit dem Stück Zucker als Zubiß: Es war früher in Rußland üblich, ein Stück Zucker abzubeißen, im Mund zu halten und dann schluckweise den Tee zu trinken.
Toujoursgilet: Alltagsweste (von frz. »toujours« ›immer‹, »gilet« ›Weste‹).
Stiegletten: statt »Stiefeletten«.
Tabulle: statt »Tabelle«.
eine goldene Uhr, mit einem Schrecker versehen: Gemeint ist eine Repetieruhr, eine Taschenuhr mit Schlagwerk.
Perpfennig: statt »Persenning«, Abdeckung aus Segeltuch.
Zitterländisches Meer: statt »Mittelländisches Meer«.
Buft: statt »Bucht«.
Guttaperchapille: Guttapercha ist ein brauner, kautschukähnlicher Stoff, der aus dem Milchsaft des Guttaperchabaumes (Südostasien) gewonnen wird; wurde in der Medizin verwendet.
das allgemeine Obuchwinsche Krankenhaus: das Obuchowsche

Krankenhaus in Petersburg, in das auch in Puschkins »Pique Dame« der Protagonist Hermann eingeliefert wird, als er den Verstand verliert.

Graf Kleinmichel: Graf Peter Andrejewitsch K. (1793–1869), 1842–55 Minister für Verkehr und öffentliche Gebäude.

Skobelew: General Iwan Nikititsch S. (1778–1849), Kommandant der Peter-und-Pauls-Festung in Petersburg.

Doktor Martyn-Solskij: Martyn Dmitrijewitsch S. (1798–1881) war Arzt bei den Gardetruppen und Mitglied des medizinischen Rates im Innenministerium.

Graf Tschernyschow: Alexander Iwanowitsch Tsch. (1786–1857), 1827–52 Kriegsminister.

Vomitiv: (lat.) Brechmittel.

Laxativ: (lat.) Abführmittel.

Krimkrieg: Im Krimkrieg (1853–56) unterlag Rußland dem Osmanischen Reich und dessen Verbündeten England und Frankreich. Hauptkriegsschauplatz war die Krim, und die Einnahme der Festung Sewastopol im September 1854 markierte Rußlands Niederlage.

Plaisierrohr: »Plaisir« (frz., ›Vergnügen‹) verballhornt, statt »Klistier«.

»Taten längst verschollener Zeit«, »Sagen des Altertums«: ungenaues Zitat der ersten Zeilen des ersten Gesanges des Poems »Ruslan und Ludmilla« (1820) von Alexander Puschkin:
Von Helden aus dem Altertum,
Von grauer Vorzeit gibt es Kunde.
Besonnt von seiner Taten Ruhm,
Saß zechend in der Tafelrunde
Der Söhne und der Freunde all
Der Fürst Wladimir froh beim Mahl ...
(Übers. Martin Remané.)

Nikoláj Alexéjewitsch Nekrássow

10. 12. 1821 – 8. 1. 1878

Schriftsteller, Herausgeber, Publizist. Sohn einer Gutsbesitzerfamilie. Besuch des Gymnasiums in Jaroslawl, Übersiedlung nach Petersburg. Arbeit als Publizist, Herausgeber und Autor von Prosatexten der »natürlichen Schule«; später zunehmend Konzentration auf die Lyrik. 1848–66 Leiter der Zeitschrift »Der Zeitgenosse« (Sowremennik), 1868–77 zusammen mit Saltykow-Schtschedrin Leiter der »Vaterländischen Annalen«. Nekrassow genoß als Lyriker und als geschickt gegen die Zensur operierender Herausgeber große Popularität, die auch durch die Angriffe konservativer Kreise nicht geschmälert wurde.

Ein Rätsel. Tatsachenbericht aus alter Zeit 115

Originaltext: Psichologičeskaja zadača. Davnjaja byl'. In: Sovremennik 1849, Nr. 11, S. 56–60.

Übersetzung: Johannes von Guenther. Aus: Russische Erzähler. Von 1800 bis zur Gegenwart. Eine Anthologie. Hrsg. von Johannes von Guenther. Stuttgart: Reclam, 1967. (Universal-Bibliothek. 8515–22.) S. 176–184.

Kleinrußland: die Ukraine.

Schtschepkin: Michail Semjonowitsch Sch. (1788–1863), berühmter Schauspieler am Moskauer Theater, der entgegen Nekrassows Aussage kein Ukrainer war, sich aber bemühte, ukrainische Elemente in seine Darstellung aufzunehmen. Seine Erzählungen waren sehr beliebt und dienten auch Gogol und Herzen (»Die diebische Elster«) als Quelle. Im Sommer 1845 waren Nekrassow und Schtschepkin häufig zu Gast auf Herzens Datscha.

Michaíl Jewgráfowitsch Saltyków-Schtschedrín

27. 1. 1826 – 10. 5. 1889

Schriftsteller, Beamter und Publizist. Geboren als Sohn eines Gutsbesitzers aus dem alten russischen Adel, Besuch des Lyzeums in Zarskoje Selo (wie Puschkin). Während der anschließenden Tätigkeit als Beamter wurde er aus politischen Gründen zeitweise in die Provinz verbannt; nach seiner Rückkehr Ernennung zum Vizegouverneur in Rjasan und Twer. Als Redakteur der Zeitschriften »Der Zeitgenosse« und »Vaterländische Annalen« arbeitete er mit Nekrassow zusammen. Saltykow, der unter dem Pseudonym Schtschedrin schrieb, wurde in erster Linie durch seine satirischen Erzählungen bekannt, die er zum Teil zu Zyklen zusammenfaßte: »Skizzen aus dem Gouvernement« (1856/57), »Die Geschichte einer Stadt« (1860 ff.), »Märchen« (1886). Neben dem Roman »Die Golowljows« legte er eine Vielzahl essayistischer Beiträge vor.

Wie ein Bauer zwei Generäle durchfütterte 194

Originaltext: Povest' o tom, kak odin mužik dvuch generalov prokormil. In: Otečestvennye zapiski 1869, Nr. 2, S. 591–598.

Übersetzung: Eberhard Reißner. Aus: Michail Saltykow-Schtschedrin: Die idealistische Karausche. Satirische Märchen. Russ./dt. Nachw. von Eberhard Reißner. Stuttgart: Reclam, 1983. (Universal-Bibliothek. 7957[2].) S. 5–27.

Generäle in einer Registratur: Es handelt sich hier nicht um Offiziere, sondern um Wirkliche Staatsräte, die als Beamte der vierten Rangklasse den Generälen gleichgestellt waren.

Schönschreibelehrer an einer Unteroffiziersschule: Entsprechende Schulen gab es in Rußland bis 1856.

Fontanka: Kanal in Petersburg, dessen Anfang und Ende die Newa bildet und der einen Halbkreis durch das Stadtgebiet zieht; anfangs markierte die Fontanka die südliche Stadtgrenze.

›Moskauer Nachrichten‹: eine der ältesten russischen Zeitungen (»Moskowskije wedomosti«, 1756–1917), ab 1859 tägliche Erscheinungsweise. Die in den 40er Jahren liberale Zeitung verfolgte seit 1863 einen konservativen Kurs.

biß seinem Kameraden den Orden ab: Im Manuskript beißt der eine General dem anderen zuerst einen Finger, dann ein Stück vom Ohr ab; die Passage wurde aus Zensurgründen geändert.

Angehörige der vierten Rangklasse: bezogen auf die von Peter dem Großen 1722 eingeführte »Rangtabelle« für die Beamtenlaufbahn.

»... zu trinken Bier und Wein ...«: traditionelle Schlußformel im russischen Volksmärchen.

Lew Nikolájewitsch Tolstój

9. 9. 1828 – 20. 11. 1910

Schriftsteller, Offizier, Gutsherr und Pädagoge. Geboren auf dem elterlichen Gut Jasnaja Poljana nahe Tula als Sohn des wohlhabenden Grafen Tolstoj und dessen Gattin, einer geborenen Fürstin Wolkonskaja. Nach dem frühen Tod der Eltern von Verwandten erzogen. Studium in Kasan. 1851–56 Dienst als Offizier, u. a. Teilnahme am Krimkrieg: »Sewastopoler Erzählungen« (1855/56). Zuvor waren bereits Teile einer Autobiographie erschienen. Nach dem Austritt aus der Armee lebte Tolstoj meist auf dem Familiengut, er unterrichtete an der von ihm gegründeten Dorfschule, verfaßte pädagogische Studien und literarische Werke. Als erster großer Roman erschien

1864–69 »Krieg und Frieden«, gefolgt von »Anna Karenina« (1875–77). Die 1879 einsetzende religiöse Krise Tolstojs äußerte sich im Drama »Die Macht der Finsternis« (1886) und in den Erzählungen »Der Tod des Iwan Iljitsch« (1886) und »Die Kreutzersonate« (1889). Die literarischen, philosophischen und religiösen Schriften Tolstojs führten zunehmend zu Konflikten mit Kirche und Staat, die ihren Höhepunkt im Kirchenausschluß fanden (1901). Die Anhänger des radikalen »christlichen Anarchismus« Tolstojs gründeten in Rußland und im Ausland Gemeinden (»Tolstojaner«). Als letzter Roman erschien 1899 »Auferstehung«. In den letzten Lebensjahren verschärfte sich erneut die Diskrepanz zwischen den hohen moralischen Anforderungen, die Tolstoj an sich und andere stellte, und dem wirklichen Leben auf dem Gut. Der schon zu Lebzeiten weltberühmte Autor floh aus der eigenen Familie und starb auf der Bahnstation Astapowo.

Drei Tode 176

Originaltext: Tri smerti. In: Biblioteka dlja čtenija 1859, Nr. 1.
Übersetzung: Josef Hahn. Aus: Leo N. Tolstoi: Die Kosaken und andere frühe Erzählungen. München: Winkler, 1957. S. 513–527.

Reisekapot: von frz. »capote«, Kapuzenmantel, Umhang oder langer Rock.
Saloppe: weibliches Kleidungsstück (frz. »salope«), langer, weiter Überwurf mit Aussparungen für die Arme oder mit kurzen Ärmeln, in der 1. Hälfte des 19. Jahrhunderts in Westeuropa und Rußland weit verbreitet.
Armäck: weiter armenischer Bauernrock aus Kamelhaar.
Epitrachilion: (griech.) Schultertuch des orthodoxen Geistlichen.
»Du verbirgst Dein Angesicht . . .«: Psalm 104, Verse 28–30.

Antón Páwlowitsch Tschéchow

29. 1. 1860 – 15. 7. 1904

Schriftsteller und Arzt. Als Sohn einer Kaufmannsfamilie in Taganrog (Südrußland) geboren. Schulbesuch in Taganrog, Medizinstudium in Moskau, gleichzeitig als erste literarische Arbeiten humoristische Kurzgeschichten. Seit 1884 tuberkulosekrank. Aufenthalte in Südrußland und der Ukraine; 1890 Reise zur Sträflingskolonie auf der Insel Sachalin. Kauf des Gutes Melichowo südlich von Moskau,

Tätigkeit als Arzt und in der lokalen Selbstverwaltung (Semstwo). Bekanntschaft mit Tolstoj und Gorkij. Zunehmender Erfolg als Prosaiker und Dramatiker. Ab 1898 krankheitsbedingt meist in Jalta auf der Krim. Tschechow starb während eines Kuraufenthaltes in Badenweiler. Die größte Wirkung erzielte der Autor mit seinen Stücken »Die Möwe« (1896), »Onkel Wanja« (1899), »Drei Schwestern« (1901) und »Der Kirschgarten« (1904).

Die Braut 329

Originaltext: Nevesta. In: Žurnal dlja vsech 1903, Nr. 12, Sp. 1413–32.
Übersetzung: Hertha von Schulz. Aus: Anton Tschechow: Die Dame mit dem Hündchen. Meistererzählungen. In: Gesammelte Werke in Einzelbänden. Hrsg. von Gerhard Dick und Wolf Düwel. Berlin [Ost]: Rütten & Loening, 1967. S. 555–577.

die Komissarowsche Schule: das Seminar des Komissarow-Klosters in Moskau.
in einer der Moskauer lithographischen Anstalten: Um die Mitte des 19. Jahrhunderts hatte auch in Rußland der Steindruck (Lithographie) den Kupferstich verdrängt.
Babulja: Koseform von »Babuschka« (Großmutter, Oma).
Pincenez: (frz.) Kneifer, Zwicker.
Hypnotismus: die Erscheinung, daß man eine Person durch Suggestion in einen Zustand des Halbschlafs versetzen kann, in dem sie durch den Hypnotiseur zu beeinflussen ist; entdeckt und zuerst beschrieben von dem englischen Arzt James Braid (1795–1860).
der verlorene Sohn: Anspielung auf das Gleichnis vom verlorenen Sohn (Lukas 15).
Tick-tock, tick-tock ...: Die Nachtwächter auf den russischen Landgütern klopften jeweils zur vollen Stunde laut vernehmlich auf ein Holzbrett.
Spiritismus: Geisterglaube, der Glaube an die Möglichkeit, mit den Seelen Verstorbener Kontakt aufzunehmen, z. B. in hypnotischem Zustand.
Homöopathie: Heilverfahren; es geht von der Annahme aus, daß Stoffe, die in hohen Dosen verabreicht bei gesunden Menschen eine bestimmte Krankheit hervorrufen, in kleinster Dosierung bei Kranken eine Heilung von dieser Krankheit und ähnlichen Krankheitssymptomen bewirken; Begründer war Samuel Hahnemann (1755–1843).

Anna Karenina: Titelheldin des gleichnamigen Romans (1873–77) von Lew Tolstoj.

Es war Mittwoch, ein Fastentag: Neben dem Freitag war auch der Mittwoch in Rußland ein wöchentlicher Fastentag.

Peter-und-Pauls-Tag: Fest der Apostel Petrus und Paulus, russisch-orthodoxes Kirchenfest (29. 6.).

»zu den Kosaken gehen«: Die Kosaken waren freie Krieger, die seit der Mitte des 15. Jahrhunderts in der Steppe Gemeinschaften bildeten, welche die Grenzen des russischen Reiches gegen Tataren, Türken und Polen verteidigten. Die Entstehung des Kosakentums ist verbunden mit der sich verschlechternden Lage der Bauern; russische und ukrainische Bauern entflohen ihren Gutsherren und schlossen sich den freien Kosaken an.

Kumys-Kur: Kumys ist ein ursprünglich mongolisches Getränk aus gegorener Stutenmilch, dem Heilkräfte zugeschrieben werden; Tschechow und seine Frau Olga Knipper reisten im Mai 1901, unmittelbar nach ihrer Trauung, zu einer sechswöchigen Kumys-Kur ins Gouvernement Ufa.

Saratow: russische Stadt an der unteren Wolga.

Iwán Sergéjewitsch Turgénjew

9. 11. 1818 – 3. 9. 1883

Selbständiger Schriftsteller. Entstammte einer reichen Gutsbesitzerfamilie im südlichen Rußland. Ausbildung in verschiedenen Pensionen und an den Universitäten in Petersburg und Berlin; weitere Auslandsaufenthalte, um in der Nähe der Sängerin Pauline Viardot-Garcia leben zu können. Ab 1847 erschienen die »Aufzeichnungen eines Jägers«. Zeitweise aus politischen Gründen auf sein Gut verbannt, kehrte er 1853 nach Moskau und Petersburg zurück. Ab 1856 lebte Turgenjew fast ausschließlich im Ausland (Baden-Baden und Paris). Er starb als hochangesehener Schriftsteller, dessen Erfolg auf seinen Erzählungen und Romanen beruht: »Rudin« (1856), »Das Adelsnest« (1859), »Väter und Söhne« (1862) u. a.

Faust 123

Originaltext: Faust. Rasskaz v devjati pis'mach. In: Sovremennik 1856, Nr. 10, S. 91–130.

Übersetzung: Werner Creutziger. Aus: Iwan Turgenjew: Drei Begegnungen. Erzählungen. In: Gesammelte Werke in Einzelbänden. Hrsg. von Klaus Dornacher. Berlin/Weimar: Aufbau-Verlag, 1978. S. 399–445.

Entbehren sollst du, sollst entbehren!: Vers aus der Szene »Studierzimmer«; Goethe: Faust I, 1549.
Warenje: Konfitüre oder Kompott.
Nankinghosen: Kleidungsstück, dessen kräftiges Gewebe aus braungelber Baumwolle hergestellt wird.
Farnesischer Herakles: Statue des Herakles, der sich auf seine Keule stützt; aus der Antikensammlung der italienischen Familie Farnese.
wie Argos des Ulysses Heimkehr erharrte: In Homers »Odyssee« begrüßt der Jagdhund Argos seinen Herrn Odysseus (Ulysses), der nach langen Jahren wieder nach Hause kommt; er stirbt kurz nach dem Wiedersehen.
Manon Lescaut: Heldin des erfolgreichen Liebesromans »L'histoire du chevalier des Grieux et de Manon Lescaut« (1731) des Abbé Antoine-François Prévost d'Exiles (1697–1763).
d'Arlincourts »Einsiedler«: populärer Roman des französischen Schriftstellers Charles Victor Prévot, Vicomte d'Arlincourt (1789–1856).
en raccourci: (ital.) mit kurzen Worten.
»Candide«: »Candide ou L'optimisme« (1759), Roman des französischen Philosophen und Schriftstellers Voltaire, eig. François-Marie Arouet (1694–1778); die ersten russischen Übersetzungen stammen aus den Jahren 1769, 1779 und 1789, es geht hier um die handschriftliche Kopie einer dieser Übersetzungen; eine solche Kopie befand sich auch im Besitz der Familie Turgenjew.
das »Triumphierende Chamäleon«: das anonyme Pamphlet »Das triumphierende Chamäleon oder Die Darstellung von Anekdoten und Eigenschaften des Grafen Mirabeau«; die Schrift verspottet den französischen Politiker Honoré-Gabriel-Victor Riqueti, Comte de Mirabeau (1749–91), der zunächst für den Dritten Stand eintrat, dann aber die konstitutionelle Monarchie propagierte; der Text wurde 1792 aus dem Deutschen ins Russische übersetzt.
»Le paysan perverti«: Der verführte Bauer«, erfolgreicher Briefroman in vier Teilen (1776) des französischen Schriftstellers Nicolas Edme Restif (Rétif) de la Bretonne (1734–1806).
»Ce livre appartient ...«: (frz.) »Dieses Buch gehört ...«
die schlechte Ausgabe von 1828: gemeint ist die Ausgabe: Goethe: Werke. Vollständige Ausgabe. Bd. 1–40. Stuttgart/Tübingen: Cotta, 1827–30. Faust I erschien 1828 im 12. Band dieser Ausgabe.

Das Erscheinen des Erdgeistes: bezieht sich auf die 1. Szene (»Nacht«) des »Faust«.

Klara Stich: deutsche Schauspielerin (1820–62), die in naiv-sentimentalen Rollen große Erfolge feierte, als sich Turgenjew Anfang der 40er Jahre in Berlin aufhielt.

Seydelmann: Karl S. (1793–1843), deutscher Schauspieler, von 1837 bis 1843 am Berliner Hoftheater.

die Musik von Radziwill: Anton Heinrich R. (1775–1833), polnischer Fürst, der am Berliner Hof lebte und sich u. a. als Musiker und Komponist betätigte; er schrieb Romanzen und eine Partitur zu Goethes »Faust«, die Komposition wurde aber erst 1835 postum in Berlin uraufgeführt.

daß es noch Dinge gibt, mein Freund Horatio ...: ungenaues Zitat der Worte Hamlets aus Akt 1, 5. Szene der Tragödie »The Tragicall Historie of Hamlet, Prince of Denmarke« (um 1600) von William Shakespeare (1564–1616): »There are more things in heaven and earth, Horatio, than are dreamt at in your philosophy.«

Werst: altes russisches Längenmaß (1,06 km).

Albano: Kleinstadt und Villenvorort, 25 km von Rom entfernt.

Trastevere: römischer Stadtteil (wörtl.: jenseits des Tibers).

Kabbala: jüdische Geheimlehre, die u. a. hinter Zahlen und Buchstaben den verborgenen Sinn der Welt sucht.

George Sand: eig. Amandine-Lucie-Aurore Dupin (1804–76), französische Schriftstellerin, Vertreterin der Emanzipation und der freien Liebe, Mittelpunkt eines Künstlerkreises.

Und ich seh schaudernd, welchen Götzen ...: ungenaues Zitat aus dem Gedicht »Gespräch zwischen Buchhändler und Dichter« (1824) des russischen Dichters Alexander Puschkin (1799–1837).

Zichorienkaffee: hergestellt aus der Zichorie (Wegwarte).

die alte Legende vom Doktor Faust: Die Lebensgeschichte des Astrologen, Alchimisten und Arztes Jörg Faust (ca. 1480–1540) wurde schon unmittelbar nach seinem Tod Ausgangspunkt mündlich weitergegebener Erzählungen und Anekdoten. Die größte Wirkung unter den schriftlichen Bearbeitungen hatte das Faustbuch von 1587 »Historia von D. Johann Fausten«, das auch Christopher Marlowes Drama »The Tragical History of D. Faustus« (1589) zugrunde lag. Als Puppenspiel wurde dieses Stück in Deutschland populär, und so lernte auch Goethe als Kind den Stoff kennen.

en face: (frz.) von vorn.

»ein guter Mensch in seinem dunklen Drange ...«: Zitat aus Goethes »Faust«, »Prolog im Himmel« (Faust I,328 f.).

Onegin: »Eugen Onegin«, ein »Roman in Versen« (1823–30), der als Hauptwerk des russischen Dichters Alexander Puschkin (1799 bis 1837) gilt.

Mit deinem Flügel schirme mich . . .: dritte Strophe des Gedichts »Der Abend sinkt, die Nacht ist nah« (1851) des russischen Dichters Fjodor Tjutschew (1803–73).

»Freut euch des Lebens!«: 1793 von Johann Martin Usteri (1763–1827) verfaßtes und von Hans Georg Nägeli (1773–1836) komponiertes Lied, das zuerst 1796 im »Göttinger Musenalmanach« erschien.

»Zauberflöte«: Oper (1791) von Wolfgang Amadeus Mozart (1756–1791).

»Auf der Welle blinken tausend schwebende Sterne . . .«: aus Goethes Gedicht »Auf dem See«.

den Spuren Franklins übers Eismeer: Sir John Franklin (1786–1847), britischer Forscher, der bei einer Expedition zur Erforschung der Nord-West-Passage um den nordamerikanischen Kontinent mit allen Teilnehmern im Melvillesund ums Leben kam. Noch mehrere Jahre wurde nach dem Verbleib der Gruppe geforscht, worüber auch die russischen Zeitungen ausführlich berichteten.

diese bacchantische Zutat: »Bacchus« war der lateinische Name für den griechischen Gott des Weines Dionysos; die Anhängerinnen des sich später entwickelnden Bacchuskultes (Bacchantinnen) feierten in den Wäldern ekstatische Feste.

Frétillon: wörtl.: lebhafter, unruhiger Mensch; Spitzname der berühmten französischen Schauspielerin, Sängerin und Tänzerin Cléron (1723–1803).

die Szene zwischen Faust und Gretchen: Gemeint ist die Szene »Marthens Garten«, speziell Gretchens Frage »Nun sag, wie hast du's mit der Religion?« (Faust I,3415).

so wie Mazeppa dem Kotschubej antwortete: bezieht sich auf das Poem »Poltawa« (1828) des russischen Dichters Alexander Puschkin (1799–1837). Der negative Held, der ukrainische Hetman Mazeppa, verschuldet u. a. den Tod des Vaters seiner Geliebten, des Pan Kotschubej, der vom geplanten Verrat an Zar Peter dem Großen erfahren hat.

Was will der an dem heiligen Ort?: Zitat aus Faust I, letzte Szene (»Kerker«); Gretchen spricht diese Worte zu Faust, als Mephisto im Kerker erscheint (Faust I,4603).

Frau Marthe: Frau Marthe Schwerdtlein, in Goethes »Faust« die Nachbarin Gretchens.

Literaturhinweise

Im folgenden werden einige weiterführende Literaturhinweise zur Epoche, zu einzelnen Autoren und Texten sowie zu den Bezügen zwischen russischer und deutscher Literatur gegeben. Die Übersicht beschränkt sich auf deutsch- oder englischsprachige Darstellungen, die ihrerseits bibliographische Angaben enthalten.

Belinskij, Wissarion: Ausgewählte philosophische Schriften. Moskau: Verlag für fremdsprachige Literatur, 1950.

Benjamin, Walter: Der Erzähler. Betrachtungen zum Werk Nikolai Lesskows (1936). In: W. B.: Gesammelte Schriften. Bd. 2,2. Frankfurt a. M.: Suhrkamp, 1977, S. 438–465.

Brang, Peter: I. S. Turgenev. Sein Leben und sein Werk. Wiesbaden: Harrassowitz, 1977.

Braun, Maximilian: Der Kampf um die Wirklichkeit in der russischen Literatur. Göttingen: Vandenhoeck & Ruprecht, 1958. (Kleine Vandenhoeck-Reihe. 57.)

Braun, Maximilian: Dostoevskij. Das Gesamtwerk als Vielfalt und Einheit. Göttingen: Vandenhoeck & Ruprecht, 1976. (Sammlung Vandenhoeck.)

Braun, Maximilian: Tolstoj. Eine literarische Biographie. Göttingen: Vandenhoeck & Ruprecht, 1978. (Sammlung Vandenhoeck.)

Brinkmann, Richard (Hrsg.): Begriffsbestimmung des literarischen Realismus. Darmstadt: Wissenschaftliche Buchgesellschaft, 1987. (Wege der Forschung. 212.)

Busch, Ulrich: Leser und Interpret von Čechovs »Braut«. Versuch einer literaturwissenschaftlichen Differenzierung. In: WdSl 11 (1987) S. 225–229.

Düwel, Wolf / Helmut Grasshoff [u. a.] (Hrsg.): Geschichte der russischen Literatur von den Anfängen bis 1917. 2 Bde. Berlin/Weimar: Aufbau-Verlag, 1986.

Gerigk, Horst-Jürgen: V. M. Garšin als Vorläufer des russischen Symbolismus. In: WdSl 7 (1962) S. 246–292.

Gourfinkel, Nina: Maxim Gorki in Selbstzeugnissen und Bilddokumenten. Hamburg: Rowohlt, 1958. (rm 9.)

Hamburger, Käte: Tolstoi. Gestalt und Problem. Göttingen: Vandenhoeck & Ruprecht, [2]1963. (Kleine Vandenhoeck-Reihe. 159–161.)

Hielscher, Karla: Zum Verhältnis der Poetik Gor'kijs und Čechovs. In: Wiener Slawistischer Almanach 9 (1982) S. 151–163.

Hielscher, Karla: Die Rezeption A. P. Čechovs im deutschen Sprachraum seit 1945. In: Wolfgang Girke/Helmut Jachnow (Hrsg.): Aspekte der Slavistik. Festschrift für Josef Schrenk. München: Sagner, 1984. (Slavistische Beiträge. 180.) S. 73–101.

Hielscher, Karla: Tschechow. Eine Einführung. Zürich/München: Artemis Verlag, 1987. (Artemis Einführungen. 34.)

Hoefert, Siegfried (Hrsg.): Russische Literatur in Deutschland. Texte zur Rezeption von den Achtziger Jahren bis zur Jahrhundertwende. Tübingen: Niemeyer, 1974. (Deutsche Texte. 32.)

Hösch, Edgar/Hans-Jürgen Grabmüller: Daten der russischen Geschichte. Von den Anfängen bis 1917. München: Deutscher Taschenbuch Verlag, 1981. (dtv 3240.)

Hofmann, Alois: Thomas Mann und die Welt der russischen Literatur. Ein Beitrag zur literaturwissenschaftlichen Komparatistik. Berlin: Akademie-Verlag, 1967.

Imendörffer, Helene: Der frühe Gorki. In: Maxim Gorki: Konowalow und andere Erzählungen. Anm. und Nachw. von Helene Imendörffer. München: Deutscher Taschenbuch Verlag, 1978. (dtv 2035.) S. 731–749.

Jakobson, Roman: Über den Realismus in der Kunst. In: Russischer Formalismus. Texte zur allgemeinen Literaturtheorie und zur Theorie der Prosa. Hrsg. von Jurij Striedter. München: Fink, 1969. (UTB 40.) S. 373–391.

Jonas, G.: Die Einführung von S. T. Aksakovs »Semejnaja chronika« in Deutschland durch S. A. Račinskij. In: ZfSl 12 (1967) S. 173–196.

Kaiser, Friedhelm Berthold/Bernhard Stasiewski (Hrsg.): Wechselbeziehungen zwischen deutscher und slavischer Literatur. Köln/Wien: Böhlau, 1978.

Kersten, Gerhard: Gerhart Hauptmann und Lev Nikolaevič Tolstoj. Studien zur Wirkungsgeschichte von L. N. Tolstoj in Deutschland 1885–1910. Wiesbaden: Harrassowitz, 1966.

Kjetsaa, Geir: Dostojewskij. München: Heyne, 1986. (Heyne Biographien. 12/183.)

Kluge, Rolf-Dieter: Vom kritischen zum sozialistischen Realismus. Studien zur literarischen Tradition in Rußland 1880 bis 1925. München: List, 1973. (List Taschenbuch der Wissenschaft. 1447.)

Kopelew, Lev Zinovevič: Faust in Rußland. In: L. Z. K.: Zwei Epochen deutsch-russischer Literaturbeziehungen. Frankfurt a. M.: S. Fischer, 1973. (Reihe Fischer. 43.) S. 47–93.

Laage, Karl Ernst: Theodor Storm und Iwan Turgenjew. Persönliche und literarische Beziehungen, Einflüsse, Briefe, Bilder. Heide: Westholsteinische Verlags-Anstalt Boyens, 1967. (Schriften der Theodor-Storm-Gesellschaft. 16.)

Lavrin, Janko: Lev Tolstoj in Selbstzeugnissen und Bilddokumenten. Reinbek bei Hamburg: Rowohlt 1961. (rm 57.)

Lettenbauer, Wilhelm: Tolstoj. München/Zürich: Artemis Verlag, 1984. (Artemis Einführungen. 11.)

Lukács, Georg: Der russische Realismus in der Weltliteratur. Probleme des Realismus II. Neuwied/Berlin: Luchterhand, 1964.

Mann, Thomas: Goethe und Tolstoi. In: Th. M.: Gesammelte Werke in 12 Bdn. Bd. 9. Frankfurt a. M.: S. Fischer, 1960. S. 58–173.

Mann, Thomas: Versuch über Tschechow. In: Th. M.: Gesammelte Werke in 12 Bdn. Bd. 9. Frankfurt a. M.: S. Fischer, 1960. S. 843–869.

Meister der Kritik. Belinski, Dobroljubow, Tschernyschewski. Übers. von Albert Klöckner. Eingef. und erl. von Otto Arnold Bergelt. Berlin: Verlag der Nation, 1953.

Rammelmeyer, Alfred: Russische Literatur in Deutschland. In: Wolfgang Stammler (Hrsg.): Deutsche Philologie im Aufriß. Bd. 3. Berlin: Schmidt, 1957. Sp. 367–394.

Reißner, Eberhard: Michail Saltykow-Schtschedrin. Eine komplizierte Angelegenheit. In: Bodo Zelinsky (Hrsg.): Die russische Novelle. Düsseldorf: Schwann-Bagel, 1982. S. 84–93.

Rothe, Hans: Iwan Gontscharow, Oblomow. In: Bodo Zelinsky (Hrsg.): Der russische Roman. Düsseldorf: Bagel, 1979. S. 111–133.

Schklowski, Viktor: Leo Tolstoi. Eine Biographie. Wien: Europa Verlag, 1981.

Schmid, Wolf: Der Textaufbau in den Erzählungen Dostoevskijs. München: Fink, 1973. (Poetica 10.)

Schmid, Wolf: Analysieren oder deuten? Überlegungen zur Kontroverse zwischen Strukturalismus und Hermeneutik am Beispiel von Čechovs »Nevesta«. In: WdSl 32 (1987) S. 101–120.

Schön, Luise: Die dichterische Symbolik V. M. Garšins. München: Sagner, 1978. (Slavistische Beiträge, 125.)

Schulz, Robert Kenneth: The Portrayal of the German in Russian Novels. Gončarov, Turgenev, Dostoevskij, Tolstoj. München: Sagner, 1969. (Slavistische Beiträge. 42.)

Setschkareff, Vsevolod: N. S. Leskov. Sein Leben und sein Werk. Wiesbaden: Harrassowitz, 1959.

Setchkarev, Vsevolod: I. Goncharov. His Life and his Works. Würzburg: JAL, 1974. (colloquium slavicum. 4.)

Städtke, Klaus: Ästhetisches Denken in Rußland. Kultursituation und Literaturkritik. Berlin/Weimar: Aufbau-Verlag, 1978.

Stökl, Günther: Russische Geschichte. Von den Anfängen bis zur Gegenwart. Stuttgart: Kröner, ^{4}1983. (Kröners Taschenausgaben. 244.)

Thiergen, Peter (Hrsg.): I. A. Gončarov. Beiträge zu Werk und Wirkung. Köln/Wien: Böhlau, 1989. (Bausteine zur Geschichte der Literatur bei den Slaven. 33.)

Thiergen, Peter: Oblomowerei, Perestrojka und Franz Xaver Kroetz. In: Zielsprache Russisch 11 (1990) Nr. 1, S. 1–6.

Troyat, Henri: Gorki. Sturmvogel der Revolution. Eine Biographie. München/Zürich: Piper, 1990. (SP 978.)

Tschižewskij, Dimitrij: Über die Stellung Čechovs innerhalb der russischen Literaturentwicklung. In: Thomas Eeckman (Hrsg.): Anton Čechov 1860–1960. Some Essays. Leiden: Brill, 1960. S. 293–310.

Tschižewskij, Dimitrij: Russische Literaturgeschichte des 19. Jahrhunderts. II. Der Realismus. München: Fink, 1967. (Forum Slavicum. 1**.)

Wenzel, Georg: Ivan Sergeevič Turgenev in Aufzeichnungen Thomas Manns. In: ZfSl 28 (1983) S. 889–914.

Wolffheim, Elsbeth: Anton Čechov in Selbstzeugnissen und Bilddokumenten. Reinbek bei Hamburg: Rowohlt, 1982. (rm 307.)

Zelinsky, Bodo (Hrsg.): Der russische Roman. Düsseldorf: Bagel, 1979.

Zelinsky, Bodo (Hrsg.): Die russische Novelle. Düsseldorf: Schwann-Bagel, 1982.

Ziegengeist, Gerhard: Über die Bedeutung von A. I. Herzens Schaffen für das progressive deutsche Geistesleben. In: ZfSl 7 (1962) S. 515–529.

Ziegengeist, Gerhard: I. S. Turgenev und Deutschland. Materialien und Untersuchungen. Bd. 1. Berlin: Akademie-Verlag, 1965. (Deutsche Akademie der Wissenschaften zu Berlin. Veröffentlichungen des Instituts für Slawistik. 34.)

Nachwort

> Lektüre mußte die schwankende Kraft stützen: russische namentlich, die geliebte, westöstliche Turgenjews immer wieder, Tolstois moralistisches Gigantenwerk und Gontscharow, den ich in Aalsgard am Sunde las.
>
> Thomas Mann zur Arbeit an *Buddenbrooks*

I

Wenn man unter »Realismus« die »Darstellung der Realität, wie sie wirklich ist« versteht, so stellt sich die Frage, weshalb die Werke des russischen Realismus noch immer zu den Höhepunkten der Weltliteratur zählen und Millionen von Lesern finden. Die historische Wirklichkeit im Rußland des 19. Jahrhunderts war meist bedrückend, geprägt von Repression, Leibeigenschaft, mangelnder Bildung der Masse der Bevölkerung. Was reizt also an Tolstoj und Turgenjew, an Gorkij und Tschechow, wenn sie nur ein getreues Abbild dieser trostlosen Umgebung schufen?
Ähnliche Zweifel beschäftigten schon Gontscharows Helden Oblomow, dem ein Bekannter, der Autor Penkin, einen Artikel aufdrängt:

»›Worüber?‹ fragte Oblomow, während er heftig gähnte. – ›Über den Handel, über die Frauenemanzipation, über die wunderschönen Apriltage, die uns der Himmel beschert hat, und über einen neuerfundenen Apparat zur Feuerbekämpfung. Wieso lesen Sie das nicht? Das ist doch unser tägliches Leben. Vor allem kämpfe ich für eine realistische Richtung in der Literatur.‹ – ›Haben Sie viel zu tun?‹ fragte Oblomow. – ›Ja, genug. Zwei Zeitungsartikel jede Woche, dann schreibe ich Besprechungen über unsere Belletristik, außerdem habe ich eine Erzählung verfaßt . . .‹ – ›Worüber?‹ – ›Darüber, wie in einer Stadt der Polizeichef die Bürger ins Gesicht schlägt.‹ –

›Das ist allerdings eine realistische Richtung‹, sagte Oblomow.«

Um trotzdem eine Antwort auf die Frage nach der Qualität und dem Erfolg des russischen Realismus zu finden, muß man die Definition des Begriffes »Realismus« korrigieren, die Ästhetik im Kontext der damaligen Zeit betrachten und schließlich – lesen und lesen.

II

Das geistige Klima Rußlands wurde seit 1825 vom Zaren Nikolaj I., dem »Gendarmen Europas«, geprägt, dessen Regierungsantritt schon mit einem Akt der Gewaltanwendung zusammenfiel: der Niederschlagung des Dekabristenaufstandes. Durch die Verbannung der meisten Akteure nach Sibirien und die Entfernung der Mitwisser aus den staatlichen Ämtern schied die geistige und moralische Elite aus dem öffentlichen Leben aus. Zugleich verschärfte Nikolaj die Zensur und schuf mit der »Dritten Abteilung« seiner Kanzlei ein Zentrum für die neu gegründete geheime Staatspolizei, deren Ziel darin bestand, alle Bereiche zu bespitzeln und oppositionelle Bewegungen im Keim zu ersticken.
An den Universitäten wurden verdächtige Disziplinen wie Statistik und Philosophie abgeschafft, und der Minister für Volksaufklärung Uwarow bestimmte als die tragenden Säulen des Bildungswesens, wie des gesamten Imperiums, die Orthodoxie, die Autokratie und den volksverbundenen Patriotismus.
Die intellektuellen Diskussionen der 40er Jahre entzündeten sich an der Frage nach einem Vorbild für die gesellschaftlichen Veränderungen. Weitgehend unbestritten schien nur die Erkenntnis, daß die Zustände in Rußland auf Dauer untragbar waren. Als besonders beschämend wurde das System der Leibeigenschaft angesehen, das nicht nur unter moralischen Aspekten als verwerflich, sondern auch als wirtschaftlich

unsinnig galt. Bald bildeten sich zwei Richtungen: die »Westler« suchten die Lösung in den demokratischen Theorien Westeuropas, die »Slawophilen« erhofften sich Hilfe durch die Rückbesinnung auf das alte Rußland, besonders die bäuerliche Dorfgemeinde, den »Mir«. Nach Meinung der Slawophilen mußte die Entwicklung die durch Peter I. aufgezwungene Europäisierung rückgängig machen; nach der Überzeugung der Westler galt es, sich am westlichen Beispiel zu orientieren. Deutlich und aggressiv formulierte 1836 der Freund Puschkins, Tschaadajew:

»Wir haben keinerlei Traditionen, keine Geschichte, die unser Volk erzogen hätte. Wir haben etwas Nomadenhaftes, Chaotisches an uns, sind ohne Vergangenheit und Zukunft. Isoliert von der übrigen Menschheit, fehlt uns jede eigene Entwicklung, jeder wirkliche Fortschritt. Von den Ideen der Pflicht, der Gerechtigkeit und der Ordnung, welche die Atmosphäre des Westens darstellen, sind wir ganz unberührt, dazu fehlt uns noch jede intellektuelle Methode und Logik. Konfusion ist ein allgemeiner Zug in unserem Volke, Gleichgültigkeit gegen das Gute und das Böse, gegen Wahrheit wie gegen Lüge.«

Bezeichnenderweise ließ Nikolaj I. den Autor für verrückt erklären. Die Diskussion über Rußlands künftigen Weg konnte er damit nicht aufhalten, sie wurde aber in die Illegalität gedrängt.
Obwohl die Mißstände offenkundig waren, kam es erst zu Reformen, als Nikolaj starb und etwa gleichzeitig die Niederlage im Krimkrieg die allgemeine Schwäche des Reiches aufzeigte.
Der neue Kaiser, Alexander II., weckte große Hoffnungen; die im Februar 1861 verkündete Bauernbefreiung bedeutete für die Mehrheit der Bauern aber keine wirkliche Verbesserung. Statt an den Gutsherren war der Bauer nun an die Dorfgemeinschaft gebunden, die Landanteile waren zu klein und

konnten auch nur durch langjährige Verschuldung erworben werden. Parallel zur Landreform wurde eine begrenzte lokale Selbstverwaltung (»Semstwo«) eingeführt und das Rechtswesen modernisiert.

Trotz dieser Ansätze einer Europäisierung blieb der Bezugspunkt meist Rußland und die eigene Vergangenheit. Jetzt entwickelte sich der »Panslawismus«, der es sich zum Ziel setzte, alle slawischen Völker von Fremdherrschaft zu befreien und dann zu vereinen. Diese Ideologie, die von einer Überlegenheit des Slawentums ausging, bestimmte auch jahrzehntelang die russische Außenpolitik. Obwohl Rußland die Freiheitsbestrebungen z. B. der Serben und Bulgaren unterstützte, war seine Glaubwürdigkeit ständig in Gefahr, da man gleichzeitig in Polen oder der Ukraine alle Ansätze einer kulturellen oder politischen Selbständigkeit brutal unterdrückte.

Auch innenpolitisch setzte bald wieder eine Verschärfung ein, als die Regierung sich durch eine neue Bewegung bedroht sah: den Nihilismus. Die Nihilisten, zu deren Prototyp die Figur Basarows in Turgenjews Roman *Väter und Söhne* (1862) wurde, lehnten jegliche Autorität ab und strebten danach, die Welt streng rational nach Nützlichkeitskriterien zu analysieren. Ihre materialistische Weltanschauung verbanden sie mit utopischen Vorstellungen, die heute sehr merkwürdig anmuten. Für die aufbegehrende Jugend war damals jedoch ein Buch wie Tschernyschewskijs *Was tun?* (1863) eine faszinierende Lektüre.

Auch solch radikale Ansätze wurden bald mit der Idee von der besonderen Bestimmung Rußlands in der Weltgeschichte und der Idealisierung des russischen Bauern verbunden. So kam es wiederholt zu Aufrufen an die Intellektuellen verschiedener gesellschaftlicher Schichten, die sogenannten »Rasnotschinzen«, »in das Volk zu gehen«, d. h., sich aufs Land zu begeben, von den Bauern zu lernen und gleichzeitig Bildungs- und Agitationsarbeit zu leisten. Die idealistischen jungen Leute konnten die ungebildeten Bauern aber nicht von der Notwendigkeit der Abschaffung von Staat und Zarentum und den Vorteilen des Kollektiveigentums überzeugen. Gleichwohl reagierte die Obrigkeit heftig und führte mehrere Massenprozesse.

Nachdem bereits 1866 ein Attentat auf Alexander II. versucht worden war, setzte ab 1876 eine weitere Radikalisierung ein, die in den planmäßigen revolutionären Terror mündete und 1881 zur Ermordung des Zaren führte.

Unter dem Nachfolger Alexander III. verschärften sich erwartungsgemäß die Gegensätze zwischen Regierung und Opposition weiter. Die Ansätze zur Liberalisierung wurden revidiert, ein dumpfes System der Kontrolle und Unterdrükkung belastete das Land und verhinderte eine öffentliche Diskussion.

Gleichzeitig wuchs die Bedeutung Rußlands als internationale Großmacht, deren Staatsgebiet sich kontinuierlich weiter nach Mittelasien, Ost- und Südsibirien ausdehnte. Parallel hierzu begann ab 1870 eine rasante Industrialisierung einzelner Regionen, die sich in den 90er Jahren noch weiter beschleunigte. Das Nebeneinander von rückständiger Landwirtschaft und hochentwickelter Industrie, von teilweise immer noch archaisch anmutenden Handelsformen und den Bedürfnissen des Welthandels, von Millionen Analphabeten und den Anforderungen der Industriegesellschaft führte zu Problemen, denen weder Alexander III. noch sein Nachfolger Nikolaj II. (ab 1894) gewachsen waren. Zunehmende Streikbewegungen und die Hungersnot des Jahres 1891 verdeutlichten das Ausmaß der Mißstände und bescherten der Arbeiterbewegung einen großen Zulauf. Das Ende dieser Epoche wurde dann wieder einmal durch einen verlorenen Krieg, diesmal den Russisch-Japanischen Krieg von 1904/05, markiert, auf den die Revolution von 1905 folgte. Sie bedeutete den Anfang vom Ende des zaristischen Rußland und damit auch das Ende der gesellschaftlichen und ökonomischen Strukturen, die sich in einzelnen Bereichen jahrhundertelang erhalten hatten.

III

Vor diesem Hintergrund vollzog sich die Entwicklung des russischen Realismus, wobei sich die Diskussionen nicht weniger heftig gestalteten und zum Teil von der allgemeinpolitischen Auseinandersetzung kaum zu trennen waren.
Die Herausbildung realistischer Darstellungsmittel war vorbereitet worden durch Autoren wie Karamsin (1766–1826) und Puschkin (1799–1837). Nikolaj Karamsin hatte mit der Ständeklausel gebrochen und Bauern oder Bäuerinnen (wie die *Arme Lisa*, 1792) zu literarischen Helden gemacht. Zugleich propagierte er die Verwendung eines »mittleren« Stils, der auf die zeitgenössischen Leser, welche die »schöne Rede« klassizistischer Texte gewohnt waren, zugleich derb und realistisch wirkte, obwohl die »arme Lisa« als Bauernmädchen die gleiche Ausdrucksweise gebrauchte wie ihr adliger Liebhaber.
Puschkin setzte die »Zerstörung der schönen Rede« fort, führte konsequent umgangssprachliche Elemente in die Literatur ein und brach auch Tabus auf der inhaltlichen Ebene. Das Ergebnis bezeichnet Puschkin aber nicht als »Realismus«, sondern als »echte Romantik« – und auch aus heutiger Sicht spricht viel dafür, Puschkin in erster Linie dieser literarischen Richtung zuzurechnen.
Auch bei Gogol, der die soziale Thematik weiter in den Vordergrund treten ließ, dominieren meist die romantischen Elemente. Gleichwohl wurde er für den bedeutendsten Literaturkritiker der Zeit, Wissarion Belinskij (1811–48), zum Begründer der neuen Literatur: er markiere den Übergang von der »idealen« zur »realen Poesie«, nähere Literatur und Wirklichkeit einander an und sei der »Dichter des wirklichen Lebens« (1835). Neben der wirklichkeitsgetreuen Darstellung lobte Belinskij die »Volkstümlichkeit« der Texte und die »Typisierung«, die verhindere, daß unbedeutende Einzelerscheinungen gezeichnet würden: »Bei einem echten Talent ist jede Figur ein Typ, ein jeder Typ für den Leser ein bekannter

Unbekannter.« Gegen die Vertreter der »reinen Kunst«, wie Annenkow und Drushinin, und gegen die konservative Kritik (Bulgarin, Senkowskij), die die »Sittlichkeit« zum wichtigsten Beurteilungskriterium machte, betonte Belinskij, Kunst sei »Wiedergabe der Wirklichkeit in ihrer ganzen Wahrheit« (1848). Der Dichter dürfe aber nicht bei der Beschreibung stehenbleiben, denn das Wesen der Kunst liege »in der Analyse der Gesellschaft, folglich in der Kritik«.
Hier wird eine Erscheinung deutlich, welche die Entwicklung der Literatur und Literaturkritik im Rußland des 19. Jahrhunderts bestimmte: Aufgrund der Unterdrückung jeder Form von politischer und philosophischer Diskussion bot dieser Bereich die einzige Möglichkeit für das Räsonieren in der Öffentlichkeit. Der Schriftsteller und Kritiker Nikolaj Tschernyschewskij (1828–89), der die Linie Belinskijs fortsetzte, schrieb dazu im Jahre 1856:

»In den Ländern, wo das geistige und gesellschaftliche Leben einen hohen Entwicklungsstand erreicht hat, existiert [...] eine Arbeitsteilung zwischen den verschiedenen Zweigen der geistigen Tätigkeit, von denen uns nur eine bekannt ist: die Literatur. Daher spielt unsere Literatur [...] in unserer geistigen Entwicklung eine bedeutendere Rolle als die französische, deutsche und englische Literatur in der Entwicklung ihrer Völker, und auf ihr ruhen mehr Verpflichtungen als auf irgendeiner anderen Literatur. Die Literatur konzentriert bei uns noch fast das gesamte geistige Leben des Volkes, und daher obliegt gerade ihr die Pflicht, sich mit den Interessen zu befassen, die in den anderen Ländern schon sozusagen in die spezielle Verfügung anderer Zweige der geistigen Tätigkeit übergegangen sind.«

Diese Einschätzung könnte sich auch in einer Darstellung zur Geschichte der Sowjetliteratur finden, da sie bis in die 80er Jahre unseres Jahrhunderts aktuell blieb.
Die Literatur übernahm die Funktion der Philosophie und

der Gesellschaftswissenschaften; die Literaturzeitschriften übernahmen die Rolle der Zeitungen und politischen Journale. Folglich stritt man nicht über den Zaren oder politische Dunkelmänner wie den Geheimdienstchef Benckendorff oder später den Prokurator des Heiligen Synod Pobedonoszew, sondern um die literarischen Helden Oblomow, Rudin, Basarow.

Mit der Funktion und der Wirkung der Literatur beschäftigten sich dann auch die bedeutendsten Autoren wie Dostojewskij, Tolstoj, Tschechow und Gorkij. Meist geht es aber nicht um Tagespolitik oder um das Engagement für eine bestimmte politische Richtung, sondern um die moralischen Grundfragen des menschlichen Lebens.

Trotz aller Unterschiede in der Schreibweise lassen sich einige Merkmale bestimmen, die für die Literatur des russischen Realismus typisch sind. Sie sind meist durch das Bestreben bedingt, »wirklichkeitsnahe« Texte zu produzieren. Um den Eindruck der Künstlichkeit zu verwischen, werden ästhetische Restriktionen früherer Epochen weiter abgebaut: neue Helden aus unteren Bevölkerungsschichten treten auf, und es dominiert ein »vergröberter« Stil der Erzähler- und Figurenrede. Man verwirft traditionelle Bauformen von Erzählung und Roman, die Darstellung beginnt wie zufällig »mitten in der Handlung«, Informationen bleiben ausgespart, dafür liefert der Erzähler »überflüssige Details«, die für den Gang der Handlung unerheblich sind. Statt des geordneten Über- und Untereinander der klassizistischen Dichtung entsteht hier ein Nebeneinander, dessen Unordnung die Unstrukturiertheit der Wirklichkeit abzubilden scheint. Die Auflösung der Ganzheitlichkeit ist verbunden mit der Abkehr von Symbol und Metapher und der Hinwendung zur Metonymie; es gibt keine verschiedenen Ebenen der Bedeutung, der Ausdruck verweist nicht auf etwas Höheres, sondern nur auf etwas Benachbartes. Konsequent wird dieses Prinzip in den beschreibenden Passagen umgesetzt, teils als Naturbeschreibung, teils als Milieuschilderung.

Der Eindruck einer unmittelbaren Wiedergabe der Wirklichkeit wird verstärkt durch eine durchgehende *Motivierung* der Handlungen der Helden. Spielte in der Romantik das Außergewöhnliche eine besondere Rolle, stand das Wunderbare sogar im Zentrum des Interesses, so versucht der Autor des Realismus, möglichst alle Ereignisse zu erklären und *kausal* miteinander zu verketten. Das Verhalten der Helden kann dabei durch das Milieu, die Biographie oder die politische Situation begründet werden – demgegenüber tritt »das Schicksal« völlig in den Hintergrund. Dieser rationale Zug des Realismus findet eine Entsprechung in der Hochschätzung der Naturwissenschaften und der Gesellschaftswissenschaften.
Im Ergebnis tritt das *Wahrscheinliche* und das *Typische* an die Stelle des Wunderbaren und des Außergewöhnlichen, die umfassende Darstellung der Wirklichkeit an die Stelle der Gestaltung des Schönen – meist auch das politisch Engagierte an die Stelle des Ästhetisch-Spielerischen.
Natürlich präsentiert auch diese Art der Darstellung nicht »die Realität, wie sie wirklich ist«, sondern nur eine andere Art der Fiktion, die durch Auswahl der Objekte und durch die Erzählperspektive ein Modell der Wirklichkeit liefert. Die Kunst kann (glücklicherweise) ihre Grenzen nicht überspringen, und so scheitert der Realismus in seiner Theorie – schafft aber zugleich Werke, die zeitüberdauernd wirken.
Letztlich gilt auch für die Schriftsteller des russischen Realismus die Einsicht, die Oblomows Diener Sachar formuliert: Autoren, »das sind solche Herrschaften, die sich selber ausdenken, was sie brauchen«.

IV

Die 40er Jahre waren in der russischen Literatur bestimmt durch die sogenannte »natürliche Schule«. Unterstützt durch Belinskijs Kritiken wandten sich die Autoren neuen Themen zu und ersetzten die Liebesgeschichten adliger Helden durch

die Darstellung des Alltags der kleinen Leute mit den Schattenseiten des städtischen Lebens: Dunkelheit, Schmutz, Gestank, Erniedrigung, Krankheit und Tod.
Zur gleichen Zeit begann Sergej Aksakow, der bereits die Fünfzig überschritten hatte, seine literarische Karriere mit aufsehenerregenden Werken, die realistisch sind, sich aber deutlich von den dunklen, deprimierenden Texten der »natürlichen Schule« unterscheiden. Der in der Provinz aufgewachsene Schriftsteller hatte sich durch die Freundschaft mit Nikolaj Gogol dem Schreiben zugewandt, nachdem ihn seine Tätigkeit als Gutsbesitzer nicht mehr befriedigte und er seine Arbeit als Zensor wegen seiner Großzügigkeit bei den Genehmigungen verloren hatte. Aksakow galt schon vorher als interessanter, gebildeter Mann, in dessen Moskauer Salon sich die Intelligenz traf; nun begeisterte er die Kritik durch seine seltsamen Werke, die in ihrer Detailtreue der Zeit voraus waren, dabei aber einen ruhigen, optimistischen Grundton aufwiesen.
Noch heute spürt man diesen Reiz, wenn man sein bekanntestes Werk, die 1856 erschienene *Familienchronik*, liest. Ausgehend von der Geschichte der eigenen Familie, gestaltet Aksakow ein Tableau des Landlebens im letzten Drittel des 18. Jahrhunderts, auf dem die Vergangenheit wiederauflebt. Der Erzähler plaudert mit dem Leser wie mit einem guten Bekannten und präsentiert seine Geschichte, die eigentlich keine Geschichte ist, da die Struktur nur durch die Chronologie der wirklichen Ereignisse bestimmt ist. Auch die vorliegende Erzählung aus dem ersten Kapitel folgt dem Ablauf eines gewöhnlichen – wenngleich »guten« – Tages. Es entsteht kein Eindruck der »Künstlichkeit«, obwohl Elemente literarischer Verfremdung durchaus vorhanden sind; sitzt der Leser doch wie ein Zuschauer im Theater, vor dem im ersten Absatz der »Vorhang« aufgezogen und im letzten Absatz wieder zugezogen wird. Der Text hat idyllische, ja märchenhafte Züge, die Personen sind durchweg sympathisch, die Episoden lustig, und es ist »alles in bester Ordnung«. So

verwundert es, daß das Buch nur mit von der Zensur erzwungenen Kürzungen erscheinen konnte; der Grund dafür war, daß in anderen Kapiteln, durchaus mit gleicher Deutlichkeit, negative Charaktere unter den Gutsbesitzern beschrieben werden.

Bei aller Genauigkeit der Darstellung bleibt Aksakow aber wohlwollend: »Ich schrieb die Wahrheit; indem ich herzlich mit dem Guten fühlte, schaute ich nachsichtig auf das Schlechte.« Der Vorwurf der »Neutralität« und »Objektivität« von seiten derjenigen, die explizite Kritik und Polemik erwarteten, traf Aksakow genauso wie später Anton Tschechow. – Bereits 1858 erschien die erste deutsche Übersetzung der *Familienchronik*.

V

Deutlicher Position in der politischen Auseinandersetzung bezogen Alexander Herzen und Nikolaj Nekrassow, die zunächst eng mit der »natürlichen Schule« verbunden waren und in deren Schaffen die dunklen Töne auch später überwogen.

Herzens Erzählung *Die diebische Elster* stellt einen direkten Angriff auf das System der Leibeigenschaft dar, der um so schärfer wirkt, als hier nicht das Schicksal eines ungebildeten Bauern, sondern das einer begabten Schauspielerin geschildert wird. Gleichzeitig entfaltet der Autor in der Rahmenhandlung ein Streitgespräch über die Rolle der Frau in Rußland und läßt Vertreter der »Westler« und der »Slawophilen« auftreten. Auch bei Herzen enthält sich der Erzähler direkter Kommentare und charakterisiert die Figuren durch ihr Äußeres (hier sogar nur durch die Frisur) und ihre Äußerungen. Dieser Erzähler ist Teil der Rahmenhandlung und somit einer der Zuhörer des Schauspielers, der die eingebettete Geschichte erzählt. Der Anspruch auf Authentizität wird unterstrichen durch die Aussage, nur als Medium aufzutreten: »So gut ich vermag, gebe ich die Erzählung des Künstlers wieder.« In die Erzählung des Schauspielers sind zwei weitere Geschichten eingelagert: die Nacherzählung des Stückes *Die diebische Elster* und die mit Mitteln des Sentimentalismus gestaltete Lebensbeichte Annettes, in die wiederum eine Inhaltsangabe von Lessings *Kabale und Liebe* integriert ist. Trotz einiger stilistischer Brüche wirkt der Text durch sein Engagement für ein sinnvolles, selbstbestimmtes Leben und sein Eintreten für die Frau, die besonders unter dem unmenschlichen Gesellschaftssystem zu leiden hatte.

Auch Nekrassow begann seine literarische Tätigkeit als Vertreter der »natürlichen Schule«. Im Gegensatz zu Herzen, der aus politischen Gründen ins Exil ging, blieb Nekrassow aber im Lande und betätigte sich über Jahrzehnte als Herausgeber der bedeutendsten kritischen Zeitschriften *Der Zeitgenosse* (1847–66) und *Die Vaterländischen Annalen* (1868–77). Ein weiterer Unterschied bestand darin, daß Nekrassow immer eher auf seiten der »Volkstümler« stand, während Herzen zunächst als führender Vertreter der »Westler« galt.

Ein verbindendes Element gab es in Gestalt des gemeinsamen Bekannten Michail Schtschepkin, eines Schauspielers, der nicht nur durch seine Darstellungskunst, sondern auch durch die vielen Geschichten, die er zu erzählen wußte, berühmt war. Sie wurden zu literarischen Stoffen für Gogol, Herzen (*Die diebische Elster*) und Nekrassow (*Ein Rätsel*).

Nekrassow gestaltet seine Erzählung zwar spannend und schildert die Abgründe der menschlichen Psyche (im Gegensatz etwa zu Aksakow), hält den Stil aber einfach, ohne besondere künstlerische Verfahren anzuwenden. Der Text erinnert in seiner Einfachheit, aber auch in seiner Moral, an ein biblisches Gleichnis.

Da Nekrassow eine außergewöhnliche Geschichte erzählt, die zudem Brüche in der kausalen Motivierung aufweist (»ob ihm dort etwas zustieß oder ob nichts Absonderliches geschehen war, auf jeden Fall kehrte er als ein völlig anderer Mensch heim«), ist es erforderlich, den Wahrheitsanspruch mit anderen Mitteln zu unterstreichen. Der Autor bedient sich auch hier relativ einfacher Mittel, wenn er einen entsprechenden Untertitel wählt (»Tatsachenbericht«) und sich am Schluß auf Zeugen beruft.

Die eigentliche Bedeutung Nekrassows aber liegt – neben seiner Herausgebertätigkeit – in seinem lyrischen Schaffen. Er war der wichtigste Lyriker des russischen Realismus und eigentlich der einzige, dem es gelang, realistischen Anspruch und lyrische Gestaltung überzeugend zu verbinden. In einer Epoche, die Gedichte und gebundene Rede für eher gekünstelte Ausdrucksweisen hielt, schuf er durch Einbeziehung umgangssprachlicher Elemente, bislang ungewöhnlicher Reime und verschiedener Kombinationen im Versmaß eine neue Lyrik, die geeignet war, auch seine politischen Ziele zu unterstützen. Seine schwermütigen, anklagenden Gedichte trugen ihm große Popularität ein und stehen im Mittelpunkt seines Schaffens und seines Lebens:

Ihr Lieder mein! Lebendig Zeugnis tragt ihr
Der Schmerzen ringsumher;
Geboren aus der Seele Gluten, klagt ihr
In Stürmen lang und schwer,
Und an die starren Menschenherzen schlagt ihr
Wie ans Geklipp das Meer.
(1862, Übers. Friedrich Fiedler)

VI

Als *der* typische Realist ist verschiedentlich Iwan Gontscharow bezeichnet worden, und seine genauen Beschreibungen scheinen diese Einschätzung zu belegen. Im Mittelpunkt des Interesses steht dabei immer wieder das Werk, dem er seine Berühmtheit verdankt: *Oblomow*.

Der umfangreiche Roman schildert das Leben des kleinen Adligen Oblomow, der sich den Anforderungen und Verlokkungen der Welt, der Berufstätigkeit und der Liebe entzieht und seine Zeit überwiegend im Bett verbringt. Ihm wird als Gegenbild der fleißige, erfolgreiche Halbdeutsche Stolz gegenübergestellt, der sich vergeblich müht, seinen Freund Oblomow aus der Lethargie zu reißen. Das Verbindungsglied stellt schließlich Olga dar, die zunächst in Oblomow verliebt ist, sich dann aber enttäuscht Stolz zuwendet, nachdem sich ihr ›Liebhaber‹ wieder in sein heruntergekommenes Zimmer, in den zerschlissenen Schlafrock und das verdreckte Bett zurückgezogen hat.

10 Jahre vor Erscheinen des Romans veröffentlichte der Autor die Erzählung *Oblomows Traum*, die den Untertitel »Episode aus einem unvollendeten Roman« trägt. Der Text weist kaum traumhafte Züge auf; der Leser, der eher die Träume der romantischen Schule gewöhnt war, wird hier konfrontiert mit einer Mischung aus märchenhaften Elementen, literarischen Anspielungen, realistischen Beschreibungen und rationalen Erläuterungen des Erzählers. Die Szenerie ist geprägt durch das Nebeneinander von idyllischem Leben, das an Arkadien und das Goldene Zeitalter erinnert, und ständiger, unerklärlicher Bedrohung, die von bösen Geistern, der Schlucht oder von Einflüssen ausgeht, welche von außen in das Schlaraffenland eindringen. Allgegenwärtig sind Ironie und Humor, am augenfälligsten wohl in der Auseinandersetzung mit dem »Grandiosen, Wilden, Düsteren« der Romantik und Schauerromantik, den empfindsamen Passagen, die an Karamsin erinnern, oder in der Episode mit dem geheimnisvollen Brief, der sich als Bitte um ein Rezept zum Bierbrauen entpuppt, verfaßt von einem Herrn Radischtschew – einem Namensvetter des berühmten Schriftstellers, der wegen seiner kritischen Schriften von Katharina der Großen nach Sibirien verbannt worden war.

Wirklich bedrohlich erscheint dagegen die Erziehung des jungen Oblomow in einer Atmosphäre, die jede Selbständigkeit, jedes Selbstvertrauen, jede Bildung im eigentlichen Sinne verhindert. So wird Oblomowka zur »Trümmerstätte der moralisch-ästhetischen Erziehung« (Thiergen).

Im Roman bildet der »Traum« das 9. Kapitel des ersten Teils; er wird eingeleitet durch den Schluß des 8. Kapitels: »Ein Traum hielt den langsamen und trägen Strom seiner Gedanken auf und versetzte ihn flugs in eine andere Epoche, zu anderen Menschen, an einen anderen Ort, wohin auch wir uns mit dem Leser im nächsten Kapitel versetzen lassen.« Beim Einfügen des Traumes in den Gang der Handlung handelt es sich zunächst um ein typisch realistisches Verfahren, denn durch die Rückblende wird das Verhalten des Helden in der Erzählgegenwart motiviert. Oblomow erscheint so als Produkt seiner Erziehung in der »guten alten Zeit«.

In seinem Aufsatz *Was ist Oblomowerei?* (1859) stellte Dobroljubow Oblomow in eine Entwicklungslinie mit anderen literarischen Helden wie Onegin, Petschorin und Rudin, die den »überflüssigen Menschen« verkörpern. Für Dobroljubow spiegelt sich im Roman die gesamte gesellschaftliche Entwicklung; und »Oblomowerei« wird zum Synonym für die Rückständigkeit, Unfähigkeit, Gleichgültigkeit des alten Rußland. In der Tat liegen solche Interpretationen nahe, trotzdem empfindet der Leser Sympathie mit dem Helden, der sich von den notwendigen Veränderungen bedroht und überfordert fühlt und sich aufs Sofa legt, »just in dem Augenblick, als in Rußland die Einrichtung bürgerlicher Gesellschaftsverhältnisse beginnt, in der jungen Generation schon über die Möglichkeit einer Revolution nachgedacht wird und bei unterschiedlicher Zielsetzung allgemein ein Appell an die Energie und Einsatzbereitschaft jedes einzelnen ergeht« (Städtke). Die Diskrepanz wird dadurch verstärkt, daß Gontscharow glaubte, die Zukunft gehöre Menschen wie Stolz, während man ständig spürt, daß seine Sympathie auf seiten Oblomows ist. Diese Tatsache ist eng mit der Problematik des Realismus verbunden: Stolz, als utopische Gestalt, ist schwach gezeichnet und als »lebender Mensch« nicht glaubhaft gelungen – die Darstellung Oblomows gehört dagegen zu den Meisterleistungen der russischen Literatur.

Der idealistische Gontscharow litt zeitweise darunter, daß

sein Werk nicht verstanden und überwiegend wörtlich aufgefaßt oder tagespolitisch interpretiert wurde: »Vergeblich habe ich darauf gewartet, daß irgend jemand außer mir selbst zwischen den Zeilen lesen und, nachdem er meine Gestalten liebgewonnen, sie zu einem Ganzen zusammenfügen und sehen würde, was genau dieses Ganze bedeutet.«

VII

In Turgenjews Faust-Erzählung geht es um verdrängte oder unterdrückte Leidenschaft, auch bei ihm liegt der Schlüssel zum Verhalten der Personen in ihrer Erziehung. Die Mutter der Heldin, Frau Jelzowa, ist der Meinung, man müsse sich »ganz bezwingen«, obwohl, wie bei Oblomows Mutter, die unbändigen Emotionen nur in den Hintergrund treten.

Im übrigen erinnert der Text – die Briefform, das Naturerlebnis, die verbotene Liebe – eher an Goethes *Werther*. Wenn Werther und Lotte durch die gemeinsame Ossian-Lektüre einander näher kommen, so ist es bei Pawel und Wera der Eindruck des *Faust* und des *Onegin*, der sie verbindet. Auch das tragische Ende verweist auf die *Werther*-Tradition; interessanterweise führt hier die Lektüre des *Faust* zum Tode – und nicht wie in anderen Fällen die des *Werther*.

Der erste Teil der Goetheschen Tragödie fand damals in Rußland viel Beachtung. Von dem berühmten Dramatiker Alexander Gribojedow stammt die erste Nachdichtung eines *Faust*-Auszuges (1825, »Prolog auf dem Theater«), die erste vollständige russische Ausgabe erschien, von Puschkin lektoriert, im Jahre 1837. Stil und Inhalt waren den offiziellen Stellen allerdings sehr suspekt; die Zensur erzwang umfangreiche Streichungen, und Zar Nikolaj äußerte sich entsprechend empört, als er erfuhr, daß seine Gemahlin Gefallen am *Faust* fand: »Diese Wirrköpfe Schiller, Goethe und ähnliche Schurken haben das ganze jetzige Durcheinander vorbereitet!«

Iwan Turgenjew war bereits während seiner Berliner Studienzeit mit Goethes Werk näher bekannt geworden und nahm Anteil am Goethe-Kult des Kreises um Bettina von Arnim. Im Jahre 1844 veröffentlichte er in der Zeitschrift *Vaterländische Annalen* seine Übersetzung der letzten Szene aus *Faust I*, und im Jahr darauf schrieb er in einer *Faust*-Rezension:

»[...] ein großes Werk. Es bringt am vollständigsten eine in Europa unwiederholbare Epoche zum Ausdruck, nämlich die Epoche, in der die Gesellschaft sich selbst verneinte, als jeder Untertan zum Menschen wurde, als endlich der Kampf der neuen Zeit gegen die alte begann, und die Menschen nur noch Vernunft und Natur – sonst nichts – als unerschütterlich gelten ließen.«

Die Erzählung *Faust*, die 1856 im gleichen Heft der Zeitschrift *Der Zeitgenosse* erschien, in dem auch eine neue *Faust*-Übertragung von Strugowschtschikow veröffentlicht wurde, läßt zunächst wenig von dieser Bewunderung spüren. Zwar wird die ungeheure Kraft des Stückes spürbar, zugleich weisen Motto und Schluß der Erzählung aber darauf hin, daß das Faustsche Streben nur ins Unglück führen kann und nach Meinung Turgenjews im »Entsagen« der Sinn des Lebens liegt. Die Aussage erinnert gleichwohl an Goethe, wenn auch an sein Alterswerk und Texte wie das Gedicht *Vermächtnis* (1829). Wenn die ›Moral‹ der Erzählung nicht ganz glaubwürdig erscheint, so liegt dies erneut in der Tatsache begründet, daß das ›fehlerhafte‹ Verhalten als das menschliche erscheint, während das pflichtgemäße eher unmenschliche Züge trägt.
Bei alledem handelt es sich jedoch um ein Meisterwerk, das realistische Schilderungen mit sentimentalistischen Passagen und romantischen Elementen (das Erscheinen der Mutter) sowie literarischen Anspielungen verbindet. Die Genauigkeit der Ortsbeschreibungen rührt daher, daß Turgenjew sehr exakt Räumlichkeiten, Bibliothek und Park seines Gutes Spasskoje darstellt. Auch die Personen haben reale Vorbilder:

der Held trägt Züge seines Schöpfers Turgenjew, der sich damals in einer persönlichen Krise befand, und als Prototyp Weras wird allgemein Tolstojs Schwester Maria angesehen. Trotz der Kritik Tschernyschewskijs und Dobroljubows an der passiven, resignativen Grundstimmung der Erzählung fand der Text aufgrund seiner literarischen Qualität viel Zustimmung bei Schriftstellern wie Tolstoj und Nekrassow. – Bereits 1862 erschien die erste deutsche Übersetzung von Bodenstedts.

VIII

Tolstoj (in anderer Form auch Dostojewskij) suchte die Antwort auf die Fragen des Lebens in der Religion. Für ihn ist die Kunst »ein für das Leben und das Glücksstreben des einzelnen Menschen und der Menschheit unentbehrliches Kommunikationsmittel, das die Menschen durch ein und dasselbe Gefühl vereint«. Diese Kunst hat eine eindeutig gesellschaftliche Bestimmung:

»Die Kunst, die echte Kunst, die mit Hilfe der Wissenschaft durch die Religion geleitet wird, soll bewirken, daß das friedliche Miteinander der Menschen, das heute durch äußere Maßnahmen, durch Gerichte, durch die Polizei, durch Wohltätigkeitseinrichtungen, Arbeitsinspektionen und dergleichen mehr gewährleistet wird, durch die freie und freudige Tätigkeit der Menschen erreicht wird.« (1898)

Der Realismus Tolstojs basiert auf der »sklavisch genauen Wiedergabe aller, auch der geringfügigsten Details der Wirklichkeit«. Dabei geht es aber nicht um reine Reproduktion des Vorgefundenen; vielmehr spielt auch für Tolstoj die »Typisierung« eine wesentliche Rolle: »Man muß viele gleichgeartete Menschen beobachten, um einen bestimmten Typ gestalten zu können.« –
Im Tagebuch Tolstojs findet sich unter dem 21. Januar 1858

die Notiz: »Im Evangelium gelesen, nachgedacht und den ›Baum‹ umgeschrieben.« Bei dem Text handelt es sich um die Erzählung, die später den Titel *Drei Tode* erhielt und zu den bekanntesten Werken des Autors zählt. Das Thema des Todes, später noch einmal ausführlich im *Tod des Iwan Iljitsch* behandelt, interessierte den Schriftsteller damals in besonderer Weise. Vor allem eine Hinrichtung mit der Guillotine, der er 1857 beiwohnte, hatte den auf den Spuren Rousseaus durch Frankreich und die Schweiz reisenden Tolstoj tief erschüttert.

In der meisterhaft gestalteten Erzählung findet sich nun sowohl Rousseau- als auch Bibellektüre wieder. Mit sparsam eingesetzten Mitteln gestaltet Tolstoj die drei Handlungsstränge, die durch die Figur des Kutschers verbunden sind. Dem Parallelismus der Komposition entspricht die Gegenüberstellung von dekadenter Gutsherrenkultur und bodenständigem Volkstum, von Russischem und Ausländischem (französische Sprache, deutscher Arzt, Auslandsreise). Der Schriftsteller selbst skizzierte und interpretierte seinen Text in einem Brief an seine Cousine Alexandrine Tolstaja, und aus diesen Worten wird deutlich, daß seine »Religion« nicht mit der Lehre und der Praxis der orthodoxen Kirche gleichzusetzen ist:

»Drei Lebewesen sind gestorben: eine Herrin, ein Bauer und ein Baum. Die Herrin ist erbärmlich und widerlich, weil sie ihr Leben lang gelogen hat und auch vor dem Tod lügt. Das Christentum, wie sie es versteht, vermag für sie die Frage von Leben und Tod nicht zu lösen [...]. Der Bauer stirbt ruhig, gerade weil er kein Christ ist. [...] Seine Religion ist die Natur, in der er lebte. [...] ihm ist dieses Gesetz [des Werdens und Vergehens] wohlbekannt, und er wandte sich von ihm nie ab, wie es die Herrin tat, sondern sah ihm gerade und einfach ins Auge ... Der Baum stirbt ruhig, aufrecht und schön. Schön – weil er nicht lügt, sich nicht ziert, nichts fürchtet, nichts bedauert!«

Die für Tolstoj typische Form der Parabel, die eng mit dem Didaktischen verbunden ist, trennt diesen »Riesen der russischen Literatur« von seinem Zeitgenossen Dostojewskij, der beim Ringen um sein persönliches Christentum mehr Fragen aufstellt als beantwortet und eher ein Psychologe als ein Pädagoge ist. Er hat keinen Schlüssel, um die Welt zu erklären, sie bleibt ihm unverständlich und erscheint im literarischen Werk bald grotesk, bald komisch, wobei die Übergänge fließend sind.
In seinem berühmten Brief an den Philosophen Strachow formuliert Dostojewskij seine Auffassung vom »Realismus«:

»Ich habe meine eigenen Ideen über die Kunst, und zwar bestehen sie in folgendem: was die meisten Menschen als phantastisch betrachten, halte ich für das innerste Wesen der Wahrheit. Trockene Beobachtungen alltäglicher Banalitäten betrachte ich schon lange nicht mehr als Realismus – es ist genau das Gegenteil ... Ich bin ein Realist im höheren Sinne des Wortes.«

Eine eigenwillige Auffassung von realistischer Darstellungsweise zeigt auch die Erzählung *Bobok*, die den typisch romantischen Ort des Friedhofs (Shukowskij: *Der Dorffriedhof*) mit den romantischen Motiven des lebenden Leichnams (Puschkin: *Der Sargmacher*) und des wahnsinnigen Erzählers (Gogol: *Aufzeichnungen eines Wahnsinnigen*) verbindet. Das Auftreten sprechender Leichen wird aber rational durch den Wahnsinn des Erzählers motiviert, und die Stimmung ist weder empfindsam noch schaurig; vielmehr finden wir eine Mischung aus literarischer Polemik und moralisch begründeter Gesellschaftskritik, die auch hier Dostojewskijs Auffassung belegt, daß jeder Mensch für sich und für die anderen verantwortlich ist. Im Gegensatz zu seinen großen Romanen bietet die Erzählung aber keinen »schönen Menschen« (wie den Idioten, Fürst Myschkin) als positives Gegenbild. Es

dominiert der »moralische Gestank« von Egoismus und Verkommenheit.
Gleichzeitig findet der Leser aber auch spielerische Elemente. Dem unbeholfenen Erzähler wird eine stark umgangssprachlich gefärbte, ›defekte‹ Sprache in den Mund gelegt. Trotzdem trägt er Züge des Autors, wenn er gleich zu Beginn Äußerungen der linken Presse zu dem Dostojewskij-Porträt des Malers Wassilij Perow zitiert. Das Motiv wird im letzten Absatz noch einmal aufgenommen. Spielerisch wirken auch die Selbstzitate, unter denen das Auftreten des Herrn Lebesjatnikow aus dem Roman *Schuld und Sühne* das vielleicht auffälligste ist.
Die Grundstimmung scheint aber düster und anklagend. Dostojewskij, der vom Westler zum Slawophilen geworden war, sah in dieser Phase seines Lebens den Weltuntergang voraus und glaubte, der Antichrist sei in Gestalt der Revolutionäre aufgetreten. Er hatte für mehr als ein Jahr die Herausgabe der Zeitschrift *Der Staatsbürger* (Grashdanin) des reaktionären Fürsten Meschtscherskij übernommen, deren Konzept darin bestand, die »Autokratie sowie die Autorität der Kirche zu verteidigen und alle Ausschweifungen des Liberalismus anzuprangern.«
Wenn Dostojewskij in seinen publizistischen Schriften immer konservativer und orthodoxer wurde, so überwand er doch in den literarischen Werken diese engen Bindungen und schuf Texte, die durch ihre Psychologie und ihre Menschlichkeit Leser in aller Welt ansprechen.

IX

Amüsanter lesen sich für uns viele Texte Michail Saltykows, der meist unter seinem Pseudonym Schtschedrin publizierte. Dabei vergißt man leicht, daß manches, was heute in erster Linie lustig wirkt, zur damaligen Zeit einen ernsten Hintergrund hatte und Übertreibungen und Verzerrungen der Wirklichkeit nicht nur humoristische Mittel

darstellten, sondern gleichzeitig Verfahren der Verfremdung, die notwendig waren, um die allgegenwärtige Zensur zu überwinden.
Saltykow teilte das Schicksal vieler anderer russischer Schriftsteller, die zugleich Poeten und Publizisten, Herausgeber und Redakteure, Beamte und Opfer des Staates waren. Nach Rückkehr aus der politisch bedingten Verbannung gab er zusammen mit Nekrassow den *Zeitgenossen* und später die *Vaterländischen Annalen* heraus; beide Zeitschriften wurden aber schließlich verboten. Für diese und andere Periodika schrieb Saltykow Erzählungen, Novellen und 32 satirische Märchen. Fast alle Texte lassen sich als böse Karikaturen bezeichnen, die Bürokratie, Ausbeutung und Untertanendenken anprangern. Die groteske Darstellungsweise wird auf der stilistischen Ebene ergänzt durch ein auffälliges Nebeneinander verschiedener Sprachschichten, vor allem die Einbeziehung von umgangssprachlichen Elementen.
Seine Märchen sind meist einfach strukturiert, um weite Leserkreise anzusprechen und eine direkte Wirkung zu erzielen. Im Text *Wie ein Bauer zwei Generäle durchfütterte* stieß der zeitgenössische Leser auf typische Märchenelemente, wie den wundersamen Ortswechsel zu Beginn und die Heimreise im Zuber, daneben aber auf einen »Helfer«, der anstelle der Hexe oder des Hechtes (im Zaubermärchen) als Wundertäter auftritt und alle Arten bäuerlicher und handwerklicher Tätigkeit ausübt. Dieser ›Held‹, der russische Bauer, wird jedoch auch für seine eigene Unterdrückung verantwortlich gemacht, wenn der Autor zeigt, wie der Mushik selbst den Strick herstellt, mit dem er dann gebunden wird.
Eine andere Art von Humor finden wir bei Leskow. Zwar verwendet auch er Elemente des Märchens, die satirischen Töne bleiben aber im Hintergrund. Der Leser amüsiert sich über das Verhalten der Helden, die unwahrscheinlichen Übertreibungen und die komischen Details. Dies alles ist in einen handlungsreichen Text verpackt, der sich in kurze Kapitel gliedert und durchaus spannend angelegt ist.

Am auffälligsten wirkt jedoch der Erzähler. Leskow legt ihm eine Sprache in den Mund, die ihn als einen Mann charakterisiert, der keine besondere Bildung genossen hat. Er ›redet‹ engagiert und durchaus talentiert, versucht aber immer wieder, seine umgangssprachliche Erzählweise durch Elemente des hohen Stils zu schmücken. So gebraucht der Erzähler ständig Fremdwörter, deren genaue Form und Bedeutung er nicht kennt und die er deshalb verunstaltet und ihm geläufigeren Wörtern anpaßt. Diese »Volksetymologien« sorgen für weitere Komik und zwingen den Leser, sich auf das amüsante Spiel des Entschlüsselns einzulassen. Die Stilisierung der mündlichen Rede, der sogenannte »Skaz«, hat im übrigen eine Tradition in der russischen Literatur; er findet sich z. B. bei Puschkin, Gogol und in sowjetischer Zeit bei Soschtschenko.

Was uns heute als Vorzug erscheint, stieß seinerzeit auf heftige Kritik. Man warf Leskow vor, »nur« unterhaltsam zu sein und die Lage der Bevölkerung zu idyllisieren. Im Sieg der russischen über die englischen Handwerker äußere sich zudem der slawophile Nationalchauvinismus des Autors. Die durchgängige Ironie, die eine nationalistische Interpretation eigentlich verhindern sollte, wurde von den Kritikern nicht wahrgenommen. Der eigenartige Schriftsteller Leskow, der nicht nur in seinem Religionsverständnis unorthodox war, fand lange Zeit bei den deutschen Lesern mehr Verständnis als bei seinen Landsleuten.

Die Stellung Wladimir Korolenkos, vor allem als moralische Autorität, war hingegen schon zu Lebzeiten unbestritten. Sein mutiges Auftreten gegen verschiedene Formen des Unrechts, gegen Unterdrückung und Todesstrafe verschafften ihm den Respekt von Freunden und politischen Gegnern. Er hatte es nicht nötig, den »Gang ins Volk« anzutreten: seine Verbannung führte ihn in die entlegensten Regionen des Landes und machte ihn mit Angehörigen aller sozialer Schichten bekannt. Trotz des Elends, das Korolenko dabei kennenlernte und das er immer wieder darstellte, blieb der

Autor optimistisch und war scheinbar immun gegen die sich immer weiter ausbreitende Resignation seiner Zeitgenossen.
Seine literarischen Werke sind gekennzeichnet durch die Verbundenheit mit der Natur, vor allem mit dem Wald. Wie sein Landsmann Gogol verwendet er Motive der ukrainischen Folklore und läßt Naturgeister auftreten – hier aber realistisch motiviert, da sie nicht vom Ich-Erzähler, sondern vom Erzähler in der Erzählung, dem geistig verwirrten Großvater, beschrieben werden. Neben typisch realistischen Verfahren stehen jedoch romantische Elemente, die an Eichendorff erinnern. Insbesondere das Motto verweist auf diese Tradition, aber auch die Anthropomorphisierung der Bäume und die Rolle der Musik als einer »wunderbaren Sprache«. Die gesamte Erzählung ist durchzogen vom Rauschen des Waldes, und die »durch Mark und Bein« dringende magische Musik des Banduraspielers vermag mehr auszudrücken als das gesprochene Wort. Ein Briefzitat aus dem Jahre 1887 belegt, daß für Korolenko Schreiben und Komponieren eng verwandt sind und zu Synästhesien führen:

»Ich brauche es, daß jedes Wort, jeder Satz den Ton trifft, am richtigen Ort steht, daß in jedem Satz, möglichst sogar getrennt von den übrigen – die Wiederspiegelung des Hauptmotivs, sozusagen die zentrale Stimmung zu hören ist.«

X

In den 80er und 90er Jahren trat eine weitere Verschlechterung des politischen Klimas ein. Die Mehrheit der Intelligenz war enttäuscht; Westlertum, Slawophilie, Nihilismus, Volkstümlerbewegung, Terrorismus hatten keine positive Veränderung bewirkt, und eine neue Utopie war nicht in Sicht. Das Fehlen einer ganzheitlichen Weltsicht äußerte sich in der Literatur durch das Zurücktreten des großen epischen Romans gegenüber der nun stärker impressionistischen

Erzählung. Zwischen 1879/80 (Dostojewskijs *Brüder Karamasow*) und 1899 (Tolstojs *Auferstehung*) erschien in Rußland kein bedeutender Roman.

Neben Tschechow war Wsewolod Garschin ein typischer Autor dieser Zeit. Als »Dichter der Grenzsituationen« (Gerigk) entwickelte er einen eigenen Stil der psychologischen Erzählung. Seine außergewöhnliche Sensibilität, die schon früh pathologische Züge trug, ermöglichte es ihm, die Empfindungen und Handlungen seiner Helden anhand meist kurzer Texte so überzeugend darzustellen, daß sie den Leser erschütterten. Die Beschränkung auf wenige Episoden, wenige Details und Symbole sowie der expressive Sprachgebrauch mit Ellipsen und häufigen Tempuswechseln bestimmen diesen »impressionistischen Realismus«.

Die genannten Merkmale finden sich auch in der Erzählung *Das Signal*. Der Humanist und Optimist Garschin, der deutlich das Elend der kleinen Leute und die Unterdrückung durch die Obrigkeit darstellt, läßt einen einfachen Mann demonstrieren, daß sittliche Normen ihre Gültigkeit behalten müssen und daß das positive Beispiel den verblendeten Mitmenschen überzeugen kann.

Das Mitleiden Garschins am Unglück des russischen Volkes führte im Laufe der Zeit zu einer fortschreitenden Zerrüttung seiner Nerven. Brutale Maßnahmen der Regierung gegen oppositionelle Kräfte lösten mehrfach Krankheitsschübe bei dem wohl erblich vorbelasteten Schriftsteller aus, der sich schließlich das Leben nahm.

XI

Das Suchen nach Wahrheit, nach einer moralischen Grundlage des Lebens und die Liebe zu diesem Leben und den Menschen charakterisieren das Schaffen Anton Tschechows, für den »nicht die Lösung der Frage«, sondern »das richtige Stellen der Frage« verbindlich ist.

»Ich fürchte jene, die zwischen den Zeilen Tendenzen suchen und mich unbedingt als Liberalen oder Konservativen sehen wollen. [...] Ich möchte nur ein freier Künstler sein und bedaure, daß Gott mir nicht die Kraft gegeben hat, einer zu sein. Ich hasse Lüge und Gewalt in allen Erscheinungen. [...] Mein Allerheiligstes sind der menschliche Körper, Gesundheit, Geist, Talent, Begeisterung, Liebe und völlige Freiheit, Freiheit von Gewalt und Lüge, worin sich die beiden letzteren auch äußerten. Das ist mein Programm, an das ich mich hielte, wenn ich ein großer Künstler wäre.« (1888)

Im Mittelpunkt der letzten Erzählung Tschechows, *Die Braut*, steht das junge Mädchen Nadja, das aus der alten, erstarrten Umgebung ausbricht und sich auf die Suche nach einer neuen, lichten, kühnen Welt macht. Der Titel des Textes führt den Leser zunächst in die Irre, denn es handelt sich, wie ein russischer Wissenschaftler schrieb, um eine Braut, »die nicht ihren veralteten Bräutigam, sondern die russische Zukunft heiratet«. Tschechow thematisierte in vielen seiner Werke die damals heftig diskutierte »Frauenfrage«, aber nur in dieser Erzählung stellt er uns ein Mädchen vor, das wirklich den entscheidenden Schritt zur Veränderung der eigenen Situation vollzieht. Zwar kommt der Anstoß von Sascha, einem Mann, der Motor der Handlung und Mentor der Heldin ist – dieser ›Gegenbräutigam‹ stagniert aber in seiner eigenen Entwicklung. Seine Bedeutung wurde von Tschechow im Laufe der Arbeit an der Erzählung deutlich gemindert, und seine Sprechanteile sind von Fassung zu Fassung drastisch reduziert. Sascha, der mehrfach als »verlorener Sohn« bezeichnet wird, hilft Nadja (und will der Frau seines Freundes helfen), indem er sie zur Selbständigkeit führt; nicht zufällig trägt er den Namen, der von griech. »Alexander«, ›der Männerabweisende‹, abgeleitet ist.

Tschechows Erwartungen ruhen dagegen auf Nadja, deren voller Name »Nadeshda« das russische Wort für ›Hoffnung‹ bezeichnet. Im Gegensatz zu ihrem Bräutigam Andrej, der ständig die Übereinstimmung mit seinem Vater betont, erkennt sie das abgeschmackte, spießige Leben von Mutter und Großmutter, flieht aus dem elterlichen Haus und sucht einen eigenen Weg. Die »verlorene Tochter« wird dabei positiv gezeichnet – anders als etwa Dunja in Puschkins *Postmeister*. Trotzdem ist Tschechows Skeptizismus zu spüren. Er gestaltete einen seiner typischen offenen Schlüsse: Noch bei der Fahnenkorrektur fügte er in den letzten Satz des druckfertigen Textes die relativierenden Worte »wie sie annahm« ein.

Für Tschechow galt es, das Leben »so zu zeichnen, wie es in Wirklichkeit ist«, da die Bestimmung der Literatur »die unbedingte und ehrliche Wirklichkeit« sei. Diese Darstellungsweise, bei der der Autor in den Hintergrund tritt, möglichst objektiv schildert und nicht wertend eingreift, fordert viel vom Leser, der sich manchmal eine Orientierungshilfe wünscht. Verschärft wird diese Tatsache dadurch, daß die Zustandsbeschreibungen Tschechows oft trostlos wirken, da der bedrückenden Gegenwart keine konkreten Utopien gegenübergestellt werden. Die feine Ironie, die Menschlichkeit in der Personendarstellung, die selbst den schwächsten und negativsten Helden als Menschen präsentiert, und die scheinbar unbegründete Hoffnung der Figuren seiner Erzählungen und Stücke auf eine positive, wenn auch ungewisse Zukunft wurden damals von vielen als ungenügend angesehen.

Als Beispiel mag Maxim Gorkij dienen, der in seinem berühmten Brief an Tschechow vom Januar 1900 dessen literarische Technik bewundert, aber »Heroismus« und »Schönfärberei« vermißt:

»Ich habe Ihre »Dame« [d. i. die Erzählung *Die Dame mit dem Hündchen*] gelesen. Wissen Sie, was Sie tun? Sie ermorden den Realismus. Und Sie werden ihn endgültig ermorden, auf lange Zeit hinaus. Diese Form hat ihre Zeit abgelebt – das steht fest! Weiter als Sie kann niemand auf diesem Wege gehen, niemand kann so einfach von so einfachen Dingen schreiben, wie Sie es verstehen. [...] Also, Sie drehen dem Realismus den Hals um. Ich bin äußerst froh. Es reicht! Zum Teufel mit ihm! – Es ist doch wahr – es ist die Zeit gekommen, die das Heroische braucht: Alle wollen Aufweckendes, Buntes, so etwas, wissen Sie, das nicht dem Leben ähnlich wäre, sondern das höher wäre, besser, schöner. Es ist unbedingt nötig, daß die jetzige Literatur beginnt, das Leben etwas schöner zu färben, und wenn sie nur damit anfängt, wird das Leben schönere Farben gewinnen, d. h., die Menschen werden schneller, bunter zu leben beginnen.«

Ausgehend von dieser Überzeugung entwickelt Gorkij sein Konzept des romantischen Realismus, der die Wirklichkeit als einen Rohstoff ansieht, um »aus einem schlechten Bestehenden ein gutes Wünschenswertes zu schaffen.«
Diese Auffassung stand der Tschechows diametral entgegen. Tschechow, der an Gorkijs Texten die entlarvende Darstellung des Kleinbürgertums schätzte, kritisierte dann auch neben stilistischen Schwächen das rhetorische Pathos und die ideologischen Wertungen des Autors. Er warnte davor, »grob aufzutreten, viel Aufhebens zu machen, zu höhnen, wütend zu entlarven« und beklagte die fehlende »Zurückhaltung«.
In *Jemeljan Piljaj*, der ersten Erzählung Gorkijs, die in der überregionalen Presse erschien, finden wir neben romantischen Passagen (Sonnenuntergang) gleichsam eine Variante von Karamsins *Arme Lisa*-Geschichte. Gorkij läßt den Titelhelden als Erzähler auftreten; der Ich-Erzähler der Rahmenhandlung hingegen trägt Züge und Namen des Autors. In der Person Jemeljan Piljajs begegnet uns erneut ein von der Gesellschaft Benachteiligter, dessen moralische Grundhaltung ihn davor bewahrt, zum Verbrecher zu werden. Trotz der Kürze des Textes ist das Milieu der »Barfüßler« (Bosjaken) gut getroffen, und das besondere Verdienst des jungen Gorkij bestand gerade darin, das Leben dieser Tagelöhner,

deren Zahl bedingt durch die wirtschaftlichen Krisen der 90er Jahre ständig anstieg, zum Thema der Literatur gemacht zu haben. Auf seinen Wanderungen durch Rußland, die Ukraine und den Kaukasus hatte der mittellose Schriftsteller das Schicksal der Wanderarbeiter geteilt. –
Wenn für uns heute der »antiideologische« Schriftsteller Tschechow der modernere Autor ist, so muß festgestellt werden, daß sich zunächst die Gorkijsche Richtung durchsetzte. Die Literatur wurde auch in der Folgezeit als politisch-didaktisches Medium eingesetzt, und da war es – nicht zuletzt angesichts des niedrigen Bildungsstandes der Bevölkerung – nach Meinung vieler notwendig, den Schriftsteller als Propheten auftreten zu lassen. Gorkij, der 1934 zum ersten Vorsitzenden des neugegründeten sowjetischen Schriftstellerverbandes gewählt wurde, hatte wesentlichen Einfluß auf die Herausbildung des »sozialistischen Realismus«, der, jahrzehntelang als Norm verabsolutiert, das literarische Leben regelte und gleichschaltete. Die Definition von 1934 lautet: »Der sozialistische Realismus, der die Hauptmethode der sowjetischen schönen Literatur darstellt, fordert vom Künstler wahrheitsgetreue, historisch konkrete Darstellung der Wirklichkeit in ihrer revolutionären Entwicklung.« Partei und Schriftstellerverband legten eine bestimmte Art »realistischen Schreibens« (später präzisiert und ergänzt durch die Forderung nach »Volkstümlichkeit« und Darstellung des »positiven Helden«) quasi gesetzlich fest. Gorkij wurde kanonisiert, andere Autoren (z. B. Dostojewskij) traten in den Hintergrund.
Nach Einsetzen der Perestrojka ab 1985 kam es dann allerdings zu einer Korrektur der Überschätzung Gorkijs und zur Aufwertung bislang vernachlässigter Schriftsteller.

XII

Die Aufnahme von Text und Theorie des russischen Realismus vollzog sich in Deutschland in mehreren Phasen. Wäh-

rend die deutsche Kultur in der ersten Hälfte des 19. Jahrhunderts gegenüber der russischen eher die *gebende* war, entwikkelte sie sich in der zweiten mehr zu einer *nehmenden*.
Der erste russische Schriftsteller, der in Deutschland viel gelesen wurde, war Iwan Turgenjew. Offensichtlich fand man bei ihm, dem »Westler«, der lange in Deutschland lebte, mit Storm und anderen deutschen und französischen Autoren befreundet war, viel Verwandtes, Europäisches. Von 1864 bis in die 80er Jahre bestimmte das Werk Turgenjews, meist in der Übersetzung Friedrich Bodenstedts, das deutsche Rußlandbild.
Bei aller Begeisterung fielen aber die Unterschiede zwischen dem harten, schonungslosen russischen und dem stärker poetischen deutschen Realismus ins Auge. Mancher Leser vermißte das Ästhetische, und entsprechend kritisierte 1881 Theodor Fontane – eigentlich ein Verehrer der russischen Prosa – Turgenjews Romane:

»[...] ich werde dieser Schreibweise nicht froh. Ich bewundre die scharfe Beobachtung und das hohe Maß phrasenloser, aller Kinkerlitzchen verschmähender Kunst, aber eigentlich langweilt es mich, weil es im Gegensatze zu den teils wirklich poetischen, teils wenigstens poetisch sein wollenden Jäger-Geschichten so grenzenlos prosaisch, so ganz *unverklärt* die Dinge wiedergibt. Ohne diese Verklärung gibt es aber keine eigentliche Kunst, auch dann nicht, wenn der Bildner in seinem bildnerischen Geschick ein wirklicher Künstler ist.«

Die Rezeption des russischen Realismus nahm in den 80er Jahren noch an Bedeutung zu; jetzt war es vor allem Tolstoj, der durch sein moralisierendes Spätwerk und das Drama *Die Macht der Finsternis* wirkte. So betonte Gerhart Hauptmann noch 1945, daß seine »literarischen Wurzeln« auf Tolstoj zurückgingen und das Schauspiel *Vor Sonnenaufgang* (1889) vom Stück des Russen »befruchtet« sei. – Der Erfolg der Werke Dostojewskijs blieb dagegen zunächst begrenzt und erreicht dann einen Höhepunkt nach dem Ersten Weltkrieg. Aufsehen erregte aber 1882 die Übersetzung von *Schuld und Sühne*.

Die engste Beziehung zur russischen Literatur entwickelte wohl Thomas Mann, der im Laufe der Jahrzehnte seine Vorlieben wechselte und intensiv Turgenjew (»als Reclam-Büchlein«), Tolstoj und Dostojewskij las. Diese Lektüre fand ihren Niederschlag z. B. in *Tonio Kröger*, im *Zauberberg* und *Doktor Faustus*, aber auch in mehreren Essays, welche die Aufnahme des russischen Realismus in Deutschland förderten. Er war es auch, der mit seinem *Versuch über Tschechow* (1954) eine neue Phase der Beschäftigung mit diesem bis dahin wenig beachteten Autor einleitete.

Prosa und dramatisches Schaffen Gorkijs hatten hingegen bereits seit der Jahrhundertwende viel Resonanz gefunden.

Auch in unserem Jahrhundert gab es immer wieder einzelne Schübe in der Rezeption des russischen Realismus. Nach dem Zweiten Weltkrieg beobachtete man eine wahre Renaissance der »großen Russen«, und Anton Tschechows Stücke gehören seit den 70er Jahren (erstmals!) auf deutschen Bühnen zu den meistgespielten Dramen.

Die kulturellen Beziehungen zwischen Rußland und Deutschland, die nun schon jahrhundertelang beide Seiten bereichern, sind auch in der Gegenwart lebendig und anregend. Für die Zukunft gilt, was Varnhagen von Ensc 1838 über die Entwicklung Rußlands schrieb:

»[...] wir sind überzeugt, daß diese Entwicklungen auch einen großen Theil unseres deutschen Lebens angehen und bedingen werden, und daß noch viele Gemeinschaft und thätigste Wechselwirkung beiden Völkern beschieden sei. Wie nun auch das, was wir zusammen zu schaffen, zu durchleben und zu verarbeiten haben, ausfallen möge, stets wird es ein Erfordernis sein, sich näher zu kennen, zu verstehen.«

Martin Schneider

Russische Literatur

IN RECLAMS UNIVERSAL-BIBLIOTHEK

Sergej Aksakow, *Familienchronik.* 7743

Isaak Babel, *So wurde es in Odessa gemacht.* Geschichten. 9952

Fjodor Dostojewskij, *Arme Leute.* 8047 – *Aufzeichnungen aus dem Kellerloch.* 8021 – *Der Doppelgänger.* 8423 – *Erzählungen.* 2486 – *Der Großinquisitor.* 6256 – *Die Sanfte.* 6570 – *Weiße Nächte.* 2126

Erzählungen der russischen Romantik. 8629

Erzählungen des russischen Realismus. 8699

Nikolaj Gogol, *Erzählungen.* 8505 – *Die Geschichte, wie sich Iwan Iwanowitsch mit Iwan Nikiforowitsch zerstritt.* 1767 – *Die Heirat.* 7687 – *Der Mantel. Die Nase.* 1744 – *Der Revisor.* 837

Maxim Gorki, *Das Ehepaar Orlow.* 9877 – *Die Kleinbürger.* 8096 – *Nachtasyl.* 7671 – *Sommergäste.* 9791

Nikolaj Karamsin, *Briefe eines russischen Reisenden.* 8349

Michail Lermontow, *Ein Held unserer Zeit.* 968

Nikolaj Leskow, *Der Gaukler Pamphalon.* 7788

Wladimir Majakowskij, *Gedichte.* 9324

Alexander Ostrowskij, *Der Wald.* 7673

Alexander Puschkin, *Boris Godunow.* 2212 – *Erzählungen.* 1612 – *Eugen Onegin.* 427 – *Die Hauptmannstochter.* 1559 – *Der Posthalter.* Die Erzählungen Bjelkins. 7469

Russische Erzählungen von der Jahrhundertwende bis zur Oktoberrevolution. 8474 (auch geb.)

Russische Erzählungen von der Oktoberrevolution bis zur Gegenwart. 8475 (auch geb.)

Russische Volksmärchen. 8514

Leo Tolstoi, *Herr und Knecht.* 3373 – *Der Tod des Iwan Iljitsch.* 8980 – *Und das Licht scheinet in der Finsternis.* 5434 – *Volkserzählungen.* 2556

Anton Tschechow, *Der Bär. Der Heiratsantrag. Die Hochzeit.* 4454 – *Drei Schwestern.* 4264 – *Erzählungen.* 9901 – *Der Kirschgarten.* 7690 – *Die Möwe.* 4319 – *Onkel Wanja.* 8738

Iwan Turgenjew, *Erzählungen.* 2199 – *Ein Monat auf dem Lande.* 7685 – *Väter und Söhne.* 718

Zweisprachige Ausgaben

Leonid Andrejew, *Der große Schlemm. Es waren einmal...* 7689

Iwan Bunin, *Der Herr aus San Francisco.* 9788

Wsewolod Garschin, *Die rote Blume. Das Signal.* 4866

Nikolaj Gogol, *Der Mantel.* 9489

Iwan Gontscharow, *Oblomows Traum.* 2244

Nikolaj Karamsin, *Die arme Lisa.* 7861

Jurij Kasakow, *Arktur, der Jagdhund.* 9833

Nikolaj Leskow, *Die Lady Macbeth aus dem Landkreis Mzensk.* 7619

Alexander Puschkin, *Mozart und Salieri.* 8094 – *Pique Dame.* 1613

Valentin Rasputin, *Wassilij und Wassilissa. Französischstunden.* 8241

Russische Lyrik. Von den Anfängen bis zur Gegenwart. 7994

Michail Saltykow-Schtschedrin, *Die idealistische Karausche.* Satirische Märchen. 7957

Alexander Solschenizyn, *Matrjonas Hof.* 7945

Leo Tolstoi, *Herr und Knecht.* 8276

Anton Tschechow, *Die Dame mit dem Hündchen.* 5290 – *Der Tod des Beamten. Der Dicke und der Dünne. Der Mensch im Futteral.* 5308

Iwan Turgenjew, *Erste Liebe.* 1732 – *Gedichte in Prosa.* 1701

Russische Lyrik

Von den Anfängen bis zur Gegenwart. Russisch/Deutsch
Hrsg. von Kay Borowsky und Ludolf Müller
Universal-Bibliothek Nr. 7994

Die Anthologie vereinigt über 270 Gedichte von 90 Autoren

Hohes Lob dieser großen zweisprachigen Anthologie. Sie ist Studenten der russischen Sprache ebenso nützlich, wie sie dem Liebhaber russischer Literatur Freude bereitet. Als besonderen Vorzug dieser Anthologie empfinde ich es, daß die Gedichte in Prosa übertragen worden sind, daß also nicht der (zumeist scheiternde) Versuch unternommen wurde, sie adäquat in Reim und Metrum wiederzugeben. Den Herausgebern kam es auf »die gedankliche Entwicklung des Gedichts« und auf »die Genauigkeit der Bilder« an. So wird dem Leser Dichtung nahegebracht, deren Qualität in notgedrungen mangelhafter Nach-Dichtung unerkennbar bleibt. In seiner ausführlichen Einleitung gibt Ludolf Müller einen ausgezeichneten Überblick über Geschichte und Entwicklung der russischen Poesie von ihren historisch feststellbaren Anfängen bis in die Gegenwart. Ein umfangreicher Anhang, bescheiden »Anmerkungen« betitelt, gibt außer den biographischen Angaben zu jedem Autor wichtige historische und literaturwissenschaftliche Kurzkommentare. Daß die Auswahl hervorragend ist, braucht bei dem Herausgebergespann Müller/Borowsky nicht betont zu werden.

Heddy Pross-Weerth (Die Zeit)

Kay Borowsky, der die Autoren ausgewählt hat, ist mit der schweren Aufgabe hervorragend fertig geworden: einerseits sind alle bekannten und berühmten russischen Lyriker vertreten, so daß diese Reclam-Anthologie zum bleibenden Standardwerk werden wird – auch findet man meist die häufiger zitierten Gedichte –, anderseits bietet Borowsky Eigenes, bietet Ausnahmen vom Kanon des zu Recht Tradierten. Selbst Erstveröffentlichungen sind einbezogen.

Wolfgang Kasack (Neue Zürcher Zeitung)

Philipp Reclam jun. Stuttgart